Christian v. Ditfurth, geboren 1953, ist Historiker
und lebt als freier Autor in Berlin und der Bretagne.
Zuletzt hat er neben Sachbüchern und Thrillern Kriminalromane
um den Historiker Josef Maria Stachelmann veröffentlicht,
die u. a. in den USA, in Frankreich, Spanien und Israel
veröffentlicht wurden. Zuletzt erschien bei carl's books Zwei
Sekunden, der zweite Fall für Eugen de Bodt.
Weitere Informationen zum Autor auf seiner Website
www.cditfurth.de.

Außerdem von Christian v. Ditfurth lieferbar:

Das Dornröschen-Projekt, Kriminalroman
Tod in Kreuzberg, Kriminalroman
Ein Mörder kehrt heim, Kriminalroman
Zwei Sekunden, Thriller

CHRISTIAN
V. DITFURTH

HELDEN
FABRIK

THRILLER

PENGUIN VERLAG

Der Verlag weist ausdrücklich darauf hin, dass im Text enthaltene externe Links vom Verlag nur bis zum Zeitpunkt der Buchveröffentlichung eingesehen werden konnten. Auf spätere Veränderungen hat der Verlag keinerlei Einfluss. Eine Haftung des Verlags ist daher ausgeschlossen.

MIX
Papier aus verantwortungsvollen Quellen
FSC® C014496
FSC www.fsc.org

Verlagsgruppe Random House FSC® N001967

PENGUIN VERLAG

3. Auflage

Umschlag: Cornelia Niere, München, nach einem Entwurf von semper smile, München
Umschlagmotiv: © Mohamad Itani / Arcangel Images, © caesart / Shutterstock
Satz: Uhl + Massopust, Aalen
Druck und Bindung: GGP Media GmbH, Pößneck
Printed in Germany
ISBN 978-3-328-10085-0
www.penguin-verlag.de

Dieses Buch ist auch als E-Book erhältlich.

Der Tod ist groß.
Wir sind die Seinen
lachenden Munds.
Wenn wir uns mitten im Leben meinen,
wagt er zu weinen
mitten in uns.

Rainer Maria Rilke

Prolog

Die Nacht begann wie die anderen zuvor. Er blickte auf die Uhr an der Wand. 22 Uhr 12. Jens Hüttmann gähnte. Knapp acht Stunden musste er noch im Glaskasten sitzen. In der riesigen Vorhalle der Berlin-Brandenburgischen Chemie AG an der Spree, zwischen Schilling- und Elsenbrücke in Friedrichshain. Auf die Grundstücke dort hatten sie sich nach der deutschen Vereinigung gestürzt wie die Aasgeier, die Musikkonzerne, Hotelketten, Immobilienhaie. Stahl und Glas. Licht, das sich im Fluss spiegelte. Reste der Mauer. Die Graffiti betonten das Grau des Verfalls.

Das Gebäude war leer. Nur der Vorstand war gekommen, wie jeden zweiten Montag. Die große Runde im Sitzungsraum. Diese Sitzungen fingen um halb acht an mit einem Imbiss und endeten spät in der Nacht, manchmal auch am Morgen.

Hüttmann saß mit gestreckten Beinen auf einem Schreibtischstuhl, einer Spezialanfertigung wegen seiner Bandscheiben. Vor ihm der Tresen aus gebeizter Eiche. Darauf Monitore. Sie zeigten die Bilder der Überwachungskameras. Das Zwielicht draußen verrauschte die Ansicht, aber bessere Kameras gab es nicht zu kaufen, und sie filmten alles, was er sehen musste. Das Pärchen, das auf dem Bürgersteig der Mühlenstraße nach Hause wankte. Das Taxi, das vorbeischoss, als würde es verfolgt. Männer, grölend, Flaschen in der Hand, Eisbären-Berlin-Schals um den Hals.

Er betrachtete das Bild auf dem Tisch. Der einzige persönliche Gegenstand an seinem Arbeitsplatz. Ein Frauenporträt. Sabine. Er spürte die Bitterkeit immer noch, obwohl es neun Jahre her war, dass er sie an einem sonnigen Herbstnachmittag auf dem Alten St.-Jacobi-Friedhof in Neukölln beerdigt hatte. Sie war sanft gewesen. Und melancholisch, seit sie ihren Sohn im Kreißsaal verloren hatte. Dann kam der Krebs. Bald nachdem sie tot war, ging er nachts arbeiten. Erst in einer Spedition in Wilmersdorf. Als die Schlepperei zu hart wurde und der Umgangston ruppiger, fand er den Job als Nachtwächter. Er erinnerte sich gut an das Einstellungsgespräch. »Sie müssen doch gar nicht mehr arbeiten«, hatte der Personalchef der BBC gesagt. Ich halte die Nächte nicht aus, hatte Hüttmann gedacht und von Langeweile geredet. Tagsüber konnte er schlafen, wenn auch nicht gut. Der Tran der Dauermüdigkeit half zu verdrängen.

Ein Lieferwagen rollte zum Haupteingang. *ExpressNachtkurier* in gelber Schrift auf dunklem Grund. Merkwürdige Schreibweise. Der Wagen bremste zwei Meter vor der Panzerglastür. Ein Mann stieg aus. Hüttmann beobachtete ihn auf dem Monitor, der die Bilder der beiden Kameras vom Eingang zeigte. Split Screen. Eine Kamera filmte ihn schräg von oben, aber das Gesicht erkannte Hüttmann gut. Es war breit, fast rund, mit kleinen Augen. Untersetzt, kräftig. Ein Ferkel, dachte Hüttmann und grinste in sich hinein. Das Ferkel trug einen Blaumann und eine Baseballkappe mit dem Firmennamen. Die andere Kamera saß an der Gebäudeecke und filmte den Mann von rechts. Stumpfe Nase, fliehendes Kinn. Auch der Lieferwagen war genau zu erkennen. Berliner Kennzeichen.

Der Kurierfahrer trug ein schmales Paket in der einen Hand. In der anderen den Strichcodescanner. Er stellte sich vor die Doppelschiebetür und klingelte. Dass das Ferkel auch zu blöd war, den Einwurfschlitz zu finden. Hüttmann drückte den Knopf der Gegensprechanlage. »Werfen Sie die Sendung bitte in den Briefkasten. Der Schlitz ist beleuchtet.«

»Ich brauch eine Unterschrift.« Der Typ hob entschuldigend die Arme.

Hüttmann legte den Türöffnungsschalter um und stand träge auf. Lautlos verschwanden die Türflügel in der Wand. Das Ferkel trug Schnürstiefel. Es legte den Scanner und das Päckchen auf den Tresen und zog eine Pistole. Hüttmann erkannte die Glock 17L. Mit Schalldämpfer. Er hatte die Pistole im Schützenverein Lichtenrade gesehen, wo er früher Kleinkaliber geschossen hatte, bis Sabine krank wurde. Als alles noch gut war.

Hüttmann sah, wie Männer aus dem Transporter stiegen. Vier.

Masken über den Gesichtern. Bewaffnet mit Maschinenpistolen. Hüttmann erkannte die Heckler & Koch MP7. Das waren Profis, bewaffnet wie eine Spezialeinheit. Sie betraten den Vorraum und warteten fast provozierend gelassen.

»Schließ die Tür.« Eine ruhige Stimme.

Hüttmann drückte auf den Knopf. Butterweich schwebten die Türflügel zusammen.

»Wo werden die Aufnahmen gespeichert?«

Hüttmann führte den Anführer durch die Tür hinter dem Tresen. Merkwürdig, er spürte keine Angst. Sein Hirn war wie gelähmt. Ein kurzer Flur. Drei Türen, links, rechts, hinten. Er deutete auf die rechte Tür. Ein Wink mit dem Pistolenlauf. Hüttmann betrat den Technikraum. Der Typ trat einen Schritt zurück und zeigte zum Tresen. Ein Komplize löste sich von der Gruppe und kam in den Raum. Er war größer als der Boss und hager. Er zog den Computer nach vorn, dessen Festplatte die Kamerabilder speicherte. Routiniert zog er die Kabel und trug den PC in den Vorraum.

»Wo tagt der Vorstand?«, fragte der Boss in einem Tonfall, der Hüttmann verriet, dass der Mann die Antwort kannte.

»Ganz oben, neunter Stock, Sitzungsraum 908.«

Der Mann nickte und schoss Hüttmann in die Stirn. Blut und Hirn spritzten an die Wand. Hüttmann prallte dagegen und rutschte auf den Boden. Er hinterließ eine rote Spur auf dem Putz. Es ploppte noch einmal, als der Mann dem Nachtwächter ins Herz schoss.

Der Boss verließ den Technikraum und schloss die Tür. Zurück in der Vorhalle, zeigte er mit der Pistole zum Aufzug.

Wilhelm Wittstock schaute in die Runde. Fünf Männer, eine Frau. Er kannte sie alle seit Jahren. Es waren gute Leute. Jeder hatte seine Stärken. Und mancher offensichtliche Schwächen. Aber nicht so ausgeprägt, dass sie sich im Team nicht ausgleichen ließen. Der Vertriebschef Norbert Müller etwa brauste gern auf. Dazu passte es, dass er aussah wie ein Proll, schwitzig, auch wenn er nicht schwitzte. Den Schlips locker, das Jackett über der Stuhllehne, die Manschetten hochgekrempelt. Umso mehr hatte sich Wittstock gewundert, als er einmal bei Müllers zum Essen eingeladen war. Da war der Vertriebschef die Sanftheit in Person gewesen. Er lebte mit seiner Frau und den beiden Kindern in einem modern-puristisch eingerichteten Bungalow. Sie gab den Ton an, erzog den Sohn und die Tochter fast im Alleingang. Sie war stark und klug.

Wolfgang Böttcher sagte selten etwas auf Sitzungen, geschweige denn, dass er sich erregte. Aber niemand konnte Politiker und Ministerialbeamte geschickter umgarnen als er. Er fand die richtigen Worte. Er gehörte nicht zu diesen Plumppropagandisten. Er bestach durch seinen Witz, dem man ihm nicht ansah und der seine Gesprächspartner umso mehr überwältigte. Über sein Privatleben wusste Wittstock wenig, nur dass Böttcher allein mit ein paar tausend Büchern am Wannsee wohnte.

Julian Ahlfeld war meistens schlecht gelaunt, oder er tat so. Die Chemiker und Pharmazeuten in der Produktion zitterten nicht vor ihm, aber sie hatten einen Heidenrespekt vor seinem Fachwissen. Er war nicht nachtragend und setzte sich für seine Leute ein. Wittstock wusste, dass Ahlfeld früher ein ganz Linker gewesen war, aber das war schon ewig her. Vielleicht hatte er damals sein Talent als Organisator entdeckt. Wittstock war noch nie bei ihm zu Hause gewesen. Anbiederung wäre das Letzte gewesen, was er dem Produktionsvorstand hätte vorwerfen können.

Wolf-Dietrich Holter von der Forschung lebte in Scheidung. Von der Frau wusste Wittstock nur, dass sie eine Professur als Literaturwissenschaftlerin in Tübingen hatte. Holter liebte die Kunst und hatte eine kleine Sammlung von Minimalisten zusammengekauft, wie er einmal im Zwiegespräch verriet.

Otto Hübschers Frau und Tochter waren auf dem Berliner Ring gestorben, als ein Lastwagen ihr Auto zerquetschte, weil der Fahrer eingeschlafen war. Seitdem war Hübscher noch blasser. Wittstock gestand sich ein, dass der Finanzchef unersetzlich war, seit er sich nur noch mit seiner Aufgabe beschäftigte. Eine zynische Wahrheit.

Genauso wahr war Wittstocks Schwäche für Helene Schneider. Sie hatte nichts von der Seifigkeit der PR-Leute. Vielmehr beeindruckte sie alle, die mit ihr zu tun hatten, durch ihren Verstand und ihre Schnelligkeit. Sie hasste die üblichen Pressemitteilungsfloskeln und erzog ihre Mitarbeiter, gut zu schreiben. Vor allem aber besaß sie ein Gespür für Stimmungen in den Medien. Wittstock wusste längst, dass Entscheidungen des BBC-Vorstands nur die Hälfte bewirkten, wenn Helene Schneider sie nicht nach außen vertrat. Sie hatte lange gelitten unter ihrer Vorgängerin und wirkte wie befreit, seit Wittstock der Dame erklärt hatte, dass sie zwei Möglichkeiten habe, die BBC zu verlassen. Freiwillig oder unfreiwillig. Helene Schneider lebte mit einem Journalisten zusammen, den sie kaum wegen seines Erfolgs lieben konnte. Wittstock wusste, dass sie ihm Aufträge für Broschüren und Pressetexte zuschob. Er bedauerte nur, dass sie es mit dem Verlierer so lange aushielt. Er hätte vielleicht Frau und Sohn verlassen für sie.

Er warf ihr einen Blick zu. Sie schien es nicht zu merken. Doch manchmal schaute sie ihn ein paar Sekundenbruchteile länger an. Aber Wittstock würde nichts tun, das den Erfolg der Firma beeinträchtigen könnte. Es waren seine Leute. Jeden hatte er gefördert. Jeder verdankte seinen Job, die Anerkennung, den er einbrachte, das gute Gehalt, den Audi 8 auf die eine oder andere Weise Wittstock.

Wittstock konzentrierte sich wieder auf die Beschlussvorlagen. Der BBC-Vorstand bestand aus neun Mitgliedern, aber Köhler war krank und Wels in Brüssel. Die Sitzung war hitzig. Seit Monaten stritten sie sich über die Produktpalette, über die Ausrichtung auf alten und neuen Märkten, über Konsolidierung oder Expansion. Vorstandssprecher Wittstock gehörte zur alten Garde. Er war schon länger als zwanzig Jahre im Unternehmen, hatte sich hochgedient, nachdem er als Diplomchemiker in der Produktion angefangen hatte. Es graute ihm, wenn er hörte, die BBC müsse sich neu erfinden. Modegewäsch. Die BBC spielte in der ersten Liga der Chemieriesen. Ihre Forschungsabteilung war Weltspitze, und Wittstock hatte alles getan, um ihr die Mittel und das Personal zu geben, damit sie vorn blieb.

»Der EU-Markt ist gesättigt, da gibt's kaum noch Wachstum«, polterte Müller.

»Es sei denn mit neuen Produkten«, erwiderte Holter von der

Forschung. Er hatte zu Beginn der Sitzung einige vielversprechende Entwicklungen vorgestellt. Aber nichts davon war schon produktionsreif. Doch Holter war sich mit Wittstock einig. Statt Experimenten auf gefährlichen Märkten sollten sie Produkte und Verfahren entwickeln, mit denen die BBC ihre Position auf den bewährten Märkten ausbauen konnte. Europa, USA, Japan. In China würde man Versuchsballons starten, immer mal wieder. Vielleicht auch eine kleine Fertigungsanlage aufbauen, um guten Willen zu zeigen. In Indien genauso, obwohl die dort das Patentrecht auf eine gewöhnungsbedürftige Weise interpretierten. Immerhin waren sie nicht so dreist wie die Chinesen. Über so etwas wie den Schutz des geistigen Eigentums lachten die nur. Eine typische europäische Marotte. Wittstocks Strategie brauchte Geduld und strapazierte die Nerven mancher Vorstandskollegen, denen die Aktionäre in den Ohren lagen. Am Ende setzte sich Wittstock aber durch. So war es immer gewesen. Und im Nachhinein hatten ohnehin alle dessen Position vertreten.

Helene Schneider schüttelte den Kopf. Sie mischte sich gern in andere Zuständigkeiten ein. Und dies meist mit klugen Argumenten. Wittstock hielt sie für das intelligenteste Vorstandsmitglied, sich selbst eingeschlossen. »Wir müssten Kredite aufnehmen, wenn wir nach China gehen. Und wer gibt uns die Sicherheit, dass die Chinesen uns einfach machen lassen …«

»Die klauen doch wie die Raben. Lassen uns nur rein, solang sie uns ausnehmen können«, knurrte der Produktionsvorstand Ahlfeld.

Böttcher hüstelte. Er verantwortete in seinem Ressort nicht nur die Beziehungen zur Politik, sondern war auch zuständig für die Firmensicherheit.

»Und selbst wenn nicht«, warf Helene Schneider ein. »Sie betrachten Wirtschaft als Krieg. Wenn es ihrer Industrie nutzt, holen sie uns ins Land. Wenn es ihr schadet, führen sie Kampagnen gegen uns. Denen sind nicht mal unsere Bahnen und Autos mehr gut genug, nachdem sie die abgekupfert haben.«

Sie hat nur eine Schwäche, dachte Wittstock. Sie lässt sich hin und wieder von Medienkampagnen beeindrucken. »Kopieren heißt anerkennen. In den Augen der Kunden ist das Original immer besser als die Nachahmung …«, sagte er bedächtig.

»Es sei denn, man kann sich das Original nicht leisten«, warf Müller ein.

»Bei der Produktivitätssteigerung in Asien steigt auch die Kaufkraft, das Wohlstandsniveau. Als die Japaner auf dem hiesigen Markt auftauchten, war das Abendland fast schon untergegangen. Und ist es das? Das Gedächtnis ist kurz.« Wittstock schaute in die Runde. Nur der Finanzvorstand Hübscher erwiderte seinen Blick nicht, weil er in seinen Zahlen kramte.

Ein paar Sekunden Schweigen.

Wittstock beendete es mit dem Vorschlag, eine Pause zu machen. Er zeigte zum Nebenraum, wo das Büfett wartete. Da platzte die Tür zum Gang auf.

Nachdem die Truppe den Aufzug verlassen hatte, führte das Ferkel sie zum Sitzungsraum. Das Ferkel drückte die Klinke und stieß die Tür auf. Bevor die Vorständler begriffen, was geschah, standen die Eindringlinge nebeneinander am Fußende des Tischs. Vierzehn Augen starrten sie an. In den Gesichtern der Vorstände spiegelte sich Überraschung, Empörung und dann nur noch Angst. Drei Männer hoben die Maschinenpistolen und eröffneten das Feuer. Es ertönte nichts außer dem Geknatter der Waffen. Der Boss beobachtete, wie die Opfer fielen. Nach vorn auf den Tisch. Zur Seite auf den Teppich. Nach hinten. Auf Tisch und Teppich strömte Blut. Dann gab er das Zeichen, und die Waffen schwiegen.

Ein Ächzen. Sonst nichts.

Wittstock war zweimal in der Brust getroffen worden. Die Wucht der Treffer hatte ihn umgerissen. Er starb mit weit aufgerissenen Augen auf dem Teppich. Helene Schneider hatte es noch geschafft, sich zu ducken und ihre Hand vor den Kopf halten. Die Hand wurde von drei Neun-Millimeter-Geschossen zerfetzt. Ihr Gesicht platzte, während ihr Oberkörper auf die Tischplatte sackte. Müller hatte ein Loch in der Stirn, als der Treffer in der Schulter ihn auf Helene Schneider fallen ließ. Böttcher lag verkrümmt auf dem Boden, die Hälfte seines Kopfs fehlte. Hübschers Oberkörper war auf die Tischplatte gerutscht. Sein Rücken war zerfetzt. Holter saß mit blutroter Brust in seinem Stuhl. Ahlfeld hatte nur einen Streifschuss an der Stirn. Er hatte beim Bund gedient und besaß militärische Erfahrung. Zitternd kroch er hinter das Stehpult. Das Ferkel ging gemächlich nach vorn, hob die Glock und schoss Ahlfeld erst in die Stirn, dann in die Brust. Dann gab er seinen Leuten ein Zeichen. Zwei Mann verschwanden. Das Ferkel betrachtete jede Leiche genau. Er ließ sich nicht anmerken, ob es ihn erleichterte, dass keine Fangschüsse mehr nötig waren.

Sie warteten ein paar Minuten, bis die beiden Männer zurückkehrten. Sie hatten einen großen Handwagen dabei.

I.

Der schlaksige Mann mittleren Alters klopfte an und drückte die Klinke. Er betrat das Vorzimmer des Kriminalrats. Es war leer. Schreibtisch, PC, Regale, ein typisches Sekretärinnenbüro. Die Tür zum Zimmer des Kriminalrats war angelehnt. Auch darin war niemand. In der Ecke stand ein verstaubter Gummibaum, an der Wand hinter dem Schreibtisch ein Aktenregal, zwei Fenster zeigten auf den Tempelhofer Damm. Ein Polizeikalender. Nur das gedämpfte Verkehrsdröhnen und das Ticken einer Standuhr waren zu hören. Der Schreibtisch glänzte vor Leere.

Er ging zurück auf den Flur. Der zog sich fast endlos hin in beiden Richtungen. Er klopfte an weiteren Türen. Doch schien die 3. Mordkommission des Berliner Landeskriminalamts im Polizeipräsidium menschenleer zu sein. Hinter der nächsten Tür fand er endlich jemanden. Eine junge Frau mit blondem Pony. Sie hatte sich in eine Akte versenkt und blickte ihn verwirrt an.

»Ja?«

»Ich suche den Kriminalrat Weber«, sagte de Bodt.

Die junge Frau schob mit dem Zeigefinger die Brille zur Nasenwurzel. »Ich bin nicht das Auskunftsbüro. Gehen Sie zur Pforte …«

»Da war ich«, sagte de Bodt.

Die Frau musterte den Mann mit der Achtelglatze. »Ich kann Ihnen wirklich nicht helfen.« Sie klang ungeduldig.

»Wo sind die alle?«

Die Frau blickte ihn misstrauisch an. »Sie kennen doch bestimmt unsere Pressestelle.« Sie nannte eine Zimmernummer.

De Bodt fingerte eine Karte aus der Tuchtasche seines grauen Jacketts und warf sie auf den Schreibtisch.

Die Frau wollte protestieren, griff dann doch erst zur Karte und erblasste. »Ich wusste nicht …«

De Bodt bremste sie mit einem Fingerzeig. »Wo ist die 3. Mordkommission?«

»An der Spree, Herr Hauptkommissar. Es tut …«

Wieder ein Fingerzeig. »Ich brauche jemanden, der mich hinfährt.«

Sie blickte ihn fragend an.

»Soll ich laufen?«

»Ich weiß …«

Der Fingerzeig.

»An der Spree. Ein Tatort?«

Sie nickte.

»Wo?«

»Mühlenstraße, Höhe Rummelsburger Platz …«

»Passen Sie auf die auf«, sagte er und stellte eine Aktentasche an den Fuß ihres Schreibtischs. Dann verschwand er eiligen Schritts. Sie saß starr, bis seine Schritte verhallt waren.

De Bodt ließ das Taxi am Straßenrand halten. Er sah beim Aussteigen den Polizistenauflauf am Spreeufer. Eine Bö fegte über das Ufer. Es hatte getröpfelt, doch nun linste die Sonne durch die Wolken. Dieser Frühling war kalt und dunkel. Rechts stand ein Häuserblock, alt und verwittert. Die meisten Fenster waren zerstört. Links eine Baustelle. In der Lücke drängten sich Gaffer am Absperrband. Dahinter Uniformierte. Der VW-Bus eines Fernsehsenders rumpelte über die Wiese am Hauptkommissar vorbei. Der rbb war da. Andere waren schneller gewesen und hatten ihre Kameras bereits aufgebaut. Fotografen mit wuchtigen Teleobjektiven suchten günstige Positionen. Aber das Einzige, was sie ablichten konnten, waren Polizisten, Sanitäter, Ärzte, Polizeiwagen, Krankenwagen und Blinklichter.

De Bodt drängte sich zur Absperrung durch und hielt einem Uniformierten seinen Dienstausweis unter die Nase. Der hob das rot-weiße Band, und de Bodt ging zum Ufer. Er erkannte eine Gruppe von Zivilbeamten direkt am Fluss und hielt auf sie zu. Der Ekel meldete sich vor dem Anblick des Leichenfundorts. Er kannte dieses Würgen aus dem Magen, die Bitterkeit der Säure, wenn sie zum Mund drängte. Den Geschmack würde er nicht so bald loswerden.

Die Polizisten zeigten ihm die Rücken. Als er neben ihnen stand, sah er, warum.

Sie waren an den Händen zu einem Kranz zusammengebunden. Sieben Leichen. Sechs Männer, eine Frau. Er wollte wegblicken, konnte die Augen aber nicht von dem Bild lösen. De Bodt erkannte immer mehr Einzelheiten. Sie trugen Schwimmringe um Arme und Beine. Zwei Gesichter waren zerstört. In der Kranzmitte lag eine Tasche. Ihr Griff war an die Hände der Leichen gebunden. Beamte in Schlauchbooten hatten den Kranz ans Ufer geschleppt. Andere Polizisten hatten ihn an einem Poller befestigt.

Er versuchte das Würgen zu unterdrücken. Ihm wurde heiß.

De Bodt versuchte sich die Umgebung einzuprägen. Am gegenüberliegenden Ufer lag Kreuzberg. Früher hatte die Mauer Friedrichshain und Kreuzberg entlang dem Spree-Ostufer geteilt. Reste standen bemalt am Straßenrand und waren als East Side Gallery eine vom Bauwahn bedrohte Touristenattraktion. Links lagen zwei Hotelschiffe, schräg gegenüber ein Restaurant, dessen Eingang und Fenster ins Ufer eingemauert waren. Rechts die Schillingbrücke, links die Oberbaumbrücke.

De Bodt hörte die Stimmen der Kripobeamten wie durch eine Wand. Sein Handy klingelte, aber er drückte den Anruf weg, ohne zu schauen, wer es war. Eine Frau näherte sich. Schlank, mittelgroß, kurze blonde Haare. Mitte dreißig. Ihre blauen Augen wanderten über die Gruppe und blieben an de Bodt hängen. Sie runzelte kaum sichtbar die Stirn, zögerte und ging dann zu ihm. Sie sah gut aus.

»Sie sind der Kollege de Bodt, nehme ich an?«, sagte sie.

In ihrer Stimme klang etwas mit, das ihn berührte. Er ließ sich nichts anmerken, nickte knapp und reichte ihr die Hand.

»Silvia Salinger.«

Er hoffte, dass sie sein Würgen nicht roch. Er presste die Lippen zusammen. Während er sie noch musterte, trat ein kleiner, dürrer Mann von der Seite heran. Ein grauer Typ. Salinger blickte hin und sagte: »Das ist unser Kriminalrat Weber.«

»Ach, der Kollege de Bodt. Hier ist doch gleich richtig was los. Nicht, dass Sie glauben, Hamburg sei die Metropole des Verbrechens. Hier gibt es vielleicht weniger Rotlicht, dafür mehr Leichen.« Er lachte kaum hörbar.

De Bodt erwiderte nichts. Der Händedruck des Kriminalrats war knöchern. Er strich sich durchs schwarze Haar, das sich an der Stirn lichtete. »Ihr Fall«, sagte er. »Die KOK Salinger haben Sie ja schon kennengelernt. Sie hat die 3. Kommission in den letzten Wochen in Vertretung geleitet und ist bestimmt froh, dass sie diese Aufgabe nun los ist.«

Salinger verzog keine Miene.

»Ihr Vorgänger, der Kollege Tschilkowski, wurde frühpensioniert, ziemlich plötzlich. Das Herz. Nicht jeder hält den Druck aus.« Ein prüfender Blick. »Die Kollegin Salinger bringt Sie jetzt auf den Stand der Dinge. Mich brauchen Sie hier nicht mehr.« Wandte sich ab und trippelte Richtung Mühlenstraße.

»Schon ist er weg«, sagte Salinger trocken.

Ein Grinsen zog über de Bodts Gesicht. Kurz, kaum wahrnehmbar.

»Wir haben sieben Leichen. Offenbar alle erschossen. Zusammengebunden zu einer Art Kranz. In der Mitte eine Tasche. Schwimmen seit ein paar Stunden in der Spree, sagt der Rechtsmediziner. Spuren bisher keine. Fundort ist nicht gleich Tatort.«

»Was wissen wir über die Opfer?«

»Es handelt sich fast um den kompletten Vorstand der BBC.« Ein Blick: »Berlin-Brandenburgische Chemie AG.«

»Ich weiß«, sagte de Bodt. »Sind eine große Nummer.«

Sie nickte. »Die achte Leiche liegt im Gebäude.« Ihr Finger zeigte auf den Glas-Stahl-Beton-Koloss in Richtung Oberbaumbrücke.

Nun zeigte sein Finger zur Spree. »Die Leichen waren fixiert?«

Sie nickte. »Sonst hätte die Strömung sie mitgenommen.«

»Der Nachtwächter auch erschossen?«

Sie nickte. »Ein Schuss in den Kopf. Ein Schuss ins Herz.«

»Kameraüberwachung?«

Wieder ein Nicken. »Die Festplatte wurde ausgebaut.«

»Klar.« De Bodt trat ans Ufer. Salinger folgte ihm. Der Rechtsmediziner saß in einem Schlauchboot und untersuchte die Leichen. In einem anderen Boot sah er drei Kriminaltechniker in ihren Ganzkörperanzügen. Einer fotografierte. Auf dem anderen Ufer hatten sich Neugierige versammelt. Objektive glitzerten. Der Himmel riss auf, als wollte die Sonne den Ort beleuchten.

»Wir gehen zur Zentrale«, sagte de Bodt. »Hier können wir nichts tun.«

Sie querten schweigend die matschige Wiese zum Firmengebäude. Ganz oben prangten in Blau die Initialen BBC. De Bodt spürte Nässe in seinen Schuhen. Er fühlte, wie ihm wärmer wurde. Bald würde er in der Kälte schwitzen. Wie immer, wenn er begann, den Druck zu spüren.

Auch das Firmengebäude war weiträumig abgesperrt. Hier drängten sich aber weniger Gaffer und Journalisten am rot-weißen Band. Einer hielt de Bodt das Mikrofon vors Gesicht, doch der schob es weg. Sie betraten die Vorhalle. Die Leiche lag in einem Gang, zu dem eine Tür hinterm Tresen führte. Eine Lache geronnenen Bluts um den Kopf. An der Wand hatte der Mann eine rote Rutschspur hinterlassen.

De Bodt schmeckte noch mehr Galle. Er hasste intensive Körperlichkeit, am meisten bei Toten. Sie waren erstarrt oder schlaff, immer bleich. Er hätte nicht Arzt werden können. Ihn peinigte schon die Vorstellung, fremde Körper anfassen zu müssen.

Salinger reichte ihm Gummihandschuhe und zog selbst welche an.

»Profis«, sagte Salinger.

»Gibt's hier einen Medizinmann?«, fragte de Bodt.

»Nein, eine Wunderheilerin, die in diesem Fall aber auch machtlos ist.« Eine Frauenstimme aus einem Nebenraum. Ein Kriminaltechniker drängte sich grußlos vorbei. Die Ärztin war groß, schlank, hatte ein kantiges Gesicht und zurückgebundene schwarze Haare. De Bodt schätzte sie um die Vierzig. Sie lächelte und reichte ihm die Hand. »Zander, wie der Fisch«, sagte sie.

»De Bodt«, erwiderte er. »Leider heißt kein Fisch so.«

Sie verzog keine Miene. »Er war sofort tot. Todesursache muss ich Ihnen nicht erklären.«

»Hat er sich gewehrt?«, fragte Salinger.

»Wie denn?«, erwiderte die Ärztin.

»Er wurde nicht gestoßen oder geschlagen …«

»Wir suchen natürlich noch Spuren an seinem Körper. Aber ich setze jetzt schon mein nicht existierendes Morphiumdepot darauf, dass wir nichts finden außer den Kugeln. Eine hat die KT schon gefunden. Glatt durch Schädel und Brust. 'ne Luftpistole war das nicht.«

Wie bestellt, tauchte der Kriminaltechniker auf, der sich kurz zuvor vorbeigedrängt hatte. »Sie sind …?«, fragte er. Die Frage stand auch in seinem sommersprossigen Gesicht.

»Hauptkommissar de Bodt«, sagte Salinger.

Der Ganzkörperpräservativling reichte ihm eine Plastiktüte. Darin eine verformte Bleikugel.

»Neun Millimeter«, sagte de Bodt. »Und die zweite?«

»Finden wir noch.« Der Beamte stockte, dann sagte er: »Morgen früh wissen wir, aus was für einer Waffe sie stammt.« Er zog ab.

Zurück zur Eingangstür. »Schließen Sie die mal«, sagte de Bodt zu einem Beamten, als er draußen stand. Der guckte erstaunt, ging dann aber zum Tresen und fand nach ein paar Sekunden den Knopf. Die Türflügel schlossen sich. De Bodt trat ein paar Schritte zurück. Seine Augen suchten den Boden ab. Asphalt, vor der Tür Betonplatten. Über der Tür ein schmaler Regenschutz aus schwarzem Stahl. Rechts neben der Tür die Klingel und der Schlitz des Briefkastens. Über dem Eingang und an der Gebäudeecke Kameras. De Bodt drückte die Klingel. Sie war draußen als Summen hörbar.

Inzwischen war das Unterhemd feucht. Er fror. Kalter Schweiß. Er wischte sich mit einem Taschentuch die Stirn trocken.

Salinger hatte sich hinter den Tresen gestellt und beobachtete ihn.

De Bodt zeigte ihr an, die Tür zu öffnen. Sie drückte den Knopf. De Bodt betrat den Vorraum und ging zum Tresen. »Die Tür ist nicht beschädigt. Der Nachtwächter hat sie hereingelassen.«

»Er brauchte einen Grund. Die Tür ist nachts mit Sicherheit geschlossen«, erklärte Salinger.

»Er hat den Nachtwächter mit der Knarre bedroht«, sagte eine

Stimme. Ein kleinwüchsiger blonder Mann tauchte neben Salinger auf. Er trug eine blaue Hose und einen gelben Pullover. Er reichte ihr an die Schulter. Das Gemetzel im Bürohaus schien ihm die Laune nicht zu verderben.

»Das ist Ali Yussuf«, sagte Salinger ungerührt. »Ihr Assistent, wenn Sie so wollen.«

De Bodt musterte ihn. »Wo kommen Sie denn her?«

»Aus Neukölln«, erwiderte Yussuf.

»Anwärter?«, fragte de Bodt.

Yussuf nickte eifrig. »Jawohl, Herr Hauptkommissar.«

De Bodt ließ sich nichts anmerken. Ihm gingen übereifrige Anfänger auf die Nerven. Und: Ein blonder Türke, wo gibt's denn so was?

»Dann gehen wir mal.« Und zu Salinger: »Wer hat uns geholt?«

Salinger guckte in ihr Notizbuch. »Jemand … der Hausmeister.«

»Wann?«

»Kurz nach sieben Uhr.«

»Geht's genauer?«, fragte er, nachdem er den Aufzugknopf gedrückt hatte.

»Sieben Uhr und drei Minuten. Die Sekunden hat der Kollege am Notruf leider nicht notiert. Ich werde ihn dafür tadeln.« Sachlich, fast eisig.

Er grinste innerlich und stieg ein, nachdem der Lift gegongt hatte.

Sie roch gut.

Der Schweiß trocknete langsam. Das Frösteln blieb.

Yussuf fummelte an seinem Smartphone.

Salinger führte ihre Kollegen in den Sitzungsraum. Ein süßlicher Gestank schlug ihnen entgegen, vermischt mit etwas Scharfem. Pulvergeruch. Auch hier arbeiteten Kriminaltechniker. De Bodts Magen verkrampfte sich wieder. An den Wänden, auf den Tischen und auf dem Teppichboden Blut, Gewebe, Hirn. Yussuf band sich einen Mundschutz um. Salinger schien unberührt. Sie deutete auf das Ende des langen Konferenztischs und blickte in ihre Notizen. De Bodt schluckte ein paarmal, aber es wurde nicht besser.

»Da saß Dr. Wittstock. Er hat die Sitzung geleitet. Er ist der

Vorstandssprecher.« Ein Blick zu ihm, als wollte sie fragen, ob er einverstanden sei mit ihrem Vorgehen.

Er nickte. Der Speichel schmeckte bitter.

Ein Fingerzeig zum Platz neben Wittstock. »Norbert Müller, Vertrieb. Daneben Wolfgang Böttcher, Kontakt zur Politik und Sicherheitschef.«

»Seltsame Kombination«, sagte de Bodt.

»Was?«, fragte Yussuf laut. Er schrieb in einem Block und blickte de Bodt an, als erwartete er von ihm die Offenbarung.

»Dr. Wolf-Dietrich Holter, Forschung«, sagte Salinger.

Yussuf schrieb.

Sie deutete auf die andere Seite des Tischs. »Hübscher …« Ein Blick ins Notizbuch. »Otto.« Dann: »Helene Schneider.« Wieder ein Blick ins Buch. »Auch Doktor. Marketing, Werbung, Presse …« Fingerzeig. »Und hier Ahlfeld, Julian, kein Doktor.«

Yussuf gab einen Laut von sich, der sich nach unterdrücktem Prusten anhörte.

Salinger tat so, als hätte sie es nicht gehört. »Produktionsleiter.«

»Die haben alle Vorstandsmitglieder umgebracht«, sagte Yussuf. Erstaunen lag in seiner Stimme.

»Nein«, widersprach Salinger. »Es fehlen Werner Köhler und Hermann Wels. Köhler habe ich erreicht. Der ist krank, liegt mit Magen-Darm-Katarrh im Bett. Sagt er. Wels ist in Brüssel. Sagt die Sekretärin von Köhler.«

»Ich brauche die Sekretärinnen und sonstigen Mitarbeiter. Wir müssen mit Köhler und Wels sprechen.«

»Wels ist informiert und auf dem Weg nach Berlin«, sagte Salinger. Sie strich sich eine Strähne aus dem Gesicht.

»Gibt's hier ein Büro …?«

»Ich habe ein Büro belegt«, sagte Salinger. »Im fünften Stock.«

»Wir brauchen Verstärkung. Die müssen alle befragt werden, ob ihnen irgendetwas aufgefallen ist in letzter Zeit. Zuerst der Hausmeister.«

»Wir sind schon dabei«, sagte Salinger.

De Bodt überlegte kurz. »Gut, dann fahren wir jetzt zu Köhler. Sie wissen …«

»In Zehlendorf.«

»Und Sie kümmern sich um die Befragungen. Plündern Sie die anderen Kommissionen. Wenn die zicken, rufen Sie mich an. Klar?«

»Jawohl, Boss!« Ein Lächeln zog über Yussufs Gesicht. Hätte noch gefehlt, dass er die Hacken zusammengeschlagen hätte.

Ob es vom Durchfall kam oder vom Schrecken oder von beidem: der Mann war blass wie ein Blatt Papier. Er saß in einem Trainingsanzug und mit Hauslatschen in einem Ohrensessel. Der Mann erschien de Bodt wie der Pensionär einer Versicherungsgesellschaft. So stellte er sich ein Vorstandsmitglied eines weltweit tätigen Chemiegiganten jedenfalls nicht vor. Seine Frau zitterte und japste, während de Bodt knapp den Grund ihres Kommens schilderte.

»Und mein Mann, und mein Mann«, sagte sie. Immer nur »Und mein Mann«, während sie die Schürze ablegte, aber nicht wusste, wo sie die loswerden sollte. Hilflos starrte sie auf das Kleidungsstück in ihrer Hand.

»Koch den Polizisten Kaffee, für mich einen Tee«, sagte Köhler. Nässe glitzerte auf seiner Stirn. Er fingerte am Bügel seiner Brille, setzte sie ab, legte sie auf eine Illustrierte auf dem Beistelltisch und setzte sie gleich wieder auf. »Ja, nehmen Sie Platz.« Er deutete zum Sofa.

De Bodt und Salinger setzten sich nebeneinander. »Frau Schindler hat mich schon angerufen, heute früh«, sagte er leise.

Salinger räusperte sich: »Das ist Ihre Sekretärin.«

Er blickte sie verwirrt an und nickte. »Alle tot …«

Er schaute sich um, als wäre er gerade eingezogen in das verwohnte Haus in Zehlendorf. »Ich wäre auch …«, sagte er.

De Bodt überlegte, ob es ein Zufall war, dass Köhler überlebt hatte. Der Mann sah krank aus, aber diesen Anschein konnte einer leicht erwecken. »Seit wann sind Sie krank?«

»Seit gestern … Abend.«

»Sie waren am Vormittag noch in der Firma?«

Er nickte. »Nach dem Mittagessen hatte ich einen Termin in Lichterfelde …«

»Was für einen Termin?«, fragte Salinger.

»Privat.«

»Geht's genauer?«

»Das hat mit dem … nichts zu tun.«

»Das entscheiden wir«, sagte Salinger.

»Massage«, erwiderte Köhler.

»Bei wem?«

Köhlers Gesicht rötete sich. Er erhob sich ächzend und verließ den Raum. Nach wenigen Sekunden kehrte er zurück, setzte sich und schob eine Visitenkarte zu Salinger. De Bodt nahm sie an sich, blickte kurz darauf und steckte sie ein. Er wusste, was für eine Massage Köhler bekommen hatte. Trotzdem würden sie es überprüfen. In diesem Moment erschien Frau Köhler mit einem Tablett. Darauf Tassen, Kanne, eine Schale mit Butter- und Schokokeksen.

»Und dann?«, fragte de Bodt.

»Dann fühlte ich mich nicht wohl und bin gleich nach Hause gefahren.«

»Sie haben …«

»Ich habe Frau Schindler angerufen.«

»Sonst niemanden? Weil Sie ja auf der Vorstandssitzung gefehlt haben.«

»Frau Schindler hat es Dr. Wittstock ausgerichtet.«

»Haben Sie es bedauert, nicht auf der Sitzung gewesen zu sein?«

Köhler blickte ihn mit entsetzten Augen an.

»Gestern, als Sie wussten, dass Sie nicht dort sein würden.«

Köhler überlegte und nickte.

»Warum? War die Sitzung wichtig? Für Sie?«

»Es ging hin und her in letzter Zeit«, sagte Köhler. Seine Stimme verriet die Einsicht, dass es damit vorbei war. Es gab keine Diskussionen mehr mit diesen Leuten, mit denen er so lange zusammengearbeitet, über die er sich so oft geärgert und mit denen er sich manchmal doch gefreut hatte.

»Gab es Streit?«, fragte Salinger.

»Es gab immer Streit. Das ist normal. Aber wir haben die Dinge vernünftig … ausgetragen.«

»Um was ging es?«, fragte Salinger.

»Um die Strategie. Die Märkte ändern sich. Globalisierung …«

»Streit?«, unterbrach de Bodt. »Was heißt das genau?«

»Dass unterschiedliche Positionen vertreten wurden. Die einen wollten aggressiv in neue Märkte investieren. Asien, Lateinamerika, sogar Afrika, Russland und die neuen Staaten dort. Die anderen warnten vor den Risiken. Dass man seine Investitionen verlieren könne und nicht nur die, sondern dass der Konzern in eine Krise verstrickt werden könnte, wenn man die eigenen Mittel überreizte.«

»Gab es persönliche … Animositäten?«, fragte de Bodt.

Köhler überlegte und schüttelte den Kopf. »Es gab keine Feindschaften. Die Leute sind halt unterschiedlich. Wittstock« – er rieb sich das Auge – »ist … war ein guter Moderator. Niemand hat seine Autorität bezweifelt. Wenn es … scharf wurde in den Diskussionen, hat er ausgeglichen. Ein Mann des Kompromisses. Wissen Sie« – er schaute an die Decke, und es schien, als käme ihm eine Erleuchtung –, »wenn Sie so viele Talente haben, die Schneider, Holter …, dann brauchen Sie doch einen, der ihre Energien zusammenführt. Und das war Wittstock.«

Köhler verehrte Wittstock. Oder tat er so, um jeden Verdacht von sich abzulenken? De Bodt wollte sich noch nicht festlegen.

»Wo waren Sie in der letzten Nacht?«, fragte Salinger. Als hätte sie de Bodts Gedanken gelesen.

Köhler drehte sein Gesicht zu Salinger. Wie in Zeitlupe. Die Augen vergrößerten sich. Ein blasses Rot zog auf die Wangen. Seine Frau hielt die Luft an und atmete zischend aus.

»Wir müssen das fragen«, sagte de Bodt. »Wir fragen das jeden, der …«

»Auf dem Klo«, sagte Köhler. »Ich habe mehr geschissen, als ich essen kann.«

Salinger warf der Frau einen Blick zu.

»Er war hier«, sagte sie. »Die ganze Nacht … den Abend auch.«

De Bodt und Salinger wechselten einen Blick. Sie hatte warme Augen. Sie dachte das Gleiche wie er: Was soll die Frau sonst sagen?

»Gibt es weitere Zeugen? Einen Arzt …?«, fragte Salinger.

Beide schüttelten den Kopf.

»Sie glauben doch nicht etwa …«, stotterte Köhler.

»Darum geht es nicht«, sagte de Bodt. »Wenn wir das nicht fragen, wären wir keine Polizisten.« Und dachte: Ich verfluche den Tag, als ich beschloss, Polizist zu werden. Immer die gleichen Fragen, immer die gleichen Antworten. Der Ekel angesichts der Leichen, die Langeweile der Routine, die Biederkeit der Kollegen. Die Ödnis der Büros.

Sein Handy klingelte. Nach einem Blick auf die Anzeige drückte er den Anruf weg.

»Was wird jetzt aus der BBC?«, fragte Salinger.

Köhler zuckte mit den Achseln. Er kratzte sich am Ohr. »Wels und ich … werden die BBC kommissarisch leiten, bis der Aufsichtsrat neue Vorstände ernennt.«

»Wollen Sie Vorstandssprecher werden?«, fragte Salinger.

Köhler zögerte, dann schüttelte er den Kopf. »Nein.«

»Fehlt Ihnen die Qualifikation?«

Die Frau japste wieder. Wie kann man es mit so jemandem aushalten?, dachte de Bodt. Er hielt es mit kaum einem aus. Oft auch nicht mit sich selbst.

Köhler runzelte die Halbglatze. »Sie haben eine Art …« Er blickte Salinger böse an.

»Wenn Sie so freundlich wären …«

»Das Urteil darüber steht mir nicht zu. Das entscheidet der Aufsichtsrat.«

»Also sind Sie scharf auf den Job«, sagte sie trocken.

Er hustete laut.

»Kennen Sie den Film *Adel verpflichtet*?«

Köhler schüttelte unwillig den Kopf. »Ich dachte, Sie sind von der Mordkommission.«

»Da steht einer beim Erbe ganz hinten in der Reihe der Anwärter. Er erbt also nur, wenn er einen Haufen Leute aus dem Weg schafft. Und so bringt er alle um, die vor ihm stehen.« Salingers Blick wich nicht von Köhlers Augen.

Der hustete wieder.

An der Wand über der Kommode entdeckte de Bodt Fotos. Ein junges Paar, zwei Kinder.

»Das ist absurd. Wenn Sie keine Fragen mehr haben, würde ich Sie bitten, das Haus zu verlassen. Sie sollten sich bemühen, den Mörder zu fassen. Hier verschwenden Sie Ihre Zeit.«

»Stellen Sie sich das doch einfach mal vor: Sie oder Wels sind versessen auf Wittstocks Job. Den kriegen Sie aber nur, wenn Wittstock abtritt und mit ihm alle seine Unterstützer.« Salinger sagte es mit Überzeugung, als wüsste sie, was sich im Vorstand abgespielt hatte.

»Das ist doch Unsinn!«, brach es aus ihm heraus. »Vollkommener Quatsch.«

»Also, ich halte die Tatsachen fest: Sie waren scharf auf Wittstocks Posten. Wittstock und sechs weitere Vorstandsmitglieder wurden ermordet. Der Weg ist jetzt frei für Sie. Oder für Wels. Wir nennen so was ein Motiv.«

Köhler schnappte nach Luft, seine Frau japste wieder. De Bodt kam sich einen Augenblick vor wie im Aquarium.

»Ist Wels so ehrgeizig wie Sie?«

»Muss ich solche … Fragen beantworten? Das ist eine Zumutung. Ich sage nichts mehr ohne meinen Anwalt.«

»Sie haben zu viele Krimis gesehen. Sie haben kein Recht auf einen Anwalt in diesem Stadium der Ermittlungen.«

»Unerhört.«

Salinger blickte ihn fest an. »Das bestimmt die Strafprozessordnung. Und die bestimmt auch, dass Sie meine Fragen beantworten müssen. Es sei denn, Sie würden sich durch Ihre Antworten selbst belasten. Sollten wir Sie als Beschuldigten betrachten, dürfen Sie natürlich schweigen. Aber noch ist es nicht so weit.«

De Bodt grinste innerlich. Salinger war gnadenlos. Sie hatten keine Zeit und unendlich viel zu tun.

Als hätte Salinger es gehört, erklärte sie: »Wenn wir die Täter nicht binnen achtundvierzig Stunden festnehmen, wird es schwierig. Deswegen haben wir es eilig. Und deswegen behindert Ihre … Zögerlichkeit die Ermittlungen. Wir können keine Rücksicht nehmen auf Ihre Empfindlichkeiten. Es geht um achtfachen Mord.«

Köhler sackte in sich zusammen.

De Bodt überlegte sich, wie Salinger im Bett wäre. Welche Seiten würde er da an ihr entdecken? Er verdrängte den Gedanken so schnell, wie er gekommen war.

Sein Handy klingelte. Ein Blick auf die Anzeige und ein Druck auf die Taste, um das Gespräch abzuweisen.

Nach einer Weile erklärte Köhler: »Natürlich sage ich, was ich weiß.«

»Also«, erwiderte Salinger gleichmütig, »Sie wären gern Vorstandschef geworden. Und Wels auch.«

»Wels nicht.«

»Warum nicht? Ich stelle mir vor, wenn man solche Karrierehöhen erreicht, will man alles. Nur noch ein Sprung, und man ist ganz oben. Danach gibt's nur noch Bundeskanzler oder Papst.«

»Wels war zufrieden. Er hat sich das nicht zugetraut. Er hat mal gesagt, er sei ein Teamplayer, kein Mannschaftskapitän. Er hätte nie etwas gegen Wittstock unternommen.«

»Sie aber schon.« Eine Feststellung, keine Frage.

Wels schüttelte den Kopf. »Nein, ich habe keine Ahnung, wer das getan hat.« Er wischte sich den Angstschweiß von der Stirn. »Ich verlange Polizeischutz, bis Sie die Täter haben.«

De Bodt nickte, rührte sich aber nicht.

Wels hatte seine Termine in Brüssel abgesagt – »sogar den beim EU-Kommissar« – und war mit dem nächsten Flieger zurückgekehrt. Während des Flugs hatte er genug Zeit gehabt, um panisch zu werden. Er sprach hektisch. De Bodt hatte gerade sein neues Büro betreten, da stand Wels schon in der Tür. De Bodt rief Salinger und Yussuf dazu. Der brachte ungefragt ein Tablett mit Kaffee mit.

De Bodt musterte den Haarschopf seines Kollegen, suchte nach schwarzen Haarwurzeln. Da waren aber keine.

De Bodt zeigte die Handfläche. »Haben Sie auch einen Tee?«

»Äh, Beutel, heißes Wasser …«

De Bodt winkte ab und deutete auf den Stuhl am kleinen Tisch in der Ecke. Aber da hatte sich Yussuf schon abgewendet.

Das Büro stank nach seinem Vorgänger, der es mit dem Rauchverbot nicht so ernst genommen haben konnte. Oder war Yussuf der Übeltäter? In den Gestank mischten sich faulige Gerüche, als vermoderte unter dem Linoleumboden eine Ratte. Er schmeckte immer noch Galle. Immerhin war ihm nicht mehr kalt.

Yussuf setzte sich an de Bodts Schreibtisch und bearbeitete abwechselnd ein Notizbuch und sein Smartphone. Seine Füße trappelten auf dem Boden. Er blinzelte pausenlos. De Bodt versuchte ihn zu übersehen und zu überhören.

»Und Köhler?«, fragte Salinger. »Der hatte doch Ambitionen, oder?«

»Gewiss. Aber der würde doch nie …«

»Hat es Ärger gegeben zwischen Köhler und Wittstock? Oder zwischen Köhler und dem Rest des Vorstands?«

»Ich muss meine Frau anrufen«, sagte Wels. Er nestelte an seinem Jackett herum. »Die ängstigt sich zu Tode.«

»Sie müssen unsere Fragen beantworten«, erwiderte Salinger.

»Polizeischutz«, sagte Wels. »Sofort.«

Salinger warf de Bodt einen Blick zu. Er saß auf dem Stuhl an der Wand mit Blick auf Wels. Im Hintergrund veranstaltete Yussuf Zappelübungen.

De Bodt nickte.

»Ali, schick mal einen Streifenwagen vor die Wohnung von Herrn Wels«, sagte Salinger.

»Zu diesem Feine-Pinkel-Bunker Am Friedrichshain? Die haben doch bestimmt Wachleute.«

»Trotzdem. Und zu Köhler schicken Sie auch einen Streifenwagen«, sagte de Bodt.

Yussuf schnaufte und verließ das Büro.

»So, und jetzt kommen wir zur Sache«, sagte Salinger. »Köhler wollte ganz nach oben. Da saß aber schon einer. Wie haben Sie diese Lage erlebt? Hat Köhler aufbegehrt? Hat er intrigiert? Mit dem Aufsichtsrat? Mit Aktionären?«

»Nein, natürlich nicht.«

»Und woher wissen Sie das? Hat Köhler es Ihnen verraten: Nein, Kollege Wels, ich würde nie hinter dem Rücken unseres Chefs …?«

Wels lief rot an. »Das ist doch Unsinn.«

»Woher wissen Sie, dass Köhler nichts versucht hat?«

»Das hätte man gemerkt.«

»Ja? Woran?« Salingers Augen wurden schmal.

Wels überlegte. »An der Stimmung. Es hätte ein … Getuschel gegeben. Gereiztheit.«

»Aha«, sagte Salinger.

»Köhler hat Dr. Wittstock … respektiert. Obwohl er sich selbst die Aufgabe auch zugetraut hat. Köhler bringt doch niemanden um. Schon gar nicht Wittstock.«

»Und er beauftragt auch keine Berufskiller? Die Sache kostet vielleicht fünfhunderttausend oder eine Million, dafür winkt der zweitbeste Job der Welt?«

»Sie sind doch verrückt«, stieß Wels hervor. Speicheltröpfchen glänzten im Licht.

Die Tür wurde aufgestoßen. Yussuf kam zurück. »Auftrag erledigt!«, tönte er und setzte sich hinter den Schreibtisch seines Chefs. Dem Gestank nach zu urteilen, hatte er auch noch Zeit gefunden, eine zu paffen.

»*Noblesse oblige*, das ist es nicht«, sagte de Bodt.

Salinger blickte ihn an. Aber es kam nichts mehr.

Yussufs Finger trommelten auf der Tischplatte. Er hatte Köhlers Massagesalon angerufen und sich dessen Besuch bestätigen lassen. »Ganzkörpermassage«, berichtete er. Yussuf saß immer noch am Schreibtisch seines Chefs, obwohl Wels längst in seinen Wohlstandsbunker zurückgefahren war. Vielleicht prüfte Yussuf von dort, ob der Hertha-Wimpel auf dem eigenen Tisch optimal aufgestellt war. »Ist doch klar, der Fall«, sagte er im Ton eines Typen, der aller Rätsel Lösungen kannte.

»Vielleicht weihst du uns ein. Dann können wir bald Feierabend machen«, sagte Salinger.

Draußen donnerte ein Laster vorbei. Ihm folgte die Sirene eines Krankenwagens. Über dem Rauschen des Feierabendverkehrs, der sich zur Stadtautobahn quälte.

»Die Killer wollten nur einen von den Vorständen umbringen. Und haben die anderen auch ermordet, um ihr Motiv zu tarnen.«

»Und jetzt verrätst du uns noch, wer das Ziel war. Das getarnte Motiv wäre auch hilfreich.«

Yussuf warf ihr einen bösen Blick zu. Darin lag der Vorwurf: Ich bringe den Laden auf Touren, und dafür ernte ich nur Spott. Aber er sagte nichts.

De Bodt bedachte die Möglichkeiten. Yussufs Idee war zwar abwegig, aber nicht ausgeschlossen. Sie würden es prüfen müssen. Eine Weile ertönte nur das Getrappel von Yussufs Füßen. Salinger nippte an ihrem Kaffee. De Bodt war in sich versunken. Er kämpfte gegen seinen Widerwillen. Nur wenn sie unverschämt viel Glück hatten, würden sie die Mörder und ihre Hintermänner bald greifen. Es würde also schwierig, zäh, doch intellektuell eher langweilig. Klinken putzen. Jedem Schwachsinn nachgehen. Er hasste diese Arbeit. Dem dramatischsten Verbrechen folgte die Routine.

Sein Handy klingelte, er schaltete es aus und legte es auf den Tisch. Ein Nokia-Modell aus der Kreidezeit, abgegriffen. Es passte nicht zum Maßanzug und zu den italienischen Schuhen. Salinger musterte ihn, dann schweifte ihr Blick zu Yussuf.

»Vielleicht sollten wir über Motive und Täter nachdenken, bevor wir die Ochsentour machen«, sagte sie. »Eine halbe Stunde Brainstorming, und dann fallen wir über die Angehörigen her. Die sind doch schon informiert, oder?«

»Weber hat die Bullen losgeschickt«, maulte Yussuf. Er war immer noch beleidigt. Seine Laune litt auch darunter, dass die Befragung der BBC-Mitarbeiter nichts gebracht hatte. Sie würden alle Protokolle lesen müssen. Aber dass nichts drinstehen würde, war jetzt schon klar.

»Zu den Motiven. Oder?«, sagte Salinger. Sie blickte zu de Bodt, aber der war nicht wieder aufgetaucht.

»Motiv Nummer eins: Konkurrenz. Ein anderer Konzern kämpft mit der BBC um einen Markt oder um was die auch immer kämpfen, Patente, Leute.«

»Am Ende geht's doch nur um die Kohle«, sagte Yussuf.

»Motiv Nummer zwei: auch Konkurrenz. Nur diesmal zwischen Mitgliedern des Vorstands. Köhler und/oder Wels beseitigen das feindliche Lager. Allerdings wissen wir noch nicht, ob es überhaupt solche Lager gegeben hat.«

»Köhler wollte Boss werden. Hat er doch gesagt«, warf Yussuf ein. Die Mundwinkel endeten dicht über der Schreibtischplatte.

»Deswegen muss er nicht gleich zum Massenmörder werden.«

»Der war gar nicht in Brüssel, sondern hat seine Killertruppe ...«

Die Tür ging auf. Die Frau mit dem blonden Pony stand in der Tür, eine Akte in der Hand. »Wem darf ich die geben?«

Yussuf deutete auf den Schreibtisch. Die Frau guckte irritiert, dann legte sie die Akte auf den Tisch. Ein Blick zu de Bodt, und weg war sie.

Yussuf zog die Akte vor sich und schlug sie auf. »Rechtsmedizin und Kriminaltechnik«, sagte er. Er las murmelnd. »Maschinenpistolen. Mindestens vier Täter. Im Sitzungsraum vermutlich hauptsächlich Heckler & Koch MP7. Die zweite Kugel vom Pförtner steckte in einem Schrank. Stammt wohl aus einer Glock 17. Fundort nicht gleich ... das wissen wir doch schon ... Tatort. Der ist das Konferenzzimmer und der Flur hinterm Empfangstresen.« Er guckte zu Salinger, dann zu de Bodt. Aber der blickte irgendwohin.

Ein Klopfen, die Tür öffnete sich. Kriminalrat Weber. De Bodt kam er noch grauer vor als am Spreeufer. Er stellte sich vor den Schreibtisch, die Hände auf dem Rücken. »Was haben Sie?« Hektisch. Wippen auf den Fußballen.

Salinger wartete auf de Bodt, der sagte aber nichts. »Nichts«, antwortete sie. »Nicht mal plausible Spekulationen.«

»Keine Spuren?«

»Viele, aber wohin sie uns führen ... keine Ahnung. Werden ausgewertet. Auf Fingerabdrücke wage ich nicht zu hoffen. Vielleicht findet die Spusi ein Haar.«

»Tut mir leid, Herr Hauptkommissar«, sagte Weber.

De Bodt zuckte mit den Achseln.

»Sie haben sich bestimmt einen besseren Einstand gewünscht. Das holen wir nach. Wenn wir den Fall aufgeklärt haben. Doppelter Grund zu feiern.«

Durch die offene Tür kam die Ponyfrau. »Sie kennen sich ja schon«, sagte der Kriminalrat. »Frau Engel ist eine großartige Sekretärin.«

Engel nickte dankbar.

De Bodt nickte knapp zurück. Sie stand ein paar Sekunden, blickte zu Salinger, Yussuf, Weber, dann verschwand sie.

Weber streckte den Rücken gerade. »Ich muss Ihnen ja nicht erklären, dass es von größter Wichtigkeit ist, diesen Fall schnellstmöglich aufzuklären.«

De Bodt blickte ihn kurz an, dann fixierten seine Augen die Tischkante. Weber nickte grundlos, aber energisch zweimal. »Dann will ich Sie nicht aufhalten.«

Ein Grinsen huschte über Salingers Gesicht.

Yussuf trappelte.

»Die Motive, bevor wir Klinken putzen«, sagte Salinger.

Yussuf: »Wenn ich die KT und die Medizinfrau richtig verstehe, handelt es sich um Profis. Dafür sprechen auch die Waffen. Wer beschäftigt Profis?«

Ein Blick zu de Bodt. Salinger zögerte, dann sagte sie: »Wer das Geld dazu hat. Und ein handfestes Motiv. Etwas Schwerwiegendes. Vielleicht was Politisches ...«

»Industriespionage«, trötete Yussuf und übertönte das Fußtrampeln mit Fingerklopfen auf der Tischplatte.

»Vielleicht. Das wären dann drei Motive: zweimal Konkurrenz, Industriespionage ...«

»Oder ein Geheimdienst. Was produzieren die eigentlich? Kampfstoffe?«

»Vielleicht. Aber wenn es rauskommt, gibt's einen Wahnsinnsärger. Und so was kommt immer raus. Die Wahrheit liegt ganz woanders.«

»Die Wahrheit ist nur ein Anschein«, sagte de Bodt.

Salinger blickte ihn verwirrt an. Doch de Bodt tauchte wieder ab.

»Die haben die zu einem Kranz zusammengebunden«, staunte Yussuf.

Wieder öffnete sich die Tür. Diesmal waren Klopfen und Öffnen ein Klang. Ein groß gewachsener Mann mit roten Haaren und Backenbart kam mit festem Schritt herein. Er steuerte de Bodt an. »Sie sind der Neue«, sagte er. »Krüger, Hauptkommissar, ein bisschen länger dabei als Sie und immer im Eldorado des Verbrechens.« Er streckte die Hand aus.

»Freut mich«, sagte de Bodt. »Für Sie.« Er blieb sitzen und übersah die Hand.

Krüger guckte zu Salinger. »Tag, Silvia.« Seine Augen zeichneten ihre Figur nach.

»Tag.«

»Ich wollte nur sagen, dass ich und meine Kollegen gerne weiterhelfen. 2. Mordkommission. Die besten …«

»Klar«, sagte Yussuf. »Ihr habt die Kripo erfunden.«

Krüger tat so, als hätte er es nicht gehört. »Also, ihr wisst Bescheid.«

An der Tür übernahm er die Klinke von einem anderen Mann. Unscheinbar. Graue Hose, blauer Blazer, Hornbrille, Borstenhaare.

»Aha, der Herr de Bodt. Da haben Sie ja gleich einen richtigen Fall.« Er blieb kurz hinter der Tür stehen und warf einen missbilligenden Blick auf Yussuf. De Bodt musterte den Mann kurz. Der kam zu ihm. »Oberstaatsanwalt Dr. Sebald. Ich habe, wie soll ich's sagen, ein wenig dazu beigetragen, dass Ihnen dieser Fall übertragen wurde.«

»Warum?«, fragte Salinger, während Sebald sich vor de Bodt aufbaute.

»Der Hauptkommissar de Bodt hat sich einen guten, ja, sehr guten Ruf in Hamburg erarbeitet. Vielleicht haben Sie vom Fall Fahlinger gehört …«

»Die Frau, die ihren todkranken Mann ermordet haben soll«, platzte Yussuf dazwischen. »Die es aber nicht war …«

»Sondern der Enkel, der gehört hatte, dass sein Großvater das Testament zu seinen Ungunsten ändern wollte.«

Yussufs Gesicht spiegelte Bewunderung. »Und es lag nur an einem …«

»Wir verlieren Zeit«, sagte de Bodt.

»Sie haben recht, Herr Hauptkommissar«, sagte Sebald betont förmlich. »Haben Sie schon etwas für mich?«

Wie denn, wenn dauernd Wichtigtuer hier auftauchen und den Neuen beglotzen wollen?, dachte de Bodt.

»Nichts außer Spekulationen. Und die taugen nichts.«

»Wie ich höre, bricht die Zentrale fast zusammen vor Anrufen«, sagte Sebald und wandte sich zum Gehen. »Sobald Sie was haben … die Medien … Sie wissen ja.«

Natürlich würden die Aasgeier von *Bild*, *Kurier* & Co. sich an dem Mord aufgeilen.

Das Telefon klingelte. Yussuf nahm ab, hörte zu und sagte: »Der Großkotz von der Presseabteilung …«

»Soll sich an den Kriminalrat wenden. Wofür wird der bezahlt?«, sagte Salinger.

»Wo gibt's hier ein Café?«, sagte de Bodt.

»*Café Luftbrücke*, in der Richthofenstraße«, sagte Salinger.

Das Café war auf Fünfzigerjahre getrimmt. Auf den Tischen standen Schirmlämpchen. Salinger und Yussuf bestellten Kaffee, de Bodt grünen Tee. »Zweiter Aufguss, sieben Minuten.« Die Kellnerin schlug die Augen nach oben, dann trabte sie los. »Die erste Tasse für den Feind, die zweite Tasse für den Freund«, murmelte de Bodt ihr nach. »Welche Motive können wir mit hoher Wahrscheinlichkeit ausschließen?«

»Eifersucht«, antwortete Salinger.

»Von wegen«, erwiderte Yussuf. »Manche Leute sind so eifersüchtig, dass sie alles und jeden umbringen würden.« Gleichzeitig befummelte er sein Smartphone.

»In Anatolien vielleicht«, sagte Salinger.

»Das ist rassistisch.« Yussuf hob den Zeigefinger.

»Kennen Sie Ockhams Rasiermesser?«, fragte de Bodt.

»Ich rasier mich elektrisch«, patzte Yussuf.

Salinger nickte. »Kenn ich.«

»Du rasierst dich nass?«, fragte Yussuf.

Sie schwiegen eine Weile.

Yussuf blätterte in der Akte mit den ersten Ergebnissen von KT und Rechtsmedizin. »Wir müssen sie alle fragen. Die Angehörigen. Die geheimen Freundinnen.«

»Ein Fass ohne Boden«, sagte Salinger.

»Wir finden vielleicht etwas Typisches. Pars pro toto«, sagte de Bodt.

Yussuf starrte ihn an.

»Das stimmt. Wir können nicht jeder Spur folgen. Und wenn Weber uns noch so viel Verstärkung beschafft. Wo fangen wir an?«

»Wir machen mit den Motiven weiter«, sagte de Bodt. »Und setzen die Vernehmungen fort, bis es keinen mehr gibt, den wir fragen können.«

Yussuf blätterte wieder. »Niemand hat etwas bemerkt. So was wie Nachbarschaft gibt's dort nicht. Vielleicht melden sich noch ein Kneipengänger oder irgendein Nachtschwärmer.«

»Was ist passiert?«, fragte de Bodt.

Salinger blickte ihn erst verwundert an, dann nickte sie.

»Die Typen sind vorgefahren …«, sagte Yussuf.

»Woher weißt du das?«, fragte Salinger.

»Damit sie schnell verschwinden konnten. Und die Leichen muss man auch erst mal zur Spree bringen«, erwiderte Yussuf. Plötzlich war er ganz und gar konzentriert. Finger und Füße blieben ruhig. Er verzog das Gesicht, als die Kellnerin die Getränke brachte. Die rückte erst die Zuckerdose und den Salzstreuer zur Seite, dann wischte sie mit der Handfläche über die Tischdecke.

Salingers Handy klingelte. Sie nahm ab, hörte zu und sprach nach, was sie hörte:

Der Tod ist groß.
Wir sind die Seinen
lachenden Munds.
Wenn wir uns mitten im Leben meinen,
wagt er zu weinen
mitten in uns.

II.

Er lag auf der Pritsche, draußen rauschte der Wind durch die Tannen. Das Kra-kra-kra eines Raben hallte. Ein Knacken erschreckte ihn. Aber dann war es still. Er berührte die Glock unter der Pritsche. Der Griff lag satt in der Hand. Es beruhigte ihn. Niemand konnte wissen, dass er hier lag. Er selbst hatte es ja bis vor Kurzem nicht geahnt. Durch die Ritzen des Fensterladens schien die Morgensonne. André hatte Hunger, aber nichts zu essen. Er schloss die Augen und öffnete sie gleich wieder.

Die Bilder in seinem Kopf.

Die ganze Zeit hatte André einen Geruch in der Nase. Es roch nach einer Sauerei. André war ein kluger Mann. Er hatte sogar ein paar Semester Betriebswirtschaft studiert. Er wusste oft im Vorhinein, wenn sich etwas zusammenbraute. Er hatte einen Riecher. Schon an der Uni. Aber diesmal ging es nicht um fiese Klausuren und hinterlistige Prüfer. Nicht um Statistik.

Diesmal ging es um sein Leben.

André hatte zusammengerechnet, was er wusste. Der Auftraggeber hatte eine Spitzentruppe rekrutiert. Über Bob, den Chef, der Söldner gewesen war in Afrika, im Irak und sonst wo. Der einen Schweinchenschädel hatte und noch viel schlauer war. Bob war glasklar. Ruhig. Schnell. Perfekt. Der Plan war einfach gewesen. Das Risiko gering. Die Recherche hatte alle Möglichkeiten berücksichtigt. Der Auftraggeber hatte erstklassiges Infomaterial geliefert. Sie mussten kein einziges Mal improvisieren bei der Aktion. Da tauchte kein Wachschutz unerwartet auf, nachdem sie den Pförtner erledigt hatten. Niemand drückte einen Alarmknopf. Nirgendwo waren Bullen zu sehen. Gerade weil es so gut gelaufen war, rechnete André eins und eins zusammen. Die Summe war: Der Auftraggeber musste die Helfer beseitigen. Spurlos. Erst dann war das Unternehmen abgeschlossen. Nicht einmal ihre Leichen durften auftauchen. André hätte es so gemacht, wenn er der Auftraggeber gewesen wäre.

Aber André wollte nicht auf die Million Euro verzichten. Ein Haufen Geld auch für Berufskiller. Daher mühte er sich, seiner Rechnung nicht zu glauben.

Doch dann hatte er aus dem Fenster des Hotels Jensen in Lübeck den Lieferwagen gesehen. Er parkte an der Obertrave. Zwei Typen in Blaumännern stiegen aus. Groß und kräftig. Einer hatte eine Glatze und trug eine Brille. Der andere hatte kurze schwarze Haare und eine dunkle Gesichtsfarbe. Solarium. André beobachtete sie mit dem Fernglas. Die Anzüge hatten Knitterfalten. Gerade gekauft und ausgepackt. Er guckte zum Handy auf dem Nachttisch und dann wieder hinaus.

Das Handy klingelte. Er blickte hinaus, während er abnahm. Es war die Glatze. Seine Augen suchten die Hotelfenster ab. André stellte sich neben das Fenster.

Sie sollten ihn abholen und beseitigen. Die Kameraden auch. Sie waren in anderen Hotels abgestiegen. Jeder für sich. Und niemand wusste, wo. Außer Bob. André begriff das Schema. Da gibt es einen Auftraggeber. Der hat sich einen Typen gesucht, der Hindernisse aus dem Weg räumte. Das war Bob. Vielleicht kannte Bob den Auftraggeber gar nicht, sondern bekam seine Jobs per anonymer Mail oder aufs Prepaidhandy. Oder es gab tote Briefkästen, ganz klassisch.

Aber das war jetzt egal. André wollte überleben. Und er wollte eine Million Euro. André verzichtete nie auf Geld, das ihm zustand. Dem Typen von der Russenmafia hatte er im September den Kopf weggeblasen. Vorher hatte er ihn gezwungen, den Safe zu öffnen in seiner Dahlemer Villa. Als der Russe tot war, hatte er sein Honorar genommen und den Rest als Strafgebühr eingesteckt. André wusste, dass er nicht im Bett sterben würde. Höchstens im Bett einer Nutte mit einer Kugel im Kopf und einer im Herz. Bis dahin folgte André seinen Prinzipien. Prinzip 1: Lass dir nichts gefallen. Prinzip 2: Lass dich nicht betrügen. Prinzip 3: Zahl es allen heim. Bob hatte ihn ausgesucht, weil er gut war. Vielleicht wusste Bob nicht, wie gut er war.

André linste hinter dem Vorhang hinaus. Die Blaumänner waren weg. Der Transporter parkte unverändert. Eine Gruppe japanischer Touristen zog vorbei. Auf dem Fluss dümpelte ein Ausflugsschiff.

Er nahm seinen Rucksack. André trug Jeans, Turnschuhe, T-Shirt und eine Trainingsjacke. Er verließ das Zimmer. Sein letzter Blick fiel auf einen Stich von Altlübeck an der Wand und den Notfallplan an der Tür. Die drückte er leise zu. Er lauschte hinunter zum Erdgeschoss. Sie mussten drei Treppen steigen oder den Aufzug nehmen. Wenn André sie geschickt hätte, würde einer die Treppe nehmen, der andere den Aufzug. Bob hatte sie geschickt. Sie würden keinen Fehler machen. Irgendwo heulte ein Staubsauger. Er beobachtete die Anzeige des Aufzugs über den Aluminiumtüren. Er war im fünften Stock. Also würde er es versuchen. Der Aufzug wurde nach unten gerufen. Das konnten sie sein. Er stoppte den Aufzug, stieg ein und drückte den Knopf mit dem *K*. Das hatte er sich nach dem Einchecken eingeprägt, wie er es immer tat. Fluchtwege sichern. Jetzt gab es zwei Möglichkeiten. Je nachdem, wie der Lift programmiert war. Entweder fuhr er durch in den Keller. Oder er stoppte im Erdgeschoss. André hielt die Glock mit Schalldämpfer hinterm Rücken. Er war schnell und gut. Aber das waren die Typen auch. *2–1–E*. André fühlte den Aufzug im Erdgeschoss ruckeln, aber er hielt nicht. *K*. Die Tür schob sich auf. Niemand. André stand in einem Flur, von dem drei Stahltüren abzweigten. Die Aufzugtüren schlossen sich, der Lift ruckelte und fuhr nach oben. André stellte sich vor, dass ein Blaumann im Erdgeschoss zusteigen würde. Wartete auf der Rückseite des Hotels jemand auf ihn? Er hatte nur zwei Männer aus dem Transporter aussteigen sehen. Vielleicht hatten sie den dritten Mann abgesetzt, bevor sie parkten. André redete sich Mut zu. Sie rechneten nicht damit, dass er was ahnte. Sie hatten erwartet, dass er runterkommen würde. Dass er sich abholen ließ wie vereinbart. Wie sie es vielleicht schon mit den anderen gemacht hatten.

Die linke Tür war abgeschlossen, die rechte auch. Die mittlere öffnete sich schwer. Sie knarrte unter ihrem Gewicht in den Türangeln. Die Tür führte in einen Kellerraum mit Gerümpel. Er konnte sich hier verkriechen und hoffen, dass sie ihn nicht fanden. Er konnte versuchen, aus dem Fenster zu steigen, das an der Wand gegenüber spärlich Licht einließ. Es beschien die Staubwolke, die er aufgewirbelt hatte. Er schob Stühle, Hocker, Bettrahmen, Tische beiseite. Der Staub ließ ihn husten. Er presste ein Taschentuch gegen den Mund. Als er am Fenster stand, wartete er. Er lauschte. Draußen hörte er ein Auto. Dann noch eines. Er wischte Dreck von der Scheibe. Sie war milchig. Das Fenster zeigte auf ein Parkhaus. Zwischen Hotelrückseite und Parkhaus war ein Durchgang. Wenn an dessen Ende einer stand, konnte der André abknallen, sobald er den Kopf aus dem Fenster streckte. André beschloss zu warten.

Was würden die Blaumänner denken? Was er, wenn er in ihrer Lage wäre?

Dass der Typ abgehauen war. Dass er sich versteckte. Zwei Möglichkeiten, nicht mehr. Die Konsequenz? Bob fragen. Bob würde Verstärkung schicken, wenn er sie hatte. Wenn er keine hatte, würden die beiden Blaumänner warten. Und Bob würde die Umgebung absuchen. Aber sie hatten einen Plan. Sie mussten über die Grenze. Die Anweisung war gewesen, dass sie in Lübeck untertauchten. Jeder in einem anderen Hotel. Lange vorher gebucht. Die Grenzen wurden nach der Aktion schärfer überwacht. Also zwei Tage verstecken. Touristen spielen. Dann sollte André in Travemünde die Fähre nach Helsinki nehmen. Die anderen woandershin fahren. Sich in Luft auflösen. Ein Jahr Pause machen. Südsee, Karibik.

Wieder ein Auto draußen. Dann ein Rumpeln im Gang. André verkroch sich unter einem Tisch in der Ecke. Die Wand im Rücken. Die Glock in der Hand. Den Blick durch einen Spalt im Gerümpel auf die Tür gerichtet.

Die öffnete sich knarrend. André erkannte den Brustkorb eines Blaumanns. Aber nicht, welcher es war. Gespannt wartete er, ob der zweite mitgekommen war. Der andere konnte im Erdgeschoss Fahrstuhl und Treppe absichern. André hätte nur einen geschickt. Der Blaumann leuchtete mit einer Taschenlampe die Winkel aus. Der Scheinwerferkegel blieb am Fenster hängen. Der Typ schnaufte einmal. Er tastete sich in den Raum hinein. Stieß gegen etwas und fluchte leise. Er schob ein Stück nach dem anderen zur Seite.

André fröstelte. Kalter Schweiß auf dem Rücken und auf der Stirn. Er richtete die Glock auf den Blaumann und sah in diesem Augenblick dessen Waffe. André drückte ab und traf den Blaumann in die Brust. Der Schuss ploppte. Der Blaumann wurde nach hinten geschleudert und landete krachend im Mobiliar. André schoss ihm in den Kopf, rannte los und stolperte. Er fiel auf die Leiche, stieß sich von ihr ab und stöhnte auf. Ein stechender Schmerz schoss ins Schienbein. Weiter. Er humpelte nach draußen. Er drückte den Liftknopf. Aufzug oder Treppe? Der Aufzug klapperte leise, als er im Keller bremste. André öffnete die Tür, wählte den siebten Stock und raste zurück in den Kellerraum. Er verkroch sich in seinem alten Versteck. Blaumann Nummer zwei erschien. Er sah die Leiche und fluchte. Dann stürzte er aus dem Raum und knallte die Tür zu.

André spürte die Erleichterung. Er sah vor seinem inneren Auge, wie der Blaumann die Treppe hochraste. Wie der überlegte, was er tun sollte. Wie er Bob anrief. Ihm sagte, dass André geflüchtet sei und den Kollegen erschossen habe. Wohin mit der Leiche? Was tun? Wo könnte André sein? Bob würde einen Augenblick schweigen und endlich befehlen. Was? André schob einen dreibeinigen Stuhl mit zerfetztem Polster zur Seite und lehnte sich an eine Matratze. Sie roch muffig, feucht. Wenn André an Bobs Stelle wäre, würde er die anderen drei Kollegen beseitigen. Gleichzeitig einen zweiten Trupp anheuern, um André aufzustöbern und zu töten. Sie mussten verhindern, dass André der Polizei in die Hände fiel. Bob wusste, dass André sich nie stellen würde. Keine Kronzeugenregelung der Welt würde ihn vor Lebenslänglich bewahren. Aber wenn die Bullen ihn fingen, vielleicht würde er reden. Und André wusste, dass Bob ihn jagen würde bis zum Jüngsten Tag.

Keine Panik. Er würde jetzt den Keller verlassen. André ließ sich noch einmal alle Varianten durch den Kopf gehen. Weg hier, hieß die Lösung. Bevor jemand die Leiche fand. Bevor die Bullen kamen. Bevor der Blaumann mit Verstärkung zurückkehrte, weil Bob anders plante, als André es sich zusammengereimt hatte. Noch wirkte die Überraschung, die er ihnen bereitet hatte.

Er stand auf und streckte die Glieder. Das Schienbein schmerzte höllisch. Er nahm einen Stuhl und klemmte dessen Lehne unter die

Türklinke. Das würde zwar verraten, dass sich hier jemand versteckt hatte. Aber das würden die Bullen sowieso herauskriegen. Wichtig war nur, nicht im letzten Augenblick überrascht zu werden. Er ruckelte am Verschluss des Fensters. Rost blockierte ihn. Er brach ein Stuhlbein ab und schlug gegen den Riegel. Endlich bewegte er sich. Mit einem Quietschen öffnete sich ein Fensterflügel. André beobachtete das Parkhaus. Er hörte einen Motor hallen, sah aber kein Auto. Er stellte sich auf einen Stuhl und streckte den Kopf durch die Luke. Blick nach links, Blick nach rechts. Weit hinten ein Mann mit Baseballkappe. Sonst nichts. Er steckte die Glock hinten in den Gürtel, warf den Rucksack aus dem Fenster und zog sich durch die Luke. Das Schienbein stieß an den Fensterrahmen. Er unterdrückte einen Schmerzensschrei. Im Knien griff er zur Pistole, sicherte nach allen Seiten, schnallte sich den Rucksack um, erhob sich und lief los. Nicht rennen. Nach links. Zwischen Hotelrückseite und Parkhaus führte eine Baulücke zur Holstenstraße. Er hatte sich die Umgebung eingeprägt, bevor er im Hotel eingecheckt hatte. Als er die Straße betreten hatte, drehte er sich um. Niemand. Er ging in Richtung Innenstadt. Nicht den kürzesten Weg aus der Stadt. An der Puppenbrücke würden sie ihn als Erstes erwarten. Aber wenn André dachte wie Bob, dann dachte Bob womöglich wie André. Doch er hatte den Vorteil, den Weg wählen zu können. Er bestimmte jetzt das Spiel. Tötet André, hieß es. Aber erst mussten sie ihn kriegen.

Er schritt kräftig aus. Rechts war ein Sportkaufhaus. Er betrat es und fuhr auf der Rolltreppe in den ersten Stock. Er beobachtete, was hinter ihm und im Erdgeschoss geschah. Niemand. Hier oben würden sie ihn kaum suchen. Sie waren jetzt höchstens vier Mann. Bob, der Blaumann und vielleicht Verstärkung aus Hamburg. Wenn sie Glück hatten. Nur Bob wusste, wie er aussah. Die anderen suchten nach einem Mann, der so aussah, wie Bob ihn beschrieben hatte.

André kaufte Outdoorkleidung. Nur die Schuhe behielt er. Er fand einen neuen Rucksack, blau statt schwarz. Und packte um. Er bezahlte bar und stopfte die alte Kleidung in eine Plastiktüte. Im Erdgeschoss entdeckte er Sonnenbrillen und kaufte eine. Kleine Gläser, unauffälliges Stahlgestell.

Weiter in Richtung Innenstadt. Breite Straße, Fußgängerzone. In seinem Hirn formte sich ein Plan. Er blickte sich um. Ein Typ starrte in seine Richtung. Groß, drahtig. Vielleicht fünfzehn Meter hinter ihm. Er sah es der Fresse an: Jagd. Blutgier.

Er kam an einem Kaufhaus vorbei und betrat es. Vorbei an der Parfümerieabteilung. Ein Pulk Frauen, die an ihren Daumenwurzeln rochen. Dahinter Vitrinen, gefüllt mit Uhren. Ein Schild wies den Weg. Die Abteilung, die er suchte, war in einem anderen Haus. Er fluchte lautlos. Dieses Scheißkaufhaus bestand aus zwei Gebäuden. Die Rolltreppe hinunter ins Untergeschoss. Wieder ein Schild. Der Übergang zum zweiten Haus. Dorthin. André fuhr auf der Rolltreppe hoch. Er drehte sich um. Der Verfolger war nicht zu sehen. Vielleicht hatte er ihn überrascht. Im Gedrängel verloren. Aber das glaubte André nicht. Er konnte es sich nicht leisten, etwas zu glauben. Küchenabteilung, zweiter Stock. Er sah den Stand gleich. Er kaufte ein Filetiermesser. Er fuhr die Rolltreppe hinunter, die Hand am Pistolengriff. Das Messer steckte er in die Beintasche der Outdoorhose, die Klinge eingewickelt in ein Halstuch aus dem Rucksack. Er musste die Richtung wechseln. Er ging den Stadtplan im Kopf durch. Ein neuer Plan reifte. Aber zuerst musste er etwas anderes erledigen. Ihm fiel ein Spruch des Unteroffiziers ein, der ihm die Tricks der Einzelkämpfer beigebracht hatte, bis André kotzte. Bring den feindlichen Soldaten nicht um. Es sei denn, du musst es, um ihn zum Schweigen zu bringen. Verletze ihn, damit der Feind sich um ihn kümmern muss. Je lauter er schreit vor Schmerz, desto besser.

Irgendwo draußen war der Typ. Woran hatte der ihn erkannt? Hatte er ihn erkannt? Litt André unter Verfolgungswahn? Sah er Gespenster? Sein inneres Auge sah den Mann, das Handy am Ohr. Er musste raus. *Ausgang Königstraße.* André lief schnell hin. Er drückte die Tür auf und ging hinaus. Gegenüber ein Outdoorgeschäft. Kurz entschlossen betrat er den Laden und kaufte sich wieder neue Kleidung. Die alte, die noch neu war, in eine zweite Plastiktüte. Die Sonnenbrille und die Kappe dazu. Ein brauner Rucksack. Wieder behielt er nur die Schuhe. Der Käufer tat so, als wäre das normal. Er kaufte noch ein Survivalmesser und steckte in der Umkleidekabine das Filetiermesser zwischen die Kleidungsstücke in einer Plastiktüte. Er hätte schon beim ersten Einkauf daran denken müssen. Panik ist dein Tod. Aber er hatte Angst. Es war cooler, jemanden zu töten, als getötet zu werden. Er hatte einen Fehler gemacht. Das neue Messer hatte einen guten Griff und eine Scheide. Er band sie an den Gürtel und verbarg das Messer unter dem schwarzen Anorak. Der Verkäufer glotzte, als André die Umkleidekabine verließ. Er marschierte die Königstraße in Richtung Süden, bog dann links ab. Wahmstraße. Die führte zum Kanal. Richtung Osten bis zur St.-Annen-Straße. Vorbei an Synagoge und Kunsthalle. Die Straße war fast leer. Parkende Autos, kaum Passanten.

Er stellte sich in einen Eingang und blickte zurück. Er sah sie sofort. Bob zeigte in seine Richtung. Der Blaumann und ein zweiter Typ, klein, drahtig, Anzug mit Turnschuhen, gingen auf ihn zu. Ganz ruhig, im Bewusstsein ihrer Überlegenheit. Bob verschwand in der Wahmstraße. Er wollte André den Weg abschneiden. Bob würde gleich mit dem Auto aus der anderen Richtung kommen. Sie hatten ihn. Endlich.

Aber sie waren vorsichtig. André war gefährlich. Sie trennten sich und näherten sich auf beiden Straßenseiten. Drückten sich an die Wände. Nutzten Einfahrten und Autos. Eine Frau mit Kinderwagen kam vorbei. Eine Gruppe junger Leute, Studenten. Der Drahtige hatte sich hinter einem Lastwagen verkrochen. Der Blaumann lehnte neben einem Hauseingang an der Wand. André stellte die Plastiktüten ab und drückte mit dem Rücken gegen die Tür. Sie gab nach, öffnete sich aber nicht. Er ertastete mit dem Messer hinter seinem Rücken den Türspalt und hebelte, bis es knackte.

Blicke zu den Verfolgern. Die warteten, bis die Straße menschenleer war. Und auf Bob, der jeden Moment kommen würde. Drei gegen einen, da hatte es keine Eile. André sah am Ende der Straße einen Porsche Cayenne heranfahren. Schwarz. Ein Panzer. Bob. Er drückte die Tür auf, wand sich durch den Spalt in den Flur. Er schloss die Tür und trampelte auf dem Boden. Dann stellte er sich neben den Türrahmen und zog das Messer. Die Tür wurde aufgestoßen, und bevor der Blaumann begriff, hatte er das Messer im Bauch. Er stöhnte. Ließ die Pistole fallen und stürzte auf die Knie.

André zog das Messer aus dem Körper, trat dem Blaumann ins Gesicht und lehnte die Tür an. Dann schlug er ihm die Glock auf den Kopf. Der Blaumann atmete blubbernd aus, dann war er ruhig. André schob den Körper gegen die Tür und lief los. Der Hinterausgang war offen. Er schloss die Tür. Blickte sich um, fand aber nichts, womit er sie sperren konnte. Er rannte los.

Es hatte wenige Sekunden gedauert. Und doch hörte er noch, wie sie gegen die Tür traten. Als er kurz zurückblickte, sah er, wie sie die endlich geöffnet hatten. Bob legte auf André an, ließ dann aber die Waffe sinken, als der hinter einem Hauswinkel verschwand. Er sprang gegen eine Wand, erwischte die Oberkante und zog sich hoch. Er landete in einer Gasse. Lebensgefährlich. Oben einer, unten einer, und er war tot. Blitzschnelle Orientierung, dann hetzte er los in Richtung Krähenteich. Viele hatten ihn bewundert, schon beim Militär. Sein Hirn konnte Karten speichern. Das hatte er seinen Verfolgern voraus. Und dass er immer noch die Richtung bestimmte. Drei gegen einen. Aber der eine hieß André. Seine Verbündeten waren die Ortskenntnis, die Fitness, die Nerven, die Kampftechnik und die Bedenkenlosigkeit, seine Fähigkeiten einzusetzen. Dazu die Angst, die sie vor ihm hatten. Sie wussten, was er konnte.

Ein Schrei. Bob, glaubte André.

An der Mauer hieß die Straße. André war seinem Ziel nah. Das gab ihm zusätzliche Kraft. Er kontrollierte die Atmung. Eins, zwei, drei. Im Tempo seiner rasenden Schritte. Er würde es durchhalten bis zum Ziel.

Links. Mühlenbrücke.

Links. Eine Kneipe. *Que Pasa.*

Rechts. Ein Hotel.

Rechts abbiegen. *Wallstraße.*

Sein inneres Radar blinkte. Alarm. Wenn Bob im Auto folgte. Umdenken. Er stoppte. Büsche vor dem Gebäude. Er blickte sich um. Egal, was Leute dachten. Er rannte zur Fassade, kniete nieder und kroch in die Büsche. Zurück zur Straße, bis er gedeckt blieb, aber freien Blick hatte. Bob kam um die Ecke. Ferkelgesicht. Auf dem Beifahrersitz der Drahtige mit dem Handy am Ohr. André zielte mit Vorhalt auf den Drahtigen und drückte ab. Die Scheibe splitterte. Zwei Schüsse auf den Vorderreifen. Der Wagen schleuderte nach links, dann nach rechts. Er drehte eine Pirouette und kippte auf der anderen Straßenseite zwischen die Bäume. Es knallte. André steckte die Waffe weg und ging los. Langsam. Er war Rucksacktourist. Ein Blick zum Cayenne. Qualm. Sonst nichts.

Er stellte sich vor, wie es im Auto aussah. Bob unter der Leiche des Drahtigen begraben, bespritzt mit Blut. Gleich würden die Bullen heranrasen.

Am Wasser, parallel zur Straße, war ein Weg für Fußgänger und Radfahrer. Er zwang sich, fast schon gemütlich zu gehen. Richtung Stadion. Über eine kurze Brücke. Er verließ die Wallstraße und umquerte das Stadion nördlich. Ein Umweg, aber er wollte Hauptverkehrsstraßen meiden. Wenn es ihm gelang, die Possehlstraße unbemerkt zu überqueren, hatte er das Schlimmste hinter sich gebracht. Er studierte den Stadtplan in seinem Kopf. Als er der Straße näher kam, beschloss er, keine Deckung zu suchen. Rucksacktourist. Die Straße war stark befahren. Er wartete, bis sich eine Verkehrslücke ergab, und ging los. Er blickte in alle Richtungen, sah aber nichts Auffälliges. Hinter ihm ertönten Alarmsirenen von Polizei und Krankenwagen. Sie würden bald entdecken, dass es kein Unfall war.

Wenn Bob unverletzt war, hatte er den Wagen verlassen, bevor die Einsatzwagen eintrafen. Er würde sich verkriechen. Irgendwo. Gewiss hatte er im Auto Ersatzkleidung. Und wahrscheinlich eine Notwohnung irgendwo, mit Proviant und Waffen. André hätte sich jedenfalls so vorbereitet.

Er fand die Fußgängerbrücke über den Stadtgraben. Querte sie. Immer noch Alarmsirenen. Bald würden sie die Fahndung einleiten. Am Ende der Brücke wandte er sich nach links. Zwischen Bürogebäuden und dem Wasser. André erreichte einen Parkplatz. Unter anderen Umständen hätte er sich einen Wagen besorgt. Das Werkzeug trug er im Rucksack. Aber er hatte einen besseren Plan. Am Ufer lagen Boote, vielleicht zwanzig. Während er vorbeilief, überprüften seine Augen deren Zustand. Er suchte nach Spuren der letzten Nutzung. Die meisten Boote sahen aus wie poliert. Dann stand er vor einem Holzboot mit hochgeklapptem Außenbordmotor. Yamaha, den kannte er. Vom Irak. Getrocknete Regentropfen auf den Planken.

Er beugte sich vor und beobachtete die Umgebung. Auf dem Parkplatz röhrte ein Sportwagen zum Ausgang. Auf dem Uferweg gegenüber führte ein Mann einen Dackel spazieren. Beide schleppten sich mehr, als dass sie liefen. André betrat das Boot mit der Selbstverständlichkeit eines Besitzers. Er öffnete den Tankverschluss und leuchtete mit seiner kleinen Mag-Lite hinein. Es glitzerte. Vielleicht halb voll. Dann entdeckte er neben der Klappe zur Koje einen Plastikkanister. Er war gefüllt mit Benzin. André atmete auf. Das ersparte es ihm, auf anderen Booten nach Treibstoff zu suchen. Er knackte die Zündung und zog am Starterseil. Nicht einmal ein Puffen. Er schraubte die Zündkerzen heraus. Sie waren rostig. Mit der Feile seines Mehrzweckmessers entfernte er einen Teil des Rosts und schraubte die Kerzen wieder ein. Er zog das Starterseil. Nichts. Ein Blick in die Umgebung. Immer wieder zog er. Endlich puffte eine Zündung, erstarb aber gleich. Er zog weiter, ruhig, kräftig.

»Guten Tag, Sie habe ich hier ja noch nie gesehen.« Ein Mann, Typ Pensionär. Jachtkleidung. Silbrig glänzende halb lange Haare. Er stand am Ufer und beugte sich ein Stück nach vorn.

André erschrak. »Sie haben mich ja erschreckt.« Sein Hirn raste.

»Tut mir leid«, sagte der Mann. In seinem Blick lag Skepsis. »Die Böhlerts hab ich hier schon lang nicht mehr gesehen. Haben die das Boot verkauft?«

Und André dachte: Danke, du Dummkopf.

»Nein«, sagte André. »Ich hab's geliehen.«

»Seit wann verleihen die was?«, fragte der Mann.

Und André dachte: Wenn er jetzt nicht verschwindet, ist er tot.

»Startet der Motor nicht? Kein Wunder. Motoren müssen bewegt werden. Ist wie mit Pferden. Sie verstehen?«

André nickte. »Vielleicht können Sie mir helfen?«

Der Silbertyp überlegte, betrachtete seine weiße Hose und nickte widerwillig. »Haben Sie die Zündkerzen geprüft?« Er bestieg das Boot.

»Ja«, sagte André.

Wieder heulten Polizeiautos.

»Was da nur wieder los ist?«, fragte der Mann. »Als hätte das Gemetzel in Berlin nicht gereicht. Sie haben davon gehört?«

»Klar. Schrecklich. Wer macht so was?«

»Die Russenmafia«, sagte der Mann. »Die rächt sich für irgendwas.«

»Bestimmt«, erwiderte André und stieß ihm die Glock in den Magen.

Der Silbrige stöhnte und krümmte sich.

»Ein Wort, und du bist tot«, sagte André. »Runter da.« Er zeigte zur Kajütentür.

Der Silbrige wollte das Boot verlassen, als hätte er nicht verstanden.

»Auf die Knie«, befahl André. Er blickte sich um.

Plötzlich stand der Typ mit dem Dackel am Ufer gegenüber. Er starrte hinüber. Dann winkte er. »Alles in Ordnung?«

»Ja, mein Freund hat einen Magenkrampf. Geht aber gleich wieder.«

Der Alte stutzte. »Soll ich einen Krankenwagen rufen?«

»Nicht nötig. Ich hab ein Handy. Wenn es ernst wird …«

»Gut«, sagte der Alte und ging zwei Schritte. Er blieb stehen und blickte noch einmal hinüber. Dann schüttelte er den Kopf und ging weiter.

André spürte den Druck. Der Alte würde sich an ihn erinnern. Er musste los. »Auf den Knien in die Kajüte«, befahl er.

Der Silbrige kniete, kroch zur Tür und öffnete sie. Als er seine Hände auf die zweite Stufe gesetzt hatte, stieß André ihn hinab. Der Silbrige rutschte die Treppe hinunter auf den Boden. André zog seinen Rucksack hinter sich her. Er entnahm eine Rolle mit Klebeband und das Multifunktionsmesser. Der Silbrige hielt die Hände vor die Brust. Willig, voller Angst. Er pinkelte sich die Hose voll. André befahl ihm, sich auf den Bauch zu legen. Er fesselte die Arme auf dem Rücken, dann die Beine. Endlich zog er den Kopf an den Haaren hoch und verklebte den Mund. Der Gestank von Urin zog durch den Raum. »Ein Mucks, und du bist tot«, sagte André.

Ungezählte Versuche verpufften. André überlegte schon, wie er den Silbrigen auf ein anderes Boot schaffen könnte. Doch endlich spotzte der Motor, stotterte, und dann lief er. André löste das

Tau am Ufer, warf es aufs Vorderdeck, stieß das Boot ab und setzte sich ans Ruder. Er fuhr langsam. Kanaltrave, in Richtung Elbe-Lübeck-Kanal. Er überlegte, wie er den Silbrigen verschwinden lassen konnte, aber ihm fiel nichts ein. Je länger der nicht gefunden wurde, desto größer war Andrés Vorsprung. Er hatte zu viele Spuren hinterlassen. Selbst wenn er heil hier rauskam, fingen die Schwierigkeiten erst an. Er holte ein Smartphone mit anonymer Prepaidkarte aus dem Rucksack und orientierte sich mit dem GPS. Bald würde eine Schleuse kommen, nach einer Brücke. Er fuhr aus der Stadt heraus. Ein letztes Mal noch hörte er die Sirenen. Dann tuckerte nur noch der Außenborder. Nach zwei Stunden hatte er das Ziel erreicht.

André legte unter einer Autobahnbrücke an und vertäute das Boot im Gestrüpp. Der Uferweg war leer. Er stieg hinunter in die Kajüte. Der Gestank ekelte ihn. André drehte den Silbrigen auf den Rücken. Der Mann stöhnte. Angst in den Augen. André fand ein Kissen und drückte es auf das Gesicht. Der Mann bäumte sich auf, wurde aber bald schwächer. Als er sich nicht mehr rührte, löste André die Fesseln und den Knebel. Auf Deck vergewisserte er sich, dass niemand ihn sah. Dann zog er den Mann die Treppe hoch. Die Brücke dröhnte vom Verkehr. André zog die Leiche zur Reling und kippte sie ins Wasser. Sie sank sofort, Luftblasen stiegen auf. Dann prüfte er, ob er etwas vergessen hatte. Er nahm den Rucksack und sprang ans Ufer. Dort löste er das Tau und warf es aufs Deck. Langsam trieb das Boot weg. Ein paar Stunden, vielleicht ein paar Tage mochten die Leute, die ihn fanden, glauben, dass der Mann einen Infarkt bekommen hatte und über Bord gefallen war. Doch wenn die Bullen fit waren, würden sie bald eins und eins zusammenzählen.

Er marschierte los. Auf der Karte sah er ein Waldgebiet in ein paar Kilometern Entfernung. Er hatte es gelernt, im Wald zu überleben. Natur schreckte ihn nicht.

Allmählich wurde es dunkel. Er schritt zügig aus. Ein Wanderer. Ein Radfahrer kam ihm entgegen. Schwere Stiefel, Schieberkappe. Ein Bauer. Erinnerte ihn an seinen Vater. An dessen Enttäuschung, dass keiner der beiden Söhne den kleinen Hof im Schwarzwald übernehmen wollte. Der ältere Bruder, Ingo, studierte in München und war längst ein erfolgreicher Anwalt. Internationales Handelsrecht. Und André war der Doppelversager: hatte den Hof ausgeschlagen und das Studium in Düsseldorf geschmissen. Kam dorthin von der Bundeswehr und floh von der Uni zurück zur Bundeswehr. Statt zum Bauern oder Akademiker hatte er es zum Oberfeldwebel gebracht. War im Soldatensumpf versunken. War im Auftrag eines belgischen Konzerns in Afrika gewesen, um Rebellen zu bekämpfen. Ein paar Wochen nur, aber die reichten. Hatte einen Job bei einer amerikanischen Sicherheitsfirma bekommen. Hatte im Irak erlebt, was Hilflosigkeit heißt. Und was Chaos. Nicht ein Restmolekül von Sinn steckte in seinem Auftrag. Vor einem Hotel Wache stehen und in jedem Fußgänger und Autofahrer den Terroristen fürchten, der sich selbst und alle in der Umgebung umbringen wollte. Dort lernte er Josua kennen. Der war genauso verzweifelt wie André. Und Josua kannte Bob.

Und nun floh er vor Bob und den Bullen.

Die letzten Sonnenstrahlen fielen wie ein himmlischer Fingerzeig auf eine Hütte. Schindeldach. Die Fensterläden versperrt. André pfiff leise. Glück muss man haben. Das Türschloss war ein Kinderspiel. Mit der Taschenlampe leuchtete er den einzigen Raum aus. Immerhin stand an der Wand eine Pritsche. Er schloss die Tür. In einem schimmligen Karton entdeckte er Kerzen. So musste er die Notkerze im Rucksack nicht benutzen. Irgendwer meinte es wirklich gut mit ihm. André stellte den Rucksack ans Kopfende der Pritsche und setzte sich. Staub wirbelte auf. Er nieste. André klemmte die Taschenlampe in eine Ritze. Sie beleuchtete seine Hände. Er nahm sich die Glock vor. Prüfte das Magazin, obwohl er wusste, dass er auf dem Boot nachgeladen hatte. Dann holte er ein Tuch und ein verschließbares Etui aus dem Rucksack, packte es auf die Pritsche und öffnete es. Ballistol-Waffenöl, Bürstchen. Er zog das Magazin heraus und entlud die Patrone im Lauf. Dann zerlegte er die Pistole und reinigte sie. Er tat dies fast inbrünstig. Jeder Griff saß. Keine Hektik, und doch ging es schnell. Die Glock war seine Lebensversicherung, und so behandelte er sie. Er lauschte nach draußen. Als er fertig war, setzte er sie zusammen. Er schob das Magazin in den Griff, lud durch, entnahm das Magazin und drückte für die fehlende Patrone eine neue hinein. Zurück in den Griff, und die Pistole war bereit. Er war an der Walther P1 der Bundeswehr ausgebildet worden. Die hätte er sichern müssen. Die Glock dagegen war ein Traum. Extreme Feuerkraft, leicht, immer schussbereit und sicher in der Handhabung. Ziehen, schießen, fertig.

Er riss Pappe vom Karton ab und legte sie auf den Boden unter dem Kopfende der Pritsche. Die Glock darauf. Dann aß er einen Müsliriegel und trank wenige Schlucke Wasser. Er blieb durstig, als er sich ausstreckte. André schaltete die Taschenlampe aus. Er überlegte, ob er eine Kerze anzünden sollte, verzichtete aber darauf. Er lauschte den Geräuschen des Waldes. Vertraut. Beruhigend. Er glaubte, Wildschweine gehört zu haben, die sich an Bäumen schabten. Vielleicht gab es im Wäldchen eine Quelle oder wenigstens einen Tümpel, dessen Wasser er mit seinem Filter reinigen konnte. Jetzt spürte er seine Müdigkeit. Er war fertig. Weniger körperlich als nervlich. Doch erleichtert. Er fühlte den Keim des Triumphs, aber er verdrängte ihn. Er hatte bisher überlebt, das war alles. Ob er morgen überleben würde, wusste er nicht. Schon gar nicht, wie er an sein Geld kommen konnte. Selbst wenn er Bob überrumpelte, der trug es nicht im Köfferchen mit sich rum. Es war woanders. Wo? Er würde heute keine Antwort finden.

Sein Smartphone empfing keine Daten in diesem Wald. Er holte den kleinen Weltempfänger aus dem Rucksack und steckte sich den Stöpsel ins Ohr. In den Nachrichten kamen zuerst Berichte und Kommentare zur Berliner Aktion. Die Stellung der BBC in der Welt wurde erörtert. Mögliche Motive genannt. Ein Oberstaatsanwalt erklärte, die Polizei habe noch keine verwertbaren Spuren gefunden. Sie ermittele in alle Richtungen. Der Terrorexperte schwadronierte, schloss aber islamistische Terroristen aus. Und dann wieder nicht. Ein Wirtschaftsexperte spekulierte über den sich verschärfenden Konkurrenzkampf durch die Globalisierung. Sogar ein Psychologe wurde gefragt, für André Beweis größtmöglicher Ratlosigkeit. Der war kaum zu bremsen in seiner Mitteilungsfreude.

Er sprach von der Möglichkeit des erweiterten Suizids, der auch vermittelt erfolgen könne. Das sei so, als würde ein Mensch einen Killer anheuern, weil er es nicht wage, sich selbst zu töten. Der Mord an der BBC-Führung sei vielleicht eine besonders vertrackte Form des erweiterten Suizids, bei dem diesmal nicht die Familie des Selbstmörders mit diesem habe sterben müssen, sondern die Kollegen. Einer der Manager habe ja vielleicht den Vorstand als eine Art Familie betrachtet.

André begann zu grinsen. Sie hatten gar nichts. Von Lübeck kein Wort. Keine Namen. Keine Fahndung. Nichts.

Bob war ein Profi. Einer der Besten.

André fiel in einen unruhigen Schlaf. Immer wieder erwachte er, weil er sich einbildete, etwas gehört zu haben. Aber wer sollte hier sein? Noch jagten ihn die Bullen nicht. Im Schlaf träumte er von Ermittlungen in Lübeck. Wie sie die Leiche im Keller fanden und sein Hotelzimmer. André schlug die Augen auf. Er war abgehauen, ohne zu bezahlen. Das würde sie auf seine Spur bringen. Der Hotelier konnte ihn beschreiben. Vielleicht hatte André Glück, und die Bullen waren so dumm, seine Flucht nicht mit der Leiche zu verbinden, sondern mit dem zweiten Blaumann. Nein, so blöd konnte keiner sein.

Er schlief wieder ein.

Als er aufwachte, bohrte sich ein Sonnenstrahl durch einen Spalt und traf sein Auge. Er rieb sich das Gesicht und stand auf. André legte die Hände hinter den Nacken und ließ seinen Oberkörper rotieren. Als er sich beweglich fühlte, holte er einen Müsliriegel aus dem Rucksack und trank Wasser.

Dann knackte es. Und wieder. Das war kein Reh. André zog die Glock unter der Pritsche hervor und stellte sich neben die Tür.

* * *

Hyun-Ki zitterte. Eiswind wehte von den weiß getupften Bergen ins Tal. Heute war die Sicht klar. Im Herbst verschwanden die Gipfel gern in schwarz-grauen Wolken. Im Sommer flirrte die Luft und ließ die Berge verschwimmen. Aber es war Winter, und es würden wieder Leute erfrie-

ren. Das war ein Naturgesetz an diesem Ort. Nur die Wärter hatten Öfen in ihren Räumen und warme Kleidung. Die Gefangenen hatten am Morgen die dünne Suppe bekommen und karrten jetzt zu Tausenden Beton, Kies, Steine, Bohlen und Sand zu einem Platz im Norden des riesigen Lagers Nr. 15. Hyun-Ki war mit anderen aus der Textilfabrik hierherbefohlen worden. Weitere Arbeiter kamen aus dem Steinbruch und von den Holzfällern. Die Wärter trieben sie an. Die hatten es eilig. Ein großes Werk. Wichtig für den Staat. Ein Befehl des Geliebten Führers. Das hatte der lange Wärter mit der Narbe über der Nase genuschelt. Wer sich Mühe gebe, werde belohnt. Es war das erste Mal, das sich jemand zu einer Begründung für die Plackerei bequemt hatte. Sonst reichten Drohungen und Prügel als Ansporn. Und, wenn das nicht reichte, das Exekutionskommando oder der Galgen.

Hyun-Ki wuchtete die Schubkarre missmutig hoch und versuchte, die Schmerzen zu missachten. Seine Hände waren halb erfroren. Die Füße auch. Neidisch blickte er auf die Handschuhe und die Winterstiefel eines Wärters, der sich mit seiner Gerte sanft ans Knie schlug. Der Rücken plagte ihn. Der Kies war schwer, gerade für einen Vierzigjährigen, der seit mehr als zehn Jahren zu wenig aß. Sie überlebten nur, weil sie Frösche und Ratten fingen und über Feuer grillten, wenn sie die Beute nicht gleich roh verschlangen.

Es wurde eine Halle. Das war klar. Eine Seitenmauer aus grauem Beton stand bereits. Die anderen wuchsen schnell. Der Boden war betoniert. In zwei Monaten würde das Gebäude stehen. Hyun-Ki fragte nicht nach dessen Zweck. Niemand hätte ihm geantwortet. Stattdessen hätten sie ihn geschlagen. Und eigentlich war es ihm auch egal.

III.

Warum gehst du nicht ans Telefon?«, fragte sie. Er hörte ihre Verärgerung. Ihre Stimme klang bissig. Er hatte es bald nach der Hochzeit bemerkt. Das Erste, was ihn an ihr gestört hatte. Doch sie störte viel mehr an ihm. Die Bilanz der Nervereien war keineswegs ausgeglichen. Sie beklagte sich oft. Er lebe in einer anderen Welt. Die Aufgaben des Alltags seien ihm profan. Wenn er Zeit habe, verkrieche er sich hinter Büchern. Platons Uraltweisheiten trügen aber nichts bei zur Erziehung der beiden Töchter. Einmal hatte sie ihn Alltagsversager genannt. Er vergaß viele Wörter, mit denen sie seinen Egoismus geißelte. Aber nicht das Gesicht, das sie dabei zog. Und nicht Alltagsversager. Am Anfang hatte er sie schön gefunden, aufregend. Das war sie auch. Die anderen Seiten hatte er erst nicht gesehen, dann verdrängt. Schließlich hatte er sich erklärt, dass man ihre Vorzüge eben nicht bekam ohne ihre Nachteile. Der Preis ihrer Attraktivität. Inzwischen fand er den Preis zu hoch. Aber er war ja selbst schuld an seinen Illusionen. Und deswegen musste er zu ihr halten. Schließlich ertrug sie ihn auch.

Eine Zeit lang hatte er geglaubt, dass die Kinder die Beziehung stabilisieren könnten. Aber diese Hoffnung wurde enttäuscht wie alle anderen. Jetzt versagte er nicht nur als Ehemann, sondern auch als Vater. Sie umgluckte die Kinder, als müsste sie ihnen alles ersetzen, was er nicht bot. Eifersüchtig wachte sie darüber, dass die Töchter wussten, wer für sie sorgte.

»Hast du die Nachrichten gesehen?«

»Warum?«

»Der BBC-Mord«, sagte er. »Mein Fall.«

Sie schwieg. Er hörte sie atmen durch den Hörer. »Aber kein Mord kann etwas daran ändern, dass du eine Familie hast. Zwei Töchter. Und mich.«

»Ich konnte eine Zeit lang nicht ans Telefon. Wo ist das Problem?« Er log sich heraus. Denn er war nur für sie schlecht erreichbar. Und selbst rief er so gut wie nie an.

»Es ist immer irgendwas.«

»Natürlich«, sagte er.

Sie erwiderte nichts. Er kannte das. Sie schwieg, um ihn zu strafen. »Wann kommst du? Hast du schon einen Makler beauftragt?«

»Weiß ich nicht. Der Fall …«

Wieder Schweigen. Dann, bemüht beherrscht: »Und der Makler?«

»Hatte bisher keine Zeit.«

»In Wahrheit willst du nicht, dass wir nachkommen.«

Er stand im Gang des Polizeipräsidiums. Ein Uniformierter ging vorbei und drehte sich kurz um. Elviras Stimme schien durchs Präsidium zu hallen.

»Ich muss jetzt weitermachen«, sagte er. »Ich besorge einen Makler und melde mich heute Abend.« Bevor sie widersprechen konnte, trennte er das Gespräch.

»Rilke«, sagte er, als er zurück im Büro war. Yussuf saß hinter de Bodts Schreibtisch. Salinger am Besprechungstisch. Beide blickten ihn erstaunt an.

»Das Gedicht ist von Rilke. Wer packt ein Gedicht in eine Aktentasche und die Tasche in die Mitte eines Leichenkranzes?«

Salinger und Yussuf schauten ihn erwartungsvoll an. »Was soll das Gedicht dem Leser sagen, wenn er es dort findet, wo es gefunden wurde?«

»Vielleicht fragen wir einen Literaturwissenschaftler.« Salinger nippte an ihrem Kaffee. Dann las sie von einem Zettel leise ab:

Wenn wir uns mitten im Leben meinen,
wagt er zu weinen
mitten in uns.

»Ich kann keinen Hinweis erkennen«, sagte sie. Nach einer Weile: »Es ist schön.« Ein schneller Blick zu de Bodt.

Der saß auf dem Stuhl an der Wand und grübelte.

»Die wollen uns ablenken«, sagte Yussuf.

»Die würden uns keinen Hinweis geben, der helfen könnte, sie zu kriegen«, ergänzte Salinger. »Das ist ein Signal an jemand anderen. Künftige Opfer, den Auftraggeber, wenn es einen gibt …«

Beide blickten zu de Bodt, aber der war weit weg.

»Der Tod reißt die Menschen aus dem Leben«, erklärte Yussuf. »Und er ist traurig, wenn er es tun muss.«

»Das ist in unserem Fall Zynismus«, sagte de Bodt. »Nicht der Tod hat die Opfer aus dem Leben gerissen, sondern es waren Mörder. Das Gedicht gibt nur einen Hinweis: Einer der Mörder mag Rilke oder tut so, als ob. Solche Leute sind aber meist intelligent, akademisch gebildet und neigen eher nicht dazu, mit einer MP7 Massenmorde zu begehen.«

»Es sei denn, sie sind Nazis«, sagte Yussuf.

De Bodt hob die Augenbrauen.

»Aber wir haben nichts, das auf Nazis verweist«, sagte Salinger. »Gut, gehen wir davon aus, dass der Auftraggeber der Morde Rilke liebt.«

»Warum nicht einer von seinen Killern? Als Markenzeichen?«

De Bodt schüttelte fast unmerklich den Kopf.

»Ein Berufsmörder folgt genau den Anweisungen seines Auftraggebers. Wenn der Rilke haben will, stopft der den Rilke in die Tasche. Wenn nicht, dann nicht«, sagte Yussuf.

»Ali, du bist ein Genie«, erwiderte Salinger.

»Sag mir was Neues«, sagte der und trommelte eine Fingertriole auf dem Tisch.

»Die Tasche hat keinen Sinn ohne das Gedicht. Warum sollte jemand den Toten eine leere Aktentasche in die Hände drücken?«, murmelte de Bodt.

»Was war Rilke für einer?«, fragte Salinger.

»Schwierige Kindheit. Die Mutter hat ihn anfangs als Mädchen erzogen.«

»Pervers«, warf Yussuf ein.

»Den Militärdienst hat er nicht durchgehalten. Aber die italienischen Faschisten gepriesen.« Ein Blick zu Yussuf.

»Also doch was mit Nazis«, sagte der.

»Er ist Mitte der Zwanzigerjahre gestorben. Das scheint mir eher weit hergeholt. Aber gut«, sagte de Bodt.

Das Telefon auf seinem Schreibtisch klingelte. De Bodt nickte Yussuf zu. Der nahm ab, hörte zu und lief rot an. Er legte auf und rief: »Scheiße!« Dann: »Köhler ist tot. In die Luft gesprengt.« Er sprang auf, Salinger und de Bodt folgten ihm.

Die Rauchwolke sahen sie schon am Anfang der Straße. In den Vorgärten standen die Nachbarn und glotzten. Der Notarztwagen bremste vor ihnen. Zwei Polizeiwagen parkten mit Blaulicht vor der Garageneinfahrt. Yussuf war gefahren wie ein Henker. De Bodt war übel. Das mochte an der Aussicht liegen, dass er wieder eine Leiche sehen würde, oder an Yussufs Fahrstil. Oder an beidem. Dennoch hatte er per Funk dafür gesorgt, dass der Personenschutz für Wels verstärkt wurde. Mindestens ein Beamter musste sich im Haus aufhalten.

Sie betraten den Flur von Köhlers Haus. Der Rauch ließ den Hauptkommissar husten. Salinger hielt sich ein Taschentuch vor den Mund. Feuerwehrmänner hatten gerade einen kleinen Brand auf dem Sofa gelöscht. Köhlers Überreste saßen auf dem Sessel, auf dem er bei seiner Vernehmung gehockt hatte. Sitzfläche und Rückenlehne qualmten. Die Bombe musste ihn nach oben geschleudert haben. Dann war er zurückgefallen. Der Unterleib war zerfetzt und der Körper zusammengesackt. Er saß in seinem Blut. Das tropfte von der Sitzfläche auf den Boden. Ein Stück Darm quoll aus der blutigen Bauchdecke. Der Kopf hing zur Seite. De Bodt schluckte. Der Rücken nässte sich. Salinger war bleich. Yussuf betrachtete die Szenerie mit hektischen Blicken. Dann stürmte er würgend aus dem Wohnzimmer.

Zwei Sanitäter standen in der Ecke.

»Wo ist die Frau?«, fragte Salinger.

Ein schwerer Mann mit Vollbart in der Kluft des Roten Kreuzes deutete mit dem Daumen zur anderen Tür. Salinger und de Bodt betraten die Küche. Auf einem Stuhl am Tisch saß Frau Köhler. Sie japste nicht. Sie weinte nicht. Sie saß starr wie eine Statue. Ihre

Augen waren offen, aber sie sah nichts. Neben ihr saß die Rechtsmedizinerin Zander. Sie hatte Frau Köhler gerade eine Spritze gegeben.

Draußen heulte eine Sirene. Als sie abbrach, hörte de Bodt durchs offene Fenster die Vögel zwitschern. Völlig unwirklich.

Zander blickte zu de Bodt und hob die Brauen. Dann schüttelte sie den Kopf.

De Bodt verließ die Küche, Salinger folgte ihm. Er sprach den ersten Uniformierten an: »Was ist passiert? Gibt es Zeugen? Hat die KT schon was?«

Der klein gewachsene Beamte schaute de Bodt verunsichert an und wies auf eine korpulente Frau, deren dunkelblonde Locken unter der Schirmmütze hervorquollen. »Die Obermeisterin Krüger kann Ihnen berichten.«

Die Obermeisterin beantwortete de Bodts Fragen mit dunkler Stimme.

»Eine Nachbarin hat angerufen. Sie hat einen Knall gehört und Rauch gesehen.«

»Nicht Frau Köhler?«

»Die ist unter Schock.«

»Und dann?«

Ein Blick zu dem kleinen Polizisten. »Wir waren die Ersten am Tatort. Wir sind durch die Terrassentür rein, weil niemand die Haustür geöffnet hat. Wir haben das Opfer so gefunden, wie es jetzt … sitzt.«

»Und Frau Köhler? Wo war die, als es passierte?«

Ein Trupp Spusis drängte sich ins Wohnzimmer. »Wer ist denn hier herumgetrampelt?«, meckerte einer. Ein Aluminiumkoffer knallte gegen den Rahmen der Wohnzimmertür.

»Weiß ich nicht.«

»Gibt es Zeugen?«, fragte de Bodt.

Krüger schüttelte betrübt den Kopf. »Bisher haben wir keinen gefunden. Es gibt nur Nachbarn, die den Knall gehört haben.«

»Wenn es eine Bombe war, muss die jemand hergebracht haben. Haben Sie nach Lieferwagen gefragt? Vielleicht haben die Täter sich als Handwerker ausgegeben.«

Sie schüttelte wieder den Kopf und hielt ihr Handy ans Ohr. »Fragt auch nach einem Lieferwagen. Handwerkern …«

»Kurier«, sagte Salinger.

»Kurier«, wiederholte die Obermeisterin.

»Taxi«, sagte Salinger.

»Taxi«, wiederholte die Obermeisterin.

»Überhaupt ein irgendwie auffälliges Fahrzeug …«

»Auffälliges Fahrzeug.« Sie blickte Salinger wartend an. Aber die wendete sich ab und warf einen Blick in die Küche.

De Bodt stellte sich in die Wohnzimmertür und beobachtete die Spusis.

Die Rechtsmedizinerin trat neben ihn. »Die werden Reste einer Bombe finden. Keine große, unter der Sitzfläche.«

»Was sonst?«, fragte de Bodt.

»Vermutlich ferngezündet.«

»Wie kommen Sie darauf?«

»Ich hab bei der Untersuchung Trümmer eines Handys gefunden.«

»Frau Salinger!«, rief de Bodt. Sie blickte ihn an, er winkte sie zu sich. »Frau Zander hat mir gerade erklärt, dass es eine Bombe war. Gezündet per Handy. Das bedeutet …«

»Dass der Täter sehen musste, wann sich Köhler hinsetzte.«

Hinaus durch die Haustür und auf die Rückseite in den Garten. Bäume, Kirsche und Apfel, ein paar Beete. Eine Hecke. Ein Nachbarhaus. Zwei Stockwerke plus ausgebautes Dach. Klinker. De Bodt drehte dem Haus den Rücken zu. Er lief nach links und nach rechts, immer mit Blick auf das Wohnzimmerfenster.

Salinger ging zum Haus. Neben einem Wasserhahn mit Schlauch standen ein Eimer und eine Harke. »Gehen Sie nach links!«

De Bodt marschierte nach links, bis er den Sessel gerade noch sah. Er zeigte mit dem Finger auf seine Füße und trat einen Schritt zur Seite, damit Salinger den Eimer abstellen konnte. Auf der linken Seite markierten sie die Blickwinkelgrenze mit der Harke. Dann stellten sie sich mit dem Rücken dicht vors Wohnzimmerfenster.

»Ich kann links am Nachbarhaus vorbeigucken«, sagte Salinger.

»Aber nicht rechts«, sagte de Bodt.

Sie verließen den Garten und klingelten im Erdgeschoss des Nachbarhauses. Nichts. Im Obergeschoss, bei Helmich, erschien ein Frauengesicht am Fenster, als Salinger klingelte. Dann ertönte der Summer.

Oben erwartete sie eine alte Frau mit Strickjacke. »Was ist passiert.« Ihr Finger zeigte zu Köhlers Haus.

»Wir wollen es aufklären«, sagte Salinger. »Sie sind Frau Helmich?«

Die Frau nickte, trat zur Seite und winkte sie ins Haus.

»Herr Inspektor, darf ich Ihnen etwas anbieten?«, fragte sie, als sie im plüschigen Wohnzimmer standen. Von hier konnte man Köhlers Sessel sehen. Die weißen Arbeitsanzüge der Spusis, der Sessel und die Umrisse der Leiche hinter den Spiegelungen der Fensterscheibe.

Salinger blickte sie nicht an. »Danke, nein«, sagte sie.

Die Frau runzelte die Stirn. Dann deutete sie aufs Sofa. Während die Polizisten sich setzten, nahm sie ihre Brille von der Nase und putzte sie. Dann nahm sie auf dem Sessel Platz.

De Bodts Rücken klebte. Wieder dieses Frösteln.

»Sie wohnen hier allein?«, fragte Salinger.

»Ja, mein Mann ist vor vier Jahren gestorben.« Ein leiser Seufzer und ein Blick zu einem Foto an der Wand. Es zeigte einen Mann im Anzug mit strengem Blick.

»Sie haben jetzt auch keinen Besuch gehabt?«

Frau Helmich schüttelte den Kopf.

»Sie bewohnen die zwei Stockwerke allein?«

Sie schüttelte den Kopf. »Oben ist leer. Die Einliegerwohnung hatte ich vermietet, aber das war … unerfreulich …«

»Seit wann steht sie leer?«

»Seit einem halben Jahr ungefähr.«

»Und seitdem …«

»Ich sage doch. Sie steht leer. Ich war nach der Reinigung nicht mehr oben.«

»Wir würden die Wohnung gern sehen«, sagte Salinger.

Frau Helmich blickte sie verwirrt an. »Warum?«

»Bitte führen Sie uns nach oben«, befahl Salinger.

Frau Helmich erhob sich. »Folgen Sie mir«, sagte sie bissig.

Sie führte sie eine schmale Treppe hoch und schloss eine Tür auf, zu der von rechts auch ein zweiter Gang führte. Sie betraten einen Flur. An der Wand ein paar Haken als Garderobe. Drei Türen.

Sie deutete nach rechts. »Das Bad.«

Links eine Stehküche. Geradeaus Wohn-und-Schlaf-Zimmer. Salinger drängte sich zum großen Zimmer. Frau Helmich folgte ihr. Salinger blieb in der Tür stehen. Sie winkte de Bodt. Als der neben ihr stand, zeigte sie auf Abdrücke. Kaum sichtbar im Staub. Aber es waren Schuhabdrücke. De Bodt schloss die Tür von außen. Salinger nahm ihr Handy, wählte und sagte nur: »Die Kriminaltechnik bitte ins Nachbarhaus.«

De Bodt schloss die Tür ab und steckte den Schlüssel in die Jacketttasche. Frau Helmich nahm Anlauf, sich zu empören, bremste sich aber vor der Eruption. Sie drehte ab. Salinger folgte ihr hinunter. De Bodt zögerte, dann kam er nach.

Zurück im Wohnzimmer.

»Da oben war jemand. Vor nicht allzu langer Zeit. Die Spuren beweisen das«, sagte Salinger.

Frau Helmich guckte sie ratlos an.

»Sie haben nichts gehört, nichts gesehen? Nichts, das Ihnen auffiel?«

Sie schüttelte den Kopf. »Nur das Übliche. Post, Kurierfahrer, Schornsteinfeger …«

»Es gibt einen getrennten Eingang«, sagte Salinger.

Endlich konnte Frau Helmich eine Frage beantworten, obwohl es keine war. Sie nickte.

»Hören Sie es, wenn der benutzt wird?«

Frau Helmich überlegte. »Meine Mieterin hab ich gehört. Die war aber laut.«

»Wenn also einer schleicht?«

»Ich weiß nicht.«

»Gehen Sie mal hoch. Öffnen und schließen Sie die Tür«, sagte de Bodt.

Salinger blickte ihn einen Augenblick an, ernst, fast zornig. Aber sie ging.

Kurz darauf klackte es zweimal.

»Das ist die Tür?«, fragte de Bodt.

Frau Helmich nickte.

»Hören Sie gut?«

Frau Helmich nickte wieder.

Salinger kehrte zurück.

»Frau Helmich hat die Tür gehört. Beim Öffnen und beim Schließen«, sagte de Bodt.

»Aber nur im Wohnzimmer«, wandte Salinger ein.

»Das bedeutet, dass der Täter oben nicht durch die Tür eingedrungen ist. Die Spusi wird ein aufgebrochenes Fenster finden.«

Salinger blickte ihn fragend an, dann nickte sie. »Aber das fällt doch auf«, sagte sie.

»Nicht, wenn der Typ Handwerker war. Wir suchen einen Handwerker.«

Salinger nickte. Sie blickte ihn wieder an, aber diesmal sagten ihre Augen etwas anderes.

Als sie das Haus verließen, kam ihnen Yussuf entgegen. Er war bleich und atmete schwer. »Hab ich noch nicht erlebt«, stammelte er.

»Ich auch nicht«, sagte de Bodt. »Wollen Sie nach Hause fahren?«

Yussuf blickte ihn empört an und tippte sich an die Stirn.

De Bodt drückte ihm den Schlüssel zur Einliegerwohnung in die Hand. »Warten Sie hier. Für die KT, kommt gleich. Die wissen Bescheid.«

Yussuf machte Männchen. Unbeholfen. Wie verlegen.

Salinger grinste.

In Köhlers Haus wimmelte es immer noch. Salinger schnappte sich Wohlfahrt von der Spusi. Einen kleinen, energisch blickenden Mann mit zuckenden Mundwinkeln. »Ich hab schon Kollegen geschickt.«

»Habt ihr was?«, fragte sie ihn.

Der schüttelte den Kopf. »Wenig. Fernzündung.« Ein zweifelnder Blick.

Salinger deutete zum Nebenhaus. »Vielleicht von dort.«

»Hier ist jemand eingedrungen und hat eine Bombe gelegt. Das kann er nur getan haben, während die Köhlers nicht im Haus waren.«

»Wir müssen die Schlösser noch genauer untersuchen. Mit so einem Elektrodietrich kriegt man so was leicht auf.« Fingerzeig zur Haustür.

Ein Beamter stellte sich vor Salinger auf.

»Ja, Charly?«

Er reichte ihr eine Plastikmappe, darin Papiere. De Bodt erkannte aufgeklebte Zeitungsbuchstaben. Salinger blickte drauf, pfiff leise und reichte die Mappe weiter. De Bodt las:

Wenn ihr nicht aufhört damit, sterbt ihr.

Er ging in die Küche, Salinger im Schlepptau.

Yussuf erschien. »Die Spusi ist dran«, sagte er nur. Sein Gesicht hatte ein wenig Farbe zurückgewonnen.

Frau Köhler saß immer noch auf dem Stuhl, ein Sanitäter hielt ihre Hand. Als de Bodt ihn anblickte, schüttelte er fast unmerklich den Kopf. De Bodt legte die Mappe auf den Tisch und setzte sich.

Frau Köhler bewegte Kopf und Augen wie in Zeitlupe. Sie blickte ihn an, dann betrachtete sie die Mappe.

»Kennen Sie die?«, fragte de Bodt.

Noch ein Blick auf die Mappe. Dann einer zu de Bodt. Sie schüttelte den Kopf.

De Bodt erhob sich und winkte Salinger mit hinaus. Yussuf folgte ihnen.

Eine Elster schnatterte. Eine fette Katze kroch mehr, als dass sie über den Rasen lief. Yussuf schnappte sich die Mappe und schlug sich mit der Hand an die Stirn. Es klatschte.

»Endlich eine Spur!«

Salinger und de Bodt wechselten einen Blick. Salinger sagte: »Erstens: Die KT wird nichts finden. Keine DNS, schon gar keine Fingerabdrücke.«

»Aber wir wissen, dass die bedroht wurden. Der Drohung folgten Taten. Immerhin. Das heißt, dass …«

»Na, was heißt das?«, fragte Salinger. Sie verbarg ihre Genervtheit schlecht.

Ein zartes Rot zog über Yussufs Gesicht.

»Wir fahren zu Wels«, sagte de Bodt. »Sie bleiben hier und rufen Salinger an, wenn sich was ergibt.«

Yussuf guckte beleidigt, als Salinger und de Bodt in den Wagen stiegen. Salinger startete mit quietschenden Reifen.

Wels' Gesicht war weiß. Sein Unterkiefer zitterte. Ein Speichelfaden suchte seinen Weg zum Kinn. Durchs Fenster konnte er die Polizisten sehen, die die Wohnanlage bewachten. Kriminaltechniker hatten die Wohnung nach einer Bombe abgesucht, aber nichts gefunden.

De Bodt und Salinger hatten sich unaufgefordert aufs Sofa gesetzt. Kaum saßen sie, klingelte das Telefon. Yussuf schrie fast: »Sie haben in Böttchers Schreibtisch in seinem BBC-Büro auch solche Briefe gefunden.«

»Warum erst jetzt?«

»Weil sie den Schreibtisch gerade erst genauer untersucht haben. Das Zeug lag in so einer Art … Geheimfach.«

»Die sollen das Material sofort zu Wels bringen. Mit Blaulicht.« Er beendete das Telefonat und dachte: Immerhin passt es.

Salinger schob Wels die Mappe mit dem Drohbrief zu. Er warf einen müden Blick darauf und nickte.

»Sie kennen das also«, sagte Salinger.

»Davon gibt es mehr«, flüsterte Wels.

»Seit wann?«

Er zuckte mit den Achseln. »Böttcher wüsste es.«

»Haben Sie im Vorstand darüber diskutiert?«, fragte Salinger.

»Ja, einmal.«

»Und was kam raus?«

Seine Hand warf Luft weg, matt.

»Keine Vermutung?«

»Einer sprach von Greenpeace, aber die schicken keine Drohbriefe und keine … Killer.«

»Gibt es Leute, die sich mit Ihnen angelegt haben?«

»Wie …?«

»Radikale Umweltschutzgruppen vielleicht …«

Wels dachte nach. Er holte aus der Hosentasche ein Tuch und wischte den Speichelfaden weg. Er nickte vor sich hin.

»Böttcher … berichtete einmal von einer Gruppe. Er nannte sie ›Ökoterroristen‹. Aber ob die so hießen, keine Ahnung.« Er schloss die Augen und versank einige Sekunden in sich. »Nein, ich komme nicht auf den Namen.«

De Bodts Handy klingelte. »Ökofront!«, rief Yussuf. De Bodt hielt das Handy ein Stück weg vom Ohr.

»Könnte es sein, dass Köhler sich besonders … exponiert hat in irgendeinem Streit? Vielleicht mit dieser Ökofront?«, fragte Salinger.

Wels schüttelte den Kopf. »Köhler war Jurist durch und durch. Manchmal geradezu provozierend sachlich. Der hat Schriftsätze verfasst, sich mit Klägern gestritten …«

»Welche Kläger?« Salinger blickte ihn streng an. Als wollte sie sagen: Nun lass dir nicht jedes Wort aus der Nase ziehen.

»So genau weiß ich das nicht.«

»Sie werden doch was mitbekommen haben«, sagte Salinger.

De Bodt nahm sein Handy ans Ohr. »Yussuf, wir brauchen sämtliche Akten Köhlers im Büro. Heute noch.«

Yussuf raste gerade mit Blaulicht durch die Stadt. »Ja, Chef.« Es klang so wie: Das hätte dir auch früher einfallen können.

Wels überlegte. »Es gab eine … angebliche Vergiftung in einem Werk von uns.«

»Was heißt das?«

»Das Werk Rosengarten …«

Salinger schlug mit der Hand auf den Tisch. »Es geht um Mord, falls Sie das noch nicht mitbekommen haben. Da draußen« – ihr Finger zeigte zum Fenster – »laufen Typen rum, die Ihre Kollegen abgeschlachtet und Köhler in die Luft gesprengt haben. Vermutlich haben die es auch auf Sie abgesehen. Sie halten den Betrieb auf, Herr Wels. Wir müssten längst wieder im Präsidium sein …«

Eine Handbewegung von de Bodt unterbrach sie.

Wels schluckte.

»Los«, sagte de Bodt.

»Rosengarten liegt bei Dresden. Da gab es Leute, die haben uns verklagt, weil wir angeblich Chemikalien ins Wasser geleitet haben. Und Köhler hat uns vor Gericht vertreten.«

»Wie ist das Verfahren ausgegangen?«

»Ich glaube, wir haben gewonnen.« Er zögerte. »Ich bin mir nicht ganz sicher. Vielleicht gab es auch eine außergerichtliche Einigung. Aber das werden Sie in seinen Akten finden.«

»Haben Sie im Vorstand irgendwann einmal über Drohungen gesprochen?«, fragte de Bodt.

Wels nickte. »Ist eine Weile her.«

»Drohungen von wem und warum?«, schoss Salinger dazwischen.

»Ich weiß es nicht mehr so genau. War nicht mein Ressort. Wissen Sie, Drohungen bekommt man als großes Unternehmen jede Woche.«

»Aber Sie sprechen nicht im Vorstand darüber. Es sei denn, jemand nimmt eine Drohung ernst.«

Wels nickte wieder. In Salingers Blick las de Bodt, dass sie Wels am liebsten geschüttelt hätte.

Wels räusperte sich.

»War von dieser Ökofront die Rede?«, fragte de Bodt.

»Mehr, als ich schon gesagt habe, weiß ich nicht.«

De Bodt erhob sich. »Bis auf Weiteres sollten Sie das Haus nicht verlassen. Sie werden Tag und Nacht bewacht. Überlegen Sie noch einmal, ob Sie uns wirklich alles gesagt haben. Wenn Sie mir die Bemerkung gestatten: Sie haben bestimmt auch dies oder jenes vergessen. Aber nicht das, was Sie uns verheimlichen.«

Wels guckte ihn ängstlich an.

»Sie kennen Rilke?«, fragte Salinger.

Stirnrunzeln.

»Den Dichter«, sagte Salinger.

»Warum?«

»Weil in der Aktentasche, die die Mörder an die Opfer gebunden haben, ein Rilke-Gedicht lag.«

Sie erntete einen verwirrten Blick.

Im Präsidium stapelten sich die Akten. Yussuf saß dran, zusammen mit einer Frau und einem Mann. Beide mittelaltrig, unscheinbar. Sie blickten nicht auf. Salinger nahm sich einen Stapel und setzte sich an ihren Schreibtisch. De Bodt verließ das Büro und rief einen Makler an. Eine Wohnung mit Garten. Kreuzberg, Friedrichshain, Tempelhof, Wilmersdorf, Charlottenburg, Mitte. Ruhig und so weiter. Während er mit dem Makler sprach, wuchs sein Ekel vor dessen Unterwürfigkeit. Und seine Laune sank weiter, weil er spürte, dass er die Trennung genoss. Er hatte es nicht mehr gemocht, abends zu ihr nach Hause zu kommen. Und es würde sich nichts daran ändern. Aber er würde sie nicht verlassen. Und sie ihn auch nicht. Und wenn doch, dann nicht mit der dummen Begründung, das sei eben der Preis, der in einer Polizistenehe früher oder später bezahlt werden müsse. Der Makler versprach, dass er bald Angebote schicken werde. So schlimm sei es in Berlin ja noch nicht, dass Beamte keine Wohnung bekämen. »Nur, Sie verstehen, diese Leute, die …«

De Bodt legte auf. Es passte. Dieser Makler, der die Wohnung für seine Familie suchte. De Bodt stellte sich ans Fenster und blickte hinaus. Die Sonne warf ihre letzten Strahlen auf den alten Flughafen. Menschen auf Rädern, Rollschuhen, Skateboards. Kinderwagen wurden geschoben. Ein Modellflugzeug zog hektisch seine Bahn. Inmitten einer Gruppe von Männern stiegen Rauchschwaden auf. Der Schatten des Präsidiums und der Verwaltungsgebäude wurde länger, bis er das Abendlicht verschlang. De Bodt wohnte seit zwei Wochen in Berlin. Er hatte im Urlaub eine Ein-Zimmer-Wohnung in der Reichenberger Straße gefunden. Zuvor hatte er es beim WG-Casting versucht. Weil er sich gern ans Studium in Hamburg erinnerte. Philosophie vor allem. Literatur. Aber er hatte es abgebrochen. Er hatte sich als seinen Vater gesehen. Das hatte er nicht ausgehalten. Gerade dachte er wieder, dass er nur deswegen zur Polizei gegangen war, weil dieser Beruf das Gegenteil von dem darstellte, was sein Vater war. Doch wie sollte er das den Bewohnern einer WG erklären? Sobald er sagte, dass er Bulle sei, war die Sache gelaufen. In der einen WG hatten sie ihn fast davongejagt, obwohl zwei von dreien in seinem Alter waren. In der anderen spürte er, wie sie sich innerlich an die Stirn tippten und fast Mitleid bekamen mit ihm. Weil er so bescheuert war, als Bulle in eine Kreuzberger WG einziehen zu wollen. Inzwischen fand er es auch absurd. Dahinter steckte aber etwas anderes. Er war verzweifelt wegen seines Lebens. Polizeiarbeit fand er öde. Die Kollegen meist primitiv. Über was sollte er sich mit denen unterhalten? Über Plato, Hegel und Weber? Fußball war ihm egal. Sie passten nicht zu ihm. Und noch weniger passte er zu ihnen.

Salinger blickte ihn unwirsch an, als er den Raum betrat. Der Herr Hauptkommissar ist sich wohl zu fein, Akten zu wälzen, sagte der Blick. De Bodt setzte sich an seinen Schreibtisch, kreuzte die Arme vor der Brust und starrte an die Decke. Der nächste Blick Salingers hatte mindestens Kaliber neun Millimeter Parabellum. De Bodt registrierte ihn kommentarlos.

Yussuf sagte laut: »Puh!« Dann wedelte er mit zwei, drei Blättern.

»Sie finden davon noch mehr«, sagte de Bodt.

Yussuf starrte ihn an, verzog ungläubig das Gesicht. Und blätterte weiter. Ein paar Minuten später setzte er sich mit einem Stapel Papier auf die andere Seite von de Bodts Schreibtisch. Er schob die Blätter kommentarlos hinüber. Briefe und Umschläge, beide in Plastikfolien. Der Hauptkommissar überflog alles.

»War ja klar«, sagte er.

»Was?«

Salinger staunte die beiden an.

De Bodt sortierte die Papiere. »Schauen Sie her.«

Yussuf blickte auf die drei Stapel und guckte de Bodt ratlos an.

»Das ist doch einfach«, sagte de Bodt. Keine Ungeduld in der Stimme, aber ein Hauch von Resignation. Salinger stellte sich neben Yussuf.

De Bodt deutete auf den linken Stapel. »Hier haben Sie Klage- und Drohbriefe. Mit Unterschrift. Bürger beschweren sich über die Verseuchung der Elbe. Sie befürchten, dass das Grundwasser vergiftet wird. Sie sind aber nicht in Dresden abgeschickt worden, sondern in Berlin. Das zeigt der Stempel auf der Briefmarke.«

Yussuf nickte.

De Bodt zeigte auf den mittleren Stapel. »Hier haben wir Drohbriefe ohne Unterschrift. Sie müssen die nur überfliegen, um zu erkennen, dass dieselben Leute sie geschrieben haben wie die Liebesbriefe.« Ein Blick zum linken Stapel. »Betrachten Sie die Stempel.«

Yussuf beugte sich über die Umschläge. »Berlin.«

»Die Vergiftung soll aber in Dresden passiert sein«, sagte Salinger.

»Im dritten Stapel liegen Ankündigungen. Von Stapel eins bis Stapel drei haben wir es mit einer Eskalation zu tun. Im dritten Stapel wird die Bedrohung weiter verschärft. Beachten Sie das Datum.« De Bodt tippte auf den Kopf des obenliegenden Briefes. Er fächerte die darunterliegenden auf. »Sechs Briefe. So alle drei, vier Wochen. Es werden Aktionen angekündigt. Erst gegen die Fabrik in Rosengarten, dann gegen die Zentrale. Unterschrift: Ökofront.« Ein Blick zu Salinger, dann wieder auf die Papiere. »Suchen Sie alles, was sich im Netz über die findet.«

Salinger hob die Brauen und setzte sich an ihren PC.

»Sie durchforsten weiter die Akten«, sagte er zu Yussuf. »Irgendwo in Köhlers Unterlagen …«

»Bin gerade bei Böttcher, dem Sicherheitschef«, sagte Yussuf.

»Als Nächstes kommen Köhlers Akten dran. Suchen Sie dort gezielt nach Klagen und Prozessen von Bürgern gegen die BBC. Dann vergleichen Sie die mit Böttchers Akten. Die Überschneidungen werden uns einen Schritt weiterbringen.«

Yussuf blickte ihn mit großen Augen an und ging grübelnd an seinen Tisch. Er setzte sich, rieb sich die Augen, stützte das Kinn in die Hände und murmelte: »Vielleicht kann ich bei dem was lernen.« Es war nicht nur spöttisch gemeint.

»Gucken Sie sich besser ab, was Salinger macht«, sagte de Bodt.

Salinger und Yussuf wechselten einen Blick und schüttelten im gleichen Takt die Köpfe. Salinger tippte so schnell, dass man das vorzeitige Ableben der Tastatur fürchten musste. Dann heulte der Drucker auf und schoss Papier ins Ablagefach. Sie nahm den Stapel und legte ihn auf de Bodts Schreibtisch. Der nickte ihr knapp zu, deutete auf den Stuhl ihm gegenüber und blätterte.

»Ist ja klar«, sagte er nach kurzer Zeit.

»Sie haben das schon gelesen?«

Er blickte sie erstaunt an. »Diese Ökofront ist an Chemiestandorten aktiv. Hier« – er schob Salinger ein Blatt zu – »ist eine Aufstellung.«

Salinger las *Ludwigshafen, Leverkusen, Frankfurt (Main)* und weitere Städte. *Rosengarten.* Dann *Berlin.*

»Das sind Militante«, sagte de Bodt. Das nächste Blatt. »Hier finden Sie eine Auflistung von Aktionen.«

Salinger las halb laut: »Brandsätze gegen eine BASF-Niederlassung, Schmierereien, *Chemie ist Krieg.* Vermummte Gestalten. Molotowcocktails. Dienstwagen von Bayer angezündet. Nagelbretter vor der Firmeneinfahrt. Diverse Protestaktionen. Flashmobs, um Eingänge und Zufahrten zu blockieren. Flugblätter, *Enteignet die BBC.* Brandsätze über den Zaun geworfen … ein Katalog menschlichen Ideenreichtums.«

De Bodt lächelte. Sie ist nicht nur klug und schnell im Kopf. Sie ist nicht nur attraktiv. Sie kann auch sarkastisch sein. Er blickte sie an. Sie erwiderte den Blick, und als er nicht auswich, lächelte sie kühl. Dann fanden ihre Augen einen Stapel Papier.

»Haben wir Namen?«, fragte de Bodt.

»Nicht direkt.«

»Aber wenn man die Schreiben in Böttchers Akte durchsucht, findet man welche«, sagte de Bodt.

»Genau.« Sie nickte. Mit ihr braucht man nicht viele Worte, dachte er.

»Morgen ist auch noch ein Tag«, sagte Yussuf. »Ist das okay? Hab ein Date.«

De Bodt winkte ihn raus.

»Bis morgen!«, sagte Yussuf.

»Haben Sie auch ein Date?«, fragte de Bodt nach ein paar Minuten. Ihm passte die Ungeduld nicht, mit der er auf ihre Antwort wartete.

Sie blickte ihn ernst, fast traurig an. »Nein«, sagte sie. »Ich hätte auch einen Namen anzubieten. In Berlin.«

»Wo genau?«

»Kreuzberg, Mariannenstraße.«

Neben einem Autohaus. Verschmierte Rollläden, Graffiti an der Fassade. Der Verkehr wälzte sich durch die schmale Straße. Irgendeiner hupte sinnlos vor sich hin. Der Wind trieb ihnen Nieselregen ins Gesicht.

»Ach, nee, der Eugen!«

De Bodt erschrak. Er hatte auf den Asphalt des Bürgersteigs geguckt und seine Gedanken sortiert, während er neben Salinger lief. Plötzlich stand dieser Typ vor ihm. Groß, massig, Bart und buschige Brauen.

»Ich bin's, der Holger! Aus Hamburg! Von der Uni!«

Jetzt erinnerte er sich. Mit Holger hatte er studiert. Und nicht nur das. Er reichte Holger die Hand. Die der aber benutzte, um de Bodt an sich heranzuziehen. Dem gelang es kaum, sich aus der Umklammerung zu lösen.

Holger betrachtete Salinger. »Willst du mir deine Begleiterin nicht vorstellen?«

»Frau Salinger«, sagte de Bodt. »Wir müssen jetzt weiter. Dringend.«

»Ich will dich nicht aufhalten. Schön, dass du jetzt in Berlin bist … ist doch so?«

De Bodt nickte.

»Dann müssen wir uns unbedingt sehen. Da trinken wir einen drauf! Ich wohne praktisch hier um die Ecke.« Er zückte eine Visitenkarte und reichte sie de Bodt. »Und Sie müssen ihn dann begleiten«, sagte er zu Salinger.

Die Haustür bemalt und beklebt. Der Treppenaufgang verziert mit Sprüchen. Vierter Stock. An der Tür eine Polizistenkarikatur: *Wir kommen hier nicht rein.*

De Bodt klingelte. Schlurfende Schritte. Musik. Dreckiger Hardrock. Eine Frau öffnete, klein, verstrubbelte rote Haare. Runde Brille auf der Nase. Mit schmutzigen Gläsern.

Sie blickte Salinger an, dann de Bodt.

»Guten Abend«, sagte Salinger. Sie zeigte der Frau die Dienstmarke.

»Ach, du liebe Scheiße«, sagte sie und knallte die Tür zu.

De Bodt grinste. Salinger klingelte Sturm.

Diesmal andere Schritte. Zwei Männer, eine Frau. Finsterste Blicke. Ein Riesentyp im Schlabberlook drängte sich nach vorn. »Ham Sie einen Durchsuchungs…«

»Nein«, sagte de Bodt. »Wir wollen reden. Wenn ihr unbedingt einen Durchsuchungsbeschluss sehen wollt, ließe sich das machen. Aber dann würden wir die Bude auseinandernehmen. Ihr wollt es nicht, wir eigentlich auch nicht.«

»Moment«, sagte der Mann und schloss die Tür.

De Bodt legte das Ohr an die Tür. Getuschel. Streit. Er verstand die Worte aber nicht.

Die Tür öffnete sich wieder. Der Riese. »Kommen Sie in den Flur.«

Im Flur standen Schuhe. An Nägeln in der Wand hingen Klamotten. Über einem Regal mit Obstgläsern und Konservendosen hing ein Plakat, das zum revolutionären 1. Mai aufrief.

Ihnen gegenüber hatten sich zwei Männer und zwei Frauen aufgebaut. Sie guckten böse.

»Sie gehören der Ökofront an«, sagte Salinger.

»Was?«, fragte der Dicke.

»Kennen Sie nicht?«

Er zuckte die Achseln.

»Das ist nicht schlau«, sagte de Bodt freundlich.

»Was ist nicht schlau?«, fragte die kleine Frau und linste durch ihre milchigen Gläser.

»Dass Sie jetzt schon lügen. Sie verlieren an Glaubwürdigkeit.«

»Wir lügen nicht«, sagte der zweite Mann. Lang, hölzern, Backenbart, rote Haare.

»Doch«, sagte de Bodt freundlich. Er setzte ein Lächeln auf. »Dass Sie die Ökofront nicht kennen, glaubt Ihnen kein Mensch.«

Schweigen. Dann: »Worum geht es?«, fragte die zweite Frau. Schlank, lebhafte, kluge Augen, schwarzer Pony, schwarzes Kleid.

»Vielleicht können wir uns setzen?«, fragte Salinger.

»Sie nicht«, erwiderte der Dicke. Er tuschelte mit dem Backenbart. Der verschwand und kam mit zwei Stühlen wieder. Die stellte er vor der Gruppe ab. Die beiden Frauen setzten sich. Der Backenbart brachte noch zwei Stühle für die Männer. Nebeneinander saßen sie vor den Polizisten.

De Bodt lächelte. »In Ihrem Alter, die Knie …«

Ein Seitenblick zu Salinger. Die grinste.

»Es geht um den Mord am BBC-Vorstand. Sie haben davon gehört?«

Die Schwarze nickte vorsichtig.

»Manchmal trifft's die Richtigen«, sagte der Backenbart.

»Interessante These«, erwiderte de Bodt lächelnd. Er zog sein Handy aus der Tasche, betrachtete es und steckte es wieder ein. »Kommen wir auf den Durchsuchungsbeschluss …«

»Ich glaub, ich ruf jetzt Friedrich an«, sagte die Kleine.

»Sie telefonieren mit niemandem«, sagte de Bodt. »Wir haben ein paar Fragen. Das kann flott gehen, wenn Sie vernünftig antworten. Mir ist es übrigens egal, ob Sie sich für Morde begeistern oder nicht. Wenn Sie mal älter werden … aber lassen wir das. Also: Sie antworten, oder wir rufen eine Wanne und nehmen die Bude auseinander. Dabei werden wir etwas finden, das wir besser nicht fänden. Haben Sie mich verstanden?«

Salinger griff zu ihrem Handy und wählte. »Wir brauchen einen Durchsuchungsbeschluss. Ja, Mariannenstraße. Wir hatten drüber gesprochen …«

»Halt!«, schnauzte der Dicke.

Salinger blickte ihn fragend an und sagte ins Handy: »Wart mal …«

»Fragen Sie«, sagte die Schwarze.

De Bodt amüsierte sich über das Bild, das sie abgaben im Flur. Eine Reihe mit vier Leuten saß, davor standen zwei Polizisten.

»Wer von Ihnen gehört zur Ökofront?«, fragte Salinger.

»Niemand«, schnauzte der Dicke.

»Ich erzähl Ihnen eine Geschichte. Wie Polizeiarbeit funktioniert. Wir müssen Sie das fragen. Sie tauchen in Akten auf, die dem Justiziar der BBC gehört haben. Sie tauchen außerdem in Akten auf, die dem Sicherheitschef der BBC gehört haben. In allen Dokumenten wird deutlich, dass Sie in Zusammenarbeit mit Ihren Dresdner Freunden die BBC bedroht und die Firma militant angegriffen haben.«

»Beweisen Sie das mal«, sagte die Kleine trotzig.

»Ich will das nicht beweisen. Ich suche keine Aktivisten, die glauben, Sie hätten das Recht gepachtet. Das ist offenbar eine unheilbare Krankheit, die eher mein Mitleid erregt.«

Verblüffte Blicke, auch von Salinger.

De Bodt lächelte. »Wir können die Sache natürlich kriminalistisch angehen. Und nach den Regeln der Strafprozessordnung. Demnach herrscht Tatverdacht gegen Sie, mindestens wegen Beihilfe. Bisher wissen wir, dass Sie zur Ökofront gehören. Wir wissen, dass Leute Drohbriefe an die BBC geschrieben haben, die sich zur Ökofront bekennen.«

»Ist das alles?«, fragte der Dicke.

»Ja«, sagte de Bodt fast fröhlich. »Das ist alles.« Er lächelte und ließ seinen Blick über die sitzende Versammlung streifen. In den Augen der beiden Frauen entdeckte er Zweifel. Sie begriffen mangels Testosteron schneller. Die Sache war verwickelter, als sie aussah. Das lasen sie auch in de Bodts Lächeln.

Die Kleine kratzte sich am Ohr. Sie wechselte einen Blick mit ihrer Mitbewohnerin. Die nickte andeutungsweise. »Wir müssen uns beraten«, sagte die Kleine.

Die beiden Männer blickten sie verblüfft an. »Kommt mit«, sagte die Kleine und ging voraus in die Küche. Zögernd folgten der Riese und der Backenbart.

Salinger schaute de Bodt an. »Was wird das?«

»Ist einfach. Erstens hat die Frau verstanden, dass wir bisher die Personalien nicht kontrolliert haben. Zweitens ist ihr klar, dass wir einen Anfangsverdacht gegen die WG haben. Und der reicht aus, um die Bude auf den Kopf zu stellen und gegen die Leute zu ermitteln. Dabei kommt zwangsläufig was heraus, das besser nicht herauskäme. Jedenfalls nach Auffassung der Damen und Herren.« Er deutete auf die Küchentür.

»Und nun?«

»Und nun hoffen wir darauf, dass die begriffen haben, dass Zusammenarbeit besser ist als Konfrontation.«

Salinger guckte ihn skeptisch an, sagte aber nichts.

Als die Tür aufging, stand nur die Kleine da. »Kommen Sie. Nehmen Sie die Stühle mit.«

Sie drängten sich zu sechst um den Tisch.

Die Kleine sagte: »Damit das klar ist. Wir arbeiten nicht mit Bullen zusammen. Wir sind aber gegen Mord, selbst wenn es die Richtigen trifft.«

»Einverstanden«, sagte de Bodt. »Wir müssen Verdächtige ausschließen. Ich glaube nicht, dass Sie etwas mit den Morden zu tun haben. Aber mein Glaube ist nichts wert, es geht nach Recht und Gesetz.«

Der Riese verzog den Mund.

»Ich habe nicht behauptet, dass es um Gerechtigkeit geht«, sagte de Bodt. »Wir leben in einer Scheißgesellschaft. Wenn Sie die Macht stürzen wollen, tun Sie's. Allerdings will ich, dass die neue Macht besser ist als die alte. Verstanden?«

Der Dicke bohrte in der Nase. Der Backenbart starrte de Bodt an. Salinger hatte ihren Blick auf die Tischplatte gesenkt. Die Schwarze lächelte vorsichtig. Die Kleine fragte: »Was wollen Sie?«

»Ich will mit Leuten reden, die die Ökofront vertreten. Die verbindlich aussagen können.«

»Und dann nagelt ihr sie an die Wand«, sagte der Backenbart.

»Mir ist die Ökofront egal. Wir arbeiten in der Mordkommission. Außerdem können sie die Chemieindustrie bekämpfen, wie Sie wollen. Finde ich völlig in Ordnung. Hauptsache, Sie verletzen niemanden. Um von Mord mal nicht zu reden. Meinetwegen sichere ich Anonymität zu. Wir haben es eilig.« Er blickte auf seine Uhr. Schon nach zehn.

»Wir denken darüber nach«, sagte der Backenbart endlich.

»Bis morgen Mittag brauche ich jemanden, der für die Ökofront sprechen kann. Kapiert? Zwölf Uhr.«

Die vier guckten sich an. Dann nickte die Kleine.

Vor dem *Nest* in der Görlitzer Straße saßen einige rauchende Gestalten. Drinnen fanden sie erst im großen hinteren Saal einen freien Tisch. Die Möbel waren ausgeleiert. De Bodt tauschte einen Stuhl aus, weil er fürchtete, dass der unter ihm zusammenbrach. Salinger setzte sich an die Wand. Am Tisch neben ihnen hantierte ein junger Mann mit einem Notebook, Kopfhörer auf den Ohren. Ein Glas Rotwein, halb voll. Er flüsterte vor sich hin.

Eine junge Frau erschien, schlank, schwarze Haare und schwarze Augen. Salinger bestellte ein Bier, de Bodt einen grünen Tee, zweiter Aufguss, sieben Minuten.

De Bodt überlegte, warum Salinger ihm vorgeschlagen hatte, noch einen Absacker zu trinken. Sie wollte den neuen Chef kennenlernen. Was sonst?

»Erzählen Sie mir etwas über sich«, sagte de Bodt, als Salinger gerade ansetzte zu reden.

Sie stutzte und sagte: »Was?«

»Gern alles, wenn Sie's kurz fassen.« Er grinste. Sein Grinsen steckte sie an.

»Okay, alles: geboren in Berlin, Schule, Abitur, Polizei. Geschieden, keine Kinder, allein lebend.«

»Geht doch«, sagte er.

Sie lachte. »Und Sie? Alles!«

Er nickte. »Geboren in Hamburg, Abi, Studium abgebrochen, Polizei, Frau, zwei Töchter.« Er zögerte, dann: »Derzeit allein lebend. Gezwungenermaßen. Makler sucht Familienbleibe.«

Ein Blick wie von der Seite. Sie lächelte.

Sie sagten nichts, bis die Getränke auf dem Tisch standen und de Bodt mit ihr anstieß.

»Was anderes trinken Sie nicht?«

»Wasser.«

»Keinen Alkohol … entschuldigen Sie …«

Er winkte ab. »Nicht mehr.«

Schweigen.

Sie räusperte sich. »Warum haben Sie die WG nicht härter rangenommen?«

»Wir wollen etwas erfahren. Würden wir hart vorgehen, würden die mauern. Ob wir etwas fänden, das in unserem Fall hilft, wage ich zu bezweifeln. Die haben aber Angst, dass wir was entdecken, das ihnen Scherereien einträgt. Das lässt sich nur so zusammenbringen, wie wir es getan haben.«

»Wie Sie es getan haben.«

»Hätten Sie es anders gemacht?«

Sie blickte ihn an. »Ich wäre nicht drauf gekommen, dass es so klappt. Wie kamen Sie drauf?«

»Ich habe selbst in so einer WG gewohnt. In Hamburg, Schanzenviertel, gut zwei Jahre lang.«

Sie lachte.

»Warum lachen Sie?«

»Kann ich mir echt nicht vorstellen. Sie in so einer WG.«

Er grinste und trank einen Schluck. In die linksradikale WG war er gezogen, weil es den Zorn seines Vaters steigerte. Und weil de Bodt glaubte, man müsse die Welt zerschlagen, um sie zu retten. Ganz fremd war ihm der Gedanke immer noch nicht.

Sie blickte ihn neugierig an. »Manchmal geben Sie den Schweiger … also ich meine jetzt nicht diesen spätpubertären Schauspieler …«

De Bodt hatte die Augen halb geschlossen. Leise sagte er:

Der Tod ist groß.
Wir sind die Seinen
lachenden Munds.
Wenn wir uns mitten im Leben meinen,
wagt er zu weinen
mitten in uns.

»Was heißt das?«, fragte er.

»Literaturwissenschaftlich?«

»Kriminalistisch. Es liest sich in unserem Fall wie eine Verhöhnung. Da maßt sich jemand an, den Tod zu spielen. Und verspottet die Opfer.«

»Vielleicht ein Ablenkungsmanöver?«

Er zuckte mit den Achseln. »Die Täter waren clever. Vier, fünf Profis. Sie haben nur die Spuren hinterlassen, die sie hinterlassen mussten. Glauben Sie, die Amateure von der Ökofront haben was damit zu tun?«

Sie schüttelte den Kopf. »Zu Rilke fällt Ihnen nichts ein?«

»Nein«, sagte de Bodt. »Gar nichts.«

Er genoss es, mit ihr zu sitzen. Sie zog ihn an, er wollte es nicht verdrängen. Ihr Blick wanderte zum Nachbartisch, wo der Typ immer noch murmelte. Dann traf er die Wand und schließlich ihn. Sie blickte ihm in die Augen. Ein wenig zu lang, dann erschien die Kellnerin. Sie bestellten eine zweite Runde.

Sie genießt es auch, dachte de Bodt. Einfach zusammensitzen. Obwohl ein Tisch zwischen uns steht, sind wir uns nah. Das gibt es manchmal: Dass man einem Menschen nahkommt, obwohl man ihn kaum kennt. Es ist ein Zauber. Und wenn ich jetzt aufstehe, verschwindet er.

»Sie wollten gar nicht Polizist werden«, sagte sie.

»Nein. Ich will es immer noch nicht.«

Auf dem Heimweg kam er an einem Späti vorbei. Rote Großbuchstaben schrien: »Mysteriöse Morde in Lübeck.« De Bodt lief vorbei, aber nach wenigen Metern blieb er stehen, ging zurück und las auf der Titelseite. Schließlich betrat er den Späti. Ein junger Türke, perfektes Deutsch, schnell im Kopf, verkaufte ihm die Zeitung. De Bodt bildete sich ein, Verachtung im Gesicht des Manns zu lesen. Aber vermutlich las er in dessen Gesicht nur, was er selbst fühlte.

In der Nacht schlief er kaum. In den Ohren pfiff und brummte es wieder. Das war so seit ein paar Monaten. Und es würde bleiben. Er wusste es.

IV.

Es stank nach Qualm im Sitzungsraum, obwohl niemand rauchte. Kammann betrachtete die Herren am Tisch. Am Kopfende saß der Vertreter des Kanzleramts, Dr. Julius Lehmann, Leiter der Abteilung 6, Aufseher über die Geheimdienste. Eine hagere Gestalt mit eckigem Kopf, spärliche schwarz-graue Haare. An den Seiten des Tischs hatten sich der Chef des Bundesnachrichtendienstes, Dr. Gerhard Leber, der Leiter des Verfassungsschutzes, Heribert Möller, und der BKA-Präsident Hans-Herbert Grohl im Blick. In den erlauchten Kreis hinzugebeten war Dieter Kammann als Leiter der Abteilung 4 im Bundesamt für Verfassungsschutz.

Kammann lehnte sich zurück und betrachtete die Runde. Sie waren nervös, die Herren. Und sie hatten dazu allen Grund. »Die Kacke ist am Dampfen«, hatte ihm der Chef auf der Anreise gesagt. Das Wort »Krise« fiel noch. Und Kammann hatte gedacht, der Dritte Weltkrieg wird schon nicht ausbrechen. Er scherzte gerne, wenn es eng wurde. Das entspannte ihn. Witze reißen half auch gegen den Frust. Er fühlte sich Leuten ausgeliefert, die er bestenfalls für Mittelklasse hielt. Voran der eigene Chef. Wer sich in diesem Gewerbe hochgedient hatte, hatte es allen recht gemacht. Aalglatt, diese Leute, die über die Sicherheit der Bundesrepublik wachten. Sie sicherten sich nach allen Seiten ab beim kleinsten Risiko. Und waren zu oft erfolglos. Mehr Skandale als Ergebnisse. Jedenfalls beim Verfassungsschutz. Der steckte am tiefsten in der Scheiße. Der Lack war ab. Ein Jahrzehnt lang konnte eine Nazibande nach Lust und Laune morden, und die Sicherheitsbehörden verdächtigten die Familien der Opfer. Die Verfassungsschützer hatten ihre braunen V-Leute gut bezahlt, und die hatten mit Staatsknete die Naziszene aufgebaut. Danach hatten Schlapphüte Akten vernichtet, sich dumm gestellt, waren abgetaucht, konnten sich plötzlich nicht mehr erinnern. Kammann hatte für diese Leute nur Verachtung übrig. Vor allem für die Vorgesetzten im Bund und in den Ländern.

»Was wissen wir?«, fragte Lehmann mit dünner Stimme. Sein Blick fiel auf Möller.

Möller blickte Kammann an. »Berichten Sie bitte. Herr Kammann ist unser Spezialist für Sabotage und Geheimschutz.«

Lehmann nickte.

Kammann räusperte sich. Er spürte, wie seine Hand leicht zitterte. Es ärgerte ihn. Keine Nerven zeigen. Nie. Er schob seine Akte zurecht und öffnete deren Deckel. Unnötig, er konnte es auswendig. Aber so wollte er unterstreichen, wie wichtig es war, was er sagen würde. »Herr Abteilungsleiter, meine Herren Präsidenten ...« Er blätterte und klappte den Deckel zu. »Wir haben es mit dem schwersten Anschlag in Deutschland seit den Zeiten der RAF zu tun.« Und in seinem Hirn erschien das Kürzel *NSU*. »Der Vorstand der BBC wurde ermordet. Bis auf ein Mitglied alle tot. Es waren Profikiller. Das Motiv, so scheint mir, ist offenkundig. Sie haben die Akten gelesen. Ich verweise besonders auf den Tipp von unseren ... Freunden. Mehr muss ich dazu nicht sagen.«

Er blickte sich um. Die Herren nickten.

»Ob die Täter ihr eigentliches Ziel erreicht haben, wissen wir nicht. Verraten könnten uns das nur die Toten.«

»Und dieser Wels, der einzige Überlebende«, warf Leber ein.

Kammann nickte. Das hätte er schon noch gesagt. »Aber dieser Wels wird seit dem Bombenanschlag von der Polizei abgeschirmt. Wir kommen nicht an ihn ran. Außerdem bezweifle ich, dass alle Vorstandsmitglieder gleich viel wussten. Wels ist der Cheflobbyist. Ich fürchte ...«

Betrübte Blicke in der Runde.

Lehmann sagte: »Die Polizei ...«

»Nach unseren Informationen wissen die nichts«, unterbrach Kammann. Er erntete einen missbilligenden Blick von Lehmann. Kammann hob die Hand knapp über der Tischfläche und nickte ihm zu.

Lehmanns Mimik entspannte sich. »Herr Kammann, wer leitet die Ermittlungen? Unser alter Freund Tschilkowski ist ja leider nicht mehr da.« Die Mundwinkel zuckten nach unten.

»De Bodt heißt der Mann. Hauptkommissar, kommt aus Hamburg…« Kammann blätterte in seinem Ordner. »Wir haben da sogar dies und das über den Herrn. Achtzigerjahre. War ein Extremist. Wäre fast vor Gericht gekommen. Pflastersteine, Molotowcocktails gegen die Bundeswehrhochschule. Kam nie zur Anklage mangels Beweisen. Und der Vater…«

»Heinrich de Bodt? So häufig ist der Name ja nicht.« Lehmann fixierte Kammann.

Der nickte. »Vielleicht hat der auch seine Beziehungen spielen lassen. Das Verhältnis zwischen Vater und Sohn ist allerdings zerrüttet. Es geht das Gerücht um, de Bodt junior sei nach seinem Bruch mit den Linksextremisten nach einer Schamfrist nur zur Polizei gegangen, um seinen Vater zu provozieren. Der hatte in ihm den geistigen Nachfolger gesehen. Wie Sie wissen, war er Präsident der Universität gewesen und ist ein Mann, dessen Wort auch nach seiner Emeritierung gehört wird. Nicht nur in Hamburg. Er sitzt unter anderem im Ethikrat. Eugen de Bodt, der Sohn, hat das Studium geschmissen. Dabei galt er als kommender Star unter den Philosophen. Ich meine jetzt nicht solche Leute wie den Denkerdarsteller, der im Fernsehen herumgereicht wird, weil er so hübsch aussieht. Sondern wissenschaftlich. De Bodt junior gilt als außerordentlich gebildet. Auch als elitär. Ein schwieriger Zeitgenosse. Linksextremist war er auch nur aus Mode und um seinen Alten zu reizen. Vatersyndrom oder wie das heißt.«

»Äh, eher Ödipuskomplex?«, warf Grohl ein.

»Nein, das ist, wenn man die eigene Mutter…«, sagte Voss und lief rosa an.

»Aber die Kastrationsangst, also die Angst vor der Strafe des Vaters?«, fragte Grohl.

»Meine Herren, das führt uns jetzt nicht weiter«, erklärte Lehmann unwirsch und nickte Kammann zu.

Der blickte sich um und fuhr fort: »Also weiter mit de Bodt. Hat Probleme, sich unterzuordnen. Zumal wenn er glaubt, dass seine Vorgesetzten weniger können als er. Davon ist er wohl in ausnahmslos jedem Fall überzeugt.« Kammann verspürte Sympathie mit dem merkwürdigen Polizisten aus Hamburg. Ihm ging es doch genauso.

»Aber er hat, das muss man eingestehen, außerordentliche Ermittlungserfolge. Ich habe in Vorbereitung unseres Gesprächs in der JVA Fuhlsbüttel mit zwei Mördern gesprochen, die de Bodt überführt hat. Kein schlechtes Wort über ihn. Die fühlten sich bei den Ermittlungen von ihm fast beschützt vor den anderen Polizisten. Ihm gegenüber haben sie gestanden. Nur ihm gegenüber.«

»Wir haben alle keine Zeit«, unterbrach Lehmann. »Lassen Sie uns beraten, was wir zu tun haben. Vorab will ich Ihnen sagen, dass ich heute früh mit der Bundeskanzlerin gesprochen habe. Sie ist besorgt, um es zurückhaltend zu sagen. Das ist ein GAU.« Er blickte einen nach dem anderen an.

Kammann fragte sich, wem er das abgeguckt hatte. Bestimmt jemandem, dessen Blicke wirklich beeindruckten.

»Wir müssen die Täter finden«, befahl Lehmann. »Und wir müssen das diskret erledigen. Verstehen Sie, was ich meine?«

Die Herren nickten.

»Wir können es uns nicht erlauben, dass irgendwas an die Öffentlichkeit kommt. Schon gar nicht nach der NSU-Scheiße«, sagte Lehmann mit einem strengen Blick zu Möller. Die anderen blickten den Verfassungsschutzpräsidenten mitleidig an. »Wenn das geschieht, können wir alle packen. Die Bundeskanzlerin vertraut uns. Aber glauben Sie mir, es fällt ihr nicht leicht.«

Lehmann hüstelte. »Herr Möller, was sind Ihre Vorschläge? Welche Hilfe brauchen Sie von den anderen Diensten?«

Möller lief rosa an. »Herr Kammann hat entsprechend meiner Weisung meinen Plan konkretisiert.«

Kammann musste nun doch schlucken. Er hatte das Konzept allein geschrieben. Möller hatte nicht einmal ein Komma verändert. »In aller Kürze: Wir müssen die Täter ergreifen, bevor die Polizei sie ermittelt. Wir müssen die polizeilichen Ermittlungen überwachen. Glücklicherweise haben wir da jemanden platzieren können. Wir müssen herausfinden, was die Täter wissen. Wir müssen die Täter verschwinden lassen.«

»Wollen Sie, dass die Polizei mit leeren Händen dasteht? Sich blamiert?«, schoss Grohl dazwischen. »Das ist doch nicht Ihr Ernst. Und wenn der Generalbundesanwalt den Fall übernimmt?

Wenn wir eingeschaltet werden? Sollen wir auch *planmäßig* scheitern?« Er betonte »planmäßig«, als spuckte er es aus.

»Der Präsident …«, sagte Kammann.

Lehmann unterbrach ihn: »Wir werden dafür sorgen, dass der Fall beim LKA Berlin bleibt.«

Grohl nickte. »Gut, aber das Prestige der Polizei wird beschädigt, wenn wir diesen Fall nicht aufklären. Das demotiviert. Und die Opposition wird schon darauf kommen, das als Versagen der Sicherheitsbehörden zu brandmarken. Das kostet die Regierung Stimmen …«

Wieder griff Lehmann ein. »Wenn wir alle nach Plan arbeiten und größtmögliche Geheimhaltung wahren, wird es funktionieren. Und die Kollateralschäden lassen sich überschauen. Sie glauben doch nicht im Ernst, bei so einer Scheiße kämen wir ohne Kratzer davon. Wir sollten darüber nachdenken, dem Berliner LKA Täter zu präsentieren, die nicht mehr aussagen können. Sie verstehen?«

Kammann grinste innerlich. Auf diese geniale Idee war er längst gekommen. Eine andere Möglichkeit gab es sowieso nicht. »Dann dürfen wir die Täter nicht einfach verschwinden lassen, sondern müssen sie dem Herrn de Bodt vor die Füße legen. Tun wir ihm den Gefallen.«

Die Herren nickten.

Lehmann sagte streng: »Herr Kammann, Sie werden eine Kommission zusammenstellen. Nur absolut vertrauenswürdige Leute. Sie wird aus dem Amt ausgelagert. Wir haben Regierungswohnungen in Berlin. Ich werde Ihnen spätestens morgen mitteilen, welche Sie als Stützpunkt benutzen können. Sie dürfen keinem Ihrer Mitarbeiter auch nur andeuten, um was es wirklich geht. Sie verstehen mich?«

»Jawohl«, sagte Kammann militärisch.

Grohl schnippte mit dem Finger, bis ihn Lehmanns Blick traf. »Die Geschichte in Lübeck, Sie haben davon gehört. Die Nachrichten sind voll von diesen Morden dort und hier. Die Boulevardpresse überschlägt sich. Ich glaube, dass das zusammenhängt. Die Lübecker Polizei berichtet, es handle sich mutmaßlich um Berufsverbrecher. Sehr gut ausgesuchte. Ohne Vorstrafen. Ohne Fingerabdrücke in unserer Datenbank. Ohne DNS-Vergleichsprobe. Offenbar sind die aneinandergeraten. Die Waffen und die Vorgehensweise zeigen die Handschrift von Profis. Klingt nach den Typen bei uns.«

»Seit wann bringen sich Profis nach erledigter Arbeit gegenseitig um?«, fragte Leber.

»Wenn der Auftraggeber des Verbrechens sie als Zeugen beseitigen will«, sagte Kammann trocken.

Erstaunte Blicke. Lehmann hüstelte. »Das werden die Herren« – ein Blick zu Kammann – »klären. Fragen?« Er blickte in die Runde. »Noch was: Wir nennen diese Sache *Unternehmen Held.*«

Dieter Kammann streckte seinen muskulösen Körper. Er saß auf einer Bank im Görlitzer Park. In dieser Gegend wohnte de Bodt, wie Kammann wusste. Und hier begriff er nun, dass es ihm an den Kragen ging. Diesen Fall würde er kaum überleben. Er war auch zum Zeugen geworden. Sein Leben dauerte, bis er die Sache erledigt hatte. Dann war er nur noch eine Gefahr. So sahen es die anderen. Kammann war nicht der Typ, der sich Illusionen machte.

Er beobachtete ein Pärchen, das mit einem Ball spielte. Geschickt, fröhlich. Er hörte sie lachen. Ein Pinscher jagte über die Wiese. Grillgerüche in der Luft, obwohl es kühl war. Der Frühling fühlte sich noch mehr nach Winter an als nach Sommer. Auf dem Mauerrest des alten Bahnhofs saß ein langmähniger Mann mit einer Gitarre. Spanisch. Segovia. Kammann lauschte fasziniert, obwohl der Wind viele Töne verblies. Eine Gruppe Schwarzafrikaner versammelte sich am Eingang. Kammann sah gleich, dass es sich um Dealer handelte. Er steckte sich einen Zigarillo an. Kammann dachte gern über sein Leben nach, zumal er es als eine Erfolgsgeschichte betrachtete.

Er hatte es weit gebracht. Mitte dreißig, Abteilungsleiter. Hinter ihm lag die Karriere eines Mannes, der keine Hemmungen hatte, die Aufträge seines Amts zu erledigen. Wo andere Skrupel hatten, folgte Kammann der Logik. Kalt, berechnend, klug. Mutig. So einer konnte nur allein leben. Frauen fand er anstrengend. Ansprüche. Allein war er mit sich zufrieden. Ab und zu eine Nutte der besseren Sorte.

Die Logik riet ihm, doppelgleisig zu arbeiten. Den Fall lösen und sich rechtzeitig aus dem Staub machen. Vielleicht hatte er doch eine Chance. Sobald er in Sicherheit war, könnte er einen Deal vorschlagen: keine Verfolgung, dafür keine Aussage. Nicht einmal eine Andeutung. Sie würden auch noch etwas bezahlen müssen. Übergangsgeld. Er hatte mit dem Gedanken gespielt, gleich abzutauchen. Aber dann hätte er versagt. Vielleicht entwickelten sich die Dinge so, dass er trotzdem bleiben konnte. Obwohl es unwahrscheinlich war. Er liebte seinen Job. Noch mehr liebte er sein Leben.

Er betrachtete die Lage mit ihren Augen. Das Ergebnis war unerfreulich. Solange er lebte, konnte er berichten. Allerdings nicht, ohne sich damit selbst in den Orkus zu befördern, wenn er seine Aufgabe erfüllte. Und es würde immer jemand übrig bleiben, um ihn, den Verräter, zu jagen. Aber vielleicht ging es doch gut. Vielleicht.

Doppelgleisig, klar. Aber wie? Und wie fand er die Täter, bevor de Bodt es gelang? Wie konnte er sie erledigen und sich damit selbst so tief in diese Scheiße verstricken, dass niemand mehr glaubte, er würde auspacken. Nein, wenn ich die wäre, würde ich mich aus dem Weg räumen. Sicher ist sicher. Er überlegte, wen er in sein Team aufnehmen sollte. Die Wieczorek fiel ihm als Erste ein. Wizzy. Bei so was war sie unentbehrlich. Kleinwüchsig, energisch, genial und genauso hart wie er. Er kannte niemanden, der mit Computern und Datennetzen virtuoser spielte als sie. Sie würde die Netzwerke der Polizei anzapfen. Das würde ihr umso leichter fallen, als das BKA mitspielte. Dann war da Johnny. Er wurde nur so genannt, kaum einer kannte seinen richtigen Namen: Hans Baumeister. Der Mann für die besonderen Aufträge. Fit, drahtig, smart. Ein ehemaliger GSG-9-Krieger. Bergsteiger. Beneidet, weil er Miss Verfassungsschutz erobert hatte, die rattenscharfe Assistentin des Vizechefs. Johnny war der richtige Mann, wenn es darum ging, Killer zu erledigen. Mit Wieczorek und Johnny würde er beraten, wen sie noch ins Team holten. Baumeister sollte sich zuerst um den Stützpunkt kümmern, Wieczorek um dessen Vernetzung. Und das am besten gestern.

Er schlief doch ganz gut in dieser Nacht. Noch hatte er die Sache im Griff. Noch. Die schlimmen Nächte würden früh genug kommen.

Johnny grinste, als er seinen Chef sah. Sie saßen in einem Büro am Potsdamer Platz, elfter Stock. Es gehörte der Bundesregierung. In den Aufzügen und im Eingang im Erdgeschoss wimmelte es vor Leuten. Die beste Tarnung. Der Blick über die Stadt war gewaltig. Gewitterwolken türmten sich zu Bergmassiven. Fernab blitzte es zart, das Donnergrollen war eher zu ahnen, als zu hören.

Johnny hatte gleich raus, wie die Kaffeemaschine funktionierte. Kammann hatte belegte Brötchen und Eier besorgt. Pappteller auf dem Tisch. Die Maschine spuckte Espresso aus. Zwei Tassen. Johnny trank ihn ohne Zucker, Kammann brauchte zwei Löffel.

»Da brennt's, was, Chef?« Johnny schlürfte seinen Kaffee, griff sich ein Ei, knockte es am Tisch an und pellte es.

»Die Kacke ist am Dampfen«, sagte Kammann. »Warten wir, bis Wizzy kommt.«

Johnny nickte. »Wenn Wizzy dabei ist, ist alles gut.«

Manchmal bildete sich Kammann ein, dass er nur einen Menschen hätte lieben können: Wizzy, die so unglaublich gut war. Um die alle Chefs einen Bogen machten, weil sie ihre Intelligenz, Respektlosigkeit und Schlagfertigkeit fürchteten. Wizzy hatte außer einem verkorksten Musikgeschmack nur eine Schwäche: Sie kam immer zu spät. Nicht einmal die Abfahrtszeit der Arche Noah hätte sie veranlassen können, pünktlich zu sein. Johnny blickte auf seine Taucheruhr und schüttelte grinsend den Kopf. Da flog die Tür auf. »Ach, hier seid ihr?« Halb Frage, halb Vorwurf.

Wizzy stürmte das Zimmer, warf ihren Rucksack auf den Tisch, sah die Espressotassen und maulte: »Und ich?«

Johnny erhob sich, knallte die Hacken zusammen und salutierte. Was ihr nicht einmal ein Grinsen entlockte. »Mit drei Löffeln Zucker!«

Zucker mit Kaffeearoma, dachte Kammann. Aber natürlich hielt er die Klappe.

Johnny stellte die Tasse vor Wizzy ab, den Arm auf den Rücken gelegt wie ein Kellner. Sie übersah die Demutsgeste, setzte sich an den Tisch, trank den Kaffee aus und sagte: »Los geht's!« Dass die anderen auch immer den Betrieb aufhalten mussten. Sie kramte ein Notebook aus dem Rucksack, zwei Smartphones, einen Tablet-PC, einen Block und einen Bleistift und legte alles nebeneinander vor sich. Ein Blick zu Johnny, ein Blick zu Kammann.

Jetzt wurde es ernst.

Bald lagen sie sich in den Haaren, Kammann und Wizzy. Während Johnny gelassen den gefühlt sechsundzwanzigsten Kaffee in sich hineinschüttete. Die Maschine untermalte Wizzys Gezeter mit einem sonoren Dauerdröhnen, wenn das Gerät nicht gerade spotzte und zischte.

»Dieses Arschloch kommt nicht rein in das Scheißteam. Wenn der kommt, gehe ich.« Ihre Zwergenfaust donnerte auf den Tisch.

»Pass auf«, sagte Kammann bemüht geduldig. »Wir haben keine Zeit für solche … Debatten. Es drängt.«

»Wenn du nichtsnutzige Idioten einstellst, brauchst du dir darüber keine Sorgen zu machen.« Sie kreuzte die Arme vor der Brust.

»Der Schröder soll die Polizeistrecke machen, verstehst du. Der taucht kaum im Büro auf. Wenn du willst, fertige ich ihn privat ab.«

»Ich will seine polierte Fresse hier nicht sehen! Und seinen Gestank nicht riechen. Verstanden?«

Sie blickte in alle Richtungen, als prüfte sie, ob die Zuschauermassen eine dramaturgische Steigerung brauchten. »Um was geht's eigentlich?«

»Hab ich doch gesagt …« Und Kammann überlegte, was da zwischen Wizzy und Schröder vorgefallen sein mochte. Gut, Schröder machte auf einsamen Killer. Hatte mal Alain Delon in einem Film gesehen und mühte sich seitdem, dem Vorbild zu ähneln. Widmete sich auch der Hautpflege etwas zu intensiv. Stank wie eine Parfümerie. Doch niemand konnte besser Bullen anquatschen als er.

»Aber so kryptisch, als wären wir beim Geheimdienst.«

Johnny grinste.

»Also die Kurzfassung, extra für dich: Wir sollen herausfinden, ob der Anschlag auf die BBC einen nachrichtendienstlichen Hintergrund hat. Industriespionage. Jetzt klar?«

»Und deswegen gründen wir so eine Geheimtruppe im Geheimdienst. Du hast sie doch nicht mehr alle. Verscheißern kann ich mich selbst.«

»Mehr Informationen gibt es später«, sagte Kammann.

Sie winkte ab. »Kein Vertrauen in diesem Scheißladen.« Ein mürrischer Blick zu Kammann. »Wer noch?«

Er stellte einige Kandidaten vor. Auch solche, die Wizzy als inkompetent, blöd, faul, nervig abschießen konnte, damit sie sich in die wichtigen Kandidaten nicht verbiss. Die verbale Vernichtungsorgie hellte ihre Laune schlagartig auf.

Kammann zweifelte keine Sekunde, dass Wizzy sein Spiel durchschaute. Aber sie liebte es. Schließlich einigten sie sich auf die Wagerer als Koordinatorin. Die weit unter Wert eingesetzte Sekretärin des stinkfaulen Abteilungsleiters 2 sollte auch das Protokoll führen. Von dem wusste Kammann jetzt schon, dass die wichtigen Dinge nicht darin stehen würden. Aber man war ja Behörde. Die Wagerer hatte angeblich auch Pressekontakte. Man weiß ja nie. Kevin Höxtra durfte Kammanns Assistenten geben. Ein intelligenter und anpassungsfähiger Nachwuchsspitzel, der sich bei Überwachungsjobs zu Tode langweilte. Er war während der Ausbildung ein paar Monate in Kammanns Abteilung gewesen. Erstaunlicherweise hatte Wizzy ihn nicht gleich zum Nachtisch verspeist. Ein herzlicherer Liebesbeweis war nicht denkbar.

Kammann war zufrieden mit der Auswahl. Die Wagerer und Höxtra würden beweisen, dass sie von den meisten unterschätzt wurden. Johnny würde geduldig hier und da helfen, bis er dran war, um gemeinsam mit Schröder und Kammann die Drecksarbeit zu erledigen. Vielleicht würden sie Verstärkung brauchen. Wizzy war Feuer und Flamme. Sie roch es einmal um den Erdball, wenn Gesetze gebrochen werden sollten. Das spornte sie an wie eine Aufputschdroge. Schröder würde den Kontakt zum LKA von Kammann übernehmen. Und selbst ermitteln, wenn es nötig wurde. Schon ab morgen Nachmittag würden sie alles wissen, was die Polizei wusste. Dazu, was sie selbst herausfanden.

Kammann raste durch den Regen nach Lübeck. Zuvor hatte er Schröder in einem kurzen Gespräch am S-Bahnhof Potsdamer Platz aufs LKA angesetzt. Vom Stützpunkt ganz in der Nähe hatte er ihm nichts verraten. Höxtra war angefordert, musste aber noch einen Fall übergeben. Er würde morgen früh im Büro auftauchen wie auch die Wagerer, die wegen ihrer Flugangst mit dem Nachtzug von Köln nach Berlin fuhr.

Auf der Autobahn legte er sich einen Plan zurecht. Nicht sehr überzeugend, aber was Besseres fiel ihm nicht ein in der kurzen Zeit. Hin und wieder klingelte das Telefon. Der Vorgesetzte von Höxtra beklagte sich, aber Kammann verwies ihn an den Präsidenten. »Was treiben Sie denn da?«, maulte der Kollege.

»Urlaub, was sonst?«

Der Abteilungsleiter 2 merkte tatsächlich, dass ihm jemand eine Aushilfssekretärin ins Büro gesetzt hatte. Die Wagerer sei plötzlich erkrankt, wurde ihm mitgeteilt. Das hatte Kammann als Erklärung verlangt. Man musste nicht jeden auf seine Geheimtruppe neugierig machen.

Wizzy berichtete am Telefon vom Ärger mit einem großkotzigen Datenverarbeitungs-Halbgott des Bundeskanzleramts, der partout nicht so schnell arbeiten wollte, wie Wizzy es für nötig hielt. Er hätte Wizzy vor allem nicht fachlich kommen sollen. Sie zerlegte ihn wie ein Suppenhuhn. Was seinen Zorn und Widerstand nur verfestigte. Kammann rief also Lehmann an. Er nutzte das Gespräch, um ihn in sein Unternehmen in Lübeck einzubinden. Vermutlich war der Halbgott längst im Hades gelandet.

Das Navi zeigte ihm den Weg zur Lübecker Polizeidirektion. Dort verlangte er nach dem Leiter der Mordkommission.

Kammann klopfte an die Bürotür und öffnete sie gleich. An einem Aktenregal stand ein Hüne mit blonden Haaren. Er drehte sich um zur Tür.

»Mein Name ist Mellenkampf«, sagte Kammann. Er nestelte ungeschickt eine Visitenkarte aus der Tuchtasche des Jacketts. Sie fiel zu Boden. Kammann bückte sich, rieb die Karte an seiner Hose ab und überreichte sie. »Sie sind Hauptkommissar …«

»Glatt«, sagte der Hüne. »Glatt wie rutschig.«

Kammann mühte sich zu lächeln. »Bitte rufen Sie diese Nummer an. Ist das Bundeskanzleramt.«

Glatt musterte ihn verblüfft. »Was will …?«

»Rufen Sie an. Jetzt.«

Der Hüne blickte erstaunt und nahm den Telefonhörer. Er wurde verbunden und hörte zu. Er nickte immer heftiger. Dann sagte er: »Was kann ich für Sie tun, Herr Mellenkamp?«

»*Kampf* bitte. Berichten Sie mir über die Mordfälle bei Ihnen.« Kammann setzte sich auf den Stuhl vorm Schreibtisch.

Der Hüne ließ seinen Kopf zwischen die Schultern rutschen. »Eine Leiche in einem Hotelkeller. Ein Schwerverletzter nahe der Synagoge. Ein Messerstich. Tödlich, wenn auch nicht sofort.« Er zuckte mit den Achseln und ließ in seinem Gesicht alles Elend der Welt aufscheinen. »Sie haben alles versucht. Großer Mist, er hätte was sagen können.« Er kramte in einem Aktenstapel auf dem Schreibtisch. »Dann haben wir einen Kopfschuss und einen zertrümmerten Porsche ohne Fahrer. Der Tote saß auf dem Beifahrersitz. Schüsse in die Reifen. Wir vermuten, dass …«

Die Tür öffnete sich. Eine junge Frau zuckte zurück. »Ach, du hast Besuch …«

»Komm rein«, sagte Glatt. Mit Blick zu Kammann. »Das ist die Kollegin Comenius.« Er stellte Mellenkampf umständlich vor, während sich das hübsche Gesicht unter den schwarzen Locken entfärbte. Sie holte sich einen Stuhl und setzte sich neben den Schreibtisch, die Augen auf Kammann gerichtet.

Eine Alarmsirene ertönte draußen, Reifen quietschten. »Was ist los?«, fragte Glatt.

»Das tut nichts zur Sache«, sagte Kammann. »Berichten Sie weiter.«

Ein verwirrter Blick, und Glatt sagte: »Dann wurde ein Boot gestohlen. Wir haben es an einer Schleuse gefunden. Eine Leiche wurde dort ebenfalls angetrieben. Die Spurensicherung sagt, dass der Mann gefesselt in der Kajüte lag, während ein anderer das Boot steuerte.«

»Wer hat das Boot gestohlen?«, fragte Kammann. In seinem Kopf hatte er die Geschichte schon zusammengebaut.

»Es gibt nach meiner Meinung in allen genannten Fällen nur einen Täter. Der Mann wurde verfolgt. Erst spürten die Verfolger ihn im Hotel auf. Aber er konnte sich ihrer entledigen. Daher die Leiche im Hotelkeller. Ein Zeuge hat einen Mann gesehen, der aus dem Kellerfenster des Hotels geklettert ist…«

»Personenbeschreibung? Phantombild?«

Glatt schüttelte den Kopf. »Der Zeuge stand zu weit weg. Ein Mann, schlank, mittelgroß, vielleicht auch groß, Rucksack… das war's. Und der Mann am Hotelempfang ist alt, halb blind, braucht eine neue Brille und hat kein Gedächtnis… Der Täter ist eher größer, mittleres Alter, kurze Haare, vielleicht dunkelbraun, vielleicht schwarz… Wir haben ein Phantombild versucht, aber das passt auf ein paar hunderttausend Leute. Mindestens.«

»Und einen Mann mit Rucksack hat niemand im Umfeld des Porsche-Crashs gesehen?«

Glatt schüttelte den Kopf. »Die Leute glotzen doch alle dahin, wo es knallt. Wir haben Patronenhülsen am Tatort gefunden. Glock 17.«

Kammann nickte fast abwesend. »Ich möchte die Leichen sehen, dann das Auto und das Boot.«

Glatt hob die Augenbrauen. »Kein Problem. Frau Comenius wird Sie hinführen. Sie ist auf dem Stand.«

Comenius blickte ihren Chef erstaunt an, dann erhob sie sich.

Als sie die Rechtsmedizin betraten, sagte sie: »Wenn Sie beim Bundeskanzleramt arbeiten, bin ich bei den Zeugen Jehovas.«

»Ist ja nicht verboten«, erwiderte Kammann.

Comenius lächelte.

Kammann hasste den Geruch von Leichensälen. Ihre Reinheit und der scharfe Gestank der Desinfektionsmittel erinnerten umso mehr an Blut und Verwesung. Comenius schien es nichts auszumachen. Sie begrüßte fröhlich einen Weißkittel mit langen Koteletten und einer Jungenfrisur über einem Gesicht, in das sich das Alter vorzeitig verirrt hatte. Seine Brillengläser waren dick und vergrößerten die Pupillen.

»Ah, Dorothée. Ein Gast. Angehöriger?«

Comenius schüttelte den Kopf. »Bundeskanzleramt. Ganz wichtig.« In jedem Wort klang Unglaube mit. »Dr. Wolfgang Ebersbach«, sagte sie. »Herr Mellenkampf.« Sie gaben sich die Hand.

»Er will unseren Leichenberg besichtigen.«

Ebersbach nickte. »So viele an einem Tag. Fangen wir mit der ersten an. Herr XYZ aus dem Hotelkeller.«

Eine Naht vom Unterleib bis zur Höhe der Brustwarzen, wo sie sich zu den Schultern verzweigte. Einschussloch im Kopf, ein weiteres in der Brust. Unblutig, unwirklich. Breites Gesicht, kurz geschnittene Haare. Schmale, tiefe Narbe an der Schläfe. Durchtrainierter Körper.

»Hat nicht getrunken, nicht geraucht. Fit bis in die Haarspitzen.« Ebersbach lächelte. »Kann man mal sehen, dass Fitness und gesunde Ernährung das Leben nicht immer verlängern.«

Kammann blickte ihn nachdenklich an. Comenius stand neben dem Arzt und beobachtete Kammanns Reaktionen.

»Die Kugeln aus diesem Herrn stammen aus derselben Pistole wie die vom sogenannten Unfall«, sagte sie.

Die zweite Leiche hatte einen Einstich im Bauch. »Er hat ihn nur tödlich verletzt«, sagte Ebersbach.

»Mit Absicht, vermuten wir«, ergänzte Comenius. »Es hätte ihm keine Mühe bereitet, das Herz zu treffen oder ihm die Kehle durchzuschneiden. Spätestens mit dem zweiten Stich.« Sie sagte es, als würde sie eine Geschichte vom Wochenmarkt erzählen.

Kammann nickte. Die Methode sprach für den Profi. Aber das wussten sie längst.

Die dritte Leiche lag in einem anderen Raum. Kammann schluckte zwei-, dreimal. Der Hinterkopf fehlte. Statt eines Auges ein großes Loch. Es schien ihm, als starrte ihn die Leiche durch das Loch an. Aber dann dämmerte ihm, was es bedeutete.

»Man muss einen Mann in einem fahrenden Auto mit einer Pistole erst mal so treffen«, sagte Comenius. »Ein Meisterschütze. Viele schaffen das mit einem Gewehr nicht.«

Kammann betrachtete den Oberkörper des Mannes. Auch der muskulös wie ein Sportler. Comenius deutete auf den Oberarm der

Leiche. Schnittnarben, alt. »Und hier.« Sie zeigte auf eine Schussnarbe am Oberschenkel, nahe der Leiste.

»Durchschuss«, sagte Ebersbach trocken. »Hatte er noch mal Glück.«

»Wie alt ist die?«, fragte Kammann.

Ebersbach wiegte den Kopf. »Älter als fünf, jünger als zehn Jahre.«

»Kaliber?«

»Keine Ahnung. Aber nichts Kleines. Ging glatt durch. Auf der Rückseite war die Ausschussöffnung. Ich tippe auf Gewehr. Vielleicht siebenzwoundsechzig.«

Kammann ließ seine Augen über die Wandkacheln streifen. Neben der Tür hing ein alter Kalender. Ostseestrand.

Comenius blickte ihn fragend an.

»Ein Projektil haben wir in einem Baum gefunden. Es hat den Schädel des Manns durchschlagen und die Fensterscheibe auf der Fahrerseite …«

»Und der Fahrer?«

Comenius schüttelte den Kopf. »Der hatte mehr Glück als Verstand. Unverletzt. Jedenfalls haben wir keine Blutspuren gefunden. Ist verschwunden.«

Kammann fluchte innerlich. Es waren zwei, die er kriegen musste. Den Fahrer und den Typen, der ihnen die Leichen serviert hatte. Mindestens. Kurz flog ihn der Gedanke an, es könnte alles vergeblich sein. Aber so etwas dachte ein Kammann nicht.

»Und das Auto?«

»In Stockholm gestohlen, gefälschtes Kennzeichen.«

»Spuren im Auto?«

»Wir haben Fasern gefunden. Ein paar Haare. Hautschuppen. Wir gleichen das mit dem Wagenbesitzer ab. Dann zum BKA.«

»Und Sie informieren mich«, sagte Kammann.

»Gern, das macht dann mein Chef.«

»Wir trinken nachher einen Kaffee?«

Sie nickte widerstrebend. »Wir haben noch die Wasserleiche.«

Die lag aufgeschwemmt auf ihrem stählernen Bett. Die Haut war weiß, die Lippen dunkelblau. Ebersbach deutete auf die Handgelenke. »Klebeband.« Ein Fingerzeig auf den Mund. »Auch.« Einer auf die Füße. »Ebenso.«

Comenius sagte: »Der Täter hat das Boot an einem kleinen Anleger an der Kanal-Trave gestohlen. Vielleicht hatte er das Pech, dass der Mann zufällig auftauchte.« Sie schüttelte den Kopf. »Natürlich hatte er Pech.« Ein Blick zur Leiche.

»Den Bootsbesitzer?«, fragte Kammann.

»Die haben wir. Ein Ehepaar. Aber sie haben sich schon ewig nicht mehr um den Kahn gekümmert«, sagte sie.

»Spuren?«

»Von ihm.« Wieder ein Blick zur Leiche. »Er hat mit der Sache nichts zu tun.«

»Todesursache Ertrinken?«

»Nein«, sagte Ebersbach. »Der Mann wurde erdrosselt. Textilfasern in der Lunge. Das passende Kissen haben wir.«

»Er wollte Ertrinken vortäuschen«, sagte Comenius.

»Das glaube ich nicht«, sagte Kammann. »Der Täter weiß, dass wir die Todesursache herausfinden. Verwirrspiel. Vielleicht hat er gehofft, die Leiche kommt irgendwie durch die Schleuse. Ist zwar unwahrscheinlich. Aber sie hätte dann noch eine Weile treiben können.«

Comenius blickte ihn skeptisch an.

»Sind Sie Profiler?«

Kammann lächelte. »Nein. Aber die Erfahrung verrät einem manches.«

»Was Nachwuchsbullinnen verborgen bleibt?«

»Wenn Sie's so sagen wollen.«

Ihr Mimik zeigte Ärger, aber dann lachte sie doch. »Erzählen Sie mir beim Kaffee, wie die großen Bullen das machen?«

Kammann musste grinsen. »Gern. In epischer Breite.« Als sie sich dem Arzt zuwendete, bewunderte er im Augenwinkel ihre Figur in den engen Jeans.

»Haben Sie noch was?«, fragte Comenius.

Der Arzt schüttelte den Kopf. »Mir scheint, es ist alles klar. Wir untersuchen die Fingernägel. Haben noch nicht alle Laborbefunde. Aber da tut sich nicht mehr viel.«

Draußen atmete Kammann erst einmal durch. Er spürte die Luft. Genoss den leichten Regen, der gerade eingesetzt hatte. Sie quälten sich durch den Verkehr in Richtung Stadtmitte. Sie fuhr aufmerksam. »Soll ich Sie dorthin bringen, wohin alle Touristen in Lübeck gehen? Niederegger?«

»Nein. Sie wollen doch, dass wir den Fall besprechen. In Ihrem Büro …«

»Ich sitze bei Glatt«, sagte sie. »Vielleicht sollten Sie alles ohnehin mit ihm besprechen.«

»Nicht nötig«, sagte er.

»Weil Sie alles erfahren wollen, aber selbst nichts verraten.«

»Genau.«

Er mochte ihr Lachen. Und fragte sich, ob er dabei war, einen Fehler zu begehen. Doch die Frau zog ihn an. Schon lange hatte er keine mehr so attraktiv gefunden. Vielleicht weil du lange keine mehr hattest. Er versuchte die Erregung zu unterdrücken. An einer roten Ampel lachte sie ihn an. Sie hatte große Augen und lange Wimpern. Es fiel ihm nicht schwer, sich vorzustellen, wie sie ihn sah. Kammann war der große Rätselhafte, vor dem sogar ihr Chef Männchen machte. Er sah gut aus und war jünger, als sie sich einen Vertreter des Kanzleramts vorstellte. Umso mehr strahlte seine Aura. Nicht, dass sie spätpubertäre Anwandlungen spürte. Sie war intelligenter als ihr Chef. Hatte Ideen. Hatte sich bisher nicht unterkriegen lassen vom Trott und vom Frust. Kammann hatte eine gute Menschenkenntnis. Berufserfahrung.

»Erzählen Sie was über sich«, sagte er.

»Hier nicht. Bei mir.« Ihre Augen fragten. Und er las Verunsicherung in ihnen.

Er nickte. »Gut.«

Sie wohnte im dritten Stock eines schmalen Altstadthauses aus Klinkern. Zwei Zimmer, Küche, Bad. Die Decken waren niedrig, und Kammann fürchtete, sich den Kopf am Türrahmen zu stoßen. Sie bereitete einen Tee. Er saß am kleinen Küchentisch. Sie passte in diese Wohnung. Genau die richtige Größe für eine kleine Frau. Kammann beobachtete ihre Bewegungen. Und sie spürte es natürlich. Als der Earl Grey zu duften begann, setzte sie sich ihm gegenüber.

»Wer sind Sie in Wirklichkeit?«

»Die Intelligenz, die Ihre Frage verrät, verbietet, sie zu stellen.« Er lächelte sie an, um der Antwort die Schärfe zu nehmen.

»Das genügt mir als Auskunft«, sagte sie.

»Danke.«

»Aber ich muss doch wissen, ob es … Beweggründe über das Kriminalistische hinaus gibt«, sagte sie.

»Es gibt die Verbindung dieser Fälle mit denen in Berlin.«

Sie nickte. »Eigentlich müsste das BKA übernehmen.«

Er lächelte. »Ich würde mich an Ihrer Stelle mit den Kollegen vom Berliner LKA kurzschließen.«

»Verstehe«, sagte sie nachdenklich. »Klingt fast so, als sollte der Fall nicht so schnell aufgeklärt werden. Ich kapier aber nicht, warum.«

»Ich darf Ihnen leider nichts sagen. Aber Sie liegen falsch mit Ihrer Vermutung.«

»Weil Sie und Ihr Amt auch dran arbeiten?«

»Davon weiß ich nichts. Ich sammle Informationen für das Kanzleramt. Wirtschaftsspionage und Sabotage. Ich ermittle nicht. Aber Sie können sich vorstellen, dass wir über diplomatische Drähte, sagen wir mal, Signale an die versenden, die als Auftraggeber infrage kommen. Wer immer das ist. Aber jetzt habe ich genug erzählt.« Er war fast erschrocken und wiederholte in der Erinnerung, was er gesagt hatte. Er fand, dass er die Grenze des Erlaubten erreicht, aber nicht überschritten hatte.

Sie erhob sich und lehnte sich an die Arbeitsplatte neben der Spüle. Ihre Finger spielten mit den Haaren. »Warum im Ausland?«

»Ich weiß nicht, ob die Drahtzieher im Ausland sitzen. Nur kann man es nicht ausschließen. Irgendeine Staatswirtschaft … Die benutzen ihre Nachrichtendienste als verlängerten Arm der Industrie. Bisher haben sie das übers Internet versucht. Mit großem Erfolg. Vielleicht gab es einen Patentstreit?«

»Eine merkwürdige Art, einen Patentstreit zu klären«, sagte sie.

»Gewiss. Andere Länder, andere Sitten. Die Chinesen blicken auf uns herab«, sagte er, während seine Augen an ihren Brüsten hängen blieben. »Für die sind wir ein Volk ohne Kultur. Für die sind alle Völker kulturlos. In Wahrheit verachten die uns.«

Sie kam ihm einen kleinen Schritt entgegen, und er zog sie an sich. Sie setzte sich auf seinen Schoß.

Es war schnell und heftig, nachdem er sie in ihr Bett getragen hatte. Sie lagen erschöpft nebeneinander, die Augen des anderen im Blick. Ihre Hand strich über seine Stirn.

Er lächelte und sagte nichts. Kammann genoss diese Minuten, in denen er alles vergessen hatte außer ihrem Körper und ihren Lauten, die in seiner Erinnerung hallten. Ihre weit aufgerissenen Augen. Und ihren langen Schrei, der abrupt erstarb, während ihr Oberkörper auf ihn sackte.

Eine schwarze Locke fiel ihr vors Auge. Er schob sie zurück. Seine Hand streichelte ihren Kopf und den Hals. Sie drehte sich auf den Rücken. Ihre Brüste glänzten vom Schweiß. Seine Zunge fand das Jochbein. Sie bewegte sich langsam. Fand das Tal zwischen ihren Brüsten. Umstreichelte sie und wanderte unendlich langsam zum Bauchnabel. Er leckte jede Pore, nur nicht die Brüste. Ihr Atem wurde schneller. Dann erreichte die Zunge die Schamhaare, wanderte aber den Oberschenkel hinunter. Am Knie machte sie kehrte. Zurück über die Innenseiten. Sie schloss die Augen und öffnete die Beine. Nur ein wenig.

V.

Der Wecker schepperte lang. Endlich begriff sie, dass sie das Lärmen nicht träumte. Ihre Hand fand den Knopf und drückte ihn. Sie gähnte. Der Platz neben ihr war leer. Eine Sekunde hatte sie gedacht, er liege dort. Aber er lag dort nicht. Er war weg. So lange weg, dass sie sich kaum an sein Gesicht erinnerte. Nur an die Augen. Wie er sie jeden Morgen angeblickt hatte. Auch wenn neben ihr ein anderer lag. Einer von denen, die sie mit zu sich nahm, obwohl sie wusste, dass es außer Sex nichts geben würde. Er war weg. Eines Morgens war er aufgestanden, hatte die Wohnung verlassen und war nicht zurückgekehrt. Kein Wort, kein Blick. Sie hatte Monate gelitten. Sie litt immer noch, aber der Schmerz war nun gedämpft. Mal bedrückte er sie, mal war er wie ein Hauch.

Sie schob die Bettdecke zur Seite und starrte ins Nichts. Sie war allein, auch wenn sie mit anderen zusammen war. Wie oft hatte sie sich schon gesagt, dass er ein Schwein war. Er hätte sich mindestens erklären müssen. Sie hatte ihm so viel erzählt. Auch dass sie im Waisenhaus aufgewachsen war, weil ihre Mutter sie nicht gewollt hatte. Sie hatte keine Erinnerung an sie. Aber sie spürte, dass ihr etwas fehlte. Manchmal hatte sie sich gefragt, ob sie deshalb oft so spröde ihm gegenüber gewesen war. Sie entsann sich seiner verwunderten, manchmal erschrockenen Augen, wenn sie ihn zurückstieß. Aber sie fürchtete den Schmerz, wenn sie ihn verlöre. Der Schmerz wäre umso stärker, je enger sie sich an ihn band. Wenn sie eins wären, würde er gehen. In diesem Augenblick, wo es nichts mehr gab, was den Schmerz übertönen könnte. Aber er ging, als sie es nicht gefürchtet hatte. Als sie gedacht hatte, dass sie es schaffen würden. Dass sie sich ihm bald so öffnen könnte, wie er es sich wünschte. Ihr Analytiker hatte ihr erklärt, sie habe solche Angst vor dem Verlust einer vertrauten Person, dass sie kaum Vertrauen zulasse. Das war so, als würde man aus Angst vor dem Verpassen eines Zugs zu spät zum Bahnhof fahren. Sie begriff es, und doch verhielt sie sich falsch. Und nun war er weg. Er hatte es nicht ausgehalten mit ihr.

Sie hatte Kopfschmerzen. Zu wenig Schlaf. Alkohol. Am Abend war sie mit dem neuen Chef im *Nest* gewesen. Zuerst hatte sie ihn arrogant gefunden. Inzwischen hatte sie Seiten an ihm entdeckt, die sie überraschten. Seinen Verstand. Seine Selbstsicherheit im Umgang mit Leuten. Seine Übersicht. Sein Schweigen. Er ließ ihr viel mehr Freiraum als Tschilkowski. Der geile alte Sack. Der sie angestarrt hatte, wenn er sich unbeobachtet fühlte. Der sich mit dem Taschentuch die Mundwinkel trocken wischte. Nein, der Neue war ein anderes Kaliber. Er ließ sie machen. De Bodt, komischer Name. Der Chef erschien manchmal geradezu uninteressiert, abwesend. Doch sie hatte schon gelernt, dass er nie abwesend war. Sie lächelte, als sie an seinen Auftritt in der Kreuzberger WG dachte. Andere hätten den Dicken gemacht. Aber er hatte die Leute dazu gebracht, ihm aus der Hand zu fressen. Na, fast.

Sie saß eine Weile auf der Bettkante. Slip und T-Shirt. Salinger lächelte, als sie an die erste Begegnung dachte. An der Spree. Er stand da, als wäre er in der Wildnis ausgesetzt worden. Er war anders als die Kollegen. Er war nicht nur länger als die meisten. Der Schlaks sah auch besser aus mit seinem Gelehrtengesicht und den strahlenden schwarzen Augen. Doch war auf den ersten Blick nichts an seiner Frisur und Kleidung, das ihn heraushob. Obwohl der Anzug vom Feinsten war. Die Schuhe auch. Es war seine Persönlichkeit, wie sie sich in Mimik und Blicken spiegelte. Natürlich wusste er, dass er besser war als die anderen. Aber er tat nichts, um es zu zeigen. Außer seinem Schweigen. Und das machte das Offensichtliche erst richtig schmerzhaft für die anderen. Allerdings: Sie grinste, als ihr einfiel, wie de Bodt den Kriminalrat und Krüger hatte abblitzen lassen. Seine Botschaft: Ich brauche euch nicht. Und wenn doch jemanden, dann nicht euch. Entweder war de Bodt ein Abenteurer, dem die Folgen seines Verhaltens egal waren. Oder er besaß eine überragende Menschenkenntnis, die ihm sagte: Diese Typen lassen dich sowieso fallen, bevor es lauwarm wird.

Völlig anders sein Verhalten ihr und Yussuf gegenüber. Sie fühlte sich verstanden. Es war gewiss nicht geschickt, dass er das Büro verließ, während seine Mitarbeiter Berge von Akten wälzten. Da hatte sie sich auch mies behandelt gefühlt. Als Fußvolk. Doch als er zurückkam ins Büro, erfasste er die wichtigen Dinge blitzschnell. Ein Blick in eine Akte schien ihm zu genügen. Als brauchte er nicht zu lesen.

Sie ging in die Stehküche und schaltete die Espressomaschine ein. Dann ins Bad, pinkeln, duschen. In die Küche. Milchbehälter in die Maschine, Cappuccino-Taste. Während die Maschine schuftete, ankleiden: T-Shirt, Bluse, Jeans. Ein Blick in den Schlafzimmerschrankspiegel. Sie sah gut aus, obwohl sie die Müdigkeit in den Augen spürte.

Sie freute sich aufs Büro. Das war auch neu.

De Bodt saß hinter seinem Schreibtisch, seine Augen inspizierten die Decke. Yussuf saß am anderen Ende des Büros am Tisch und blätterte in einem Stapel Papier. Er warf immer wieder kurze Blicke zu seinem Chef und runzelte die Stirn. De Bodt hatte kein Wort gesagt nach dem Morgengruß. Seitdem wartete er auf irgendwas. Oder hatte keine Lust. Oder war verkatert. Da fiel ihm ein, dass der Mann angeblich nichts trank. Wie trockene Alkis. Was immer der Chef gestern Abend veranstaltet hatte, schlafférdernd schien es nicht gewesen zu sein.

Schließlich sagte Yussuf: »Wie … befürchtet. MP7 von H & K und die Glock 17.«

Die Tür öffnete sich. Salinger betrat das Büro mit einem fröhlichen »Morgen!«

De Bodt erwiderte knapp den Gruß.

Yussuf flüsterte vor sich hin: »Oh, er kann sprechen.«

De Bodt blickte zu Yussuf und war wieder weg.

Yussuf wurde warm im Gesicht.

»Da gibt es nichts Neues zu befürchten«, sagte de Bodt dann. »Profikiller verwenden Waffen für Profikiller.«

Sein Handy klingelte. Er nahm es ans Ohr. »Ja«, sagte er.

Er deutete auf Salinger. »Kommen Sie mit?«

Über ihrer Nasenwurzel knitterten Falten.

»Zur Ökofront.«

»Und wenn wir zurück sind, studieren wir alle Drohbriefe und Streitereien, in die die BBC verwickelt war und ist.« Ein Fingerzeig auf Yussuf.

Markthalle IX in der Eisenbahnstraße. Leere Stände an den Wänden. In der Mitte ein Ausschank, der Bier und Bockwürste anbot. An der Rückwand die Kantine. Davor Biergartenbänke und Tische. Um die Zeit kaum Besucher. Nur die Kunden von Aldi, kik und der Bäckerei am Hinterausgang.

Auf der letzten Bank, neben einem Spanierstand, saß ein Mann mit Kapuzenjacke. Er schaute sie erwartungsvoll an. De Bodt setzte sich ihm gegenüber, Salinger neben ihn.

Sie saßen eine Weile schweigend, bis Salinger fragte: »Und nun? Haben Sie was zu erklären? Oder brauchen Sie eine zweite Schweigeminute?«

Der Mann hatte ein kleines Gesicht und einen schmalen Schnurrbart. Graue Haare, womöglich gefärbt. Nervöse Augen, die die Umgebung sicherten.

»Wir waren es nicht«, sagte er.

»Wissen Sie etwas?«, fragte de Bodt.

Der Mann schüttelte den Kopf. Kurz schimmerte eine Tätowierung am Hals. »Ich weiß nur, dass wir Charaktermasken nicht umbringen. Denn denen folgen neue Charaktermasken.«

»Stimmt, danke«, sagte de Bodt und erhob sich.

Der Typ verschwand in Windeseile. Ein Blick noch zurück.

»Lust auf ein Stück Torte?«

Salinger blickte ihn verwirrt an.

»Habe ich kurz nach meinem Umzug entdeckt. *Kuchenkiste*, Görlitzer Straße. Unschlagbar.« Er lachte, als er ihr Gesicht sah.

Sie musste grinsen. »Na gut«, sagte sie. »Wenn Sie keine Lust haben, Mörder zu jagen.«

»Hatte ich noch nie«, erwiderte de Bodt.

Vor der *Kuchenkiste* standen Biergartenbänke, dazwischen Tische. Vor dem Tresen wartete ein weißhaariger Mann so um die sechzig und moserte. De Bodt verstand »faule Säcke« und überlegte, ob er eingreifen müsste. Die schlanke Frau mit dem schwarzen Pony hinter dem Tresen allerdings lachte und reichte dem Mann eine Porzellantasse. Andere Gäste erhielten nur Pappbecher, so viel hatte de Bodt schon mitbekommen. Der Mann brabbelte noch etwas von »Leibesübungen« und trat endlich zur Seite. Salinger betrachtete die Auslage und entschied sich für ein Stück Blaubeertorte und einen Tee. De Bodt wählte das letzte Stück Himbeer-Schoko und einen Espresso mit einem Glas Wasser.

Als sie sich gegenübersaßen, zog eine Kolonne kreischender Kinder mit Erzieherinnen vorbei. Die Kleinen bauten sich vor dem Kiosktresen auf und schrien der Kuchenkistenfrau wild durcheinander Eisbestellungen ins Fenster. Banane, Erdbeer, Schoko! Eine dicke Frau mit einem zotteligen Riesenköter zog gemächlich vorbei und setzte sich an einen der Tische vor dem *Eckbert*, der Nachbarkneipe.

De Bodt belud seine Plastikgabel mit einem Stück Torte und verspeiste es.

Salinger starrte auf die Tischplatte. Sie begriff nicht, was passierte. Der Mann bot jeden Tag mindestens eine Überraschung. Das Land erregte sich über die Mordserie, die Medien verkündeten immer neue Spekulationen, die ersten Stimmen kritisierten die Polizei. Die Bundesregierung bemüßigte sich, die schnellstmögliche Aufklärung dieses »monströsen Verbrechens« zu versichern. Und sie saßen vor der *Kuchenkiste* und verzehrten seelenruhig Torte. Die schmeckte allerdings überragend, gestand sich Salinger ein.

»Und Ali kaut Akten«, sagte sie.

De Bodt grinste. »Einer muss es tun. Außerdem bringt ihn das weiter.« Er zögerte, als überlegte er, ob er Salinger den Gedanken anvertrauen durfte. »Wenn er sich mehr zutrauen würde, wenn er nicht den Hansdampf spielen würde, wenn er nicht den dauerhektischen Assi hervorkehren würde, wäre er ein noch besserer Polizist.«

Sie blickte ihn erstaunt an.

»Der wird mal besser als wir beide zusammen. Und Sie sind richtig gut.« Er blickte sie an, während sie verlegen zum Park blickte.

»Und jetzt will ich in Ruhe meine Torte essen. Danach überlegen wir, wen wir verhaften müssen.«

Sein Handy klingelte. Er schaute aufs Display, drückte das Gespräch weg und steckte das Telefon in die Tasche.

»Wer war's?«, fragte de Bodt beim zweiten Kaffee und nach dem dritten ignorierten Anruf.

Sie lachte. »Sie wissen's bestimmt schon.«

»Ich weiß, wer es nicht war. Sie auch?«

»Polizeiarbeit als Ratespiel?«

»Macht Spaß«, sagte er. »Immerhin.«

Eine Idee bewegte sie. Salinger wusste nicht recht, was es war. Aber sie fühlte sich wohl mit ihm. Er war ein Kauz. Aber was für einer. »Die Opfer«, sagte sie, »werden sich ja nicht selbst umgebracht haben.«

»Sicher?«, schoss er dagegen.

Sie überlegte. »Erweiterter Suizid? Darüber hat so ein Psycho spekuliert.«

»Möglich. Einer im Vorstand will nicht mehr leben. Bestellt Killer, die gleich die verhassten Kollegen mitnehmen sollen. Die Killer erledigen den Job, fast jedenfalls. Und weil er seine Rache erleben will, bevor er selbst stirbt …«

»Köhler also«, sagte sie.

Er nickte.

»Sie haben recht. Wenn man sich darauf einlässt, kriegt man den Fall rund. Am Ende die Morde in Lübeck, weil die Killer sich ums Honorar streiten.« Sie schien erstaunt über ihre Schlussfolgerungen.

»Notieren Sie das als Variante eins.«

»Jawohl, Chef.«

Er grinste. »Und was ist Variante eins a?«

»Wels«, sagte sie. So, wie er fragte, legte er ihr fast die Antworten in den Mund. Er schuf Klarheit.

»Warum hat Wels überlebt?«

»War verreist.« Sie zögerte. »Ich würde auch verreisen, wenn ich einen Trupp Killer auf den Vorstand ansetzen würde.«

»Motiv?«

»Konkurrenz. Rache. Vielleicht haben die anderen ihn gekränkt. Vielleicht sollte er entlassen werden.«

De Bodt nickte. »Torte essen ist unheimlich produktiv.«

Sie lachte.

Wieder unterdrückte er einen Anruf.

Salinger wählte Yussufs Nummer. »Ali, sollte Wels gekündigt werden? Oder hat er gekündigt?«

Sie lauschte, schüttelte den Kopf. »Sonst was in dieser Richtung?« Sie hörte zu, die Augen halb geschlossen.

Währenddessen hatte die Kuchenkistenfrau ihren Kiosk verlassen. Aus der Fensterluke guckte jetzt ein Mann mit krausen Haaren, Typ Teddybär. Sie steckte sich eine Zigarette an und trippelte vor dem Kiosk hin und her.

»Drei Wochen?«, fragte Salinger. »Und du hast überall geguckt?« Sie hörte zu, dann: »Ist ja gut! … Wo wir sind? Wir sitzen im Auto und beraten die nächsten Schritte.« Grinsen, ein Seitenblick zu de Bodt. Sie steckte das Handy ein.

»Ali sagt, es fehlt die gesamte Korrespondenz vom 11. November bis zum 4. Dezember 2012 …«

»In Köhlers Akte«, ergänzte er.

»Woher wissen Sie das?«

»Ich weiß es nicht. Aber wenn Akten fehlen, dann in Köhlers Ordnern. Er war der Justiziar. Wenn es um Rache für Kündung oder Kränkung ging, müsste sich in Köhlers Unterlagen etwas finden lassen. Gut, nicht unbedingt, aber höchstwahrscheinlich.«

Yussuf fuchtelte mit Papieren. Er blickte hektisch auf, als de Bodt und Salinger das Büro betraten. Die Luft war stickig. Es roch nach Kaffee und kaltem Rauch. Salinger riss die Fenster auf. De Bodt setzte sich neben Yussuf.

»Toll, was Sie gefunden haben.«

Yussuf blickte ihn zweifelnd an. Dann strahlte er, um sich gleich wieder in die Akten zu vergraben. »Das ist noch nicht alles«, sagte er. »Das ist ein … Hammer.«

Salinger setzte sich ans andere Ende von Yussufs Schreibtisch.

Die Tür knallte auf. Krüger trug seinen rot flammenden Backenbart herein und einen Pappteller mit Schokokeksen.

»Wir hatten gerade«, sagte Salinger trocken.

Krüger zeigte keine Irritation. »Dann esst es morgen.« Ein Blick zu Salinger. »Hast du eine Minute?«

»Dienstlich?«

De Bodt fixierte Krüger und fand ein paar Gründe mehr, ihn nicht zu mögen.

»Eher …«

»Nein«, sagte Salinger. »Du hast vielleicht von unserem Fall gehört?«

Krüger schluckte. »Wenn ihr Verstärkung …«

»Wir brauchen vor allem Ruhe«, sagte sie. »Wir haben die Spusi, das Labor, die Rechtsmedizin. Wenn wir jemanden brauchen, um Wälder und Sümpfe zu durchsuchen, melde ich mich.« Sie wandte sich Yussuf zu.

Krüger stand ein paar Sekunden unschlüssig, dann reckte er den Daumen. »Okay, war nur gut gemeint.«

Als er abgezogen war, sagte Yussuf: »Also … da fehlen überall … Akten …«

»Wir haben Zeit«, sagte de Bodt.

»Weber, der Kriminalrat, war gerade hier … sagt, er hat Sie angerufen … macht Druck. Nachher ist Pressekonferenz. Will sich vorher mit Ihnen absprechen.«

»Ganz ruhig«, sagte de Bodt. »Fangen Sie von vorn an. Sie haben die Akten durchgesehen …?«

Yussuf stutzte und nickte dankbar. »Ich habe zuerst die Systematik untersucht.«

»Sehr gut«, sagte de Bodt. »Die Akten sind nach Themen geordnet und dann chronologisch.«

Yussuf nickte. »Also, Themen klar. Dann in den Akten so was wie Unterthemen. Zum Beispiel Fälle oder Personen. Köhler hat mit dem Personalchef zusammengearbeitet. Ist doch klar. Einstellungen, Kündigungen, Abmahnungen. Muss rechtlich geprüft werden. Und in den Unterthemen ist es zeitlich geordnet.«

»Gut«, sagte de Bodt.

Yussuf war nun ruhiger.

»Wo fehlen die Akten?«, fragte Salinger.

»Überall«, sagte Yussuf. »Also vermutlich. Ich hab noch nicht alle durch. Aber in jedem Ordner fehlen die Akten aus diesem Zeitraum.«

»Haben Sie das schon mit den Akten von anderen Vorstandsmitgliedern abgeglichen?«, fragte de Bodt.

»Nein, ich hab mal geguckt. Hier und da. Aber nicht systematisch.«

»Sie machen das richtig gut.«

Wieder ein Strahlen in Yussufs Gesicht.

»Das ist eine gute Spur«, sagte de Bodt. »Die erste, die was verspricht.« Er überlegte, doch Salinger kam ihm zuvor.

»Zwischen dem 11. November und dem 4. Dezember ist etwas Wichtiges geschehen. Etwas, das auf keinen Fall in den Akten dokumentiert werden sollte.«

De Bodt nickte und versank in irgendwelchen Gedanken. Nach ein paar Sekunden tauchte er wieder auf. »Wir müssen ohnehin alle Akten aller Vorstandsmitglieder und alle Computer durchsuchen. Es gibt mit Sicherheit auf einer Festplatte, in einem vergessenen Ordner, wo auch immer, einen Hinweis, was in dieser Zeit passiert sein könnte.«

Die Tür öffnete sich. Weber stand im Rahmen. »Kommen Sie?« Er klang verärgert.

»Und wir müssen Wels vernehmen. Frau Salinger …«

Im Raum drängten sich die Presseleute. Kameras, Scheinwerfer. Vorne saßen sie auf dem Boden. Sonst zwischen den Tischen im Gang. Alle Stühle waren besetzt. De Bodt spürte gleich, wie gereizt das Klima war. Auf dem Weg hatte er gesehen, dass Weber schwitzte. De Bodt hasste die Enge. Er hasste Menschenansammlungen und Aufzüge. Ihm wurde nun auch warm. Elvira hatte ihn öfter als Klaustrophoben verspottet.

Der Kriminalrat sagte kein Wort. Hinterm Tisch mit den Mikrofonen saß schon Oberstaatsanwalt Sebald. Noch graumäusiger als sonst. Man sah ihm an, dass er sich am liebsten unter dem Tisch verkrochen hätte. Der Pressesprecher erschien. Ein Bübchen, Typ Oberprima mit dickem schwarzem Brillengestell. Er nahm den Stuhl neben Weber.

De Bodt saß am Rand. Der Oberprimaner eröffnete und gab gleich an Weber weiter. Der begrüßte kurz. Erinnerte an die Brutalität. Forderte die Medien auf, die Fahndung zu unterstützen, und erntete daraufhin die erste Frage, vorgetragen im Ton größtmöglicher Empörung.

»Nach wem fahnden Sie eigentlich?« Ein Mann, kurze Haare, modische Brille, Weste. Er hielt sein Diktiergerät zum Tisch.

»Ich darf die Gelegenheit nutzen, Ihnen den Leiter der Ermittlungen vorzustellen. Hauptkommissar Eugen de Bodt. Herr Kollege de Bodt, wenn Sie …?«

»Für wen arbeiten Sie? Ich finde, es ist eine Frage der Höflichkeit, sich vorzustellen«, sagte de Bodt.

»*Bild*, Berlin«, sagte der Mann.

»Der Nächste, bitte«, sagte de Bodt.

Die Frager stellten sich nun vor. Und immer gab de Bodt Antworten wie: »Wir haben keine belastbaren Spuren. Wir wissen noch nicht, wer der Drahtzieher ist, wenn es einen geben sollte. Es handelt sich zweifellos um Profis. Die Morde in Lübeck haben wahrscheinlich mit dem Berliner Fall zu tun. Wir arbeiten mit Hochdruck. Das gesamte Präsidium, alle Abschnitte sind in die Ermittlungen einbezogen. Ja, wir werden die Täter fassen. Das kann aber noch eine Weile dauern.« Als die Fragen sich zu wiederholen begannen, erhob er sich, nickte einmal und verschwand. Er hörte noch, wie der Kriminalrat sich mühte, sein Stottern zu unterdrücken, während er erklärte, die Ermittlungen stünden vielleicht vor einem Durchbruch.

»Bei Böttcher, Wels und Wittstock fehlt der Zeitraum offenbar auch … also, alle Akten hab ich noch nicht durch. Aber da, wo ich geguckt habe …«

»Also auch beim Vorstandsvorsitzenden und beim Sicherheitschef.«

»Bei den anderen gibt es Bestände aus der fraglichen Zeit. Aber ob die vollständig sind, weiß ich nicht.«

»Und die Computer?«

»Die KT hat alles daran gesetzt, was zwei Beine hat.«

Salinger betrat das Büro. »Die Kollegen bringen ihn. Er muss einen ziemlichen Aufstand gemacht haben.« Sie setzte sich neben Yussuf und nahm eine Akte zur Hand. De Bodt ging zu seinem Schreibtisch. Er setzte sich auf die Tischplatte und sah zu, wie seine Kollegen lasen. Es ist gut, dass wir gleich so einen Fall haben. Da gewöhnen sie sich zehnmal schneller an mich. Sonst wär es vielleicht schiefgegangen.

»Herr Wels, in Ihren Akten fehlen sämtliche Unterlagen zwischen dem 11. November und dem 4. Dezember letzten Jahres.«

Wels saß mit hochrotem Kopf im Vernehmungsraum. Der schmächtige Polizeihauptwachtmeister, der ihn ins Präsidium brachte, hatte de Bodt zugeflüstert: »Völlig hysterisch, der Mann.«

Weißes Neonlicht. Ein Tisch, drei Stühle, weiße Wände, eine Glaswand, eine Kamera. Auf dem Tisch ein Aufnahmegerät. Salinger und de Bodt auf der einen Tischseite, Wels auf der anderen.

Er blickte Salinger entgeistert an. »Was?«

»Ich kann es gern wiederholen. In Ihren Ordnern fehlen die Akten zwischen dem 11. November und dem 4. Dezember. Wo sind die?«

Ratlosigkeit. »Ich weiß nicht … das ist mir neu …«

»Bei Böttcher und Wittstock fehlen sie auch«, sagte Salinger.

Wels' Augen flackerten.

»Herr Wels, wenn Sie uns bei den Ermittlungen helfen wollen …«

Wels' Augen blitzten de Bodt an.

»… dann sollten Sie jetzt alles sagen, was Sie darüber wissen. Sofort.«

Wels schüttelte den Kopf. »Ich weiß es nicht. Ich höre das zum ersten Mal.«

»Sie haben die Akten also nicht … herausgenommen?« Salinger klang scharf.

»Nein, natürlich nicht. Warum hätte ich …?«

»Die Antwort auf diese Frage erwarte ich von Ihnen«, erwiderte Salinger.

Wels wollte aufstehen, blieb aber sitzen. Seine Blicke starrten die Wand an, als gäbe es an ihr etwas anderes zu sehen außer Tünche.

De Bodt berührte kurz Salingers Oberarm. Sie blickte ihn überrascht an. De Bodt vergewisserte sich, dass Wels immer noch wegschaute. Dann deutete er mit beiden Händen an: Ruhig, nicht so scharf.

Ihre Miene zeigte erst Skepsis, dann nickte Salinger kaum wahrnehmbar.

»Herr Wels, was ist im besagten Zeitraum geschehen?«, fragte de Bodt freundlich.

Wels ruckelte einen Moment auf seinem Stuhl, dann stützte er die Stirn in seine Hand. Blickte wieder auf zum Hauptkommissar, guckte Salinger an und schüttelte den Kopf.

De Bodt spürte, wie ihn der Ärger packte. Aber das machte ihn umso freundlicher. »Denken Sie bitte nach. Lassen Sie sich Zeit. Wollen Sie einen Kaffee, einen Tee, etwas zu essen?«

Wels verwirrten diese Fragen nur. Er stand am Rand der Panik. Wieder Kopfschütteln.

»Überlegen Sie gründlich. Wollen Sie draußen spazieren gehen? Auf dem Flugplatz vielleicht?«

Aschfahl das Gesicht. Angst in den Augen. De Bodt hatte keine Sekunde geglaubt, dass Wels sein Angebot annehmen würde.

»Was ist passiert zwischen dem 11. November und dem 4. Dezember?«

»Ich weiß nicht …«

»Wo waren Sie in dieser Zeit? Immer in Berlin?« De Bodt hätte ihn gern durchgeschüttelt.

»Ich weiß nicht mehr«, sagte Wels.

»Sie sind doch der Verantwortliche für Strategie und die EU. Das sind doch Ihre Geschäftsfelder, oder?«

Wels nickte.

»Sie haben einen Kalender«, sagte Salinger.

Wels nickte.

»Wo ist er?« De Bodt hörte Salinger an, dass sie sich beherrschen musste. Wieder berührten seine Fingerspitzen für einen Sekundenbruchteil ihre Schulter. Sie blickte ihn an und lächelte kaum merklich.

»Ich … weiß nicht. Auf meinem Schreibtisch … meine Sekretärin …«

»Name, Telefonnummer?«

Wels überlegte.

De Bodt flüsterte Salinger ins Ohr: »Ein bisschen Theater?«

Ein verstecktes Grinsen war die Antwort.

De Bodt erhob sich, stellte sich in die entfernteste Ecke und nahm das Handy ans Ohr. »Herr Kollege, wir können die Bewachung des Grundstücks in Friedrichshain beenden. Wels heißt er … wenn die Schicht vorbei ist, rücken Sie ab. Wir brauchen jeden für die Ermittlungen … der Herr kann zur Aufklärung nichts beitragen … ist also nach meiner Ansicht nicht mehr gefährdet … danke, Kollege.«

Salinger verzog keine Miene.

Wels hörte zu. Er starrte de Bodt an. Schweißflecken nässten sein Hemd. »Da… da… das können Sie nicht machen … die bringen mich um.«

»Niemals«, sagte de Bodt, nachdem er sich wieder an den Tisch gesetzt hatte. »Sie sind auf dem besten Weg, sich verdächtig zu machen. Sie behindern die Ermittlungen. Ein Interesse daran kann nur haben, wer was verbergen will. Was verbergen Sie?«

»Ich möchte, dass Sie sofort wieder … dort anrufen. Ich bestehe auf Polizeischutz …«

»Was verbergen Sie?«

»Ich will …« Wels blickte seine Vernehmer verzweifelt an, als begriffe er erst jetzt, was sich abspielte.

»Wir können Verdächtige schlecht schützen«, sagte de Bodt. »Vielleicht sollten Sie eine Weile verreisen.«

»Aha!« Wels ließ einen kleinen Triumph aufblitzen. »So verdächtig scheine ich ja nicht zu sein. Sie lassen mich verreisen.«

»Wäre ein Kompromiss.«

»Aber Killer, die so eine Tat begehen, könnten ihm nachreisen« warf Salinger ein.

De Bodt lachte innerlich. Wels würde auf dieses Spiel hereinfallen. Panik macht die Leute dumm. Salinger spielte großartig mit.

»Was verbergen Sie?«, fragte de Bodt fast provozierend freundlich.

»Geschäftsgeheimnis«, erwiderte Wels endlich.

»Sie wollen ernsthaft erklären, dass ein … *Geschäftsgeheimnis* Sie daran hindert, uns zu helfen, den Mord an Ihren Kollegen aufzuklären?« Er legte eine Tonne Verachtung in das Wort.

Wels glotzte ihn an.

»Wissen Sie was?«, sagte de Bodt. Er war die Ruhe selbst. »Ich gehe jetzt mit meiner Kollegin einen Kaffee trinken. Sie können nach Hause gehen. Wenn Ihnen was einfällt, das Sie uns unbedingt sagen müssen …«

Salinger schob ihre Visitenkarte über den Tisch.

Wels rief, bevor sie die Tür geschlossen hatten. Salinger und de Bodt blickten sich an. De Bodt lächelte. »Lieber Kantinenbrühe als einen schweigenden Schwätzer.«

Krüger war der Erste, dem sie in der Kantine über den Weg liefen. Er beguckte Salinger von oben bis unten. Mehr oben. »Na, Kollegen, der Durchbruch steht bevor?«

»Quatsch«, sagte Salinger.

»Hat der große Meister aber verkündet.« Krüger rollte die Augen. »Und was er verkündet, ist wahr.«

»Zu sagen nämlich, das Seiende sei nicht oder das Nicht-Seiende sei, ist falsch, dagegen zu sagen, das Seiende sei und das Nicht-Seiende sei nicht, ist wahr«, sagte de Bodt und ging weiter.

Salinger starrte ihren Chef an. Dann folgte sie ihm.

Krüger blieb wie festgenagelt stehen und schickte de Bodt einen grimmigen Blick hinterher, während der mit Salinger zum Tresen lief.

De Bodt stellte sich vor den Kaffeeautomaten, blickte sie an und deutete darauf. Sie hob erst die Augenbrauen und riss die Augen auf, dann nickte sie. Sie ging zu einem Tisch in der Nähe und setzte sich.

»Mit Milch, ohne Zucker«, sagte er, als er den Becher vor ihr abstellte.

Ein wenig gedankenverloren lächelte sie. »Was war das denn?«

»Was?«

»Na, dieses … Zitat?«

»Aristoteles.«

»Ach so«, erwiderte sie. »Wenn es sonst nichts ist.«

»Damit ist der Krüger jetzt eine Woche beschäftigt und wird uns in Ruhe lassen.«

Sie lachte.

»Kann man mal sehen, dass Philosophie auch einen praktischen Nutzen hat.«

»Und was sagt uns das?«

»Was ist, ist wahr. Was nicht ist, ist nicht wahr.«

»Ah, der neue Wahlspruch der Kripo.« Sie nippte an ihrem Kaffee.

Dann stand Weber am Tisch. Sie hatten ihn nicht bemerkt.

»Sie erlauben«, sagte der Kriminalrat. »Wenn ich Ihren philosophischen Diskurs kurz unterbrechen darf?« Er setzte sich.

De Bodt trank einen Schluck.

»Jetzt haben Sie offenbar Zeit«, sagte Weber.

»Nein«, erwiderte de Bodt.

Weber blickte ihn mit einer Miene an, die seine Selbstbeherrschung nicht weniger offenbarte als seinen Zorn. »Dann ist es ja gut«, sagte er nach ein paar Sekunden.

»Wir grillen gerade einen Zeugen«, sagte Salinger.

Weber guckte entgeistert in alle Richtungen, als suchten seine Augen den Grill mit dem Zeugen.

»Im eigenen Saft«, ergänzte Salinger.

»Ich sehe keinen …«, sagte Weber.

»Hier dürfte man ihn auch nicht grillen. Gäbe Ärger mit der Feuerwehr«, sagte de Bodt und beobachtete die Kassiererin, die gerade einen Kunden anmeckerte.

»Er gart im Vernehmungsraum«, sagte Salinger.

»Sie glauben, der packt aus, weil Sie ihn nicht bearbeiten?«

»Wenn wir in« – de Bodt guckte auf seine Armbanduhr – »zehn Minuten den Vernehmungsraum betreten, sagt er uns, was er weiß.«

Der Kriminalrat blickte erst ihn, dann sie an. Er legte einen Augenblick das Kinn an die Brust, als müsste er testen, ob sein Hals noch funktionierte. »Also, ich hab der Meute gesagt, dass wir vielleicht vor einem Durchbruch stehen.«

»Was den Druck nur erhöht«, erwiderte de Bodt.

Krüger kam vorbei und tätschelte Salinger die Schulter. Falten auf ihrer Stirn.

»Das müssen Sie verstehen. Sie können sich gar nicht vorstellen, was für einen Druck ich bekomme. Der Innenminister hat angerufen. Der würde gleich einen Haufen Gesetze ändern, wenn er wüsste, worum es geht. Der Wirtschaftsminister schreibt, dass er sich Sorgen um den Standort Deutschland macht. Der Regierungssprecher lässt ausrichten, die Bundeskanzlerin sei beunruhigt. Stellen Sie sich das mal vor!«

»Das ist Ihr Job«, sagte de Bodt. »Unserer ist es, zu ermitteln.«

»Lesen Sie keine Zeitung?«

»Vielleicht andere«, sagte de Bodt.

Bevor Weber ausrastete, warf Salinger ein: »Warum übernimmt nicht das BKA?«

Weber schloss den Mund und öffnete ihn wieder. Er zuckte mit den Achseln und erhob sich. Als er stand, streckte er den Rücken, als hätte er eine Schwerlast getragen. Dann sagte er: »Herr Hauptkommissar, Sie berichten täglich. In meinem Büro.«

»Wenn ich im Präsidium bin, werde ich es gern tun.«

Weber wandte sich abrupt ab und stelzte davon.

»Sie sind echt gut, wenn's darum geht, sich Freunde zu machen«, sagte Salinger. Sie blickte ihn nachdenklich an. »Ihnen ist es egal. Hauptsache, Sie klären den Fall. Und immer nur nach Ihren Methoden, stimmt's?«

»Wollen Sie noch einen Kaffee?« Er winkte ab. »Ach, keine Zeit mehr. Wir müssen wieder hoch. Unser Freund will uns was erzählen.«

Die Niagarafälle waren ein Rinnsal, verglichen mit Wels' Erklärungen. Er schraubte die Sätze ineinander und umeinander, und dies in einem Tempo, dass das Aufnahmegerät sich zu verschlucken drohte. Irgendwer hatte ihm in der Denkpause einen Becher mit Mineralwasser beschafft, und den trank er währenddessen leer.

De Bodt bremste ihn. »Wir haben Zeit. Es hat keinen Sinn, wenn wir Ihre Aussage nicht verstehen. Also eins nach dem anderen. Warum fehlen die Akten zwischen dem 11. November und dem 4. Dezember?«

»Ich trage dafür keine Verantwortung«, sagte Wels.

»Das interessiert mich nicht«, sagte Salinger. »Wer hat es angeordnet und warum?«

Er starrte sie an, dann sagte er: »Wittstock hat es angewiesen.«

»Wann?«

Wels überlegte. »Ende Januar.«

»Warum?«

»Weil er Angst hatte.«

»Vor was?«

»Ich weiß es nicht genau.« Er zögerte. »Sie müssen mich weiter schützen.«

»Wir werden sehen«, sagte sie. »Was stand in den Akten?«

»Es … ging um eine Fusion.«

»Na und?«

»Wir haben befürchtet, dass die Kartellbehörde Ärger macht.«

»Na und?«

»Das hätte unsere Aktionäre auf … die Palme gebracht.«

»Auch das ist kein todeswürdiges Verbrechen.«

De Bodt ließ sich nicht anmerken, dass er innerlich grinste.

Wels guckte ins Leere.

»Vorhin haben Sie uns überschüttet mit Erklärungen zu Fragen, die wir gar nicht gestellt hatten. Und jetzt mauern Sie wieder.« Ein Blick zu de Bodt, und sie erhob sich. »Dann wünsche ich noch einen schönen Tag …«

»Bleiben Sie«, sagte er, als auch de Bodt aufstand.

Salinger und de Bodt blieben stehen und sahen Wels an. Der wartete, aber die beiden Polizisten machten keine Anstalt, sich zu setzen.

»Es ging um Korruption. Wir haben jemanden in der Kartellbehörde bestochen.«

»Wer wen?«, fragte Salinger.

»Den Sekretär des Präsidenten …«

»Wie viel?

»Zwei Millionen Euro, Nummernkonto Caymans.«

»Wer?«

Wels lief rosa an. »Wittstock.«

»Sie sind ein schlechter Lügner«, sagte de Bodt.

»Ich muss nichts aussagen, was mich selbst belastet.«

»Wir sind hier bei der Mordkommission. Ich überlege gerade, ob wir den Kollegen von der Wirtschaft einen Tipp geben sollten.«

»Wenn Sie schweigen …«

Salinger stellte sich neben den Tisch und ließ ihre Hand daraufknallen.

Wels zuckte zusammen.

»Sie dürfen das aber …«

Wieder donnerte ihre Hand auf den Tisch.

Wels blickte sie empört an. »Wittstock hat das beschlossen. Hübscher hat wohl mitgemacht, war ja der Finanzchef.«

»Und Sie haben die Sache in Brüssel eingefädelt. Stimmt's?«

Wels wurde wieder rot. Er nickte kaum sichtbar.

»Und jetzt erklären Sie, um was es ging. Was war Ihnen zwei Millionen Bestechungsgeld wert?«

»Wir wollten die CL aufkaufen.«

»Wen?«

»Die ChemLombardia, das ist ein Mailänder Konzern.«

»Nie gehört.«

»Die produzieren Sedativa, zum Teil nach amerikanischen Patenten. Die hätten mit ihrer Produktpalette gut zu uns gepasst. Die Pharmaziesparte generiert starkes Wachstum.«

»Und Sie haben dem Herrn …«

»Dalglish, so heißt der Sekretär. Ja, dem habe ich den Kontoauszug und das Passwort fürs Konto verraten, das wir für ihn eingerichtet haben.«

»Und hat die Fusion geklappt?«

»Die Verhandlungen laufen noch. Solche Zusammenschlüsse auf diesem Niveau sind äußerst kompliziert. Und wenn sich dann noch die EU einmischt… Und jetzt, jetzt steht es in den Sternen.«

»Aber die EU haben Sie ja ruhiggestellt«, sagte Salinger.

»Und der Präsident macht, was der Sekretär ihm sagt?«, fragte de Bodt.

»Er schreibt die Vorlagen… der Herr Eijkelkamp ist… nicht sehr fleißig…«

»Gibt es bei den Italienern Widerstände gegen die Fusion?«, fuhr de Bodt fort.

»Nein, überhaupt nicht. Wir garantieren den Produktionsstandort Mailand. Die gewinnen durch unseren Vertrieb neue Märkte. Bei uns gab es welche, die gewarnt haben. Aber nur ganz vorsichtig. So richtig dagegen war niemand.«

»Aber der Vorstand in Mailand wird rasiert«, sagte de Bodt.

»Der Vorstand soll großzügig abgefunden werden. Wer von denen weitermachen will, darf es. Das sind gute Leute, wir würden sie am liebsten alle behalten. Aber es ist natürlich ein Abstieg…«

»Das klingt ja idyllisch.«

Wels' Augen zwinkerten. »Was wollen Sie hören?«

»Die Wahrheit, wenn's möglich ist.«

»Ich sage die Wahrheit.«

De Bodt lächelte: »Jede neue Aussage wird mit der Gesamtheit der vorhandenen, bereits miteinander in Einklang gebrachten Aussagen konfrontiert. Richtig heißt eine Aussage dann, wenn man sie eingliedern kann.«

Die beiden anderen stutzten.

»Und wer ist das jetzt?«, fragte Salinger, einen Hauch von Spott in der Stimme.

»Otto Neurath«, sagte de Bodt. »Die Frage ist, ob das, was Herr Wels uns erklärt, ins Bild passt. Ich kann mir zwei Dinge bisher nicht vorstellen. Erstens: Seit wann schickt die Kartellbehörde Killer? Zweitens: Warum sollten Vorstände, die den goldenen Handschlag bekommen, in die Hand beißen, die ihnen das Gold gibt?«

Wels zuckte mit den Achseln.

»Um Ihre Weiterbildung zu fördern, Herr Wels, erzähle ich Ihnen von *Occam's razor.* In Kurzfassung: Wenn es mehrere Erklärungsmöglichkeiten für eine Sache gibt, ist wahrscheinlich die einfachste richtig. Alle anderen geistigen Verrenkungen werden Opfer des Rasiermessers. Verstanden?«

Wels starrte ihn ratlos an.

»Ich möchte andeuten, dass es eine einfache Erklärung geben dürfte, warum Ihre Kollegen umgebracht wurden.«

»Ja?«

»Vielleicht fällt dem Herrn etwas ein, wenn ich den Raum verlasse.«

Salinger hatte große Augen.

Yussuf blätterte und blätterte. Er bekam nicht mit, dass de Bodt das Büro betreten hatte. Als er es merkte, stand der Hauptkommissar schon hinter ihm. Er zeigte auf Yussufs Notizen.

»Haben Sie etwas gefunden über eine Fusion mit der ChemLombardia?«

Yussuf blickte ihn verwirrt an. Er hatte gerötete Augen und war blass. »Wen? Was?«

»ChemLombardia, ist ein italienischer Chemiekonzern …«

Yussuf hob den Zeigefinger. »Da war was, da war was«, murmelte er. Mit schnellen Fingern durchwühlte er die Stapel, erhob sich, setzte sich und hatte endlich ein Blatt in der Hand. Er reichte es de Bodt. »Da gibt's mehr«, murmelte er wieder.

De Bodt las in dem Blatt, während Yussuf weitersuchte. Es beschrieb das Produktsortiment der ChemLombardia. In einer Tortengrafik waren Umsatzanteile aufgelistet.

Yussuf gab ihm einen flachen Stapel und hastete weiter durch die Akten.

De Bodt verstand erst nicht, dann sortierte er die Blätter chronologisch und hatte eine Idee. »Haben Sie was gesehen über Kaufangebote, Teilhaberschaften?«

»Ja, da war was.« Yussuf arbeitete sich in Windeseile durch die Stapel. »Dachte bisher nicht, dass so was wichtig ist. Aber jetzt, wo Sie's sagen …« Und hatte Papier in der Hand.

De Bodt überflog den Inhalt der Seiten, nickte und ging ins Vorzimmer. Engel blickte ihn an unter ihrem blonden Pony, als sähe sie ihn zum ersten Mal. Er gab ihr einen Packen Papier und bat sie, ihn zu kopieren. Als sie es getan hatte, brachte er die Originale zurück zu Yussuf und verließ das Büro.

Im Vernehmungsraum herrschte Schweigen, als de Bodt eintrat. Salinger blickte ihn an. Wels starrte irgendwohin. Dann folgten seine Augen den Papieren, die der Hauptkommissar auf den Tisch legte. De Bodt sah ihm an, dass er verwirrt war. Salinger las. Sie warf de Bodt einen Blick zu, der blinzelte mit einem Auge. Sie schmunzelte.

»Sie haben uns etwas verschwiegen«, sagte de Bodt.

Wels stierte ihn an. »Fragen Sie, ich antworte. Ist das nicht so bei der Polizei?«

»Bei der Mordkommission sagt man, was man weiß«, erwiderte Salinger.

Ein Blickwechsel, sie standen auf und verließen den Vernehmungsraum. Draußen stellten sie sich vor die Spiegelscheibe.

Wels saß erst starr da, dann begannen seine Finger auf den Knien zu klopfen. Er blickte sich um, als suchte er jemanden. Stand auf und ging zur Wand. Dann zur anderen. Er setzte einen Fuß vor den anderen, als zählte er Schritte. Dann nahm er wieder Platz. Augen schließen, Augen öffnen, nasse Achseln.

»Sie haben seltsame Verhörmethoden«, sagte Salinger.

»Ich hab den Eindruck, Sie ziehen mit.«

»Hab ich eine Wahl?«

»Nein.«

Sie schüttelte den Kopf.

Wels' Schweißflecken vergrößerten sich. Er beugte sich vor und zog die Papiere zu sich. Er las, kratzte sich am Hals, las, klopfte auf den Tisch. Dann schob er die Papiere weg.

»Ich fand es nett mit Ihnen im *Nest*«, sagte er. »Könnte man wiederholen.«

»Auf keinen Fall.« Blick aus dem Augenwinkel, dann beobachtete sie wieder Wels. Ihre Haut färbte sich zart.

Er betrat den Vernehmungsraum. Wels blickte ihn fast erleichtert an.

»Es gab mehr Kaufinteressenten. Drei, wenn ich richtig gezählt habe. Zwei amerikanische, eine belgische Firma. Aber die BBC hat den Zuschlag bekommen. Warum?«

»Das beste Angebot«, erwiderte Wels.

»Boston Chemical hat Sie überboten«, sagte de Bodt. »Zwokommasieben Milliarden. Sie haben zweihundert Millionen weniger auf den Tisch gelegt.«

»Es geht um das Gesamtpaket. Die Aktionäre, jedenfalls ihre Mehrheit, haben in unserem Konzept mehr Potenzial erkannt. Die Amerikaner haben die Synergieeffekte überbetont. Das war nicht sehr geschickt.«

»Außerdem haben sie darauf spekuliert, dass die Kartellbehörde sich einmischt, wenn Sie mit den Italienern zusammengehen.«

»Natürlich«, sagte Wels.

»Und wenn ich jetzt noch erfahren dürfte, woher Sie die Angebote der Konkurrenz quasi in Echtzeit bekommen haben, wären wir einen Schritt weiter.«

Wels guckte verständnislos.

De Bodt zog Kopien aus seinem Jackett und legte sie auf den Tisch.

* * *

Hyun-Ki lehnte sich an eine Wand. Hinter einem Berg von Balken und Brettern atmete er durch. Ohne verbotene Pausen würde er die Arbeit nicht überstehen. Wenn sie ihn entdeckten, würden sie ihn schlagen. Wie oft schon hatten sie ihn verprügelt? Er nahm die Bestrafung hin wie ein Naturereignis. Schmerz vergeht. Nur dunkel erinnerte er sich seines Lebens in Kanggye. Nachdem er die Schule mit Bestnoten abgeschlossen hatte, hoffte er auf ein Mathematikstudium in Pjöngjang. Aber sie schickten ihn auf die Felder. In eine Genossenschaft, wo er niederste Arbeiten erledigen musste. Erst spät reimte er sich zusammen, warum er nicht im Vorlesungssaal saß, sondern Ställe ausmistete. Hier eine Andeutung, da eine Andeu-

tung. Das Schweigen seines Vaters. Der sich weigerte, von seiner Jugend zu erzählen. Bis Hyun-Ki begriff, dass der Vater im Krieg für den Süden gekämpft hatte. Für die schweinischen Imperialisten, die das freie Korea überfallen hatten. Eine Bemerkung von Sang Hun hatte ihn darauf gebracht. Bei aller Vorsicht, mit dem Kollegen konnte er über manches reden. Mit irgendjemandem musste man reden. Sang Hun hatte in der ihm eigenen trockenen Art gesagt: Schweigende Väter stammen aus dem Süden. Und er hatte sein meckerndes Lachen hinterhergeschickt, als wollte er das Gesagte ungesagt machen.

Die Kinder von solchen Vätern trugen das Verbrechen in ihrem Blut. Und ihre Kinder würden das Verbrechen weitertragen. Das Beste, was sie aus ihrem von Anfang an verlorenen Leben machen konnten, war die Arbeit für den Geliebten Führer. Für den einzigen Staat auf der Erde, in dem die Menschen eine lichte Zukunft hatten. Der deshalb von den Imperialisten bekämpft wurde. Sie hassten den Geliebten Führer. Und deshalb musste er sich und sein Volk gegen die Aggressoren verteidigen. Das war absolut überzeugend.

VI.

Schritte näherten sich. Es waren zwei. Mindestens. Er hörte eine Stimme. Eine andere lachte. Ein Mann und eine Frau. André packte hastig seine Sachen in den Rucksack und stellte ihn hinter die Tür. Er presste das Ohr an die Wand. »Nein«, hörte er. »Nicht da.« Die Frau. Der Mann sagte: »Lass uns doch mal reingucken.« Die Frau: »Dreck und Staub. Unter freiem Himmel, hast du gesagt.« Der Mann: »Mal sehen, was es ist.« Die Frau: »Ach, komm. Wir haben nicht viel Zeit.«

Die Schritte, gedämpft durch den Waldboden. Sie kamen näher. Der Schatten der Füße im Türspalt. Die Klinke senkte sich nach unten. Es ruckelte, dann öffnete sich die Tür. Rasche Schritte näherten sich. André hielt den Atem an und hob die Glock. Die Frau: »Was für ein Dreck.« Der Mann: »Tja …« Die Tür schloss sich wieder.

Die Schritte umkreisten das Haus. Dann raschelte es, und die beiden vögelten laut, schnell und heftig.

Als sie abgezogen waren, atmete André durch. Er aß einen Müsliriegel und trank ein paar Schlucke. Dann putzte er sich mit dem restlichen Wasser die Zähne. Als der Rucksack gepackt war, setzte er sich auf die Pritsche und bedachte seine Lage. Er durfte keine Spuren mehr hinterlassen. In Lübeck und auf dem Kanal hatte er sich freikämpfen müssen. Doch jetzt würde er abtauchen. Unsichtbar werden. Was taten die Bullen gerade? Mit Straßensperren war nicht mehr zu rechnen. Es war zu viel Zeit vergangen. Sie würden nicht glauben, dass er noch in der Gegend war. André strickte sich einen Plan zurecht. Er war mehr als löchrig. Aber ohne Plan konnte er nicht losgehen. Für die Löcher hatte er die Glock. Er überlegte, ob er es als Wanderer versuchen sollte. Aber das war ihm zu gefährlich. Er wusste nicht, ob sie eine Personenbeschreibung von ihm hatten. Oder ein Phantombild. Er musste vom Schlimmsten ausgehen. Auch wenn er sich über die dicken Brillengläser des Empfangschefs im Hotel gefreut hatte.

Er entschied sich, in der Hütte zu bleiben. Der Durst plagte ihn bald. Ungeduldig wartete er auf die Dämmerung. Er klemmte einen Balken unter die Klinke und schlief, aber mit offenen Ohren. Draußen knackte und rauschte es. Tiere und der Wind. Ein Specht hämmerte los, vielleicht sein alter Bekannter. Ein Motorflugzeug brummte über den Wald. Keine Hubschrauber. Vor denen fürchtete er sich am meisten. Hubschrauber mit Wärmebildkameras. Aber vermutlich würden die ihn in der Hütte nicht aufspüren. Er berechnete die Gefahren, die ihn erwarteten. Ein Jäger, bewaffnet, oder der Förster. Kinder.

Er hatte auch im Wald gespielt, mit seiner Bande. Holzschwerter, Holzschilde, bunte Masken, Geschrei, Gejohle und Weinen, wenn einer sich verletzte. André sah die Gesichter der Schulkameraden vor sich. Rotz in der Nase. Kratzwunden an den nackten Beinen, aufgeschlagene Knie, blutende Nasen. Eine wunderbare Zeit. Vorbei.

Er schlief wieder ein und träumte wild. Bob, der auf ihn zuraste in seinem Porsche. Mit weit aufgerissenem Mund. Als André aufwachte, wusste er, dass Bob derzeit unerreichbar war für ihn. Er wusste nichts über ihn. Gut, ein bisschen. Er versuchte, sich genau zu erinnern.

Er hatte Bob vor den anderen kennengelernt. Bob hatte über einen Kameraden Kontakt mit André aufgenommen. Josua. Ein Killer namens Josua. Aber André verließ sich auf Josua. Es gab nur zwei, auf die er sich verließ. Einer war Josua. Josua hatte sich gemeldet. Drei Wörter: »Ich hab was.« Dann hatten sie sich getroffen. In Köln, auf dem Hauptbahnhof. Pizzeria. Alles im Blick. Was hatte Josua gesagt?

»Da ist einer, der hat was für dich. Ich kenn den aber nicht. Hat mich gefragt. Aber ich mach nichts mit Unbekannten. Bietet eine Menge Kohle.« Josua hatte sich mit beiden Händen die Haare hinter die Ohren gestrichen. Im einen steckte der Bluetoothhörer seines Handys.

»Wie kommst du auf mich?«

»Vielleicht willst du es machen. Eine Menge Kohle, wie gesagt.«

»Du findest das gefährlich?«

Josua nickte. »Ich mache nichts mit Leuten, die ich nicht kenne. Geschäftsprinzip.«

André überlegte lang, während Josua seine schwarzen Augen hinter der Fensterglasbrille die Umgebung abstreifen ließ.

Sie hatten einen Job zusammen erledigt. Mit ein paar anderen noch. Im Sudan. Sie hatten einen Rebellenchef getötet. Ihm aufgelauert, als er im Jeep das Dorf verließ. Es war heiß gewesen und staubig. Sie waren müde, waren die Nacht durchmarschiert. Funkstille. Der Auftrag war leicht, Andrés Gewehrgranate traf den Fettsack im Bauch. Aber die Schießerei danach war höllisch gewesen. Zwei Kameraden wurden angeschossen. Sie mussten sie töten, damit sie nicht dem Feind in die Hände fielen. So war es verabredet gewesen. Josua und André machten die Nachhut mit einem MG und reichlich Munition. In der Nacht konnten sie sich absetzen. Und hinterließen ein Blutbad. Josua war ein Krieger. André war ein Krieger. Sie konnten sich aufeinander verlassen.

Josua blickte ihn fragend an.

»Ich brauch Geld«, sagte André. »Du weißt nichts über den Kameraden?«

Josua schüttelte den Kopf. »Wenig. Ich hab mich erkundigt. Der ist nicht schlecht. Kann was. Habe nichts gehört, das gegen ihn spricht.«

»Immerhin.«

»Heißt aber nichts.«

»Du bist zu vorsichtig.«

Josua lächelte. Seine ledrige Gesichtshaut zeigte tiefe Falten. »Ich lebe noch.«

Sie schwiegen lang. Tranken Kaffee schwarz. Mineralwasser. Beobachteten das Umfeld. Dann verabschiedeten sie sich. In Josuas Hand fühlte André einen Zettel.

Er saß lange im Hotel und starrte auf den Zettel. Eine Mailadresse. Natürlich anonym. André bootete das Linux-Notebook und richtete sich ein anonymes Mailkonto bei GMX ein. Er baute die Verbindung über einen Proxyserver auf, um seine IP-Adresse zu verbergen. Dann schickte er seine Nachricht. *Brauche Infos.*

Am Tag darauf war er verabredet mit einem Mann in einem italienischen Restaurant am Alten Markt. André setzte sich draußen an einen Tisch und las im *Kölner Stadt-Anzeiger.* Auf dem Tisch lag die rote Plastiktüte einer Parfümerie. Das Erkennungszeichen. Über den Zeitungsrand hinweg sicherte er die Umgebung. Im Rücken drückte die Glock in ihrem Spezialhalfter.

Ein Mann näherte sich. Grauer Anzug, hellblaues Hemd. Mittelgroß, schlank. Keine Ringe, keine Kette, kurze schwarze Haare, ein Gesicht, in dem sich Strapazen und ein langer Aufenthalt in der Sonne spiegelten. Sonnenbrille.

»Ist der Platz noch frei?«

»Ich warte auf einen Freund«, erwiderte André, wie sie es vereinbart hatten.

Der Mann gab ihm die Hand und stellte sich als Bob vor. André gefiel der Typ. Machte keine Umstände. War vorsichtig, seine Sicherheitsmaßnahmen waren einfach, aber risikoarm. Jede Bewegung, jedes Wort verriet den Profi. Er bestellte höflich. Hätten sie ihm Buttermilch statt Tee gebracht, hätte er sich nicht beschwert. Er würde nicht zu viel Trinkgeld geben und nicht zu wenig. Er redete knapp und behielt die Brille auf. Schon am Abend würde sich niemand mehr an ihn erinnern. Obwohl er ein Ferkelgesicht hatte.

So wie Bob hätte es André auch gemacht. Und sein Plan hatte Hand und Fuß. Das Honorar war einmalig. Eine Million Euro.

Als die Dämmerung kam, warf sich André vor, dass er misstrauisch hätte werden müssen. Das Honorar war zu hoch. Niemand zahlte so viel für einen solchen Job. Wenn es darum gegangen wäre, einen Präsidenten oder die Kanzlerin zu töten, dann ja. Aber nicht dafür. Bob hatte ihn reingelegt. Er hatte geahnt, dass André Geld brauchte. Dass sich André nach einer Zeit der Sorglosigkeit sehnte. Du bist selbst schuld, dachte André. Der Plan hatte nur eine Schwäche. Und du hast sie nicht erkannt. Die Einsicht traf ihn hart. Er hatte einen Fehler gemacht. Fehler waren tödlich in seinem Gewerbe. Und vor allem dumm. Dass er noch lebte, war Glück. Aber sie mussten ihn beseitigen. Rechneten sie damit, dass er sein Honorar kassieren und Bob erledigen wollte? Eher nicht. Womit rechneten sie? Womit würde er rechnen? Er wog es ab. Sein Vorteil: Sie kannten ihn kaum. Wussten, dass er ein Krieger war. Sonst nicht viel. André legte sich fest: An deren Stelle würde ich damit rechnen, dass ich abtauchen würde. Weit weg reisen. Ans Ende der Welt. Also würde André das Gegenteil tun. Und er würde Bob suchen. Den fand er nicht am Ende der Welt. Aber wo konnte er ihn finden? Es gab nur einen Weg zu Bob. Der führte über Josua. Hoffentlich hatte der das Handy noch. Josua hatte längst begriffen, was geschehen war. Und wollte damit nichts zu tun haben. André musste es versuchen. Er schickte eine SMS: *Morgen, gleiche Zeit, gleicher Ort.* Die Bestätigung kam sofort: *OK.*

Immerhin.

Er startete das Löschprogramm für das Notebook. Es formatierte die Festplatte und füllte sie mit Nonsensdaten.

Nun Schritt Nummer zwei. Er musste die Bullen täuschen. In seinem Hirn formte sich ein Plan. Riskant, aber nichts, was er tun müsste, war ohne Gefahr. Seine Chance zu überleben, lag bei einem Promille. Höchstens. Er musste die anderen überraschen. Wenn er berechenbar war, war er tot. Spuren verwischen. Flucht vortäuschen. Wie? Es gab nur eine Lösung. Jedenfalls fiel ihm keine bessere ein.

In der Nacht brach André auf. Er marschierte auf Nebenwegen zu einem Dorf mit dem Namen Krummesse. Sein Smartphone zeigte ihm die Richtung. Er hatte es mit dem Akkupack in der Hütte aufgeladen. Es würde bis zum Ziel durchhalten, weil er alle anderen Tasks gestoppt hatte. Vor einem Gasthaus standen Fahrräder. Hinter Vorhängen leuchteten die Lichter der Kneipe. Er suchte sich das beste Rad aus. Ein Trekkingbike mit guten Reifen, Bremsen und einer gepflegten Kette. Er setzte die kleine Stahlsäge an das Bügelschloss. Sie brauchte zwei unendlich lange Minuten. Als ein Auto vorbeifuhr, tat André so, also wollte er das Rad anschließen. Und als er einen Schatten im Fenster sah, verschwand er hinter der Hausecke. Ein Besoffener wankte vorbei und war nur damit beschäftigt, nicht zu stolpern. André wusste, dass solche Improvisation so schlecht war wie Roulette. Aber es soll ja Leute geben, die beim Roulette gewonnen haben. Nachdem der Trunkenbold weggetorkelt war, vollendete André die Arbeit. Während er die Straße hinunterradelte, drehte er sich noch einmal um. Nichts zu sehen. Er fand eine Seitenstraße und fuhr Richtung Kanal. Als er sich sicherer fühlte, schaltete er das Licht ein. Er entdeckte einen Feldweg, der zum Wasser führte. Im Kanal schimmerte das Mondlicht. Er öffnete den Rucksack, entnahm eine Schachtel Patronen und den Outdoor-Wasserfilter. Er füllte seine Flasche durch den Filter, trank sie aus und füllte sie erneut. Dann packte er den Filter zurück in den Rucksack. Er steckte Patronen, Wasserflasche, das Multifunktionswerkzeug, das Messer und Müsliriegel in seine Jackentaschen. Dann suchte er eine Weile und fand endlich einen großen Stein. Den stopfte er in den Rucksack, schnürte ihn fest zu und warf ihn ins Wasser. Luftblasen spiegelten sich im Mondlicht.

Er fand den Weg zurück auf die Landstraße und folgte ihr. Den milden Rückenwind verstand er als Vorzeichen. Das Rad funktionierte perfekt. Andrés Laune stieg. Er hatte die nächsten Etappen im Blick. Entscheidend würde sein, ob sein Plan in Hamburg aufging.

In der Morgendämmerung erreichte er den Stadtrand. Er hatte sich den Weg eingeprägt und musste nur selten aufs Handy blicken. Sievekingsallee. Von dort ging es fast direkt zum Hauptbahnhof. Graumannsweg. Sechslingspforte. Der Berufsverkehr wuchs. An der Alster. Allmählich baute sich die Autoschlange auf. An der Ecke mit der Alstertwiete stellte er das Rad ab und ging zu Fuß weiter. Die Sonne war aufgegangen, als er den Hauptbahnhof erreichte. Er studierte die Fahrpläne und prüfte im Smartphone, welche Züge verspätet waren. Er fand den ICE nach Kopenhagen und den ICE nach Köln. Zwischen ihren Abfahrten lagen gut fünfzehn Minuten. Das musste reichen.

Er ging durch den Bahnhof zum Ausgang Mönckebergstraße. Bald fand er ein Kaufhaus. Dort entschied er sich schnell für einen grauen Anzug, dazu Hemd, Unterwäsche, Schuhe. Er bezahlte bar und trug die Plastiktüte zum Bahnhof. Dort fand er die Toiletten, bezahlte am Automaten. Im Waschraum reinigte er Hände und Gesicht und zog sich in einer Kabine um. Die alte Kleidung steckte er in die Plastiktüte. Er verließ die Toiletten als tadellos gekleideter Geschäftsmann. André bestieg einen ICE nach München auf Gleis 13, legte die Plastiktüte auf die Gepäckablage und stieg wieder aus. Er verließ den Bahnsteig und frühstückte an einem Stand in der Wandelhalle. Er war sicher, dass niemand ihn beobachtete.

Er blickte auf die Uhr. Zeit für den nächsten Schritt.

Der ICE nach Kopenhagen stand bereit. Er hatte eine stumpfe Nase und ähnelte eher einem geblähten Triebwagen als einem Schnellzug. André stieg an einer Tür ein, an der kein Schaffner stand. Er streifte durch den Zug. Noch hatte er sechs Minuten. Er zwang sich zur Ruhe. Wenn es jetzt nicht klappte, würde er es später versuchen. Aber der Zug war perfekt. André ging zum Wagenende, öffnete die Toilettentür und lehnte sie an. Er zog transparente Gummihandschuhe an und steckte die Hände in die Hosentaschen. Dann wartete er. Ein Mann mit einem steifen Hut erschien. Gerade als André es tun wollte, tauchte eine junge Frau mit zwei plärrenden Kindern auf. Er ließ sie durch und tat so, als guckte er durchs Fenster. Im Augenwinkel beobachtete er den Gang. Frauen oder Kinder kamen nicht infrage. Ein Grundsatz.

Noch vier Minuten.

Eine dicke Schaffnerin mit Handy am Ohr drängte sich vorbei. Ihr folgte ein Mann, Typ Student. Als der im Großraumwagen verschwunden war, erschien eine Gruppe Geschäftsleute im Einheitslook. Ein Typ redete laut auf die anderen ein. Einer sagte: »Wartet mal«, und betrat die Toilette. Er schloss ab. André fluchte innerlich. Er musste seinen Plan ändern. Aber schnell begriff er, dass es ein Vorteil war. Wenn es klappte, dann musste er niemanden in die Toilette stoßen. Die Begleiter des Typen guckten sich an. Der Laute rief durch die Tür: »Wir gehen schon mal weiter und sichern uns Plätze.« Sie zogen ab.

Noch drei Minuten.

Eine alte Frau schleppte einen riesigen Koffer an ihm vorbei. In ihrem Blick las er Empörung. In Gedanken erwiderte er: Man soll nicht mehr einpacken, als man tragen kann. Sie schleifte das Monstrum mehr, als dass sie es trug. Endlich erreichte sie die Tür zum Großraumabteil. Zischend öffnete sie sich. Ein Pärchen kam ihr entgegen. Es dauerte eine Weile, bis sie sich aneinander vorbeigedrängelt hatten. Sie war brünett und hielt ihre Hand vor den Mund, während sie lachte.

Der Typ war immer noch in der Toilette. André wartete auf die Spülung. Die Zeit verrann in Windeseile.

Ein Backpacker hetzte vorbei. Backpacker Erster Klasse. André schüttelte den Kopf und grinste.

Noch zwei Minuten.

Die Spülung gurgelte. André lehnte sich vorsichtig an die Tür. Ein junges Paar verfrachtete ein Kind und einen Kinderwagen durch den Gang. Als sie gerade vorbeiwaren, ließ der Druck an der Tür nach. André stieß sie mit aller Kraft auf und betrat die Toilette. Er verriegelte die Tür. Den Mann hatte es ans Fenster geworfen. Er saß zwischen Klo und Wand auf dem Boden und starrte André an. Bevor er ein Wort sagen konnte, beugte sich André vor, nahm den Kopf und drehte ihn, bis es knackte. Der Mann sackte zusammen. André zog das Messer, mit dem er sich in Lübeck gewehrt hatte, und stieß es dem Mann in den Bauch. Dann drehte er die Leiche so, dass das Blut nicht zur Tür sickern konnte. Er verließ die Toilette und verschloss sie mit dem Multifunktionswerkzeug von außen.

»Ich will da rein«, sagte ein alter fetter Mann.

»Ist defekt«, sagte André, ohne sich umzudrehen.

»Scheißbahn, nichts klappt. Seit der Mehdorn …« Er zog weiter.

André verließ den Wagen, als der Pfiff ertönte. Gemächlich ging er zur Rolltreppe. Zweifelhaft, dass sich jemand an ihn erinnerte.

Glück gehabt.

Er war zwei Stunden vor seiner Verabredung in Köln. Er fand einen Friseur, der ihm den Kopf kahl schor und den Stoppelbart rasierte. In einem Geschäft kaufte er sich einen steifen Hut und in einem anderen einen beigefarbenen Lodenmantel, im dritten den *Kölner Stadt-Anzeiger.* Er setzte sich in ein Fast-Food-Restaurant gegenüber der Pizzeria hinter einen riesigen Gummibaum, nachdem er sich am Tresen ein vegetarisches Frühstück besorgt hatte.

Eine gute halbe Stunde später entdeckte er Josua. Der umkreiste die Pizzeria und suchte unauffällig den Bahnhof ab. André versteckte sich hinter der Zeitung. Josua würde von ihm nur einen Hut sehen. Über dem Zeitungsrand beobachtete André, wie sich Josua auf einen Stuhl vor der Pizzeria setzte. In einer Ecke, die Glasfront des Restaurants im Rücken. Der Kellner kam, und Josua bestellte etwas. Kurz darauf sagte er was vor sich hin. Er fuhr sich durch die Haare. Der Bluetooth-Hörer am Ohr sah aus wie ein schwarzer Knopf. Das Telefonat war kurz. Josua ließ seine Blicke schweifen. Der Kellner erschien mit einem Tablett. Darauf ein Espresso und ein Glas Wasser. Josua bezahlte.

André behielt ihn im Blick. Er hatte ein Scheißgefühl. Gegen sein Scheißgefühl waren Wahlhochrechnungen Ratespiele.

André überlegte. Noch eine knappe Stunde, dann musste er sich entscheiden. Sie konnten ihn kaum im Bahnhof erledigen. Aber sie würden sich an ihn hängen wie Blutegel. Mindestens drei, wenn nicht mehr. Sie wussten, mit wem sie es zu tun hatten. Josua telefonierte wieder. Dann stand er auf und ging in Richtung Konrad-Adenauer-Platz. Fünf Minuten später kehrte er zurück, mit einer Zeitung in der Hand.

Andrés Hirn raste. Immer das gleiche Ergebnis. Er brauchte Josua. Die einzige Verbindung zu Bob. Ohne Josua konnte er es abschreiben. Dann würden die Bullen ihn lebenslang jagen, und er hatte nur draufgezahlt. Oder er war tot. Josua kannte auch alle Typen, die jetzt wichtig waren. Ohne die keine neue Identität. Aber die kostete einen Haufen Geld. Das hatte Bob. Wie konnte er sich Josua greifen, ohne draufzugehen?

Noch eine halbe Stunde. André fühlte sich zum ersten Mal gehetzt. Er hatte die Sache in Lübeck instinktiv gelöst. Hatte immer den ersten Zug machen können. Hatte die Wahl gehabt zwischen Taktiken. Jetzt saß er da und überblickte die Lage nicht. Er hatte Vermutungen im Kopf. Aber der Riecher irrte sich nicht. Der hatte sich einmal mit der Aussicht auf einen Haufen Geld bestechen lassen. Doch André lernte. Wer nicht lernt, ist schneller tot.

Eine Gruppe Touristen verdeckte die Sicht auf Josua. Als sie weiterzog, war Josua weg. André unterdrückte den Drang aufzuspringen. Er brauchte Josua. Wenn der verschwand, war er aufgeschmissen. Josua war seine Lebensversicherung. Die gefährlichste, die es gab. Und die einzige.

Andrés Augen suchten das Menschengewimmel ab. Plötzlich sah er ihn. Er kam von irgendwoher und kehrte zum Tisch zurück. Deutete auf die Espressotasse, als der Kellner erschien. Dann blickte er sich um. Unauffällig, aber nicht unauffällig genug für André.

Zwanzig Minuten. André überlegte, wie er es machen würde. An beiden Seiten des Gangs einen, besser zwei Leute. Knopf im Ohr, Handykonferenzschaltung. Wenn das Zielobjekt auftaucht, dranhängen. Aber nicht alle, nur einer. Ein zweiter in Sichtweite des ersten Verfolgers. Aus dem Bahnhof raus. Vorne einer in die vermutete Richtung. Einer auf dem anderen Bürgersteig. Einer blieb hinter André, wechselte sich mit dem vierten Mann ab. Wie ein Netz. Unsichtbar. Verhindern, dass das Zielobjekt ausbrach, Haken schlagend abtauchen konnte. Wo wenig Menschen waren, ein Transporter, in den sie die Zielperson stießen.

Wie viele waren es? Wirklich vier? Bob wusste, um was es ging. Und wer André war. Vielleicht waren es auch zehn.

Und er saß mittendrin. Er hatte keine Wahl.

Fünfzehn Minuten.

Er prüfte, ob die Glock saß. Natürlich saß sie. Er hasste es, sich Zeichen der Unruhe einzugestehen. Ein Mann schlenderte an Josua vorbei. Jeans, Anorak, Basecap. Kamera um den Hals. Im Ohr ein schwarzer Knopf.

Nummer eins.

André überlegte, was es brachte, den Kerl auszuschalten. Zu riskant. Und sein Messer war im Zug nach Kopenhagen. Oder schon bei den Bullen.

Nein, er musste was anderes finden.

Zehn Minuten. In seinem Kopf reifte eine Idee. Vielleicht ging es so. Gab es Alternativen? Er fand keine. Durchdachte alles von vorn und fand immer noch keine. Klassenfahrt, so sah das aus. Eine Horde junger Leute. Eine Gruppe Jungs, großkotzig, rempelnd, eine Gruppe mit Mädchen, kreischend. Die Jungen beobachtend. Hormontheater.

Noch fünf Minuten. Er beschloss, es so zu machen. Genau so. Welchen Ausgang würde er nehmen? Er tat so, als läse er in der Zeitung. Sportteil. Die Dauerkrise des FC. Neuer Trainer auf dem heißen Stuhl. Die Schlagzeilen begriff er.

Josua saß und trank den dritten Espresso. Er war auch nervös. Der Typ mit der Kamera war verschwunden.

Noch drei Minuten. André änderte den Plan. Es ging einfacher. Wenn er sich nicht irrte … wenn er sich nicht irrte. Sie hatten einen Fehler gemacht. Er würde ihn ausnutzen. Klang so einfach. Wenn er sich nicht irrte. Da war der Typ wieder. Er sprach irgendwas ins Mikrofon am Jackenkragen. Sah aus wie ein Bulle, war aber keiner. So demonstrativ, wie der Fototyp nicht zu Josua blickte. Und der Knopf im Ohr. Und dass er scheinbar sinnlos umherlief. Ein Fotograf sucht Motive. Der Mann suchte André. Der Fototyp schlenderte so wie einer, der sich vorgenommen hatte, bloß nicht schnell zu laufen. Weil er nervös war. Weil er Angst hatte. Weil sein Instinkt ihn drängte: Guck dich um, der Feind ist hier. Der Feind ist gefährlich. Guck dich um. Und die andere Stimme sagte: Guck dich um wie ein Tourist. Zufällige Blicke.

Der Tod ist groß.
Wir sind die Seinen
lachenden Munds.
Wenn wir uns mitten im Leben meinen,
wagt er zu weinen
mitten in uns.

Warum fällt mir das jetzt ein? André hatte gesehen, wie Bob es in die Tasche gelegt hatte. Nur darum hatten sie die Tasche dabeigehabt. Bob hatte es herumgezeigt, als sie warteten. André beeindruckte es, er lernte es auswendig. Dazu musste er es zweimal lesen.

Jetzt.

André hatte Josua im Blick. Jede Sekunde wuchs der Druck auf Josua. Sie würden ihn fragen, ob er André gewarnt habe. Er war ohnehin mies dran. Er wusste viel. Er kannte Bob. Irgendwo hier war auch Bob. Aber an den kam André jetzt nicht ran. Bob war nicht blöd.

Josua litt. Er sah die Blicke der anderen. Er würde überlegen, ob er abhauen konnte. Josua war gut, aber die anderen waren viele. Josua schien aufstehen zu wollen, zwang sich aber, sitzen zu bleiben. Er telefonierte. André grinste in sich hinein. Damit hatten sie nicht gerechnet. Jetzt fragten sie sich: Wurde André gewarnt? Haben die Bullen ihn geschnappt? Kneift André im letzten Moment? Hat er was gemerkt?

Fünf Minuten nach dem Termin. Sie würden bald ihre Ordnung verlieren. Sie hatten sich nach einem Plan postiert, der nicht mehr galt. Was sollten sie tun?

André sah den Fototypen. Er bewegte sich in der Menge. Schlenderte nicht mehr. Jetzt stand er vor dem Blumenladen und guckte sich um. Ein Bild von André hatten sie nicht. Nur Bob und Josua wussten, wie er aussah. Ein Mann im Trainingsanzug tauchte auf. Er hielt kurz bei Josua. Sagte etwas. Josua schüttelte den Kopf. Der Kellner kam, fragte irgendwas. Josua nahm ihn nicht wahr. Er erhob sich und sah sich um. Seine Augen suchten alles ab. André blinzelte über den Rand. Ein vierter Mann kam dazu. Sie standen zusammen. Und dann erschien Bob. Ferkelgesicht. Energie pur. Wütend. Aber er würde ruhig sprechen. Sein Hirn ratterte alle Möglichkeiten durch. Er war der Chef. Bob redete auf Josua ein. Der hob die Hände und schüttelte den Kopf. André hörte kein Wort. Sie flüsterten, zischten. Bob stemmte die Hände in die Hüfte und stierte Josua an. In deiner Haut möchte ich nicht stecken, murmelte André vor sich hin. Wie hatten sie Josua zum Verräter gemacht? Wie der sich selbst? Sie hatten Josua vor die Wahl gestellt: du oder er. André hätte nicht anders entschieden als Josua. Kein Platz für Schadenfreude. Bis dann, Kamerad. Im Himmel für Profikiller.

André prägte sich die Typen ein. Der Fotofritze war am einfachsten zu erkennen. Er nummerierte sie: Bob stand die Nummer 1 zu.

Fototyp: Nummer 2. Trainingsanzug: Nummer 3. Lackaffe mit gegelten Haaren, Kunstlocken am Hinterkopf, Typ Nachwuchskiller mit Lernbedarf im Tarnen: Nummer 4. Der Kleine mit dem Bürstenkopf und dem vorstehenden Kinn: Nummer 5. Der Letztere sah gefährlich aus. Und wie ein Versicherungsvertreter. Er stand in der Gruppe und hörte nur zu. Keine Erregung zu sehen. Guter Mann. Seine Augen waren immer unterwegs.

André spürte ihre Ratlosigkeit. Ihr Opfer würde nicht kommen. Er hatte sich einen Vorsprung verschafft. Das würden sie denken. Wo konnte André unterkriechen? Wer hatte Kontakt zu ihm? Der Bruder. Sie würden es herausfinden. Josua wusste was. André wurde heiß. Verdammte Scheiße. Das würde er jetzt machen. Er würde sich den Bruder schnappen.

André holte das Telefon aus der Tasche. Er blickte hinüber zu den anderen. Eine Sekretärin nahm ab, der Herr Dr. Kaehl sei in einer Besprechung.

»Ich bin Dr. Kaehls Bruder André. Er wird Ihnen den Kopf abreißen, wenn Sie mich nicht sofort mit ihm verbinden. Sofort. Es ist eine Notsituation. Es geht um Minuten. Reicht das?«

Schweigen auf der anderen Seite. Dann: »Bleiben Sie dran.«

Eine unglaubliche Erleichterung ergriff André, als er Ingos Stimme hörte. »Was willst du?« Abweisend.

»Du bist in Lebensgefahr. Tauch ab. Sofort. Wenn du nicht binnen einer halben Stunde verschwunden bist, kriegen Sie dich.«

Schnaufen. »Was hast du wieder für eine Scheiße angestellt? Reicht es nicht, dass du dich in den Orkus reitest? Verdammter Mist. Ich will nichts mit dir zu tun haben.«

»Darum geht es nicht. Es gibt Leute, die wollen mich. Da sie mich nicht kriegen, werden sie mich erpressen wollen. Du bist der einzige Familienangehörige. Hast du's jetzt kapiert?«

»Du bist ein gotterbärmliches Arschloch. Was hast du angerichtet? Steig aus. Stell dich.«

»In einer halben Stunde bist du unauffindbar weg. Wenn die Gefahr vorüber ist, schalte ich eine Bekanntschaftsanzeige in der *Süddeutschen.* Text: *Deinem Glück steht nichts mehr im Weg.* Überschrift: *Eine einmalige Chance.* Verstanden?«

»Drecksack«, sagte Ingo.

André trennte das Gespräch. Unwahrscheinlich, dass er dazu kommen würde, die Anzeige zu schalten.

Bob stand in der Mitte. Es sah so aus, als würde er Josua noch brauchen. Sie würden sich jetzt zurückziehen. Aufteilen. Nicht zusammen gesehen werden. Auf Bobs Anweisungen warten. Bald nach München fahren. Doch Bob würde als Erster dorthin gehen, die Lage peilen, eine Unterkunft suchen. Fahrzeuge besorgen. Es sei denn, er hatte da Leute, die er nur ins Laufen bringen musste. So einen Rechtsanwalt kriegte man leichter als seinen Bruder, den Kollegen, der alle Schliche kannte.

So oder so. Mit ein bisschen Glück würde Andrés Plan funktionieren. Die Stufe eins jedenfalls. Und dann? Dann würde er sehen.

Bob schüttelte den Kopf. Fragte Josua was, scharf. Bobs Augen funkelten. Solange André frei herumlief, waren sie in Gefahr. Bob und die Auftraggeber. Alles hatte geklappt, nur André war ihnen entwischt. Sie mussten ihn kriegen. Koste es, was es wolle. Wenn nicht, kostete es Bob das Leben. So jemanden konnte man nicht entlassen. Man musste ihn beseitigen. Bob kannte die Regeln. Wenn jemand die Regeln kannte, dann er.

André spürte seine Angst. Bob überlegte jetzt, ob er die Umgebung absuchen sollte. Aber er würde es nicht tun. Bob würde alles glauben, nur nicht, dass André ihn kriegen wollte, statt abzutauchen. Wenn Bob an Andrés Stelle wäre, dann wäre er überall, nur nicht in Köln. Tue das Unerwartete. Die beste Tarnung.

Diese Lektion musste Bob noch lernen.

Bob erteilte Befehle. André stellte sich hinter den Gummibaum. Bob deutete Richtungen an. Er wollte, dass sie getrennt abzogen. Der Fototyp ging Richtung Hinterausgang. Der Trainingsanzug zockelte ihm nach. Breslauer Platz. André sah, wie Bob und die anderen beiden in Richtung Haupteingang liefen. Sie verteilten sich im Menschenstrom. Josua blieb sitzen. André ging so, dass er ihm den Rücken zeigte, und folgte den beiden anderen in knappem Abstand.

Der Fototyp steuerte den Taxistand an. André eilte zum Taxi dahinter und setzte sich auf die Rückbank. »Folgen Sie dem vorderen Taxi«, sagte André.

Der Fahrer drehte sich um und grinste. Er hatte einen Schnurrbart und Pockennarben. »Wie im Film«, sagte er.

Das vordere Taxi fuhr los.

»Fahren Sie!«, sagte André.

»Wie im Film«, wiederholte der Fahrer.

»Der Typ da vorn besteigt meine Frau. Kapiert? Ich bin richtig schlecht gelaunt. Also halt die Klappe und bleib dran.«

»Ist ja gut, mein Herr.«

Sie folgten dem Taxi nach Nippes. Ein U-Bahnhof. *Baudristraße* las André. Vor einem Café hielt der Wagen. Altbaufassaden. Eine riesige Kirche auf dem Platz.

»Halten Sie.« Sie standen vielleicht zwanzig Meter hinter dem anderen Taxi.

Der Fototyp stieg aus. André bezahlte und wartete ein paar Sekunden, bis der Typ ein Haus ansteuerte. André eilte ihm nach und zog die Gummihandschuhe an. Als der Typ die Haustür aufschloss, stellte sich André neben ihn und warf einen Blick aufs Klingelschild.

»Die Joppichs wohnen hier, oder?«

Der Fototyp blickte ihn an. »Weiß nicht.«

André drückte ihm die Glock in den Rücken und zog ihm eine Walther PPK aus dem Schulterhalfter. Er steckte die Pistole in die Hosentasche.

»Jetzt gehen wir in deine Bude.«

Der Typ drückte die Haustür auf.

»Bist du allein?«

Der Typ nickte.

»Wie heißt du?«

»Frenzen.«

André fand den Namen auf einem Briefkasten.

Schritte im Treppenhaus. Langsam. »Einen Mucks, und es gibt zwei Leichen.«

Eine Frau mit Kopftuch und Kunstledereinkaufstasche. Sie hielt sich am Treppengeländer fest, während sie vorsichtig einen Schritt vor den anderen setzte. Nachdem sie den Abstieg überstanden hatte, schnaufte sie einmal durch. Sie humpelte zur Haustür und nahm die beiden Männer kaum wahr. André stand dicht hinter Frenzen, die Pistole hinter dessen Rücken verborgen. Mit einem letzten Schnaufen zog die Frau die Haustür auf und verschwand.

»Welcher Stock?«

»Dritter.«

»Los.«

Oben angekommen: »Aufschließen.«

Frenzen öffnete die Tür.

André spürte, dass Frenzen sich wehren wollte. Doch er drängte ihn in den Flur und drückte die Wohnungstür mit der Hacke zu. Dann schlug er ihm die Glock auf den Hinterkopf. Frenzen stöhnte und fiel. André prüfte seine Augen. Ein paar Minuten hatte er Zeit. Er durchsuchte die Wohnung. Wohnzimmer, winziges Schlafzimmer, Küche mit Tisch. Das Mobiliar wie vom Sperrmüll. In der Spüle lag eine stinkende Bratpfanne mit Eierresten. Ein alter Fernseher stand auf dem Boden, darauf eine Zimmerantenne. Auf den Fensterscheiben hatte sich der Regen vieler Jahre verewigt. André entdeckte in der Kommode im Wohnzimmer eine Walther P38, geladen, eine Schachtel Neun-Millimeter-Patronen und einen Mitgliedsausweis der Schützenbruderschaft Köln-Nippes. In einem anderen Schubfach fand er Klebeband. Damit fesselte er Frenzen. André durchsuchte ihn. Portemonnaie, vielleicht zweihundert Euro, Personalausweis, Führerschein, Kreditkarten. Im Jackett steckte das Smartphone. Das Telefon nahm er an sich, das Geld auch. Als er Frenzen einen Streifen über den Mund zog, schlug der flackernd die Augen auf. Er stöhnte und versuchte sich zu drehen. André packte ihn am Kragen und zog ihn ins Wohnzimmer. Das Hemd riss.

Er schloss die Tür zum Flur und trat Frenzen in den Magen. Der quetschte ein Stöhnen aus der Kehle. André riss das Klebeband vom Mund. Er setzte sich auf die Kante des einzigen Sessels, fast direkt über Frenzens Gesicht. André blickte ihn eine Weile an. Frenzen schwitzte. Er schniefte und glotzte André an.

Sie schwiegen minutenlang.

»Ich muss pissen«, sagte Frenzen.

André erwiderte nichts.

»Wirklich, ist kein Trick.«

André schwieg. Er erhob sich und trat ans Fenster. Blick auf die Baudristraße. Die Müllabfuhr. Im Haus gegenüber staubsaugte eine Frau. Im Nebenzimmer ihrer Wohnung lief die Glotze. Der Schädel eines Glatzkopfs ragte über die Rückenlehne des Sessels.

Er ging in die Küche und fand ein halbwegs sauberes Glas im einzigen Oberschrank. Er füllte es mit Wasser und kehrte zurück ins Wohnzimmer.

»Ich muss pissen«, wiederholte Frenzen.

André setzte sich auf den Sessel und trank das Glas leer.

Frenzen stierte ihn an. »Wer bist du? … Der?«

André nickte.

Frenzen schluckte.

André las in Frenzens Smartphone. Natürlich waren sie nicht so dumm, Spuren in Handys zu hinterlassen. Die Adressendatei war klein. Taxirufnummer, ein paar Leute, mit deren Namen André nichts anfangen konnte.

Frenzen stöhnte leise. Zwischen seinen Beinen wuchs ein Fleck. Uringeruch verbreitete sich.

André stöberte weiter im Smartphone. Mindestens eine der Nummern in der Anrufliste verriet etwas. Nur welche? Sie hatten miteinander telefoniert, obwohl André nicht beobachtet hatte, dass Frenzen sein Handy benutzte. Doch eine der Nummern gehörte Bob. Der hatte ihn bestimmt angerufen. Aber welche? Und selbst wenn es die war, inzwischen hatte Bob eine neue Handykarte. An Bobs Stelle hätte André sein Handy nach der Bahnhofsaktion in den Rhein geworfen. Ohne Karte, die hätte er noch im Bahnhof zerstört.

André steckte Frenzens Smartphone ein.

Frenzen starrte an die Decke. Er schien zu frieren. Kalter Schweiß.

»Lass mich am Leben«, sagte Frenzen. »Ich …« Es klang jämmerlich. Frenzen glotzte André an. In seinen Augen glänzte es. Dann wurden sie trüb.

»Du kannst jetzt auspacken.«

»Wenn du mich am Leben lässt.«

André lächelte. »Wir können ja testen, wie viel Schmerzen du aushältst, bevor du redest. Oder du redest gleich.«

Frenzen starrte ihn an.

»Ich hab in deiner Küche einen Tauchsieder gefunden ...«

Frenzen verzerrte das Gesicht.

André klebte ihm wieder den Mund zu. Er ging in die Küche und kehrte mit dem Tauchsieder zurück. Er fand eine Verlängerungsschnur und schloss das Gerät an. Nach ein paar Sekunden hielt er seine Hand über die Stahlspirale und nickte. Dann drückte er das Gerät gegen Frenzens nackte Wade. Der bäumte sich auf und begann zu wimmern. Er drehte sich nach allen Seiten, bis André ihn mit dem Fuß in den Bauch trat. Frenzen krümmte sich. Er wimmerte durchs Klebeband, als André den Tauchsieder erneut ansetzen wollte. Und nickte heftig.

André zog den Stecker und riss Frenzen das Klebeband vom Mund.

Der Geruch verbrannter Haut mischte sich mit Uringestank.

»Hör mir genau zu.«

Frenzen nickte hektisch. Seine Augen tränten.

»Wenn ich auch nur den Keim eines Verdachts habe, dass du nicht alles oder nicht die Wahrheit sagst ...« Er hielt Frenzen den Tauchsieder unter die Nase.

Der zuckte zurück. Sein Hinterkopf fiel auf den Teppich. Staub wirbelte auf.

André legte den Tauchsieder auf die Tischplatte, nahe der Kante.

»Denn mal los«, sagte André.

»Du lässt mich leben?«

André deutete auf den Tauchsieder. »Wer ist Bob?«

»Bob ist Bob«, sagte Frenzen.

»Sein wirklicher Name?«

»Weiß ich nicht.«

»Wie erreicht er dich?«

»Ruft an.«

»Mail? SMS?«

»Nie.«

Die Antworten überraschten André nicht. »Welche Nummer hat er?«

»Weiß ich nicht aus dem Kopf.«

André hielt ihm die Anrufliste vor die Augen.

»Die … aber die gilt bestimmt nicht mehr.«

André zog die Glock und hielt sie Frenzen an die Stirn. »Weiß er, wo du wohnst?«

Frenzen schüttelte den Kopf.

Mit der freien Hand tippte André erst auf die Nummer in der Liste, dann auf das Lautsprechersymbol und drückte Frenzen das Smartphone ans Ohr. »Du musst ihn treffen. Nenne Ort und Zeit. Sag, du hast ein Problem, über das du am Telefon nicht reden kannst. Lebenswichtig. Ein falsches Wort …« Die Glock drückte fester gegen die Stirn.

Während das Freizeichen ertönte, arbeitete Andrés Hirn. Er überlegte, ob Bob für solche Fälle ein Geheimsignal ausgegeben hatte. Erwähne das Wort »Straße« zweimal oder so. Das Freizeichen brach ab. Stille.

»Wie erreichst du Bob?«

Frenzen schüttelte den Kopf.

Mist, dachte André. Aber Bob hatte recht.

»Und wann wird sich Bob melden?«

»Keine Ahnung«, sagte Frenzen.

»Hast du Kontakt zu Josua?«

»Zu wem?«

»Der Typ, der im Bahnhof auf mich gewartet hat.«

Frenzen nickte.

»Und wie? Beeil dich, sonst …« Blick zum Tauchsieder.

»E-Mail. Anonymes Postfach. Nur aus einem Internet-Café oder so etwas. Nie aus demselben.«

»Wie läuft es weiter?«

»Einer schickt eine Mail … ich habe auch so …«

Andrés Pistole winkte.

»Und in der Mail wird eine Uhrzeit angegeben.«

»Sonst nichts?«

»Sonst nichts.«

»Weiter«, sagte André.

Natürlich kämpfte Frenzen um jede Sekunde Leben. Aber André hatte es eilig. Er war schon zu lange hier.

»Und was dann?«

»Treffpunkt ist das Römisch-Germanische Museum. Im Vorraum.«

André glaubte es sofort. Einfach, aber gut.

»Die Mailadresse?«

»anton23091@yahoo.de«

»Irgendein Code?«

Frenzen zögerte den Bruchteil einer Sekunde. »Nein.«

André überlegte. Wenn er jetzt wieder den Tauchsieder nahm, würde Frenzen ihm einen falschen Code geben. Bestimmt hatten sie eine Warnung vereinbart.

»Nur die Uhrzeit?«, insistierte André.

»Nur die Uhrzeit.«

»Du hast einen Computer«, sagte André.

»Im Schlafzimmer, Nachttisch.«

André musste grinsen. Er holte den Computer.

»Noch mal die Mailadresse.« Er hatte sie im Kopf, wollte aber Frenzen testen.

»anton23091@yahoo.de«

André startete das Mailprogramm und gab die Adresse ein.

»Ein Betreff?«

Frenzen zögerte, dann sagte er: »Nein.«

André überlegte, ob es eine Falle war. Doch es half nichts.

»Uhrzeit ist Echtzeit?«

Frenzen nickte.

Scheiße, dachte André. Zu viele Unwägbarkeiten. Aber ich hab keine Wahl.

»Und die Uhrzeit schreibt ihr wie?«

»Ist egal.«

»Wie schreibst du sie?«

»Nur die Ziffern, dazwischen einen Doppelpunkt.«

»Vorlauf?«

»Mindestens einen Tag.«

So ein Mist.

»Mach's schmerzfrei«, sagte Frenzen.

André stutzte. Dann verstand er und nickte.

Er setzte sich in die Küche und überlegte, ob er Frenzen noch brauchte.

Er kam zurück ins Wohnzimmer und kniete neben Frenzen. »Und die anderen? Wer sind die?«

»Weiß nur Bob.«

So hätte ich es auch gemacht, dachte André. Er packte Frenzens Kopf und drehte ihn, bis es knackte.

Dann schrieb er die Mail: *14:00* und versandte sie.

Er schloss die Wohnungstür von innen doppelt ab und fand im Küchenschrank eine Dose Ravioli. Bolognese. Scheiße. Fleisch. Er stellte die Dose zurück. Verschimmelter Käse. Er roch daran, verzog das Gesicht und stellte ihn zurück. Er kramte in den Schränken und fand schließlich eine kleine Dose Erbsen. Die öffnete er und erhitzte sie auf dem Gasherd, nachdem er einen Topf gereinigt hatte. Er fand einen sauberen Löffel in der einzigen Schublade, salzte die Erbsen und aß sie am Tisch aus dem Topf, nachdem er das Wasser abgegossen hatte. Währenddessen überlegte er, wie er das Risiko verringern konnte. Er würde es so machen wie auf dem Bahnhof.

Das Telefon klingelte. André erschrak. Es klang schmerzend laut in seinen Ohren. Es wollte gar nicht aufhören. Vielleicht war es Josua, der den Termin bestätigen oder absagen wollte. Es war ein elendes Spiel. Und die Regeln blieben André verborgen.

Am Abend schaltete er den Fernseher ein. Die Nachbarn sollten gern hören, dass Frenzen zu Hause war. In den Nachrichten wurde weiter wild spekuliert über die BBC-Aktion und die Leichen in Lübeck. Die *Tagesschau* zeigte Ausschnitte einer Pressekonferenz der Berliner Kripo. Hauptdarsteller ein Kriminalrat Weber, wie das Schild vor seinem Platz verriet. Am Rand ein Hauptkommissar mit dem merkwürdigen Namen de Bodt, ein schlaksiger Typ. In seinem Gesicht las André irgendwas zwischen Abscheu und Gleichgültigkeit. Ein kurzer Seitenblick auf Weber, der alles verriet: Der hat keine Ahnung, las André. Dann der verfrühte Aufbruch des Hauptkommissars. In jeder Bewegung steckte Verachtung für die Pressemeute wie für seine Kollegen auf dem Podium. André verstand, dass dieser Mann verdammt gut sein musste. Der konnte sich das leisten. André sah so etwas sofort. Wenn ich Bob wäre, behielte ich den Typen im Blick. Ich werde es tun.

Er schlief angezogen auf Frenzens Bett. Gegen Mitternacht riss ihn das Telefon aus dem Halbschlaf. Dann döste er weiter. Der Handy-Wecker dröhnte um neun Uhr. Er hatte etwas geträumt, ohne sich aber genau erinnern zu können. Es klingelte an der Tür. Er wartete ein paar Minuten im Flur mit der Pistole in der Hand. Aber es geschah nichts. Er hatte Hunger. Mit einem letzten Blick auf Frenzens Leiche verließ er die Wohnung. Er schloss die Tür von außen ab. Zum Glück traf er auf der Treppe niemanden. Der kleine Schlüssel passte in den Briefkasten. Eine Benachrichtigung von DHL, der *Kölner Stadt-Anzeiger* und eine Rechnung. Die Zeitung nahm André mit und schloss die Briefkastentür. Dann ging er zur Stadtbahnhaltestelle Florastraße. Er hatte sich die Verbindung im Smartphone herausgesucht. Linie 15, Richtung Ubierring bis Ebertplatz, von dort mit der 18 zum Bahnhof. Zehn Minuten.

Aussteigen, am Dom vorbei, hinten wie an ihn angeklebt der Betonklotz des Römisch-Germanischen Museums. Gegenüber das Dom-Hotel. Er änderte seinen Plan. André ging in den Hauptbahnhof und entdeckte schnell den Optiker. Er kaufte ein Leica-Ultravid-Fernglas und ließ sich eine Tüte geben. Umquerte den Dom auf der Rückseite und betrat das Hotel. Dort buchte er ein Zimmer, dessen Fenster zum Museum zeigte.

»Sie haben kein Gepäck?« Mit einem Blick auf die Plastiktüte.

»Ich muss mich ein paar Stunden ausruhen.«

Er zahlte das Zimmer bar im Voraus.

Das Zimmer war eingerichtet wie eine Million anderer Hotelzimmer auch. An der Wand hing ein Bild vom Dom. Auf dem Nachttisch wartete das *Neue Testament.* Er nahm den Stuhl vom kleinen Schreibtisch und stellte ihn ans Fenster. Er justierte das Fernglas. Hier hatte er den perfekten Platz.

André gewöhnte sich schnell ans Fernglas. Er stützte die Ellbogen auf die Oberschenkel und beobachtete Passanten. Nach einer guten halben Stunde sah er Josua. Er trug Jeans, Hemd, Lederjacke. Josua ging scheinbar ziellos umher. André beobachtete, was sonst auf dem Platz geschah, ohne Josua ganz aus dem Blick zu verlieren. Eine Weile verfolgte er mit dem Glas einen Mann, der vom Dom herkam und sich vors Museum stellte. Der zückte ein Handy und steckte es nach kaum einer Minute wieder ein. Von der anderen Seite kamen eine Frau und ein Mädchen. Sie steuerten ihn an, blieben kurz bei ihm stehen, redeten und gingen zu dritt in Richtung Dom. Verschwanden hinter dem Museum.

Josua lehnte sich eine Weile an die zylindrische Säule vorm Museum. Er spielte die Rolle als unschlüssiger Tourist nicht schlecht. Er hätte sich auch eine Kamera umhängen sollen, dachte André.

Vielleicht war Josua allein gekommen. Wenn Frenzen André nicht hereingelegt hatte, musste Josua nichts befürchten. Wenn er am Eingang des Museums stand, konnte er gut beobachten, wer kam. Eine gute Wahl des Treffpunkts. Josua war ein Profi.

André spähte jeden sichtbaren Winkel des Platzes aus. Touristen in Mengen, aber niemand, der ihm auffiel. Manchen Männern folgte er eine Weile, bis sich ihre Harmlosigkeit erwies. Josua hatte sich inzwischen entschieden. Er lehnte mit dem Rücken an der Stele mit Blick zum Museumseingang. Vom Hotel aus war er nicht mehr zu sehen.

Es war 13 Uhr 37. Er ging hinunter.

André blickte durch die Glastür nach draußen, nickte dem Empfangschef zu und verließ das Hotel. Josua war nicht zu sehen. André lief schnellen Schritts auf die Säule zu. Als er sie erreicht hatte, lehnte er sich an sie. Dann wendete er sich um die Säule, den Rücken am Beton, die Hand an der Glock. Als er die Museumsseite erreicht hatte, war Josua weg.

Etwas Hartes stieß André in den Rücken.

VII.

Die Frau stöhnte vor Schmerz. Sie lag auf dem Rücken und verströmte den Geruch des Alters. Sie öffnete den Mund und zeigte gelb-schwarze Zähne. Sie lallte und zeigte auf den Tisch. Yussuf goss aus einer Karaffe Wasser in das Glas und reichte es ihr. Sie umklammerte es mit zwei Händen. Dürre Finger mit geschwollenen Gelenken. Sie schluckte. Es tropfte auf die Decke. Yussuf schaute auf die Uhr und murmelte einen Fluch. Als er gerade das Handy zückte, hörte er es klacken. Das Schloss der Wohnungstür. Endlich.

»Tut mir leid«, hörte er es aus der Diele.

»Ich muss zum Dienst«, sagte Yussuf.

Eine Frau betrat das Zimmer. Sie ging zum Fenster und öffnete es. »Du weißt doch, ich hatte einen Termin bei der Arbeitsagentur. Die haben mich warten lassen. Aber anzubieten haben sie nichts. Außer Hartz IV.«

»Mama, das wird schon.«

»Sagst du immer. Aber nichts wird.«

Die frische Luft tat gut. Die Großmutter in ihrem Bett lächelte. Sie sagte etwas auf Türkisch. Aber das verstand Yussuf kaum. Seine Mutter hatte nur Deutsch mit ihm gesprochen. Und er lernte es, sie dafür zu bewundern. Seinen Vater hatte Yussuf nur schemenhaft in Erinnerung. Ein großer Mann, kräftig, mit einem schwarzen Bart und strengen Augen. Aber vielleicht war das eine Täuschung, stellte sich sein Hirn den Vater aus den Erzählungen vor. Genau dagegen entsann er sich dieses Tages, als seine Mutter aufschrie und dann nicht mehr aufhörte zu weinen. Sie brach zusammen. Die Großmutter rettete sie alle. Sie nahm das Heft in die Hand. Versorgte Yussuf und seine kleine Schwester Dilek.

Der Vater kam nicht wieder. Später erfuhr Yussuf von dem Betriebsunfall in der Gießerei. Glühendes Metall. Das reichte ihm. Er wollte es sich nicht vorstellen.

Als die Mutter wieder das Regiment übernahm, war sie strenger, als der Vater es je gewesen war. Sie erzog ihre Kinder, als ginge es darum, deren Leben zu retten. Aber es stimmte auch. Als Einwandererkind musste man besser sein als die Einheimischen. Und sie waren besser. Yussuf sowieso. Der blonde Türke. Und seine Schwester stand gerade vor dem Abschluss ihres Studiums in den USA. Sie war zierlich und schön und hatte eine ungeheure Begabung für Sprachen. Sie flogen ihr zu. Yussuf liebte sie, aber sie lebte in einer anderen Welt. Und sie verstand nicht, warum er seine Talente bei der Polizei verschwendete.

Als Yussuf das Büro betrat, saßen de Bodt und Salinger an ihren Schreibtischen und lasen. Engel schoss durch die andere Tür, ein Blatt in der Hand. Sie legte es auf de Bodts Schreibtisch. Er las es, während Yussuf sich auf seinen Stuhl setzte und einen Blick auf den Aktenstapel vor seinen Augen warf.

De Bodt kratzte sich am Hals.

»Was ist, Chef?«, fragte Yussuf.

»Ein Messer auf Reisen.«

»Wie bitte?« Salinger starrte ihn an.

»Das Messer, mit dem in Lübeck einer erstochen wurde, steckte in einem Mann im Zug nach Kopenhagen. Lag auf der Toilette. Das BKA vermutet aufgrund erster Untersuchungen, dass es sich um die Lübecker Tatwaffe handeln könnte.«

»Wenn das stimmt …«, sagte Salinger und verstummte.

»Also, es gibt nicht nur die Blutspuren des Zugopfers, sondern auch ältere Blutspuren. Die passen auf den ersten Blick zu der Leiche in Lübeck«, sagte de Bodt. »Eine genaue Untersuchung folgt.«

»Das heißt, der Täter ist im Zug Richtung Dänemark gefahren«, sagte Salinger.

»Klar«, sagte Yussuf. »Außer er ist rein, hat den Mann erstochen und ist wieder ausgestiegen.«

Schweigen.

Dann sagte Salinger: »Sehr ausgetüftelt.«

De Bodt runzelte die Stirn. »Wir brauchen ein Profil von dem Mann.«

»Aha«, sagte Salinger. »Und wer macht das?«

»Wir«, erwiderte Yussuf.

Salinger grinste, dann wurde sie ernst. »Gut, versuchen wir's.«

»Was sind die Eigenschaften dieses Manns?«, fragte Yussuf.

»Erstens, er ist keine Frau«, sagte Salinger trocken.

»Damit scheiden schon mal gut fünfzig Prozent der Menschheit aus«, erwiderte Yussuf genauso trocken. »Bleiben so etwa 3,5 Milliarden.«

»Die Leichen stammen aus Europa oder den USA«, sagte Salinger.

»Sicher?«

»Ziemlich. Wir müssen bei unserem sagenhaften Profil sowieso raten. Asiaten gab's nicht, Schwarze gab's nicht. Azteken, Inkas, sonstige Indianer, Eskimos und Mexikaner auch nicht. Und sie trugen westliche Klamotten.«

»Wie viele Amis, Europäer und Russen und so was gibt es?«

Sie blickten sich an.

»Siebenhundert Millionen Europäer«, sagte de Bodt. »Dreihundertvierzehn Millionen US-Bürger, fünfunddreißig Millionen Kanadier, einhundertdreiundvierzig Millionen Russen. Den Rest runden wir drauf.«

»Sagen wir 1,3 Milliarden«, erklärte Yussuf, nachdem er seine Verblüffung verdaut hatte.

»Reicht fast für ein Phantombild«, sagte Salinger.

De Bodt spielte das Spiel mit. Das war keine Zeitverschwendung. So bauten sie Frust ab. Das machte den Kopf frei für neue Ideen. »Lassen Sie uns über die Leichen reden. Was verraten sie über den Täter?«

»Profi«, sagte Yussuf.

»Wenn unsere Annahme stimmt, dass er die Kumpel von der BBC-Sache erledigt hat, dann ist er ein verdammt guter Profi.«

»Was könnte den Streit ausgelöst haben?«, fragte de Bodt.

»Geld«, sagte Salinger.

De Bodt nickte.

»Ein Putsch in der Truppe«, erklärte Yussuf.

De Bodt nickte wieder. »Aber überlegen Sie mal genauer. Die ziehen ein Unternehmen mit maximalem Erfolg durch. Es gelingt ihnen die Flucht. Sie tauchen ab. In so einer Lage gibt es keinen Putsch. Der Anführer ist doch der Held.«

Yussuf fuhr sich mit der Hand durch die Haare. »Stimmt.«

»Was noch?«, fragte de Bodt.

Salinger und Yussuf blickten ihn erwartungsvoll an.

»Es gibt noch eine Möglichkeit«, sagte der Chef.

»Verrat«, erklärte Yussuf.

»Genau«, kommentierte de Bodt.

»Geld hatten wir schon«, sagte Salinger.

»Geld oder Verrat«, erklärte de Bodt. »Alle anderen Möglichkeiten schließen wir jetzt aus. Frau im Spiel & Co. Das wär Kino.«

»Bei Verrat würde der Verräter getötet«, sagte Salinger.

»Oder der Verräter wehrt sich …«, widersprach Yussuf.

»Das würde unterstellen, dass eine Profikillertruppe unfähig wäre, einen einzigen Mann auszuschalten. Die Leute, die dieses Verbrechen begangen haben, sind aber nicht unfähig.« De Bodt blickte Salinger an. Sie erwiderte den Blick, dann schlug sie die Augen nieder. Sie rieb ihre Finger. Dann sah sie ihn wieder an. Er las einen Hauch von Wehmut in ihren Augen. Oder wollte er ihn lesen?

»Wir haben bisher keinen von denen identifiziert«, sagte de Bodt. »Das ist ein wichtiges Indiz.«

»Genau«, sagte Yussuf bedächtig. »Das sind Söldner. Die haben bisher in Deutschland nichts ausgefressen, vielleicht nicht mal in Europa.«

Salinger klopfte auf den Tisch. »So muss es sein. Das sind keine Soldaten. Zumal es Leute aus einer Elitetruppe sein müssten …«

»Und wenn ein Geheimdienst die geschickt hat?«, fragte Yussuf. »CIA, FSB, die Chinesen …«

»Die wären verrückt«, sagte Salinger. »Und warum sollte ein Geheimdienst …?« Sie stockte. »Yussuf, wissen wir eigentlich so ganz genau, was die BBC produziert?«

Er lief rosa an. »Scheiße. Bis morgen wissen wir es.« Er notierte sich etwas.

»Nein«, sagte de Bodt. »Wir gehen vom Naheliegenden aus. Und wenn uns in der Produktpalette von denen was auffällt, beschäftigen wir uns damit. Weiter mit dem Profil.«

Yussuf und Salinger wechselten einen Blick.

»Unser Mann ist kein Verräter. Er ist ein Profikiller. Er ist oder war ein Söldner oder hat eine Ausbildung in einer Eliteeinheit absolviert. Er ist mit den anderen aneinandergeraten, nachdem sie die BBC überfallen haben«, sagte de Bodt.

»Wir können nicht mal beweisen, dass die das waren«, erwiderte Salinger.

»Doch, wir werden feststellen, dass die Waffe unseres Manns beim Überfall benutzt wurde. Das BKA schickt das heute noch. Haben die versprochen.«

»Ach«, sagte Salinger. »Sie kennen da bestimmt jemanden. Ihren Mann beim BKA.«

»Meine Frau beim BKA«, sagte de Bodt.

Salinger guckte ihn an, dann grinste sie leise.

»Gehen wir also davon aus«, sagte de Bodt.

Yussuf hackte auf seine Tastatur ein. Dann nahm er eine Mappe mit Bildern. Die Fotos der Leichen.

»Wenn es Söldner sind, dann sollten wir die einschlägigen Veröffentlichungen nach Bildern durchsuchen«, sagte de Bodt. »Und wenn wir dort nicht fündig werden, dann müssen wir herausfinden, ob es irgendwo Treffpunkte von Söldnern gibt. Und denen halten wir die Bilder vor die Nase.« Er zeigte auf Yussuf. »Sie hatten die Idee gleichzeitig. Stimmt's?«

Yussuf nickte heftig und hackte weiter. In den Pausen schob er die Maus über den Tisch. Seine Augen flitzten hin und her zwischen Monitor und Fotos.

»Vielleicht kommen die von der Fremdenlegion«, sagte Salinger. »Aber raten bringt nichts.«

»Zurück zum Profil. Und dann gucken wir uns das Motiv genauer an.« De Bodt erhob sich und ging zu Yussufs Platz. Er beobachtete, was der tat. Yussuf hatte eine ausgetüftelte Suchabfrage gestartet, mit Operatoren, welche die Suche auf die Zielgruppe eingrenzten.

Es klopfte an der Tür, und gleichzeitig öffnete sie sich. Zwei Frauen, ein Mann.

De Bodt erstarrte, dann ging er auf sie zu.

»Wenn du dich nicht meldest, dann kommen wir eben zu dir«, sagte der Mann. Er war gegen die Siebzig, sah aber fit aus. Auf dem weißen Haar saß ein Hut. Salinger entdeckte gleich die Ähnlichkeit mit de Bodt.

»Meine Frau, meine Eltern«, sagte de Bodt zu seinen Kollegen.

»Guten Tag«, sagte Salinger.

Yussuf blickte kurz auf, nickte und bearbeitete weiter seinen Computer.

»Kommt, wir gehen irgendwohin«, sagte de Bodt und trat hinaus auf den Flur. Der Vater blickte sich noch kurz um im Büro und verzog die Miene. Die Mutter folgte ihm hinaus. De Bodts Frau warf einen Blick auf Salinger, dann verließ auch sie das Büro.

»Wie kommt's?«, fragte de Bodt.

Weber kam ihnen im Eilschritt entgegen. »Herr de Bodt, gibt es … oh, Entschuldigung …« Er blieb stehen.

»Meine Frau, meine Eltern … Kriminalrat Weber, mein Chef«, sagte de Bodt.

Weber gab den Gästen die Hand. »Wir müssen uns nachher sprechen. Der Bericht. Sie wissen …«

De Bodt blickte auf die Uhr. »Sind Sie gegen zwanzig Uhr zu sprechen?«

Weber blickte grimmig. »Selbstverständlich. Polizisten sind immer im Dienst. Auf Wiedersehen.« Er zog ab.

Elvira seufzte. »Und hier fühlst du dich wohl?«

»Darüber möchte ich jetzt nicht reden. Das hatten wir doch schon.«

»Aber Elvira hat recht«, sagte Heinrich de Bodt. »Nicht wahr, Anna?«

»Ja, Heinrich.«

De Bodt fragte sich, ob sie jemals »Nein, Heinrich« gesagt hatte. Währenddessen führte er sie zum Ausgang.

Im *Café Luftbrücke* setzten sie sich an den einzigen freien Tisch.

»Du freust dich gar nicht«, sagte Elvira.

Die Kellnerin kam, sie bestellten. Seine Eltern taten es mit der Unentschlossenheit von Menschen, die nicht einmal ahnten, was Eile und Druck bedeuteten.

»Ich bin verdattert«, sagte de Bodt. »Warum habt ihr euch nicht angemeldet?«

»Du gehst doch nicht ran. Du rufst nicht zurück …«, sagte Elvira. Sie war eingeschnappt. Das war sie gern.

»Wie geht's den Mädchen?«, fragte de Bodt.

»Schön, dass du dich an sie erinnerst.«

»Ich habe den schwersten und wichtigsten Fall der deutschen Kriminalgeschichte zu lösen. Ich nehme an, dass du hin und wieder in die Zeitung schaust oder die *Tagesschau* siehst.«

»Das wäre doch auch so, wenn du einen Taschendieb kriegen müsstest«, sagte sie.

Die Mutter nickte. »So war er immer. Hat sich nur um sich gekümmert. Von uns hat er das nicht. Das waren *diese Leute* an der Universität …«

De Bodt kannte diesen in sich widersprüchlichen Tenor seit Jahren. Es nervte nur. Er hatte schon kurz davorgestanden, sie alle zum Teufel zu schicken. Sie, die immer wieder ihre Ansprüche an ihn anmeldeten. Die nie hinnehmen würden, dass er Polizist geworden war. Gerade weil er der vorbestimmten Bahn nicht folgen wollte. Auch wenn er sich in mancher Nacht eingestand, dass seine Alternative nicht besser war. Eher schlechter. Aber er hatte sich so entschieden. Und er hasste es, wenn sie an ihm zerrten, damit er tat, was sie für angemessen hielten. Der Beruf des Kriminalbeamten gehörte nicht dazu. Elvira stimmte gern ein in das Gemäkel, obwohl sie ihn als Polizisten kennengelernt hatte. Aber ihr gefiel die Vorstellung, dass aus ihm doch etwas Besonderes werden könnte. Damit sie bei ihren Freunden damit prahlen konnte, den Kleingaleristen und Möchtegernkünstlerinnen im Schanzenviertel, die sich von ihren treulosen Gatten sponsern ließen.

»Die pimpern die Sekretärin und zahlen Entschädigung«, hatte de Bodt einmal gesagt, als er noch in Hamburg lebte.

»Gossensprache«, hatte Elvira gekeift. »Da siehst du, zu was dich dieser *Beruf* macht.«

De Bodt überlegte, ob sie das Profil noch schärfer zeichnen konnten. Ein Söldner oder Elitesoldat. Sie alle waren Experten gewesen. Im Töten. Was verband sie, was war der Zusammenhang zwischen ihnen?

»Er ist ganz woanders«, sagte Elvira. »Typisch.«

»Wie geht es den Kindern?«

Sie blickte ihn erstaunt an. »Das hast du gerade schon gefragt. Das interessiert dich wirklich?«

Er mühte sich, ruhig zu bleiben. »Wenn ich nicht gefragt hätte, wäre es auch falsch gewesen.«

Sie nickte. »Aber ehrlicher.«

De Bodt erhob sich. »Ich muss jetzt zurück zur Arbeit. Wenn ihr mal was anderes von mir wollt, als mich zu beschimpfen, sagt bitte Bescheid.«

Er ging. Auf dem Weg zum Präsidium zählte er alle Fehler auf, die er in seinem Leben begangen hatte. Zur Polizei zu gehen. Doch genauso falsch wäre es gewesen, dem Vater zu folgen. Elvira zu heiraten. Er hatte sich blenden lassen durch ihre Schönheit und ihren Witz. Letzteren hatte sie so restlos verloren, als hätte sie nie einen gehabt.

Sie hatte die Kinder in einer Gnadenlosigkeit an sich gebunden, dass er sich fast wie ein Fremder vorkam, wenn er zu Hause war. Es galt nur, was Mama sagte.

Er war ein Fremder zu Hause.

Und dann hatte sie das Gemäkel der Eltern übernommen. Dass aus ihm was Besseres hätte werden müssen.

Und doch würde er bei ihr bleiben. Er hätte alles vorher wissen müssen. Also war er verantwortlich.

»*Zum Anker*«, sagte Yussuf, als de Bodt das Büro betrat. »Dort treffen sich Söldner und sonstige Freunde des gepflegten Umbringens.«

»Haben Sie Fotos von solchen Leuten?«

»Ja, aber keines passt zu unseren Kandidaten.«

Salinger wühlte in Papier. »Wir haben jetzt eine Aufstellung der Produktpalette«, sagte sie.

»Stammt woher?«

»Von der BBC. Broschüre für die Aktionäre. Informationspflicht nach Aktienrecht. Muss vollständig sein.«

»Und was steht drin?«

»Gemischtwarenladen. Stellen Grundsubstanzen für Reinigungsmittel her. Farben. Industrieprodukte. Eine Fabrik produziert sogar Reifen. Kosmetika. Haarwaschmittel. Auch No-Name-Produkte für Discounter. Kleine Pharmaziesparte …«

»Weshalb sie die Italiener kaufen wollen«, warf Yussuf ein.

De Bodt hob den Zeigefinger. »Noch was Wichtiges, Frau Kollegin?«

Sie blickte ihn an, dann schüttelte sie den Kopf.

»Wir hören uns die Aufnahme von Wels' Vernehmung noch mal an.«

»Sie kannten die Angebote der Konkurrenz und wussten, was die ChemLombardia-Eigner wollten?«, hörte de Bodt sich fragen.

Wels zögerte. »Ja.«

»Woher?«

»Wir haben jemanden …«

»Bestochen?«, fragte Salinger.

»Wir haben Informationen bekommen. Das war wichtig.«

»Sie hatten jemanden im Vorstand von denen sitzen. Und der hat Ihnen die Informationen nicht geschenkt.« Man hörte der Stimme an, dass Salinger genervt war.

»Ja.«

»Wen?«

Schweigen.

»Wen?«

»Die Sekretärin eines Vorstandsmitglieds. Des Finanzchefs.«

»Und wie sind Sie an die gekommen?«

»Weiß ich nicht.«

»Sie lügen«, schnauzte Salinger.

»Holter …«

»Ihr Forschungschef …«

»Ja. Der hatte was mit der. Der ist ein paarmal nach Mailand gereist, um herausfinden, was die in der Pipeline haben. Genauso wichtig wie die Produktion ist, was ein Unternehmen plant. Die Konkurrenz ist knallhart. Man kann heute der King sein …«

»Und ist morgen der Bettler«, unterbrach Salinger. »Ersparen Sie uns solche Sprüche.«

»Und Signora X hat Holter verraten, was die Konkurrenten zahlen wollten?«, sagte de Bodt.

»Ja«, sagte Wels.

»Und sie hat auch verraten, wie der Vorstand die Angebote bewertet hat? Es geht ja nicht nur um Geld bei so was«, sagte de Bodt.

»Ja«, antwortete Wels gequält.

»Wenn das rauskommt, kriegen Sie Ärger. Nicht zuletzt mit der Börsenaufsicht«, sagte de Bodt.

»Ich habe damit nichts zu tun.«

»Sie haben den Sekretär eines EU-Kommissars geschmiert, aber damit haben Sie nichts zu tun?«, fragte Salinger.

Schweigen.

De Bodt stoppte die Wiedergabe.

»Die haben Konkurrenten ausmanövriert. Aber das wissen die nicht, die da den Kürzeren gezogen haben. Kein Großkonzern startet einen Rachefeldzug, wenn er verliert«, sagte de Bodt. »So dumm kann man nicht sein.«

Salinger lehnte sich zurück. »Aber vielleicht ist in diesen Verhandlungen irgendwas passiert. Und die Sache ist aus dem Ruder gelaufen.«

»Wels hat dazu nichts gesagt«, erwiderte de Bodt.

Die Tür wurde aufgestoßen. Weber. Außer Atem. »Kommen Sie bitte in mein Büro.«

Warum ruft er nicht an? Warum schickt er nicht einen Laufburschen? De Bodt erhob sich und verließ das Büro. In der Tür wandte er sich um: »Herr Yussuf, wenn ich wiederkomme, besuchen wir die Söldner.«

Salinger kniff die Augen zusammen.

In Webers Büro saß ein Mann. Als die beiden Polizisten eintraten, erhob er sich. Er hatte ein markantes Gesicht und roch nach Zigarre oder Zigarillo.

»Das ist Herr Kammann vom Bundeskanzleramt. Er will wissen, was die Ermittlungen bisher ergeben haben.«

Weber deutete auf die Sitzecke und warf Kammann einen Blick zu.

Die kennen sich, dachte de Bodt.

Als sie saßen, fragte er: »Darf ich wissen, in welcher Abteilung des Kanzleramts Sie tätig sind?«

»Eins. Innen- und Rechtspolitik«, sagte Kammann. »Bekanntlich ist die Polizei Ländersache.«

»Sieht man ab vom BKA«, entgegnete de Bodt. »Sie müssen das doch wissen: Warum hat das BKA den Fall nicht längst übernommen?«

»Sie sind der erste Kriminalbeamte, der einen Fall gern abgibt«, sagte Kammann in einem Ton, der bedeutete: Lasst uns endlich zur Sache kommen.

»Warum übernimmt das BKA nicht?«

»Weil wir keinen Hinweis auf einen terroristischen Hintergrund haben.« Das klang schon unwirsch.

»Der Fall ist offensichtlich länderübergreifend«, erwiderte de Bodt ungerührt.

Weber schickte einen strafenden Blick. »Also, der Stand der Ermittlungen«, sagte er.

»Ich dachte, ich soll heute Abend berichten. Wir verfolgen gerade eine neue Spur.«

»Berichten Sie jetzt«, sagte Kammann.

»Polizei ist Ländersache«, erwiderte de Bodt.

Weber lief rot an. »Ich weise Sie hiermit an, mir zu berichten.«

De Bodt lächelte. »Wir haben nichts.«

»Und Ihre Spur?« Weber stand kurz davor zu platzen.

»Führt wohl ins Nirwana.«

»Um was geht es?«, fragte Kammann.

De Bodt reagierte nicht.

»Die Spur, Herr Hauptkommissar«, sagte Weber.

»Ich muss sichergehen können, dass nichts aus dem Haus kommt«, sagte de Bodt mit einem Blick auf Kammann.

Weber und Kammann wechselten einen Blick.

»Das kann ich zusagen«, sagte Weber.

Kammann nickte.

»Es geht vielleicht … ich betone, vielleicht … um eine Racheaktion.«

Weber und Kammann starrten ihn an.

»Wir prüfen gerade, ob eines der Opfer in irgendeine Geschichte verwickelt war. Das ist extrem aufwendig. Die These ist: Die Täter haben nur einen ausschalten wollen. Und die beste Tarnung ist, das Opfer unkenntlich zu machen, indem man möglichst viele andere mit umbringt.«

»Und Köhler?«, fragte Weber entgeistert.

»Das ist ein wichtiger Ansatzpunkt. Die Spusi prüft alles, was wir dort gefunden haben. Kann doch sein, dass der Plan nicht aufging, weil Köhler an der Vorstandssitzung wider Erwarten nicht teilgenommen hat. Also mussten sie ihn zu Hause ermorden. Oder es ist ein geschickter Schachzug, um genau diesen Eindruck zu erwecken.«

Kammann blickte ihn streng an. »Und die Morde in Lübeck?«

De Bodt schwieg.

Weber wiederholte die Frage.

»Da haben die Killer sich in die Haare gekriegt«, sagte de Bodt trocken.

»Und was wissen wir über die Mörder, die lebenden und die toten?«

»Nichts.«

Weber schüttelte den Kopf. »Sie haben keine Idee dazu?«

»Doch. Aber nicht mehr. Es hat keinen Sinn, zu spekulieren.«

»Wir haben nichts über die? Über keinen einzigen von denen?«

»Gar nichts.«

»Sind die Personalien überprüft?«

»Die haben keine.«

»Fingerabdrücke?«

»Nicht registriert.«

»DNA?«

»Bisher keine DNS-Spuren.« Er betonte das »S«. »Das Labor arbeitet Tag und Nacht. Die Kollegen in Lübeck haben uns Proben geschickt. Die haben auch nichts.«

»Und Sie meinen ernsthaft, dass das Motiv …?«

»Kann sein, muss nicht.«

Weber und Kammann wechselten einen Blick.

»Was hat das Kanzleramt mit dem Fall zu tun?«, fragte de Bodt.

»Die Bundeskanzlerin ist beunruhigt«, sagte Kammann. »Sie fragt sich natürlich, ob da noch so etwas passiert.«

»Also doch Terrorismus«, sagte de Bodt.

»Eine neue Form der Kriminalität«, widersprach Kammann.

De Bodt musterte ihn schon die ganze Zeit. Wenn das ein Ministerialbeamter ist, dann bin ich Cowboy.

»Aber die fällt doch ins Innenressort«, sagte de Bodt.

»Gewiss. Der Bundesinnenminister ist auch beunruhigt.«

»Na, dann sind wir ja alle beunruhigt. Darf ich jetzt die Ermittlungen weiterführen?«

In diesem Augenblick betrat der Oberstaatsanwalt das Büro. »Sie gestatten?« Er stellte sich an den Tisch und blickte de Bodt an.

»Herr Hauptkommissar, ich erwarte Ihren Bericht.«

»Es gibt nichts zu berichten, Herr Oberstaatsanwalt.«

Als er das Büro verlassen hatte, vernahm er noch ein »Unerhört!« des Oberstaatsanwalts.

De Bodt ging nicht gleich zurück ins Büro. In der Nähe von dessen Tür stellte er sich an ein Fenster und blickte hinaus.

Er hörte die Tür klacken. Dann standen Salinger und Yussuf neben ihm.

»Man könnte sich vorstellen, wie ein Flugzeug startet und im Himmel verschwindet. Und ich säße drin«, sagte Salinger.

»Du hast Sorgen.« Yussuf lachte leise.

Schritte. Der Kriminalrat, der Oberstaatsanwalt und Kammann unterhielten sich angeregt, während sie den Gang hinunterliefen. Sie passierten de Bodt und seine Kollegen. Kammann musterte sie, sagte aber kein Wort. Die anderen schienen ihre Untergebenen gar nicht wahrzunehmen.

Als sie verschwunden waren, fragte Yussuf: »Wer war dieser Typ?«

»Ein Herr Kammann. Vom Bundeskanzleramt. Sagte er.«

Die Kneipe lag im Wedding, nahe dem Leopoldplatz. Ein Schild mit einem Anker zierte den Eingang. Drinnen stank es nach Tabakrauch. Heavy Metal. Hinterm Tresen stand ein Hüne mit fettigen schwarzen Haaren, die ihm bis auf die Schultern reichten. Er trug eine schwarze Lederweste. Vor ihm saßen drei Männer in Kampfanzugjacken. In der Mitte einer mit leuchtend roten Borstenhaaren. Rechts eine Kapuze, links eine Mönchsglatze.

An der Wand stand eine Musikbox. De Bodt trat heran und zog den Stecker. Jaulend erstarb *Ace of Spades.*

Vier Gesichter fixierten die beiden Polizisten. Die Kapuze war schon halb vom Schemel gesprungen. De Bodt zeigte mit ausgestrecktem Arm seinen Dienstausweis. Yussuf tat es ihm nach.

Die Kapuze erstarrte. Die anderen am Tresen zeigten Widerwillen. Der Wirt glotzte sie ausdruckslos an.

»Guten Abend, die Herren«, sagte de Bodt und stellte sich ans Ende des Tresens. An der Wand gegenüber der Musikbox hing ein Werbeplakat von Heckler & Koch für das Gewehr G36.

»Spielzeug«, sagte de Bodt und zeigte darauf.

Der Rotschopf grinste. Die anderen stierten de Bodt an.

Yussuf legte die Fotos der Leichen auf den Tresen. Die vier Männer blickten kurz hin, dann auf de Bodt.

»Schauen Sie genau hin. Das sind … Kameraden von Ihnen. Tot. Wir suchen den, der sie umgebracht hat.«

Die drei am Tresen wendeten ihre Köpfe zu ihm. Dann begann der Rotschopf die Bilder anzusehen.

»Wer war's?«, fragte die Kapuze

»Wissen wir nicht. Wenn wir die Leichen identifizieren, kriegen wir's vielleicht raus.« De Bodt stellte sich neben den Wirt. Der stank nach abgestandenem Bier und kaltem Rauch.

Schweigend beguckten die beiden anderen Typen die Fotos. Sie schoben sie über den Tresen.

»Wer von Ihnen ist aktiv?«, fragte de Bodt.

Der Rotschopf grinste ihn an.

»Und? Jemanden erkannt?«

De Bodt schob dem Wirt die Fotos zu.

Der betrachtete eines nach dem anderen, ohne eine Regung zu zeigen.

Die drei Typen schüttelten die Köpfe.

De Bodt las in den Augen des Kapuzenmanns Verwirrung. »Ist ein Ding. Da werden die Kameraden gleich serienweise umgebracht.«

Keine Antwort.

Der Wirt schob de Bodt den Bilderstapel zu.

Der Hauptkommissar legte vier Visitenkarten auf den Tisch. »Ich möchte, dass Sie die jetzt einstecken«, befahl er.

Die vier Männer regten sich nicht.

»Die Bilder können Sie behalten«, sagte de Bodt. »Und wenn Ihnen noch was einfällt …«

Zurück im Präsidium, klingelte das Telefon. »Hier Ruoff«, sagte die Stimme.

»Der Wirt«, erwiderte de Bodt. »Gut, dass Sie anrufen.«

»Fahren Sie zum Potsdamer Platz, vor der Giraffe. Sie kommen allein.«

Die Giraffe reckte ihren blau-weiß bemützten Kopf vor dem Sony-Center in die Höhe. De Bodt stellte sich an die Vorderbeine. Der Beton war kalt. Ein Windstoß trieb Staub über die Straße. Touristen drängten sich in Horden über den Bürgersteig. Sie knipsten sich pausenlos. Bilder, die sagten: Guck, da bin ich gewesen.

Ruoff kam aus dem Sony-Center. Offenbar hatte er die Lage gepeilt.

»Wir gehen hier rein«, sagte er und zeigte zum Innenhof mit Kneipen und Licht. Wie auf einem fernen Planeten. Stahl, Glas, Beton, Lampen.

Sie setzten sich vor ein Café.

Der Wirt zog zwei Fotos aus der Tasche. Die Leiche aus dem Hotelkeller und der Erstochene. Tippte auf die Kellerleiche. »Mit dem war ich in der Legion. Wir sind beide abgehauen. Mit dem war ich im Irak.« Tippte auf das Bild des Erstochenen. »Ist beides eine

Weile her. Waren viel jünger als ich. Ich kann nicht mehr«, sagte er. »Mich hat es zweimal erwischt. Beim letzten Mal hätten die mich fast fertiggemacht. Dass nicht, verdanke ich dem.« Ein Blick zur Kellerleiche.

»Wie heißt er?«

»Fred«, sagte Ruoff.

»Fred wie?«

»Irgendwas mit ›kamp‹.«

»Hamburg? Klingt so.«

»Ja. War ein echter Fischkopf. Guter Mann. Wer den getötet hat, der muss richtig gut sein. Wer hat ihn erstochen?« Ein Blick zum Foto mit der Messerleiche.

»Derselbe.«

Ruoff pfiff leise.

»Wie heißt der?«

»Ingo.«

»Kein Nachname, nichts?«

»Wir haben die nicht kontrolliert. Die meisten trugen ohnehin falsche Namen. Kriegsnamen, wenn Sie wollen.«

»Sie erinnern sich nicht?«

»Nein.«

»Aber wenigstens, woher er kam?«

»Ruhrpott. Essen oder so. Er hat viel über Essen gesprochen.«

»Sie waren mit diesen Leuten zusammen. Haben sie unter Extrembedingungen erlebt. Da erfährt man was. Hatten die Freundinnen, Frauen, sonstige Verwandte?«

Ruoff bestellte beim Kellner einen Filterkaffee ohne alles.

»Haben wir nicht«, sagte der Kellner. »Espresso, Latte macchiato, Cappuccino, Milchkaffee ...«

»Milchkaffee!«, befahl Ruoff.

De Bodt bestellte einen grünen Tee.

»Fred hat mir mal von einer Frau erzählt. In Hamburg. Mit der war er zusammen. Was immer das heißt.«

»Name?«

»Keine Ahnung.« Er überlegte. »Das war eine Blondine, aber eine falsche. Sie verstehen.«

De Bodt nickte. »Sie haben sie mal gesehen?«

»Ein Bild. Fred hat es mit sich rumgetragen. ›Wenn mir was passiert, dann sag ihr Bescheid.‹«

»Wie können Sie ihr Bescheid sagen, wenn Sie nichts von ihr wissen?«

Ruoff nickte. »Die hatte einen Friseursalon. Damals.«

»Adresse?«

»Weiß ich nicht mehr.« Er überlegte. »Nähe Flughafen. Fuhlsbüttler Straße, gibt's die?«

De Bodt nickte. »Also, Wasserstoffblondine. Und sonst?«

Ruoff formte Kurven vor seiner Brust. »Wenn man's mag.«

»Größe?«

Ruoff schüttelte den Kopf.

»Und Sie wissen nicht, wie sie heißt?«

Kopfschütteln.

»Lassen Sie sich Zeit. Was hat Fred über sie gesagt?«

»Was Soldaten so sagen. Muss man nicht glauben.«

Der Kellner brachte die Getränke. Ruoff rümpfte die Nase, als er in die Tasse blickte.

De Bodt zückte sein Handy. »Herr Yussuf, suchen Sie bitte alle Friseursalons in der Fuhlsbüttler Straße in Hamburg heraus und mailen Sie mir die Namen von Eigentümern und/oder Geschäftsführern. Es eilt. Danke!«

Ruoff blickte ihn lächelnd an. »Sie haben es überhaupt eilig. Die BBC-Sache.«

De Bodt überlegte, ob er den Firmennamen gegenüber Ruoff in den Mund genommen hatte. Aber dann begriff er, dass Ruoff nicht blöd war. Ein blöder Söldner ist ein toter Söldner.

»Können Sie sich vorstellen, wer Fred umgebracht hat?«

»Wie gesagt, der muss verdammt gut sein. Und Ingo war auch kein Anfänger.«

»Wir glauben, dass Ingo, Fred und ihr Mörder gemeinsam die BBC-Sache durchgezogen haben.«

»Weiß nicht«, sagte Ruoff.

»Dass es jemanden gab, der Profis angeheuert hat. Und dass dieser jemand einen brauchte, um die Operation zu leiten.«

»Klar, anders geht's nicht.«

»Fällt Ihnen jemand ein?«

»Keine Ahnung.«

»Es muss jemand sein, der Fred und Ingo kannte. Vielleicht auf Umwegen. Oder sie kannten ihn.«

Ruoff nickte. »Ich bin zu lange raus.«

»Sie haben über den Fall gelesen und die Berichte im Fernsehen verfolgt?«

»Ich hab keinen Fernseher. Ich hab ein Radio.«

»Sie haben das verfolgt.«

»Klar. Irgendwo stand, Sie hätten Ihren Chef auflaufen lassen.«

De Bodt zeigte keine Reaktion. »Erkennen Sie eine Handschrift in der Operation?«

»So hätte ich es auch gemacht.«

»Die sind mit einem Kurierfahrzeug gekommen, haben den Nachtportier überwältigt. Die Kameras ausgeschaltet und die Festplatten mitgenommen, dann haben sie den Portier ermordet und sind im Aufzug hochgefahren zum Sitzungsraum. Dort haben sie ein Gemetzel angerichtet. MP7 und Glock 17. Dann haben sie die Leichen zusammengebunden und in der Spree vertäut. Angeordnet in einem Kranz. In der Mitte des Kranzes eine Aktentasche mit einem Gedicht.«

»Ein Gedicht? Welches?«

De Bodt trug vor:

Der Tod ist groß.
Wir sind die Seinen
lachenden Munds.
Wenn wir uns mitten im Leben meinen,
wagt er zu weinen
mitten in uns.

Ruoff blickte ihn erstaunt an. »Ist von Rilke. Hab's unlängst gelesen. In der *Apotheken Umschau.* Hat mir gefallen.«

De Bodt überlegte eine Weile, während Ruoff mit seinem Kaffee schimpfte, ihn aber doch trank. Vielleicht hatte einer der Killer das Gedicht gelesen und sich nur einen bösen Scherz erlaubt. Die Demütigung verschärft. Nach dem Motto: Wir bringen euch nicht nur um, wir machen auch noch unsere Witze darüber. Überhaupt das Arrangement: der Kranz, das Gedicht. Das kostete Zeit. Das erhöhte das Risiko. Sie mussten sich unverschämt sicher gefühlt haben.

»Die Sache mit dem Kranz … Sie haben davon gehört. Das Gedicht … Sagt Ihnen das was?«

»Nein. Höchstens, dass es einen Bezug geben muss zu den Opfern oder zu Leuten, denen sie ein Zeichen schicken wollten. Vielleicht eine Warnung.«

»Sie meinen, die … Garnierung des Mordes soll sagen: Wir sind so gut, so überlegen. Wenn ihr … wer immer das sei … nicht tut, was wer auch immer will …«

»Sie tappen ja echt im Dunkeln.«

»Vollkommen.«

»Aber Ihr Chef hat doch …«

De Bodt winkte ab. Sieh an, ein Söldner, mit dem man reden kann. »Dann haben die sich zerstritten.«

»Oder ein Konkurrent …«

»Nein, das schließe ich aus. Der Tathergang gibt es nicht her. Der Mörder in Lübeck gehörte zur Truppe. Die anderen wollten ihn überraschen.«

»Woher wissen Sie das?«

»Der Mörder hat in einem Hotelzimmer gewohnt.«

»Dann haben Sie doch Ihre Beschreibung!«

»Wenn der Typ an der Rezeption gucken könnte, ja.« Er entsann sich einer Mail der Lübecker Kripo, die wie eine Entschuldigung klang. Yussuf hatte eine Täterbeschreibung angefordert, und die Lübecker erwiderten, der Mann am Empfang sei leider sehschwach. Er schüttelte den Kopf, als könnte er es immer noch nicht glauben. »Also Hotelzimmer. Von dort ist er verschwunden. Hatte im Voraus bezahlt. Bar natürlich. Er verschwand, als zwei Männer im Hotel auftauchten. Ein Zeuge hat auch einen Lieferwagen gesehen und die Männer beschrieben. Die von den Fotos …«

»Schön, von den Leichen haben Sie Bilder, aber …«

»Genau, es soll bloß nicht zu leicht werden für uns. Die Typen, die im Hotel auftauchten, während unser Mann abtauchte, sind diese da.« Er zeigte auf die Fotos. »Unser Mann hat sich im Keller versteckt und den da umgebracht, als er dort auftauchte. Unser Freund hätte es bestimmt vorgezogen, sich eine Weile im Keller zu verkriechen.«

Ruoff nickte und trank mit schmerzverzerrtem Gesicht vom Kaffee.

»Weil er fürchtete, dass der andere den vermissten Kollegen im Keller suchen würde, ist er durchs Fenster raus. In einer Gasse haben sie ihn gestellt. Nach Zeugenaussagen waren es mindestens drei. Unser Freund hat sich hinter einer Tür versteckt und den Typen erstochen, der ihm auf die Pelle rückte. Und zwar so, dass er nicht gleich starb, sondern schrie und die eigenen Leute beschäftigte.«

»Klar«, sagte Ruoff trocken.

»Und dann hat er ein Boot gestohlen, einen Mann aufs Schiff geholt und ihn umgebracht.«

»War wohl ein Neugieriger. Oder einer, der den Diebstahl verhindern wollte. So einer wie dieser Typ bringt niemanden umsonst um. Jede Leiche ist eine Spur.«

»Warum gehen die sich gegenseitig an die Gurgel?«

»Kann sich nur um Geld handeln.«

»Verrat?«

»Unwahrscheinlich. So ein Zeugenschutzprogramm gibt's gar nicht, oder?« Er grinste de Bodt an.

»Eher nicht. Bei Massenmord fallen mir auch nicht so viele Vergünstigungen ein. In dem Fall wäre auch politisch nichts durchzusetzen. Und die Handschrift verrät Ihnen nichts?«

»Doch. Aber nicht den Namen. Der Typ war entweder früher einer von uns. Oder er war Bulle. Spezialeinheit. Einzelkämpfer. So was. Oder ist es noch. Er ist absolute Spitze. Wenn Sie den überhaupt stellen, würde ich die GSG 9 schicken. Und ein paar SEKs dazu.«

»Das baut mich echt auf«, sagte de Bodt.

Ruoff lachte.

Das Handy klingelte. Yussuf war schnell wie immer. »Warten Sie«, sagte de Bodt und tippte aufs Lautsprechersymbol. »Und nur Namen bitte.«

»Aye, aye, Sir. Günter Strohm. Isabel Kleinschmidt. Anna und Egon Günther. Elvira Kohn …«

»Stopp!« Ruoff tippte sich an die Stirn.

Und de Bodt dachte: Die muss jetzt so heißen wie meine Frau.

»Fred hat von Elvira gesprochen.«

VIII.

Lehmann, Leber, Möller, Grohl. Kanzleramt, BND, VS, BKA. Sie hatten sich schweigend Kammanns Bericht über den Ermittlungsstand angehört. Dürftig. Und die Begleitmusik in den Medien. Gewaltig. Als er seinen Chef Möller vorab unterrichtet hatte, rollte der mit den Augen. Das hieß bei ihm: So eine Scheiße.

Es war eine Scheiße.

Nach Kammanns Bericht sagte ein paar Sekunden niemand was. Dann faltete Lehmann die Hände und ließ seine Daumen gegeneinanderklopfen. Er räusperte sich und sagte: »Also, Sie glauben, dieser … wie heißt er noch mal …?«

»De Bodt«, warf Möller ein.

»Dieser Hauptkommissar ist nicht beeinflussbar?«

»Er ist ein arroganter Schnösel.«

»Können wir ihn vom Fall abziehen?«, fragte Lehmann.

BKA-Chef Grohl schüttelte den Kopf. »Dann würde uns die Presse auf den Pelz rücken. Die sind schnell mit Verdächtigungen. Verschwörung und so weiter, Sie kennen das. Wir können dem Mann nichts vorwerfen. Vor allem: Polizei ist Ländersache. Und wir übernehmen es nicht. Weisung von oben. Ganz oben.«

Lehmann nickte.

»Wir übernehmen das«, sagte Möller. Er blickte Kammann an, der neben ihm saß.

»Dann erwarte ich bald Vollzug«, sagte Lehmann.

Und Kammann dachte: Du blöder Hund lässt dich jetzt nach Köln kutschieren. Und dann bringt dir Frau Soundso dein Käffchen. Dann hältst du ein Schwätzchen mit dieser und jenem. Fährst pünktlich nach Hause zu Mutti und lässt dir das Abendbrot servieren. Und wir reißen uns den Arsch auf, während du in der Furzmulde liegst.

Er hörte Wizzy schon im Flur fluchen. Sonst kein Ton. Also lief es gut. Wizzy wusste auch längst, was nun dran war.

Als er die Tür öffnete, flog ihm ein Aktenordner entgegen. Er fing ihn geschickt und schlug ihn auf. Ein Foto von de Bodt, darunter Papiere.

»Und?«, fragte Kammann, während er innerlich grinste.

»Wir sollen den Kerl fertigmachen, oder?« Wizzys Gesicht war rot angelaufen. Ihre schmutzig-blonden Haare standen wirr nach allen Seiten.

»Ja. Und woher weißt du das?«

»Wenn du mich beauftragst, diesen Quatsch zu sammeln …«

Die Wagerer saß an ihrem Tisch und tippte. Sie schien sich nicht für das Theater zu interessieren, das sich vor ihren Augen dem nächsten Akt näherte.

»Aha«, sagte Kammann. Er blätterte. Geburtsurkunde, Zeugnisse, Zulassungsunterlagen von der Hamburger Universität.

»Wizzy, wir brauchen alles über ihn.«

»Alles?«

Er nickte.

»Geht's genauer?«

»Wir suchen nach dem Dreck unterm Fingernagel.«

»Und wenn wir den nicht finden, dann schmieren wir ihm welchen hin, stimmt's?«

Kammann grinste. »Oder Johnny. Wo steckt der eigentlich? Der könnte mal sauber machen.«

Wizzy winkte ab. »Mach's dir selber, Scheißerchen. Johnny ruht sich aus.«

Die Wagerer hob den Kopf. »Da hat wer angerufen. Comenius heißt sie. Polizei Lübeck.«

Wizzy stierte ihn an. Sie schüttelte den Kopf.

Wie sah dieses zwergenhafte Ungeheuer ihm nur immer an, was los war?

»Geh an die Arbeit. Dreck suchen. Tonnenweise, wenn's geht. Vielleicht könntest du dich mal anstrengen. Mit so 'nem Scheiß kommen wir nicht weiter.« Er deutete auf die Akte und setzte sich mit ihr an den Schreibtisch.

Wizzy prügelte auf die Tastatur ein und kommentierte. »Wenn ihr glaubt, euer Witz-VPN könnte mich erschüttern … pah. Passwort? Das soll ein Passwort sein. Komm, Silizium-Egon, zeig denen, was du kannst. Aber nicht heiß laufen … Ah, da kommt was von den Hamburger Kollegen … sind aus dem Schlaf erwacht … wacht auf, Verdammte dieser Erde.« Sie pfiff die Melodie der *Internationale.* »Ach, das Bödtchen, süß … braves Bengelchen …«

»Hat er Schulden?«, fragte Kammann.

»Stör mich nicht …«

»Ist doch eine einfache Frage«, wiederholte Kammann etwas leiser.

»Stöööör mich nicht, du Amateur!«

Nichts konnte sie bremsen am PC.

Die Wagerer sagte: »Nein, hat er nicht. Konten sind ausgeglichen. Keine großen Belastungen. Keine fragwürdigen Überweisungen.«

»Hat er andere Konten?«

»Nein«, sagte die Wagerer in ihrer gleichmütigen Art. »Übrigens, Schröder hat Söldner gecheckt.«

»Wer hat ihm den Auftrag gegeben?«

Die Wagerer blinzelte zu Wizzy.

Die winkte ab, bevor Kammann was fragen konnte.

War ja zu erwarten, dass Wizzy den Laden gleich übernehmen würde. Kammann legte die Füße auf den Schreibtisch und überlegte, was er mit Comenius anstellen sollte. Er fühlte eine Regung zwischen den Beinen.

»Die Killer sind Elitebullen oder Söldner«, rief Wizzy. »Ist doch klar. Schröder hat die sich angeguckt. Bisher ist nichts rausgekommen. Aber Johnny könnte ihm helfen. Bevor er sich langweilt. Der kennt doch solche Typen. Ist ja selbst einer.«

»Und wie hat sich Schröder bei denen vorgestellt?«

»Als Superman ohne Kostüm.«

»Dann ist ja alles gut.«

»Als Bulle natürlich, du Blödmann.«

»Wenn er Pech hat, läuft der den richtigen Bullen übern Weg.«

»Wenn er Pech hat, fällt er von der Brücke. Lass mich jetzt arbeiten.«

Die Wagerer nickte Wizzy zu. »Danke!« Verblüffend. Dann wandte sie sich an Kammann. Der blickte sie fast erschrocken an. Er hatte sich gerade im Geist mit Comenius' Körper beschäftigt.

»Also, de Bodt war während des Studiums für knapp zwei Jahre bei einer linksradikalen Gruppe. Rote Zelle Hamburg. Die Kollegen schreiben, dass der Name nicht umsonst dieselben Initialen hat wie die Revolutionären Zellen. Terroristen.«

»Da gibt's gerade diesen Prozess in Frankfurt«, brüllte Wizzy, ohne den Kopf vom Monitor zu nehmen. »Gegen dieses Terrorpärchen, das sie aus Frankreich rausgeschmissen haben. Nach fünfunddreißig Jahren. Wir haben ja auch sonst nichts zu tun.«

»Wir hängen diesem Bodt die Terrorsache an«, sagte die Wagerer gelassen. »Schon mal nicht schlecht. *Bild* ist sofort dabei. Terrorbulle soll BBC-Mord aufklären. Was verbirgt der Hauptkommissar de Bodt? Ist er der richtige Mann?«

»Sie haben Ihren Beruf verfehlt«, sagte Kammann.

»Was das Gehalt angeht allemal.«

»Wollen Sie das lancieren bei unseren Lieblingsschmierfinken? *Bild*, *Abendzeitung*, *Morgenpost* und so weiter. Sie haben doch Kontakt, oder?«

»Ich kenn jemanden, der …«

»Noch besser. Alle Spuren zu uns verwischen.«

Die Tür öffnete sich, und Wizzy kreischte: »Da kommt ja mein Liebling!«

Höxtra erschien mit Tüten. Er lachte übers ganze Gesicht und packte die Tüten auf den Sitzungstisch. Es roch nach Pizza, Spaghetti, Lasagne.

»Wer kommt noch?«, fragte Kammann.

Höxtra wischte sich über seinen Bürstenkopf. »Wer viel arbeitet, soll auch viel essen.«

Während die anderen aßen, rief Kammann Comenius an.

»Wir haben dir was gefaxt. Das Messer im Zug stammt tatsächlich von dem Typen, der den Mann hier erstochen hat. Wir wissen nicht so recht, was wir damit anfangen sollen. Die Berliner haben sich dazu auch nicht geäußert.« In ihrer Stimme lauerte etwas.

»Ich weiß es auch nicht«, sagte Kammann. Er versuchte, seine Erregung zu beherrschen. Das kann nicht gutgehen. Du stehst ohnehin mit einem Bein im Grab. Aber bevor sie dich umbringen …

»Was ist mit dir?«, fragte sie.

Er verfluchte sich innerlich. »Nichts, nichts.«

»Klar«, sagte sie.

»Vielleicht ist der Mörder tatsächlich nach Dänemark getürmt. Oder nach Finnland, Baltikum, Russland … was weiß ich?«

»Warum bist du so gereizt?«

»Wann sehen wir uns?«

Sie schwieg eine Weile. »Ich weiß nicht …«

»Dann überleg's dir.« Er wünschte sich, dass sie ihn abwies. Und dass sie ihn wollte.

Höxtra saß am Sitzungstisch und vertilgte eine Pizza. Eine zweite steckte zur Hälfte in Wizzys Mund, während sie tippte und den Bildschirm anstarrte, als wollte sie ihn mit Blicken durchlöchern.

Die Wagerer stand in ihrer Knochigkeit neben Kammanns Schreibtisch und legte ein Blatt darauf. »Ein Flugblatt von den Rotzellen. *Erst wenn der kapitalistische Staat zerbrochen ist, dient Bildung dem Volk.*«

»Schön. Wahrscheinlich stimmt's sogar«, sagte Kammann. »Aber sein Name steht bestimmt nicht darunter.«

»Seit wann kommt es auf so was an?« Die Wagerer stelzte zurück zu ihrem Stuhl.

Er nickte und setzte sich. Comenius, warum musste ihm das passieren?

»Hier haben wir ihn«, sagte die Wagerer. »Ein Foto. Kandidat fürs Studentenparlament.«

»Genial.« Kammann klopfte mit der Faust auf den Tisch. »Aber nicht für die Rotz, sondern für eine linke Liste. Auf dem vorletzten Platz von zwounddreißig. Wie langweilig.«

»Und was hast du damals getrieben?«, kreischte Wizzy, während ihre Finger sich jede Sekunde in Rauch aufzulösen drohten.

»Das packen wir zusammen. Ein Linksextremist und Terrorfreund als Bulle. Ist gut. Wenn er's dementiert, sitzt er in der

Scheiße«, sagte die Wagerer. In dem Tonfall hätte sie auch einen Einkaufszettel vorlesen können.

»Okay, machst du was draus?«

Die Wagerer nickte nicht einmal.

Wizzy bearbeitete inzwischen die zweite Pizzahälfte.

»Und hier haben wir einen Dozenten. Der sehr verfassungstreu war. Vielleicht noch ist. Entzückendes Kerlchen. Schwiegermutters Traum. Dr. Ewald … wie kann man nur Ewald heißen … Dr. Ewald Schneider.«

Sie hackte weiter, glotzte eine Weile auf den Schirm, klickte mit der Maus, dann ein kurzer Jodler. »Der wohnt inzwischen in Berlin. TU. Den kaufen wir uns, was, Kammann?«

Kammann setzte sich an den Tisch und begann lustlos, an einem Pizzarand zu kauen. Höxtra saß ihm gegenüber und bearbeitete die zweite, Salami. Kammann dachte an Comenius. Er kriegte sie nicht aus dem Hirn.

Er guckte Höxtra eine Weile beim Essen zu. Der schlang die Pizza in sich hinein, als wäre es seine letzte. Wischte sich mit dem Handrücken den Mund ab. Doch der Typ war beneidenswert schlank. Etwas kleiner als Kammann, aber zäh. Eher die Statur eines Langstreckenläufers. Höxtra hatte ein Pädagogikstudium abgebrochen. Wie kann man so was studieren? Er war vielleicht drei Jahre dabei und hatte sich doch schon einen guten Ruf verschafft. Die Vorgesetzten schätzten ihn. Er ließ sich überallhin schicken, ohne zu murren. Und war beim Beschatten noch nie aufgeflogen.

»Pass auf, Höxtra«, sagte Kammann und legte ein angekautes Pizzastück auf den Teller.

Höxtra deutete mit fragendem Blick darauf.

Kammann winkte ab, und Höxtra aß dessen Rest auf.

»Pass auf«, setzte Kammann erneut an. »Du hängst dich an den Bullen. De Bodt. Ich will alles wissen. Ob er fremdgeht, ob er säuft, ob er Schwulenkneipen besucht, ob er faule Kontakte hat, ob er den Dienst schwänzt, ob er Zocker ist …«

»Sie suchen was, das Sie ihm ans Bein klatschen können«, sagte Höxtra. »Reicht das nicht?« Er zeigte zur Wagerer.

»Je mehr wir haben, desto besser. Wir müssen bestimmt nachlegen. Fangschuss.«

Höxtra grinste fröhlich. »Okay, Boss, bin schon weg.«

Die Wagerer drückte ihm eine Akte in die Hand. Darin Fotos von de Bodt und Informationen zur Person.

Höxtra knallte die Tür hinter sich zu. Sie hörten noch, wie er anfing zu pfeifen. Kammann griff zum Handy und telefonierte.

Dann überlegte er sich, was Schröder trieb. Lange nichts von ihm gehört. War doch falsch, dass er Wizzy nachgegeben hatte. So hatte er den Kerl nicht unter Kontrolle. Und Johnny? Der wartete darauf, losgeschickt zu werden. Sobald er ihn und Schröder auf eine Spur setzen konnte. Zu dritt konnten sie einiges anrichten. Aber das musste noch warten. Jetzt musste er ins Polizeipräsidium.

»Gut, dass Sie mich gleich empfangen konnten, Herr Kriminalrat«, sagte Kammann.

»Das ist doch eine Selbstverständlichkeit.« Die Unterwürfigkeit in Person.

»Wie ist der Stand der Ermittlungen?«

Weber erinnerte sich an den letzten Auftritt des Hauptkommissars, als der dem Kriminalrat weisungsgemäß berichtet hatte. Er brauchte drei Minuten und hatte nichts gesagt.

»Eine dünne Spur führt ins Söldnermilieu. De Bodt und seine Leute haben sich eine Art Profil erarbeitet. Nicht schlecht, muss ich sagen. Überhaupt hat er seine Mitarbeiter binnen kürzester Zeit für sich gewonnen. Keine Ahnung, wie er das macht.«

»Profil? Wie sieht das aus?«

»Sie schließen von den Taten auf die Täter. Das sind Profikiller. Söldner, Leute aus Spezialeinheiten …«

Kammann nickte.

»Klar«, sagte er. Obwohl sie dank Wizzys Zauberei alles in Echtzeit erfuhren, kamen sie bisher nicht weiter als de Bodt und seine Leute. Und Schröder hatte auch nichts Besonderes herausgefunden.

»Die Kollegen in Lübeck und das BKA haben die Spuren ausgewertet. Im Zug von Hamburg nach Kopenhagen wurde ein Mann ermordet. Mit demselben Messer wie ein Opfer in Lübeck.«

Auffällig, dachte Kammann. Sehr auffällig. Sieht wie eine falsche Spur aus. Da war ein Oberschlauer. Oder ein Zufall. Der Typ steigt in den Zug, und einer erkennt ihn. Nur woher?

»Und jetzt sucht die Mordkommission also im Söldnermilieu. Und hat sie was gefunden?«

»Bisher nicht.«

Doch, doch, dachte Kammann. Sie haben eine Spur. Schröder hat mit diesem Kneipenwirt gesprochen. Wie heißt er noch? Alexander Ruoff. Im Wedding. Finstere Type, hat Schröder gesagt. Und schlecht gelaunt, weil ihm schon wieder ein Bulle auf die Pelle rückte. De Bodt verriet seinem Chef nicht alles. Wahrscheinlich hielt er ihn für ein Würstchen. War er auch. Aber ein nützliches Würstchen.

»Dieser de Bodt tanzt uns auf der Nase herum. Ihnen und mir.«

Weber nickte. Er blickte sehr traurig auf seine in eine dunkelgraue Hose gekleideten Knie.

»Ich will mich natürlich nicht in Ihre Angelegenheiten einmischen. Doch verzeihen Sie mir die Frage: Können Sie de Bodt nicht abziehen vom Fall? Ein Grund lässt sich immer finden.«

Weber seufzte. »Das würde ich gern tun. Aber mir sind die Hände gebunden. Der Polizeipräsident hält große Stücke auf den Mann. Glauben Sie mir, ich habe alles versucht.«

»Und was sagt der Präsident? Das Kanzleramt …«

»Ich habe es … angedeutet. Der Präsident sagt, er unterstehe nicht dem Kanzleramt, sondern dem Innensenator. Es sei dem Kanzleramt unbenommen, den Generalbundesanwalt einzuschalten, sofern der Justizminister mitspielt.« Er zuckte mit den Achseln. »Was der aber nicht tut, wie wir wissen.«

»Aber der Innensenator gehört doch derselben Partei an wie die Kanzlerin.« Kammann spielte den Naiven. Weber gefiel es, dem Kollegen etwas erklären zu können.

»Gewiss, aber hier regiert eine Große Koalition. Und den Polizeipräsidenten hat der Innensenator in einem Hauen und Stechen durchgesetzt. Da kann er ihn jetzt nicht entmachten. Wenn das in die Presse kommt, gute Nacht.«

Kammann nickte mindestens so betrübt wie Weber. »Aber wenn

Informationen durchsickern, dass unser lieber Kommissar keine ganz saubere Weste hat …?«

Weber blickte ihn hellwach an. »Um was geht es?«

»Um die rote Vergangenheit des Herrn.«

»Aha! Wann war die?«

»Anfang der Neunzigerjahre, Uni Hamburg. Radikale Splittergruppe. Rote Zelle …«

»Ist mehr als zwanzig Jahre her«, sagte Weber. »Haben Sie nicht auch Dinge gemacht, die …«

»Natürlich. Aber ich leite nicht diese Ermittlungen. Stellen Sie sich vor: Wir legen die Verantwortung für die Sicherheit unserer Bürger in die Hände eines Mannes, der diesen Staat bis aufs Messer bekämpfen wollte.«

»Wollte«, sagte Weber. »Glauben Sie etwa, wir hätten den Herrn nicht überprüft?«

»Und was haben Sie gefunden?«

»Nichts«, sagte Weber, noch trauriger. »Und was Sie haben, können Sie nicht mehr verwenden. Hätte längst gelöscht werden müssen.«

Kammann zog die Brauen hoch und lächelte.

Weber winkte ab. »Gut, Sie wollen ihn loswerden. Und was, wenn der Nachfolger noch schlimmer ist?«

»Da reden Sie doch mit. Der Hauptkommissar Krüger ist ein fähiger Mann.«

Webers Augen zählten eine Weile die Fasern seines Orientteppichs. »Ich verstehe nicht ganz, was Sie jetzt antreibt, diesen … schwierigen Mann vom Fall abzuziehen. Was Sie mir da erklärt haben …«

»Ist dürftig, ich weiß«, sagte Kammann. »Es muss uns genügen, dass das Kanzleramt staatspolitische Interessen berührt sieht.«

Weber musterte sein Gegenüber eine Weile. »Will das Kanzleramt verhindern, dass der Fall gelöst wird?« Ein strenger Blick.

»Natürlich nicht.« Kammann war überrascht. Weber war in all den Jahren immer hilfsbereit gewesen, ohne groß zu fragen. Es hatte sich gelohnt für ihn. Ohne Begleitmusik wäre er nie Kriminalrat geworden. Nicht mal Hauptkommissar.

»Aber warum übernimmt nicht das BKA, wenn es um staatspolitische Interessen geht?«

Weil wir dafür sorgen müssen, dass die Bullen nur die Leichen finden, dachte Kammann.

»Ich kann Ihnen lediglich sagen, dass niemand ein Interesse haben kann, wenn einige … Hintergründe dieser Tat bekannt werden. Es handelt sich um … ausländische Mächte, wenn Sie verstehen. Die Mörder müssen gefasst werden, ohne dass das … Ausland davon profitiert.« Ein bedeutungsgeladener Blick. »Mehr kann ich Ihnen nicht sagen. Es ist schon zu viel. Ich vertraue Ihnen das also an, weil Sie unserer Behörde schon so lange helfen. Dieser de Bodt hätte nicht die geringsten Hemmungen, unseren Staat und unsere Regierung bloßzustellen. Im Herzen ist der Mann immer noch Staatsfeind.«

Weber nickte nachdenklich. »Und Sie werden jetzt die Dreckschleuder in Gang setzen?«

»Ja.«

»Krüger, meinen Sie?« Weber blickte ihn an.

»Krüger«, sagte Kammann.

Er traf Schröder am Abend im Hauptbahnhof. Der machte wirklich auf Alain Delon, den einsamen Killer, da hatte Wizzy recht. Frisur, schwarzer Hut, Mantel. Schröder erzählte in seiner spröden Art von seiner Recherche in der Söldnerkneipe. Er hatte diesem Ruoff einen Tausender in die Hand gedrückt und sich als Staatsschutzbeamter vorgestellt. Hatte was von der Kneipenlizenz angedeutet. Hygieneamt. Und was so alles möglich wär. Und Ruoff hatte sich überlegt, ob er dem Arschloch an die Kehle gehen sollte. Und dann doch den Tausender genommen.

»Frisörsalon in Hamburg?«

»Die Dame heißt Elvira Kohn, Fuhlsbüttler Straße.«

»Gut«, sagte Kammann und trank sein Bier aus.

Es klingelte an der Tür. Ein Mann trat ein. Schlank, kantiges Gesicht. Klare Augen. Einer, der wusste, was er wollte. Modisch gekleidet, aber nicht zu auffällig. Gesunde Gesichtsfarbe, Selbstsicherheit. So stellte sie sich einen Triathleten oder Bergsteiger vor. Jünger als sie. Er gefiel ihr. Sie hatte schon überlegt, ob sie den Laden schließen sollte, es war noch eine Viertelstunde. Der Verkehr der vierspurigen Straße dröhnte in den Salon.

»Bitte«, sagte sie und deutete auf den Frisierstuhl.

»Danke«, sagte er. Eine dunkle Stimme. Sie spürte ein leichtes Ziehen im Unterleib. Sie war wählerisch und merkte es immer gleich, wenn ihr einer gefiel. Eigentlich war seine Frisur noch gut. Aber er neigte wohl zur Perfektion. Das mochte sie besonders. Eine verwandte Seele. Sternzeichen Jungfrau, dachte sie. Ganz bestimmt. Am liebsten hätte sie ihn gefragt. Sie war Widder. Das passte perfekt. Das hatte sie gerade erst gelesen. Suchen Sie einen Jungfrau-Mann. Und jetzt saß einer auf ihrem Stuhl. Es konnte nur so sein.

Elvira stellte sich ganz nah an seinen Hinterkopf und blickte ihn im Spiegel an. Sein Blick erforschte ihren, und sie las Zustimmung darin.

»Ein bisschen begradigen vielleicht«, sagte er überraschend zaghaft.

»Gern. Waschen?«

»Wenn es Ihnen nichts ausmacht.«

Sie legte ihm zart den Umhang um den Hals, legte ein Handtuch auf die Schultern und gab sich Mühe. Eine Kopfmassage, er genoss sie. Dabei überlegte sie, wie sie es anstellen sollte. Ich kann ihn doch nicht einfach ansprechen. Sie trocknete die Haare, bis sie nur noch feucht waren.

Dann zog sie die Schere aus der Schürze und begann zu schneiden. Nach jedem Schnitt blickte sie in den Spiegel und traf seine Augen. Sie strich mit dem Finger die Haare am Nacken glatt, nur um ihn zu streicheln. Einen Moment schloss er die Augen. Sie schnitt nur die Spitzen ab am Ohr. Und streichelte ihn dort. Spürte, wie sich die Härchen am Hals hoben. Sie wiederholte das Spiel am anderen Ohr. Dann nahm sie die Haarenden auf dem Kopf zwischen zwei Finger und schnitt mit der Zackenschere. Ihre Finger arbeiteten routiniert, die Schere klapperte, aber ihr Blick schweifte immer wieder ab zum Spiegel, wo ihre Blicke seine Augen trafen. Als sie fertig war, holte sie den Handspiegel und zeigte ihm die Kopfrückseite. Er nickte. Sie föhnte die Haare noch, als sie längst trocken waren. Seine Augen verfolgten ihre Bewegungen. Hin und wieder, aber nicht zu aufdringlich, blieben sie an ihren Brüsten hängen. Es gefiel ihr. Sie stellte sich vor, wie es wäre …

Dann musste sie den Föhn ausschalten. Sie nahm ihm das Handtuch und den Umhang ab und bürstete die Haare auf Hals und Schultern weg. Er erhob sich. Sie bewunderte seine Geschmeidigkeit. Elvira ging zum Tisch mit der Kasse. Er legte fünfundzwanzig Euro ins Schälchen und winkte ab, bevor sie herausgeben konnte.

»Wann schließen Sie?«, fragte er.

»Jetzt«, erwiderte sie mit belegter Stimme.

»Ob Sie etwas mit mir trinken würden?«

Kammann saß hinter seinem Schreibtisch und grübelte. »Sind Johnny und Schröder in Hamburg?«

»Was?«, kreischte Wizzy.

»Ob Johnny und Schröder in Hamburg angekommen sind?«

»Längst.«

Dann rief er: »Welche Söldner haben wir da drin?« Er zeigte auf den PC.

Wizzy riss die Augen auf und ratterte los. Nach wenigen Sekunden: »Ein paar. Wir haben zwei V-Männer in der Szene.«

»Die will ich heute Abend noch treffen.«

»Beim einen geht's vielleicht. Wohnt in Moabit. Der andere scheint abgetaucht zu sein.«

»Abgetaucht?«

»Die Datenbank kennt keinen aktuellen Wohnsitz.«

»Was heißt das?«

»Keine Ahnung«, sagte Wizzy nach einigem Zögern.

Kammann triumphierte innerlich. Dass sie mal zugab, etwas nicht zu wissen. Ein Haken in den Kalender. »Vielleicht gehört der zu den Killern?«

»Vielleicht gibt er auch den Osterhasen auf den Fidschi-Inseln«, sagte Wizzy.

Die Wagerer hatte die Daten schon auf dem Bildschirm. Sie telefonierte und legte nach ein paar Sekunden wieder auf.

»Friedrichstraße 235c, das ist so ein Thai. Großer Laden, ich kenn den. Guter Treffpunkt.«

»Woran erkenn ich den?«

Es war der *Rheinische Merkur*, dessen Druckausgabe es längst nicht mehr gab. Der Typ hatte einen Glatzkopf und einen gestutzten Kinnbart. Kammann saß in der Ecke und winkte. Stand auf und ging dem Mann entgegen. Begrüßte ihn wie einen Freund.

Der Mann folgte Kammann zum Platz, blickte sich um und nickte. Die Zeitung legte er auf den freien Stuhl.

»Sie sind Lothar?«

Der Mann nickte. »So nennen mich Ihre Kollegen.«

Sie einigten sich darauf, etwas zu essen. Als die kleine Kellnerin mit dem kaum verständlichen Deutsch mit der Bestellung gegangen war, sagte Kammann: »Ganz wichtig. Und Sie erzählen von diesem Gespräch niemanden etwas. Nicht mal meinen Kollegen. Okay?«

Lothar nickte.

»Ich bin bevollmächtigt, Sie als V-Mann zu übernehmen. Natürlich nur, wenn Sie einverstanden sind.« Kammann schob einen Umschlag in die Zeitung. »Das wird Sie von der Richtigkeit meines Vorschlags überzeugen.«

Lothar nickte wieder.

Er hatte kräftige Oberarme. Ein Stacheldrahttattoo kringelte sich wie eine Girlande um den Bizeps.

»Es geht um die BBC-Sache.«

Lothar richtete seine kleinen blassgrauen Augen auf Kammann. »Ach, du Scheiße.«

Kammann zuckte nur mit den Brauen.

Sie warteten, bis die Bestellung kam. Zweimal Thai-Curry mit Huhn. Dann legte er zwei Fotos vor Lothar.

»Ziemlich tot«, sagte der und schob sich eine Gabel in den Mund.

»Kennen Sie einen von denen?«

Lothar blickte schwer kauend genau hin.

»Nein.«

»Aber Sie kennen Leute, die die Leichen identifizieren können?«

»Ich kenne Leute«, sagte Lothar. »Kann ich die haben?«

Kammann nickte. Lothar steckte die Bilder ein.

»Es eilt, vermute ich«, sagte Lothar.

»Das ist eine Untertreibung. Wir müssen die Mörder kriegen.«

»Sie?«

Kammann nickte wieder.

»Und die Bullen?«

Kammann winkte ab.

»Was springt für mich heraus?«

»Wenn Sie einen identifizieren, noch mal so ein Paket.« Blick auf die Zeitung. »Wenn Sie dazu ein, zwei gute Freunde der Leichen finden, haben Sie im Lotto gewonnen.«

»Eine Mio?«

»Auf jeden Fall. Fünf, wenn Ihr Tipp zu den Tätern führt. Steuerfrei, versteht sich. Und Sie kriegen eine neue Identität und dürfen sich ein neues Heimatland aussuchen. Bedingung: außerhalb Europas.«

Lothar lächelte.

Kammann gab ihm eine Visitenkarte. »Rufen Sie an, sobald Sie etwas haben. Auch wenn es nur ein kleiner Hinweis ist. Wühlen Sie vierundzwanzig Stunden am Tag. Wenn Sie einen Kameraden haben, der Ihnen hilft, kriegt der auch eine satte Belohnung. Voraussetzung: Schweigen, auch gegenüber der Polizei. Ich bin der Einzige, dem Sie oder Ihr Helfer etwas sagen darf. Ohne jede Ausnahme.«

Lothar nickte. Er blickte Kammann verkniffen an. »Und wenn irgendjemand was erzählt, und Sie denken, ich hätte was gesagt?«

»Dann brauchen Sie keine neue Identität mehr.«

Lothar lächelte. Dann erfror das Lächeln in Zeitlupe.

»Ihnen geht der Arsch auf Grundeis«, sagte Lothar und stopfte sich zu viel Reis mit Soße in den Mund.

»Uns geht er auf Grundeis«, sagte Kammann.

Sein Teller stand unberührt vor ihm, als er sich erhob. »Wenn Ihnen was über den Weg läuft, melden Sie sich sofort. Verstanden?«

»Verstanden«, sagte Lothar.

Kammann verließ das Restaurant.

Wizzy rotierte. Die Wagerer sortierte Blätter auf drei Stapel.

»Der Chefredakteur von *Bild* hat angerufen«, sagte sie und verzog das Gesicht, als hätte sie sich in ein Rudel Nacktschnecken gesetzt.

»Kennt der keinen Quellenschutz?«

»Danach hat der Redakteur angerufen, welcher … du weißt schon. Sich tausendmal entschuldigt. Er sei gegrillt worden. Dickmeier habe Lunte gerochen. Will sich die Sache selbst ums Haupt winden. Immer wenn er Blut und Sperma wittert, läuft er zur Höchstform auf.«

Wizzy kreischte. »Der Dickmeier kommt hier nicht rein. Sonst zieh ich aus. Eeeeklig.«

»Ruf ihn an«, sagte die Wagerer. »Wir wühlen im Dreck. Da brauchen wir solche Leute.«

Wizzy hatte in Kammanns Abwesenheit die Duzdiktatur ausgerufen. Das machte sie überall, wo sie länger als zwei Minuten ihr Unwesen trieb. Auf »Sie« reagierte sie nicht. Da hätte nicht mal der Bundespräsident eine Chance. Höchstens Roland Kaiser, den sie über alles liebte. Wenn man sie allein erwischte, hatte sie Kopfhörer aufgesetzt und sang Schlager mit.

Er ging ins Nebenzimmer.

»Was ist im Busch?«, fragte Dickmeier. »Ihr wollt den Ermittlungschef fertigmachen. Wenn wir schon mitspielen sollen, brauche ich Fleisch. Warm und blutig. Warum?«

»Ich finde, Sie haben schon etwas bekommen.«

»Ja, ein Appetithappen. Wir sind *Bild*. Wir kriegen immer die Scoops. Und wenn wir sie nicht kriegen, machen wir sie uns selbst.«

Stimmt, dachte Kammann. »Ich … appelliere an Ihre staatspolitische Verantwortung. Ich habe auch keine Zeit für solche Gespräche.«

»Meiner staatspolitischen Verantwortung komme ich jede Woche mindestens einmal nach. Heute nicht.«

»Herr Dickmeier, Sie müssen diesmal nehmen, was Sie kriegen. Oder eben nichts. Dann sind die anderen dran. Auf Wiederhören.« Er legte auf und tippte sich an die Stirn.

Kammann streckte den Rücken. In dem Büro stand ein Tisch, darauf ein Telefon. An der Wand stapelten sich leere Umzugskisten. Eigentlich konnte er zufrieden sein. Er hatte die Suche nach den Killern angekurbelt. Und er hatte de Bodt zum Abschuss freigegeben. Er hatte ein gutes Gefühl. Morgen schon würden die Zeitungen sich auf diesen Typen stürzen. Erst die mit den großen Schlagzeilen. Und dann alle anderen. Und Dickmeier würde den Teufel tun, sich diese Sache entgehen zu lassen. Natürlich würde er sich rächen wollen. Aber bis dahin war Kammann entweder tot oder abgetaucht. Und Dickmeier konnte ihn kreuzweise.

Im Büro hörte er Wizzy schreien. Manchmal kreischte sie unvermittelt los und hörte genauso plötzlich wieder auf. Er blickte auf das Telefon. Ruf an, sagte das Gerät. Ruf an. Er wurde sie nicht los. Dachte daran, wie sie miteinander geschlafen hatten. Als wäre es das erste Mal für ihn gewesen. Einzigartig. Woran immer es lag. Er massierte sich die Wangenknochen, bis es schmerzte. Comenius hatte etwas in ihm angeknipst. Etwas, von dessen Existenz er bis dahin nichts geahnt hatte. Es passte nicht zu dem, was er war. Nicht zu dem, wie er sich sah.

Zögernd nahm er den Hörer in die Hand. Und legte wieder auf. Behielt die Hand aber drauf. Er hob ab, hörte das Freizeichen und wählte die Nummer der Lübecker Polizei. Ließ sich mit der Kollegin Comenius verbinden.

»Mordkommission. Comenius.« Hektisch, unfreundlich.

Er schluckte. »Dieter …«

Schweigen.

Dann: »Schön, dass du dich meldest. Wann kommst du her? Kannst dir das berühmte Messer angucken.«

»Habt ihr den Fall schon nach Berlin abgegeben?«

»Wir arbeiten mit denen zusammen. Aber natürlich haben die Hauptstadtbullen das Sagen.«

»War de Bodt schon bei euch?«

»Mein Chef hat mit seinem Büro telefoniert. Ob es ihn selbst gibt, wird hier inzwischen bezweifelt.«

Kammann dachte: Der Mann teilt sich die Arbeit gut auf. Und steckte sich einen Zigarillo an. »Der Mann taugt nichts«, sagte

Kammann. »Er lässt die Kollegen für sich arbeiten. Ich glaube nicht, dass er die Ermittlungen noch lange leiten wird.«

»Was du so alles weißt.«

»Hab ich dir was getan?«

»Noch nicht«, sagte sie und legte auf.

IX.

Der Atem roch nach Pfefferminz. Und was in den Rücken drückte, war eine Waffe. Josua stand dicht hinter ihm. Er zog André die Glock aus dem Hosenbund und durchsuchte ihn, als würde er einen alten Freund tätscheln. Aus der Entfernung sah es aus, als träfen sich zwei gut gelaunte Kumpels. Der eine hatte den anderen spielerisch überrascht und lachte laut.

»Dann wollen wir mal«, sagte Josua.

»Wohin?«

»Wirst du sehen.«

Blöde Frage, dachte André. Josua ging dicht hinter ihm, eine Hand in der Jackentasche. Taxis fuhren vorbei. Sie kamen an einen Kreisel. Josua führte ihn nach rechts. Er wusste, wohin er wollte. Die Passanten beachteten sie nicht. Dann standen sie an einem Ford Mondeo.

»Du fährst.« Josua wartete, bis André auf dem Fahrersitz saß und die Tür geschlossen hatte. Dann setzte er sich hinter André und reichte den Schlüssel nach vorn. »Los«, sagte er.

Sie fuhren aus Köln hinaus, dann auf die Autobahn in Richtung Mönchengladbach. An der Ausfahrt Bergheim verließen sie die Autobahn. André dachte einen Augenblick daran, das Auto gegen einen Baum zu steuern. Aber Josua würde schießen, bevor sie aufprallten. So was klappte nur mit Amateuren.

Er bringt dich um, dachte André. Und dann ist er bei Bob aus dem Schneider.

»Setzt dich Bob unter Druck?«, fragte André.

»Da, hinter dem Schild rechts abbiegen.« Josua klang fast gelassen.

André bog ab. Sie waren auf einem Feldweg. Der Wagen holperte. Im Rückspiegel sah André die Staubwolke.

Was hatte Josua vor? Die Leiche verschwinden lassen. Natürlich. Seine Leiche. André wunderte sich, dass er keine Angst spürte. Nur die Anspannung.

Der Wagen rumpelte an einem Weidezaun vorbei. Stacheldraht. Kein Tier zu sehen. Die einsamste Gegend der Welt. Hier sterbe ich also. Wie oft habe ich damit gerechnet! Aber hier, hier stirbt ein Krieger nicht.

Steine knallten an die Unterseite. Einmal kreischten die Vorderräder, dann schüttelte ein Loch den Wagen durch. Zweige knackten. Sie erreichten einen Wald. Laubbäume. Dann erkannte André das Ziel. Eine Jagdhütte. Seit seiner Kindheit fühlte er sich wohl in der milden Feuchte des Mooses, der faulenden Blätter, der weichen Böden und den Geräuschen des Windes und des Wilds. Durch eine Lücke in den Kronen fiel ein Sonnenstrahl auf das Schindeldach der Hütte. Ich hab mich verbessert. Die letzte war ein Rattenloch im Vergleich zu dieser Luxusherberge. Er lachte bitter in sich hinein.

Josua befahl ihm, hinter dem Haus zu parken. Sie stiegen aus. Josua wies André an, sich auf den Bauch zu legen. Er legte ihm Handschellen hinter dem Rücken an. Er zog André hoch und öffnete den Kofferraum. Josua entnahm zwei Koffer und stellte sie neben das Auto. Sie umrundeten das Haus zur Hälfte. Josua schloss auf und stieß André hinein. Das Holz roch nach Harz. Vorne rechts war eine Kammer mit einer Sitzbank und einer Kommode. Und einem Eimer mit Deckel. Josua deutete auf die Bank. André setzte sich und erkannte erst jetzt die Öse, die in die Wand eingemauert war. Josua befestigte die Handschellen mit einer Kette in der Öse und verließ den Raum. Er schloss die Tür von außen ab. André hörte das Klicken des Vorhängeschlosses im Riegel. Die Kette war kurz, bis zur Tür kam er nicht. Er setzte sich. Draußen rumorte Josua. Er trug die Koffer rein und räumte Möbelstücke um.

»Was zu trinken?«, fragte Josua durch die Tür.

André antwortete nicht.

Warum der Eimer? Warum brachte Josua ihn nicht gleich um?

In der Nacht döste André auf der Bank. Draußen tönte die Stille des Waldes. Ihn weckte eine entfernte Stimme. Josua. Durch die Wand hörte er ihn sprechen, ohne etwas zu verstehen. Josua telefonierte. André drückte das Ohr gegen die Wand. »Geld«, verstand er. Josua verlangte Geld. Und »Garantien«. André begriff, dass Josua mit Bob telefonierte. Oder mit Bobs Chef. Es brauchte nicht viel, um sich auszurechnen, über was die beiden verhandelten. Über Andrés Leben.

Dann war Ruhe. Doch André schlief nicht wieder ein. Er versetzte sich in Josuas Lage. Der hatte André empfohlen. Aber André hatte nicht mitgespielt. Josua war der Einzige, der wusste, wo sich André aufhielt. Er hatte ihn in seiner Gewalt. Er würde ihn ausliefern, wenn Bob oder sein Chef die Bedingungen erfüllte. Je mehr André darüber nachdachte, desto klarer wurde ihm, dass Josua niemals sicher sein würde. Auch Josua war jetzt Zeuge. Doch das hatte der gewiss längst bedacht. Er musste seinen Weg finden, sich aus der Sache zu befreien. Bob würde zahlen für André. Und Josua hoffte, sich einen Vorsprung zu verschaffen. Durch einen Dreh. Eine Überraschung. Deshalb lebte André noch. Dann döste er doch ein.

Ein Klacken weckte ihn. Die Tür öffnete sich. Josua brachte ein Brett mit Brot, Wurst und Kaffee. Er stellte es auf den Boden. Josua zeigte André, dass er sich umdrehen sollte. Dann fesselte er Andrés Knöchel, setzte ihn auf die Bank und schloss die Handschellen auf.

»Versuch's gar nicht erst«, sagte er.

Nein, er hatte keine Chance.

»Hast du Käse?«

Josua blickte ihn überrascht an und schüttelte den Kopf.

André nahm die Wurst vom Brot und aß es.

»Was es alles gibt«, sagte Josua und verließ die Kammer.

Wieder ein Telefonat. Wieder drückte André sein Ohr an die Wand. Er verstand wenig. Wieder ging es um Geld. André nestelte an seiner Fußfessel. Aber die Stahlringe schlossen fest. Er durchsuchte die Kammer nach einem Werkzeug, fand aber nichts. Er ruckelte an der Wandöse, aber die saß fest. Sie war frisch angebracht und offenbar auf der Gegenseite der Wand gekontert. Keine Chance. Das hätte ihn auch erstaunt.

Der Wald erinnerte ihn an seine Kindheit. Die Wehmut griff nach ihm. Immerhin endete er in einem Wald. Aber es tröstete ihn nicht, obwohl er sich einredete, dass es ihn trösten sollte. Vielleicht wollte Josua noch etwas von ihm erfahren? Vielleicht würde er nun gefoltert. Kein Grund zur Beschwerde. André sah es sachlich. Aber er fürchtete die Schmerzen.

Ob sie Ingo hatten? Aber das war jetzt egal. Ingo war schon immer ein Arschloch gewesen. Herrschsüchtig, hinterhältig. Mamas Liebling. Er hatte einen Beruf ergriffen, in dem er die Defekte seines Charakters ausleben konnte. Ein guter Anwalt war er. Das hatte schon in der Zeitung gestanden, als Ingo einen Prominenten rausgehauen hatte. Es ging um Drogen. Wahrscheinlich kokste Ingo auch. Schon in der Schulzeit hatte Ingo seinen Bruder gereizt, wo er nur konnte. Und war weinend zur Mutter gelaufen, wenn es gelungen war. Wahrscheinlich verdanke ich Ingo die guten Nerven. Ingo war das perfekte Überlebenstraining gewesen. Rechne immer mit allem, rechne mit Ingo. Danke also, Ingo. Aber erwarte nicht, dass ich Mitleid mit dir habe. Drecksack.

André hatte darunter gelitten, dass Ingo auch in der Schule alle Tricks draufhatte. Die Lehrer umgarnte und betrog er, wo er sie betrügen konnte. Aber ein wenig von Ingos gestohlenem Glanz war auch auf André abgefallen. Außerdem war er nicht blöd. Im Gefecht gehörte er zu den listenreichen Kämpfern. Doch im Gegensatz zu Ingo achtete er den Feind, den er bekämpfte.

Früh hatte Ingo sich schick gekleidet. Ein Dandy. Lackaffe. Alle Vierteljahr eine neue Freundin, eine hübscher als die andere. Und zickiger. André hatte wenig Freundinnen gehabt. Nicht, dass er schlecht aussah, aber der Bruder stach ihn immer wieder aus. Und wenn es nur darum ging, ihm eine Liebe zu nehmen.

Warum fiel ihm das ein, kurz bevor er starb?

»Die wollen noch was von dir wissen«, sagte Josua, wie um sich dafür zu entschuldigen, dass er André nicht gleich umbrachte.

Josua hatte den Wagen schon mit dem Gepäck beladen. Diesmal zwang er André in den Kofferraum, nachdem er ihn gefesselt und geknebelt hatte. André kriegte wenig Luft. Es war heiß, es stank nach Öl. Sein Kopf schlug immer wieder auf die dünne Matte auf dem Blech. Es tat weh. Dann erreichten sie eine Asphaltstraße. Was wollte Bob wissen? Ob er jemandem etwas erzählt hat? Da fiel ihm ein, dass es klug gewesen wäre, ein Geständnis und eine ausführliche Beschreibung ihrer Aktion an einem sicheren Ort zu verstecken. Er hatte nicht daran gedacht. Er fluchte. Es wäre ein Unterpfand gewesen. Es hätte sie wenigstens verwirrt. Sie hätten sich was überlegen müssen.

Er würde es behaupten. In seinem Kopf formte sich eine Idee. Vage nur. Aber genug, um ihn nicht verzweifeln zu lassen.

Sie brauchten ihn, das war seine Chance. Vielleicht.

Die Fahrt schien ihm endlos. Immer wenn Josua bremste, hoffte er, dass er sein Ziel erreicht hatte. Und hoffte, dass sie weiterfuhren. Solange er im Kofferraum lag, lebte er.

Ich will leben.

Er spürte Stolz auf sich, dass er nicht in Panik geriet. Bisher. Er lauschte dem Verkehr, konnte aber nichts hören, was ihm Orte verriet. Er hatte keine Richtung. Das Auto fuhr in eine Kurve, es drückte ihn nach außen. Ein Koffer stieß gegen das Schienbein. Einmal hörte er, wie Josua telefonierte. Aber mehr als »Ja« und »Okay« verstand er nicht. Sie sprachen sich ab. Klar. Bestimmten die Regeln des Treffens. Josua hatte es mit einer Überzahl zu tun. Er rechnete damit, dass sie ihn überrumpeln wollten. Für Bob wäre es das Einfachste, Josua zu überwältigen und umzubringen. Doch das wusste Josua. Was für einen Plan hatte er? Wo und wie wollte er die Überzahl ausgleichen? Oder hatte er Verstärkung? Josua suchte einen Weg, sich zu retten. Alles andere war ihm egal.

Oder war alles anders?

Ich sag euch, wo ihr Andrés Leiche findet. Und ihr lasst mich in Ruhe.

Sie mussten sich gar nicht treffen. André hätte vorgeschlagen, die Sache risikofrei abzuwickeln. Seine Leiche gegen Josuas Leben.

Jetzt ängstigte er sich doch.

Aber das war die einzige vernünftige Lösung.

Es kommt darauf an, was Josua und dich erwartet. Jetzt.

Josua bog rechts ab. Der Koffer am Schienbein schmerzte. André versuchte das Bein noch weiter anzuziehen. Half nichts.

Ein Ruckelweg. Steinchen spritzen in die Kotflügel. Der Wagen wankte und rumpelte durch Löcher. Kies. So hörte sich Kies an. Der Wagen sackte durch und setzte auf, um sich schleifend und mit jaulenden Rädern zu befreien. Es knackte in der Karosserie. Josua gab Gas, bremste scharf mit rutschenden Reifen. Der Wagen hielt.

Die Fahrertür öffnete und schloss sich. André hörte Schritte. Sie verloren sich. Nach ein paar Minuten schlurfte es. Tür auf, Tür zu. Der Motor startete.

Er hat mich übergeben, dachte André. Ein anderer fährt. Der Ford schlingerte durch Fahrrinnen, schaukelte. Dann stoppte er.

Jetzt, dachte André.

Die Autotür knallte zu, Schritte entfernten sich. Dann kehrten sie zurück nach einer Weile der Stille. Wieder fuhr er los.

Was trieb er? Wer war er?

Diesmal fuhren sie länger. Doch dann das gleiche Spiel. Bremsen, Motor aus, Schritte. Und wieder fuhr der Wagen an.

Sie holperten eine Weile, endlich stoppte der Ford. Der Kies knirschte.

Dann der Kofferraumdeckel. André blinzelte in die Sonne.

Josua.

Der zog ihm das Klebeband vom Mund. André atmete durch und sagte: »Es gibt zwei Möglichkeiten. Entweder sie wollen, dass du meine Leiche hier versteckst, damit sie die später besichtigen können. Und du haust ab, bevor sie kommen. Oder sie wollen, dass wir zu zweit auftauchen. Dann ist es eine Falle.«

Ein Flackern in Josuas Blick.

Er löste die Fußfessel und zog André aus dem Kofferraum. »Setz dich da hin.«

Auf der anderen Seite des Autos.

»Wenn du aufstehst, erschieß ich dich.«

André setzte sich auf den Kiesboden in die Staubwolke, die der Ford aufgewirbelt hatte. Er blickte sich um. Es waren Kiesberge und Kiestäler. Eine Mondlandschaft. In der Ferne stand ein Bagger. Kein Mensch.

Vollkommene Stille. Nur der Kofferraum klappte zu.

»Wenn du auf die warten sollst, bringen sie dich um«, sagte André. »Zähl eins und eins zusammen.«

Josua antwortete nicht. Er kaute auf einem Streichholz.

»Sind wir zu früh für die Hinrichtung?«

Natürlich waren sie zu früh.

»Wann ist das Treffen? In drei Stunden?«

Keine Antwort.

»Wetten, dass die schon hier sind?«

Josua spuckte das Streichholz aus.

Er öffnete das Handschuhfach und hatte Andrés Glock in der Hand. Er steckte sie hinten in den Hosenbund. Die Jacke öffnete sich, und André sah das Schulterhalfter. Zwei Knarren sind besser als eine.

Wäre ich an Josuas Stelle, würde ich überlegen, ob ich fliehen kann. Oder selbst einen Hinterhalt lege. Falls die anderen noch nicht da sind.

»Steig ein«, sagte Josua und öffnete den Kofferraum.

André legte sich hinein. Josua wartete in sicherem Abstand, die Hand unter der Lederjacke.

Dann drückte er die Klappe zu.

Er fuhr los. Wendete nicht, sondern steuerte den Wagen weiter in die Grube hinein. Sie würden nicht gleich schießen. Sie wussten nicht, wo André war. Wenn sie überhaupt schon da waren. Wann war das Treffen?

Nach einer Viertelstunde bremste Josua.

»Wann ist das Treffen?«, fragte André, als sie neben dem Auto saßen.

Josua hatte zwei Dosen geöffnet. Er aß kaltes Gulasch. André rührte seine Dose nicht an, sondern kaute auf hartem Brot.

»Wann hast du mit dem Scheiß angefangen?« Josua deutete auf die Konservendose.

»Nach einer Schießerei. Verbranntes Menschenfleisch. Die haben das gefressen. Ich krieg den Gestank nicht aus der Nase.«

»Die haben das gefressen?«

»Wären sonst verhungert.«

»Die Leichen der Feinde?«

André nickte. Sie hatten sie überrascht beim Leichenfraß. Feinde, die schon schwach waren. Leicht zu besiegen.

Josua schüttelte den Kopf. »Du kriegst es nicht runter?«

André nickte. »Ich würde es auskotzen.«

Josua schüttelte wieder den Kopf.

»Wann ist das Treffen?«, fragte André.

»Heute nicht.«

»Sie bringen dich um. Mich sowieso«, sagte André. Als Josua nicht antwortete: »Dann haben sie alle Sorgen beseitigt. Auf einen Schlag.«

Am Abend fesselte Josua André. Er hatte Decken für beide im Auto. André schlief kaum. Er betrachtete den Sternenhimmel. Ein letztes Mal, dachte er. Er hatte oft im Freien geschlafen. Kannte die Geräusche und Gerüche der Nacht. Sah die Sternzeichen. Fühlte sich hilflos. Die Arme schmerzten. Er wendete sich hin und her. Überlegte, ob er wegkriechen könnte. Doch Josua würde ihn finden.

Der lag reglos ein paar Meter entfernt. Manchmal sah André Josuas Augen blitzen.

André drehte sich auf die Seite. Im Mondlicht türmten sich die Kieshügel zu einem Gebirge. Er überlegte, was er tun würde an Josuas Stelle. Die Zugangswege suchen. Einen Platz finden, wo er genug sah, ohne gesehen zu werden. Aber wo war der? Und was bereitete Bob vor? Er wusste, mit wem er es zu tun hatte. Sie waren mehr, also hatten sie weniger Angst. Weniger Angst konnte weniger Vorsicht bedeuten. Sie mussten sich zeigen. Damit Josua ihnen André geben konnte. Wo steckten die Chancen? Wenn sich die Lage änderte, konnten Möglichkeiten erwachsen. Jede Bewegung war ein Risiko. Für beide Seiten. Wer den Plan des Feindes unterläuft, schafft Verwirrung. Nur ein paar Sekunden. Und die musste man finden. Ihm fiel das Gedicht ein.

Der Tod ist groß.
Wir sind die Seinen
lachenden Munds.
Wenn wir uns mitten im Leben meinen,
wagt er zu weinen
mitten in uns.

Vielleicht war es gut, zu sterben. Es befreite ihn von der Angst. Er hätte Bob doch sowieso nicht stellen können. Er war selbst schuld. Sein Fehler. Wäre er hellhörig gewesen, als ihm die Million angeboten wurde, er hätte den Auftrag nicht angenommen. Eine Million für eine Woche Arbeit. Für das Training in einer leeren Fabrikhalle in Lichtenberg. Hunderttausendmal wiederholen, was Bob sich ausgedacht hatte. Einen guten Plan, das hatte André gleich begriffen. Die Einsicht hatte ihn schläfrig gemacht. Er hatte nicht verstanden, dass der Überfall auf die BBC nur Teil eins des Plans war. Im zweiten kam er nur noch als Opfer vor. Wie naiv war er gewesen. Er, der so große Stücke hielt auf seine Erfahrung.

Solange Josua nicht wusste, woher sie kamen, hatte er keine Chance. Hatte er die Zufahrten geprüft? Hatte er bedacht, durch welche sie wahrscheinlich kamen? Wie berechnete er diese Wahrscheinlichkeit?

Josua schien ganz ruhig zu sein. Jedenfalls dafür, dass seine Lage aussichtslos war. Hatte er etwas in petto?

Ein Sonnenstrahl weckte André. Alle Knochen taten ihm weh. Er blickte sich um. Josua saß auf dem Beifahrersitz und starrte auf etwas. André erkannte es nicht.

Josua warf ihm einen Blick zu und nickte. Als er den Wagen verließ, hatte er ein Gerät in der Hand. Es sah aus wie ein Tablet-PC. Dann entdeckte André eine Antenne, die oben herausragte.

»Ich habe überlegt«, sagte Josua. »Sie müssen uns beide umbringen. Solange ich lebe, bin ich eine Gefahr für sie. Egal, was ich anstelle. Du hast recht. Warst immer schlauer als ich.« Er schloss die Handschellen auf und reichte André die Glock. Dann ging er zum Wagen und holte aus dem Kofferraum Dosen und Flaschen und legte sie hinterm Auto ab. André schüttelte sich, als könnte er so die Angst abschütteln. Die aus seinem Hirn wich. Er würde nicht gleich sterben. Später. Er betrachtete das Gerät, das Josua liegen gelassen hatte. Es hatte einen Lautsprecher und ein Display. Auf dem Display eine Karte. GPS. Auf der Karte Markierungen. Drei.

Josua winkte André zum Kofferraum. Er öffnet einen Koffer. Zwei Uzis, Magazine, Munitionsschachteln. Natürlich.

Sie frühstückten.

André deutete auf das Gerät.

»Funkmikrofone an den drei Zufahrten. Wir hören, woher sie kommen.«

»Hast du für alle Zufahrten Stellungen gefunden?«

Josua nickte. Die Falten seiner Lederhaut waren tief. »Sie haben gesagt, woher ich kommen soll. Sie haben aber nicht gesagt, wie.« Er deutete auf drei Punkte in der Karte.

André nickte.

»Wenn ich von dort kommen würde« – Fingerzeig auf eine Zufahrt –, »müssten sie sich hier und dort aufstellen. Und da.« Vorne und an den Flanken. »Und einige müssten von hinten kommen. Einkreisung.«

»Aber sie dürften dich nicht gleich erschießen. Weil sie nicht wissen, ob ich wirklich im Kofferraum liege.«

»Stimmt. Nur, sobald ich auftauche, haben sie mich.«

André verstand erst nicht, dann schimmerte eine Idee. »Kommt darauf an, wie viele es sind.«

»Darauf kommt es immer an. Ich will Bob«, sagte Josua. »Wenn wir ihn erledigen, haben wir einen Vorsprung. Bob ist gefährlich.«

»Wenn er dabei ist.«

»Das wird er.«

Natürlich. Wenn Bob sie beide getötet hatte, hatte er seinen Auftrag abgeschlossen.

»Wann?«

Josua blickte auf seine Uhr. »Zweieinhalb Stunden.«

»Die lassen sich Zeit.«

»Sie sind sich sicher. Das heißt, es kommen mehr als die Typen, die wir kennen. Diesmal geht er aufs Ganze.«

»Muss er«, sagte André.

Sie schwiegen lang. André holte sich eine Uzi aus dem Kofferraum. Er klappte die Schulterstütze auf und zusammen und inspizierte die Maschinenpistole. Sie würde funktionieren. Die Uzis funktionierten immer.

»Und wenn wir abhauen?«

Josua lächelte.

»Dann haben wir sie ewig an den Hacken«, beantwortete André die eigene Frage.

Josua blinzelte in die Sonne. »Kaiserwetter nannte man das früher.«

Blauer Himmel, kleine weiße Wolken. Ein schöner Tag zum Sterben.

»Rauchst du nicht mehr?«, fragte Josua.

»Heute schon«, sagte André.

Josua warf ihm eine Zigarettenschachtel zu.

André steckte sich eine an und hustete.

Josua lachte. »Jetzt kriegst du Lungenkrebs.«

André grinste.

Sie schwiegen.

»Ich brauche Bob lebend«, sagte André.

»Das Geld?«

André nickte.

Ein Dröhnen im Gerät. Josua blickte aufs Display. »Okay«, sagte er. »Sie tun uns den Gefallen.«

Das Gerät rauschte. Josua schüttelte nach einem Blick auf die Anzeige den Kopf. »Tun sie doch nicht. Sie kommen von zwei Seiten.«

André sah die Kiesgrube vor sich. Ein Trupp vom Nordeingang. Ein zweiter aus dem Osten.

»Stellung drei«, sagte Josua.

Im Westen. Die Zufahrten lagen dann vorn, rechts und links. Der Rücken war frei. Dort war ein Wald. Sie würden über kurz oder lang herausfinden, dass sie André und Josua von dort umfassen konnten. Wenn sie es nicht schon wussten. Josuas Plan war gut. Aber er würde ihnen kaum das Leben retten.

Sie ließen den Wagen stehen, packten sich Waffen, Munition und Wasser in Taschen und Rucksäcke. Im Osten stieg eine Staubwolke auf. Sie hörten die Motoren. Die anderen kamen näher. Als sie die Stellung erreicht hatten, sah André, dass Josua gut gewählt hatte. Sie saßen auf einer Anhöhe. Vor ihnen Steine. Die Lücken waren wie Schießscharten. Aber die Uzis reichten nicht weit. Sie mussten warten, bis Bob und seine Leute näher kamen.

Josua hielt sich das Handy ans Ohr und bestellte ein Taxi.

Dann warteten sie.

Eine Staubfahne verriet das Taxi. Es näherte sich der Kuhle in der Grubenmitte. Der Wagen hielt, der Fahrer stieg aus. Zwei Transporter rasten auf das Taxi zu. Bob sprang aus dem ersten, die MP7 im Anschlag. Sieben weitere Söldner umringten das Taxi.

Einer riss den Kofferraum auf, während zwei ihre MPs darauf richteten.

»Mindestens acht also«, sagte Josua trocken.

Der Taxifahrer starrte Bob an. Der zeigte ihm eine Marke.

»Die Bullennummer«, sagte Josua. »Da hat der Taxifritze Glück gehabt.«

»Jetzt wird er ihn zum Schweigen verdonnern. Geheime Ermittlungen. GSG 9, Terrorismus«, sagte André.

»Und der Taxifahrer wird zeit seines Lebens seine Leute mit Andeutungen nerven. Er sei Geheimnisträger. Wichtig, wichtig.« Josua grinste.

»Jetzt weiß Bob, dass wir da sind.«

»Und wir, wie viele uns umbringen wollen. Mindestens.«

Die beiden schwarzen Transporter hatten getönte Seitenscheiben. André und Josua beobachteten, wie Bob den Taxifahrer wegschickte. Um die Söldner herum ragten Kieselhügel. Bob checkte die Lage blitzschnell. André wünschte sich ein Gewehr mit Zielfernrohr. Oder ein MG. Sie hätten die meisten ausschalten können. Dauerfeuer auf Bob. Der hatte sich reinlegen lassen, aber Bob wusste nun, dass er beobachtet wurde. André konnte sich vorstellen, was sie noch in den Autos lagerten. Er nahm das Fernglas und las die Kölner Autonummern. Er checkte sie im Smartphone, fand aber nichts. André notierte die Nummern. Sie versteckten sich so, dass sie das Tal überblickten.

»Bleib hier«, sagte Josua.

Er verschwand nach hinten, in Richtung Wald. André blickte ihm nach. Sah, wie Josua einen Bogen schlug. Nicht direkt in den Wald, sondern aus einer anderen Richtung. Als er im Dickicht verschwunden war, fühlte sich André allein.

Wie lange brauchte das Taxi?

Josua kehrte aus einer anderen Richtung zurück, als er gekommen war. »Niemand«, sagte er.

»Sie können nicht überall sein.«

»Es sind nur die acht«, erwiderte Josua.

»Reichen ja auch.«

Sie warteten.

Bob hatte sich eingerichtet. Ein Mann stieg in ein Auto und fuhr weg. Es verschwand hinter einem Hügel.

»Die Reserve«, sagte André. »So blöd sind sie nicht.«

Stille lag über der Grube.

André tippte Josua an die Schulter und deutete zu dem Hügel, hinter dem der Typ mit dem Transporter verschwunden war. Josua überlegte einen Augenblick, dann nickte er. Die Andeutung eines Grinsens. André flüsterte Josua etwas ins Ohr. Der hörte genau zu. Skepsis in der Miene wandelte sich in ein schiefes Lächeln.

»Wir können warten, bis sie uns finden und abschlachten. Oder wie versuchen das.«

»Okay. Wir haben keine Chance, also nutzen wir sie.«

André kroch lautlos den Hang hinunter, die Uzi in der Hand, den Rucksack auf dem Rücken. Er schlich hinter dem Kiesberg am Rand der Grube entlang. Als er den Fuß der Kieselaufschüttung erreicht hatte, sah er sie. Er konnte nicht zum nächsten Hügel rennen, ohne dass sie ihn entdeckten. Er nahm das Handy ans Ohr und flüsterte: »Los!«

Eine Sekunde später ratterte Josuas Uzi. Er hielt auf den Transporter in der Mitte. André hetzte zum nächsten Hügel. Als er an dessen Fuß lag, linste er vorsichtig zur Platzmitte. Die Typen lagen in Deckung. Er rief Josua an. »Okay.« Josua stellte das Feuer ein.

André wusste, was Bob jetzt tun würde. Sie würden sich an Josuas Stellung heranrobben. Oder? Er linste noch einmal um die Ecke und sah, dass einer eine Panzerfaust aus dem Transporter holte.

Wieder das Handy. »Verschwinde. Panzerfaust.«

Schon spie das Rohr hinten Feuer aus und schickte sein plumpes Geschoss gegen Josuas Stellung. Die Explosion donnerte und hallte mehrfach nach.

André arbeitete sich weiter vor. Dann sah er den zweiten Transporter. Der Typ schien hinterm Steuer zu sitzen. Es gab nur einen Weg, nicht im Spiegel entdeckt zu werden. André legte den Rucksack ab und kroch auf der vom Spiegel auf der Beifahrerseite vorgegebenen Diagonale zum Auto. Als er an der Beifahrertür angekommen war, startete der Motor. André riss die Tür auf. Der Typ erstarrte, als er in den Lauf der Uzi blickte. Sein braun gebranntes Gesicht erbleichte. Er hatte riesige Augen, die Unterlippe begann zu zittern. André zeigte auf den Zündschlüssel. Der Motor erstarb. Ein Handy vibrierte auf der Ablage hinter der Windschutzscheibe. André schüttelte den Kopf.

»Lass mich leben«, stammelte der Mann. »Ich verrate dir alles.«

André rutschte zu ihm, nahm die MP in die andere Hand, zog ein Messer, stieß es ihm ins Herz und zog es wieder heraus. Der Mann schluckte, dann spuckte er Blut und sackte nach vorn. André beugte sich über ihn und stieß die Fahrertür auf. Dann schob er die Leiche hinaus.

Er schloss die Tür und setzte sich hinters Steuer. Er nahm sein Handy, während das auf der Ablage wieder vibrierte. Er überlegte kurz, dann nahm er das vibrierende Handy.

»Was ist los? Wir fahren zum Südausgang. Die anderen zur Nordzufahrt. Zwei Mann von hinten. Gleich haben wir sie.«

»Gut«, flüsterte André.

»Beeil dich!«

André startete den Motor und gab Josua durch, was er erfahren hatte. Er warf einen Blick in den Laderaum. Eine längliche Kiste zwischen Koffern und Taschen. Er öffnete die Kiste und erkannte ein MacMillan TAC-50. Ein Scharfschützengewehr. André hatte überlegt, zum Südausgang zu fahren, um die Leute dort anzugreifen. Aber selbst die Überrumpelung würde ihn wahrscheinlich das Leben kosten. Jetzt wendete er den Transporter, hielt an, um seinen Rucksack zu greifen, und raste durch die Deckungslücke zwischen den beiden Hügeln zurück. Hinter der Aufschüttung bremste er und riss die Zündkabel unterm Armaturenbrett heraus. Dann fand er den Hebel für die Motorhaube. Noch besser. Er öffnete sie, stieg aus, zog die Verteilerkappe ab und warf sie in den Wald. Im Laderaum fand er noch eine Kiste mit Handgranaten. Er packte, so viel er konnte, in den Rucksack, dazu die Munition für das MacMillan. Schwer bepackt kroch er den Hügel hoch. Ein leises Pfeifen. Josua winkte ihn zu einer neuen Stellung, die er wenige Meter neben der alten bezogen hatte. Die alte lag in Trümmern. Josua blutete an der Wange. Er blickte auf das Gewehr und grinste. Als André die Handgranaten auspackte, grinste Josua breiter.

»Sie werden versuchen, uns zu umfassen«, sagte André.

»Erst wenn sie wissen, wo wir sind. Sie wissen nicht mal, ob sie mich erwischt haben.«

André lud fünf Patronen ins Magazin des Scharfschützengewehrs. Die Uzi legte er vor sich ab. Die Lage hatte sich geändert.

Aber Bob würde ahnen, dass er einen Mann und den Wagen verloren hatte. Und er wusste, was im Wagen lag.

André legte an und hoffte, dass das Zielfernrohr justiert war. Er sah Füße durch die Lücke einer Felsmauer. Er zielte ruhig und drückte ab. Ein Schrei, der Fuß verschwand. Der Rückstoß schmerzte in der Schulter.

»Jetzt sind es nur noch sechs.« Josua lachte leise. Ein Knall, Josuas Kopf fiel nach hinten. Sein Körper rutschte den Hang hinunter.

André rollte sich weg und sah dabei ein Blitzen auf dem Gipfel eines Kieshügels. Er fand Deckung und legte an. Aber da war nichts mehr.

Er packte die Waffen und den Rucksack und rannte den Hang hinunter. Vorbei an Josuas Leiche. Als er den Wald erreichte, stach es am Hals. Dann brannte es. Gleich darauf das Knattern einer Schnellfeuerwaffe. Er warf sich hin und fasste sich an den Hals. Blut. André legte das TAC-50 an. Ein Glitzern in etwa vierhundert Metern. Er drückte ab und kroch tiefer in den Wald hinein. Das Glitzern war weg. Salven prasselten ins Gehölz. Neben André ploppten Kugeln in die Bäume. Holzsplitter spritzen ihm ins Gesicht.

André robbte zur Seite weg. Sich nie so bewegen, wie sie es erwarteten.

Wie viele waren sie noch? Fünf oder sechs?

Er hatte verloren. Das war klar. Allein würde er Bob jetzt nicht kriegen. Er konnte froh sein, wenn er überlebte. Er zog sich an Ästen und Wurzeln weg. Eine Salve, aber sie prasselte weit entfernt ins Holz.

Eine Chance. Klein, aber eine Chance.

André kroch los. Zog, so kräftig er konnte. Dann auf allen vieren, krabbeln wie ein Affe. Immer wieder Blicke zurück. Die Uhr verdreckte, aber das vertrug sie. Er verharrte eine Weile und horchte. Er hörte nichts.

Er stand auf und lief los. Gewandt wie ein Waldtier. Es knackte kaum. Ein Vogel flog auf und flatterte weg. Er lief immer weiter. Sah eine Lichtung, querte sie und rannte. Er atmete im Rhythmus der Schritte. Sein Hirn bereitete sich auf den Moment vor, wo er den Wald verließ. Was würde Bob tun? Er würde Josuas Wagen flottmachen. Die Straßen hinterm Wald abfahren. Eine Gruppe würde das Gehölz durchkämmen und ihn raustreiben, wenn sie ihn nicht erledigen konnten.

Ich habe einen Vorsprung. Was grenzt an den Wald? Ich brauche ein Auto. Oder ich verkrieche mich ein paar Tage hier? Nein. Sie würden mich finden. Noch war er vorn, noch bestimmte er die Richtung. Die Initiative behalten. Lehre Nummer eins. Am Drücker bleiben. Wenn er sich erst verkriechen musste, sank seine Überlebenschance. Sie wussten, dass er hier war. Wenn es hinter dem Wald eine Straße gab, würden sie die im Auge behalten. Es waren zu viele. Er war allein. Sie konnten sich Fehler leisten. Er nicht. Er keuchte mit seinen Schritten. Aber er fühlte sich stark. Die anderen hatten auch Angst. Ich bin gefährlich. Ich bin gefährlich. Ich bin gefährlich. Sie fürchten mich. Sie fürchten mich. Sie fürchten mich. Im Takt der Schritte. Hecheln. Er wiederholte es immer wieder. Ich bin gefährlich. Sie fürchten mich. Er wich einem Ast aus, der zwischen zwei

Bäumen baumelte. Es wurde licht. Vorn, da ist der Wald zu Ende. Er rannte noch ein paar Schritte. Dann lehnte er sich an einen Baum und horchte. Er hörte seinen Atem. Wartete, bis der sich beruhigte. Sein Herz klopfte im Kopf. Er hörte nichts außer Waldgeräuschen. Und doch waren sie dort. Aber der Wald war vielleicht ein, zwei Kilometer lang. Sie konnten nicht überall sein. Aber einen Waldrand kann man leicht beobachten. Er hörte ein lautes Knacken. Im Rücken. Sie kamen von hinten. Wie er sich's gedacht hatte. Nur schneller. Er hetzte zum Waldrand, entdeckte gerade noch den Straßengraben. Seine Füße wurden nass, als er hineinstieg. Er legte sich an den Rand und beobachtete. Ein Auto raste vorbei. Nur Straße. Dahinter Felder, Wiesen. Freies Schussfeld. Tod.

André lag und beobachtete. Sie waren irgendwo. Hinter ihm. Er hetzte im Graben die Straße entlang. Geduckt. Du bestimmst die Richtung. Du bestimmst die Richtung. Sie fürchten dich. Sie fürchten dich.

An der dicken Wurzel eines umgestürzten Baums legte er sich in Deckung. Er schnaufte. Blickte zurück und wartete. Sie tauchten auf. Zwei Männer standen am Waldrand. Gedeckt von Bäumen. Sie blickten sich um. Einer würde Bob anrufen. Keine Spur von André. Was nun? Und Bob würde antworten: warten. Umfeld sichern. Ich komme.

Josuas Auto schlich die Straße entlang. Eine tausendstel Sekunde Hoffnung, dann die Erinnerung.

André kroch einen Meter zurück in den Wald. Gesicht zur Straße, Gewehr im Anschlag. Handgranaten. Wenn Bob nicht drin saß, könnte er sie ausschalten. Einen mindestens. Es saß nur einer drin. Sonnenbrille. Glatze. Ein Lauf ragte aus dem offenen Fenster der Fahrerseite.

Er fuhr vorbei. Als er aus der Sichtweite war, packte André die Waffen und hetzte ihm nach. Durch den Wald. Den Abstand zu den beiden Typen am Waldrand vergrößern. Hoffen, dass der Typ in Josuas Ford zurückkam. Stattdessen sah er durch eine Baumlücke den schwarzen Transporter mit den getönten Seitenscheiben. Der Gedanke schoss ihm ins Hirn, den Wagen anzugreifen.

Aber wenn er Bob tötete?

Der Wagen rollte vorbei.

Gebückt rannte André weiter im Straßengraben.

Ein Zeitung lag im Weg. *Ermittlungsleiter Linksextremist?* Er faltete sie und stopfte sie in die Gesäßtasche.

Er blickte sich um und erkannte gerade rechtzeitig Josuas Ford. Warf sich hin. Als der Wagen heranrollte, legte er an, zielte mit leichtem Vorhalt auf den Kopf und drückte ab, als das Auto vor ihm war. Der Schuss riss den Kopf zur Seite, der Wagen schlingerte und landete im Straßengraben.

Scheiße.

André hetzte in den Wald hinein. Er schimpfte vor sich hin. Naive Vorstellung, sich Josuas Auto zu schnappen und abzuhauen. Er hörte, wie der Transporter heranraste und hart bremste. Salven ratterten in den Wald. Sie streuten. Eine Kugel ploppte in einen Baum neben ihm. André rannte weiter.

Einer weniger. Immerhin.

In einer Kuhle machte er Rast. Er trank einen Schluck, aß einen Müsliriegel und lauschte in den Wald. Nichts. Ruhe.

Er holte die Zeitung aus der Gesäßtasche.

Wie Medien berichteten, wird der Leiter der Ermittlungen beim BBC-Mord, Hauptkommissar Eugen de Bodt, verdächtigt, während seines Studiums einer linksextremistischen Gruppe namens »Rotz« angehört zu haben. Diese Gruppe habe Kontakte zum Linksterrorismus gepflegt. Der CSU-Generalsekretär Dobermann hat bereits gefordert, den Mann abzulösen und ein Disziplinarverfahren gegen ihn einzuleiten. Man könne den Schutz des Rechtsstaats nicht dessen Feinden anvertrauen.

André steckte die Zeitung weg. Eine Stimme von der Straße her. Weitab. Vielleicht auch nur das Rauschen der Wipfel im Wind. Er packte die Handgranaten aus, stellte die Uzi auf Dauerfeuer und legte sie vor sich ab.

X.

Napoleon, Hitler, Stalin. Kleinwüchsige Männer neigten zur Tyrannei. Viele. Dachte de Bodt, als er eine Weile auf dem Stuhl gesessen hatte.

»Sie haben mir nie etwas gesagt«, erklärte Werner Wachtel. Vor ihm lag die Zeitung mit den großen Buchstaben.

Wenn ich so einen Namen hätte, wär ich auch besonders scharf. Kleinwüchsig und Wachtel. Der Mann musste in Kindheit und Jugend gehänselt worden sein. Kinder sind grausam. Von wegen gebt ihnen die Macht. Immerhin war Wachtel nicht Diktator geworden, sondern Polizeipräsident in Berlin. Berufen vom Innensenator, der als Oppositionschef in seiner Schlichtheit das Durchgreifen des Staats gefordert hatte und jetzt nichts anderes tat als der Vorgänger vom anderen Lager. De Bodt fand ihn lächerlich, den Polizeipräsidenten und dessen Vorgänger auch. Rollenspiele.

Zeitverschwendung. Dieses Gespräch ist Unsinn. »Ich habe nicht die Absicht, mich für meine Biografie zu entschuldigen. Davon abgesehen werden hier Dinge strapaziert, die geschätzt ein Vierteljahrhundert her sind. Damit ist die Sache für mich erledigt. Ich muss zurück zu den Ermittlungen.« De Bodt erhob sich.

Wachtels Hand befahl dem Hauptkommissar, sich wieder zu setzten. »So einfach geht das nicht. Sie wissen, ich habe mich für Sie eingesetzt. Und fühle mich jetzt … wie soll ich es sagen … düpiert.«

»Herr Präsident, ich habe in meiner Kindheit und Jugend einige Missetaten begangen. Sie sind glücklicherweise verjährt. Äpfel im Nachbargarten geklaut. Einer Mitschülerin in der Sitzreihe vor mir eine Reißzwecke unter den Hintern geschoben. Ich habe im vorgerückten Jugendalter gekifft. Hatte unerlaubte Sexual…kontakte mit einer Lehrerin, da war ich wohl fünfzehn …«

Des Präsidenten Hand hob ab und landete mit einem lauten Knall auf dem Schreibtisch. »Sie sollen mich nicht verarschen, Herr Hauptkommissar. Das ist eine ernste Sache. Ich gerate unter Beschuss, weil Sie offenkundig mit Staatsfeinden zusammengearbeitet haben.«

»Wenn ich es genau bedenke, war ich der Staatsfeind.«

Der Präsident blickte ihn aschfahl an. »Wir brauchen eine Erklärung. Wir müssen das abbiegen.«

»Dann sollten Sie mich ablösen«, sagte de Bodt gelassen.

»Am liebsten würde ich es tun«, schnauzte Wachtel. »Aber dann heißt es, dass ich einen Fehler eingestehe.«

»Das wäre schrecklich.«

Wachtel blickte ihn an. Seine Gesichtsfarbe wechselte zwischen Weiß und Rot. »Ich verlange von Ihnen, dass Sie sich öffentlich von dieser … Verstrickung distanzieren. Behaupten Sie meinetwegen, Sie seien verführt worden. Von wem, wodurch, ist egal. Sorgen Sie dafür, dass die Sache vom Tisch kommt.«

»Sie war nie drauf«, sagte de Bodt seelenruhig.

Wachtel starrte ihn an, als wäre er durchgeknallt. »Sie haben offensichtlich doch nicht abgeschlossen mit diesem …«

»Herr Präsident«, sagte de Bodt fast gelangweilt. »Wenn Sie hoffen sollten, dass ich mich von mir selbst distanziere, täuschen Sie sich.«

»Ich weise an …« Hochroter Kopf, der Präsident erhob sich.

»Das können Sie nicht.«

»Was kann ich nicht?«

»Mir die Weisung erteilen, dass ich meine Biografie fälsche. Ich war in der Rotz. Es würde mir schwerfallen, nachträglich auszutreten. Oder die Gründe meines Eintritts zu verfälschen. Niemand kann mir das befehlen. Da endet auch Ihre Weisungsbefugnis.«

Der präsidiale Unterkiefer zitterte. Wachtel setzte sich und vergrub für ein paar Sekunden sein Gesicht in den Händen.

»Wenn ich Sie auf etwas aufmerksam machen darf«, sagte de Bodt in mitleidigem Ton.

Wachtel riss die Augen auf.

De Bodt zeigte auf die *Bild*-Zeitung. »In diesem Zentralorgan der Rechtschaffenen finden Sie einige Informationen, die wirklich weiterhelfen.«

Wachtel blickte ihn verwirrt an.

»Ja, man mag es kaum glauben.«

De Bodt las in Wachtels Augen, dass der Vulkan in wenigen Sekunden ausbrechen würde.

»Man findet in diesem Artikel Informationen, die nur aus unserem Haus stammen können.«

»Wie?« Die Lava erkaltete um wenige Grad.

»Ich darf?« Ohne abzuwarten, zog de Bodt die Zeitung zu sich. *»De Bodt, so heißt der Hauptkommissar mit der roten Vergangenheit. Aus sicherer Quelle wissen wir, dass dieser Beamte seit seinem ersten Tag im Berliner Polizeipräsidium angeeckt ist. Ein Kollege, der nicht genannt werden will, sagte: ›Wir wären alle froh, wenn wir ihn wieder loswürden.‹ Nie hat sich ein Kriminalbeamter schneller unbeliebt gemacht als der Mann, der die Terroristen liebte.«*

Wachtel blickte ihn fragend an. Als de Bodt nichts sagte, erklärte der Präsident: »Der Innenminister hat mich angerufen, der Innensenator, der Vorsitzende des Rechtsausschusses des Abgeordnetenhauses, Radio, Fernsehen …«

»Ist Ihnen nicht aufgefallen, dass Kollegen Interna aus dem Präsidium gegenüber diesem Blatt ausplaudern? Dass es unter den Kollegen Leute gibt, die anonym gegen andere Kollegen stänkern, wenn diese unter Beschuss geraten? Das ist Ihnen nicht aufgefallen?«

Lava wurde zu Stein. Wachtel blickte auf die Zeitung, dann auf de Bodt, wieder auf die Zeitung, wieder auf den Hauptkommissar.

»Sie haben mich geholt, weil Sie glaubten, Sie bräuchten jemanden wie mich. Ihnen war es zu viel Trott in der Kripo. Erinnern Sie sich?«

Wachtel holte tief Luft. »Und wenn Sie krank würden. Ich könnte Sie freistellen, sofort. Extra-Urlaub, wenn Sie so wollen. Sie haben den Druck der Medien nicht ertragen. Das habe die Ermittlungen behindert. Es wäre besser, ein anderer Beamter würde die Leitung übernehmen. Einer, der nicht ungerechtfertigten Vorwürfen ausgesetzt sei … dann wären Sie doch aus dem Schneider. Oder?«

De Bodt erhob sich. »Offenbar interessiert es Sie gar nicht, dass wir ein Leck in der Kripo haben. Jemanden, der gegen uns arbeitet.

Sie müssten dafür sorgen, dass so etwas nicht stattfindet. Denn das können Sie doch nicht billigen, oder?«

Der Präsident schüttelte den Kopf.

De Bodt ging zur Tür und drehte sich um, die Klinke in der Hand. »Wissen Sie, was wir in Hamburg sagen? Der Fisch stinkt am Kopf zuerst.«

»Es ist unfassbar!«, schnauzte Yussuf. Er und Salinger saßen sich an seinem Schreibtisch gegenüber. De Bodt blieb in der Tür stehen. Auf seinem Schreibtisch lagen *Bild* und andere Zeitungen.

De Bodt winkte ab.

»Nein«, sagte Salinger. »Yussuf hat gerade mit der Hamburger Kripo gesprochen. Elvira Kohn ist tot. Unsere Zeugin. Ermordet. Jemand hat sie erdrosselt. In ihrer Wohnung. Keine auswertbaren Spuren bisher.«

De Bodt setzte sich und schob den Zeitungsstapel vom Schreibtisch. Die Blätter verteilten sich auf dem Boden. Das Telefon klingelte. »Andras von rbb Info, spreche ich mit …«

De Bodt legte auf.

Das Telefon klingelte wieder. »Wir wurden unterbrochen, Herr Hauptkommissar …«

»Rufen Sie die Pressestelle an. Ich habe Morde aufzuklären.«

»Dann sind Sie also noch im Dienst? Was sagen Sie zu den Vorwürfen …?«

»Hören Sie genau zu«, sagte de Bodt. »Wenn Sie hier noch einmal anrufen, kriegen Sie ein Verfahren wegen Behinderung der Ermittlungen an den Hals. Verstanden?«

»Aber Herr …«

De Bodt legte auf.

Salinger blickte auf die Zeitungen auf dem Boden und sah ihn traurig an.

»Frau Kohn wurde gestern ermordet?«

»Am Abend. Zwischen zwanzig und einundzwanzig Uhr. Sie wohnte neben dem Frisiersalon.« Yussuf sah erschöpft aus.

»Zeugen?«

»Bisher nicht.«

»Wer wusste, dass wir sie befragen wollten?« Er beantwortete die Frage selbst: »Dieser Ruoff wusste es. Und sonst niemand.«

»Der Kriminalrat auch«, sagte Salinger.

De Bodt blickte sie an.

»Ich hab ihn gestern auf dem Gang getroffen. Er hat gefragt …«

De Bodt winkte ab.

»Sie schon wieder«, sagte Ruoff.

De Bodt erwiderte nichts, sondern setzte sich an den Tisch neben der Tür. Am Tresen saßen zwei Typen in Lederkleidung. Einer trug eine Tarnfleckenhose. Ruoff setzte sich zu de Bodt, was dem einen finsteren Blick des Tarnfleckentyps eintrug.

»Haben Sie irgendjemandem von unserem Gespräch erzählt?«

Ruoff zögerte. »Da war ein Kollege von Ihnen.«

»Und dem haben Sie alles gesagt, was Sie mir gesagt haben?«

»Natürlich.«

»Hat der sich ausgewiesen?«

»Ja. Vielleicht sind *Sie* ja ein falscher Bulle.«

»Lesen Sie keine Zeitung?«

Ruoff winkte ab. »Terrorbulle …«

»Genau. Mit Foto.«

»Ist was dran?«

»Erinnern Sie sich an den Namen des … Polizisten?«

Ruoff überlegte und schüttelte den Kopf. »Der trat auf wie ein Bulle, echt.«

»Es hat Sie nicht gewundert, dass ein Polizist auftaucht und die gleichen Fragen stellt wie ich?«

»Bei Bullen wundert mich wenig. Warum fragen Sie mich das alles?«

»Weil Elvira Kohn ermordet wurde.«

»Ach, du Scheiße.« Er kratzte sich am Ohr, schloss die Augen und lehnte sich zurück. »Jetzt sind sie beide tot.«

»Wie sah er aus?«

Ruoff schüttelte sich. Schnaufte durch und sagte: »Schicker Typ. Ein bisschen altmodisch. Sie kennen Alain Delon? Als er jung war? Etwa so.«

»Alain Delon?«

Ruoff nickte.

De Bodt schrieb es in sein ledergebundenes Notizbuch.

»Sonst was?«

»Unsympathisch.«

»Das hilft jetzt enorm«, sagte de Bodt trocken.

»Mundgeruch.«

Salinger steuerte den Wagen nach Hamburg.

»Das Messer aus dem Zug ist eindeutig die Tatwaffe aus Lübeck«, sagte Salinger. »Das BKA hat es nun definitiv bestätigt.«

»Das wussten wir ja schon.«

»Ali und ich haben noch einmal die BBC-Produktpalette durchforscht. Nichts, was auffiele. Keine Waffen oder Ähnliches. Das ist eine stinknormale Chemieklitsche. Wenn auch eine große.«

»Wie sieht es wirtschaftlich aus?«

»Alles in Ordnung. Der Aktienkurs steigt langsam, aber stetig. Ein gutes Zeichen, hat mir ein Broker gesagt. Stabil.«

De Bodt blickte sie von der Seite an.

Salinger blickte in den Spiegel. Immer wieder. »Der folgt uns.«

De Bodt klappte die Sonnenblende herunter und den Schminkspiegel auf. »Der Benz?«

»Ja, der schwarze.«

»Seit wann?«

»Weiß nicht. Ist mir erst in den letzten Minuten aufgefallen.«

»Gleich kommt eine Raststätte. Wollten Sie nicht einen Kaffee trinken?«

Sie lächelte. »Unbedingt. Sie erraten meine geheimsten Wünsche.«

Der Benz folgte nicht auf die Raststätte.

»Wer hat diese Kampagne gegen Sie inszeniert?«

»Weiß nicht«, sagte de Bodt. »Jemand, der die Ermittlungen behindern will.«

»Und dazu Sie gegen einen anderen austauschen will.«

De Bodt starrte hinaus zum Parkplatz.

»Das hat bestimmt was zu tun mit diesem angeblichen Kollegen bei Ruoff.« Sie starrte einen Augenblick in ihren Kaffee, als fände sie dort eine Antwort. »Was haben die davon, wenn ein anderer die Ermittlungen leitet?«

»Post hoc ergo propter«, erwiderte de Bodt.

»Wie bitte?« Sie guckte ihn an, als wäre er durchgeknallt.

»Auf Deutsch: Was danach kommt, kommt noch lange nicht deswegen.«

»Wie schön, dass die Römer sich kurz fassen konnten.« Sie lachte und schüttelte den Kopf.

»Wir haben die Kampagne und den Pseudobullen bei Ruoff. Es gibt einen zeitlichen Zusammenhang. Aber ob es einen ursächlichen gibt…«

Sie winkte ab. »Ist schon gut.«

Er blickte sie an und grinste. »Sie finden mich bestimmt… merkwürdig.«

»Ja, sind Sie auch.«

Er lächelte und ging hinaus, um ungestört zu telefonieren.

In der Sievekingsallee entdeckte sie hinter ihnen einen schwarzen Benz. Auch diesmal zu weit weg, um das Nummernschild zu erkennen.

»Könnte er sein«, sagte sie.

Blick in den Schminkspiegel. »Ja. Aber solche Karren gibt's viele.«

Die Wohnung lag im ersten Stock. Wohnzimmer, Schlafzimmer, Küche. Typische kleinbürgerliche Einrichtung. Grimms Märchen, ein paar Liebesromane. Modernes Fernsehgerät. Im Schlafzimmer der Kreideumriss. Die Kollegin wartete schon, nachdem de Bodt sie unterwegs angerufen hatte.

»Doris«, sagte er nur und reichte ihr die Hand.

»Eugen«, erwiderte sie und hielt die Hand ein wenig länger, während sie ihn anstrahlte.

Eine Falte über Salingers Nasenwurzel.

»Du willst die Kurzfassung«, sagte Doris und schüttelte ihre schwarzen Locken. »Wie immer.« Sie lachte trocken. »Also: Sie hat den Friseursalon gegen achtzehn Uhr verlassen. Zusammen mit einem Mann. Der hatte sich wohl die Haare schneiden lassen.«

»Gibt's eine Beschreibung?«

»Groß, gut aussehend, trug einen Hut, schwarz … eine alte Frau im Nachbarhaus war einkaufen und hat die beiden beobachtet. Sie kannte Frau Kohn, weil sie sich von ihr die Haare pflegen ließ.«

»Na toll. Schon wieder jemand, der kaum was sieht«, sagte Salinger. »Wie der Empfangschef in Lübeck.«

»Ihr glaubt, dass diese Fälle zusammenhängen?«, fragte Doris.

»Post hoc ergo propter«, sagte de Bodt.

»Hör auf mit dem Scheiß«, schimpfte Doris. »Nervt er Sie auch immer mit solchen Sprüchen?«

Salinger grinste. »Und er neigt zur Wiederholung. Den hat er vorhin gerade abgelassen.«

»Schlimm.« Doris zeigte zur Wohnungstür. »Er ist mit ihr in die Wohnung.«

»Der schöne Mann?«, fragte Salinger.

»Vermutlich. Hat aber niemand gesehen.«

»Es ist zum Kotzen«, sagte de Bodt.

»Dann sind sie ins Schlafzimmer, und er hat sie erdrosselt.«

»Die Leiche war bekleidet?«, fragte Salinger.

»Ja. Vollständig.« Nach einer Pause. »Lässt er Sie auch immer die Arbeit machen?«

Salinger grinste. »Klar.«

»Er hat sie von hinten erwürgt. Mit Gummihandschuhen. Wir haben einen Gummiabrieb gefunden.«

»Keine Spuren?«

»Keine.«

»Habt ihr den Salon nach den Haaren durchsucht?«

»Bist du wahnsinnig?« Sie hielt die Hand vor den Mund. »Oder wir sind es.« Handy ans Ohr. Hektische Anweisungen an Kollegen.

Nach dem Gespräch: »Gott sei Dank ist der Laden versiegelt.« Ein Blick zu de Bodt. »Danke. Ich seh den Wald vor Bäumen nicht.«

»Ihr werdet jetzt einen Haufen Haare finden. Und mit Sicherheit kein DNS-Vergleichsmaterial beim BKA. Aber wenn wir einen Verdächtigen haben …«

Sie winkte ab. »Ist schon gut.«

»Hat wenigstens jemand was gehört?«, fragte de Bodt.

»Niemand. Nichts gehört, kaum was gesehen. Und jetzt erzähl du mal, warum die Aasgeier über dich herfallen.«

»Keine Ahnung. Ich dachte immer, in diesem Staat wären Terrorsympathisanten besonders beliebt.«

Doris lachte. »Also, du überstehst das.«

»Ich ja, ob mein Job, mal sehen.«

»Du regst dich über nichts auf«, sagte sie, ohne eine Erwiderung zu erwarten. »Und jetzt erklärst du mir noch, warum ihr extra hergerast seid.«

»Die Frau wäre eine wichtige Zeugin im BBC-Fall gewesen«, sagte er.

Doris blickte ihn erstaunt an. »'ne Friseuse?«

De Bodt nickte.

»Das heißt, du vermutest, dass ihr Tod … jetzt sag nichts auf Lateinisch, ja?«

»Wir vermuten es.«

»Und wie?«

»Sie war mit einem der Täter befreundet. Mit einem der toten Täter.«

»Das heißt, ihr habt jetzt eine Spur weniger.«

»Das heißt, dass wir jetzt gar keine Spur mehr haben.«

Salinger fuhr ihn zur Elbchaussee. »Ich bin morgen früh im Büro«, sagte er.

Sie nickte müde. Er winkte ihr zu und öffnete die Gartentür. Er spürte ihre Blicke, während er über die lange Einfahrt zur Haustür der Villa ging. Vielleicht erkannte sie auch sein Widerstreben.

Das Hausmädchen ließ ihn den Empfangssaal betreten. Marmorfußboden mit dicken Läufern. Eine breite Treppe führte in den oberen Stock. Am Geländer ein Treppenlift. De Bodt traf den Vater in der Bibliothek. Hohe Regale aus alter Eiche. Schreibtisch, Sitzecke. Der Vater saß auf einem Sessel neben dem Fenster. Er legte ein Buch weg.

»Spinoza, immer wieder aufschlussreich. Findest du nicht?«

»Ich hab nicht viel Zeit«, sagte de Bodt.

»Elvira und die Kinder sind auch da. Sie ist … unglücklich. Du hättest auch nach Stade fahren können.«

»Das hätte ich nicht geschafft. So sehe ich euch alle.«

Ein skeptischer Blick des Vaters. Sie gingen ins Wohnzimmer. Die Mutter, Elvira und die beiden Töchter. Die Kinder rannten auf ihn zu und umarmten ihn. Ihm wurde wehmütig. Und er hatte ein schlechtes Gewissen. Wie immer.

Elvira blickte ihn beleidigt an. Kam ihm entgegen und umarmte ihn lasch. »Schön, dich auch mal wieder zu sehen.«

Er ging zur Mutter in ihrem Sessel. »Geht es dir gut?«

»Du weißt ja. Die Arthritis.« Unter der litt sie, seit de Bodt sich erinnern konnte. Inzwischen hatte sie neue Kniegelenke, schaffte es aber noch nicht allein die Treppe hinauf.

De Bodt setzte sich in den freien Sessel.

»Was macht der Fall?«, fragte der Vater in einem Ton, der angestrengt klang.

»Gar nichts«, sagte de Bodt.

Schweigen.

»Hast du eine Wohnung besichtigen können?«, fragte die Mutter, während sich Elvira damit beschäftigte, schlechte Laune zu zeigen.

»Der Makler ist dran.«

»Also immer noch«, maulte Elvira. »Und her kommst du nur wegen einer Leiche.«

»Das ist mein Beruf«, sagte de Bodt.

Er war um acht Uhr im Büro. Yussuf saß schon an Akten. Salinger erschien kurz nach de Bodt und warf ihm einen fragenden Blick zu. Dann legte sie ihm die *B. Z.* auf den Tisch.

»WAS LÄUFT DA ZWISCHEN DEM ROTEN KOMMISSAR UND DER SCHÖNEN KOMMISSARIN?« Darunter ein Bild von de Bodt und Salinger im Auto.

»Gestern«, sagte sie. »Der schwarze Benz.«

De Bodt schüttelte den Kopf. »Der war hinter uns. Das kann auch vor dem Präsidium gewesen sein.«

Sie verzog das Gesicht. »Die wollen uns fertigmachen.«

»Natürlich.« Er schob die Zeitung zur Seite. Das Telefon klingelte. De Bodt hörte kurz zu und sagte: »Wenden Sie sich an die Pressestelle.«

»Jetzt haben wir keine Spur mehr«, sagte Salinger.

»Doch«, widersprach de Bodt. »Die Kampagne. Den Benz, sofern er uns wirklich verfolgt hat. Den Mord an Frau Kohn.«

»Drei Spuren«, sagte Yussuf.

»Vier, wenn wir die Söldnerszene weiter bearbeiten. Irgendwer muss die Lübecker Leichen kennen. Wir haben ja noch gar nicht richtig losgelegt«, sagte de Bodt.

Weber erschien. Seine Augen flimmerten. Er hatte die *B.Z.* in der Hand. Stellte sich vor de Bodts Schreibtisch und zeigte auf die Titelseite. »Was hat das zu bedeuten, Herr de Bodt?«

»Fragen Sie den sogenannten Journalisten. Zeitverschwendung«, erwiderte der.

»Sie wollen sich nicht dazu erklären?«

»Lieber zum Wetterbericht.«

»Und Sie, Frau Salinger?« Er blickte sie streng an.

»Wenn ich mich zu jeder Lüge äußern würde, käm ich nicht mehr zum Arbeiten.«

»Sie wollen das also auf sich beruhen lassen?« Diesmal galt der Blick dem Hauptkommissar.

»Natürlich. Mich interessiert nur, welcher verehrte Kollege das Gift verspritzt.«

»Wie kommen Sie darauf, dass es jemand von uns sein könnte?«

»Ganz einfach. Wer weiß sonst, dass Salinger und ich zusammenarbeiten?«

»Das Bild stammt von einem Fotografen.«

»Das Bild wäre nie veröffentlicht worden ohne zusätzliche Information.«

Webers Augenbrauen zuckten.

»Sofern ich mich entschließen sollte, um Frau Salingers Hand anzuhalten, werde ich natürlich vorher um Erlaubnis bitten.«

Ein Prusten aus der Ecke. Yussuf presste sich die Hand vor den Mund, lief rot an und wendete das Gesicht ab.

Der Kriminalrat blickte ihn an, dann wieder weg. Dann wieder hin, dann wieder weg. »Die Medien bestürmen die Pressestelle …«

»Und wir ermitteln«, sagte de Bodt.

Pause. Weber sammelte sich. »Wenn ich schon hier bin, können Sie gleich berichten. Gibt es Fortschritte? Wir brauchen dringend was für …«

»Das Messer im Zug Hamburg–Kopenhagen stammt vom Lübecker Täter.«

»Ich weiß, ich weiß.«

»Eine vielversprechende Zeugin in Hamburg wurde ermordet. Wir gehen davon aus, dass der oder die Täter wieder Informationen aus dem Polizeipräsidium erhalten haben. Des Weiteren stellen wir fest, dass uns jemand verfolgt. Jemand, der sich als Polizist ausgibt. Von dem Mann wissen wir bisher nur, dass er glaubt, Alain Delons Wiedergänger zu sein.«

»Wie bitte?«

»Das ist ein französischer Schauspieler.«

Weber stierte ihn an.

»Wenn ich eins und eins zusammenzähle, haben Alain Delon und die Infos aus dem Präsidium was miteinander zu tun.« Ein Versuch ist's wert, dachte de Bodt.

»Das ist doch eine Spekulation …«

»Unsere Arbeit lebt von Spekulation.«

»Der Polizeipräsident hat sich über Sie geärgert«, sagte Weber.

»Der Präsident hat sich über die Schlagzeilen geärgert«, erwiderte de Bodt. »Und darüber, dass die Ermittlungen nicht vorankommen.«

»Ja, und? Da hat er doch recht.«

»Wenn er uns jetzt noch die Leute vom Hals schaffen könnte, die die Ermittlungen stören und Interna durchstechen, dann wäre alles gut. Wir kriegen die Täter, egal, was wer auch immer anstellt, um es zu verhindern. Diese Leute sollten wissen, dass Quertreiberei meinen Ehrgeiz erst richtig anstachelt.«

»Meinen übrigens auch«, sagte Salinger.

»Auf jeden Fall«, ergänzte Yussuf.

Weber blickte sie der Reihe nach an.

»Überlegen Sie es sich gut, ob Sie vor Quertreibern kapitulieren wollen«, sagte Salinger.

Weber blickte sie erstaunt an. Dann de Bodt.

De Bodts Handy klingelte. Der Makler. »Ich melde mich«, sagte de Bodt. Hoffentlich hat er nichts Gescheites gefunden.

»Wenn Sie den Fall einer anderen Mordkommission übergeben, haben diese Leute ihr Ziel erreicht«, sagte Salinger. »Die wollen nicht, dass wir die Täter finden. Das ist doch die einzige vernünftige Erklärung …«

Weber unterbrach sie mit einem Handzeichen. »Es gibt noch andere Motive: Neid, Eifersucht« – ein langer Blick zu Salinger –, »Missgunst, Kränkung …«

»Verschiedene Wörter für eine Sache«, sagte de Bodt. »Aber wer würde die Polizeiarbeit wegen so was sabotieren? Wer würde Zeugen umbringen? Wie die Friseurin in Hamburg?«

»Können Sie das beweisen?«

»Alain Delon folgt unseren Ermittlungen. Er sucht den Söldner auf, der uns den Hinweis auf Frau Kohn, besagte Friseurin, gegeben hat. Kurze Zeit später ist die Friseurin tot.«

Weber blickte ihn nachdenklich an. Er nickte kaum wahrnehmbar. Irgendetwas arbeitete in ihm.

»Die Presseabteilung wünscht eine Stellungnahme von Ihnen.«

»Zu meiner Affäre mit Frau Salinger?«

Yussuf prustete los. Salinger lachte nach kurzem Zögern mit.

»So sind die Medien«, sagte Weber.

»Wenn sie jemand füttert«, erwiderte de Bodt. »Die Pressestelle soll bitte erklären, was sie will.«

Weber stand da und versuchte sichtbar, sich nicht sichtbar zu ärgern. »Was ist Ihr nächster Schritt?« Es klang gequetscht.

»Sie schon wieder«, sagte Ruoff. »Aber immerhin in hübscher Begleitung.« Sein Blick ruhte eine Weile auf Salinger. »Steht ja schon in der Zeitung.« Er grinste.

»Sie haben bestimmt ein Adressbuch«, sagte de Bodt.

»Sieht man mir das an?«

»Ja«, sagte de Bodt.

Das Handy klingelte. Der Makler. Mist, den hatte er nicht zurückgerufen. »Ich melde mich«, sagte er.

Kaum hatte er das Gespräch getrennt, klingelte es wieder. Yussuf.

»Wels ist immer noch nichts eingefallen.«

»Okay. Was machen die Spuren vom Mord an Köhler?«

»Die Bombe wurde wahrscheinlich von der oberen Wohnung des Nachbarhauses aus gezündet. Die haben Fußabdrücke gefunden, die niemandem zuzuordnen sind.«

»Und einen Lieferwagen, Taxi …?«

»Ich frag noch mal rum. Überall.«

»Sehr gut, Sie machen das perfekt. Hat Krüger mitgespielt?«

»Ja, wir sind hier fünf Mann.«

»Also, wir brauchen alle Leute, die mit den Toten von Lübeck etwas zu tun hatten. Alle, die Sie kennen.«

»Damit die dann auch …«, sagte Ruoff.

»Reden Sie keinen Unsinn! Wenn Sie dem besagten Kollegen nicht wieder Namen und Adressen verraten …«

Er blickte de Bodt an, dann Salinger. »Wie soll ich das wissen?« Er erhob sich, ging zum Tresen und goss sich einen Doppelkorn ein, trank ihn aus, goss sich wieder einen ein und kehrte zurück zum Tisch. »So eine verdammte Scheiße. Wenn ich den Typ …«

»Es ist nicht Ihre Schuld«, sagte Salinger.

»Doch. Ist es. Ich hätte ihn anrufen sollen.« Er zeigte auf de Bodt.

Als er das Glas ausgetrunken hatte, stand er auf. Doch Salinger legte ihm die Hand auf die Schulter. Ruoff blickte sie an und setzte sich wieder.

»Wenn der Typ wiederkommt oder ein anderer, der sich als Polizist ausgibt, lassen Sie sich nichts anmerken. Rufen Sie mich sofort an. Sofort. Und geben Sie ihm diese Adresse.« Er notierte etwas in seinem Notizbuch, riss das Blatt heraus und schob es Ruoff zu.

»Wir müssen herausfinden, wer ihn beauftragt hat«, erklärte Salinger.

Ruoff nickte. »Kapiert.«

»Und jetzt die Adressen. Bitte«, sagte de Bodt.

Ruoff hob die Brauen. »Und Sie lassen die Kameraden sonst in Ruhe?«

»Natürlich.«

»Und was machen Sie, wenn Sie die Adressen haben?«

»Dann laden wir sie alle zu Ihnen ein und trinken erst mal ein Bier.«

Zwei Abende später erschienen acht Männer im *Anker*. Sie kamen pünktlich. Die meisten begrüßte Ruoff ernst mit Handschlag. Zwei umarmten ihn. Man sah ihnen an, dass sie der Bürotätigkeit eher nicht zuneigten.

De Bodt gab eine Runde Bier aus. Auch für Yussuf und Salinger.

Die Männer setzten sich zu den drei Polizisten an den großen Tisch in der Mitte der Kneipe. An der Tür hing draußen ein Schild *Geschlossene Veranstaltung.*

Ruoff stand hinterm Tresen. »Die Bullen sind okay. Niemand fragt euch nach dem Ausweis. Außer denen ist kein Bulle in der Umgebung. Jeder kann jederzeit aufstehen und nach Hause gehen. Die Freundin eines Kameraden wurde ermordet. Der Kamerad selbst starb im Kampf.«

»Wenn man das so sehen will«, sagte de Bodt.

Ein Typ mit Pockennarben und Glatze beguckte Salinger, dann de Bodt. »Der Terrorbulle mit der scharfen Kommissarin.«

»Sie gucken die falschen Filme«, sagte de Bodt.

»Also, ich fände es nicht …«

De Bodt winkte ab. Er hob sein Glas, und sie stießen an. Zigaretten qualmten. Der Geruch von Rauch, Schweiß und billigem Rasierwasser mischte sich.

»Wenn Weber das wüsste«, flüsterte Yussuf Salinger ins Ohr.

»Und was wollen Sie von uns?«, fragte ein schmächtiger Mann mit wachen Augen.

»Die wollen die Mörder unseres Kameraden Fred und von Elvira …«, sagte Ruoff.

»Das war doch längst vorbei«, murrte ein Schwarzenegger-Verschnitt.

»Spielt keine Rolle!«, schnauzte Ruoff. »Ein Kamerad starb im

Kampf, und seine … Frau wurde ermordet. Von einem falschen Bullen!«

Yussuf war abwesend. Er spielte mit dem Handy.

»Das vermuten wir«, sagte de Bodt.

»Na, es war einer hier, der sich als Bulle ausgegeben hat«, widersprach Ruoff. »Er hat … herausbekommen, wie das mit Elvira ist. Dann wurde sie umgebracht. Klare Sache, oder?« Er grinste bitter.

Einige nickten.

Einer sah aus wie ein Banker. Schicker Anzug, Krawatte, gegelte Haare. Er hatte bisher kaum eine Miene verzogen. »Wie soll das nun gehen?« Es klang wie: Also, Leute, ich hab einen Haufen Termine, kommt zu Potte.

Yussuf legte die Leichenfotos auf den Tisch. Er hatte Kopien gemacht, sodass sich jeder ein Bild nehmen konnte.

Die Männer betrachteten die Fotos. Keiner zeigte eine Reaktion.

»Diese Männer wurden in Lübeck getötet. Sie haben davon gehört, nehme ich an. Unsere Fragen sind einfach. Erstens: Kennt jemand diese Männer? Zweitens: Kennt jemand jemanden, der diese Männer kennen könnte?«

De Bodt ließ seine Augen in der Runde schweifen.

Ruoff klopfte auf den Tisch. »Diese Kameraden wurden hereingelegt. Sie haben an der BBC-Aktion teilgenommen. Dann gab es einen Kampf untereinander. Keiner weiß, warum …«

»Es ging um Geld«, sagte de Bodt.

Salingers Blick traf ihn.

»Der Auftraggeber weigerte sich, das vereinbarte Honorar zu bezahlen. Stattdessen hetzte er diese Leute« – ein Fingerzeig auf die Fotos – »auf Kameraden …«

Ruoff blickte ihn erstaunt an. »Die sollten die eigenen Kameraden umbringen?«

De Bodt nickte.

»Dafür gibt es Beweise?«

De Bodt nickte. »Das ist bewiesen.«

Salinger blickte auf die Tischplatte. Yussuf beschäftigte sich mit dem Revers seiner Jacke, das Smartphone in der Hand.

Ruoff schüttelte den Kopf. »Hätt ich nie gedacht.«

»Wir sollen Ihnen das glauben?«, sagte der Banker. »Warum eigentlich? Wie sehen die Beweise aus?«

De Bodt blickte ihn ernst an. »Wir werden mitten in einer Ermittlungen keine Beweise vorführen. Hier schon gar nicht.«

Der Banker schüttelte den Kopf. »Hier schon gar nicht«, wiederholte er.

»Aber Sie wollen, dass wir Ihnen helfen?«, sagte einer mit Dreitagebart und Zahnlücke.

»Nein«, sagte de Bodt. »Mir werden Sie nicht helfen. Ist mir klar. Aber Sie wollen wissen, wer Ihre Kameraden getötet hat. Das erfahren Sie nur von mir. Wenn auch nicht jetzt, sondern erst nach dem Ende unserer Ermittlungen.«

»Da kommt so ein feiner Pinkel hierher und erzählt nur Scheiße.« Schwarzenegger erhob sich. Aber als er stand, wusste er nicht mehr, warum er aufgestanden war. Ruoff warf ihm einen Blick zu, und Schwarzenegger setzte sich wieder.

»Sie können uns viel erzählen«, sagte der Banker. »Vielleicht war es genau andersherum. Vielleicht sollen wir Ihnen einen Kameraden ans Messer liefern, der sich korrekt verhalten hat?«

Ruoffs Faust donnerte auf den Tisch. »Der Bulle sagt die Wahrheit. Er hat mir genau erklärt, was er weiß …«

»Und was?« Der Banker streckte das Kinn nach vorn.

»Wir gehen spazieren«, sagte de Bodt. Die Polizisten verließen den Gastraum.

Ein Moped knatterte vorbei. Vor dem türkischen Supermarkt gegenüber parkte ein Lieferwagen in der zweiten Reihe. Zwei Männer luden Kisten aus. Ein kühler Wind trieb Zeitungsfetzen vor sich her.

De Bodt schlenderte die Straße hinunter, die Hände in den Hosentaschen. Salinger ging neben ihm, Yussuf trottete hinterher und beschäftigte sich mit seinem Smartphone.

»Und was passiert jetzt?«, fragte Salinger.

»Wir kehren in zwanzig Minuten zurück und erfahren, was wir wissen wollen.«

»Die Macht des schlechten Gewissens«, sagte Salinger.

De Bodt lächelte. »Nein, der Vernunft. Die kennt die krummsten Wege.«

Sie gingen eine Weile wie ziellos, während Yussuf spielte oder telefonierte oder SMS verschickte. Er nahm die Umwelt kaum wahr.

Dann sagte er: »Drei von denen haben Vorstrafen.«

De Bodt hielt an und drehte sich um. »Wer?«

Yussuf zeigte ihm die Fotos.

»Die hast du heimlich im *Anker* gemacht, was?« Salinger lachte. »Durchtrieben, der Typ.«

Der Banker hieß Karl Eduard Winteln, stammte aus Herne und hatte dreieinhalb Jahre gesessen wegen eines Verstoßes gegen das Kriegswaffenkontrollgesetz. Schwarzenegger hieß im richtigen Leben Hans Haber und hatte eine zweijährige Strafe verbüßt wegen Körperverletzung. Er hatte weitere Vorstrafen, darunter eine wegen unerlaubten Waffenbesitzes. Die Glatze war Leonhard Kaleschke, eingesessen wegen Kinderpornografie.

»Feine Jungs«, sagte Salinger. »Da könnten wir Druck machen.«

»Nein«, sagte de Bodt. »Wir behalten es im Hinterkopf. Druck bringt nichts.«

»Und wenn sie nichts sagen?«

»Dann sagen sie nichts.«

Ruoff präsidierte am Tisch. Die Männer schwiegen, als die Polizisten zurückkehrten. De Bodt setzte sich ans andere Tischende, Salinger und Yussuf quetschten sich zwischen die Männer an den Seiten.

Ruoff knetete seine Hände. »Fred hab ich ja schon identifiziert. Der abgestochen wurde.«

»Kennt jemand von Ihnen Fred?«

Der Banker nickte.

»Kennen Sie seinen richtigen Namen?«

»Ja, Rudi, also Rudolf.«

»Nachname?«

»Hornscheidt.«

De Bodt fühlte Erleichterung. Endlich ein Name.

»Woher wissen Sie das?«

»Ich hatte mal eine … Firma mit dem Kameraden.«

»Was für eine?«, fragte Salinger.

»Sicherheitsberatung für Unternehmen, die in Somalia …«

»Wo?«

»Hier, in Berlin. »

De Bodt winkte ab. »Wie heißt der zweite Mann? Ingo, hatten Sie gesagt. Aber das ist nicht sein wirklicher Name.«

»Keine Ahnung. Außer mir kennt den hier keiner«, sagte Ruoff. »Wie gesagt, er kommt aus dem Pott. Vielleicht.«

»Volz«, sagte Schwarzenegger. »Ingo Volz. Mit dem war ich in Bagdad. Blackstone.«

»Fassen wir zusammen«, sagte de Bodt und winkte der Kellnerin. Sie waren nach dem Treffen mit den Söldnern ins *Café Luftbrücke* gefahren. »Der BBC-Vorstand wird fast komplett ermordet.«

»Also bei Adam und Eva«, maulte Yussuf. »Warum besprechen wir nicht, was wir bei den Söldnern erfahren haben? Wir verschwenden Zeit.«

»Adam und Eva«, erwiderte de Bodt. »Da hat bekanntlich alles angefangen.«

Salinger grinste müde.

»Hektik kostet Zeit«, sagte de Bodt.

»Von wem stammt das?«, fragte Yussuf.

»Von de Bodt«, antwortete de Bodt.

Die Kellnerin unterbrach die Genesis und zog nach den Bestellungen ab.

»Köhler haben sie nicht in der Firma erwischt, sondern zu Hause in die Luft gesprengt«, sagte Salinger. »Habt ihr noch was gefunden?« Blick zu Yussuf.

»Jein. Ein Greis will einen Lieferwagen gesehen haben. Kurier vielleicht. Kann sich aber weder an Wagentyp noch an die Farbe erinnern. Mal ist er blau, mal ist er schwarz. Und beschwören kann er auch nicht, dass er die Karre am richtigen Tag gesehen hat.« Er winkte ab.

»Sonst nichts?«, fragte Salinger erstaunt.

»Sonst nichts.«

»Das heißt, jemand ist unbemerkt in einer besiedelten Gegend in ein Wohnhaus eingedrungen und hat eine Explosion gezündet«, sagte Salinger. »Ach so, wir sind ja noch nicht mal bei Eva und der Schlange.« Sie hielt sich die Hand vor den Mund und grinste.

»Ihre alttestamentarischen Kenntnisse sind beeindruckend«, sagte de Bodt.

»So was lernt man im Kommissarlehrgang. Jedenfalls in Berlin.«

De Bodt lachte. Die Kellnerin, die gerade die Bestellung auf den Tisch stellte, sah ihn befremdet an. Dann schweifte ihr Blick zu Salinger und wieder zurück zu de Bodt. Ihre Lippen wurden dünn.

»Bleibt Wels«, sagte Yussuf. »Niemand hat bisher versucht, Wels umzubringen. Das wäre jetzt zwar schwierig, aber das sind Profis. Die würden es versuchen. Wenn es wichtig wäre.«

»Dafür gibt es Erklärungen«, sagte Salinger.

»Aha.« Yussuf war ganz Ohr.

»Erstens: Wels hängt drin. Krumme Dinger sind ihm nicht fremd.«

»Mord ist kein krummes Ding«, sagte Yussuf.

Salinger nickte. »Zweitens: Wels hat einfach Glück gehabt.«

»Wahrscheinlich«, erklärte Yussuf.

»Drittens: Er soll noch umgebracht werden, wenn der Polizeischutz endet. Was aber bedeuten würde, dass er im Auge der Täter nicht so wichtig ist und auch nichts Bedrohliches weiß.«

»Deine Fantasie ist mal wieder beeindruckend«, sagte Yussuf.

Sie zeigte ihm den Vogel.

»Viertens«, sagte de Bodt und trank einen Schluck grünen Tee. »Viertens muss jemand den Tätern verraten haben, wie sie ins Gebäude kommen und wann sie den Vorstand wo finden würden. Wenn ich die Spuren richtig verstehe, sind die rein, haben ihren Job gemacht und sind verschwunden. Ein paar Minuten nur. Sie haben von Anfang an gewusst, was sie zu tun haben.«

»Und haben sich beim Pförtner noch einmal vergewissert, damit sie die Sache unauffällig abbrechen können, wenn ihre Informationen nicht stimmen sollten«, ergänzte Salinger.

»Also Wels«, sagte Yussuf.

»Denken Sie noch mal nach«, bat de Bodt. »Sie sind schnell im Kopf. Manchmal zu schnell.«

Yussuf lief rosa an. Er fasste sich ans Kinn. »Sie haben ihren Informanten umgebracht«, sagte er. »Weil er eine Spur wäre zu ihnen.«

De Bodt reckte den Daumen. »Weil Wels noch lebt, ist er wahrscheinlich unschuldig. Glück gehabt. Oder den Tätern nicht wichtig gewesen. Sie werden wohl gewusst haben, dass er nicht an der Sitzung teilnimmt. Bei Köhler war es ihnen nicht egal.«

»Köhler war Justiziar. Alle Verträge gingen über seinen Tisch«, sagte Salinger. »Wels düste in Europa herum. Wahrscheinlich hat er viele Vorgänge in der Firma nicht gekannt.«

»Nur die Sachen, die für seine Arbeit wichtig waren«, sagte Yussuf. »Also Bestechung, aber …«

»Weiter in der Genesis«, sagte de Bodt.

»Ich bin übrigens Muslim, ich hab mit so 'nem Quatsch nichts am Turban.« Yussuf zeichnete einen Kreis über seinem Kopf.

De Bodt grinste. »Von wegen. Adam und Eva gibt's auch im Koran. Nach dem Überfall kommt die Flucht. Niemand hat beobachtet, wie sie abgerückt sind.«

»Auf ein Kurierfahrzeug achtet auch niemand. Die gibt's wie Sand am Meer«, sagte Yussuf.

»Dann passiert in Lübeck etwas Unvorhergesehenes. Das war so nicht geplant. Die Kerle bringen sich gegenseitig um. Einer konnte fliehen. Sie haben ihn gejagt, aber er ist entkommen. Sie werden ihn weiter jagen, weil der Grund dafür nicht entfallen sein kann.«

»Aber der Typ ist gut«, sagte Salinger.

»Sympathy for the devil«, warf Yussuf ein.

»Als Rechtgläubiger kennen Sie das nicht«, erklärte de Bodt.

»Aber warum bringt er einen offensichtlich Unbeteiligten im ICE Hamburg–Kopenhagen um?«, fragte Salinger.

»Weil er eine falsche Spur legen will. Das ist der einzige Grund, der mir einfällt«, sagte de Bodt. »Er schickt die Tatwaffe auf die Reise. Wenn er das Messer in den Zug gelegt hätte, um eine Flucht nach Norden vorzutäuschen, wäre die Waffe vielleicht nie bei der Polizei gelandet. Er will aber, dass wir das Messer finden. Also bringt er jemanden damit um. Ein absolut sicherer Weg, uns einzuschalten. Dass wir das Messer auf Spuren untersuchen und diese abgleichen, das weiß der Mann.«

»Der Typ ist eiskalt«, sagte Yussuf. »Unfassbar.«

Sie tranken.

»Soweit scheinen die Dinge klar«, sagte Salinger dann. »Und er ist nicht in den Norden geflohen.« Sie kratzte sich an der Stirn. »So langsam finde ich die Genesis spannend, als Heidin, meine ich.«

»Klar«, sagte de Bodt. »Wir werden gleich zwei Spuren haben, die was versprechen.«

Die beiden anderen guckten ihn an. Auf Salingers Nasenwurzel formte sich eine Falte.

»Was wissen wir noch?«, fragte de Bodt.

»Jemand arbeitet gegen uns. Entweder die Täter oder andere Leute«, sagte Yussuf.

»Exakt.« De Bodt winkte der Kellnerin zu und zeigte auf seine Tasse. »Alain Delon, der sich bei Ruoff als Kollege ausgegeben hat.«

»Was für eine Adresse haben Sie Ruoff aufgeschrieben?«, fragte Yussuf. »Und warum?«

De Bodt blickte zum Tresen. »Ich glaube nicht, dass die Täter gegen uns arbeiten. Da wären sie dumm. Das sind die aber nicht.«

Salinger nickte. »Ich glaube auch nicht, dass es die Täter sind. Die versuchen abzutauchen und möglichst wenig Spuren zu hinterlassen.«

Die Kellnerin knallte Teekanne und Tasse für de Bodt auf den Tisch. Ohne Wort marschierte sie zurück zu ihrer Grabenstellung. Eine Protestdemo. Gegen was auch immer.

De Bodt lächelte fein. »Wer hat ein Interesse daran, uns ins Handwerk zu pfuschen? Wer bringt eine Zeugin um?«

Sie saßen schweigend und grübelten.

»Ein Geheimdienst«, sagte Yussuf.

»Glaub ich auch. Nur welcher? Davon gibt es viele.«

»Wenn es ein Geheimdienst ist, was verriete uns das?«, fragte de Bodt.

»Dass der Fall staatliche Interessen berührt. Fragt sich nur, welcher Staat.«

»Mord ist ein Risiko für den Täter. Ein großes Risiko. Wenn ein Nachrichtendienst mordet, hat er handfeste Gründe«, sagte de Bodt nachdenklich und trank seinen Tee. Er verzog das Gesicht, setzte die Tasse ab und winkte der Kellnerin. Die übersah ihn absichtlich. De Bodt erhob sich und ging zum Tresen. Die Kellnerin tat überrascht. »Sie haben zwei Möglichkeiten«, sagte de Bodt. »Sie bringen einen neuen Tee wie bestellt. Oder ich unterhalte mich mit dem Betreiber dieses Etablissements.«

Die Kellnerin hob die Augenbrauen. »Sie haben eine Beschwerde?«

»Sie lesen die falsche Zeitung«, sagte er und ging zurück zu seinem Platz.

Als er saß, sagte er: »Eigentlich haben wir drei Spuren. Was kann man mehr erhoffen?«

Das Telefon klingelte. »Ja?« Er hörte dem Makler zu. Der hatte eine Wohnung in Friedrichshain. Reihenhaus, jedenfalls so ähnlich. Zwei Etagen. Garten, Alleinnutzung. Wann er es ansehen könne. Nicht vor dem Wochenende? Das sei aber spät. Es gebe weitere Interessenten. »Tut mir leid«, sagte de Bodt. »Aber ich habe ein paar Mordfälle zu lösen.«

»Drei Spuren?«, fragte Yussuf.

»Ja. Spur Nummer eins: Ich tippe auf den Schornsteinfeger. Mit der Müllabfuhr würde es nicht klappen. Zu aufwendig. Es gibt nur eine Person außer dem Briefträger, der sich unauffällig bewegen kann. So unauffällig, dass sich kaum jemand an ihn erinnert.«

»Den Briefträger haben wir befragt«, sagte Yussuf.

»Ich weiß. Also ist es der Schornsteinfeger. Das hat für die Täter den Vorzug, dass die wenigsten Leute sich dessen Gesicht merken. Der kommt vielleicht einmal im Halbjahr. Manchmal der Meister, manchmal der Geselle. Er darf in die Wohnung. In den Keller und aufs Dach.«

Yussuf hatte das Handy schon am Ohr. Er hörte zu. Sein Gesicht verriet Anspannung. Als er das Handy auf den Tisch legte, blickte er de Bodt staunend an. »Der Bezirksschornsteinfeger sagt, die Gegend, wo Köhler wohnt, sei erst in zwei Wochen dran.«

»Na also.« Er zeigte mit dem Finger auf Yussuf. »Fahren Sie noch mal hin. Versuchen Sie, eine Beschreibung des falschen Schornsteinfegers zu kriegen. Vielleicht haben wir ja Glück. Hätte ich auch gleich drauf kommen können.« Als Yussuf hastig seinen Kaffee ausgetrunken und das Café verlassen hatte, schüttelte de Bodt den Kopf. »So viel Glück werden wir nicht haben. Aber so dicht waren wir an den Tätern noch nicht dran.«

»Und was meinten Sie, als Sie von den beiden anderen Spuren sprachen?«

»Den Geheimdienst und die Söldner.«

»Den Geheimdienst und die Söldner«, wiederholte sie nachdenklich. »Söldner, klar. Da checken wir die Adressen von Hornscheidt und Ingo Volz. Der eine wohnte in Berlin, der andere in Herne. Aber der Geheimdienst?«

»Das verrät uns, dass ein Staat in die Sache verwickelt ist«, sagte de Bodt. »Und ich werde den Typen kriegen, der den Bullen markiert. Wenn ich ihn habe, wird er uns alles verraten, was er weiß. Und wir brauchen den Namen von dem Killer, der in Lübeck entkommen ist. Wir müssen ihn finden.«

XI.

Insel, die aus Träumen geboren.
Ich habe meine Sinne verloren,
in dem Fieber, das wie Feuer brennt.
Santa Maria …

Wizzy verlor jede Zurückhaltung. Jetzt schmalzte Roland Kaiser schon aus den PC-Boxen. Kammann wog die Folgen ab, dann entschied er, dass es nichts geben könnte, das schlimmer sei als dieses Gedudel. »Mach das aus!«, schnauzte er.

Wizzy glotzte ihn an, als wäre er Nessie. Sie sagte kein Wort. Stöpselte den Kopfhörer an und setzte ihn sich auf den Kopf. Dann drehte sie auf, dass ihr die Trommelfelle zu platzen drohten. Ihr Schädel arbeitete perfekt als Resonanzverstärker.

Die Wagerer verdrehte die Augen. Sie war längst zum Opfer von Wizzys Terrorregime geworden. Jeder, der es mit Wizzy länger als drei Tage aushielt, wurde zu ihrem Opfer. Widerstand brach sie mit roher Gewalt oder mit Tücke. Zurzeit war offenbar die Tücke angesagt. Roland Kaiser sülzte gnadenlos weiter, während Wizzy ihren Frust an der Tastatur ausließ. Aber ihr Kopf wiegte im Takt mit.

Höxtra saß am Tisch und aß. Es roch nach Speiseöl.

»Konferenz!«, befahl Kammann und überlegte, ob er Wizzy den Kopfhörer von den Ohren reißen musste. Aber die tat so, als wäre sie brav. Setzte sich mit ihrem Kaffeebecher an den Tisch. Die Wagerer blieb hinter ihrem Schreibtisch sitzen, als wäre sie dort verwurzelt.

»Was macht Schröder?«, fragte Höxtra, worauf Wizzy guckte, als stünde sie vor einer seit Jahrzehnten nicht gereinigten Kloschüssel. »Und Johnny?«

»Schröder lungert vorm Präsidium rum und hängt sich an de Bodt, wenn der die Nase rausstreckt.« Er warf Höxtra, der immer noch kaute, einen strafenden Blick zu. »Johnny ruht sich aus.« Kammann winkte ab. »Wizzy, wie weit sind die Bullen? Unser Freund im Präsidium hat de Bodt angewiesen, täglich zu berichten. Aber er erfährt so gut wie nichts. De Bodt hält ihn für den Durchstecher, schätze ich.«

»Die Kampagne läuft doch gut«, schmatzte Höxtra. »Ein bisschen Terror, ein bisschen Sex. Die Tante ist echt nicht übel.«

»Machoarsch«, sagte Wizzy.

»De Bodt ist eine Teflonpfanne«, sagte Kammann. »Aus dem Präsidium höre ich, dass er rotzfrech …«

»Ist das 'ne Alliteration?«, fragte Wizzy.

»Quatsch!«, warf Höxtra ein. »Das ist eine Metapher. Hätt ich dem Chef gar nicht zugetraut.«

»Vielen Dank«, sagte Kammann. Und fragte sich, ob gerade alle einen Hau hatten.

»Der Dickmeier hat anrufen lassen. Nölte was von Nachschub. Und von einem Aufzug, mit dem man hoch- und runterfahren könnte.«

»Eine weise Erkenntnis. Die wissen immerhin, wie ein Lift funktioniert. Was gibt's aus dem Präsidium?« Die Frage begleitete ein Blick, der Entnervung signalisierte.

»Die konzentrieren sich auf die Söldnerspur. Checken einen Schornsteinfeger …«

»Was?«, fragte Kammann. Langsam wurde er sauer.

»Der Köhler wurde womöglich von einem Typen weggesprengt, der sich als Schornsteinfeger getarnt hat. Er hat die Bombe vom Nebenhaus gezündet. Steht jedenfalls im Ermittlungsprotokoll. Das übrigens ziemlich schlampig geführt wird. Diesem Yussuf sollte man mal erklären, wie so was geht.«

»Kannst ihm ja 'ne Mail schicken«, sagte Höxtra.

Kammanns Hand knallte auf den Tisch.

Wizzy blickte ihn kopfschüttelnd an. »Wir haben alle einen schweren Job.«

»Können wir vielleicht mal arbeiten?« Kammann wusste tief in seinem Inneren, dass die Kollegen diese Entspannung brauchten. Druck abbauen. Sich gar nicht ausdenken, was passieren könnte, wenn sie scheiterten. Das war nicht vorgesehen. Die Präsidenten hatten nicht viel klargestellt, das aber schon. Und ihm würden sie einen Killer auf den Hals schicken. Es geht um die Sicherheit des Staats und um das Schicksal der Bundesregierung. Das hatte der Typ vom Kanzleramt ihm beim letzten Mal eingebläut. Kammann war klar, dass der zweite Punkt noch wichtiger war als der erste. Die Regierung hatte sooft die Katastrophe an die Wand gemalt, wenn die Opposition zum Zug käme, dass sie inzwischen selbst dran glaubte. Der Untergang der Regierung war der Untergang des Landes. Ganz einfach.

»Die Kampagne bewirkt bisher nichts. Der Polizeipräsident will nicht zugeben, dass er einen Fehler gemacht hat. Das würde er, wenn er de Bodt abberufen würde ohne zwingenden Grund.«

»Und die Rotz-Geschichte?«, fragte Höxtra.

»Darüber rede ich gerade. Das ist ewig her, und der Typ hat sich gar nicht mit Dementis herumgeplagt, sondern sagt einfach: So what? Ist hundert Jahre her. Fertig ist der Lack.«

»Blöd ist er nicht«, sagte Wizzy.

»Danke, dass du am Gespräch teilnimmst«, sagte Kammann bissig.

Wizzy grinste. »Bitte. Ist mir doch immer ein Vergnügen in dieser auserwählten Runde.«

»Das mit dem Schornsteinfeger dürfte eher wenig bringen«, sagte Kammann. »Aber die Söldnerspur ist heiß. Das riech ich. Freund Lothar ist dran.«

»Warum machen wir uns eigentlich so einen Kopf?«, fragte Wizzy. »Schicken wir den de Bodt ins Krankenhaus. Hat bestimmt die Vollversorgung von der Beihilfe. Ein gemütliches Bett im Urban, da kann er lesen und glotzen ...«

Kammann überlegte. Das klang verlockend, war aber gefährlich. Wenn es nicht klappte, hatte de Bodt sie womöglich am Sack. Je näher sie ihm rückten, desto brenzliger wurde es. »Was wissen wir da? Hat er eine Kampfausbildung außer den üblichen Bullen-Leibesübungen?«

Die Kagerer klapperte mit der Tastatur. »Da steht nichts.«

»Das ist eher ein Professor als ein Bulle«, sagte Höxtra. »Der hasst Sport und so was.«

»Johnny?«, fragte Kammann. Die Idee lockte.

Sie schwiegen und malten sich aus, was es bringen könnte.

»Wenn's klappt, haben wir schon gewonnen«, sagte Wizzy.

»Und was ist mit den anderen beiden? Salinger ist ziemlich gut. Sollen wir die auch ins Krankenhaus befördern?« Kammann blickte in die Runde.

»Und wenn die beiden einen Unfall haben? Das Bullenpärchen?«, fragte Höxtra.

Wieder Schweigen.

»Hätten wir gleich machen sollen«, sagte Wizzy.

»Wenn der draufgeht, gibt's eine Untersuchung. Da kann Weber machen, was er will. Bei den eigenen Leuten verstehen die Bullen keinen Spaß. Wenn wir was ... Robustes machen, dann muss es wie ein Unfall aussehen. Und mehr als Krankenhaus führt zu Ärger. Dann kommen die großen Erklärer und sagen: Erst Kampagne gegen den Superbullen und dann ein Unfall, das kann doch kein Zufall sein.«

»Sag ich doch. Wir hätten ihn gleich abschießen sollen«, erklärte Wizzy.

»Du spinnst.« Kammann tippte sich an die Stirn. »Wenn wir einen Bullen umnieten, haben wir beim geringsten Fehler den Horror an der Backe. Und so was geht nie ohne Fehler ab. Nie.«

Wizzy versank in sich. »So ist das, wenn man keinen Plan B hat«, maulte sie.

»Wir hatten keine Zeit für große Pläne«, sagte Kammann und dachte an die letzte Sitzung mit den hohen Herren. Wie selbstverständlich diese arroganten Pisser erwarteten, dass ihre Aufträge erfüllt wurden. Wie? Ganz egal. Hauptsache kein Aufsehen. Hauptsache, es fiel nichts auf sie zurück. Im Erfolgsfall sammelten sie Lob, Beförderung und Kohle ein. Wenn was nicht klappte, kriegten die Untergebenen Stress. Das war nicht fair. Noch unfairer war, dass Kammann kein Mathematikgenie werden musste, um seine Überlebenswahrscheinlichkeit auszurechnen. Die würden alles abstreiten. Da ist ein Geheimdienstler aus dem Ruder gelaufen. Wollte James Bond spielen. Keine Ahnung, warum. Ein bedauernswerter Zwischenfall. Wir werden die internen Überprüfungen natürlich verstärken. Nichts würden sie tun. Außer den Kopf einziehen, bis der Orkan abgeflaut war. Ein Scheißsystem.

»Was nun?« Wizzy blickte ihn ungeduldig an. »Der ist auf derselben Spur wie wir.«

»Eher wir auf seiner«, warf Höxtra ein und schob sich einen Keks in den Mund. Es knackte, als er daraufbiss.

»Der war in Hamburg. Fall Kohn«, sagte die Wagerer.

»Und?«, fragte Kammann.

»Sie gehen davon aus, dass Kohn sterben musste, weil sie eine Zeugin war.«

»Kein Kunststück.«

»Aber de Bodt kommt uns näher.«

Kammann nickte. Er durfte ihn nicht näher kommen lassen. Keinen Fehler machen. Aber wer handelte, machte Fehler. Es war zum Kotzen.

»Die Oberkommissarin aus Lübeck hat vorhin angerufen«, sagte die Wagerer so nebenbei.

Das fehlte ihm jetzt noch. Er hatte keine Zeit für sie. Keine Nerven. Gar nichts. Und doch sagte eine Stimme in seinem Kopf: Ruf sie an. Nein, ich ruf sie nicht an. Nein. Er musste überlegen. Der nächste Schritt. Der VM »Lothar« musste es richten. Er musste schneller sein als de Bodt. Und Schröder, den setz ich auf Ruoff an. Oder Lothar? Ja, den kannte Ruoff nicht. Wenn er nur wüsste, ob de Bodt noch mal bei Ruoff war. Warum konnte dieser Scheißtürke das Ermittlungsbuch nicht ordentlich führen? Vielleicht stand das letzte Treffen der Bullen mit den Söldnern, wenn es eines gegeben haben sollte, absichtlich nicht drin. Weil de Bodt den Holzköpfen versprochen hatte, dass das Date unter ihnen blieb. Da war schon mal eine Lücke im Ablauf gewesen. Ein Hinweis auf diese Ökofront, und dann stand da nichts mehr. »Wozu gibt es Vorschriften, de Bodt?« Er murmelte es vor sich hin. Die anderen blickten ihn an, als wäre er nicht mehr ganz richtig unter der Hirnschale.

Ich schicke Lothar zu Ruoff, beschloss Kammann. Vielleicht war es falsch. Aber alles andere war genauso falsch.

Und was war mit dem Killer aus Lübeck? Wo trieb der sich rum? Im Polizeicomputer hatte Wizzy die Information gefunden, dass das Messer in den Norden gereist war. Aber der Typ war mit Sicherheit ganz woanders.

»Was wissen wir über den Köhler-Mord?«

»Schornsteinfeger, mehr gibt's da nicht«, sagte Wizzy.

»Nicht dumm«, sagte Höxtra. »So einer fällt nicht auf. Frag mal die Leute, ob sie einen Schornsteinfeger beschreiben können. Ja, so schwarz, mit 'nem Hut. Oder ohne? Klamotten schwarz. Gesicht verschmiert. Die Typen wissen, was sie tun. Und nur ein Schornsteinfeger kommt ohne Gedöns ins Haus und kann sich darin frei bewegen. Echt gut, die Idee.« Höxtra schlug einen Takt auf der Tischplatte.

Kammann fühlte sich zum ersten Mal schwach. Der Bulle war verdammt gut. Die Killer waren verdammt gut. Und er musste verdammt besser sein, um beide auszuschalten. Und das bei verdammter Geheimhaltung. Was für ein verdammter Job.

»Wir konzentrieren uns auf die Söldner«, sagte Kammann. »Den Schornsteinfeger finden wir sowieso nicht vor den Bullen.« Und er entschied sich wieder um. »Ich gehe selbst zu diesem Ruoff.« Nur so blieben sie vorn im Wettlauf mit de Bodt. »Und du kommst mit.«

Höxtra salutierte und grinste. »Jawoll, Herr Generalfeldmarschall!«

Kammann sah gleich, dass der Kneipenwirt genervt war. »Ist wie in einem Bienenstock«, sagte Ruoff, als Kammann ihm seinen falschen Ausweis als Staatsschutzbulle vor die Augen gehalten hatte.

»Wenn sonst nichts los ist«, erwiderte Kammann.

An einem Ecktisch saß ein Paar. Er Bürstenschnitt, Jeans, Springerstiefel, sie Hotpants, schwarze Strumpfhose mit Laufmaschen und Sweatshirt. Und überschminkt. Beide Halblitergläser Bier vor sich.

»Und was wollen Sie?«, fragte Ruoff. »Langsam wird das hier

zum Bullentreff. Ist nicht der Sinn dieser Örtlichkeit«, sagte er im Bemühen, sarkastisch zu klingen. Aber das war nicht seine Stärke, wie Kammann begriff.

Höxtra packte einen Stapel Polizeifotos auf den Tresen. »Die kennen Sie«, sagte Kammann.

»Ich kann hier bald 'ne Fotoausstellung eröffnen.« Er warf einen flüchtigen Blick auf die Fotos. »Hab ich Ihrem Kollegen alles schon erklärt.«

»Sie meinen den Hauptkommissar de Bodt?«

»Genau den.«

»Und was haben Sie dem gesagt?«

»Dass ich keine Ahnung habe, wer diese Leute sind.« Ein Blick auf die Fotos.

Kammann ging zum Tisch mit dem Bürstenschnitt und der Kriegsbemalung. »Tut mir leid, das ist eine geschlossene Gesellschaft. Ich übernehme die Rechnung. Muss Sie aber bitten zu gehen.«

Als der Bürstenkopf ihn schräg anstarrte, legte Kammann den Polizeiausweis auf den Tisch. Der Bürstenkopf nahm ihn in die Hand, musterte ihn skeptisch, verglich das Bild mit Kammanns Aussehen und erhob sich langsam wie ein Greis. Er winkte seiner Freundin, es ihm nachzutun. Ein verächtlicher Blick auf Kammann, dann traten die beiden ab.

Kammann legte seine Walther PPK auf den Tresen. »Schlüssel!«, befahl er. Ruoff öffnete eine Schublade und knallte einen Schlüssel auf den Tisch. Höxtra sperrte die Eingangstür zu.

Kammann stellte sich dicht vor Ruoff und sagte: »Jetzt erzählen Sie mir, was Sie über diese Herren wissen« – ein Blick auf die Fotos, dann fixierten Kammanns Augen wieder Ruoff – »und das ganz schnell und ohne Umweg.«

Ruoff trat einen Schritt zurück und rempelte Höxtra an, der sich mit einem schnellen Schritt hinter ihn gestellt hatte.

Kammann nahm Ruoffs Ohr in die Hand und drückte fest zu.

»Wenn Sie Bulle sind, bin ich der Papst.«

»Selbstverständlich, Hochwürden«, sagte Kammann und riss heftig am Ohr.

Ruoff brüllte los. Er schlug auf Kammanns Hand. Die ließ das Ohr los, ballte eine Faust und landete in Ruoffs Magen. Der Wirt krümmte sich, bis sein Kopf vom nächsten Schlag nach hinten geworfen wurde. Dann trat Kammann ihm in die Eier. Ruoff sank auf den Boden, sein Kopf stieß gegen den Tresen.

Höxtra nahm Ruoff am Kragen und zerrte ihn hinterm Tresen vor. Setzte ihn an den nächsten Tisch. »So, und jetzt kommt die Plauderstunde.« Er zapfte ein Bier und stellte das Glas vor Ruoff.

»Prost!«, sagte Kammann. Er steckte seine Pistole ein.

Höxtra legte die Fotos neben das Bierglas. »Angucken!«, befahl er.

Ruoff saß verkrümmt auf dem Stuhl und drückte eine Hand gegen den Magen. Sein Gesicht war blutleer und schweißnass. In seinen Augen herrschte die Wut. Er schob die Fotos weg und trank einen Schluck Bier.

Kammann setzte sich ihm gegenüber. »Wir sind gleich weg. Sag uns, wen du kennst von den Männern auf den Fotos. Sag uns, was du dem Bullen erzählt hast. Und dann bist du uns los.«

Ruoff begriff, dass Kammann nichts wusste von dem Treffen mit den Söldnern. Einen Namen würde er nennen müssen. Oder? Ihm fiel der Zettel ein, den de Bodt ihm gegeben hatte. Er lag in der Schublade, aus der er den Schlüssel genommen hatte. Was stand auf dem Zettel? Er sollte ihn doch dem nächsten falschen Bullen in die Hand drücken.

»Ich hab mir eine Adresse aufgeschrieben. Die wollt ich dem Kommissar geben, wenn er wiederkommt.«

»Wann kommt er?«

»Er ruft vorher an.«

Kammann überlegte. »Zettel her!«

Ruoff wollte aufstehen, krümmte sich aber vor Schmerzen und hielt die Hand an den Unterleib. »In der Schublade«, stöhnte er.

Höxtra kramte in der Schublade und fand den Zettel. »Elmar Schneider, Jüterboger Straße 7«, las er vor.

»Was ist mit dem?«

»Der kennt einen von den Toten in Lübeck. Den Erstochenen.«

»Und wie heißt der?«

»Weiß ich nicht.«

Kammann holte das Handy aus der Tasche. »Elmar Schneider, Jüterboger Straße 7, fahr da mal hin. Schnapp dir den Mann. Wenn du ihn festgesetzt hast, ruf an.« Er wandte sich an Ruoff. »Dann schaun wir mal.«

»Ich muss pissen«, sagte Ruoff.

»Dann piss.«

Ruoff quälte sich hoch. Als er stand, sagte Kammann beiläufig: »Telefon!« Sein Zeigefinger krümmte sich. Ruoff steckte die Hand in die Hosentasche und legte ein uraltes Nokia-Handy auf den Tisch. Dann humpelte er zur Toilette.

Kammann bedeutete Höxtra, Ruoff zu bewachen.

Ruoff verschwand hinter der Kabinentür.

»Nicht abschließen«, sagte Höxtra.

Der Klodeckel klappte. Nach einer Weile ging die Spülung. Die Tür öffnete sich. In Ruoffs Hand sah Höxtra eine Luger 08. Ruoff las in Höxtras Augen, dass er wusste, um welche Waffe es sich handelte. Ruoff legte den Zeigefinger an seine Lippen. Dann winkte er Höxtra, seine Pistole mit zwei Fingern aus dem Halfter zu ziehen und sie in Ruoffs Hand zu legen. Höxtra war aschfahl geworden. »Sie machen sich unglücklich«, flüsterte er.

»Zuerst dich«, sagte Ruoff und zielte auf Höxtras Magen.

Der spannte die Bauchmuskeln. Dann reichte er Ruoff seine Dienstwaffe. Der steckte sie in die Gesäßtasche.

»Wer seid ihr?«, fragte Ruoff.

»Sicher… Geheimdienst. Wir arbeiten für die Bundesregierung.«

»Ausweis! Mit zwei Fingern.« Wieder forderte der Zeigefinger.

Höxtra griff in die Jackettinnentasche und zog seinen Dienstausweis hervor. Seine Hand zitterte. »Ich hab Ihnen nichts getan. Das war der.« Er deutete zum Gastraum.

»Bundesamt für Verfassungsschutz«, las Ruoff halb laut. Er steckte den Ausweis in seine Hosentasche. »Wir gehen jetzt da raus und unterhalten uns ein bisschen. Ein flotter Dreier«, sagte er grimmig. Er humpelte hinter Höxtra in den Gastraum.

Kammann saß am Tisch und beschäftigte sich mit seinem Smartphone. Er blickte hoch und begriff sofort.

»Die Knarre. Mit zwei Fingern.« Er zielte an Höxtras Kopf vorbei auf Kammann. Der legte die Walther auf den Tisch. »Auf den Boden und dann herkicken.« Kammann schubste die Waffe in Ruoffs Richtung.

»Ausweis auf den Tisch«, befahl Ruoff. »Setzt euch beide dran.« Er nahm auch Kammanns Ausweis, las und steckte ihn in die Hosentasche. »Die Telefone, meine Herren.« Auch die steckte er in seine Taschen. Schließlich nahm er sein Telefon wieder an sich.

»Und jetzt erzählt ihr mir mal, wer ihr seid und was ihr wollt.«

Er setzte sich an den Nebentisch, die Pistole im Anschlag.

»Noch kommen Sie aus der Sache raus«, sagte Kammann. »Sie bedrohen Regierungsbeamte.«

»Ich wusste bisher nicht, dass unsere Regierung Schläger beschäftigt. Danke für die Lektion«, sagte Ruoff. »Du kannst dir jetzt aussuchen, ob du mitspielst oder ob du dich für deine Regierung opferst. Du wärst nicht der Erste, den ich …« Ein kurzer Blick auf die Luger.

»Wir suchen die Täter vom BBC-Überfall«, sagte Kammann. »Wir haben es eilig. Deswegen sind wir gezwungen …«

»Mir in die Eier zu treten. Verstehe.« Ruoff sagte es fast gemütlich.

Er nahm sein Handy, wählte eine Nummer und hielt es ans Ohr. »Ruoff hier. Ist unterwegs. Konnte leider erst jetzt anrufen. Der Vorsprung? Zwanzig Minuten vielleicht.« Er legte das Gerät auf den Tisch.

»Ihr wollt die Kameraden finden, die die BBC-Aktion und die Geschichte in Lübeck …« Er hielt inne und überlegte. »Das ist doch nicht euer Job«, sagte er.

Kammann schüttelte den Kopf. »Normalerweise nicht. Es geht aber um Staatsinteressen. Es kann ein großes Unglück geben. Eine Katastrophe, wenn wir die Täter nicht finden.«

»Warum arbeitet ihr nicht mit den Bullen zusammen?«

»Tun wir eigentlich. Getrennt marschieren …«

»Erzähl du Bürowichser mir nichts übers Marschieren.«

Schweigen.

Ruoff nahm Kammanns Walther in die freie Hand, zog das Magazin mit dem Daumen aus dem Griff, lud die Waffe durch, um die Patrone aus dem Lauf zu werfen, und steckte das Magazin in die Tasche. Die gleiche Prozedur mit Höxtras Pistole. Er legte die Waffen auf den Tisch und trat zurück zum Tresen. »Steckt die Dinger ein und trollt euch.« Er hob den Zeigefinger und deutete auf Kammann. »Dir muss ich noch was sagen.« Der Pistolenlauf zitierte den Verfassungsschützer zum Tresen. Als Kammann vor ihm stand, trat Ruoff ihm ansatzlos in den Unterleib. Kammann schrie auf, krümmte sich und fiel auf die Knie. »Haut ab!«, befahl Ruoff.

Der Schmerz war gewaltig. Kammann saß auf dem Beifahrersitz, Höxtra fuhr. »Ruf Schröder an«, stöhnte Kammann. »Vielleicht hat sich die Scheiße wenigstens gelohnt.«

Höxtra versuchte, Schröder zu erreichen. Aber der nahm nicht ab. Kammann fluchte vor sich hin. Er ärgerte sich am meisten darüber, dass sie den Wirt unterschätzt hatten. Immer wenn man glaubt, man habe eine Lage im Griff, sank die Aufmerksamkeit. Setzte der Schlendrian ein. Wie oft hatte er das Nachwuchsleuten gepredigt. Und jetzt hatte er den Fehler selbst gemacht. Mist.

»Krankenhaus?«, fragte Höxtra.

»Quatsch«, sagte Kammann. »Büro … nein, Jüterboger Straße 7.« Er hasste es, wenn er keine klaren Gedanken fassen konnte.

Das Haus an dieser Adresse hatte eine fleckige Fassade. Im Erdgeschoss waren beschmierte Rollläden heruntergelassen. In Fenstern darüber hingen Gardinen, mit Bändchen, Spitzen und Muster hinter schmutzigen Scheiben.

Kammann und Höxtra stiegen aus. Es zog im Unterleib, er konnte sich kaum auf den Beinen halten. Sie blickten sich um. Ein Stück weit entfernt schob eine Frau mit Kopftuch einen Kinderwagen. Ein Taxi fuhr vorbei, ein Uralt-Benz mit brummendem Diesel. Sonst nichts. Die Gegend war öde. Alte Häuser, alte Mauern, sogar die Graffiti stammten aus der Steinzeit.

Höxtra versuchte wieder, Schröder zu erreichen, aber der nahm nicht ab.

»Das ist eine verfluchte, beschissene Falle. Dieser Drecksbulle hat uns auflaufen lassen. Er hat sich Schröder geschnappt. Ruoff hat ihn gewarnt. Und diese Adresse war eine Falle.«

»Ein Bulle, der sich mit Söldnern einlässt«, sagte Höxtra. »Vielleicht fährt Ihr Freund Dickmeier darauf ab?«

Kammann schnaubte. Dann fiel ihm ein, dass er jeden Schmutz aufheben musste, den er werfen konnte. De Bodt war ein zäher Hund. Viel zäher als befürchtet. Wo war Schröder? Der gehörte nicht zu den Leuten, die einfach mal so verschwanden und später ganz unschuldig auftauchten. Tut mir leid, der Akku war leer. Oder: so ein blödes Funkloch. Nein, wenn Schröder nicht erreichbar war, dann war die Kacke am Dampfen.

Der Unterleib schmerzte höllisch. Aber er war selbst schuld. Er hatte sich von einem Kneipenwirt übertölpeln lassen. Aber vielleicht könnte er doch was daraus machen? Höxtra hatte recht. Aus der Niederlage einen Sieg machen.

De Bodt hatte gewusst, dass Kammann bei Ruoff auftauchen würde. Und er hatte ihnen eine Falle gestellt. Einfach, aber wirksam. Wenn er Schröder in seiner Gewalt hatte, was würde er mit ihm anfangen? Vielleicht machte de Bodt einen Fehler. Vielleicht überschritt er seine Kompetenzen. Aber Kammann dämpfte seine Hoffnung gleich wieder. So blöd war der Bulle nicht. Ganz im Gegenteil.

»Was sind seine Schwächen? Wo können wir weiterbohren?«, fragte Kammann im Büro. Die Eier schmerzten noch. Er hatte Mühe, eine erträgliche Sitzposition zu finden.

Wizzy kratzte sich am Kopf.

Höxtra räusperte sich. »Wir haben ihn unterschätzt. Wir hätten diese Frage am Anfang stellen sollen. Wir haben geglaubt, wir hängen ihm die Rotz und eine Sexgeschichte mit der Kollegin an die Backe, aber das hat er ausgesessen. Die feigen Säcke im Präsidium trauen sich nicht, ihn abzuschießen.«

»So einfach ist es nicht«, sagte Kammann. Er hatte vor der Runde mit Weber telefoniert. Und der sagte, sie bräuchten noch etwas. Die Position des Hauptkommissars sei angeschlagen. Er hatte sich militärisch ausgedrückt: Die Festungsmauer sei fast sturmreif geschossen. Noch eine Salve mit der schweren Artillerie. Aber wo fanden sie die Munition?

»Wir kommen nicht voran«, sagte Kammann. »Insofern bin ich dem Kollegen Höxtra dankbar.« Aber es schmerzten nicht nur die Eier. Er hatte einen Fehler gemacht, obwohl er sich keinen leisten konnte. Wo war Schröder?

»Wo ist Schröder?«, fragte Wizzy. »Vielleicht wäre das ein Ansatzpunkt.«

»Ich hab gesagt, wir fangen von vorn an. Wir machen jetzt ein richtiges Psychogramm von dem Herrn. Tragen alles zusammen, was wir wissen. Dann finden wir bestimmt einen Punkt, auf den wir schießen können. Klar?« Er klang unwirscher, als er wollte.

»Ist ja gut«, nörgelte Wizzy.

»Also!« Ein strenger Blick zur Wagerer.

Die tippte auf ihrer Tastatur, schob die Maus und klickte. »Abitur auf dem Johanneum in Hamburg. Ist so eine Lehranstalt für Kinder besserer Eltern.« Es klang verächtlich, wie sie es sagte. »Notendurchschnitt Einskommaeins.«

»Streber«, sagte Wizzy.

Kammann kannte Wizzys Lebenslauf. Die hatte ihr Abi mit Einskommanull gemacht.

»Nix Streber«, widersprach die Wagerer. »Er stand kurz davor, von der Schule zu fliegen. Aus disziplinarischen Gründen. Fehlstunden ohne Entschuldigung«, las sie. »Außerdem hat er gekifft.«

»Früher hieß das schwänzen«, sagte Wizzy.

»Wir können ihm schlecht das Schwänzen an die Backe klatschen bei dem Abi«, sagte Höxtra. »Und dass einer vor hundert Jahren gekifft hat …«

»Ist doch sowieso Quatsch, Pennälerstorys aufzuwärmen«, erklärte Wizzy. »Es sei denn, er war Heroin-Großdealer … obwohl …«

»Vergiss es«, sagte die Wagerer.

Kammann erreichte Schröder nicht und fluchte vor sich hin.

»Soll ich hinfahren?«, fragte Höxtra.

»Quatsch. Da ist niemand mehr. Weiter im Text.« Kammann klopfte auf den Tisch. Er hasste fahrige Diskussionen. Das Gerede war lästig genug, man musste es nicht verlängern. »Dann Bund oder Zivi?«, fragte er genervt. Er versuchte, sich unauffällig die Eier zu reiben.

»Zivi, war doch klar«, sagte die Wagerer.

»Wo?«

»Nervenheilanstalt Neumünster, in Schleswig-Holstein.«

»Psychiatrie heißt das«, sagte Wizzy.

»Die ganz schweren Fälle«, ergänzte die Wagerer.

»Nichts für Weicheier«, sagte Höxtra.

»Und dann?«, drängte Kammann. Das war doch alles Scheiße.

»Studium, Hamburg«, sagte die Wagerer mit allem Gleichmut der Welt. »Und das Übliche ...«

»Was ist das Übliche?«

»Hat sich von den Bullen beim Kiffen erwischen lassen. Dann die Rotz.«

Kammann winkte ungeduldig ab.

»'ne Abtreibung steht hier noch.«

»Aha, er war schwanger«, sagte Höxtra trocken.

»Nein, seine Freundin war in einer militanten Gruppe gegen den § 218, und die beiden wurden bei einer Demo festgenommen wegen Sachbeschädigung.« Die Wagerer hob die Augenbrauen. Ein Zeichen der Missbilligung.

»Warum hat er das Studium abgebrochen? Angeblich war er doch so ein Genie«, sagte Wizzy.

Die Wagerer zuckte mit den Achseln. »Darüber habe ich nichts gefunden.«

»Verfehlung? Nichts nach dem Motto: Wenn Sie verhindern wollen, dass wir Sie rausschmeißen, gehen Sie lieber freiwillig?«

Die Wagerer schüttelte den Kopf.

Kammann winkte ab. »Wir brauche den großen Hammer und nicht solchen Killefiz.«

Die Wagerer warf ihm einen fragenden Blick zu, dann scrollte und klickte sie weiter. »Tut mir leid, bei den Bullenlehrgängen war er immer Lehrgangsbester. Bis auf eine Ausnahme. Wizzy hat sich in die Personalakte gehackt. Da gab es was mit einer Kollegin auf dem Lehrgang ... ne, das war eine Dozentin. Da gab's ein Verfahren, ihr wisst, Schutzbefohlene und so weiter.«

Wizzy gackerte. »Und dann hat die notgeile Dozentin ihm nur 'ne Eins minus gegeben. Fies.« Sie lachte.

»Das steht hier nicht«, sagte die Wagerer.

»War aber so, jede Wette«, widersprach Wizzy.

Niemals würde Kammann gegen sie wetten.

»Erst Einbruch, dann auf eigene Bewerbung hin Mordkommission. Beförderung im Eiltempo. Dienstliche Beurteilungen zwiespältig. Aufklärungsquote überragend, mit Abstand die beste in Hamburg. Gleichzeitig eine Reihe von Beschwerden.«

»Jetzt wird's interessant«, sagte Höxtra.

Kammanns Gesichtsausdruck sagte: Halt's Maul!

»Es gibt sieben Anzeigen, vier wegen Zeugenbeeinflussung, drei wegen Körperverletzung. Stammen allesamt von Verteidigern, deren Mandanten er vor Gericht gebracht hat.«

Kammann winkte ab.

»Zeigt immerhin an, dass er gern Grenzen testet«, sagte Wizzy. »Ist für uns wichtig. Falls er mal hier reinkommt.« Sie lachte schrill.

Kammann warf ihr einen bösen Blick zu. »Ich hoffe, dass er nicht auch bei Schröder die Grenzen testet.«

»Das tut er gerade«, sagte Wizzy ernst. »Was weiß Schröder? Wie ich den Waschlappen kenne, redet er, sobald de Bodt ihn nur böse anguckt.«

»Wollen wir weitermachen?«, fragte die Wagerer.

»Ja, ja«, sagte Kammann.

»Hier gibt's eine Mail von einem Kriminalrat Hoffmann in Hamburg an unseren Freund Weber. In dem wird Weber gewarnt …« Die Wagerer hielt inne, als könnte sie es nicht fassen. »Hört zu. *Obwohl ich die dienstlichen Leistungen des Kollegen de Bodt nicht mindern will, will ich Ihnen nicht verhehlen, dass die meisten Kollegen in der hiesigen Mordkommission froh sind, den Kollegen de Bodt nun in Berlin zu wissen. Der Kollege de Bodt erklärt unumwunden, dass er die Polizei für einen Hort der Ignoranz und Borniertheit hält. Auf meine Frage, was ihn angesichts seines unverbergbaren Widerwillens zur Polizei gebracht habe, antwortete er nur: ein Fehler. Der Hauptkommissar war bei den meisten Kolleginnen und Kollegen äußerst unbeliebt, weil er sich – vorsichtig for-*

muliert – keine Mühe gab, seine intellektuelle Überlegenheit zu verbergen. Er war bis auf wenige Ausnahmen auch stets äußerst distanziert zu seinen Kollegen. An dienstlichen Veranstaltungen und Feiern unter Kollegen hat er nie teilgenommen. Eine Belobigung durch den Innensenator hat de Bodt zurückgewiesen.«

»Das passt«, sagte Wizzy. »Dem Typ ist es scheißegal, ob er angepinkelt wird. Er ist die Karawane, die weiterzieht, und alle anderen sind kläffende Köter. Der Typ gefällt mir.«

»Danke«, sagte Kammann. Und nachdem er die Vorlesung der Wagerer überdacht hatte: »Das ist ein Bulle, der keiner sein will.«

»Der ist aus Trotz gegen seinen Alten zu den Bullen gegangen. Reichlich pubertär«, sagte die Wagerer. »Vielleicht will er seinen Rauswurf provozieren. Wenn er so stur ist, dass er an Entscheidungen lange festhält …«

»So ein genialer Hund macht solche Fehler.« Höxtra klang ungläubig. »Oder die Wagerer hat recht, und er ärgert die Bullenbosse so lange, bis sie ihm einen Tritt verpassen.«

Wo, verdammt, war Schröder? Kammann knallte sein Handy auf den Tisch.

Sie erschraken, glotzten ihn an, dann verstanden sie.

»Du kannst dem nicht mal drohen, dass du ihn rausschmeißt«, sagte Wizzy. »Wenn der Polizeipräsident ihn sich vorknöpft, sagt er sich: Das Würstchen soll mich gern feuern. Aber mit Pension.« Sie pfiff vor sich hin. »Und dann fahr ich mit ihm auf eine einsame Insel und lass mich verwöhnen.«

Sogar Kammann musste lachen, obwohl die Eier brannten. »Schön, er ist ein eingebildetes Arschloch …«

»Finde ich nicht«, sagte Wizzy.

»Könntest du mal deine Hormone zügeln!«, schimpfte Kammann. »Er ist ein Schnösel, aber was sollen wir daraus machen? Wir brauchen ordentlichen Dreck …«

»Dann müssen wir den erfinden«, sagte Wizzy. »Ordentlichen Dreck.«

»So was platzt doch gleich«, sagte Höxtra.

»Es reichen ein paar Tage. Wenn er abgelöst ist, ist er weg. Und kommt nicht wieder. Die Presse hat er schon gegen sich. Die eigenen Vorgesetzten auch. Die meisten Kollegen sowieso. Eine schöne Bombe, genau im Ziel, und schon war's das mit dem Bottich.« Kammann spürte langsam wieder Aufwind.

Aber er brauchte Schröder. Er musste nicht nur de Bodt ausschalten, sondern auch die Täter. Vor der Polizei. Sonst war er auf jeden Fall tot. Wenn er die Schweinehunde fand, hatte er was in der Hand. Und eine Chance. Eine kleine. Wo, verfluchte Scheiße, war Schröder?

»Ich könnte ihm Geld überweisen«, sagte Wizzy.

Kammann überlegte ein paar Sekunden und begann zu nicken. »Das könntest du tun. Kann man das zurückdatieren?«

Wizzy schüttelte den Kopf.

»Du könntest ihm heute Geld überweisen. Gut, was hilft es?«, fragte Kammann. Diesmal wollte er besonders gründlich sein.

»Bestechung. Stell dir vor, ich hack mich in das Konto eines Chefs der Russenmafia und überweise dem Bottich eine Million«, sagte Wizzy.

»Okay«, erwiderte Kammann. »Dann wird der Russe sagen: Hab ich nie überwiesen. Konto wurde gehackt. Und der Bottich würde sagen, da versucht mich jemand abzuschießen. Und ich verrat euch, wer es ist. Weil der Schröder ausgepackt hat.«

»Das wissen wir doch nicht. Obwohl ich dem Arsch alles zutraue«, widersprach Wizzy.

»Aber wenn es passieren sollte, hätten wir 'nen Rohrkrepierer allererster Klasse. Darauf hab ich keinen Bock. Kennt einer 'ne Nutte?«

Die anderen glotzten ihn an.

»Die macht auf ehrbar und behauptet: Bottich hat mich vergewaltigt.«

»Pfff.« Wizzy blies Luft durch die gespitzten Lippen.

»Herrgott«, schimpfte Kammann. »Es muss doch was geben, um dem was anzuhängen. Wenigstens für drei, vier Tage. Wenn er danach rehabilitiert wird, soll's mir wurscht sein.«

»Der wird uns suchen«, sagte Wizzy.

Kammann dachte: Das ist mir egal. Wenn er auf uns kommt, bin ich tot oder abgetaucht. Er sagte: »Das ist nicht wichtig. Wir haben den Auftrag, ihn auszuschalten.«

Wizzy blickte ihn streng an. »Vielleicht solltest du uns etwas genauer erzählen, was wir hier eigentlich tun. Und was uns danach blüht. Was meinst du?« Schmale Lippen.

»Ihr wisst genug. Wenn ich sage: um jeden Preis, dann meine ich um jeden Preis. Wenn es euch nicht passt, könnt ihr gehen. Wenn ihr wegen unserer Aktion den Job verliert, werdet ihr entschädigt. Im Erfolgsfall braucht ihr gar nicht mehr zu arbeiten.«

Wizzy schüttelte nachdenklich den Kopf. Kammann sah ihr an, dass ihr Hirn alle denkbaren Alternativen durchratterte. Im Wizzy-Tempo.

Die Wagerer wartete auf die Entscheidung der anderen.

Sie standen vor einer Schwelle.

Höxtra tat unbeteiligt. Nur die Blässe verriet seine Unruhe. Wahrscheinlich begriff er erst jetzt, dass ihr Unternehmen auch sein Schicksal bestimmen würde.

Nach einigen Sekunden des Schweigens klopfte Kammann mit den Fingerknöcheln dreimal auf den Tisch. Es klang wie ein Startzeichen. »Gut, alle bleiben an Bord. Wir gewinnen am Ende. Aber davor müssen wir kämpfen. Mit allen Mitteln.«

»Wie Sie die Sache deichseln, ist mir, mit Verlaub, scheißegal. Hauptsache, Sie schaffen es. Wenn nicht, enden Sie in der Hölle. Ich will nicht drum herumreden.« Das hatte der Abteilungsleiter Lehmann ihm im Zwiegespräch gesagt. Nach der Sitzung, als die Präsidenten den Raum verlassen hatten. »Es hängt alles an Ihnen, Kammann. Seit dem Krieg hat kein Beamter eine größere Verantwortung gehabt als Sie. Wenn Sie versagen, gerät unser Staat in eine Krise. Verstehen Sie, was ich meine?«

»Ich versuche es«, hatte Kammann geantwortet. Er war stinksauer, dass er die Verantwortung trug für eine Aktion, deren Hintergründe er nur teilweise kannte. Das Wesentliche blieb ihm verborgen. Sie schickten ihn in einen Kampf, dessen Sinn er nicht verstand.

Schröder ging nicht ans Telefon.

»Vielleicht können wir die Schröder-Sache benutzen«, sagte Höxtra. »Kommissar entführt Unschuldigen.«

»Tolle Idee. Hätte Schröders nutzlose Existenz wenigstens einen Sinn«, schimpfte Wizzy. »Am liebsten wär mir aber: Kommissar löst Unschuldigen im Salzsäurebad auf.«

Kammann musste gegen seinen Willen grinsen. »Wissen wir, wer mit ihm zusammen studiert hat?«, fragte er.

Wizzy blickte ihn erst erstaunt an, dann zeigte sie zur Wagerer. »Das hab ich der Kollegin schon geschickt.«

Die Wagerer klickte, dann fand sie die Daten. »Es gibt ein paar, die Wizzy über die Hochschulverwaltung herausgefunden hat.«

»Aber das bringt doch nichts«, sagte Wizzy. »Wir haben nichts in den Polizeiakten aus dieser Zeit. Nicht mal falsch parken. Der hatte keinen Bock mehr. Wegen seinem Alten. Das wissen wir doch.«

»Dämlicher Grund«, sagte Höxtra. »Könnten wir ihm seinen Alten um den Hals wickeln?«

»Spinnst du?«, kreischte Wizzy. »Der wird mal Ehrenbürger von Hamburg. Vergiss es.«

»Wir verschwenden Zeit«, sagte Kammann, obwohl er wusste, dass so ein Brainstorming nötig war. Immerhin hakten sie alle Maßnahmen ab, die nichts bringen würden. Braucht man nicht mehr drüber zu reden.

»Ruhe!«, befahl Wizzy. »Haltet alle die Klappe. Ich hab's! Wir machen ihn fertig!« Und stimmte ein Indianergeheul an.

XII.

Er bewegte sich und lauschte, das TAC-50 an der Schulter. Waldgeräusche. Durch die Bäume konnte er einen schmalen Streifen der Straße erkennen. Ein Lastwagen mit Anhänger brummte vorbei. Er bremste und fuhr dann weiter. André blickte durchs Leupold-Zielfernrohr. Er ließ es vorsichtig schweifen. Sie hatten Angst vor ihm. Seit sie wussten, dass er das Scharfschützengewehr hatte, hatten sie noch mehr Angst vor ihm. Zeit, die Angst wachzuhalten. Sie mussten ihn suchen. Sie würden sich nähern. Versetz dich in den Feind. Der hatte gerade die Hosen voll. Es würde an ihnen nagen: Er war nur einer, und sie kriegten ihn nicht.

Ein Auto kam aus der anderen Richtung und hielt an. Ein Mann mit Schirmmütze stieg aus.

André konnte sich genau vorstellen, was jetzt passieren würde. Der Fahrer würde ins Auto im Straßengraben blicken und dann entsetzt die Bullen anrufen. Und den Notarzt. Wie lange würden die brauchen? Wer würde zuerst kommen?

Eine Bewegung. Eine Farbe, die nicht in den Wald gehörte. Blau. Vielleicht der Ärmel von einem Verfolger. Vielleicht der Bauch. Das wäre besser. Achthundert Meter etwa. André klappte das Zweibein aus und drückte das Gewehr mit der Schulter dagegen. Er atmete zwei-, dreimal durch, dann nur wenig aus und hielt die Luft an. Er führte das Fadenkreuz von oben ins Ziel. Als es den blauen Fleck bedeckte, zog er den Abzug langsam über den Widerstand. Mit einem Wahnsinnsknall löste sich der Schuss. Der Kolben schlug brutal gegen seine Schulter, obwohl er ihn fest angepresst hatte. Als er wieder durchs Zielfernrohr blickte, war der blaue Fleck verschwunden. Er repetierte, packte Uzi und Handgranaten in den Rucksack und robbte schnell durchs Unterholz, zurück in Richtung Straße. Immer wieder hielt er an und wandte den Kopf. Aber er hörte und sah nichts. Sie mussten erst mal verdauen. Weitab knackte es. André zielte in die Richtung, schwenkte das Gewehr, sah aber nichts. Er lud die Patrone nach. Er robbte weiter, stoppte, lag ruhig, lauschte und suchte durchs Fernrohr. Aber er konnte nichts erkennen. In seinem Kopf formte sich ein Plan. Sie wussten, dass sie auch in weiter Entfernung nicht sicher vor ihm waren. Der Transporter raste die Straße entlang. André blieb liegen. So gern er Bob getötet hätte, er brauchte ihn noch. Vielleicht saß er im Transporter. Das .50-BMG-Geschoss konnte ein Auto zerstören, wenn die 12,7-Millimeter-Kugel das Fahrzeug bei hoher Geschwindigkeit traf.

Auf der Straße quietschten Reifen. Der Typ mit der Schirmmütze floh. Der Knall von Andrés Gewehr verriet ihm, dass er besser abhaute. Jetzt würden die Bullen in Scharen kommen. Und Andrés Plan war im Eimer.

Nichts wie weg. Einfach nur weg.

Er ließ fast alles liegen und bedeckte es mit Laub und Moos, nachdem er die Handgranaten und das Gewehr gründlich abgewischt hatte. Nahm nur die Glock mit, die Uzi und den Rucksack. Weg von der Straße, weg von seinen Verfolgern. Und die mussten auch verschwinden. So blöd war Bob nicht. Er wusste, dass die Bullen kommen würden. Mit Hubschrauber und Hundertschaften, die den Wald durchsuchen würden.

Nichts wie weg.

Aber Bob und seine Leute wollten ihm nicht vors McMillan laufen. Sie wussten nicht, dass er es zurückgelassen hatte. Sie würden sich irgendwo an der Straße treffen. Wo sie ins Auto springen konnten. Sie würden wissen, aus welcher Richtung die Bullen kämen. Wo die zuerst Straßensperren aufbauten.

Der sicherste Platz war der Steinbruch. Für die nächsten zwei, drei Stunden. Dort war nur ein Hubschrauber gefährlich. Aber erst würde die Bereitschaft kommen. Die würde Leichen finden. Feststellen, dass es kein Unfall war. Und dann ging es los. Aber erst dann.

Er rannte, die Straße im Blick. Weg von den Verfolgern. Er wusste, dass sie sich in Sicherheit bringen mussten. Also nahm er keine Rücksicht auf Deckung. Er stieß mit der Stirn gegen einen

Ast, fluchte und rannte noch schneller. Egal, ob ihn jemand hörte. Kein Blick zurück. Als er weit genug weg war von seinen Verfolgern, schlug er einen Haken und hetzte in Richtung Steinbruch. Aber er hörte noch die Alarmsirene. Nur eine. Es waren Bullen. Die Vorhut. Hin und wieder blickte er nach links, obwohl es überflüssig war. Bob und seine Leute hatten jetzt andere Sorgen.

Er trank einen Schluck Wasser und lauschte in den Wald. Nichts. Viel Wasser hatte er nicht mehr. Rannte weiter.

Der Schweiß brannte in den Augen. Der Rucksack schlug im Takt der Schritte gegen den Rücken. Weiter, weiter. Alle paar Minuten blieb er stehen. Er bildete sich ein, weitere Alarmsirenen zu hören. Weit weg. Bob und seine Helfer hörten sie auch. Sie hatten ihn wieder nicht gekriegt. Und jetzt durften ihn die Bullen nicht kriegen. Musste er sich verstecken, während Bob Vorsprung gewann.

Beim Rennen überlegte er, ob er noch jemanden kannte, der ihn zu Bob führen konnte. Josua war tot. Der Fotograf war tot.

In Josuas Wohnung? Ach, Quatsch. Josua versteckte nichts. Oder doch? Wo wohnte er? So ein Mist.

Als er den Steinbruch erreichte, hörte er das Flapp-Flapp-Flapp des Helikopters. Er hetzte zurück zum Waldrand und warf sich hin. Der Hubschrauber flog zur Mitte des Steinbruchs und ging tiefer. Er blieb in der Luft stehen und drehte sich um die eigene Achse. André hasste Hubschrauber, jedenfalls beim Feind. Sie waren furchtbare Waffen. Ein Kampfflugzeug flog über einen drüber und warf was ab oder feuerte, dann war es weg. Ein Helikopter konnte einem die Nerven zerfetzen. Er war unberechenbar. Ausgerüstet mit einem MG, besaß er die Feuerkraft einer Kompanie. André fühlte sich wehrlos. Wenn er mit der Uzi auf den Hubschrauber schösse, wüssten sie, wo er war. Und wenn er nicht richtig träfe, würden sie ihn jagen. Einen Augenblick bedauerte er, dass er das McMillan zurückgelassen hatte. Er malte sich aus, was eine Kugel aus dieser Waffe in dem Hubschrauber angerichtet hätte. Der stand wie eine Hummel auf der Stelle, drehte sich langsam. André konnte die Gesichter in der Kanzel erkennen. Zwei Typen, einer hatte ein Gewehr auf dem Schoß. André duckte sich noch tiefer ins Gehölz.

Sie würden einen Suchtrupp schicken, das Gelände durchkämmen. Wenn er Pech hatte, würde ein Trupp im Steinbruch anfangen und ein zweiter an der Straße. Und sie würden mit Hunden kommen. Er musste weiter. Aber noch stand der Hubschrauber über dem Platz. Nichts machte ihn nervöser als ein Hubschrauber. Ein ungeheurer Druck ging von ihm aus. Und Angst. Kaum etwas konnte ihn aus der Fassung bringen. Nur dieses Rieseninsekt, dem er nicht entkommen würde, wenn es ihn einmal erblickt hatte. Wenn sie auch noch Kampfflieger mit Wärmebildkameras losschickten, wurde es ganz fatal. Sie konnten seinen Ort markieren und den Helikopter über ihm kreisen lassen. Ihn aus der Luft festnageln, bis er rennen würde. Und dann hatten sie ihn.

Er klappte die Schulterstütze der Uzi aus und zielte auf den Hubschrauber. Wenn sie ihn enttarnten, würde er schießen. Er würde ein Magazin leeren. Und er würde sie treffen. Die Uzi hatte keinen Rückstoß, eine feine Waffe. Die Frage war nur, ob er sie richtig treffen würde. Sodass sie abstürzten. Er stellte sich den Feuerball vor und empfand Momente der Befriedigung.

Flapp-Flapp-Flapp. Er wiegte sich in der Luft. Dann senkte er den Bug und schoss davon in Richtung Straße. Bald hörte André wieder das gleichmäßige Flapp-Flapp-Flapp. Der Hubschrauber stand über dem Wald. André sah ihn nicht, konnte aber die Entfernung schätzen. Er erhob sich, klappte die Schulterstütze ein und sicherte die Uzi. Sie hatte nur einen Nachteil: Sie ging gern von allein los, wenn sie herunterfiel oder gegen etwas gestoßen wurde.

Er umkreiste den Steinbruch westlich. Halb geduckt, von einer Deckung zur nächsten. Immer den Helikopter im Ohr. Das Rotorengeräusch wurde leiser. Das sagte aber nichts, binnen Sekunden konnte der Pilot den Steuerknüppel schwenken und über den Steinbruch rasen. Scheißhubschrauber.

Alarmsirenen, mindestens drei. Sie näherten sich. Sie kamen vom anderen Eingang. Dann ratterte eine MP. Es war eine Heckler & Koch, Bobs Leute. Bei den Bullen hatte die Waffe nur die GSG 9.

André fand ein Dickicht nahe dem Ausgang und verkroch sich darunter. Er musste einen klaren Kopf gewinnen. Sie durften Bob nicht fassen, schon gar nicht töten.

Wieder das Rattern einer HK MP7. Rasend schnelle Schussfolge. Viel schneller als seine Uzi. Und das kleinere Kaliber klang heller. Ein Stück weiter weg. Hörte sich nach einem Rückzugsgefecht an. Die nächsten Schüsse waren noch weiter entfernt. Sie schienen den Steinbruch im Westen weiträumig zu umgehen. Hoffentlich kommt Bob durch.

Er holte das Miniradio aus dem Rucksack und steckte sich einen Stöpsel ins Ohr. Drückte die Programmtaste, auf die er die Frequenz des Polizeifunks gelegt hatte. Seine Augen kontrollierten durch eine winzige Lücke den Steinbruch. Immer noch hörte er das Flappen des Rotors, aber es war weiter weg. Der Hubschrauber suchte Bob.

Im Polizeifunk ging es durcheinander, bis der Chef Funkdisziplin befahl. Dann klärte sich das Bild. Sie hatten Bobs Leute im Visier. Der Hubschrauber stand über ihnen, allerdings in einiger Entfernung. Er war beschossen worden. Treffer in der Kanzel, keine Personenschäden. Der Kopilot hatte das Feuer erwidert, aber aus großer Entfernung.

Der Einsatzleiter befahl Vorsicht. Er forderte Verstärkung an. Das Sondereinsatzkommando. Zwei gepanzerte Fahrzeuge der Bundespolizei. Außerdem Rettungswagen und einen Hubschrauber des Roten Kreuzes.

Die Bullen wussten nicht, dass sich auch noch André in der Gegend rumtrieb. Er hörte wieder eine Salve. Der Hubschrauber wurde lauter. André sah, wie er in einem großen Bogen an Höhe gewann und langsam an die alte Position zurückkehrte. Der Kopilot starrte durch das Zielfernrohr seines Gewehrs nach unten. Aber er schoss nicht.

André kroch aus der Deckung und rannte los. Sie waren beschäftigt. Sie konnten nicht überall Augen haben. Im Ohr hatte er die Polizei. Sie kreisten Bob und seine Leute ein. Weiträumig. Und warteten auf die Verstärkung.

Während er rannte, versuchte er eine Strategie zu entwickeln. Wie konnte er sich Bob jetzt noch vorknöpfen? Erst überleben, dann vorknöpfen? Er hatte den Steinbruch ein Stück hinter sich gelassen und rannte auf einem Feldweg mit freier Sicht nach vorn.

Sein Hirn formte eine Idee. Plötzlich blieb er stehen, dann ging er langsam. Er kontrollierte die Uzi, obwohl er wusste, dass er nur den Sicherungshebel umlegen musste. Vergewisserte sich, dass die Glock geladen war. Und überlegte. Dann orientierte er sich mit dem Smartphone, fand eine Straße, vielleicht einen Kilometer entfernt. Er marschierte los. Der Plan stand fest. Er war völlig irre, und deshalb würde er klappen. André schöpfte Hoffnung. Gerade hatte er sich damit abgefunden, dass er gescheitert war, jetzt sah er eine Chance. Eine kleine. Groß genug, um alles auf eine Karte zu setzen. Obwohl er erschöpft war wie lange nicht mehr. Aber die Hoffnung gab ihm Kraft. Mit viel Glück würde er das große Los ziehen. Mit wenig sich immerhin Möglichkeiten schaffen. Mit zu wenig würde er sterben. Aber es wäre ein würdiger Tod. So starb ein Soldat. In einem Kommandounternehmen. André lachte trocken und marschierte schneller. Während er marschierte, verfeinerte er den Plan. Bedachte die Risiken. Die Varianten. Malte sich alles Denkbare aus mitsamt seiner Reaktion darauf. Fühlte sich stärker. Er war wieder im Geschäft. Die wichtigste Waffe des Einzelkämpfers ist sein Gehirn.

Er sah vor sich das dunkelblaue Asphaltband. Hörte die Sirenen. Notärzte, Krankenwagen. Presse, die fehlte natürlich noch. Als er an der Straße war, verbarg er die Uzi hinter seinem Rücken und hielt Ausschau. Ein Mercedes-Kombi raste vorbei. Ihm folgte ein Bullen-Passat mit Blaulicht. Niemand beachtete den Wanderer mit Rucksack, der so interessiert die Straße beobachtete. Du bist, was du zu sein vorgibst.

Dann kam erst mal nichts. Eine Nebenstrecke. Als André fürchtete, dass niemand mehr kam, sah er von Weitem schon einen Krankenwagen mit rotem Licht. Er blickte sich um. Nichts außer dem Krankenwagen. Er wischte hastig die Uzi ab und warf sie in die Böschung. Dann stellte er sich auf die Straße. Dort breitete er die Arme aus und winkte mit beiden Händen zum Boden. Der Krankenwagen machte einen kleinen Schlenker, dann bremste er. Als er vor ihm stand, stellte sich André an die Beifahrertür. Der Fahrer schnauzte irgendwas. Der Sanitäter neben ihm kurbelte das Fenster hinunter. Er hatte ein grobes Gesicht mit einer breiten Nase über einem ungepflegten Schnurrbart. André hielt ihm die Glock an die Schläfe. »Rutschen!«, befahl er. Er riss die Tür auf und setzte sich neben den Beifahrer, die Pistole immer an dessen Kopf. »Hier rein!« André deutete mit der freien Hand auf den Feldweg, aus dem er gekommen war.

Der Fahrer blickte ihn aus großen Augen in einem hageren Gesicht an und steuerte den Wagen in den Feldweg. »Weiter!«, drängte André. Nach einer Kurve befahl André dem Fahrer anzuhalten.

»Aussteigen, beide!«

Der Beifahrer war fast ein Drittel größer und breiter als sein Kollege. Andrés Pistole wies den Weg hinter eine Hecke.

»Stopp!«

Die beiden blickten ihn ängstlich an.

Andrés Glock zeigte auf den Beifahrer. »Ausziehen!« Der Mann zögerte, dann entkleidete er sich.

»Wirf die Sachen her!«

Der Mann in Unterhose und Unterhemd warf ihm die Sanitäterkleidung zu.

André schoss dem Beifahrer in den Kopf. Der Beifahrer sackte schnaufend in sich zusammen. Der Fahrer fiel auf die Knie.

»Dich brauch ich. Ich tu dir nichts!« Er packte ihn am Kragen und zerrte ihn hoch. »Los!«

Vor ihnen herrschte Chaos. Zivilfahrzeuge, Bullenkarren, Krankenwagen. Menschentrauben, aufgeregt. Die meisten Leute starrten in den Wald, als könnten sie etwas sehen. Weiter vorn erkannte André die Absperrung der Polizei. »Fahr so weit zur Absperrung, wie es geht.« Der Fahrer steuerte den Krankenwagen in die Traube, aber die Leute waren mit Gaffen beschäftigt. »Schalt Blinklicht und Sirene ein!« Jetzt bildete sich eine Gasse. Erstaunte Blicke, die sich aber gleich wieder dem Wald zuwandten. André streckte den Kopf aus dem Fenster und sah den Hubschrauber. Er erkannte ein Loch in der Scheibe.

Eine MP7 hackte durch den Wald. Meckernd flog ein Krähenschwarm auf. Die Polizisten gingen in Deckung, die Sanitäter verkrochen sich hinter ihren Autos.

»Wie heißt du?«

»Hans«, sagte der Sanitäter mit zitternder Stimme.

»Gut, Hans. Wir schließen einen Vertrag. Du bleibst am Leben, wenn du genau tust, was ich dir sage. Tust du es nicht, stirbst du. Und du lässt dir nichts anmerken. Kapiert?«

»Ja«, sagte er. In den Augen zeigte sich ein wenig Hoffnung.

»Aussteigen«, befahl André. »Dann bleibst du stehen.«

Hans stieg aus und blieb stehen.

André verließ den Wagen. Er behielt Hans im Blick. »Jetzt komm hinters Auto.«

Hans stellte sich neben André.

»Wir wollen ja nicht, dass dir was passiert.«

Hans nickte. Eine Locke fiel ihm in die Stirn.

»Jetzt setzt du dich hin und hältst die Klappe, ja?« André sagte es gefährlich freundlich.

Hans setzte sich.

Die Menschen scherten sich nicht um die beiden Sanitäter, von denen einer auf dem Asphalt saß, während der andere stand und durch die beiden Seitenscheiben in den Wald blickte.

Schüsse fielen. Pistolen. Der Kopilot hatte sein Gewehr im Anschlag.

Ein Lautsprecher dröhnte. Der Einsatzleiter forderte die Söldner auf, sich zu ergeben. Sie sollten einzeln, ohne Waffen und mit erhobenen Händen auf die Straße treten. Dann könnten auch die Verwundeten versorgt werden.

Die Antwort war eine Salve aus einer MP7.

André wusste, was die Männer im Wald dachten. Sie waren eingekreist, auch von oben. Sie hatten zwei Möglichkeiten. Entweder sie versuchten, die Einkreisung zu durchbrechen. Oder sie gaben auf. Unwahrscheinlich, dass sie sich opferten. Söldner sind keine Märtyrer. Auf jeden von ihnen wartete allerdings lebenslänglich. Das hieß zwanzig Jahre mindestens. Sie verteidigten sich, um Zeit zum Nachdenken zu schinden. Sie saßen in Deckung und berieten sich. Oder empfingen Befehle. Bob. Was würde er planen? André konnte es sich vorstellen. Aber würden die anderen mitziehen? *Ihr kriegt die besten Anwälte, wenn ihr schweigt. Wir holen euch raus*

aus dem Knast. Das ist ein Versprechen. Mehr als zwei Jahre sitzt ihr nicht. Einer würde widersprechen: Das behauptest du jetzt, damit wir gehorchen. Aber kennst du ein Beispiel, dass ein paar Leute gleichzeitig aus Knästen befreit wurden? Sie werden uns über die ganze Scheißrepublik verteilen. Die sind doch nicht blöd. Doch Bob würde ihn anblicken und sagen: Ich habe noch nie Versprechen gebrochen. Bei meinem Leben. Wir holen euch raus. Vielleicht schon im Gerichtssaal. Ihr wollt überleben. Und ich geb euch die Chance. Holt zuerst den Hubschrauber runter.

»Wir ergeben uns!«, brüllte eine tiefe Stimme.

»Kommen Sie raus. Einzeln!«, befahl der Einsatzleiter mit dem Megafon.

André konnte den Polizisten sehen. Er stand keine fünfzehn Meter entfernt neben dem Bus der Einsatzleitung. Der Chef blickte sich um. Ein Zivilbeamter neben ihm sagte etwas. Der Chef zuckte mit den Achseln. Das mochte so viel heißen wie: Egal, was die anstellen, raus kommen sie da nicht.

André war anderer Meinung. Einer würde abhauen.

Hinter der Absperrung standen die Kameras der TV-Sender. Dazwischen Fotografen mit Teleobjektiven.

Hans saß neben dem Vorderrad und blickte André ängstlich an. Der beugte sich zu ihm und wiederholte: »Dir passiert nichts, wenn du mitspielst. Also reiß dich zusammen.«

Aber Hans' Hände zitterten, und sein Gesicht war schweißnass.

Alle starrten in den Wald. Doch von den Söldnern war nichts zu sehen oder zu hören. Gerade als der Chef wieder das Megafon vor den Mund hielt, ratterten zwei MP los. André hörte dazwischen auch Schüsse eines MacMillan. Sie hatten also zwei davon mitgenommen. Am Hubschrauber spritzte etwas weg. Der Pilot sackte zusammen, der Kopilot fiel nach hinten, als hätte er einen Faustschlag ins Gesicht bekommen. Der Helikopter begann zu rauchen und zu torkeln. Dann stellte er den Schwanz nach oben und rauschte fast senkrecht auf den Wald zu. Es gab eine Explosion, die Stichflamme schoss durch die Wipfel. Ihr folgte mit Verzögerung eine Qualmwolke. Schwarz.

Totenstille.

Dann begannen Beamte in den Wald zu schießen, bis der Chef brüllte: »Feuer einstellen! Feuer einstellen!«

André wusste, was nun geschehen würde. Die Bullen waren dumm. Sie hätten längst begreifen müssen, mit wem sie es zu tun hatten. Mit Söldnern und nicht mit irgendwelchen Schlagetots. Wer sollte die aus dem Wald holen? Nur derjenige, der sich nachher die Verluste vorrechnen lassen musste.

Inzwischen war der Wald mit Sicherheit umstellt. Bobs Kameraden würden ihm eine Schneise schlagen in den Polizeigürtel, der auf der Rückseite eher dünner war als hier, wo die Einsatzleitung saß.

An Bobs Stelle würde André die Kameraden bitten, den Gürtel auszukundschaften und an einer schwachen Stelle anzugreifen. Die Bullen würden Verluste erleiden, andere würden zur Verstärkung herbeigerufen. Die Schmerzensschreie der Verletzten reichten, um sie in Unordnung zu bringen. Bob brauchte nur zu warten, bis es eine Lücke gab. Durch die würde er verschwinden. André hätte mit dem Einsatzleiter wetten können, dass es so kommen würde. Bevor die GSG 9 anrückte. Also bald.

»Wir holen schon mal die Trage raus«, sagte André.

Hans erhob sich mit wackligen Knien und lief zur Rückseite des Krankenwagens. André begleitete ihn.

Der Sanitäter öffnete die Hecktüren und zog die Trage hinaus. André packte ein Ende, Hans das andere. Sie rollten die Trage in Richtung Einsatzwagen. Etwa fünf Meter vor ihm blieben sie stehen und warteten.

Dumpf knallten Handgranaten. Im Wald fehlte ihnen ein Teil ihrer Wirkung, aber die Explosionen allein und die ins Holz fetzenden Splitter genügten, um Polizisten in Panik zu versetzen. MP ratterten, Pistolen, wieder Handgranaten. Ein Durchbruchunternehmen. Mit einigem Glück würde es funktionieren, weil der Hubschrauber fehlte. Schreie. Die ersten Verletzten. Aufregung am Einsatzwagen. André konnte verstehen, was aus dem Funkgerät quakte. Sie forderten Sanis. Schrien. Der Einsatzleiter verlangte eine präzise Meldung. Aber er hörte nur Geschrei. Mehrere Verletzte oder Tote. Dazwischen Salven und wieder Handgranaten.

Sie feuerten, also klappte es. Bob hatte mit Sicherheit längst eine Lücke gefunden, durch die er entkommen würde. Solange sie kämpften, klappte das Unternehmen. Würde Bob getroffen, wäre der Kampf schlagartig zu Ende. Aber sie riskierten alles, damit ihr Boss davonkam. Die Polizeihundertschaften waren auf alles Mögliche vorbereitet, nur nicht auf einen Kampf gegen Spezialisten mit Kriegserfahrung. Sie wendeten Taktiken des Guerillakriegs an. Welcher Polizist konnte es mit einem Einzelkämpfer im Wald aufnehmen?

Flapp-Flapp-Flapp. Gleich drei Hubschrauber näherten sich. *BUNDESPOLIZEI* auf grünem Grund. Sie kamen im Formationsflug und schwärmten aus. André sah die Schutzwesten und Helme der Besatzungen.

»Wo sie mit Waffen aus dem Wald kommen, Feuerbefehl! Ohne Vorwarnung!« Der Einsatzleiter schrie es ins Megafon, um die Helikopter zu übertönen. Dann das Gleiche in ein Funkgerät.

Aus einem der Hubschrauber dröhnte es in den Wald: »Geben Sie auf! Verlassen Sie mit erhobenen Händen den Wald! Gehen Sie zur Straßenseite! Wenn Sie diesem Befehl nicht in drei Minuten Folge leisten, werden wir den Wald mit allen Mitteln räumen! Ich wiederhole: Mit allen Mitteln. Sie haben keine Chance!«

Mit jaulenden Sirenen erschienen Sondereinsatzkommandos.

Im Wald herrschte Schweigen. André hörte nur die Rotoren. Hans und er standen an den Enden der Rolltrage. Gebannt starrten alle zum Waldrand. Würden die Männer auftauchen? Wo würden sie auftauchen? Gaben sie auf oder eröffneten sie das Feuer? Seltsamerweise ging niemand in Deckung. Die Leute waren wie erstarrt. André suchte keinen Schutz, weil er wusste, was geschehen war. Bob hatte es geschafft. Und seine Kameraden hatten keinen Grund mehr zu kämpfen.

Plötzlich stand ein Mann am Waldrand. Er war schwarz gekleidet und streckte die Arme in die Höhe. »Wir haben Verwundete!«, rief er.

»Los!«, sagte André. Sie schoben die Trage in Richtung Waldrand.

»Warten Sie!«, herrschte sie ein Zivilbeamter an.

»Kommen Sie alle raus!«, befahl der Einsatzleiter. »Wenn wir eine Waffe sehen, schießen wir!« Seinen Leuten rief er zu: »Niemand feuert ohne Befehl!«

Der Schwarzgekleidete winkte. Neben ihm erschienen zwei Männer, die einen dritten stützten. Sie schienen alle mehr oder weniger verletzt zu sein.

»Sind das alle?« Das Megafon hallte.

»Die anderen sind tot!« Der Schwarzgekleidete wies in Richtung Steinbruch.

André lächelte innerlich. Da die Polizei nicht wusste, mit wie vielen Söldnern sie es zu tun hatten, konnte Bob spurlos verschwinden. Es hatte ihn nie gegeben. André bewunderte Bob für seine Klugheit und seinen Mut. Er lieferte den Bullen eine Schlacht und schaffte es, sich danach spurlos abzusetzen. Einfach so. Er überzeugte seine Leute, alles für ihn zu tun. Das eigene Leben aufs Spiel zu setzen. Wer die Fähigkeiten des Feindes nicht anerkennt, verliert den Kampf. André hatte wieder etwas über Bob gelernt.

»Herkommen! Der Erste.« Der Einsatzleiter war nervös. So klang er.

Es setzten sich gleich alle drei in Bewegung. Der eine stützte sich auf den Kameraden. Treffer im Bein. Blut tropfte. Sein Gesicht war kreidebleich und schmerzverzerrt.

André schob die Rolltrage an die Absperrung. Die anderen Sanitäter schienen froh zu sein, keinen Gangster fahren zu müssen. Sie hatten Angst vor diesen Leuten, die vor aller Augen rücksichtslos gekämpft hatten.

Ein Uniformierter trat auf André zu. »Ich fahr mit!« Er fesselte den am Bein verletzten Söldner mit Handschellen, dann durchsuchte er ihn nach Waffen, fand aber keine. Der Mann hatte auch sonst nichts in seinen Taschen.

Zu dritt halfen sie dem Verletzten auf die Rolltrage. Hans blickte André ängstlich an.

»Reinschieben, dann verbinden«, befahl André. »Du fährst.«

Einen Augenblick zeigte sich Widerspruch in Hans' Gesicht. Dann nickte er. André trat dicht an ihn heran und flüsterte: »Ich sitze hinten, aber direkt hinter dir. Wenn du überleben willst, fährst du brav den Weg zurück, den du gekommen bist. Bis ich etwas anderes befehle. Hast du das verstanden?«

Hans nickte eifrig. »Natürlich, natürlich.« Sie schoben die Trage in den Laderaum.

André setzte sich hinein. »Sie fahren vorne mit«, sagte er zum Polizisten.

»Aber!«, sagte er.

»Nichts aber. Ich muss den Mann untersuchen und verbinden. Das kann ich nicht, wenn hier noch einer rumsitzt. Der Verletzte ist unbewaffnet und gefesselt. Halten Sie den Betrieb nicht auf.«

Der Uniformierte starrte André ein paar Sekunden an, dann setzte er sich auf den Beifahrersitz. Hans schaltete Blaulicht und Sirene ein und bahnte sich einen Weg durch die Menschenansammlung.

André desinfizierte und verband unterdessen die Wade des Verletzten. Ein Durchschuss, keine große Sache. »Wie heißen Sie?«, fragte er.

Der Typ wendete das Gesicht ab. Er trug einen Dreitagebart und hatte schwarze Vorderzähne. André entdeckte einen Streifschuss an der Schulter. Blut sickerte durch die schwarze Jacke. Das würde von selbst aufhören.

Durchs geöffnete Fenster zur Fahrerkabine überwachte er Hans. Als sie sich der Abzweigung des Feldwegs näherten, rief André: »Halt mal an! Du musst mir helfen!«

Hans bremste und stieg aus. Der Polizist öffnete die Beifahrertür, trat auf die Straße und zündete sich eine Zigarette an. Hans klappte die Hecktüren auf. »Er hat noch einen Treffer an der rechten Schulter«, sagte André und erntete einen verwirrten Blick. »Verbinde den!« André stieg aus und schloss die Hecktüren. Er stellte sich neben den Polizisten und hielt ihm die Glock an den Kopf. Der Beamte erstarrte. »Hände hinten ans Genick!«

Er zog die Dienstpistole des Polizisten aus dem Halfter und steckte sie in die Gesäßtasche. Dann nahm er dessen Handschellen vom Gürtel. »Jetzt Hände hinter den Rücken!« Er fesselte ihn. Er sah, wie ein Polizeiwagen vom Schauplatz her sich näherte. Er führte den Polizisten im Sichtschutz des Krankenwagens an den

Straßenrand und drückte ihn in den Graben. »Bleib da liegen, oder du bist tot.« Er erhob sich.

Der Polizei-Passat war mit drei Uniformierten besetzt. Er hielt. »Brauchen Sie Hilfe?«, fragte der Fahrer.

»Nein, nein!«, rief André. »Unser Verletzter droht zu kollabieren. Wir kriegen das wieder hin!«

»Davon verstehen wir sowieso nichts. Alles Gute!«, rief der Fahrer und gab Gas.

Als sie weit genug entfernt waren, schoss André dem Polizisten in den Kopf.

Er öffnete die Hecktüren. Hans saß neben dem Verletzten und blickte André ängstlich an. Seine Hände zitterten.

»Weiter geht's«, sagte er. »Steig aus!«

Hans stieg aus, und André führte ihn zu dem ermordeten Polizisten. Als Hans auf die Leiche blickte, schoss ihn André in den Hinterkopf. Der Sanitäter sackte zusammen und rollte in den Straßengraben.

André setzte sich hinters Steuer und fuhr los. Mit Blaulicht und Sirene.

* * *

So etwas hatte Hyun-Ki noch nie gesehen im Lager. Drei Monster dröhnten über den Platz zur Halle. Sie waren laut und stießen schwarze Wolken aus. Zwei von ihnen rollten auf Raupen, einer auf sechs mannshohen Rädern. Ein Bagger, ein Raupenschlepper und ein Kipplader. Gelb, mit chinesischen Schriftzeichen auf den Seiten. Bauen war immer Handarbeit gewesen, Schaufel, Hacke, Hammer, Zange: viel mehr Werkzeug hatte es nie gegeben. Hyun-Ki setzte seine Schubkarre ab und beglotzte die Maschinen. Die hatten auch die Wärter in ihren Bann gezogen, und so schimpfte und schlug niemand. Der Raupenschlepper fuhr in die Halle, während die anderen stehen blieben und die Motoren ausgeschaltet wurden. Hyun-Ki hörte es knirschen und knacken. Das Monster zerstört den Betonboden, dachte er. Aber die Maschine kümmerte es nicht. Im Führerhaus saß ein Mann mit einer Mütze, auf den Ohren trug er Schützer. Seine Lederjacke hatte einen Pelzkragen. Die Maschine ratterte quietschend bis zum Ende der Halle, gegenüber der Ecke, wo Hyun-Ki stand.

Dann drehte der Schlepper auf der Stelle und wirbelte eine Staubfontäne auf. Als die Schaufel zum Ausgang zeigte, senkte er sie und schob Bauabfälle vor sich her.

Jetzt verstand Hyun-Ki die Botschaft: Sie hatten es eilig. Sie brauchten die Maschinen, um die Halle noch schneller zu bauen. Eine Idee bildete sich in seinem Hirn. Es war ein großer Plan, den sie verfolgten. Wichtig für den Staat und wichtig für den Geliebten Führer.

»Du faules Schwein!«, schrie es. Er sah den Wärter erst, als der ihm seinen Knüppel über den Rücken zog.

XIII.

Er stand vor der Schautafel in seinem Büro. Sie zeigte ein Gewirr von Zetteln, Fotos, Zeitungsmeldungen und handschriftlichen Vermerken. De Bodt las das Gedicht.

Der Tod ist groß.
Wir sind die Seinen
lachenden Munds.
Wenn wir uns mitten im Leben meinen,
wagt er zu weinen
mitten in uns.

»Ich versteh es auch nicht«, sagte Salinger. Er hatte nicht gemerkt, wie sie sich neben ihn stellte. Irgendwie war ihm, als könnte er sie jetzt einfach berühren, und es wäre gut. Sie blickte ihn von der Seite an. Er erstarrte innerlich. Er hörte Yussuf leise trampeln.

Das Telefon klingelte. Holger. »Wollen wir mal einen trinken gehen? Auf die guten alten Zeiten. Als die Erde noch eine Scheibe war. Kannst ja deine hübsche Kollegin mitbringen.« Und lachte dieses Männerlachen, das ein besonderes Wissen andeutete und das de Bodt hasste wie die Pest.

»Keine Zeit, ich melde mich …«

»Ach, du hast ja die Mutter aller Kriminalfälle. Musst dann davon erzählen, ja?«

De Bodt legte auf und schüttelte den Kopf. Manchmal wundert man sich, mit wem man sich früher eingelassen hat. »Dann wollen wir mal«, sagte er mit belegter Stimme.

Sie gingen zum Vernehmungsraum. Schröder saß schon drin, bewacht von einem Uniformierten. Alain Delon in den Fängen der Flics.

De Bodt und Salinger setzten sich ihm gegenüber. Salinger schaltete das Aufnahmegerät ein und sprach die Protokolleinleitung ins Mikro.

»Da brauchen Sie gar nicht anfangen. Ich sage noch mal: Ich bin Mitarbeiter des Bundesamts für Verfassungsschutz. Meinen Ausweis kennen Sie. Ich verlange, dass Sie meinen Vorgesetzten anrufen. Ich habe keine Aussagegenehmigung. Sie haben mich widerrechtlich festgenommen und hierher verschleppt.«

De Bodt hörte sich den Sermon seelenruhig an. Er lächelte. »Sie sind nicht festgenommen als Mitarbeiter Ihres Amts, sondern weil Sie eine polizeiliche Ermittlung behindern. Und wegen versuchten Einbruchs. Wir haben Sie auf frischer Tat aufgegriffen. Womöglich müssen wir Sie zusätzlich beschuldigen, dass Sie mit Mördern unter einer Decke stecken. Da ich mir nicht vorstellen kann, dass Ihr Amt unsere Ermittlungen behindert und in fremde Wohnungen einbrechen lässt, und da ich mir noch weniger vorstellen kann, dass Ihr Amt in einen Serienmord verstrickt ist …«

»Sie reden doch nur Blech«, bellte Schröder.

»Gewöhnen Sie sich einen anderen Ton an, sonst packen wir Sie erst einmal in eine Zelle, damit Sie sich abkühlen können. Morgen ist auch noch ein Tag.«

»Ich verlange …«

»Sie haben nichts zu verlangen«, sagte de Bodt mit schneidender Stimme.

Schröder starrte ihn an, schüttelte kaum wahrnehmbar den Kopf und sackte ein Stück in sich zusammen.

Sie hatten ihn überrascht, als er in die Wohnung mit den geschlossen Rollläden einbrechen wollte. De Bodt hatte Ruoff die Adresse gegeben. Und der hatte sie benutzt, wie beabsichtigt. In Schröders Brieftasche fanden sie den Dienstausweis des Bundesamts für Verfassungsschutz. Und im Schulterhalfter eine SIG Sauer P6. Schröder protestierte laut gegen seine Festnahme, aber de Bodt, Salinger und Yussuf zwangen ihn ins Auto und brachten ihn zum Präsidium. Dort wurde er erst einmal in einer Zelle verwahrt, nachdem ihm der Diensthabende die persönlichen Sachen abgenommen hatte. Er wurde dann noch einmal aus der Zelle geholt, um ihn erkennungsdienstlich zu behandeln.

»Was haben Sie dort gesucht?«, fragte Salinger.

»Gar nichts«, sagte Schröder.

»Sie wollten in eine Wohnung einbrechen, in der Sie nichts gesucht haben? Können Sie mir diesen Unsinn erläutern?« Salinger grinste angesichts dieser Blödheit. Halb laut, aber doch für Schröder hörbar sagte sie zu de Bodt: »Machen die keine Eignungstests beim VS?«

»Rufen Sie meinen Vorgesetzten an«, forderte Schröder.

»Gerne«, erwiderte de Bodt. »Geben Sie uns die Telefonnummer, dann ruf ich sofort an.« Er sah Schröder an, dass es in ihm arbeitete. Ärger, glaubte de Bodt zu lesen. Weil er sich hatte erwischen lassen? Unsicherheit, weil er nicht wusste, was für ihn herauskam? Wie sein Vorgesetzter reagierte?

»Sie waren bei Ruoff in der Söldnerkneipe«, sagte Salinger, als Schröder vor sich hin schwieg.

Schröder blickte sie an. »Nicht jetzt«, sagte er.

»Was wollen Sie damit sagen?«, fragte Salinger.

»Ich war … ich will … rufen Sie meinen Chef an.«

Salinger schob ihm einen Zettel und einen Stift zu.

Schröder schrieb die Nummer auf und schob beides zurück.

De Bodt nahm den Zettel, stand auf und verließ den Raum.

»Ja?«

»Hier ist Hauptkommissar de Bodt. Spreche ich mit Herrn Kammann?«

»Ja.«

»Wir haben einen Mann festgenommen, der behauptet, Ihr Mitarbeiter zu sein. Er hat einen Dienstausweis des Bundesamts für Verfassungsschutz auf den Namen Schröder.«

Schweigen am anderen Ende. Dann: »Ich komme ins Präsidium«, sagte Kammann und trennte das Gespräch.

De Bodt kehrte zurück in den Vernehmungsraum, wo Salinger gerade fragte: »Warum tragen Sie eine Waffe?«

»Das ist meine Dienstwaffe.«

»Sie dürfen keine Waffe tragen«, sagte de Bodt. »Wenn es stimmt, was Sie sagen, sind Sie VS-Mitarbeiter. Angehörige der Geheimdienste dürfen in Deutschland keine Waffen tragen.«

Schröder schwieg.

»Fällt Ihnen dazu nichts ein?«

»Was sagt mein Chef?«

»Was sagen Sie?«, schnauzte Salinger.

»Ich sag gar nichts mehr.«

Kammann brauchte eine Viertelstunde. De Bodt empfing ihn in seinem Büro. Salinger saß an ihrem Platz. Yussuf zappelte hinter seinem Schreibtisch. Der Hertha-Wimpel vibrierte mit.

Kammann setzte sich nach Aufforderung auf den Besucherstuhl. »Können wir nicht ...?«

»Nein«, sagte de Bodt, »können wir nicht. Wir ermitteln, und Sie sind womöglich Zeuge.«

»Das ist geheim«, sagte Kammann.

»Wir haben Ihren Herrn Schröder auf frischer Tat ertappt. Er wollte in eine Wohnung einbrechen. Er trägt unerlaubt eine Waffe. Können Sie überhaupt bestätigen, dass dieser Herr Mitarbeiter des Verfassungsschutzes ist?«

Kammann blickte de Bodt mit Verschwörermiene an. »Das kann ich Ihnen nur unter vier Augen sagen. Und selbst das widerspricht meinem Dienstauftrag.«

»Ich gehe also davon aus, dass dieser Herr Schröder tatsächlich beim Bundesamt für Verfassungsschutz arbeitet«, sagte de Bodt unterkühlt.

Kammann drängte: »Unter vier Augen, Herr Hauptkommissar.«

»Wenn Sie schon mal da sind, zeigen Sie mir doch bitte Ihren Dienstausweis und Ihren Bundespersonalausweis. Ja?«

Kammann starrte ihn an. »Sind Sie wahnsinnig?«

»Herr Yussuf, würden Sie dem Herrn behilflich sein, uns seine Ausweise zu zeigen?«

Yussuf sprang auf.

Kammann griff in sein Jackett und warf seinen Dienstausweis auf den Schreibtisch. Er verbarg seinen Zorn nicht.

»Den Personalausweis bitte auch«, sagte de Bodt. In den Augenwinkeln sah er, wie Salinger mit dem Grinsen kämpfte.

Kammann warf den Ausweis zum anderen, als würde er eine Verliererkarte ausspielen.

De Bodt studierte gleichmütig die Ausweise. Dann hielt er sie Yussuf hin. »Bitte prüfen Sie die. Man weiß bei unseren Verfassungsschützern ja nie.«

Yussuf schnappte sich die Ausweise und verließ den Raum.

Kammann wollte protestieren, schloss aber doch den Mund.

»Und nun verraten Sie mir Ihren Auftrag«, sagte de Bodt seelenruhig.

»Das hier wird Folgen haben«, schnauzte Kammann. Dieser eingebildete Schnösel ging ihm richtig auf den Geist.

»Natürlich hat das Folgen, wenn ein Beamter in eine fremde Wohnung einbricht ohne richterlichen Durchsuchungsbeschluss. Darauf müssen Sie mich nicht hinweisen.«

»Sie wissen genau, was ich meine.« Kammann hatte sich wieder im Griff.

»Nein, das weiß ich nicht. Und weil wir hier kein Ratespiel veranstalten, beantworten Sie jetzt ein paar Fragen. Bisher sind Sie Zeuge. Bisher.«

Kammann schüttelte den Kopf und setzte sich aufrecht hin.

»Warum hat Ihr Mitarbeiter versucht, in die Wohnung einzubrechen?«

Kammann schwieg.

»Haben Sie ihm den Auftrag dazu gegeben?«

»Ich habe keine Aussagegenehmigung. Ich verlange, mit meinem Amt zu telefonieren.«

»Keineswegs«, sagte de Bodt. »Ich beschuldige Sie, Herrn Schröder zum Einbruch angestiftet zu haben. Wollen Sie sich dazu äußern?«

Kammann fixierte einen imaginären Punkt im Raum, rechts neben de Bodts Ohr.

»Ich werde Ihren Mitarbeiter als denjenigen identifizieren, der Informationen über Frau Elvira Kohn gesammelt hat, um sie als Zeugin auszuschalten. Ich kann mir nicht vorstellen, dass Herr Schröder das ohne Ihren Auftrag getan hat. Es geht hier um Mord.« De Bodt erzählte es fast locker. Umso bedrohlicher klang es.

»Ich möchte mit meinem Vorgesetzten telefonieren.«

»Später«, sagte de Bodt.

»Ohne Aussagegenehmigung sage ich nichts.«

»Ich glaube, Sie haben etwas missverstanden. Es geht um Einbruch, Verstoß gegen das Waffengesetz und Mord. Es geht nicht um eine Dienstsache, sondern um Verbrechen. Meines Wissens sind Mitarbeiter des Verfassungsschutzes nicht befugt, Leute umzubringen, in Wohnungen einzubrechen und Waffen zu tragen. Da interessiert Ihre Aussagegenehmigung nicht. Sie müssen alles sagen, was Sie wissen. Es sei denn, Sie belasten sich dadurch selbst. Wenn Sie schweigen, weil Sie sich sonst belasten, werde ich Sie als Beschuldigten festnehmen. Verstehen Sie mich jetzt?«

Kammann rutschte auf dem Stuhl hin und her, als wollte er eine bequemere Sitzposition finden. Der Typ hat mich reingelegt. Er hat gewusst, dass Schröder oder ich die Söldnerkneipe noch einmal aufsuchen würden. Und hat eine Falle gestellt. Zusammen mit diesem Söldner-Arschloch.

»Das ist gegen das Gesetz.«

»Nicht gegen meines.«

Salingers Augen waren auf einmal noch größer.

»Ich möchte meinen Vorgesetzten anrufen.«

Kammann blickte überrascht, als de Bodt auf sein Telefon zeigte. »Allein.«

»Kommt nicht infrage.«

Kammann erhob sich.

Yussuf kam durch die Tür, die beiden Ausweise in der Hand. »Sind in Ordnung.«

»Ob Sie bitte einen Beamten holen? Danke.«

Yussuf staunte und grinste. Nach einer Minute kehrte er mit einem Uniformierten zurück. Der Polizist stellte sich neben die Tür.

Kammann setzte sich. Er zeigte auf das Telefon. De Bodt schob es ihm hin. Kammann wählte aus dem Kopf eine Nummer. »Verbinden Sie mich mit dem Präsidenten, sofort … Herr Präsident, ich muss Sie bitten, mir zu helfen. Ich bin im Berliner Polizeipräsidium, wo mich ein Hauptkommissar de Bodt gegen meinen Willen festhält.« Er hörte einen Augenblick zu, dann nickte er. »Nein, war es nicht. Danke, Herr Präsident.«

Nachdem er aufgelegt hatte, lehnte er sich zurück.

»Wollen Sie uns nun Auskunft geben, Herr Kammann?«

Kammann schwieg.

Nach fünf Minuten klingelte das Telefon. De Bodt nahm ab. »Kommen Sie bitte gleich zu mir, Herr Hauptkommissar«, sagte der Polizeipräsident.

»Sie müssen den Mann gehen lassen. Er arbeitet auf höchste Weisung. Mehr darf ich nicht sagen. Er hat einen extrem, ich unterstreiche, extrem wichtigen Auftrag, der die Sicherheitsinteressen unseres Staats betrifft.«

»Herr Präsident«, sagte de Bodt. »Der Mann hat einen Untergebenen angestiftet, mindestens ein Verbrechen zu begehen. Versuchten Einbruch. Es gibt Indizien, dass es auch um Mord gehen könnte. Dieser Herr Kammann und sein Herr Schröder arbeiten auf demselben Feld wie wir. Es geht ihnen um denselben Fall. Das geht den VS aber nichts an. Die behindern die Ermittlungen.«

Der Präsident schüttelte den Kopf. »Mord ist Unsinn. Und der Einbruchsversuch, ich bitte Sie.«

De Bodt überlegte einen Augenblick. »Vielleicht steckt dieser Kammann auch hinter der Kampagne gegen mich. Stellt sich die Frage: Warum könnte der VS uns behindern wollen? Und was hat das mit den Sicherheitsinteressen des Staats zu tun?«

»Jetzt überziehen Sie aber maßlos. Ich fordere Sie auf, die Herren zu entlassen. Sie können ja den Staatsanwalt bitten, diesen Herrn Schröder zu vernehmen. Wenn es denn versuchter Einbruch war … der Herr hat aber einen festen Wohnsitz und keine Vorstrafe.«

»Woher wissen Sie das?«

»Das hat mir der Präsident des Bundesamts versichert. Und das ergeben unsere Akten. Haben Sie da schon mal reingeschaut?«

»Wenn er nicht in den Akten steht, brauch ich auch nicht hineinzublicken.«

Der Präsident runzelte die Stirn und biss auf die Zähne. »Im Guten, Herr Hauptkommissar, lassen Sie den Mann gehen.«

»Ich ermittle gegen Herrn Schröder wegen Mordverdachts und gegen Herrn Kammann wegen des Verdachts der Anstiftung zum Mord. Es besteht Verdunklungsgefahr. Ich werde die beiden Herren spätestens morgen dem Haftrichter vorführen.«

Der Polizeipräsident ging von seinem Schreibtisch zum Fenster. Neben ihm an der Wand hing Bismarck mit Hunden in Öl. Er faltete die Hände und drückte die Finger. Seine Augen schweiften im Büro, bis sie am Hauptkommissar hängen blieben. De Bodt drehte sich auf dem Stuhl mit.

»Herr Hauptkommissar«, sagte der Präsident. »Sie bringen uns in eine unmögliche Lage. Mich hat nicht nur dieser VS-Präsident angerufen, sondern auch der Staatsminister im Kanzleramt. Sie kennen den bestimmt aus dem Fernsehen. Es heißt, dass er schlechte Manieren hat. Ich kann das voll und ganz bestätigen. Er hat mir die Hölle heiß gemacht. Und dann hat sich der Innensenator gemeldet. Binnen weniger Minuten. Seit Sie diesen Schröder und vor allem diesen Kammann da unten sitzen haben. Ich habe Sie geholt, weil ich Sie für einen großartigen Polizisten halte. Aber jetzt geht es nicht mehr um Polizeiarbeit …«

»Herr Präsident, wenn Sie gestatten.«

Wachtel blickte ihn erstaunt an.

»Darf ich deutlich werden?«

»Wir sind ja unter uns.«

»Danke. Mir ist es vollkommen egal, wer alles bei Ihnen angerufen hat. Ich habe einen Berg von Mordfällen aufzuklären. Ich vernehme gerade zwei Herren, die dringend verdächtig sind, Straftaten begangen zu haben, vielleicht sogar Mord. Ich kann diese Herren nicht einfach laufen lassen. Ich darf es nicht. Ich würde mich strafbar machen. Und ich will es nicht.«

Der Präsident machte zwei Schritte zu seinem Schreibtisch hin. »Ich weise Sie an, die Herren Kammann und Schröder unverzüglich auf freien Fuß zu setzen«, sagte er mit leiser Stimme.

»Diese Weisung geben Sie mir bitte schriftlich«, sagte de Bodt und verließ grußlos das Zimmer.

Kammann grinste ihn triumphierend an, als de Bodt sein Büro betrat.

»Herr Kammann, ich beschuldige Sie der Anstiftung zum Mord zum Nachteil von Frau Elvira Kohn, Fuhlsbüttler Straße, Hamburg. Sie haben Ihren Untergebenen Schröder beauftragt, Elvira Kohn zu ermorden, weil Frau Kohn eine wichtige Zeugin in einem Mordfall ist. Herr Alexander Ruoff, der Wirt des *Ankers*, hat Ihnen die Adresse von Frau Kohn genannt, und Sie haben Schröder oder vielleicht jemand anderen nach Hamburg geschickt, um Frau Kohn zu töten. Haben Sie dazu etwas zu sagen?«

Kammann war fahl. Er schüttelte den Kopf. Hatten sie ihn fallen gelassen? Jetzt schon? Übernahm ein anderer seinen Auftrag?

»Wollen Sie uns etwas sagen, Herr Kammann?«, fragte de Bodt.

Kammann schüttelte nur den Kopf.

»Sie werden spätestens morgen dem Haftrichter vorgeführt. Solange bleiben Sie in Polizeigewahrsam.« Er wandte sich an den Uniformierten neben der Tür. »Abführen!«

Schröder nippte an seinem Kaffee, als de Bodt und Salinger den Vernehmungsraum betraten. Er blickte sie erwartungsvoll an.

Kaum saßen sie ihm gegenüber, erklärte de Bodt: »Sie sind beschuldigt, Frau Elvira Kohn, Fuhlsbüttler Straße, Hamburg, ermordet zu haben. Außerdem sind Sie beschuldigt des versuchten Einbruchsdiebstahls. Sie werden morgen dem Haftrichter vorgeführt. Bis dahin bleiben Sie in Polizeigewahrsam.«

Schröder starrte ihn an. »Das können Sie nicht machen.«

»Das habe ich gerade gemacht.«

»Die Schweine lassen mich hier verrotten«, sagte er mit zitternder Stimme. Und schrie: »Ich habe niemanden ermordet.« Er sackte auf dem Stuhl in sich zusammen.

»Wollen Sie mir etwas sagen?«, fragte de Bodt freundlich.

»Ja, lassen Sie mich hier raus!«

»Das geht leider nicht.«

Sie schwiegen sich an.

Dann sagte de Bodt: »Wenn Sie eine Aussage machen, komme ich Ihnen entgegen.«

Schröder blickte ihn ungläubig an.

»Sie haben bei Ruoff die Adresse von Frau Kohn erfahren. Stimmt's?«

»Ich habe niemanden umgebracht. Ich kenne keine Frau Kohn.«

»Wir können Herrn Ruoff holen lassen. Dann haben wir eine Gegenüberstellung. Er wird bestätigen, Ihnen die Adresse von Frau Kohn gegeben zu haben. Sie haben sich als Polizist ausgegeben. Amtsanmaßung. Noch schlechter für Sie ist aber, dass Ihnen kein Haftrichter dieser Erde noch irgendwas glauben wird. Ich muss nur die Aussagen darstellen, und Sie haben die Mordanklage an der Backe.«

»Und wenn wir Ihre DNS mit den beliebigen Mengen von Haarproben im Friseursalon vergleichen …?«, fragte Salinger und blickte Schröder freundlich an.

Schröder lächelte.

Mist, dachte de Bodt. Vielleicht werden wir keine Haare von ihm finden. »Wem haben Sie die Informationen über Frau Kohn gegeben? Herrn Kammann nehme ich an?«

Keine Antwort. Schröder saß da wie ein bockiges Kind.

»Es könnte sein, dass wir einen Grund … finden, Sie wenigstens wegen Anstiftung zum Mord anzuklagen«, sagte de Bodt.

Seine Sachlichkeit schien Schröder mehr zuzusetzen, als es Geschrei und Vorhaltungen hätten tun können. De Bodts fast freundliche und jederzeit höfliche Versuche, den schwachen Punkt zu finden, setzten Schröder unter Druck. Er hatte wirklich keine Lust, im Knast zu enden. Seine Loyalität reichte so weit wie sein Glaube, dass jemand ihn retten würde. Jemand vom Amt, für das er sich den Arsch aufriss und so viel riskierte. Aber de Bodt weckte den Zweifel.

»Niemand wird Sie herausholen, wenn Sie einmal verurteilt sind«, sagte de Bodt. Und als Schröder schwieg, während eine Schweißperle sich auf den Weg zum Kinn machte: »Wenn Sie Dinge wissen, die Ihren Auftraggebern schaden könnten, dann würde ich an Ihrer Stelle nicht mit Befreiung rechnen, sondern mit einem Mordversuch.«

Schröder stierte ihn an, aber weniger zornig als verzweifelt. Dieser Scheißbulle war verdammt dicht dran. Als kennte er Schröders Ängste und Zweifel. Natürlich hatte Schröder darüber nachgedacht, was das Amt oder Kammann oder wer auch immer für ihn tun könnte, wenn die Bullen ihn einbuchteten. Jetzt war es so weit. Und Schröder sah keine Chance, dem Bullen zu entkommen. Dem waren Interventionen von oben offenkundig völlig egal. Während er darauf wartete, weiter verhört zu werden, hatte sich Schröder ausgemalt, wie der Bulle reinkommen und ihn nach Hause schicken würde. Und dabei die absolute Kotzlaune hätte.

»Ich kann Ihnen gern verraten, dass Ihr Amt und der Herr Kammann alles versucht haben, Sie aus der Sache herauszubekommen. Und nicht nur die. Aber Ihre Helfer können nichts für Sie tun. Außer Ihnen einen guten Anwalt engagieren. Den werden Sie brauchen.«

Schröder überlegte einen Augenblick, ob dieser Bulle seine Gedanken lesen konnte. Doch dann fiel ihm ein, dass der Typ genau zuhörte und genau analysierte. Er zählte nicht nur eins und eins zusammen, sondern auch sechsundzwanzig und sechsundzwanzig. Und er machte es provozierend gelassen. Als hätte er alle Trumpfkarten in der Hand.

»Brauchen Sie Bedenkzeit?«

Schröder nickte.

»Dann sprechen wir uns morgen wieder.« Ein Wink zum Uniformierten neben der Tür.

Auf seinem Tisch lag ein Zettel. Liselotte Hornscheidt wohnte in Moabit. Sie war die Witwe von Rudolf Hornscheidt, der in Lübeck erstochen worden war. Yussuf blickte de Bodt erwartungsvoll an. Der nickte anerkennend und hob den Daumen.

»Kommen Sie«, sagte er zu Salinger. Zu Yussuf, der ihn enttäuscht ansah: »Fahren Sie nach Zehlendorf. Nehmen Sie ein paar von Krügers Leuten mit. Versuchen Sie, etwas über den Schornsteinfeger herauszufinden.«

»Okay, Chef«, sagte Yussuf, wieder gut gelaunt.

Fred alias Rudolf Hornscheidt hatte im vierten Stock eines Mietshauses gewohnt. An den Klingelschildern fanden sie fast nur türkische Namen.

»Herr Ruoff hat mich bereits informiert«, sagte Frau Hornscheidt gleich an der Wohnungstür. Sie war schlank, fast dürr und hatte ein knochiges Gesicht. Ihre kleinen braunen Augen lagen tief in den Höhlen.

»Natürlich«, erwiderte de Bodt.

Sie musterte die beiden Polizisten ein paar Sekunden, dann bat sie die mit einer übertriebenen Handbewegung hinein.

Das Mobiliar war ein Mix aus Sperrmüll, Ikea und leeren Weinkisten, die als Tische, Hocker und Regale dienten. Es roch nach einem Desinfektionsmittel. Die Wohnung war penibel geputzt. Staub und Dreck hatten keine Chance.

Sie führte sie in die Küche und bot ihnen zwei der vier Stühle um den Tisch an. »Darf ich Ihnen …«

»Nein, danke«, sagte Salinger.

Sie stand einen Augenblick unschlüssig, dann setzte sie sich. Sie bewegte sich schnell.

»Mein Beileid«, sagte de Bodt.

Sie wischte es mit einer fahrigen Handbewegung weg.

»Wir suchen seine Mörder«, sagte Salinger.

Hornscheidt nickte. »Natürlich.« Sie klang mutlos. Als wäre es ihr egal, ob die Mörder ihres Manns gefunden würden oder nicht. »Hat er wieder ein Ding gedreht.« Sie blickte auf die Tischplatte und schüttelte den Kopf. »Ich hab ihm so oft …« Wieder die Handbewegung. Dann ein Blick zu de Bodt. »Ich kann Ihnen nichts sagen. Er hat kaum mit mir geredet.«

De Bodt nickte.

Salinger fragte: »Er hatte bestimmt Freunde?«

Hornscheidt hob die Brauen. »Na ja.«

»Hat ihn mal jemand besucht?«

»Ja. Ein Kamerad. Hat Fred gesagt.«

»Warum wurde er Fred genannt?«

»Nach Fred Feuerstein. Er war ganz wild auf die Serie. Hatte auch die Comics.« Sie deutete zum Kistenregal.

»Und der Besucher?«, fragte de Bodt. »Wie hieß der?«

»Keine Ahnung. Er hat sich nicht mal richtig vorgestellt.«

»Wie sah er aus?«, fragte Salinger.

»Ganz normal. Jeans, T-Shirt. War ziemlich groß und hatte fast eine Glatze. Kräftiger Typ, durchtrainiert. War so einer wie Fred.«

»Söldner«, sagte Salinger.

»Ja.«

»Woher kannte Ihr Mann den Besucher?«, fragte Salinger.

»Keine Ahnung … obwohl« – sie hielt sich die Hand vor den Mund –, »Afrika. Stimmt, der hat irgendwas gesagt.«

»Hat Ihr Mann nie etwas erzählt?«

Sie schüttelte den Kopf und seufzte. »Er hat kaum den Mund aufgekriegt.«

»Was hat Sie an ihm fasziniert?«, fragte de Bodt.

Sie blickte ihn verständnislos an.

»Haben Sie ihn geliebt?«

Salinger verengte ihre Augen zu Schlitzen.

»Weiß nicht«, sagte die Frau.

»Warum waren Sie mit ihm zusammen?«

Hornscheidt kapierte es nicht. »Er ist tot, was …?«

»Wann haben Sie ihn zum ersten Mal getroffen?«

Sie sah ihn unwirsch an.

Salinger räusperte sich. »Mein Chef will etwas über Ihren Mann herausfinden. Je mehr wir über ihn wissen, desto größer sind unsere Aussichten, seinen Mörder zu fassen. Verstehen Sie?«

Hornscheidt blickte sie misstrauisch an. »Kann ich Ihre Dienstausweise noch einmal sehen? Sie sind nicht von der Presse?« Sie hatte de Bodts Ausweis nicht angesehen, als sie den Polizisten die Tür öffnete.

Sie legten ihre Dienstausweise auf den Tisch. Doch Hornscheidt warf nur einen flüchtigen Blick darauf. »Es war im *Anker*«, sagte sie. »Ich war da mit einem Bekannten. Na, und dann hab ich Fred dort kennengelernt. Wir hatten was getrunken. Also, Fred nicht. Der trank keinen Alkohol. Hatte immer Cola. Literweise.«

»Sehen Sie, das ist eine wichtige Information für uns«, sagte Salinger.

Hornscheidt blickte sie an, dann nickte sie gemächlich, als würde sich die Erkenntnis mit jeder Kopfbewegung vertiefen.

»Und Sie waren dann sofort mit ihm zusammen?«, fragte Salinger.

»Nein. Ich war ja nicht allein im *Anker.*«

»Sie kennen also Herrn Ruoff«, sagte de Bodt.

»Den Wirt? Ja, ja.«

»Wie finden Sie ihn?«

»Kann ich nicht sagen. Fred hat manchmal mit ihm gesprochen. Fred fand ihn, glaub ich, in Ordnung. Ist ein alter Kamerad, was soll man sagen?«

»Danach haben Sie Fred also noch mal getroffen.« Salinger blickte sie freundlich an. Mitfühlend, von Frau zu Frau.

»Auf dem Markt hier.« Sie deutete nach draußen. »Fred hat später gesagt, dass er nicht zufällig da war. Dass ich in der Kneipe erzählt hätte, ich würde gern auf diesen Markt gehen, weil ich die Bockwürste am Fleischstand mag. Sind aus Hühnerfleisch. Ist ein Türke, der Metzger.«

»Und da haben Sie Fred getroffen.«

»Er stand am Stand und hat eine Bockwurst gegessen.«

»Und hatte eine Cola-Flasche in der Hand«, sagte Salinger.

»Genau.« Wieder dieses Nicken. Wie eine mechanische Puppe.

»Wenn man jemanden kennenlernt, fragt man doch, wer der ist, was er macht, nach dem Beruf, der Familie …«

Hornscheidt fuhr sich durch die kurzen schwarzen Haare mit ersten silbrigen Strähnen. »Er hat nie viel gesagt. Mich hat er gefragt. Ich hab geredet, er hat geschwiegen. Fast immer.«

»Er hat kein Wort gesagt über das, was er tat?«

»Irgendwann hab ich erfahren, dass er auch im Krieg war.«

»Wie Ihr Bekannter, mit dem Sie im *Anker* waren, wo Sie dann zufällig Fred trafen?«, sagte de Bodt.

»Richtig, genau.«

»Und wie heißt dieser Bekannte? Wo wohnt er?«

Sie blickte ihn stumpf an. »Warum?«

»Kannte Ihr Bekannter Fred?«, fragte Salinger.

Hornscheidts Augen bewegten sich zu ihr.

»Ja, natürlich. Da kennen sich alle. Irgendwie.«

»Verstehen Sie jetzt, warum es so wichtig ist, über diese Dinge zu reden, Frau Hornscheidt?«, fragte Salinger.

Das Puppennicken. Ihre Augen zeigten, dass sie verstand, um was es ging.

»Wir glauben, dass Fred von einem Kameraden umgebracht wurde. Einem, der … aus dem Ruder lief«, sagte Salinger.

»Dieses Schwein.«

»Und den müssen wir kriegen«, sagte Salinger.

»Nein, das geht nicht«, erwiderte Hornscheidt.

»Wie heißt denn Ihr Bekannter?«, fragte Salinger.

»Ingo Volz.«

De Bodt wechselte einen Blick mit Salinger. Die stand auf und verließ die Wohnung, verfolgt von einem Blick Hornscheidts.

»Meine Kollegin telefoniert nur. Sie kommt gleich wieder.«

»Ach so«, sagte Hornscheidt.

»Wo wohnt Herr Volz?«

»Der ist weggezogen.«

»Wohin?«

»Nach Eisenhüttenstadt. Da sind die Mieten billiger. In Berlin kann man es mit Hartz IV gar nicht mehr aushalten.«

De Bodt nickte. Seine Augen zeigten Verständnis.

»Die genaue Adresse haben Sie nicht?«

»Von dem?«

»Telefonnummer?«

Sie zog ein Handy aus der Hosentasche und scrollte in den Adressen. *Ingo* stand da und eine Telefonnummer. De Bodt schrieb sie in sein Notizbuch.

»Kennen Sie weitere Freunde von Herrn Volz?«

»Gesehen hab ich welche. Manchmal wurde er angerufen. Aber Namen hat er nie genannt.«

»Darf ich fragen, warum das mit Herrn Volz auseinanderging?«

»Ist ein Scheißkerl. Verstehen Sie?«

»Klar.«

»Der war … nicht zuverlässig. War plötzlich weg. Kam plötzlich. Wie er wollte.«

»Und Sie haben geglaubt, er hat eine andere.«

»Eine?«

»Haben Sie ihn gefragt, wo er war?«

»›Geht dich nichts an‹, hat er gesagt. Einfach so.« Sie hob die Arme. »Geht dich nichts an. Das Arschloch. Natürlich geht mich das was an.«

»Natürlich«, sagte de Bodt. »Wenn Sie irgendwas was angeht, dann so was.«

»Ganz bestimmt.« Sie hob den Zeigefinger. »Rauchen Sie eine mit?«

»Danke, nein«, sagte de Bodt.

»Kommen Sie mit raus?«

»Gerne.«

Sie ging durchs Wohnzimmer auf den Balkon. Dort standen ein Campingstuhl und ein Aluminiumtisch. Auf dem ein Drehaschenbecher. Sie zündete sich eine Zigarette an, das Feuerzeug geschützt durch die gekrümmte Hand.

Es klingelte an der Wohnungstür. »Ich geh schon«, sagte de Bodt.

Salinger trat ein. »Das ist unser Ingo. Genauer gesagt Ruoffs Ingo. Der hat's auch bestätigt, war aber völlig verdattert. Und hatte Angst. Ist vor ein paar Jahren aus dem Pott hergezogen.«

»Er hat uns also auflaufen lassen«, sagte de Bodt.

»Aber wir haben nicht nachgehakt.«

»Stimmt. Wir haben uns mit der Spur zufriedengegeben, die er freiwillig rausrückte.«

»Ich könnte ihn …«

»Nein, nein«, sagte de Bodt. »Wir bauen uns einen Vorteil daraus.«

Sie blickte ihn neugierig an, dann lächelte sie. »Typisch«, sagte sie. »Ich will ihn in den Arsch treten, und Sie fahren das Kuschelprogramm.«

»Sie sind eben der böse Bulle«, sagte de Bodt.

Sie deutete einen Schlag an. Aber er war schon auf dem Weg zum Balkon.

»Ich will Ihnen was verraten, Frau Hornscheidt«, sagte de Bodt. »Herr Volz war Ihnen nicht untreu. Herr Volz hatte Kontakte zu

Kameraden. Wahrscheinlich hat er Unternehmen organisiert. Er ist ein wichtiger Mann.«

Sie nickte puppenartig und zog an ihrer Zigarette. »Einmal hab ich… na ja, Sie wissen, wie das ist…«

De Bodt lächelte.

»Also, ich hab die Anrufliste von seinem Handy angeguckt, als er ins Bad ging. Da brauchte er immer lang, wissen Sie. Ich hatte es vorher schon versucht, aber da war die Anrufliste leer. Er hat sie wohl regelmäßig gelöscht. Diesmal war eine Nummer drin. Und die hab ich angerufen, auf dem Festnetz. Es meldete sich aber ein Mann. Da hab ich gleich wieder aufgelegt.«

Sein Handy klingelte, aber er drückte das Gespräch weg.

»Sehen Sie, Herr Volz war doch nicht untreu. Er hat was organisiert. Fällt Ihnen dazu etwas ein?«

Sie starrte ihn an. »Meinen Sie wirklich?

De Bodt lächelte. Aber er spürte seine Ungeduld. Man konnte fast zuschauen, wie ein Gedanke in ihr Hirn kroch. »Ja, ich glaub schon.«

»Dann hab ich ja…« Sie hielt die Hand vor den Mund. »Aber wenn er nichts sagt!«

»Sie haben ihm Vorwürfe gemacht, weil er nicht kam oder plötzlich ging, weil er telefonierte, aber nicht erklärte, mit wem…«

»So war es. Ich habe gefragt: Mit wem hast du nun schon wieder geredet? Und er hat gesagt: Das geht dich nichts an.«

»Das ist nicht fair«, sagte de Bodt traurig. »Hat er nie etwas erklärt? Haben Sie nie etwas aufgeschnappt? Einen Namen, eine Zeit, einen Ort…«

Sie drückte ihre Zigarette auf die Drehscheibe des Aschenbechers und blickte der Kippe nach, bis sie verschwunden war. »Da muss ich mal nachdenken.« Sie lehnte sich ans Geländer und schloss die Augen.

De Bodt stellte sich vor, wie in ihrem Kopf zwei Zahnrädchen in einer sonst vollkommenen Leere ineinandergriffen. Langsam, knirschend. Der Hauptkommissar blickte in sein Notizbuch und überlegte, was sie zunächst zu tun hatten. Er flüsterte Salinger ins Ohr: »Rufen Sie bitte Yussuf an. Vielleicht weiß er was über den Schornsteinfeger.«

»Da hätte er sich längst gemeldet«, antwortete sie und wollte gehen.

»Bleiben Sie.«

Hornscheidt öffnete die Augen. »Er hat mal was von einem Bob gesagt. Der Name fiel mehrfach. Immer so: *Ja, Bob. Mach ich. Ich bin pünktlich. Kannst dich auf mich verlassen, Bob.* So ungefähr.«

»Kennen Sie diesen Bob?«

Sie schüttelte den Kopf.

Das Handy klingelte wieder. De Bodt nickte Salinger zu und ging in die Küche.

»Warum drücken Sie mich weg, Chef?«, schimpfte Yussuf.

»Ja, was gibt's?«

»Der Schornsteinfeger kam mit dem Auto. Und er war nicht allein. Er hatte einen Fahrer.«

»Das ist ungewöhnlich«, sagte de Bodt.

»Noch ungewöhnlicher ist, dass er nur in ein Haus gehen wollte. Und aus dem kam er gleich wieder raus. Setzte sich ins Auto und ließ sich wegfahren. Ein paar Minuten später rumste es.«

»Also ein ferngesteuerter Zeitzünder«, sagte de Bodt.

»Er hat im ersten Stock gesehen, dass Köhler eingepennt war auf seinem Sessel und hat gehofft, dass der noch schlief, wenn die Bombe hochging.«

»Woher wissen Sie das?«

»Der Nachbar, direkt gegenüber. Der war bei der letzten Befragung auf Dienstreise. Und es kommt noch besser. Er hat den Schornsteinfeger gefilmt.«

»Was hat er?«

»Er hat ihn gefilmt. Er hatte gerade eine neue Kamera bekommen und sie ausprobiert. Hat alles gefilmt und geknipst, was ihm vor die Linse kam. Die Bilder sind erste Sahne. So 'ne Kamera hätt ich auch gern.«

Was für ein unglaubliches Glück, dachte de Bodt. »Sind die Männer zu erkennen?«

»Der eine hat sein Gesicht mit Kohlenstaub geschwärzt, beim anderen stören Reflexionen und die A-Säule.«

»Kann man das Kennzeichen erkennen?«

»Ja…«

»Halterabfrage…?

»Schon passiert. Nummernschild ist gestohlen. Gehörte ursprünglich zu einem Golf-Kombi und die haben einen Renault Kangoo benutzt.«

»Und wahrscheinlich irgendwas vom Schornsteinfeger draufgemalt«, sagte de Bodt.

»Woher wissen Sie das?«

»Telepathie.«

»Was bitte?«

»Kommen Sie schnell her mit den Bildern.« Er nannte die Adresse. »Mit Tatütata.«

»Klar, Chef!«

Er kehrte zurück zum Balkon.

»Nein, ich habe keine Ahnung, womit er sein Geld verdient«, sagte Hornscheidt.

»Haben Sie nie über Geld gesprochen?«, fragte Salinger.

»Außer dass ich keins hab…« Sie meckerte wie eine Ziege.

»Er hat immer bezahlt?«

»Ja. Alles.«

»Und wenn Sie sich unterhalten haben, um was ging es da?«

Sie überlegte. »Fernsehen.«

»Haben Sie viel ferngesehen?«

Hornscheidt blickte sie verblüfft an. »Natürlich!«

»Und was hat Herr Volz gern gesehen?«

»Fußball, Boxen und Krieg.«

»Wenn er Kriegsfilme gern gesehen hat, hat er dazu was gesagt?«

»Ja, jetzt, wo Sie…« Sie überlegte. »Er hat dagesessen und geschimpft. Aber nicht wie beim Fußball, auch nicht so laut.«

»Wie dann?«

»Ja, wie dann?« Sie dachte nach. »Wie dann?«, murmelte sie. »*Das ist doch falsch! Ja, spinnen die denn! Keine Ahnung!* So… vielleicht.«

»Und immer wenn es um Waffen ging«, sagte de Bodt.

Sie nickte und blickte ihn an.

»Oder wenn ihm Kampfszenen nicht gefielen.«

»Genau«, sagte sie. Wieder ein staunender Blick. »Woher wissen Sie das?«

»Sie haben mir Herrn Volz gut beschrieben.«

Er reichte ihr seine Visitenkarte. »Wenn Ihnen noch etwas einfällt.«

Es klingelte. De Bodt nahm das Handy und sagte: »Wir kommen runter.«

Auf der Treppe fragte er Salinger: »Und Sie haben Ruoff verdonnert, dass er Ingo nicht anruft?«

»Ich hab ihm lebenslänglich und anschließende Vierteilung angedroht.«

»Wie schön, mit einer Verfechterin des modernen Strafrechts zusammenarbeiten zu dürfen.«

»Gut, dass Sie's endlich merken.«

Im Auto zeigte ihnen Yussuf die Fotos auf seinem Handy. Die Sonnenspiegelung machte die beiden Männer schwer erkennbar. Aber sie konnten doch deren Konturen erahnen. Der Schornsteinfeger war kräftiger als der andere. Er hatte eine breite Nase, Yussuf tippte darauf, dass der Mann geboxt hatte. Das Gesicht des anderen war länglich und hager. Er hatte kleine Augen. Beide waren rasiert und trugen kurze dunkle Haare. Vielleicht könne man sie noch bearbeiten, erklärte Yussuf. Womöglich reiche es sogar für Phantombilder.

»Na, dann rasen Sie mal los nach Eisenhüttenstadt«, sagte de Bodt.

Salinger saß auf der Rückbank und kicherte lautlos.

Yussuf hätte zur Formel 1 wechseln können oder zu der Rennserie, bei der man richtig schubsen durfte. Er schüttelte seine Passagiere gnadenlos durch.

Währenddessen telefonierte de Bodt mit Ruoff, vor allem, um ihn davon abzuhalten, Volz doch noch zu warnen.

»Wie gut kennen Sie diesen Ingo Volz?«, fragte er, während eine Bodenwelle ihn fast an die Decke stoßen ließ.

»Weiß nicht«, sagte Ruoff. De Bodt merkte ihm durchs Telefon an, dass er sich unwohl fühlte. »Ich bin kein Verräter«, sagte er. »Ich verpfeife Kameraden nicht.«

»Wir suchen sogenannte Kameraden, die die eigenen Leute getötet haben. Ich glaube nicht, dass einer von den Kameraden der BBC-Aktion noch lebt. Außer dem Boss natürlich. Und diesem feinen Herrn mit dem Messer.«

»Das behaupten Sie.«

Klar, dachte de Bodt. Vielleicht sind die auch in Kasachstan untergetaucht. Aber das war ihm jetzt egal. Er hätte Grimms Märchen erzählt, nur um zu verhindern, dass Ruoff jetzt Mist baute. »Wenn Sie Volz warnen, buchte ich Sie ein wegen Beihilfe«, schnauzte de Bodt.

Yussuf trat brutal auf die Bremse. Salinger und de Bodt stützten sich mit den Händen ab. Yussuf pfiff anerkennend. De Bodt hatte keinen Zweifel, dass die Anerkennung allein Yussuf selbst galt. Dem Sebastian Vettel der Landstraße. Dem Sieger des Großen Preises von Eisenhüttenstadt.

»Ist ja gut«, murrte Ruoff. »Aber sagen Sie ihm bloß nicht, dass ich Ihnen was gesteckt habe.«

»Wir haben ihn auf anderem Weg gefunden. Sie sind raus.«

»Ihr Wort …« Er legte auf.

Yussuf hatte endlich die Autobahn Richtung Frankfurt (Oder) erreicht und gab richtig Gas. Kurz vor Frankfurt auf die Landstraße nach Eisenhüttenstadt. Dann auf Kopfsteinpflaster die breite Paradestraße entlang, im Rücken das Eisenhüttenwerk, rechts der Kulturpalast. Er fuhr ein Stück weiter, blickte aufs Navi und parkte vor einer Art Tor.

Sie stiegen aus, und Yussuf führte sie in eine realsozialistische Wohnanlage. Mietshäuser aus rotem Klinker um einen Park. Die Skulptur einer nackten Frau. Ein paar Autos vor den Häusern. Kein Mensch weit und breit. Yussuf fand das richtige Haus und klingelte. De Bodt und Salinger hatten die Hände am Pistolengriff. Im dritten Stock blickte ein Mann nach unten. De Bodt erkannte ihn gerade noch, bevor sich das Gesicht zurückzog. Er drängte Yussuf zur Seite und drückte alle Klingeln. »Sie beide gehen auf die Rückseite«, sagte er.

Ein protestierender Blick von Salinger, dann rannten sie ums Haus.

Die Tür schnarrte, de Bodt drückte sie auf, zog die Pistole und eilte fast lautlos die Treppe hoch. Er war schnell. Er hörte es oben trappeln. Eine Tür klackte. Entweder kam ihm Volz entgegen, oder er floh nach oben. An der Wohnungstür prangte ein geblümtes Messingschild mit dem Namen *Volz*.

De Bodt blieb stehen und horchte. Im vierten Stock würde Volz nicht aus dem rückwärtigen Fenster springen. De Bodt rief Salinger an. »Kommen Sie beide vorn rum. Ich bin im dritten Stock.« Er wartete, die Waffe im Treppenhaus nach oben gerichtet.

Volz hatte vermutlich zuerst den Plan gehabt, auf der Rückseite aus dem Fenster zu springen. Doch dann hatte er Yussuf und Salinger gesehen. Nun saß er irgendwo da oben und überlegte, was er tun sollte. Eigentlich musste er wissen, dass er keine Chance hatte.

De Bodt rief die lokale Polizei an, beschrieb die Lage und verlangte Verstärkung. Sie sollten mit möglichst viel Krach anrücken und das Haus umstellen.

Salinger und Yussuf erschienen.

»Er ist oben.«

Als Yussuf losmarschieren wollte, packte de Bodt ihn am Ellbogen und zeigte auf die Wohnung.

Yussuf verdrehte die Augen, holte einen Elektrodietrich aus der Jackentasche und öffnete die Wohnungstür. Kaum war er in der Wohnung verschwunden, erklang ein Kreischen. Als er ins Treppenhaus zurückkehrte, hatte er eine Blondine im Schlepptau, die um Hilfe schrie. »Ingo! Ingo! So hilf mir doch!«

Aber Ingo sagte nichts.

»Geben Sie auf! Das Haus ist umstellt. Kommen Sie mit erhobenen Händen und ohne Waffe die Treppe herunter!«, brüllte de Bodt nach oben.

Keine Antwort.

»Wollen Sie auf das Sondereinsatzkommando warten?«

Keine Antwort.

De Bodt und Salinger blickten sich an, während die Blondine an Yussuf zerrte.

»Gehen Sie in Ihre Wohnung, schließen Sie die Tür, halten Sie den Mund und legen Sie sich in der Küche auf den Boden!«, befahl de Bodt.

Sie erstarrte, dann verzog sie ihr Gesicht und sich in die Wohnung. Die Tür klackte. Salinger lachte kurz auf, dann konzentrierte sie sich wieder.

De Bodts Handy klingelte. Der Polizeipräsident. »Kommen Sie sofort zurück nach Berlin. Ich habe etwas Wichtiges mit Ihnen zu besprechen.« Er klang energisch.

De Bodt trennte das Gespräch.

»Kommen Sie runter!«, rief er. »Wollen Sie überleben oder nicht? Wenn Sie überleben wollen, kommen Sie runter. Wenn Sie sterben wollen, können Sie sich gleich eine Kugel in den Kopf schießen.«

Keine Antwort.

Er winkte Yussuf zu sich und flüsterte ihm ins Ohr: »Vielleicht versucht er es aus Verzweiflung doch aus dem Fenster. Sichern Sie bitte ab, bis die Kollegen kommen.«

Yussuf nickte und eilte die Treppe hinunter.

»Die lassen sich aber Zeit«, murmelte de Bodt.

Plötzlich hörten sie ein Geräusch. Eine menschliche Stimme. Weinen. »Schnauze! Gehorch, und du überlebst!«

Schritte. Ein mittelgroßer Mann mit Glatze und weißblonden Augenbrauen in einem hageren Gesicht. In der Hand eine Glock 17, die er an die Schläfe einer Schwangeren drückte. Mit dem anderen Arm umfasste er ihren Hals. Die Frau war bleich. Sie weinte und schwitzte.

»Lassen Sie mich durch«, sagte Volz.

»Sie kommen nicht weit«, erwiderte de Bodt.

»Werft eure Waffen weg!«, befahl der Mann.

»Seit wann duzen wir uns?«, antwortete de Bodt.

»Waffen weg!«

Salinger wollte ihre Pistole auf den Boden legen, doch de Bodt sagte: »Ich denk nicht dran. Wenn der Frau was passiert, bist du tot.«

Volz blickte ihn ungläubig an. »Waffe weg, du Arschloch!« Erregung und Wut röteten sein Gesicht.

»Sie sollten mich nicht beleidigen, Sie Pisser«, sagte de Bodt. Sein Arm mit der Waffe hing an der Seite. Ganz locker.

»Ich sag's nur noch einmal! Waffen auf den Boden!«

Salinger warf de Bodt einen Blick zu. Der schüttelte den Kopf. »Gehen wir mal davon aus, dass der Herr Volz einfach eine schlechte Idee hatte, als er die Frau feige kidnappte. Ich wär bereit, das zu vergessen. Sie auch?« De Bodt blickte die Frau an. Sie weinte und nickte.

Seelenruhig schwenkte sein Blick zu Salinger. »Und wie ist das mit Ihnen? Ich meine, Herr Volz kann jetzt entscheiden, wie lange er ins Gefängnis geht. Und ob er überlebt. Schwierige Fragen.«

Volz blickte ihn entgeistert an und richtete die Waffe auf de Bodt. In diesem Augenblick krachte der Schuss. De Bodt hatte sein Handgelenk nur etwas nach oben gebogen und abgedrückt. Die Kugel traf Volz in der Schulter, seine Pistole knallte auf den Boden. Die Frau fiel die Treppe hinunter. De Bodt sprang an ihr vorbei und griff Volz' Pistole, bevor der verstanden hatte, was geschehen war. Er erstarrte. Salinger fing die Frau auf und hielt sie in den Armen, während sie mit ihr an die Wand geworfen wurde.

De Bodt durchsuchte Volz, fand aber keine weitere Waffe, und telefonierte nach einem Krankenwagen. Dann legte er Volz Handschellen um die Knöchel.

Einen Augenblick herrschte Stille. Dann begann Volz zu stöhnen. Salinger und die Frau in ihren Armen starrten de Bodt an.

Die Haustür wurde geöffnet. Schritte auf der Treppe. Ein Beamter erschien. »Sie sind Hauptkommissar …«

»Wir brauchen den Notarzt und zwei Beamte.«

Der Polizist guckte ihn überrascht an.

»Die Sache ist erledigt. Danke, dass Sie gekommen sind.« Er rief Yussuf mit dem Handy ins Treppenhaus.

De Bodt kniete sich zu Volz. »Alles okay?«

Volz stierte ihn grimmig an.

»Wenn Sie mitspielen, erspare ich Ihnen die bewaffnete Geiselnahme. Also ein paar Jahre Knast. Wenn Sie nicht mitspielen, werden wir Ihnen eine Zeugenaussage vor Gericht servieren, die sich gewaschen hat. Gleich kommt der Notarzt. Wenn er wieder weg ist, will ich Ihre Entscheidung hören.«

Volz blickte ihn erst an, dann verdrängte der Schmerz seinen Zorn. Blut sickerte aus der Schulter.

»Ich hab neben das Gelenk gezielt. Ist keine große Sache«, sagte de Bodt.

Volz' Gesicht spiegelte Unglauben. Vorsichtig bewegte er seinen Arm. Er stöhnte vor Schmerz, nickte aber.

Als der Notarzt die Treppe hochgehetzt war, verließen de Bodt und seine Kollegen das Haus. Yussuf steckte sich draußen eine Zigarette an.

De Bodts Handy klingelte. »Kommen Sie so schnell wie möglich ins Präsidium. Ich muss Sie dringend sprechen«, forderte Wachtel.

»Ich komme, sobald es geht«, sagte de Bodt. »Wir haben einen Verdächtigen gefasst. Wahrscheinlich ist das der Durchbruch bei den Ermittlungen.«

Einen Augenblick Schweigen am anderen Ende. Begeisterung klingt anders, dachte de Bodt.

»Ich will Sie heute noch sehen.«

De Bodt schlenderte in die Mitte des Parks. Er überlegte, was der Präsident wollte. Als er es wusste, winkte er Salinger zu sich. Sie beeilte sich. Er erzählte ihr, was er sich zusammengereimt hatte. Sie starrte ihn an. Erst wütend, dann traurig, schließlich verzweifelt. »Sie sind sich sicher?«

Er nickte.

»Das können die nicht machen«, sagte sie.

»Das machen die«, erwiderte er. »Aber das hilft Ihnen bei den Ermittlungen. Wenn Sie so wollen, legen die Damen und Herren gerade eine Spur.«

Erst verstand sie nicht, dann begann sie langsam zu nicken. »Aber es ändert nichts, es ist eine Sauerei.«

»Die sollen Volz nach Berlin überführen, sobald er versorgt ist«, sagte de Bodt. »Wir fahren schon mal los. Vorher rede ich noch mit der Geisel. Wie heißt sie?«

»Gerda Heitmann.«

Auf der Autobahn schwiegen sie lang. Yussuf fuhr für seine Verhältnisse langsam, als wollte er so das Unvermeidliche aufhalten. Obwohl niemand ihm etwas gesagt hatte, schien er es zu spüren. Salinger saß auf der Rückbank und starrte hinaus, wo die Landschaft vorbeihuschte. Mehr als Übersprungshandlung schaltete Yussuf das Radio ein. Musik plärrte. De Bodt blickte leer nach vorn. Er sah nichts, war ganz in sich vertieft. Bedachte die Gefahren, die Hintergründe, die Folgen. Was er tun sollte. Die Herren im Präsidium waren nicht die Ersten, die ihm übel mitspielten. Aber bisher hatte er am Ende immer gewonnen. Und doch war dies seine größte Herausforderung.

Eine Moderatorin von *Radio Eins* plapperte albernes Zeug. »Nur für Erwachsene!« Dann ging es um ein Rockkonzert, das im Frühsommer auf dem Tempelhofer Feld stattfinden sollte. Auf einmal unterbrach sich die Moderatorin selbst. Plötzlich klang sie ernst. »Wie wir gerade aus sicherer Quelle erfahren, haben der Innensenator und der Polizeipräsident beschlossen, den Leiter der Ermittlungen des Mordanschlags auf den Vorstand der BBC, Hauptkommissar Eugen de Bodt, in eine andere Mordkommission zu versetzen. Die Leitung der Ermittlungen übernimmt Hauptkommissar Albert Krüger. Es heißt, der Polizeipräsident verspreche sich dadurch eine Beschleunigung der Suche nach den Tätern.«

XIV.

Manchmal erledigen sich die Dinge von selbst«, sagte Wizzy mehr vor sich hin. »Schade um meinen schönen Plan.«

Kammann saß ihr gegenüber, an der Kopfseite mümmelte Höxtra vor sich hin. Die Wagerer tat so, als hätte sie sich in ihre Tastatur verbissen. Niemand wollte wissen, was Wizzys Plan gewesen war. Wahrscheinlich wollte sie de Bodt per Fotomontage mit Andreas Baader in innigster Umarmung zeigen. Oder beweisen, dass ein Berliner Großpuff ihn schmierte. Zeugenaussagen waren schnell besorgt. Einen Bullen abservieren, da hätten sich einige gefunden. Alles hatte seine Zeit, sogar Wizzys finstere Pläne.

Kammann starrte bedröppelt auf den Tisch. »So eine Scheiße.«

»Der hat dich ausgetrickst«, gackerte Wizzy. »Und Schröder sowieso. Wo ist der Arsch?«

Plötzlich hatte sich die Tür seiner Zelle geöffnet. Ein Beamter stand in der Tür und sagte: »Sie können gehen.«

Vor dem Präsidium hatte Kammann sich gleich mit Schröder getroffen. Auch er ohne Angabe von Gründen entlassen. Schröder wollte sich wieder in die Arbeit stürzen und es de Bodt heimzahlen. Und diesen Kneipenfritzen rannehmen. Doch Kammann schickte ihn nach Hause.

Als er ins Büro kam, winkte die Wagerer mit dem Telefon. »Eine Oberkommissarin Comenius bittet um Rückruf. Hat gestern Nachmittag angerufen.« Kammann winkte ab. Er hatte andere Sorgen. Die Sache mit Comenius lag ein Jahrhundert zurück. Er konnte sich nicht erinnern, jemals beschissener gelaunt gewesen zu sein. Jedenfalls nicht in diesem Leben.

»Was nun?«, fragte Höxtra mit vollem Mund.

Was nun?, fragte sich Kammann. Sein Präsident hatte ihn aus der

Haft geholt. Wahrscheinlich brauchte es die Hilfe des Kanzleramts und des Innensenators. Sie würden es ihm vergelten. Sie hatten aus der Deckung kommen müssen. Es gab wenig, das sie mehr hassten. Ausgenommen den Rücktritt.

Wizzy blickte Kammann an, dann löste auch die Wagerer sich von ihrem Bildschirm.

»Wir schnappen uns den Kneipenwirt«, sagte Kammann. »Aber vorher müssen wir rauskriegen, was dieser Volz weiß.«

»Der sitzt. Ist verletzt. De Bodt hat ihm in die Schulter geschossen, weil dieser Irre eine Geisel genommen hat«, sagte Kammann.

»Alle Achtung. Endlich mal einer, der schießt und nicht aufs SEK wartet«, sagte Wizzy und erntete einen bösen Blick von Kammann. Die Wagerer schmunzelte flüchtig. »Und was wird aus dem Pistolero?«

»Darf den Taximord an der Hasenheide aufklären.«

»Elegant. Eine Suspendierung hätte niemand erklären können«, sagte Wizzy. »Aber so …«

»Wie kommen wir an Volz ran?«, fragte Kammann mehr sich als die anderen.

»Geiselnahme ist scheiße«, sagte Wizzy. »Da kommt er nicht aus der U-Haft.«

Kammann trommelte mit den Fingern auf der Tischplatte. »Dieser Krüger. Was wissen wir über den? Guck nach. Und zwar flott.«

»Hab ich längst«, erwiderte Wizzy. Sie zeigte auf die Wagerer, die Wizzys chaotische Forschungsergebnisse sortierte, um sie anschließend würdevoll kundzutun.

»Krüger ist mittelmäßig, aber ehrgeizig. Durchschnittliche Ergebnisse bei Lehrgängen. Ledig. Weber schätzt ihn, weil er zuverlässig ist. Muckt nicht auf. Ermittelt robust …«

Wizzy kicherte. »Er prügelt so gern.«

»Und hat ordentliche Ermittlungsergebnisse.«

»Viel schlechtere als die vom Pistolero«, warf Wizzy ein.

»De Bodt ist brillant und aufsässig. Krüger ist mittelmäßig und folgt Weisungen«, sagte die Wagerer.

»Wir müssen mit Ruoff reden. Der weiß, was Volz erzählen kann«, sagte Höxtra.

»Sehr optimistisch, seiner Jugend angemessen«, lästerte Wizzy.

»Nein, der sagt nichts. Wahrscheinlich ist er untergetaucht.« Kammann dachte laut. Er musste mit Volz reden. Sofort. Jetzt hatten sie einen kleinen Vorsprung, seit de Bodt aus dem Rennen war. »Und was ist mit Salinger?«, fragte Kammann die Wagerer.

»Die ist weiter dabei«, sagte sie.

»So eine Scheiße!«, brüllte Kammann. »Auskünfte über sie?«

»Klar«, sagte Wizzy und deutete auf die Wagerer.

Die klickte mit der Maus. »Frau Oberkommissarin Salinger ist … verdammt gut. Hat ein Einser-Abitur. Die dienstlichen Beurteilungen sind exzellent. Steht kurz vor der Beförderung, wenn meine bescheidene Meinung gefragt sein sollte …«

»Na gut«, sagte Wizzy.

»Halt die Klappe«, knurrte Kammann sie an.

Die Wagerer hob kurz die Brauen. »Sie ist ledig. Keine Kinder. Über Verwandte wissen wir wenig. Der Vater war Postbeamter, die Mutter Hausfrau. Mehr gibt's nicht.«

»Das ist ja wie in einem Krimi«, sagte Wizzy.

»Schnauze!« Kammann klopfte auf den Tisch.

Wizzy verzog keine Miene.

»Ah, da ist noch was.«

Wizzy streckte triumphierend den Zeigefinger in die Luft.

»Ihr älterer Bruder ist bei einem Verkehrsunfall ums Leben gekommen. Danach hat sie einige Zeit Therapien gemacht. Die letzte hat sie abgebrochen.«

»Wann?«, fragte Kammann.

»Im Alter von siebzehn Jahren.«

»Sehr hilfreich.« Kammann warf der Wagerer einen strengen Blick zu.

»Die Salinger lebt seit ihrer Geburt in Westberlin. Alle Schulen und so weiter.«

»Wird Krüger mit ihr klarkommen?«, fragte Kammann.

»Das steht da nicht«, erwiderte Wizzy. »Aber der Krüger wird scharf auf sie sein wie Nachbars Lumpi. Schau dir die Fotos an.«

»Auch das noch«, stöhnte Kammann. Aber es stimmte. Er dachte an die Nacht mit Comenius. Er musste diese Gedanken loswerden.

Und die Comenius sowieso. Ein kapitaler Fehler, sich auf eine Affäre einzulassen, wenn man so in der Scheiße steckte wie er. Wenn Wizzy das erführe, würde sie ihn auslachen.

»Ja«, sagte Kriminalrat Weber. »Ich werde dem Kollegen Krüger das schon beibiegen. Sie wollen nicht als VS-Beamter auftreten? Okay, das ist Ihre Sache. Es wäre nur einfacher …«

Kammann winkte ab.

Er war ins Präsidium gerast und hatte Weber glücklicherweise gleich aufsuchen können.

»Gut, dann kommen Sie vom BKA. Krüger wird da nicht weiter nachfragen, wenn ich ihn einnorde.«

Krüger fragte gar nichts, sondern reichte dem fremden Kollegen die Hand. Kammann witterte, dass der Hauptkommissar überlegte, welchen Vorteil er herausschlagen könnte, wenn er windelweich kooperierte. Mit wem auch immer.

Sie trafen Salinger vor dem Vernehmungsraum. Kammann spürte die Anspannung in sich. Sie sah noch besser aus als auf den Fotos von Wizzy. Sie blickte die beiden Männer finster an. Krüger stellte Kammann als Mitarbeiter des BKA vor.

»Ich kenne diesen Herrn«, sagte Salinger, ohne die Hand zu beachten, die Kammann ihr entgegenstreckte.

»Ich darf nicht viel verraten, Frau Kollegin«, sagte Kammann und zog die Hand zurück. »Nur ein Stichwort: verdeckte Ermittlung.«

»Für mich gehört Anstiftung zum Mord nicht zur Ermittlungsarbeit der Polizei«, sagte Salinger trocken.

»Ich darf es Ihnen nicht erklären, ohne meinen Auftrag zu gefährden. Aber es ist ganz anders, als Sie denken. Glauben Sie mir bitte.«

Salinger wendete sich ab. »Wir haben diesen Herrn zu vernehmen.« Ihre Augen zeigten auf die Tür.

Krüger öffnete sie. Die beiden Männer setzten sich nebeneinander, Salinger an die Kopfseite. Neben der Tür saß ein Uniformierter auf einem Stuhl. Volz blickte die Polizisten verwirrt an. Er war blass. Seinen Arm trug er bandagiert in einer Schlaufe.

»Wo ist der Kommissar?«, fragte er gequetscht.

»Ich bin Hauptkommissar Krüger und werde die Vernehmung leiten. Das ist der Kollege Kammann vom BKA, und das ist die Oberkommissarin Salinger.«

Volz wandte sich an Salinger. »Wo ist er? Wir haben eine … Absprache.«

Salinger zuckte mit den Achseln.

»Was für eine Absprache?«, fragte Krüger.

»Das geht Sie nichts an. Mit Ihnen rede ich nicht. Holen Sie den Kommissar.«

Salinger verzog keine Miene und beobachtete Krüger und Kammann.

Krüger wechselte einen Blick mit Kammann. »Also, wenn es da eine Absprache gibt … vielleicht kann auch ich sie einhalten.«

»Sie können gar nichts«, sagte Volz.

»Aber dieser Kommissar hat Sie angeschossen. Ich halte das für … überzogen. Unnötig«, sagte Kammann.

»Sie Arschloch verstehen gar nichts«, sagte Volz. »Dieser Kommissar hat Eier, du Sesselfurzer«, schnauzte Volz.

»Reißen Sie sich zusammen. Wir können auch anders!«, schrie Krüger.

»Ihr könnt mich am Arsch lecken.« Er wandte sich an Salinger. »Holen Sie de Bodt, sonst sag ich nichts. Wir haben einen Deal. Ich helfe ihm, und er hilft mir.«

Krüger guckte seine Kollegen an und zuckte mit den Achseln. »Kommen Sie mit raus?«

Vor der Tür sagte er: »Das ist doch eine Scheiße. Da hat dieser … Herr einen Deal mit einem Gangster gemacht. Und der Gangster schweigt, weil er einen Lieblingspolizisten hat. Was der Kollege de Bodt da treibt …«

»Ist vielleicht der Schlüssel zur Lösung des Falls«, sagte Salinger.

Die beiden Männer blickten sie an. Krügers Gesicht zeigte Verachtung. »Was ist passiert in Eisenhüttenstadt?«, fragte er.

»Ich weiß es nicht«, log Salinger. »Ich weiß nur, dass Volz Respekt vor de Bodt hat.« Es klang so, als hätte sie gesagt: Aber nicht vor Ihnen. »Dazu hat er bestimmt jeden Grund.«

»Und nun?«, fragte Kammann. Er kochte innerlich. Jetzt hatten sie de Bodt abgeschossen, doch er bestimmte das Verfahren immer noch. Und Salinger wusste mehr, als sie sagte.

»Wir müssen diesen Ruoff auftreiben«, sagte Kammann.

Krüger nickte und telefonierte eine Streife zum *Anker*.

»Was können wir Volz widerspruchsfrei anlasten?«, fragte Kammann.

»Verstoß gegen das Waffengesetz. Geiselnahme. Jedenfalls hat das der Einsatzleiter in Eisenhüttenstadt behauptet.«

»Wer kann es bezeugen?«, fragte Kammann.

»Na, Sie!« Krüger nickte mit dem Kinn zu Salinger.

Die schüttelte den Kopf.

»De Bodt ist der Einzige. Und die Frau, die angebliche Geisel. Aber die sagt nichts. Ist unter Schock, behauptet sie. Hat ein Attest. Ich hab vorhin mit ihr telefoniert. Sie will auch …«

»Mit de Bodt reden«, sagte Kammann. »Das ist ein Komplott.«

»Wir müssen mit de Bodt reden«, sagte Krüger. »Der ist Zeuge und auskunftspflichtig.« Er wandte sich an Salinger. »Können Sie den Kollegen bitte einbestellen? So bald wie möglich.«

»Gerne«, sagte Salinger und ging zum Ende des Gangs.

Und Kammann erinnerte sich an Wizzys Erkenntnis, dass Krüger vielleicht doch nicht der Hellste war. Er beobachtete, wie Salinger leise telefonierte. Dann kehrte sie zu den beiden Männern zurück. »Tut mir leid, der Herr Hauptkommissar steckt mitten in einem Einsatz. Es geht um den Taximörder.«

Krüger blickte sie an, als wäre sie wahnsinnig geworden. »Sie wollen damit sagen, der Kollege hat den Taximörder am Wickel? Den Täter, den wir seit Wochen suchen und von dem es keine Spur gibt?«

»Der Herr Hauptkommissar sprach von einer Spur, die so breit sei, als stammte sie von einer Planierraupe. Wenn ich ihn richtig verstanden habe.« Sie guckte ihn so unschuldig an wie eine Erstklässlerin bei der Einschulung.

Krüger lief rot an. Er atmete einmal durch. »Wenn der Kollege de Bodt nicht spätestens heute Abend in meinem Büro auftaucht, werde ich dem Kriminalrat Meldung machen. Ich lasse mir nicht vom eigenen Kollegen das Bein stellen. Was glaubt dieses …« Er verschluckte das Wort.

»Ich hoffe, ich hab ihn nicht missverstanden«, sagte Salinger leise.

Krüger stierte sie an, schnappte nach Luft und öffnete die Tür des Vernehmungsraums.

»Sie haben einen Polizeibeamten mit der Waffe bedroht. Sie haben gegen das Waffengesetz verstoßen. Und Sie werden der Geiselnahme beschuldigt. Das reicht für U-Haft und für eine satte Gefängnisstrafe. Wenn Sie mit uns zusammenarbeiten, könnten wir da was drehen«, sagte Krüger. Er hatte seine Fassung schnell wiedergewonnen.

Volz glotzte ihn an. »Ich brauch einen Arzt. Der Arm schmerzt. Was Sie da erzählen, ist übrigens Schwachsinn. Ich sage nichts, wenn der Herr Kommissar nicht auftaucht. Verstanden?«

Krüger erhob sich und rief per Handy einen Arzt. Sie saßen zu dritt in Krügers Büro. Yussuf kam dazu. Er war richtig schlecht gelaunt.

Kammann hörte eine Weile Krügers Gerede zu, dann verabschiedete er sich.

Auf der Rückfahrt zum Potsdamer Platz erfuhr er, dass Ruoff, wie zu erwarten, abgetaucht war. Sie standen vor einer Mauer. Zwar hatten sie de Bodt aus den Ermittlungen ausgeschaltet und ihr erstes Ziel erreicht. Aber nun musste Kammann begreifen, dass ihnen das wenig nutzte. Immerhin, mit Krüger würde er es leichter haben. Aber das war schon alles.

Im Büro plärrte Roland Kaiser. Kammann stellte sich neben Wizzy und zog das Kopfhörerkabel am PC. Sie blickte ihn erst verblüfft, dann empört und schließlich zornig an. »Was glaubst du eigentlich, wer du bist? Versemmelst unseren Job und versaust mir das letzte bisschen Freude, die mir in diesem Saftladen bleibt. Hast du sie noch alle?«

»Wo ist Höxtra?«, schnauzte Kammann. »Was macht der überhaupt?«

»Was du ihm sagst, großer Führer«, erwiderte Wizzy.

»Schaff ihn ran, und Schröder auch.«

»Monsieur Delon hat Hausverbot«, erklärte Wizzy.

»Doch, und zwar gleich. Ruf ihn an! Das ist ein Befehl.«

Wizzy verschränkte ihre Arme vor der Brust und legte den Kopf in den Nacken. »Ruf ihn selber an!«

Die Wagerer legte ihre Stirn in Falten und ergriff den Telefonhörer.

Es war schon dunkel, als sie endlich zusammensaßen. Kammann hatte sich abgeregt. Wizzy setzte sich nicht mit an den Tisch, sondern blieb an ihrem Schreibtisch. Hin und wieder versendete sie Giftblicke gegen Schröder, der die Angriffe aber unglücklicherweise überlebte. Er ließ sich nicht einmal etwas anmerken.

Kammann mühte sich, die Lage zusammenzufassen: »Wir haben de Bodt abgeschossen, rauschender Applaus.« Er tat so, als klatschte er in die Hände. »Aber es hilft nicht weiter. Offenbar hat de Bodt mit diesem Volz einen Typen entdeckt, der was aussagen kann. Aber er sagt nichts, weil er angeblich einen Deal mit dem Bottich hat.«

»Und was kann der Volz sagen?«, fragte Höxtra mit vollem Mund. Vor sich hatte er Pizzareste ausgebreitet.

»Keine Ahnung«, erwiderte Kammann. »Aber ich wittere da was. Der Deal lautet: Ich lass Anklagepunkte fallen, und du erzählst mir, was du über den BBC-Anschlag weißt. Ich vermute, Bottich wollte die Geiselgeschichte unter den Tisch fallen lassen. Das sind ein paar Jahre Knast, das wäre ein Angebot.«

»Und wenn wir den Volz grillen?«, fragte Höxtra.

»Wenn Sie erst kauen, dann denken und dann reden würden, käme vielleicht was bei raus«, schimpfte Kammann.

»Oder wir grillen die Geisel«, sagte Höxtra ungerührt. »Wir gehen in Volz' Wohnung ...«

»Du glaubst, die Bullen haben die noch nicht gefilzt?«, fragte Wizzy. Tatsächlich, sie sagte etwas, obwohl Schröder im Raum war.

»Noch nicht. Das hätte de Bodt machen müssen. Die haben die Wohnung versiegelt und sind hergerast, um den Volz in die Mangel zu nehmen. Dann kam der überraschende Stabwechsel zu Krüger, und der beißt sich gerade die Zähne aus.« Kammann blickte Schröder nachdenklich an. Ob er so was hinkriegt? »Fahr mit Höxtra nach Eisenhüttenstadt. Stellt die Bude auf den Kopf. Aber hinterlasst keine Spuren. Klar?« Er überlegte und nickte, als hätte er sich von einem Argument überzeugt. Ja, so würde es gehen. »Wenn ihr fertig seid, ruf ihr mich an«, sagte er zu Höxtra. »Und danach schnappt ihr euch die Frau. Verstanden?«

Höxtra blickte ihn zweifelnd an.

»Wer hat von Grillen gesprochen?«, fragte Kammann böse.

»Was soll die verraten? Dass sie Geisel war?«, fragte Wizzy. »Wegen so was wollt ihr sie rannehmen? Seid ihr bescheuert? Nachher kommt der Volz ohne die Geiselanklage weg. Wollt ihr das? Wie kann man nur so blöd sein?«

Sie hatte recht, verdammt. Kammann verfluchte sich. Er begann die Nerven zu verlieren. Er brauchte die Aussage von Volz. Vor der Polizei.

»Der Bottich hat das schlau eingefädelt«, sagte Wizzy. »Mein Gott, warum hab ich nur immer mit Rindviechern zu tun? Und du« – ein Blick zwischen Wut und Verzweiflung – »gerätst in Panik und fährst die Sache gegen den Baum. Ihr müsst die Frau gewinnen, nicht grillen. Bietet ihr Geld und einen Urlaub auf Hawaii. Oder meinetwegen Malle. Du fährst da hin« – sie fixierte Kammann wie eine Mücke, die sie gleich erschlagen würde – »und nimmst den Ball vom Bottich auf. Mach ihr klar, dass sie nur das aussagen darf, was du erlaubst. Und dann gehst du zum Volz und verklickerst ihm: Pass auf, Volzilein, ich hab die Frau. Die sagt, du hättest sie entführt, erpresst, gequält, sie seelisch fürs ganze Leben zerstört und ihr die Vergewaltigung angedroht und was dir sonst noch einfällt. Und dann wird dich das Volzilein mit tränenden Glubschern anblinzeln und untertänigst darum bitten, alles verraten zu dürfen, was er weiß. Kapiert?« Sie überlegte einen Augenblick. »Und vielleicht hat die Frau ja ein Kind. Auf der Grundlage ließe es sich noch leichter verhandeln.« Sie schlug mit ihrer Zwergenfaust auf den Tisch. »Hast du das kapiert, du Blödmann?«

Kammann war kurz davor, ihr eine runterzuhauen. Aber er nickte.

»Dann nimm deinen Arsch, setz ihn ins Auto und fahr los. Und diesen … Herrn nimmst du mit. Wenn der hier noch einmal auftaucht, kündige ich fristlos und gehe zu den Zeugen Jehovas.«

»Frau Heitmann«, sagte Kammann. Er hatte Schröder im Auto gelassen. Die sanfte Tour, wie Wizzy es gesagt hatte. »Ich komme vom Bundeskriminalamt.« Er legte den falschen Dienstausweis auf den Wohnzimmertisch, den er ihr an der Tür schon gezeigt hatte.

Sie verschwendete keinen Blick darauf. Sie saß in ihrem Sessel. Die Hand auf der Lehne zitterte leicht. Sie trug keine Ringe, aber eine silberne Halskette mit einem ziselierten Kreuz. Das meiste Mobiliar sah nach Erbstücken aus. Neu war nur das Sofa, auf dem Kammann saß. Ausklappbar, falls Gäste kamen. Auf dem Tisch ein Ständer mit einer rosa Kerze. Sie trug kurze blonde Locken und ein einfaches Kleid. An den Füßen Flipflops. Ihre Augen blickten ihn an, dann schweiften sie in die Ferne, um gleich zurückzukehren.

»Werden Sie psychologisch betreut?«

Sie schüttelte den Kopf.

»Da hat mein Kollege wohl etwas vergessen«, sagte Kammann. »Wenn ich offen sein darf: Ihm sind die Opfer ziemlich egal. Hauptsache, er fängt die Täter.«

Sie blickte ihn aus zusammengekniffenen Augen an. Dann griff sie in die Ablage unter dem Tisch und hatte eine Visitenkarte in der Hand. Sie starrte darauf. »Sie meinen den Hauptkommissar … de Bodt?«

Kammann nickte. »Ein erfolgreicher Kollege … nur das Menschliche … ich will da nicht zu viel sagen.«

»Er hat mich schon dreimal angerufen. Morgen Abend wird er mich besuchen. Ganz privat, hat er gesagt.«

Kammann schluckte. Was immer er tat, de Bodt war ihm voraus. Als ahnte der alle seine Züge schon, bevor Kammann an sie dachte. »Das ist ja erfreulich«, sagte er. »Dann hat meine Ermahnung doch etwas gefruchtet. Das hör ich gern.« Kammann lächelte.

Heitmann nickte. »Ja, der Herr Hauptkommissar ist ein verständnisvoller Mann. Wenn er nicht gewesen wäre …«

»Sie kennen Herrn Volz?«

Sie blickte ihn erschreckt an. »Das ist mein Nachbar. Ich hätte nie gedacht …«

Kammann nickte voller Verständnis. »Eine schreckliche Sache.«

»Der Herr Hauptkommissar … bitte grüßen Sie ihn herzlich von mir … also der Herr Hauptkommissar hat mir das sehr gut erklärt.«

»Das ist ja auch wichtig.« Kammann guckte sie mitleidig an. »Sie sind krankgeschrieben. Und machen keine Aussage.«

»Das würde mich zu stark belasten. Das sagt auch der Herr Hauptkommissar.«

Kammann stand kurz vor einer Explosion. Wenn sie noch einmal von dem *Herrn Hauptkommissar* reden würde. Reiß dich zusammen.

Sein Handy klingelte. *Comenius* las er auf dem Display. Er drückte es weg.

»Was hat Ihnen der Herr Hauptkommissar denn noch geraten?«

Sie schüttelte den Kopf. »Das darf ich Ihnen nicht sagen.«

»Ich bin sein Vorgesetzter«, sagte Kammann. »Mir dürfen Sie es verraten.«

»Niemandem, hat er gesagt. Warum fragen Sie nicht ihn?« Misstrauen in ihrem Blick.

»Ich muss mir selbst eine Meinung bilden. Wissen Sie, es geht oft um Nuancen. Und der Herr Hauptkommissar hat mir berichtet, deswegen bin ich ja hier, also, er hat mir berichtet, dass Sie eine wichtige Aussage machen können. Eine Aussage, die unseren Fall entscheidend voranbringen kann. Da kommt es auf jede Silbe an.«

Heitmann nickte. »Aber Sie haben den Herrn Hauptkommissar schon … befragt?«

»Selbstverständlich. Sonst wäre ich ja nicht hier. Es geht darum, ob Herr Volz Sie als Geisel genommen hat.«

»Natürlich hat er das!« Die Erinnerung trieb ihr Schweiß auf die Stirn.

»Und das würden Sie auch vor Gericht aussagen.«

Sie blickte ihn forschend an. »Sie haben nicht mit dem Herrn Hauptkommissar gesprochen?«

»Er hat mir vielleicht nicht alles gesagt«, erwiderte Kammann.

Sie musterte ihn von oben nach unten.

Panik erfasste ihn. Er musste jetzt etwas versuchen. »Also, er hat mir gesagt, dass Sie die Geiselnahme vergessen, wenn Herr Volz dem Herrn Hauptkommissar etwas verrät. Eine große Sache.«

Erleichtert bemerkte er, wie sich ihr Gesicht entspannte. Richtig geraten.

Sie nickte.

»Der Herr Hauptkommissar ist in einer gefährlichen Mission unterwegs. Verdeckte Ermittlungen. Er hat mich deshalb gebeten, die Vernehmung von Herrn Volz weiterzuführen. Darf ich dem Herrn Volz auch diesen Vorschlag machen? Wir vergessen die Geiselnahme, wenn er eine Aussage macht über dieses staatsgefährdende Verbrechen, über das er offenbar etwas weiß?«

Sie nahm den Dienstausweis vom Tisch und betrachtete ihn. Nachdem sie ihn zurückgelegt hatte, sagte sie: »Ja, tun Sie das. Es ist für mich im Moment sowieso nicht möglich, diesem Mann in die Augen zu sehen. Er hat mich so enttäuscht!«

»Darf ich Ihnen anbieten, auf unsere Kosten in Urlaub zu fahren? Vielleicht auf Mallorca?«

»Das geht? Auf Steuerkosten?«

»In besonderen Fällen schon. Das läuft als Zeugenschutzprogramm. Zeugin sind Sie ja. Und geschützt werden müssen Sie auch. Sie werden doch bestimmt immer wieder erinnert an den schrecklichen Vorfall, wenn Sie ins Treppenhaus gehen, um einzukaufen. Und vor diesem Schrecken würden wir Sie gern schützen.«

Ihr Gesicht klarte auf.

Kammann zog einen Umschlag aus dem Jackett. »Das sollte fürs Erste reichen. Wenn Sie mir nur Ihre Handynummer hinterließen …«

»Die hab ich schon …« Sie ging zur Kommode, auf dem der Fernseher stand, und holte einen Zettel und einen Kugelschreiber. Sie notierte ihre Nummer und gab Kammann den Zettel.

»Ich muss allein reden mit Volz«, sagte Kammann.

Der Kriminalrat saß hinter seinem polierten Schreibtisch und schüttelte den Kopf. »Das gibt Ärger, wenn Volz es herausposaunt. Und was Krüger …«

Kammann winkte ab. Er deutete auf das Telefon. »Wollen Sie mit dem Kanzleramt sprechen?«

Volz blickte Kammann neugierig an. »Wenn Sie Bulle sind, bin ich Pazifist.«

»Sie haben recht. Ich bin kein Bulle. Ich komme von ganz oben.« Sein Daumen zeigte zur Decke.

»Woher?«

»Tut nichts zur Sache. Ich kenne Ihren Deal mit de Bodt. Ich setze einen drauf. Sie kommen heute noch raus, und die Strafverfolgung wird abgeblasen, wenn Sie auspacken. Sie wissen, um was es geht?«

Volz blickte Kammann misstrauisch an. »Warum sollte ich Ihnen trauen?«

»Weil ich der Unterschied bin zwischen fünf Jahren Knast und der Freiheit.«

Volz wiegte den Kopf. »Ich sag Ihnen was, und dann verschwinden Sie und wissen nichts mehr von einer Verabredung.«

»Haben Sie einen notariell beglaubigten Vertrag mit de Bodt?« Kammann verbarg seine Genervtheit nicht.

»Was Besseres!«

»Was soll das sein?«

Volz zeigte auf die bandagierte Schulter. »Er hat mir so in die Schulter geschossen, dass nicht viel passiert ist.«

»Ja, und?«

»Er will mir nicht schaden. Das heißt das. Wenn Sie's noch nicht verstanden haben: Das ist ein anständiger Mann. Der hält sein Wort. Er hätte mich erschießen können. Hat er nicht. Unter Kämpfern ist das wie eine Verbrüderung.«

Um Gottes willen, ein Heldenromantiker.

»Ich zahle Ihnen eine Belohnung. Wenn Sie wirklich was Handfestes haben.«

»Und ob das was Handfestes ist, entscheiden Sie?« Volz legte den Kopf schräg und grinste. »Ich fühl mich beschissen bei dieser Sache. Ihnen traue ich nicht über den Weg. Der de Bodt hat mir zugesagt, die Geiselnahme fallen zu lassen. Er hat auch schon mit der

Frau geredet. Das würde klappen. Dann bleibt da noch der Waffenbesitz ...« Er winkte ab.

»Was schlagen Sie vor?«, fragte Kammann. »Was wollen Sie haben?«

»Ein Handy und eine Überweisung auf ein Konto meiner Wahl. Die schriftliche Zusicherung des Oberstaatsanwalts, dass eine Geiselnahme nicht stattgefunden hat und dass ich nach meiner Aussage unverzüglich und ohne Auflagen auf freien Fuß gesetzt werde.«

Kammann saß da und dachte, der Typ hat Jura studiert. Oder er ist oberschlau. Oder beides. Jedenfalls geht er mir auf die Nerven. Alle gehen mir auf die Nerven. Man hat nur mit hinterfotzigen Arschlöchern zu tun. Man sollte diesen Dreckskerl auf die Streckbank legen und ihn mit glühenden Messern bearbeiten.

»Ich kümmere mich drum.«

Eine Stunde später hatte er alles geregelt. Er legte Volz die Bestätigung des Oberstaatsanwalts vor. Volz hatte ein Konto auf den Caymans genannt. Kammann zeigte ihm das Überweisungsformular. Eine Million Euro.

»Bundeskanzleramt«, sagte Volz. »Von dem wollte ich schon immer mal Geld bekommen. Steuerrückerstattung. Wie bei Monopoly.«

»Morgen können Sie Ihren Kontostand überprüfen. Dann sollte das Geld drauf sein. Ihre Aussage brauche ich aber jetzt.«

In diesem Augenblick platzte die Tür auf, und Krüger stand im Zimmer. Hinter ihm Salinger. »Kommen Sie raus«, sagte Krüger. »Wir müssen reden.«

Im Flur hatte Krüger Mühe, seine Wut zu beherrschen. »Es ist meine Ermittlung. Sie dürfen gar nicht ermitteln ...«

»Beruhigen Sie sich«, sagte Kammann gelassen. »Sie werden alle Meriten ernten.«

»Sie machen sich schuldig. Strafvereitelung im Amt. Der Mann hat eine Geisel genommen. Das sind fünf Jahre Haft. Ich bin Zeugin. Ich denke nicht daran, meinen Mund zu halten. Nur damit Sie das wissen«, sagte Salinger.

»Ihr Herr de Bodt hat die Anzeige wegen Geiselnahme fallen gelassen ...«

»Es ist mir egal, was er getan haben soll. Ich sage nur: Ich habe die Geiselnahme gesehen. Ich bin Polizistin. Ich werde gegen jeden vorgehen, der dieses Verbrechen vertuscht.«

»Herr Krüger, ich möchte mit der Kollegin kurz unter vier Augen sprechen.«

Krüger zuckte mit den Achseln und zog ab.

»Frau Salinger. Es hört keiner zu. Was ich Ihnen jetzt sage, werde ich immer dementieren. Wenn Sie etwas andeuten gegenüber Dritten, wird es Ihnen den Kragen kosten. Mindestens.«

»Sie sind doch nur ein Großmaul, wenn ich das mal unter vier Augen sagen darf. Das können Sie aber gern weitererzählen. Außerdem sind Sie kein Deut besser als dieser Kriminelle.« Ein Wink zum Vernehmungsraum.

»Frau Salinger. Das nutzt jetzt nichts. Meine Botschaft an Sie ist ganz einfach: Wenn Sie nicht spuren, bringe ich Sie um. Haben Sie mich verstanden?«

»Genau wie Elvira Kohn?«

»Ich wiederhole: Wenn Sie nicht spuren, bringe ich Sie um. Sie haben es in der Hand.«

Er hatte Salingers Blässe noch vor Augen, als er wieder Volz gegenübersaß. »Jetzt sind Sie dran. Bitte ohne Umschweife. Wer ist verantwortlich für die BBC-Aktion?«

»Keine Ahnung«, sagte Volz.

»Wollen Sie mich verarschen?«

Volz lachte. »Eine nette Idee. Wär gespannt, wie es aussieht, wenn Sie durchdrehen. Aber ich halte mein Wort. Ich gebe Ihnen Hinweise, die Sie ganz nah an die Verantwortlichen heranbringen.«

»Dann los, wir haben keine Zeit.«

»Fragen Sie.«

»Haben Sie etwas zu tun mit dem Mord am BBC-Vorstand?«

»Man merkt übrigens, dass Sie kein professioneller Vernehmer sind«, sagte Volz grinsend.

»Beantworten Sie meine Frage.«

»Sie müssen unter einem ungeheuren Druck stehen, dass Sie sich auf so einen Wahnsinnsdeal mit mir einlassen.«

»Antworten Sie, verdammt.«

Volz lachte, aber er verzog gleich das Gesicht vor Schmerz. Er fasste sich an die Schulter. »Ich wurde gefragt, ob ich mitmache«, sagte er. »Aber ich hab es abgelehnt.«

»Warum?«

»Ich hab einen Riecher. Ich kannte die Leute nicht. Irgendein Kamerad hat mich denen empfohlen. Sie kannten mich auch nicht. Und wollten mich gleich für ein Riesenunternehmen anheuern. Da stimmte was nicht.«

»Was sollte da nicht stimmen?«

»Das verstehen Sie wirklich nicht?«

»Herrgott, nun antworten Sie doch einfach!«

»Man könnte fast auf die Idee kommen, dass Sie es eilig haben.«

Kammann blickte ihn wütend an.

»Na gut, ich will es Ihnen erklären. Wenn Sie jemand für so einen Coup anheuert und derjenige, der es tut, einen nicht kennt und auch nicht verrückt ist, denkt er vermutlich, dass man den Coup nicht überlebt. Verstehen Sie jetzt, was ich meine?«

Kammann nickte unwillig. »Wer klug genug ist für einen solchen Anschlag, der denkt auch daran, was danach passiert. Und schaltet Zeugen aus.«

»Genau, immerhin haben Sie das kapiert.« Volz nickte anerkennend.

»War das der einzige Grund, warum Sie nicht mitgemacht haben?«

Volz lachte, bis der Schmerz ihn packte. »Es waren riesige Summen im Spiel. Das machte mich misstrauisch. Eine Million Euro für einen Abend Arbeit. Dazu die Flucht. Das ist ein absurder Betrag. Da kommt man doch drauf, dass es jemanden geben wird, der sich gern ums Zahlen drücken würde. Das war Punkt zwei.«

»Wer hat Sie angesprochen?«

»Ich kenn den nicht.«

»Aber er wird sich irgendwie vorgestellt haben.«

Volz nickte. »Ich komm von Josua.«

»Und diesen Josua …«

»Den kenn ich aus Afrika.«

»Wo ist der jetzt?«

»Keine Ahnung.«

»Wo wohnt er?«

»In Köln.«

Er ging in Krügers Büro. Der stand mit Salinger an seinem Schreibtisch. Salingers Gesicht leuchtete wie eine rote Ampel. Als sie Kammann sah, wandte sie sich ab.

»Herr Hauptkommissar, kennen Sie einen Söldner namens Josua aus Köln?«

»Der liegt dort im Leichenschauhaus. Da hat es in einem Steinbruch eine Schießerei gegeben. Eines der Opfer haben die Kollegen als Josua Dremmler identifiziert. Ist das Ihr Mann?«

»Vermutlich«, sagte Kammann. Seine Laune versank im Keller. Er hatte von der Schießerei gehört. Die Boulevardpresse hatte vom Bürgerkrieg in Deutschland gefaselt. Aber jetzt gab es doch einen Zusammenhang mit der Mordserie. Warum diese Schießerei? Erst Berlin, dann Lübeck, schließlich Köln.

»Wir untersuchen gerade, ob und welche Zusammenhänge es gibt mit den anderen Verbrechen«, sagte Krüger.

»Ihr Josua ist tot«, sagte Kammann.

Volz blickte ihn misstrauisch an.

»Schießerei bei Köln. Mehr weiß ich auch nicht. Dremmler ist der Nachname.«

Volz nickte. Er sah betrübt aus.

»Und nun?«, fragte Kammann.

»Diese Schießerei …« Volz überlegte. »Da war so was in Lübeck. Und jetzt in Köln. Ihre Schusswaffenfritzen … werden Ihnen erklären, dass die gleichen Waffen benutzt wurden. In Lübeck und in Köln. Zumindest teilweise.«

»Das glaub ich auch«, sagte Kammann. »Aber ich glaube nicht, dass Sie sich das Geld auf den Caymans schon verdient haben. Noch können wir die Geiselsache wieder auspacken.«

Volz tippte auf seine Brusttasche. »Das versuchen Sie mal.«

Kammann überlegte, wie er weiterkommen sollte. Vor allem bald.

»Dieser Josua hat Sie angesprochen?«

»Ja, jemand hat ihm gesagt, er soll mich ansprechen. Ich nehme an, dafür hat er Kohle gekriegt.«

»Hat er noch andere angesprochen?«

»Weiß ich nicht. Hätte er nicht verraten. Der war zuverlässig. Deswegen haben sie ihn als Mittelsmann benutzt.«

»Wie hat er das gemacht?«

»Er hat mich angerufen, und wir haben was gegessen. Im Kölner Hauptbahnhof. Bei einem Italiener.«

»Was hat er gesagt?«

»Da sind ein paar Leute, die planen eine große Sache. Ist ein Haufen Geld drin.«

»Warum hat er nicht mitgemacht?«

»Er hat gesagt: zu viel Geld. Das stinkt.«

»Aber andere hat er reingerissen?«, sagte Kammann.

»Nein. Er hat jedem, der sie hören wollte, seine Meinung gesagt. Dass es stinkt.«

»Wie hat er versucht, Sie anzuwerben?«

»Das hat er nicht gemacht. Ich sag doch: Er hat von der Sache erzählt, vom Geld und dass die Typen gute Leute suchten. Mehr nicht.«

»Was haben Sie ihm gesagt?«

»Dass ich's mir überlege. Und dass ich einem von denen auf den Zahn fühlen will.«

»Und das haben Sie getan?«

»Hab ich«, sagte Volz und blickte Kammann herausfordernd an. Jetzt kommt's, hieß das.

»Sie haben einen von denen getroffen.«

»Genau. In der Raststätte Aggertal. Liegt an der A4 nach Aachen.«

»Jetzt beschreiben Sie alles ganz genau. Bitte!« Kammann spürte, dass etwas Wichtiges kam. Eine Spur. Endlich würde er die Mauer durchbrechen. Seine Handflächen wurden feucht.

»Klar«, sagte Volz. »Ich bin zu früh da gewesen. Mit Absicht. Ich guck mich lieber vorher um.«

»Ist klar«, sagte Kammann.

»Aber er war noch früher gekommen. Vorsichtige Leute.«

»Was war Ihr Erkennungszeichen?«

»Gar keines. Er würde mich erkennen, hatte Josua ausgerichtet.«

»Weiter.«

Volz lächelte. Er räusperte sich unendlich lang. »Ich hatte geparkt und war ins Rasthaus gegangen. Wollte mich an den Fenstern an einen Tisch setzen. Doch dann kam mir ein Mann entgegen und streckte mir die Hand hin.«

»Was hat er gesagt?«

»Guten Tag, Kamerad Volz.«

»Wie sah er aus?«

»Unauffällig. Mittelgroß, kurz geschnittene ... dunkle Haare. Schwarze Hose, schwarzes T-Shirt. Turnschuhe. Ein rundes Gesicht. Wenn man es böse meint, würde man es ein Schweinchengesicht oder so nennen.«

»Dick, dünn?«

»Austrainiert. Ich erkenne solche Leute sofort. Das war ein Profi. Sachlich, zurückhaltend. Er hat mich die ganze Zeit beobachtet. Es war wie ein Test.«

»Hat er einen Namen genannt?«

»Nein.« Volz lächelte. »Und wenn, wäre er falsch gewesen.«

»Was wollte er wissen?«

»Eigentlich nur, ob ich noch in Form bin. Er hat mich gemustert wie einen Gaul auf dem Pferdemarkt.«

»Er hat Sie nicht nach Ihrer Biografie gefragt?«

»Überhaupt nicht. Nur nach dem letzten Einsatz.«

»Und der war ...?«

»Tut nichts zur Sache.«

Kammann überlegte, dann nickte er. »Was hat er über den Job gesagt?«

»Er sagte etwa das ...« Volz dachte nach, dann: »›Also, Kamerad, wir haben einen guten Job für dich. Rein, raus, fertig. Eine Million bar. Interessiert?‹ Natürlich war ich interessiert. Aber auch misstrauisch. Eine Million ...« Er ließ sich das Wort auf der Zunge zergehen. »Wofür zahlt jemand eine Million? Das hab ich ihn gefragt. Wie viele Tote?«

»Neun, hat er gesagt.«

Kammann hörte zu, fragte, während er sich in seinem Kopf den Dialog der beiden Killer ausmalte.

»So viele?«

»Das ist der Job. Und dafür gibt es eine Million. Hast du Bedenken? Du hast doch schon mehr Leute töten müssen. Kommt's auf die noch an?«

»Wer sind die?«

»Haie.«

»Immobilien?«

»Wirtschaft.«

»Wo?«

»Große Stadt.«

»Deutschland?«

»Vermutlich.«

»Und danach?«

»Geld auf die Kralle oder auf ein Konto, auch teils, teils. Nach Wunsch. Bedingung: verreisen und Schnauze halten. Mindestens ein Jahr.«

»Kenn ich wen von den Leuten, die mitmachen?«

»Nein.«

»Das war Punkt vier. Die legten es darauf an, dass niemand den anderen kennt«, sagte Volz. »So verhindern sie nicht nur, dass man viel verraten kann. Sondern auch, dass man sich gegenseitig hilft, wenn eine Sauerei passiert.« Er kratzte sich an der Nase. »Ich riech so was.«

»Wann geht's los?«

»Das erfährst du. Innerhalb der kommenden sechs Wochen.«

»Ohne Training?«

»Wir suchen uns Leute, die nicht lange trainieren müssen. Die genau wissen, wie man so was macht. Ihr kriegt aber eine genaue Anweisung. Wir üben das kurz, aber intensiv.«

»Risiko?«

»Klar. Gibt's immer. Ist gering. Wir planen es perfekt. Der Ort ist wenig belebt zu der Zeit. Aber es gibt Zufälle … Nur sind wir auf alles vorbereitet.«

»Gut, ich überleg es mir bis morgen.«

»Du überlegst es dir bis jetzt«, sagte der Mann und lächelte.

»Du kennst die preußische Heeresdienstvorschrift?«

Der Mann blickte ihn erstaunt an und schüttelte den Kopf.

»Bei gefährlichen Aufträgen darf man eine Nacht schlafen, bevor man sich entscheiden muss.«

Der Mann grinste. »Okay. Machen wir's preußisch.«

»Wo melde ich mich?«

»Ruf da an.« Er kritzelte eine Nummer auf einen Zettel. »Da meldet sich ein Anrufbeantworter. Sag nur: Ist keiner da? Ruf bis achtzehn Uhr an. Wenn du bis dahin nicht anrufst, heißt das Nein. Kapiert?«

Kammann setzte sich aufrecht. Er war unter Hochspannung. »Haben Sie den Zettel noch?«

»Nein, bin ich wahnsinnig?« Wieder dieses Grinsen. Kammann hätte Volz in die Fresse schlagen können. Dem machte es Spaß, ihn auf die Folter zu spannen.

»Aber ich hab mir die Nummer gemerkt.«

»Und wie lautet sie?«

Er nannte die Nummer.

»Das ist eine Mobilfunknummer.«

»Klar.«

Kammann hetzte in Krügers Büro. Aber es war leer. Er eilte zu de Bodts Büro und traf Salinger an. Sie unterhielt sich gerade mit Yussuf. Kammann knallte Yussuf den Zettel auf den Tisch. »Stellen Sie fest, wem diese Nummer gehört.«

Yussuf zog den Zettel mit dem Zeigefinger ein paar Zentimeter zu sich. »Erstens: Sie haben hier gar nichts zu sagen. Meine Anweisungen erhalte ich von meinem Vorgesetzten. Zweitens: Wenn man ein fremdes Zimmer betreten will, klopft man an und grüßt. Drittens: Wetten, dass das mal ein Prepaidhandy war? Viertens: Haben Sie versucht, diese Nummer anzurufen?«

Die Tür öffnete sich. Eine schlanke Gestalt. Dreitagebart. Der Anzug saß perfekt, maßgeschneidert, soweit er das beurteilen konnte. Und in den Augen die Arroganz, die Wizzy so umgehauen hatte. Das verstand Kammann zwar nicht, aber Frauen hatte er noch nie verstanden. Comenius fiel ihm ein. Die verstand er auch nicht. Vor allem verstand er aber nicht, warum er sie nicht vergaß.

»Herr Kammann, wollen Sie sich stellen? Der Mord an Frau Kohn?«

»Ich versuche Ihren Mitarbeiter zur kollegialen Hilfe zu bewegen.«

»Um was geht es denn?«, fragte de Bodt.

Kammann hörte Mitleid in der Frage mitschwingen. Und Verachtung.

»Um die Feststellung, wem eine Telefonnummer gehört. Es eilt!«

»Sie haben hier gar nichts festzustellen. Irgendwann kommt heraus, dass Sie Dreck am Stecken haben. Und dann Gnade Ihnen Gott.«

Salinger saß an ihrem Schreibtisch und hörte zu.

Kammann nahm den Zettel und legte ihn vor Salinger. »Sie unterstehen Herrn Hauptkommissar Krüger …«

»Halten Sie den Mund und verlassen Sie das Büro. Den Zettel nehmen Sie mit. Wenn Sie nicht gleich weg sind …«, sagte de Bodt.

Kammann spürte, wie der Zorn in ihm zu explodieren drohte. »Sie wissen doch gar nicht, um was es geht«, schnauzte er. »Sie Provinzbulle.«

»Raus!«, sagte de Bodt ruhig. »Oder ich lasse Sie rausschaffen.«

Kammann nahm den Zettel wieder an sich und verließ den Raum. Die Tür ließ er offen. Im Flur hörte er noch ein Lachen. Zwei Männer, eine Frau.

Im Treppenhaus blieb er stehen. Er blickte auf die Nummer. Wenn er doch anrief? Aber es war riskant. Vielleicht warnte es den anderen. Wahrscheinlich hatte aber dieser Yussuf recht und die Nummer war längst tot. Er blickte den Flur entlang. Steinboden, die Wände ockerfarben. Trostlos. Zwei Beamte näherten sich. Eine Frau und ein Mann. Sie redeten leise miteinander. Er lächelte, als sie ihm antwortete.

Kammann wartete, bis sie vorbei waren. Dann zog er sein Handy und wählte.

XV.

Er raste wie ein Wahnsinniger. Als die Dunkelheit anbrach und es zu regnen anfing, zuckte das rote Alarmlicht im Glanz der Straße. Die Radionachrichten berichteten von der Schießerei am Steinbruch. Tote und Verletzte. Großeinsatz der Polizei. Ein Kommentator brachte diese Schießerei in einen Zusammenhang mit dem BBC-Überfall und dem Kampf in Lübeck.

Haben wir jetzt auch in Deutschland Bandenkriege? Was da in den letzten Tagen geschehen ist, verschafft einem Albträume. Die Sicherheitsorgane des Staats versagen auf ganzer Linie. Als mildernden Umstand mag man anführen, dass die Polizei auf bürgerkriegsähnliche Verhältnisse nicht vorbereitet ist. Aber die Politik muss jetzt reagieren. Sofort. Im Notfall schickt man eben die Bundeswehr, wenigstens deren Spezialeinheiten. Ein Innenminister kann nicht jeden Tag mit dem Grundgesetz unterm Arm herumlaufen. Es ist Notstand, und da muss der Bürger dem Staat die Mittel des Notstands zubilligen.

André blickte in den Rückspiegel. Dunkelheit. Nichts. Er schaltete die Alarmleuchte aus und fuhr langsamer. Er sah eine Seitenstraße mit einem Schild zu einem Dorf, dessen Namen er noch nie gehört hatte. Nach zwei Kilometern erreichte er den Ort. Die Hauptstraße war schlecht beleuchtet. In den Fenstern der Einfamilienhäuser schien Licht hinter Vorhängen. Im Dorfkern ein Gemeindehaus mit dem Feuerwehrschuppen. Er sah keine Kneipe, keinen Laden. Das Ende der Welt. André verließ das Dorf und folgte einer schmalen Straße. Er hielt an, stieg aus und beobachtete eine Weile die Umgebung. Fernab Motorengeräusche. Am Himmel blitzten Warnlichter eines Flugzeugs. Wind rauschte in den Bäumen. Als hätte es nie einen Kampf gegeben. Alles war weit weg.

André öffnete die Heckklappe. Sein Gefangener lag festgeschnallt auf der Trage. Er hob den Kopf und ließ ihn wieder sinken. André schloss die Tür, stieg ein und fuhr langsam weiter. Spät erst erkannte er rechts den Weg, der ins Dunkle führte. André hielt an. Er nahm die Taschenlampe aus dem Rucksack, stieg aus und ging ein Stück in den Weg hinein.

Ein alter Passat fuhr in Gegenrichtung die Straße hinunter. André sah, wie er kurz bremste am Krankenwagen, doch dann fuhr er weiter. Musik erklang und verwehte.

Die Taschenlampe zeigte ihm eine Wiese, die an einer Baumreihe endete.

Er kehrte zum Wagen zurück und steuerte ihn mit ausgeschalteten Scheinwerfern in den Weg. Der Transporter wurde durchgeschüttelt. Einmal glaubte André, einen Schmerzensschrei zu hören. Er zwang sich, langsam zu fahren. Bloß nicht irgendwo hängen bleiben. Seine Augen gewöhnten sich an die Dunkelheit. Ein Tier sprang über den Weg. Ein Schemen nur. Das Auto knarrte, als es in ein Loch knallte. Die Karosserie setzte auf. André gab Gas, der Wagen verharrte, als würde eine unsichtbare Hand ihn halten. Doch dann sprang er nach vorn. André benutzte die Bremse nicht, um die Leuchten nicht aufglühen zu lassen. Er starrte in die Nacht und fürchtete jeden Augenblick, dass ein Baum vor ihm auftauchte. Er ließ den Wagen ausrollen und stieg aus. Er folgte dem Weg zu den Bäumen. Dahin würde er es schaffen. Er brauchte einen Ort, an dem ihn niemand störte. Und wenn der Förster auftauchte, würde er ihn töten. »Bleib zu Hause, Waidmann«, murmelte er vor sich hin, als er wieder einstieg.

Er fuhr den Wagen zu den Bäumen. Stieg aus und fand eine Lücke und einen Busch. Er manövrierte den Transporter in die Deckung. Dann stieg er hinten ein, klemmte eine Decke in den Rahmen der Hecktüren und zog sie zu. Er schaltete das Licht ein und setzte sich neben den Verletzten.

»Wie heißt du?«

Der Mann öffnete langsam die Augen, blickte ihn an und drehte das Gesicht weg.

»Okay, ich nenn dich Otto.«

Der Mann reagierte nicht.

André untersuchte die Verletzungen. Er fand einen Wadendurchschuss und eine Streifwunde an der Schulter. Nichts Ernsthaftes.

»Du hast zwei Möglichkeiten: Entweder du stirbst unter extremen Schmerzen, oder du stirbst schmerzfrei. Hast du mich verstanden, Otto?«

Der blickte André aus trüben Augen eine Weile an.

In den Augen las André, dass Otto sich längst darauf eingestellt hatte zu sterben. So oder so. »Ich suche Bob. Wenn du mir hilfst …«

Otto antwortete nicht.

André krempelte ihm die Hosenbeine hoch und zeigte Otto ein Feuerzeug.

Keine Regung.

André entfesselte Ottos rechtes Bein, zog es zur Seite und befestigte es mit einem Seil an einer Öse in der Wand. Dann entzündete er das Feuerzeug vor Ottos Augen und hielt es unter seine verletzte Wade. Bald roch es nach verbrannter Haut.

Otto versuchte den Schmerz zu unterdrücken. Er stöhnte, aber als es nach verbranntem Fleisch roch, schrie er.

André zog das Feuerzeug weg. »Ich hab Zeit. Und Fantasie. Ich kann das hier stundenlang treiben. Mir werden immer neue Quälereien einfallen. Im Rucksack hab ich ein Skalpell. Damit könnte ich dir die Eier abschneiden. Ich mach so was nicht gern. Aber ich mach's. Vielleicht kennst du meinen Kriegsnamen?«

Otto schüttelte den Kopf.

»Der Arzt.«

Otto starrte ihn an. Sein Gesicht wurde schweißnass. Die Augen flackerten.

»Du kennst den Arzt?«

Otto schüttelte den Kopf.

»Du hast von ihm gehört?«

Otto nickte.

Und André erinnerte sich plastisch daran, wie er Rebellenchefs zum Reden gebracht hatte. Ein paarmal nur, und doch verbreitete sich sein Ruf in Windeseile. Am Ende wusste niemand, wer der Arzt war. Aber jeder wusste, dass es ihn gab. Seine Foltermethoden wurden mit jeder Erzählung übertrieben. Und über seine Instrumente und Techniken verbreiteten sich Ungeheuerlichkeiten.

»Du bist der Arzt?«, flüsterte Otto.

»Ich bin der Arzt.«

Otto stierte an die Decke. Er überlegte, was er aushalten könnte. Das war schwer, denn er wusste nicht, was der Arzt als Nächstes mit ihm anstellen würde. Die Angst vor der Ungewissheit war nicht geringer als die Angst vor den Schmerzen.

»Wie heißt du?«

Otto überlegte, dann nickte er.

André war erleichtert. Es sparte Zeit.

»Horst.«

»Gut, Horst. Dann wollen wir uns vernünftig unterhalten? Hast du Durst?«

Die Rückfahrt nach Köln verlief ohne Hindernis. Er hatte Horsts Leiche in einer Senke nahe dem Busch mit Zweigen und Erde bedeckt. Irgendwann würde jemand ihn finden. Aber dann war er schon über alle Berge. Er wiederholte im Kopf, was Horst ihm verraten hatte. Josua war auf Horst angesprochen worden. André hatte gar nicht gewusst, dass der tote Kamerad so viele Kontakte in der Szene hatte. Josua war das Schweigen selbst gewesen. Schade, dass er jetzt nichts mehr erzählen konnte. André stellte sich vor, wie er gemeinsam mit Josua Bob gejagt hätte. Sie hätten ihn gekriegt. Jetzt musste er ihn allein schnappen. Aber Josua hatte ihn auch gelinkt. Er hatte viel mehr gewusst.

Immerhin kam er Bob näher. Volz, so hieß der Mann. Ingo Volz. Er und Josua hatten die Leute angeheuert. In Bobs Auftrag. Und sie hatten sie gegengecheckt. Wer von Josua ausgewählt war, wurde von Volz geprüft. Und andersherum. Bob ging auf Nummer sicher. Natürlich waren Josua und Volz nicht bei der Aktion dabei.

André bremste an einer roten Ampel und grinste widerwillig. Josua, du hast mich angeschissen. Aber er spürte mehr Bewunderung als Ärger. Was hätte Josua tun sollen? Josua, der Zuverlässige, der Schweiger.

Volz lebte in Eisenhüttenstadt. Und Volz kannte zwar Bob nicht persönlich. Aber er kannte jemanden, der Bob kannte. Also war Volz der Schlüssel.

Er stellte den Wagen auf einem großen Parkplatz am Rhein ab. Auf der Deutzer Brücke jagten sich die Scheinwerfer. Der Himmel dämmerte im Licht der Stadt und ließ den Rhein glitzern. André überlegte, ob er den Wagen anzünden sollte. Aber er verwarf die Idee. So schnell würde der Transporter nicht auffallen. Er hatte seine Fingerabdrücke abgewischt. Das würde die Ermittler ein bisschen Zeit kosten. Bis dahin war er verschwunden.

Auf dem Hauptbahnhof kleidete er sich wieder neu ein. Diesmal trug er einen legeren Anzug, sportliche Schuhe. Und den Rucksack mitsamt Inhalt brachte er in einem Leichtkoffer unter.

Das Ende seines Gesprächs mit Horst fiel ihm ein. Der letzte Deal. »Gib mir das Morphium, so was haben die immer dabei. Kannst du Spritzen setzen?«

»Ja.«

»Dann tu's.«

»Nur wenn du mir noch was erzählst.«

»Was?«

»Wie ich Bob kriege, wenn Volz tot ist.«

Im ICE starrte André eine Weile in die Nacht. Beleuchtete Fenster huschten vorbei. Weitab der Lichtwurm von Autos in einer Schlange. André fühlte sich sicher. Er hatte ein Erste-Klasse-Abteil für sich. Die Schuhe hatte er ausgezogen und die Füße auf den Sitz gegenüber gelegt. Er machte sich lang und las im *Kölner Stadt-Anzeiger*. Der Aufmacher war natürlich die Schießerei. Tote, ein Schwerverletzter, dessen Überleben fraglich war, Verwundete. André spürte Stolz. Er hatte es ihnen gezeigt. Merkwürdigerweise hatte das BKA noch nicht übernommen. Immer noch leitete die Berliner Kripo die Ermittlungen. Länderübergreifend. In einem Kommentar las André, dass niemand diese Entscheidung verstehe. Wenn man bösartig sei, müsse man fürchten, dass der Staat die Verbrechen gar nicht aufklären wolle. André dachte eine Weile darüber nach, kam aber zu keinem Ergebnis.

Diesen Volz kannte André genauso wenig wie die Kämpfer, die beim Coup dabeigewesen waren. Unter ihnen gab es zwei Klassen. Die einen durften übrig bleiben, die anderen sollten sterben. Der Plan war perfekt gewesen. Es hatte alles geklappt. Nur André lebte noch.

Es gab nun zwei Wege zu Bob. Einen kurzen und einen weiten. Der weite Weg war komplizierter. Er beruhte nicht auf einer Gewissheit, sondern auf einer Kombination. Auf einem Satz, den Bob fallen gelassen hatte. Vielleicht war es auch nur eine Finte. Horst hatte es ausgeschlossen. Nicht mal Bob würde an so was denken, während ihm die Kugeln um die Ohren flogen. Bob hatte einen Fehler gemacht. Einen kleinen. Aber in diesem Gewerbe durfte man keinen Fehler machen.

Horst hatte zu jenen gehört, die erst mal überleben sollten. Womöglich nur, weil Bob beschlossen hatte, André zu jagen. Horst hatte diese Möglichkeit nicht ausgeschlossen. Bob traute er alles zu. Aber Bob hatte ihn ausgezahlt. Und die Eingangsbestätigung der Überweisung hatte Horst im Geldbeutel mit sich herumgetragen. Und auf der stand ein Absender. Ein Charles Morgan in San Francisco. Der hatte ein Konto bei der Fremont Bank. Endlich zwei gute Spuren. Und Bob ahnte nicht, was André vorhatte. Noch ein Pluspunkt.

André schlief durch bis Hannover. Stieg um in den Zug nach Berlin und schlief bis Hauptbahnhof. Söldner schlafen gut. Er nahm die S-Bahn zur Friedrichstraße und entschied sich für ein Hotel am Gendarmenmarkt, das er mit dem Smartphone fand. Er ließ sich von einem Taxifahrer hinbringen, der sauer war wegen der kurzen Strecke. Als Entschädigung gab ihm André reichlich Trinkgeld. Aber der Mann gehörte zu den Leuten, die aus dem Stimmungskeller nicht mehr auftauchten, wenn sie mal hinabgestiegen waren. Der Gendarmenmarkt mit den beiden Domen und dem Konzerthaus war von Touristen überlaufen. Japaner, Italiener, Amerikaner. Gruppen folgten ihren Führern, die ihre Schilder an Stangen hochreckten. Der Tag würde heiß werden, keine Wolke am Himmel. Der Verkehr staute sich. Wütendes Hupen. Die Sonne spiegelte sich in den Fenstern. Er hatte Glück und fand ein freies Zimmer. Er duschte, frühstückte und fragte dann an der Rezeption nach dem nächstgelegenen Autoverleih.

In Eisenhüttenstadt begrüßte ihn der in Beton gegossene Sozialismus Ulbrichts. Als er die breite Straße in der Stadtmitte entlangrollte, sah er niemanden außer zwei alten Frauen. Sie saßen vor einem Café. Auf dem Boden, gegen die Stühle gelehnt, Plastiktüten von Aldi.

Er fand gleich einen Parkplatz. Auf der Straße hörte er weitab das dumpfe Grollen des Stahlwerks. Es war ihm, als würde die Stadt in seinem Takt vibrieren. Ein alter Golf rumpelte auf dem Kopfsteinpflaster vorbei. Als wollte er die Ödnis noch betonen. André nahm den neuen Rucksack aus dem Kofferraum. Außerdem hatte er sich Jeans, T-Shirt und Lederjacke zugelegt.

André fand schnell Volz' Wohnung. Er drückte die Klingel, aber es tat sich nichts. Nachdem er vergeblich gewartet hatte, klingelte er an anderen Wohnungen. Der Summer ertönte, und André rief »Werbung!« Ein Fluch von oben, eine Tür knallte. Er horchte ins Treppenhaus. Ein Radio dudelte. Auch ein Fernseher, stark gedämpft.

Er fand die Wohnungstür. Die Polizei hatte sie versiegelt. Offenbar war Volz in Haft. André zog sich Chirurgenhandschuhe an. Mit dem Elektrodietrich ratschte er das Schloss auf, nachdem er sich vergewissert hatte, dass niemand im Treppenhaus war. Er hängte seinen Rucksack an einen Garderobenhaken und zog in allen Zimmern die Vorhänge zu. André bewegte sich leise. Er fing in der Küche an. Öffnete alle Türen, fand aber nichts, das nach einem Geheimversteck aussah. Er leuchtete mit der Taschenlampe unter die Küchenzeile. Da war nur Dreck. In den Ritzen zwischen den Möbeln fand er auch nichts. Auf der Oberzeile entdeckte er eine alte Kaffeedose, gefüllt mit Münzen aus allen möglichen Ländern. Spinnweben verfingen sich an seinen Handschuhen. Er blickte unter den Tisch und die Stühle. Unter die Fensterbank. Vorsichtig zog er die Geschirrspülmaschine nach vorn. Staub. Eine Kakerlake floh unter die Spüle. Eine Scheibe Brot schimmelte auf dem Boden vor sich hin. Wilhelm Pieck blickte ihn an auf einer Zehnpfennigbriefmarke der DDR in einem Grab aus Staub und Krümeln.

Unter den Besteckschubladen fand er auch nichts. Er betrat das Wohnzimmer. Ein verschlissenes Sofa, Tisch mit halb vollem Aschenbecher auf einem fleckigen Teppich. Es stank. Zwei Waffenzeitschriften. In der Ecke eine Glasvitrine, darin Bierhumpen. Gegenüber dem Sofa auf einem Bord ein Flachbildfernseher mit DVD-Player, daneben eine Mini-Stereoanlage. Darüber ein Rambo-Filmplakat. Sonst kein Bild. Er prüfte jede CD und DVD. Volz mochte Heavy Metal und Pornos. Keine selbst gebrannten Scheiben. Er kippte den Fernseher, betastete die Fußunterseite und stellte ihn auf den Boden. Er schob behutsam das Bord zur Wand. Dann drehte er es um. Nichts.

Er durchsuchte die Vitrine. Hinter den Humpen entdeckte er Kontoauszüge. Offenbar hatte die Polizei die Wohnung noch nicht gründlich untersucht. Umso besser. Er setzte sich aufs Sofa und blätterte die Auszüge durch. Miete, Abbuchungen vom Geldautomaten, Überweisungen an einen Videoverleih, Eingänge einer *Security International* aus Bremen mit dem Zweck *Beratung*.

Er fand die Firma mit dem Smartphone. Sicherheitsberatung: Schutz gegen Einbruch, *Services gegen Piraterie*, Schutzmaßnahmen für Auslandsfilialen, das Übliche.

André überlegte, ob diese Firma mit dem BBC-Coup zu tun haben könnte. Vielleicht vermittelte sie auch Söldner, was sie aber nicht herumposaunen würde. Es war strafbar. Nein, niemand, der eine solche Aktion unternahm, würde an einer legalen Firma andocken. Schon gar nicht im Land der Tat.

André hob den Tisch vom Teppich und rollte den zusammen. Nichts außer Dreck. Er untersuchte jede Ritze des Laminatbodens. Wo er einen Spalt fand, drückte er den Belag nach oben. Dann nahm er sich die Bodenleisten vor. Er schraubte jede ab. Nichts. Er prüfte jeden Quadratzentimeter der Raufasertapete. Dann ruckelte er an der Fensterbank. Aus dem Spalt zwischen ihr und der Wand bröselte Mörtel auf den Boden. Er holte sich einen Stuhl aus der Küche und bestieg ihn, um den Dreifachleuchter an der Decke zu untersuchen.

Anschließend widmete er sich dem Schlafzimmer, das eher eine Kammer war. Ein muffiges Bett, neunzig mal zweihundert. Ein Schrank an der anderen Wand. Er holte sein Messer aus dem Rucksack, zog das Laken ab und zerschnitt die Matratze. Nichts. Im Bettrahmen fand er ebenso wenig. Fensterbank, Tapete, Bodenleisten offenbarten nur Dreck und Mörtel. Die Lampe an der Wand verbarg nur Staub.

Im Flur suchte er mit gleicher Geduld und Genauigkeit. Er fand einen alten Lottoschein und überlegte, ob die Zahlen etwas aussagen könnten. Quatsch. Zurück im Wohnzimmer, setzte er sich aufs Sofa. Vielleicht hatten die Bullen wirklich alles gefunden. Wenn es überhaupt etwas zu finden gab. Doch André kannte seine Kameraden. Naiv war keiner, jedenfalls keiner, der den Busch überlebt hatte. Er war überzeugt, dass seine Theorie stimmte, die er sich zurechtgebastelt hatte, während er die Bude durchsuchte. Die Vitrine, das Bord, der Tisch, das Sofa … Er tippte sich an die Stirn und begann das Sofa zu filzen. Er suchte in den Ritzen der Polsterung. Er zerschnitt sie und wühlte in der Füllung. Unter dem Sofa war nichts außer einer verbogenen Verstrebung.

Er schlich durch die Wohnung. Blieb an manchen Stellen stehen. Überlegte, wo Volz noch etwas versteckt haben könnte. In der Küche stieg er auf die Arbeitsplatte und suchte den Spalt zwischen Oberzeile und Wand ab.

Verdammt, Volz war weg und nichts zu finden. Er hatte gehofft, den Mann in die Mangel nehmen zu können. Der war die Verbindung zu Bob. Oder mindestens zu jemandem in dessen Nähe. Einem, der zum Team gehörte. Zu den Auserwählten, die überleben durften.

Zurück ins Wohnzimmer. Sein Blick schweifte über die Vitrine, das zerfetzte Sofa, die Fensterbank, die Fußleisten, das Bord und blieb am Fernsehgerät hängen.

Er legte den Bildschirm mit der Vorderseite auf den Teppich und betrachtete die Schrauben. Als er einen silbernen Kratzer auf einem schwarz lackierten Schraubenkopf entdeckte, holte er das Multifunktionswerkzeug aus dem Rucksack. Behände entfernte er alle Schrauben der Rückenverkleidung und hob diese ab. Mit einem

Klacken lösten sich die Halteklemmen. Das Rückenteil untersuchte er zuerst. Vor seinem inneren Augen stand eine Sekunde das Bild eines mit Gaffaband befestigten Umschlags. Aber da war nichts. Im Gehäuse erblickte er eine Platine, Steckverbindungen, das Netzteil. Er untersuchte die Schraubenköpfe. Sie waren silbern und unlackiert. Keine Kratzer. Kurzerhand löste er alle Schrauben und brach Lötstellen auf, um die Platine herauszunehmen.

Auf der Rückseite des Boards klebte ein Umschlag.

Er spürte die Aufregung. Dennoch blieb er vorsichtig. Zog das Klebeband ab, nahm den Umschlag und öffnete ihn.

Er hatte einen Platz in der Business Class bekommen. André streckte sich in seinem bequemen Sessel. Den Champagner hatte er abgelehnt. Er nippte an seinem Glas Wasser. Sieben oder acht weitere Passagiere saßen im Abteil. Auf der anderen Seite am Fenster beobachtete er im Augenwinkel eine junge Frau mit schwarzen Haaren und dunklem Teint. Italienerin oder Spanierin. Sie gefiel ihm. Doch er zwang sich, in der *Frankfurter Allgemeinen* zu lesen. Weiter hinten stieß er auf einen Artikel über die Verbrechensserie, die mit dem BBC-Überfall begann. Auf den vorderen Seiten breitete sich die neue Krise im Nahen Osten aus.

Der BBC-Artikel gefiel ihm. Nüchtern stellte der Journalist fest, dass Leute in Deutschland gleich serienweise morden konnten, ohne dass irgendeine verwertbare Spur auftauchte. Auch die Ablösung dieses Hauptkommissars de Bodt habe nichts gebracht. Im ganzen Schlussabsatz erregte sich der Journalist, weil das BKA den Fall nicht übernommen habe. Er kritisierte den Irrsinn des Föderalismus, der schon im Schulwesen nur Unfug anrichte. Bei der Polizei sei das Chaos allerdings lebensgefährlich. André lächelte. Die Frau am anderen Fenster warf ihm einen Blick zu und schmunzelte.

Bald griff die Müdigkeit nach ihm. Er drückte die Rückenlehne nach hinten und schloss die Augen. Obwohl er es zu verdrängen suchte, überfielen ihn die Bilder der letzten Tage. Die Toten am Spree-Ufer. Die Jagd in Lübeck. Die Schießerei am Steinbruch und Josuas Tod. Sie hätten zu zweit weiterkämpfen können, nachdem Josua begriffen hatte, dass Bob auch ihn erledigen musste. Dass

Andrés Geschichte stimmte. Josua war schlau gewesen und schnell im Kopf.

Ihm fiel ein, wie sie eingewiesen worden waren. Sie trugen alle Masken und saßen in einer Halle, Bob führte das große Wort. Mit einem Beamer warf er den Plan an die Wand. Jeder Schritt wurde gezeigt. Bild um Bild. Seine raue Stimme füllte den Raum. In ihr klangen Zuversicht mit und Entschiedenheit. Nicht der geringste Zweifel. Seine Gestik war sparsam. Am Ende des Vortrags forderte er auf, zu widersprechen, zu fragen, vorzuschlagen. Niemand sagte ein Wort. Perfektion lässt sich nicht verbessern.

André verfluchte sich, dass er auf den Schein des Unübertrefflichen hereingefallen war. Und auf die Verlockung des Geldes. Er hätte wissen müssen, dass Bobs Plan eine zweite Stufe hatte. Jemand, der so genau plante wie Bob, vergaß nicht, dass es nach dem Coup noch etwas zu tun gab. Allein, dass sich niemand der Männer kennen durfte. Das hatte André als größtmögliche Vorsicht bewundert. Aber es war nur die Vorbereitung von Stufe zwei.

Irgendwann schlief er doch ein. Er träumte von einer schönen Italienerin in einem Flugzeug. Als er aufwachte, war sie fort. Er starrte ein paar Sekunden zu ihrem Platz. Dann hörte er eine Tür klackern. Sie sah wirklich verdammt gut aus. Sie lächelte ihn an wie jemanden, den man schon mal gesehen hat, aber nicht weiß, wo.

André erhob sich. Er streckte sich und schlenderte in die Economy Class. Fast alle Plätze waren besetzt. In der drittletzten Reihe entdeckte er einen allein am Fenster sitzenden Mann mit hochrotem Kopf. Auf der Stirn standen Schweißtropfen. Das Hemd war unter den Achseln durchnässt. André ging bis zum Heck und nutzte die Toilette. Er saß und überlegte, was es mit dem Rotkopf auf sich haben könnte. Jetzt bloß keinen Zwischenfall. Er musste nach San Francisco. Er dachte an den Überweisungsbeleg, den er im Fernsehgerät gefunden hatte. Charles Morgan, wie bei Horst. Dieser Morgan war die Schlüsselperson. Er musste Bob kennen. Wenn er Morgan in seine Gewalt bringen konnte, würde er herausfinden, wer und wo Bob war. Vielleicht würde Morgan ihm sogar verraten, wer die Drahtzieher waren. Wenn er das wusste, würde er den großen Treffer landen. Sein Schweigen gegen ein

Vermögen. Scheiß auf die Million, da war ein ganz anderer Gewinn drin.

Aber der Rotkopf. Rastete der aus? Hatte die Besatzung ihn im Auge? Gab es einen Sicherheitsbeamten?

Er wusch sich die Hände und verließ die Toilette. Er musste sich an einem fetten Mann vorbeidrängen. Kurz entschlossen setzte sich André neben den Rotkopf. Nachdem er sich angeschnallt hatte, sagte er. »Guten Tag, ich bin Arzt. Geht es Ihnen nicht gut?«

Der Mann blickte ihn mit flackernden Augen an. Er hatte schütteres graues Haar. »Wir stürzen ab«, flüsterte er.

In diesem Augenblick vibrierte das Flugzeug. Der Rotkopf packte Andrés Oberarm. »Das ist normal«, sagte André. »So ein Flugzeug hält unheimlich viel aus.« Er versuchte, seinen Arm zu befreien, aber der Rotkopf umklammerte ihn mit beiden Händen.

»Ich hole Ihnen eine Arznei«, sagte André. Und dachte: Bloß keinen Zwischenfall. Keine Polizei, keine Vernehmung. Er bog den Mittelfinger des Mannes zurück, bis der vor Schmerz aufstöhnte und André losließ. »Ich komme gleich wieder«, sagte André.

In seinem Rucksack fand er die Barbitaltabletten. Eine würde gut reichen. Zurück neben dem Rotkopf, drückte er den Serviceknopf über dem Sitz. Als die Stewardess kam, bestellte er ein Wasser. Dann zeigte er dem Rotkopf die Tablette. »Die nimmt Ihnen die Angst. Sofort.«

»Sie sind Arzt?«, vergewisserte sich der Mann.

»Ja«, sagte André betont ruhig. »Und ich werde Ihnen helfen.«

Die Stewardess brachte das Wasser. Der Mann betrachtete die Tablette, warf André einen skeptischen Blick zu, nahm sie in den Mund und schluckte Wasser.

»Sie werden es gleich merken«, sagte André. Er nahm die Hand des Rotkopfs und drückte sie sanft. Er blickte ihm in die Augen. Die wurden bald neblig, dann fielen sie zu.

André stand auf und kehrte zurück zu seinem Platz. Der Rotkopf würde den Flug verschlafen und vielleicht noch ein bisschen mehr. Jedenfalls würde er nicht ausrasten und herumschreien, das Personal nicht angreifen und auch nicht versuchen, ins Cockpit einzudringen.

Die Italienerin blätterte in einem Magazin. Aber er bemerkte doch, wie sie ihn beobachtete, als er auf seinen Platz zurückkehrte.

Er fühlte sich nicht wohl. Nicht wegen der Anspannung. Die kannte er schon lang. Sondern weil er eingezwängt war und keinen Fluchtweg hatte. Und keine Waffe. Er versuchte sich vorzustellen, wie er Charles Morgan finden könnte. Erst zur Fremont Bank mit einem Vorwand. Wie kriegte man eine Bank dazu, die Adresse eines Kunden herauszugeben? Eigentlich gar nicht. Vielleicht konnte er die beiden Überweisungsbelege nutzen. Doch wenn die Bank die US-Bullen fragte und die sich in Berlin erkundigten, flöge er auf. Der eine Empfänger war tot, der andere saß im Gefängnis.

Außerdem hatte er keine Zeit. Er würde es auf die direkte Tour machen müssen. Angriff und sofortiger Rückzug. Hit and run.

Die Einreiseprozedur in Los Angeles erledigte er binnen weniger Minuten. »Tourist«, antwortete er, als der Grenzbeamte ihn nach dem Zweck seiner Reise fragte. Der Anschlussflug nach San Francisco stand schon bereit. Er verstand es als gutes Vorzeichen und setzte sich auf eine Bank nahe dem Abflugschalter. Die Italienerin tauchte auf und setzte sich ihm gegenüber. Hin und wieder linste sie.

Im Flug nach San Francisco saß sie vor ihm. Er prägte sich den Stadtplan ein. San Francisco erschien ihm nicht besonders groß. Ein guter Orientierungspunkt war der Hafen. Im Reiseführer sahen auch die Nahverkehrsverbindungen übersichtlich aus. André kannte viele Großstädte, darunter New York und Miami. Er hatte für amerikanische Sicherheitsfirmen gearbeitet. Das letzte Angebot allerdings hatte er abgelehnt. Der Irak war ihm zu chaotisch. Den Kampf gegen Menschen, die ihr Leben bereitwillig opferten, fand er sinnlos.

Sie roch gut. Ein Hauch von Rose und Pfirsich. André lächelte in sich hinein. An einem anderen Ort, bei einer anderen Gelegenheit. Vielleicht.

Der Flughafen von San Francisco war modern, hell, weiträumig und übersichtlich. Er fand gleich einen Taxistand und ließ sich in die City bringen. Zum Fairmont Hotel in der Mason Street, im Norden der Stadt. Groß, nicht zu luxuriös, aber keineswegs billig. Nicht weit entfernt von der Fremont Bank. Hier fiel er nicht auf. Sie würden ihn als leicht spinnerten Touristen bespötteln, als einen, der mit einem Rucksack reiste, aber in einem halbwegs schicken Hotel abstieg. An der Rezeption ließ er seine Kreditkarte erfassen und trug sich ins Anmeldeformular ein. Er nahm ein Doppelzimmer im fünften Stock und bezahlte vorab für die Wifi-Flatrate. Er duschte nur schnell, um das Hotel gleich wieder zu verlassen.

Draußen empfing ihn die Nachmittagssonne mit einer kühlen Brise. Er folgte der California Street steil hinab. Im Osten ragten die Hochhäuser des Finanzviertels. Er ging vorbei an unzähligen chinesischen Geschäften, die vor allem Touristen anlocken wollten. In einem Laden wurden Schwerter angeboten. Kurz entschlossen betrat André ihn. Kaum fing er an, sich umzusehen, schnatterte eine kleinwüchsige Chinesin auf ihn ein. Ihr Englisch war kaum verständlich. Sie redete dauernd von Preisen und von dem einzigartigen Sortiment an originalchinesischen Waffen. Sie bedrängte ihn, während er die Auslagen genau betrachtete. Ein Dolch stach ihm ins Auge. Zweischneidig, ohne Verzierungen, abgesehen von einem chinesischen Schriftzug auf dem mit Leder umwickelten Griff. Neben dem Dolch lag auf grünem Samt eine Aluminiumscheide. Auch sie trug einen Schriftzug. Er prüfte das Messer. Griff und Schneide bestanden aus einem Stück Stahl. Der war simpel verarbeitet, aber die Waffe war stabil, scharf und spitz. Er kaufte sie für fünfundsechzig Dollar und las in den Augen der Frau ihr Erstaunen, dass er nicht handelte. Die Frau verpackte den Dolch in braunes Papier und legte das Paket in eine Plastiktüte mit dem Namen des Ladens. *Swords China Town S. F.*

Er brauchte eine gute halbe Stunde zur Fremont Bank. Am Ende der 3rd Street entdeckte er das graue Stahlgerüst einer Brücke.

Die Bank lag an der Ecke 3rd Street/Townsend Street. Sie war klein. Gegenüber ein Schnapsladen und ein Grillrestaurant. Er betrat die Bank. Es gab einen Schalter. Daneben lag die Kasse hinter

Panzerglas. An der Wand gegenüber standen zwei kleine Tische mit Stühlen. Vor dem Fenster zeigte ein Bildschirm *CNN* ohne Ton. Neben dem Ausgang lehnte ein blau Uniformierter an der Wand, stämmig und schwarz. Er spielte mit einem Streichholz. Im Gürtel rechts ein Holster mit einem Revolver. Links eine Ledertasche. Über der Schulter ein Riemen, an dem ein Funkgerät hing. Der Mann schien sich nicht für seine Umgebung zu interessieren. Und doch hatte er sie gewiss im Blick.

An der Kasse saß eine hagere Schwarze mit einer mondänen Brille. In deren Ecken glitzerten Kunstedelsteine. Um den Hals eine Perlenkette. Es stand ihr gut, auch das dezente Make-up. Hinter dem Schalter entdeckte André drei Mitarbeiter. Ein Mann und eine Frau bedienten Kunden, eine große Weiße saß im Hintergrund an einem Schreibtisch und telefonierte. Dabei blätterte sie gelangweilt in einem Papierstapel. Sie hatte einen schmutzig-blonden Kurzhaarschnitt und eine Warze am Kinn. Die Filialleiterin. Der Mann am Tresen war jung. Er trug einen grauen Anzug mit einer dunkelblauen Krawatte. Seine Haare waren gegelt. Ein schlankes Gesicht und aufmerksame Augen. Seine Kollegin war hübsch. Etwas klein für Andrés Geschmack, aber er mochte diese Schwarz-Weiß-Melange. *Mulattinnen*, wie er sie nannte, hatten ihn immer angezogen. Zumal wenn sie aussahen, als hätten sie fünf Jahre in Stanford studiert.

Er trat an den Schalter und tat so, als läse er in einem Aktienprospekt, der dort auslag. Die Stanford-Absolventin fragte ihn höflich, ob sie ihm helfen könne. Und er sagte, er komme aus Holland und wolle vielleicht demnächst ein Konto eröffnen. Was er dazu vorlegen müsse. Sie beruhigte ihn. Die Europäer hätten ja alle Pässe, wenn sie in den Staaten seien. Vielen Banken reiche das nicht, die würden nach der Sozialversicherungsnummer fragen. Nicht aber die Fremont Bank. Der Pass also, und er brauche eine US-Adresse. Außerdem müsse er die Adresse in den Niederlanden angeben. Das sei doch ein Kinderspiel. Sie lächelte ihn an, als wäre er jetzt schon ihr Lieblingskunde. André hatte die Filialleiterin und ihren Schreibtisch inzwischen ausführlich gemustert. Er hatte auch die Bilderrahmen erkannt, aber nur deren Rücken.

»Wenn Sie schon so freundlich sind, vielleicht darf ich Sie etwas fragen, das nicht mit der Bank zu tun hat.«

Ein Schatten, nur eine Andeutung. Dann strahlte sie ihn an. »You're welcome. Ich fürchte aber, dass ich Ihnen bei anderen Dingen kaum helfen kann.«

»Versuchen wir es«, sagte er. »Meine Frau und ich fragen uns die ganze Zeit, ob wir einen schönen Kindergarten finden könnten.«

Der Schattenhauch verflog.

André verließ die Bank und prägte sich die Öffnungszeiten am Ausgang ein. Neun bis siebzehn Uhr. Er schlenderte ostwärts, zum Wasser. Als er die Embarcadero erreicht hatte, folgte er ihr in nördlicher Richtung. Auf dem Wasser lagen futuristische Segeljachten. Katamarane mit hohen Masten und Firmenlogos. Männer in Seglerkleidung arbeiteten an und auf ihnen. Möwen umkreisten sie quäkend. Weiter draußen ein Frachter, der fast mit dem bewaldeten Hängen im Hintergrund verschwamm. André fröstelte im auffrischenden Wind. Er beschleunigte seine Schritte. Vorbei an einem Restaurant, das nach guter Küche aussah. *The Waterfront.* Bootshallen, die als Parkhäuser benutzt wurden. Auf der Straße quälte sich der Verkehr in beiden Richtungen. Ein schwarzer Tesla schob sich lautlos ein paar Meter nach vorn. Der Fahrer spielte mit seinem Handy.

Er stieß auf ein Monument, das ihn verharren ließ: ein nach oben gerichteter Riesenbogen mit eingelegtem Pfeil. Bogen und Sehne rahmten die glitzernden Skyscraper des Financial District ein. Das Meer schickte eine salzige Brise.

André genoss es trotz allen Drucks, eine Aufgabe in Ruhe zu planen. Er malte sich seine Möglichkeiten aus. Niemand durfte ihn erkennen außer der Person, die er fragte. Eine Erpressung alten Stils war zu kompliziert. Das konnte dauern, und vielleicht würden sich die Bullen einschalten. Er gab sich drei Tage. Schnell, entschlossen. Keine Spuren hinterlassen, jedenfalls keine, die sich vor Ablauf einer Woche entschlüsseln ließen.

Es war gerade vierzehn Uhr geworden. Er drehte um. Das *Waterfront* lockte ihn. Er fand einen Eckplatz am Fenster. Seinen Augen öffnete sich die Bucht. Im Norden Alcatraz. Ein Schiff fuhr hin, eines zurück. In der Ferne wirkten sie klein. Und doch sah er die Möwenschwärme, die den Ausflugsdampfern folgten. Das Gefängnis war längst außer Betrieb, aber sein Ruf als Ort der Gnadenlosigkeit und Ausweglosigkeit schwang im Namen mit. Lieber tot als Alcatraz.

Er bestellte gegrillten Tofu mit gedünstetem Mischgemüse, Reis und Teriyaki-Sauce. Dazu einen kalifornischen Sauvignon Blanc. Er hätte ewig sitzen bleiben können. Auf der gegenüberliegenden Seite der Bucht schlängelten sich Autos. Spielzeuge. Dunkle Wolken hatten sich über die Wipfel gelegt wie gefärbte Watte. Ein Frachter mit großen weißen Lettern auf der Bordwand zog seinen Weg durch die Gischt. Rechts die Brücke, über die ein Freeway aus der Stadt führte.

Der Kellner erschien mit der Bestellung. Das Essen sah vorzüglich aus. André gefiel das Restaurant immer besser.

Die Tür öffnete sich, und herein trat die Italienerin. Sie sah ihn sofort. Und er ihre Überraschung. Sie war nicht allein. Ihr Begleiter war ein hochgewachsener schlanker Mann in einem gut geschnittenen Anzug. Er hatte dunkelblondes Haar und einen Dreitagebart. Er passte zu ihr. Zwei schöne Menschen. Sie setzten sich ans andere Eck. Er sah ihr Profil. Der Mann kehrte ihm den Rücken zu.

André widmete sich dem Essen, trank einen Schluck Wein und genoss die Bucht. Sie ließ hin und wieder ihre Augen wie zufällig schweifen. Strich mit der Hand durch ihre langen Haare. André amüsierte es. Er wusste, dass er kein Schönling war, aber eine Ausstrahlung besaß, die manche Frauen anzog. Er hätte nicht bestimmen können, was es war. Aber dass da etwas war, zeigte die Erfahrung. André gehörte nicht zu den Söldnern, welche die Frauen verachteten. Im Gegensatz zu manchen Kameraden vergewaltigte er Frauen nicht nach einem Sieg im Kampf. Seine Freundinnen suchte er mit Bedacht und nicht nur mit Blick auf ihre Schönheit. Die Italienerin gefiel ihm. Aber er hatte eine Aufgabe.

Auf sie konzentrierte er sich. Wog noch einmal die Möglichkeiten ab. Überlegte, ob es einen anderen Weg gab. Aber er fand keinen. Schließlich entschied er sich für die Variante, die er von vornherein bevorzugt hatte. Es war oft so.

Nach dem Essen bezahlte er und verließ gemächlichen Schritts das Restaurant. Die Italienerin warf ihm einen Blick zu, den er nicht interpretieren konnte. Etwas Flehendes lag darin, vielleicht auch Enttäuschung. Er lächelte sie an. In diesem Augenblick drehte sich der Mann ihm zu. Sein Gesicht zeigte Ärger. Andrés Lächeln verwandelte sich in ein Grinsen. Er wandte den Blick ab und öffnete die Tür.

Draußen empfing ihn das Dröhnen, Hupen und Jaulen des Verkehrs. Und die kühle Brise, welche die Stadt abkühlte. Er ging zum Fairmont Hotel und steckte das Nötige in die Plastiktüte aus dem Chinaladen. Dann kehrte er zurück zur Townsend Street und setzte sich an einen Tisch vor dem Grillrestaurant gegenüber der Bank. Bei der Kellnerin bestellte er einen Cappuccino und bezahlte ihn gleich, als sie ihn brachte. Sie dankte in einem Englisch mit starkem spanischem Einschlag. Äußerlich gelassen, aber innerlich angespannt spielte er gelangweilter Tourist. Er beobachtete beiläufig die Passanten und den Verkehr. Einem Feuerwehrwagen blickte er nach, bis der verschwand. Ein Museum auf vier Rädern.

Noch zwanzig Minuten.

Er überlegte, ob er nicht hier eine Weile abtauchen könnte. Die Stadt war großartig, die Umgebung auch, wenn er den Schilderungen im Reiseführer glaubte. Außerdem liebte er das Meer, besonders den Pazifik. Ein paar Augenblicke stellte er sich vor, wie es wäre, als Fischer auf einer Insel zu leben. Doch er lachte sich leise selbst aus. Kein halbes Jahr würde er es aushalten.

Noch zehn Minuten.

Ein Bus rumpelte vorbei. André überlegte, ob es mehr als ein Zufall war, dass er der Italienerin wieder begegnet war. Ob jemand sie auf ihn angesetzt hatte. Aber das schloss er aus. Zwar zählte er zu den Menschen, die alles für möglich hielten, vor allem alles Üble, doch hatte er für Spinnereien keinen Sinn. Nicht für Religion oder Astrologie oder sonstige Verrücktheiten, die nur dazu dienten, die Menschen blind zu machen. André glaubte nur an eines. Dass man gerade dann von der Jauche weggeschwemmt wurde, wenn man es nicht erwartete.

Noch fünf Minuten.

Er überlegte, wie lange sie brauchen würden. Die Tasche packen. Den Schreibtisch aufräumen. Sich eine Erinnerungsnotiz für den Morgen schreiben.

Ein Polizeiwagen raste mit jaulender Sirene und Alarmlicht vorbei. André verfolgte ihn mit seinen Blicken, bis er im Verkehr verschwunden war. Das Gejaule hallte eine kurze Weile nach.

Siebzehn Uhr.

Er trank den Kaffee aus. Der war schon kalt. Hinter den Fenstern der Bank sah er Bewegungen. Der Uniformierte trat vor die Tür und hielt sie auf. Die Kassiererin ging als Erste. Dann die Stanford-Frau. Der Mann verließ die Bank. Er hinkte. In der Hand trug er eine ziemlich neu aussehende Aktentasche. Über dem Arm einen hellen Mantel.

Dann die Chefin. Der Uniformierte legte zwei Finger an die Schläfe und deutete eine Verbeugung an. Sie schloss ab. Beide zogen ab, er die 3rd in Richtung China Town, sie folgte der Townsend Street westwärts. André stand auf und ging ihr nach. Sie hatte es nicht eilig. An der nächsten Kreuzung bog sie in südöstlicher Richtung in die 4th Street ab. Als sie auf die King Street stieß, ging sie rechts. Links ragten die riesigen Flutlichtmasten des Giants-Stadions. Sie verschwand in einer Drogerie. Gegenüber dem Laden lag die Caltrain Station. Sie würde wahrscheinlich den Zug nehmen. André warf einen Blick in die Drogerie, erkannte die langen Schlangen vor dem Tresen mit den Kassen und rannte über die Kreuzung. Die Fahrkartenautomaten lagen an der Glasfront des Bahnhofs. Von hier hatte er einen guten Blick auf den Eingang der Drogerie. Er löste das teuerste Ticket und wartete. Wenn sie nicht zum Bahnhof ging, hatte er genug Zeit, ihr woandershin zu folgen.

Sie erfüllte seinen Wunsch. Verließ die Drogerie und querte noch schnell die King Street, nachdem die Fußgängerampel auf Rot umgeschaltet hatte. In der Hand eine Papiertüte mit dem Aufdruck des Ladens. Sie betrat den Bahnhof und stellte sich in die Warteschlange am Gleis, wo der nächste Zug Richtung San José abfuhr. Noch war der Zugang zum Gleis versperrt. Zwei Angestellte in der blauen Caltrain-Uniform warteten, der Doppelstockdieselzug stand schon am Gleis.

Vor dem Eingang standen vielleicht zwanzig Menschen. Geschäftsleute, Touristen. Ein junger Mann lehnte an der Glaswand neben dem Eingang, einen E-Book-Reader in der Hand. Andere hatten Einkäufe getätigt und trugen Tüten. An der Fensterfront in der Ecke saß ein Pärchen, beide mit Ohrstöpseln. Er blätterte in einer Zeitschrift. Sie telefonierte.

Die Filialleiterin las in der Anzeige ihres Smartphones.

Endlich öffnete sich die Tür. Die beiden Caltrain-Mitarbeiter stellten sich an beide Seiten des Eingangs und kontrollierten die Fahrscheine. André folgte der Filialleiterin in einigem Abstand zum dritten Wagen, wo sie einstieg. Sie nahm die Treppe nach oben. Er setzte sich nahe ans untere Ende der Treppe. Die obere Etage war geteilt durch ein schweres Stahlgerüst mit Gepäckablagen in der Mitte. Es erinnerte ihn an einen Gefängnisgang.

Der Zug füllte sich. Neben André nahm ein alter Mann Platz. André ließ ihn zum Fensterplatz durch. Der Mann setzte sich, knöpfte das Jackett auf und zog das *Wall Street Journal* aus der Aktentasche.

Der Zug verließ den Bahnhof. Bald erreichten sie die hässliche Seite der Stadt. Ein Vorortbahnhof sah aus wie eine Tiefbaustelle. Ein Erdhaufen türmte sich unter einer Brücke. Der Verkehr dröhnte in den Zug. Es begann der Gürtel der Hütten und Werkstätten. Mehr Autowerkstätten als Autos. Jedenfalls als die Marken, die hier angeblich kompetent gewartet wurden. Japanische Autos, vor allem aber deutsche Luxuskarossen von Porsche bis Benz. Reifenhandlungen. Hier und da ein Supermarkt, der aber besser nach Bagdad gepasst hätte als in die reichste Ecke der USA. Auf den Hügeln zum Meer hin lagen schwarzgraue Wolken, die wie Lavamassen die uniform aussehenden Holzhäuser am Berghang unter sich begruben.

Vor ihm in der Bank hörte er eine junge Frau telefonieren. In jedem zweiten Satz ertönte so etwas wie: »Das geht gar nicht.« Sie plapperte aufgeregt, stellte fest, dass sie nicht über Plastikböden laufen könne. Das Gefühl halte sie nicht aus. Schließlich trage sie nur Ballerinas. Ja, Austern esse sie gern. Allerdings müssten sie noch zucken, wenn man Zitrone auf sie träufle. Außerdem wusste sie zu berichten, dass sie einen Mann getroffen habe. Eigentlich sei er attraktiv, witzig und intelligent, aber er trage kurzärmlige Hemden und Sandalen. Das gehe nun gar nicht. Leider.

Bei jedem Halt hatte André die Treppe im Auge.

Sie näherten sich den Wohngegenden der Reichen im Silicon Valley. Millbrae, wo es eine Verbindung zum Flughafen gab, San Mateo, Redwood City, Menlo Park.

Hier stieg sie aus. Und er folgte ihr.

Am Bahnhof stellte sie sich an eine Bushaltestelle. Wer hier Bus fuhr und nicht Tesla, Porsche oder Audi, gehörte zu den Armen. So sahen die Leute auch aus, die hier warteten. Plastiktüten. André stellte sich auf eine längere Busfahrt ein. Jedenfalls zum Rand der Kleinstadt, in deren Mitte Schwarze und Hispanics offenbar nur als Kellner und Verkäuferinnen vorkamen. Bäume säumten die Straßen. Der Verkehr rauschte vom Camino Real her, der die Stadt vierspurig teilte.

André prägte sich alle Verkehrswege ein. Immer wieder hatte er in der Bahn auf dem Smartphone die Verbindungen verfolgt. Er wusste jetzt, wie er zum Flughafen kam. Ohne Taxi. Das konnte entscheidend sein. In der Masse untertauchen. In ihr schwimmen wie ein Fisch.

Der erste Bus war der falsche. Es stiegen drei Leute aus. Einer sah aus wie ein Student. Stanford mit Stipendium vielleicht. Der zweite Bus war fast voll, als er anrollte. Die Filialleiterin stieg ein. André folgte ihr und zahlte beim Busfahrer einen Fahrschein.

Er stand nahe dem Eingang und hielt sich an einer Schlaufe fest. Sein Rucksack schuf ihm Platz im Rücken. Die Filialleiterin hatte einen Sitzplatz gefunden. Sie guckte hinaus. Manchmal fielen ihr die Augen zu. Neben ihr saß eine alte Schwarze, deren Haare weiße Strähnen durchzogen. Sie trug eine Brille, die an den Enden spitz zulief.

Der Bus stoppte häufig. Während sich Menschen an ihm vorbeidrängten, arbeitete sich André näher zur Filialleiterin vor. Gerüche von Parfüms, Aftershaves und Schweiß mischten sich.

Draußen zogen Prachthäuser und parkähnliche Gärten vorbei. Vor den Türen Luxusautos. Dann querten sie eine breite Straße.

Eine Tankstelle. Kleine Häuser, kleine Vorgärten. Ein Subway-Supermarkt. Läden. Imbissstuben, chinesisch, vietnamesisch. Ein McDonald's. Die Autos wurden kleiner und älter. Der Bus hielt öfter. André fürchtete, die Filialleiterin würde den Ausstieg verschlafen. Aber sie blinzelte hin und wieder und schien die Strecke im Auge zu behalten.

André überlegte sich, wie er auf dem schnellsten Weg nach San Francisco zurückkäme. Je länger er im Bus mitfahren musste, desto weiter der Rückweg. Vielleicht musste er im Land woandershin fliegen. Wo fand er Charles Morgan? Wenn es ihn überhaupt gab. Aber irgendwer musste die Überweisungen getätigt haben. Und André würde ihn aufstöbern. Bald schon. Er begann sich unwohl zu fühlen. Er wollte kein Taxi nehmen. Der Fahrer würde sich an ihn erinnern. Er konnte alles brauchen, nur keine Fahndung mit Personenbeschreibung oder Phantombild. Er musste mit der Frau fahren. Ohne sie käme er nicht weiter.

Der Bus rollte immer weiter in die Armut. Auf die kleinen Häuser mit den kleinen Vorgärten folgten Baracken. Davor spielten schwarze Kinder. Die Läden wurden schäbiger, die Kneipen übler. Endlich leerte sich der Bus spürbar an den Haltestellen. André fand einen Platz zwei Sitzreihen hinter der Filialleiterin. Dazwischen saßen zwei Männer, der eine trug eine Giants-Basecap. Der andere murmelte ihm pausenlos etwas ins Ohr.

Die Straße wurde holpriger. Immer wieder wurden sie durchgeschüttelt. Der Kopf des Murmlers schlug an den Basecap-Schädel. Es sah so aus, als merkten die Männer es nicht.

Draußen wieder Einfamilienhäuser. Es schien eine neue Siedlung zu sein. Leicht am Hang. Im Hintergrund ein dichter Nadelwald. Auf dem Bürgersteig Frauen mit Kinderwagen. Der Bus hielt vor einem Café mit Stühlen und Tischen auf dem Bürgersteig.

Die Filialleiterin trug ihre Handtasche und die Einkäufe in Fahrtrichtung des Busses. André folgte in einer Gruppe von Leuten, die in dieselbe Richtung liefen. Die Filialleiterin ging schnell. Bald hatte sie einen Vorsprung vor den anderen. Sie bog links in eine Seitenstraße ein. Nun waren sie und André fast allein. Nur weit hinten spielten Kinder mit einem Ball. André spürte, dass die

Jagd zu Ende ging. Als hätte sie seine Gedanken belauscht, hielt sie an einem umzäunten Vorgarten mit einem schmalen Blumenbeet mitten im Rasen. Ein Spielzeugkinderwagen und ein kleines Rad standen neben dem Eingang. Das Haus war weiß gestrichen, die Fensterläden blau. Es sah aus wie ein überdimensioniertes Puppenhaus.

André ging am Haus vorbei. Er merkte sich die Nummer. Als er ein paar Meter weiter war, hörte er eine Frauenstimme, dann eine zweite.

Als er weit genug entfernt war, drehte er sich um, als wäre er sich unschlüssig über den Weg. Er beobachtete, wie eine Frau das Haus der Filialleiterin verließ. Die Nanny wohl. Zwei Kinder tobten aus dem Hauseingang.

André ging weiter. An der letzten Kreuzung vor dem Wald bog er ab und umquerte das Viertel. Im Zentrum fand er einen Asia-Imbiss, wo er Reis mit Gemüse und ein Bier bestellte und gleich bezahlte. Dann legte er den Rucksack neben einem Tisch auf den Boden und setzte sich. Er trank einen Schluck aus der Flasche. Sein Blick streifte über die Straße. Berufsverkehr, wenn auch nicht dicht. Hier war es viel wärmer als in San Francisco. Der kühle Nordwind vom Pazifik reichte nicht bis hierher. Irgendwo kläffte ein Hund. Ein Motorrad blubberte die Straße hinunter. Darauf ein schwarz gekleideter Fettsack ohne Helm, aber mit Glatze.

Der Imbisstyp brachte das Gericht. Es roch gar nicht übel. André probierte. Es schmeckte noch besser. Er nickte dem Vietnamesen zu, der wieder hinter seinem Tresen stand. Der Mann lächelte und nickte zurück.

Während er aß, ging er seinen Plan noch einmal durch. Er schien ihm fast zu einfach. Aber das hatte er sich verdient. Schließlich war der Weg hierher weit gewesen. Nicht nur wegen der Entfernung.

XVI.

Er blätterte in den Akten auf seinem Schreibtisch. Der Taximord in der Hasenheide. Wenn der BBC-Anschlag nicht passiert wäre, dann hätten sich die Kloakenschreiber überschlagen vor Jagdeifer. So aber reichte das Verbrechen gerade mal für den Lokalteil. Natürlich hatten sie ein Foto des Mannes zu Lebzeiten aufgetrieben. Er stammte aus Anatolien. Das Bild zeigten sie nun ohne jede Gnade. Der Text strapazierte eine Familienidylle, die der Mord zerstört habe. Dabei hatte der Taxifahrer seine Frau vor knapp zwei Jahren für eine andere verlassen. Die Kinder hatte er seitdem nicht besucht. Und Geld hatte die verlassene Frau auch nicht gesehen. Das war in die kleine Reinigung in der Hermannstraße geflossen. Die gehörte der schon gar nicht mehr so neuen Flamme. Die beiden Frauen waren weitläufig miteinander verwandt. So wurde aus dem Mord auch eine Familienkrise. De Bodt hatte mit dem Großvater gesprochen. Einem würdigen älteren Herrn, der sich tapfer mühte, die Fassung zu wahren. Mit einem Taschentuch trocknete er sich die Augenwinkel.

Die Tür öffnete sich, Salinger betrat das Büro. Alle Mitarbeiter Krügers folgten Spuren im BBC-Fall. Jetzt auch Salinger.

»Stör ich?«, fragte Salinger.

De Bodt lächelte sie an. »Ich muss nur schnell einen Mord aufklären.« Er lachte, ein wenig bitter.

»Und geht's voran?«

»Morgen hab ich den Fall gelöst«, sagte er trocken.

Sie blickte ihn fragend an. Aber er wischte die Frage weg, bevor sie die stellen konnte.

»Ich muss mit Ihnen reden«, sagte sie.

Seine Handflächen zeigten nach oben. »Jederzeit.«

»Nicht hier.«

»Wann?«

»Heute Abend«, sagte sie. »Im *Nest.*«

Er lächelte. »Ich dachte …«

Jetzt wischte sie die Frage weg.

»Ich hab eigentlich dem Makler …«

»Danach«, sagte sie. »Wann immer Sie können.«

»Also ermitteln, dann Makler, dann mit Ihnen reden, dann Mordfall lösen. Die Reihenfolge.«

Er fuhr nach Neukölln. Die Freundin des Taxifahrers war klein und hatte ein offenes Gesicht. Ihre Haare verbarg sie unter einem Kopftuch. Es roch streng nach Chemie in der kleinen Reinigung. An der hinteren Wand stand eine weitere Frau mit Hijab an einem Bügelbrett. Es zischte und dampfte.

»Guten Tag, Frau Alekin. Können wir irgendwo reden?«

Sie blickte ihn traurig an. Ihre Augen sahen aus, als hätte sie eine Bindehautentzündung. Alekin nickte wie in Zeitlupe. Sie ging voraus zu einer Tür an der Seite. Sie winkte der Bügelfrau, und die hob die Brauen.

Alekin führte de Bodt in ein kleines Büro. Schreibtisch, Stuhl, ein Regal mit drei Ordnern und ein paar Büchern. *Betriebswirtschaftslehre* entzifferte de Bodt auf dem Rücken des einen. Sie deutete auf den Stuhl, aber er lehnte sich neben dem Regal an die Wand. Sie blieb auch stehen.

»Sie haben angedeutet, dass Ihr Freund bedroht wurde«, sagte de Bodt. Er entsann sich, dass sie geweint und geschrien hatte, kaum fähig, einen Gedanken zu fassen. Schon gar nicht, eine Auskunft zu geben. Nur immer wieder: »Jetzt haben sie es getan! Jetzt haben sie es getan!« De Bodt war bald gegangen, nachdem er einen Psychologen vom Notdienst herbeigerufen hatte.

»Ja, diese … Frau und ihr Bruder. Die haben immer wieder angerufen und mich bedroht. Ich sei schuld, dass die Ehe auseinandergehe. Ich sei eine Hure. Und so weiter. Es war furchtbar.«

De Bodt hatte alle Details des Fundorts im Kopf. Das Taxi am Straßenrand. Der Fahrer mit durchschnittener Kehle. Der Motor sei gelaufen, hatte ihm ein Beamter erklärt. Den habe man aber gleich ausgestellt. Der Taxifahrer saß in seinem Blut, den Kopf auf der Brust. Von der Tatwaffe keine Spur. Unzweifelhaft war es ein skalpellscharfes Messer gewesen. Der Angriff kam von der Rückbank. Dort hatte die Spusi Textilfasern gefunden und ein paar Haare. Aber der Mörder war gewiss nicht der einzige Fahrgast. Die Vergleichsmuster vom BKA waren noch nicht eingetroffen. Fingerabdrücke gab es wie Sand am Meer. Auch sie mussten mit der BKA-Datenbank abgeglichen werden.

»Wie heißt der Bruder, der Sie bedroht hat?«

»Hakan … dieser Scheißkerl. Der dreht immer gleich durch. Fuchtelt mit dem Messer rum. Schreit. Spielt sich als Chef auf.«

De Bodt hatte Hakan vernommen. Den Schwager des Taxifahrers. Der erklärte, die Ehre seiner Schwester sei beschmutzt. Man verlasse seine Frau nicht. Schon gar nicht seine Schwester. Die sei die beste Frau gewesen, die dieser Bastard habe bekommen können. Er habe sie nicht verdient gehabt. Keine Sekunde. Hakan war klein und drahtig und schnell auf hundertachtzig. Der Vater mühte sich mehr schlecht als recht, ihn zu zügeln.

»Hakan ist kein schlechter Junge. Er regt sich nur so schnell auf. Ich weiß nicht, von wem er das hat«, sagte der Vater und warf einen Blick zu seiner Frau, die mit aufgerissenen Augen auf dem Sofa saß und so tat, als würde sie nähen. In ihren Augen lagen mehr Verzweiflung und Wut, als de Bodt je gesehen hatte.

»Klarer Fall von Rache«, hatte der Uniformierte erklärt, der als Erster am Tatort gewesen war. »Da ging's mal wieder um die Familienehre.« Der Fall war einfach zu rekonstruieren: Jemand winkte das Taxi an den Straßenrand, wenn es nicht schon dort stand. Der Jemand ist hinten eingestiegen und hat dem Fahrer die Kehle durchgeschnitten. Dann ist er mit dem Portemonnaie des Taxifahrers geflohen.

De Bodt hatte nichts erwidert. Ein Vorurteil ist keine Spur, hätte er sagen können. Aber er hatte nicht das Gefühl, dass dieser Kollege es begriffen hätte. De Bodt hatte alle Mitglieder der Familie verhört. Und Frau Alekin. Die war überzeugt, dass Hakan die Ehre seiner Schwester retten wollte. Hakan hatte Frau Alekin beschimpft und bedroht. Er litt unter allen Wahnideen des Patriarchats. Aber er war es nicht. Bevor eine Spur ausgewertet war, schloss de Bodt Hakan als Täter aus. Weber starrte ihn an, als de Bodt es ihm erklärte. Genauso wenig glaubten es die beiden Kommissaranwärter, die der Kriminalrat ihm zugeteilt hatte als Ersatz für Salinger und Yussuf.

Die beiden hätten es sofort verstanden. Aber de Bodt verzichtete auf Überzeugungsarbeit. Ihm waren die beiden Kollegen lästig. In ihrem Eifer, in ihrer Unerfahrenheit, in ihrer Besserwisserei. Lehrgangsbeste, aber ohne ein Molekül Menschenkenntnis und Selbstzweifel. Er schickte sie in die Hasenheide. Sie sollten sich unauffällig umtun. Ins Gespräch kommen mit Leuten. Vielleicht fanden sich Zeugen. Bisher gab es keinen einzigen. Dabei war die Hasenheide in der Nähe des Parks immer bevölkert. Und ein beliebter Ort für Dealer.

Alekins Hände zitterten. »Hakan, haben Sie ihn verhaftet?«

De Bodt schüttelte den Kopf.

»Aber er war es!«

»Frau Alekin, ich verstehe Ihre Verzweiflung. Aber Hakan bringt niemanden um. Vielleicht im Zorn, aber nicht mal das glaube ich.«

Hakan litt vielleicht unter ADHS, er war aufbrausend, launisch. Aber er war nicht der Typ, der einen Mord plante. »Hakan wird Sie nicht mehr bedrohen. Das hat er mir versprochen«, sagte de Bodt. Er hatte den jungen Mann zur Seite genommen und ihm in aller Seelenruhe erklärt, dass er ihn in den Knast bringen würde, wenn er nicht sofort aufhörte mit seinen Ausbrüchen. De Bodt bildete sich eine Weile ein, dass Hakan ihm fast dankbar sei. Der Hauptkommissar hatte ihm erlaubt, aus dem Kreislauf des Wahnsinns auszusteigen.

»Hatte Ihr Freund sonst Feinde?«

»Es war Rache. Ich schwöre es, Herr Kommissar.«

»Was und wer es war, finden wir heraus. Ich bitte Sie, einfach auf meine Fragen zu antworten. Hatte er Feinde?«

»Ja, diese … Frau … Sie wissen …«

»Frau Alekin, wir müssen alle Möglichkeiten prüfen. Und wenn sie auch noch so unwahrscheinlich sind. Bitte antworten Sie auf meine Frage. Ja?«

»Welche Frage?«

»Ob Ihr Freund Feinde hatte. War er in einen Streit …«

»Ich sage doch …«

»Frau Alekin!« De Bodt stellte sich vor sie und blickte sie streng an. »Wollen Sie nicht, dass wir den Mörder Ihres Freundes finden? Dann machen Sie nur so weiter.«

Sie hob die Hände und ließ sie kraftlos fallen. »Ich habe keine Geduld für solche Fragen.«

»Ich habe keine Zeit für solche Antworten«, sagte de Bodt.

Kurz bevor er beim Makler anrufen konnte, meldete sich Elvira. Sie beruhigte sich, als er ihr erzählte, was er vorhatte. Den Kindern gehe es gut. Sonja habe eine tolle Mathearbeit geschrieben. Martha sich das Knie aufgeschrammt, als sie vom Fahrrad gefallen sei. De Bodt hörte zu und fand die Nachrichten fast exotisch. Eine ferne Welt, in der es Knieschrammen und Mathearbeiten gab. Er spürte eine fast schmerzhafte Sehnsucht nach dieser Welt. Warum beschäftigte er sich mit Leuten, die mit durchschnittener Kehle in ihrem Blut saßen? Warum mit verhaltensgestörten Männern, die vor Hormonen platzten? Warum mit zerrütteten Familien, in denen Väter ihre Frauen und Kinder quälten? Er hatte es doch nicht nötig. Und doch tat er es. Niemand verstand ihn schlechter als er sich selbst.

Sie war fast fürsorglich. Erkundigte sich, ob ihn die Ablösung getroffen habe. Oder die Abstempelung als Versager. Denn so müsse eine solche Versetzung doch verstanden werden.

»Sie haben mich abgezogen, als ich den Fall fast gelöst hatte«, erwiderte er.

Eine Pause. Dann: »Hast du Ihnen das gesagt?«

»Sie wissen das. Und deswegen haben Sie es getan.«

»Das glaubst du doch selbst nicht.«

»Doch«, sagte de Bodt. »Das weiß ich sogar.« Und stellte sich vor, wie zwei Tonbandspulen sich drehten. Aber natürlich gab es keine Tonbänder mehr.

Salinger wartete im *Nest.* Sie saß am kleinen Tisch im Zwischenraum. »Haben Sie eine Wohnung gefunden?«

»Mal sehen.« Der Makler hatte ihm vorgeschwärmt von Friedrichshain. »Ruhig und doch mittendrin.« Von Karlshorst. »Da kriegen Sie eine Villa für einen Spottpreis.« Oder von der Gegend um den Thielplatz. »Grüner geht's nicht, Schule um die Ecke und gar nicht weit vom Schuss.« Und de Bodt hatte gedacht: Warum schmeiß ich diesen Scheißjob nicht einfach hin und geh zurück nach Hamburg? Warte aufs Erbe? Vielleicht gibt's einen Weg zurück an die Uni?

»Wird schwierig in Berlin. So langsam …«, sagte Salinger. Und dachte daran, dass sie schon viel zu lang allein lebte. Dass aber keiner es mit ihr aushielt. Sie blickte de Bodt an. Er gefiel ihr. Doch wie blöde wäre es, mit dem eigenen Chef was anzufangen. Zumal der verheiratet war. Dafür war sie nicht dumm genug. Aber wenn er sie ertrüge?

»Derzeit ist alles schwierig«, sagte er. »Kommen Sie voran?«

»Überhaupt nicht. Inzwischen glaube ich, dass wir gar nicht vorankommen sollen.«

»Aha?«

Ein Kellner erschien. Klein, dünn, modische Frisur. Er legte die Karte auf den Tisch. Sie bestellten Wein. Essen vielleicht später. Der Kellner zog ab. Er trippelte mehr, als dass er ging.

»Dieser Volz will nur mit Ihnen reden. Und Krüger denkt gar nicht daran, das zuzulassen. Dabei kann es keinen Zweifel geben, dass Volz etwas weiß. Deswegen haben Sie ihn ja gestellt.«

»Krüger ist ein sturer Bock«, sagte de Bodt.

»Das ist dieser Kammann. Der hat Volz schon allein verhört. Seit wann dürfen die Schnüffler das? Mitten in einer Ermittlung. Überhaupt weiß dieser Kammann mindestens genauso viel wie wir.«

»Die haben uns angezapft. Und Weber steckt mit drin«, sagte de Bodt. »Das ist die einzige vernünftige Erklärung. Wenn Sie telefonieren …«

»Ich pass auf«, erwiderte sie. »Was soll ich tun?«

»Kommen Sie an Volz ran?«

Sie nickte.

»Wenn Sie ihm sagen, dass Sie in …«

»Ihrem Auftrag? Dann sagt er: Mädchen, hol ihn ran.«

De Bodt lachte.

»Schön, dass es Ihnen Spaß macht.«

Er legte seine Hand auf ihre. »Auch üble Dinge haben ihre Komik.«

Ihre Hand fühlte sich gut an. Sie zog sie nicht weg. Senkte ihren Blick auf den Tisch.

Der quirlige Kellner brachte die Getränke. De Bodt lehnte sich zurück und kratzte sich an der Wange. Ihre Hand nahm das Glas. Sie stießen an. Wortlos.

»Die haben von Anfang an gegen Sie gearbeitet«, sagte sie. »Weil Sie die Ermittlungen gut geleitet haben. Jeder weiß, dass dieser Fall für Krüger ein paar Nummern zu groß ist. Sie übergeben die Sache nicht dem BKA und dem Bundesanwalt, obwohl er länderübergreifend ist. Das können wir mit dem Messer aus dem Zug und den Kugeln sogar beweisen. In Berlin, Lübeck und Köln waren dieselben Täter zugange. Nicht nur die allein, aber auf jeden Fall welche, die an allen drei Tatorten Spuren hinterlassen haben. Und einen Haufen Leichen. Gleichzeitig mischt sich der VS ein, behindert sogar die Ermittlungen. Welchen Sinn hat das alles?«

»Haben wir doch schon geklärt«, sagte de Bodt. »Staatliche Interessen sind berührt.«

»Klar. Wie würden Sie weitermachen, wenn Sie Volz nicht vernehmen dürfen?«

»Ich würde Wels grillen. Inzwischen bin ich der Überzeugung, dass er doch mit drinhängt. Vielleicht weiß er selbst gar nicht so genau, wie. Bedenken Sie, welchen Aufwand die betrieben haben, um Köhler zu töten. Wels haben sie dagegen kein Härchen gekrümmt. Das ist kein Beweis, sondern ein Argument ex negativo. Aber eindeutig.«

Sie lächelte kurz. »Vielleicht halten die Wels auch nur für harmlos. Vielleicht hat er nichts zu tun mit der Sache, um die es geht. Vielleicht hat der restliche BBC-Vorstand ihn rausgehalten. Aus was auch immer.«

»Möglich. Aber es geht um eine große Sache. Muss es, sonst wären die Taten nicht erklärbar. Über eine große Sache aber diskutiert man nicht nur einmal. Und man befasst den kompletten Vorstand damit. Wels galt keineswegs als Außenseiter. Seine Position war nicht in Gefahr. Er gehörte dazu. Wie Köhler und all die anderen.«

»Vielleicht steckt er sogar dahinter. Hat seine Kollegen umbringen lassen.«

»Mag sein, aber wo ist das Motiv? Hat sich seine Lage verbessert durch die Tat?«

»Das weiß nur er.«

»Kann doch sein, dass die Täter nicht beliebig viel Zeit hatten. Für Köhler hat sie gereicht. Für Wels nicht. Zudem der bewacht wurde.«

Sie nickte und trank einen Schluck. Sie fühlte sich unsicher. Es war gut, mit ihm hier zu sitzen. Aber das machte sie auch nervös. Salinger überlegte, wie es wäre, wenn sie mit ihm zusammenlebte. Aber kaum war der Gedanke in ihrem Hirn, fühlte sie sich bedrängt.

»Sie würden also Wels grillen«, wiederholte sie. »Und wie soll ich das Krüger beibringen?«

»Überlassen Sie es mir«, sagte er.

»Wollen Sie sich wieder einschalten? Das gibt Ärger.«

»Ja, und?«

»Und der Taximord?«

»Der ist morgen gelöst. Spätestens übermorgen. Außerdem muss ich auf die Ergebnisse vom BKA warten. Ich werde Herrn Wels morgen besuchen. Sie wissen von nichts.«

»Wenn Krüger das …«

De Bodt winkte ab.

»Ist es Ihnen egal, ob die Sie bestrafen oder rausschmeißen?«

»Nein. Aber es beeinflusst mich nicht.«

»Haben Sie überhaupt keine Angst?«

»Eher mehr als Sie.«

Sie blickte ihn an und schüttelte den Kopf. »Aus Ihnen werd ich nicht schlau.«

Er lachte. »Ich auch nicht.«

Sie lachte mit. Dann fühlte de Bodt sich verlegen. Es überfiel ihn plötzlich. Salinger lächelte ihr Weinglas an.

Der Tod ist groß.
Wir sind die Seinen
lachenden Munds.
Wenn wir uns mitten im Leben meinen,
wagt er zu weinen
mitten in uns.

Er rezitierte das Gedicht leise, fast flüsternd. »Warum? Da sind wir kein Stück weiter.«

»Das hat bestimmt eine ganz einfache Erklärung«, sagte sie.

»Oder es ist eine Botschaft an jemanden.« Er überlegte. »Wir haben das ja schon hin und her gewälzt. Ich glaube inzwischen, dass jemand gewarnt werden soll. Wenn du so weitermachst oder dies oder jenes nicht tust, geht es dir wie den BBC-Vorständen.«

»Der große Unbekannte muss jetzt nur irgendwem das Gedicht schicken. Und schon sitzt die Drohung. Das bedeutet aber auch, dass die Drahtzieher noch jemand anderen zu etwas zwingen wollen. Dass die Sache noch gar nicht vorbei ist.«

»Ich werde Wels noch mal fragen. Was anderes: Hat Volz keinen schlauen Anwalt, der ihn aus der U-Haft holt?«

»Man mag von Krüger halten, was man will. Aber das hat er im Griff. Er hat Volz klargemacht, dass er ihn rankriegt wegen Geiselnahme. Fünf Jahre. Oder er sitzt brav und verlangt keinen Haftprüfungstermin.«

»Der sitzt, ohne dem Haftrichter vorgeführt zu werden? Und Weber deckt das?«

»Weber sieht nichts, hört nichts, sagt nichts.«

»Das halten die doch nicht ewig durch. Was ist der Zweck dieser Veranstaltung? Warum behindert der eigene Vorgesetzte eine Ermittlung? Warum durchkreuzt der VS alle Versuche, die Mörder zu fassen? Warum werde ich vom Fall abgezogen? Warum die Kampagne gegen mich? Und gegen Sie? Warum wurde Elvira Kohn ermordet? Und warum glauben wir, dass der VS hinter diesem Mord steckt? Viele Fragen, die nur eine Antwort kennen. Weil in der Regierung jemand verhindern will, dass wir den BBC-Mord aufklären.«

»Sie glauben, dass die Regierung hinter den Verbrechen steht?«

»Keine Ahnung. Aber sie will nicht, dass wir die Täter fassen. Das ist die einzige Erklärung.«

»Klingt ganz einfach«, sagte sie. »Wenn man alles zusammenzählt. Wir sollten öfter hierhergehen.«

»Ich hatte da mal was anderes gehört.«

»Das bilden Sie sich ein. Ich kann mich an nichts erinnern.« Sie lächelte ihn an.

»Wie geht's Yussuf?«

»Der zappelt vor sich hin. Wenn ich ihm Ihre Theorie …«

»Unsere Theorie.«

»Wenn ich ihm das erzähle, zappelt er noch mehr. Er dreht durch. Läuft Amok. Geht Krüger an die Gurgel. Weber auch. Und dann dem Präsidenten.«

»Weber arbeitet für den VS«, sagte de Bodt. »Jedenfalls kennt er diesen Kammann gut. War mein Eindruck, als ich die beiden Herren zusammen erlebte.«

»Das ist doch kein Zufall, dass Kammann Weber aufsucht und gleichzeitig merkwürdige Dinge geschehen. Dieser Kammann hat bestimmt auch die Kampagne angezettelt.«

De Bodt nickte. »Und er hat Frau Kohn auf dem Gewissen. Er hat von Ruoff erfahren, dass Frau Kohn eine Zeugin ist.« Er pfiff leise, trank etwas und sagte: »War doch ganz gut, dass Weber mich abgezogen hat …«

»Wie bitte?« Sie blickte ihn an, als hätte er den Weltuntergang binnen zwei Minuten angekündigt.

»Kaum komm ich aus dem Trubel raus und rede mit Ihnen, fügen sich alle Teile mit Leichtigkeit zusammen. Nichts bleibt unerklärt. Fast nichts. Aber das bespreche ich mit Wels.«

Vor dem Restaurant standen sie zusammen. Gegenüber die Mauer des Görlitzer Parks. *Man on the Moon* von R.E.M. vermischte sich mit dem Geratter eines Zweitakters, der übers Kopfsteinpflaster rumpelte. Die Tische draußen waren noch gut besetzt. Junge Leute. Sie sprachen englisch, spanisch, italienisch. Touristen. Ein Schrei erklang aus dem Park, dann Gelächter. Der Wind war schwach und mild. De Bodt wollte noch nicht gehen, und sie stand neben ihm.

»Sie gehen zu Wels. Ich gehe zu Weber«, sagte sie. »Nachher ruf ich Yussuf an. Ich finde, er gehört zum Team.«

»Er ist unser Bester«, sagte de Bodt. »Heute merken wir das noch nicht. Aber in wenigen Jahren …«

»Das ist nett, aber falsch. Und Sie wissen es.«

Plötzlich nahm er sie in die Arme, drückte sie kurz, drehte sich um und ging. Sie stand lange und sah ihm nach, bis er verschwunden war. Sie konnte das Gefühl nicht beschreiben. Wärme, vielleicht traf es das. Zugehörigkeit.

* * *

»Herr Wels, Sie wissen die ganze Zeit, um was es geht. Sie haben uns belogen.«

Wels hatte de Bodt überrascht angeguckt an der Wohnungstür. Dabei hatte er Zeit gehabt, sich auf den Hauptkommissar einzustellen, seit er den Türöffner gedrückt hatte. De Bodt begriff, dass jemand Wels versichert hatte, dass er nicht mehr behelligt werde. Der Vorstand bat de Bodt widerwillig ins Wohnzimmer. Auf dem Tisch lag eine aufgeschlagene Architekturzeitschrift neben einer weißen Teetasse.

Wels war immer noch böse oder beleidigt, nachdem er auf seinem Sessel Platz genommen und de Bodt das Sofa zugewiesen hatte. »Sie kommen her, um mir Vorwürfe zu machen? Ich habe die Zusicherung Ihrer Behörde, dass ich nicht mehr belästigt werde.«

»Niemand in diesem Land kann sich einem Ermittlungsverfahren entziehen«, erwiderte de Bodt.

»Dann ruf ich jetzt meinen Anwalt. Der wird das Erforderliche veranlassen.«

»Sie rufen überhaupt niemanden an.«

Wels starrte ihn wütend an, dann schluckte er, faltete die Hände und starrte auf seine Knie.

»Wer von welcher Behörde hat Ihnen versichert, dass Sie nicht mehr befragt werden?«

»Das geht Sie nichts an.«

»Doch. Aber ich kriege es so oder so heraus. Machen wir weiter: Bis vor Kurzem habe ich geglaubt, dass Sie zufällig verschont blieben. Dabei hätte ich mich genauer mit der Frage beschäftigen sollen, warum die Täter bei Köhler so einen Aufwand betrieben haben und bei Ihnen nicht. Köhler war auch nicht auf der Sitzung. Aber die Täter hatten sich auf so eine Eventualität eingestellt. Es fehlt ja immer jemand auf einer Sitzung. Diesmal Sie und Köhler. Dass Köhler nicht erscheinen würde, wussten die Täter von Ihnen.«

* * *

Nachdem sie Yussuf angerufen hatte, ging Salinger noch mal vor die Tür. Beobachtete Hunde und ihre Besitzer. Sah einem aufreizend verliebten Pärchen nach, sie trug einen roten Seidenschal. Verfolgte mit den Augen ein Taxi, das hundert Meter weiter anhielt. Ein Mann stieg aus, lallte etwas in Richtung Fahrer und wankte zu einer Haustür. Er kotzte auf den Boden und schloss auf. Das Taxi fuhr weg.

Sie dachte an das Gespräch, das sie mit Weber führen musste. Legte sich Argumente zurecht. Aber in Wahrheit hatte sie keine Ahnung, wie der Kriminalrat reagieren würde. Es war ein Angriff, der sie den Job kosten konnte. Oder wenigstens die Versetzung in die Asservatenkammer einbringen würde. Aber sie standen in ihren Ermittlungen an dem Punkt, an dem der Streit unvermeidlich wurde. Kammann und Weber, vielleicht auch der Polizeipräsident, sie blockierten die Ermittlungen. Mit allen Mitteln. Sie schreckten vor einem Mord nicht zurück. Das Gespräch mit de Bodt hatte ihr die letzten Zweifel genommen. Sie wäre für den Rest ihres Lebens unglücklich, würde sie die Konfrontation nicht suchen. Sie hatte eine Ehre. Die würde auf ewig beschädigt.

De Bodt hatte recht. Kammann musste in das Polizeinetzwerk eingedrungen sein. Er selbst wohl nicht, sondern ein Profi. Was bewies, dass sich entweder der VS offiziell eingeschaltet oder Kammann jemanden angeheuert hatte. Sie wollten verhindern, dass der BBC-Mord … Nein, das stimmte nicht. Kammann suchte die Täter auch. Hatte Elvira Kohn ihm etwas verraten können? Offenbar nicht. Aber er war an Volz dran gewesen. Er wusste, dass Volz etwas verraten konnte über die Täter. Warum behinderten sie die Ermittlungen? Um selbst die Täter zu suchen? Warum drangen sie in Polizeicomputer ein? Weil sie selbst herausfinden wollten, wer die Täter sind. Sie waren immer auf dem Stand der Polizeiermittlungen, wie Yussuf sie protokollierte. Und glichen die Ergebnisse der Polizeiarbeit mit den eigenen Recherchen ab. Aber der VS brauchte die Polizei. Selbst durfte er niemanden festnehmen. Nicht mal vernehmen. Keinen Haftrichter einschalten. Was trieb diesen Kammann an?

Sie spürte noch de Bodts Umarmung. Seinen Geruch. Sie hatte genau gewusst, warum sie sich nicht mehr privat mit ihm treffen wollte. Doch war es unvermeidlich geworden. Er zog sie an, aber ihr Hirn befahl ihr, sich auf nichts einzulassen. Am Ende stünde die Katastrophe. Wäre sie wieder entlarvt als die Frau, die keine Beziehung aushielt. Die fürchtete, ihr Inneres zu entblößen. Die Leere, die sie in sich fühlte. Die jeden anöden musste, der ihr näherkam. Sie wusste, dass Männer sie attraktiv fanden. Bemerkte die Blicke, wurde immer wieder angesprochen. Aber diese Männer täuschten sich in ihr.

Salinger kehrte zurück in die Wohnung und ging ins Bett. Aber sie konnte kaum schlafen. Sie war todmüde, als der Wecker rasselte. Sie trank nur eine Tasse Kaffee. Dann fuhr sie in ihrem alten Astra zum Präsidium. Dort ging sie direkt zu Webers Büro. Klopfte und öffnete die Tür. Und stieß auf Weber und Kammann.

Die beiden Männer blickten sie überrascht an. Als wären sie ertappt worden.

»Herr Weber, ich muss mit Ihnen sprechen.« Ein Blick zu Kammann. »Unter vier Augen.«

»Kann das nicht warten?«

»Keine Sekunde.«

Weber runzelte die Stirn. »Warten Sie. Draußen!« Sein Finger wies zur Tür.

Kammann würdigte sie keines Blicks, als er Webers Büro verließ. Er eilte weg.

Weber bot ihr keinen Platz an. »Bitte.«

»Dieser Herr Kammann, wenn er denn so heißt, dieser Herr also behindert die Ermittlungen.«

Weber schüttelte den Kopf. »Inwiefern? Wie kommen Sie darauf?«

»Er hatte einen Mitarbeiter auf Ruoff angesetzt, den Wirt der Söldnerkneipe. Der Mitarbeiter hat sich als Polizist ausgegeben. Er hat von Ruoff erfahren, dass eine Friseurin namens Elvira Kohn in Hamburg etwas über die Täter weiß. Kurz darauf war Frau Kohn tot. Ermordet.«

»Ich weiß. Aber Sie wollen doch jetzt nicht etwa behaupten, dass Kammann oder einer seiner Kollegen in den Mord verstrickt ist. Wenn Frau Kohn so eine wichtige Zeugin war, auch das ist mir nicht so klar wie Ihnen, wenn sie es doch war, dann hätten auch die Täter selbst oder Leute, die ihnen nahestehen, genug Motive, sie auszuschalten.«

»Denkbar ist auch Abwegiges«, erwiderte Salinger.

Weber starrte sie an. »Überlegen Sie sich gut, was Sie sagen.«

»Das tue ich immer, Herr Kriminalrat. Kammann hat sich ins Polizeinetz eingehackt. Er weiß genau, was wir wissen und was wir tun.«

»Und doch haben Sie diesen Schröder gestellt.«

»Ein Beweis mehr, wenn auch indirekt. Über Schröder stand nichts im Ermittlungsprotokoll. Offenbar haben sich Kammann und Kollegen zu sehr darauf verlassen. Aber sie wären nie auf Ruoff gekommen, ohne ins Netz einzubrechen. Oder ohne Hinweisgeber aus der Polizei. Vermutlich trifft beides zu.«

Weber erhob sich hinter seinem Schreibtisch. »Ich hoffe, Sie wissen, was Sie da behaupten?«

»Ich weiß es. Ich werde die Innenrevision einschalten. Ich bin mit den Ermittlungen betraut. Meine Frage an Sie: Was besprechen Sie mit Herrn Kammann?«

»Wollen Sie etwa unterstellen …?«

»Herr Kriminalrat, wenn ich Sie zitieren darf: Wir ermitteln ohne Ansehen der Person. Kammann behindert die Ermittlungen. Irgendwie hängt er mit drin in dem BBC-Fall. Er ist verdächtig, an der Ermordung von Frau Kohn beteiligt …«

»Hören Sie auf!«, schnauzte Weber. »Das ist absurd. Außerdem sind nicht Sie mit den Ermittlungen betraut, sondern der Kriminalhauptkommissar Krüger. Verlassen Sie mein Büro. Sie werden von mir hören!«

»Das hoffe ich«, sagte Salinger und verließ das Büro.

Sie ging vors Haus und rief de Bodt an. »Bombe gezündet. Habe Kammann und Weber zusammen erwischt.«

* * *

Kammann raste zum Potsdamer Platz. Er fluchte während der Fahrt. Als er im Büro ankam, hatte sich sein Zorn wieder gelegt. Immerhin hatte Weber ihm den Inhaber der Telefonnummer genannt. Wizzy hatte ihn nicht herausgefunden. Eine Geheimnummer vielleicht. Zu geheim für Wizzy. Dass es so was gab. Und der Name, den Weber ihm genannt hatte, dürfte genauso falsch sein. Wär auch ein Wunder gewesen.

Im Büro setzte sich Kammann grußlos an den Schreibtisch, nahm den Telefonhörer und wählte die Nummer. Es blieb ihm keine Wahl. Ein Freizeichen, immerhin. Es klackte leise.

»Guten Tag, hier ist Kammann. Ich habe ein Angebot.«

Schweigen. Aber er legte nicht auf.

»Wie jemand aus der Sache rauskommt. Der BBC-Sache. Ich kenne den Weg. *Nur ich* kenne den Weg.«

Wizzy lauschte gebannt. Die Wagerer tat so, als würde sie stur weiterarbeiten. Aber wäre sie ein Hase, die Lauscherchen würden stehen.

»Überlegen Sie es sich. Meine Nummer steht jetzt in Ihrer Anrufliste. Merken Sie sich die Nummer und löschen Sie die sofort. Ich bin sicher, wir kommen ins Geschäft.« Kammann trennte das Gespräch.

Er lehnte sich zurück, legte die Hände in den Nacken und fragte Wizzy. »Gibt's das? Dass es eine Nummer nicht gibt, man die aber anwählen kann?«

Sie hackte auf ihrer Tastatur, guckte, stutzte, hackte wieder. »Der sitzt wahrscheinlich im Ausland. Das läuft über eine Spezialschaltung über ein Netzwerk in Honolulu oder unter einer Eisscholle in der Arktis. Den spürt nicht mal die NSA auf. Jede Wette, dass es unter dieser Nummer künftig keinen Anschluss mehr gibt.«

* * *

»Herr Wels, Sie haben die Wahl. Entweder Sie arbeiten mit mir zusammen und kommen einigermaßen glimpflich aus der Sache raus. Oder Sie schweigen weiter, dann krieg ich Sie dran wegen Beihilfe zum Mord in mindestens acht Fällen. Vielleicht sogar als Anstifter. So oder so, Sie werden den Rest Ihres Lebens im Knast verbringen. Das kann ich Ihnen versprechen.«

Wels blickte ihn verstört an. Seine Gesichtshaut war fast durchsichtig. In den Augen las de Bodt Angst und Verwirrung. »Sie können mir gar nichts«, sagte Wels leise.

»Ich kann Ihnen das Leben zur Hölle machen«, erwiderte de Bodt.

»Sie haben mit dem Fall nichts mehr zu tun.«

»Offenkundig doch.«

»Ich weiß das aber.«

»Sie sollten Verbrechern nicht glauben. Selbst wenn sie für den Staat arbeiten.«

Wels blickte ihn an.

»Ich muss doch nur einem Journalisten einen Tipp geben. Was glauben Sie, was dann los ist? Dann werden Ihre Beschützer den Kopf einziehen. Sofern sie ihn nicht verlieren. Denken Sie an die *Spiegel*-Affäre, an Kohls schwarze Kasse, Guttenberg, Wulff.«

Wels starrte und schwieg.

»Wir leben in einer Welt der Aufregung. Der kleinste Pups wird zur Staatsaffäre aufgeblasen. Die Zeitungen verdienen dran. Die sind in der Krise. Da behauptet man schnell mal völlig überzogenen Unsinn. Es macht Auflage. Die Massen wollen erregt werden. Jeden Tag aufs Neue. Heute mal kein Krieg und kein Skandälchen, heute mal was Richtiges: achtfacher Mord. Überlebt hat nur Wels. Er steht im Verdacht, der Strippenzieher zu sein. Sogar wenn Sie die Unschuld vom Lande wären, es bliebe was hängen. Aber Sie sind nicht die Unschuld vom Lande, Sie stecken tief mit drin. Bis zu den Haarwurzeln. Haben Sie das noch nicht gemerkt?«

Wels blickte in die Ferne.

Der Tod ist groß.
Wir sind die Seinen
lachenden Munds.
Wenn wir uns mitten im Leben meinen,
wagt er zu weinen
mitten in uns.

Wels hustete, nachdem de Bodt es so leise wie eindringlich vorgetragen hatte.

»Haben Sie es schon bekommen?«

»Was?«, fragte Wels mit heiserer Stimme.

»Das Gedicht. Das kriegen alle, die mit dem Tod bedroht werden. Es ist eine Botschaft. Wenn du nicht spurst, bist du tot. Haben Sie es bekommen?«

»Alle haben es bekommen«, sagte Wels.

»Wer sind alle?«

»Alle im Vorstand.«

»Einmal?«

Er nickte.

»Aber Sie haben es zweimal bekommen«, sagte de Bodt.

Wels nickte. »Ja.« Dann schüttelte er den Kopf, als wollte er einen Gedanken loswerden. »Es ist furchtbar.«

* * *

Salinger betrat das Büro, das sie mit Krüger und Yussuf teilte. Der betrachtete etwas. Als sie näher kam, war es ein Bild. Ein Phantombild. Es zeigte einen Mann mit einem runden Gesicht, buschigen Augenbrauen und einem breiten Kinn. Über der Nasenwurzel hatte er eine diagonal verlaufende Narbe.

»Wer ist das?«, fragte sie.

»Der Schornsteinfeger.«

»Großartig! Jetzt haben wir zum ersten Mal ein Bild.« Sie betrachtete das Phantombild genau. »Und offenbar ein gutes. Wo hast du das her?«

»Der Typ mit der Kamera …«

Salinger schlug ihm so fest auf die Schulter, dass er aufschrie.

Mehr vor Schreck als vor Schmerz. Er tat so, als prüfte er, ob seine Schulter noch funktionierte. Yussufs Gesicht zeigte mehr Leid, als zwanzig solcher Schläge gerechtfertigt hätten. Es sah aus, als machte er Flugübungen. Sie lachte, und er fiel ein.

»Das ist ein Durchbruch, weißt du das? Und du hast das geschafft. Wenn das der Chef wüsste! Ruf ihn doch gleich an. Der wird sich freuen. Er hält sowieso große Stücke auf dich. ›Der wird mal besser als wir beide zusammen.‹ So oder so ähnlich hat er es gesagt.«

»Du spinnst«, sagte Yussuf nachdenklich.

Sie hatten gar nicht gemerkt, dass Krüger sich an den Schreibtisch gestellt hatte. Er nahm das Phantombild und betrachtete es eingängig. »Viel zu wenig eindeutige Merkmale«, sagte er.

»Gucken Sie sich doch mal die Nase oder die Narbe an!«, widersprach Salinger. »Die Narbe!«, wiederholte sie. »Das ist genial.«

»Der Kamerafritze hat sich die Narbe aufschwatzen lassen. Von dem Kollegen da.« Er deutete auf Yussuf.

»Das stimmt nicht!«, sagte Yussuf.

»Sie haben ihn bedrängt, Herr Kollege. Sie haben immer wieder darauf bestanden, dass er besondere Merkmale nennen soll. *Hat der nicht doch eine Narbe, das wäre toll, eine Narbe?* So haben Sie den armen Mann bearbeitet. Oder wollen Sie das leugnen?«

»Das hab ich nicht«, sagte Yussuf. »Ich hab ihn nur gefragt, ob der Schornsteinfeger eine Narbe hat.«

»Aber wie Sie das gefragt haben.«

»So, wie sich das gehört«, sagte Yussuf.

Salinger beobachtete Krüger. Der Mann log. Nur, warum? »Hat der Kriminalrat Sie beauftragt, die Ermittlungen zu blockieren?«, fragte sie.

Krüger blickte sie ruckartig an. »Haben Sie noch alle Tassen im Schrank?«

»Ja«, sagte Salinger. Krüger war ein schlechter Schauspieler. Sie spürte, dass er sich künstlich erregte. Dass seine Aufwallung einen anderen Grund hatte. Weil sie ihn ertappte. Auf frischer Tat.

»Wenn Sie das Phantombild nicht in die Fahndung geben, schalte ich die Innenrevision ein«, sagte sie so kalt, wie sie konnte.

Aber ihr Herz pochte so laut, dass sie fürchtete, er würde es hören.

Er blickte sie verblüfft an. Offenbar hatte er nicht erwartet, dass sie so zäh widersprach. Dafür war Salinger auch nicht bekannt gewesen unter den Kollegen. Nie war sie durch Aufsässigkeit aufgefallen. Das musste an de Bodt liegen. Der versaute die Kollegen. Diesen Türken hatte er schon vermurkst. War schon vorher nicht zu gebrauchen gewesen außer für eine Studie über Zappelei. Krüger hatte Weber im Ohr. Der ihm sagte: Es geht um eine staatspolitische Angelegenheit. Internationale Dimension. Er selbst wisse nicht alles. Aber was er wisse, reiche, um ihn ewig schweigen zu lassen. Sie wollen doch noch was werden, Krüger. Verlust der Pensionsansprüche und Hartz IV, das ist doch keine Zukunft für einen wie Sie. Oder wollen Sie Nachtwächter werden? Sie wollen doch, dass Ihre Frau und Ihre Kinder stolz auf Sie sein können. Was soll denn der kleine Thomas in der Schule erzählen? Mein Papa ist Nachtwächter? Und tagsüber sammelt er Flaschen im Tiergarten? Wir beide stehen auf der richtigen Seite, obwohl wir nicht alles wissen. Aber seien Sie froh, dass Sie nichts wissen. Seien Sie froh. Wir schnappen uns die Täter später. Das steht fest wie das Amen in der Kirche. Wenn wir sie jetzt greifen, würden wir eine internationale Krise auslösen. Es würde Tote geben. Viele. Wollen Sie das verantworten? Und: Ich verrate doch ein Geheimnis. Ich lasse mich versetzen. Zum BKA. Und wir suchen einen Nachfolger. Kriminalrat, das wollen Sie doch werden. Krüger hatte bis dahin nicht gewusst, dass jemand in so kurzer Zeit Verlockung und Drohung zu einem einzigen Wort machen konnte.

»Noch gebe ich hier die Weisungen«, sagte Krüger. »Ich bin doch nicht wahnsinnig und fahnde nach einem Mann mit einer Stirnnarbe, die der Täter vermutlich nicht hat. Das grenzt an Sabotage.«

Der kann sich nicht mal richtig verstellen. Hastig gefundene Ausreden. »Warum wollen Sie verhindern, dass wir die Täter fangen?«, fragte Salinger beherrscht. »Sagen Sie mir einen vernünftigen Grund?«

»Was erlauben Sie sich?«, schrie Krüger. »Ich …«

Sie knallte die Tür zu. Krügers Schimpfkanonade hallte ihr nach im Flur. Salinger verließ das Gebäude und rief de Bodt an.

* * *

Im Dunkeln hörte er Zikaden zirpen. Ein Rhythmus wie auf einer Snare Drum, nur leiser. Der Vietnamese stand stoisch hinter seinem Tresen. In den vergangenen zwei Stunden hatte nur eine Gruppe von Collegeboys Essen zum Mitnehmen bestellt. Sie waren laut gewesen, lachten viel. Spätpubertäres Imponiergehabe. André trank an seinem zweiten Bier. Fast schade, dass er noch arbeiten musste. Er hätte noch stundenlang hier sitzen können. Den Verkehr beobachten. Den Frauen nachschauen. Sich vorstellen, was sie noch tun würden, der alte Mann und das Mädchen, die vorbeischlenderten. Er hatte seinen Plan immer wieder durchdacht.

André erhob sich und winkte dem Mann hinter dem Tresen beiläufig zu. Der Vietnamese nickte.

Er brauchte eine Viertelstunde, bis er das Haus erreicht hatte. Licht in allen Fenstern. In den Nachbarhäusern war es ähnlich. Die Leute hatten zu Abend gegessen und saßen vor der Glotze. André beneidete sie, unterdrückte das Gefühl aber gleich. Er ging weiter. Ein Honda rollte ihm gemächlich entgegen. Der Fahrer warf ihm einen Blick zu. André schlenderte die Steigung hinauf, bis der Wagen verschwunden war. Währenddessen zählte er die Häuser ab. Endlich entdeckte er die Baulücke, die er sich gemerkt hatte. Ein leeres Grundstück. Er sah sich um und rannte los, bis er am hinteren Ende des Grundstücks war. Er duckte sich. Vor ihm ein Hang. Er schlich ihn entlang an den Rückseiten der Häuser. Ein Hund kläffte. André drückte sich auf den Boden. Vorsichtig näherte er sich dem Haus der Filialleiterin. Das übernächste musste es sein. Gelächter erklang. Kinder schrien.

Er verharrte und sicherte die Umgebung. Unten das Rauschen des Verkehrs, überdröhnt von einem Motorrad. Radiomusik. Ein Mann schimpfte. Alles weitab. Am Himmel brummte ein Sportflugzeug. Im Fenster des Hauses vor ihm eine Silhouette hinterm Vorhang. Sie verschwand gleich wieder. Die Hintertür öffnete sich einen Spalt. Eine Katze miaute. Die Tür schloss sich. Die Katze setzte sich, blickte kurz in Andrés Richtung und verschwand dann mit steilem Schwanz um die Ecke.

André zog die Rucksackgurte enger und schlich geduckt zur Hintertür. Durch eine Vorhangritze beobachtete er, was in der Küche vorging. Er sah die Filialleiterin telefonieren. Er konnte die Worte nicht verstehen. Nur dass sie einen Redeschwall losließ. Sie ärgerte sich. Dabei lief sie im Kreis. Hektisch. Von den Kindern sah er nichts. Wahrscheinlich waren sie schon in ihrem Zimmer.

Dann verschwand die Frau aus seinem Blick. Er holte die Gesichtsmaske aus dem Rucksack, zog sie über, öffnete die Tür und schlüpfte in die Küche. Standard. Einbaumöbel mit Eichfurnier. Ein Gasherd von Bosch. Mikrowelle. Ein großer Kühlschrank mit Doppeltür. In der Mitte ein Tisch mit geblümter Wachsdecke, vier Stühle. In der Ecke ein Katzenklo, daneben Schälchen mit Wasser und Trockenfutter. An der Wand neben der Tür ein Brett mit Kalender, Fotos und beschrifteten Notizzetteln.

Fußtritte.

Er drückte sich in die Ecke neben der Tür, das Chinamesser in der Hand. Die Frau betrat die Küche. Als sie ihm den Rücken zeigte, stieß er sie zum Tisch, umklammerte ihren Oberkörper mitsamt den Armen mit dem einen Arm und hielt ihr mit der anderen Hand das Messer an den Hals.

»Ein Wort, und du bist tot.«

Sie schnaufte.

»Leg dich mit dem Bauch auf den Tisch. Wenn du dich umdrehst, stirbst du.«

Sie beugte sich nach vorn und zog sich mit den Händen zum anderen Ende, bis ihr Körper in voller Länge darauflag.

»Arme auf den Rücken.«

»Tun Sie mir nichts. Bitte!« Sie wimmerte und legte die Arme auf den Rücken.

»Wenn du meinen Anweisungen folgst, passiert dir nichts. Auch nicht deinen Kindern.«

Er drückte die Handgelenke zusammen und umwickelte sie mit Klebeband. Dann stopfte er ihr ein Tuch in den Mund und klebte ihn zu.

»Hör genau zu!«

Sie nickte.

»Beweg dich nicht, bis ich zurückkomme. Es dauert nur ein paar Minuten.«

Sie nickte. Weinkrämpfe schüttelten ihren Körper.

André betrat den Flur, fand sofort das Bad, das Schlafzimmer der Frau und das Kinderzimmer. Vorsichtig öffnete er dessen Tür. Er schaltete das Licht ein. Die beiden Mädchen schliefen in einem breiten Bett. In der Mitte lag ein Plüschwaschbär. Das ältere Mädchen hatte sich auf die Seite gedreht und kehrte ihm den Rücken zu. Das jüngere war fast unter der Decke verschwunden.

Zuerst verklebte er dem älteren Mädchen den Mund, dann fesselte er es. Sie wachte auf, erstarrte und blickte ihn mit entsetzten Augen an. Sie schüttelte den Kopf und begann zu strampeln. André holte aus und schlug ihr ins Gesicht. Sie fiel nach hinten.

»Ein Mucks, und ich schlag dich grün und blau«, zischte er. Das Mädchen blieb liegen, als wäre es gelähmt.

Das andere Mädchen wachte auf und drehte sich um. Als sie André sah, weiteten sich ihre Augen. Es dauerte nur ein paar Sekunden, um sie zu knebeln und zu fesseln.

André ging zur Haustür, fand den Schlüssel und schloss ab. Das Gleiche mit der Hintertür. Er prüfte, ob alle Vorhänge zugezogen waren. Dann ging er zur Frau, die immer noch auf dem Tisch lag.

»Wenn du nicht schreist, entferne ich den Knebel. Wenn du dann etwas tust, das ich nicht will, sterben zuerst deine Töchter, dann du.« Er klang ruhig und entschlossen. »Hast du mich verstanden?«

Sie nickte.

André löste den Knebel. Sie hustete, röchelte, hustete noch einmal, dann holte sie tief Luft.

»Wie heißt du?«

»Helen.«

»Gut, Helen. Dir und deinen Kindern wird nichts passieren außer dem Schreck, den ihr schon habt. Kapiert?«

»Ja.« Sie hauchte mehr, als dass sie sprach.

Er fand ein Glas, füllte es mit Wasser und ging ins Kinderzimmer. Zuerst löste er den Knebel des älteren Mädchens. »Deine Mutter will, dass du das nimmst.« Er zeigte ihr eine Pille.

Sie zog den Kopf so weit zurück, wie es ging.

»Wenn du die Tablette nicht nimmst, töte ich deine Mutter und deine Schwester.«

Das Mädchen überlegte. Es begann zu weinen. Dann hielt es die Hand nach vorn. André legte eine Beruhigungstablette hinein. Das Mädchen schluckte die Tablette und Wasser.

»Mund öffnen!«

Sie tat wie befohlen. Er leuchtete mit der Taschenlampe in ihren Mund, befahl ihr, die Zunge zu heben, und nickte.

»Du wirst gleich schlafen. Wenn du aufwachst und schreist, töte ich die anderen. Verstanden?«

Sie nickte.

Die kleine Schwester hatte alles mit großen verweinten Augen verfolgt. Sie wehrte sich nicht. Nahm die Tablette, öffnete von allein den Mund, schluckte sie und legte sich wieder hin.

André wartete geduldig, bis die beiden eingeschlafen waren. Fetzen der Erinnerung plagten ihn, während er die Kinder beobachtete. Die Mutter, die ihm einen bittersüßen Saft zu trinken zwang, wenn er nicht gleich schlief in der muffigen Kammer unter dem Dach. Wo es nach Schimmel stank, durchsetzt vom Geruch frisch gemähten Grases oder von Heu. Das dumpfe Trommeln, wenn es regnete. Die Rinnsale, die durch die Fensterritzen suppten und die Wand hinunterliefen wie endlose Tränen.

* * *

Natürlich war nicht die Maschine schuld, dass der vor Kurzem erst gegossene Betonboden zermalmt worden war. Verantwortlich waren die Arbeiter, die ihn gemischt hatten. Und diejenigen, die ihn aufgetragen hatten. Sieben Gefangene verschwanden. Sie würden kaum zurückkommen. Hyun-Ki hatte es nur zwei- oder dreimal erlebt, dass Leute zurückkehrten. Sie waren verstört gewesen, schweigsamer noch als vorher. Und jeder sah ihnen an, dass sie gequält worden waren. An der Hand des einen fehlten die Fingernägel. Der Unterarm eines anderen war verbrannt. Aber sie sagten kein Wort. Einer starb nur noch vor sich hin. Wenige Wochen nach der Rückkehr fand man seine im Eis erstarrte Leiche hinter der Textilfabrik, neben einem Fass mit Lösemitteln. Hyun-Ki wusste längst, dass er das Lager nicht lebend verlassen würde. An Flucht war nicht zu denken. Wer es versuchte, wurde getötet. Dann versammelten sie sich auf dem großen Platz. Drei Wärter mit Gewehren stellten sich vor dem an einem Pfahl gefesselten Verbrecher auf und schossen ihm dreimal in Kopf, Brust und Beine. Vorher wurde der Feind der Revolution halb totgeprügelt. Hyun-Ki hatte Angst, aus irgendeinem nichtigen Grund getötet zu werden. Dass er sein Grab ausheben musste, bevor sie ihm mit dem Hammer den Schädel zertrümmerten. Aber manchmal erstaunte ihn der Gedanke, dass es dann vorbei wäre. Für immer.

Die Halle war binnen weniger Tag im Rohbau fertig geworden. Nun mussten sie den Boden neu gießen und warten, bis der Beton getrocknet war. Es fehlten Tore. Wenn sie aufgehängt waren, würden Maschinen aufgebaut und Arbeitsplätze errichtet werden. Dann war die Fabrik fertig. Hyun-Ki fragte sich keine Sekunde, was sie dort herstellen wollten. Er würde es ohnehin nicht bekommen.

XVII.

Comenius auf dem Handy. Kammann stellte den Ton aus. Die Wagerer warf ihm einen Blick zu, widmete sich aber gleich wieder ihrem Bildschirm. Wizzy hatte die Kopfhörer aufgesetzt. Roland Kaiser erklang blechern, ihr Körper wiegte sich im Rhythmus. Ihr Gesicht spiegelte Entzücken.

Kammanns Hand knallte auf den Tisch. »Besprechung!«, brüllte er.

Wizzy verzog ihr Gesicht, als hätte sie Tabasco geschluckt. Die Wagerer kreuzte die Arme vor der Brust und wartete.

»Wo ist Höxtra?«

»Holt was …«

»Ruhe!« Er blickte Wizzy an und streckte den Nacken, bis es schmerzte. Nach Schröder fragte er gar nicht. Der war abgetaucht, seitdem die Bullen ihn hatten laufen lassen. Als spürte er, dass es eng wurde. Dass man besser die Birne einzog und sich im Schützengraben an die Wand presste, weil sonst ein Koffer einen in eine Wolke von Fleischmolekülen zerfetzte. Und Johnny lag wahrscheinlich auf seinem Killerbett und polierte die Knarre.

»Die Nummer ist für'n Arsch!«, schnauzte Kammann.

»Dafür kann niemand was«, sagte Wizzy, als wäre ihr das scheißegal.

»Wir müssen die Scheißkerle kriegen, bevor die Bullen sie schnappen. Schon vergessen?«

»So was würd ich nie vergessen.«

»Und was jetzt?« Er blickte die Wagerer zornig an, als hätte die es verbockt. »Gibt's was Neues im Polizeinetz?«

Die Wagerer suchte und fand. »Ein Phantombild. Soll der Typ sein, der diesen Köhler in die Luft gejagt hat.« Sie schaute sich das Bild noch mal an. »Gute Zeichnung.« Dann hob sie die Brauen, kratzte sich am Hals und sagte: »Die Bullen werden es nicht verwenden. Zu ungenau. Unbestätigt. Kein anderer Zeuge habe diesen Mann gesehen.«

»Druck's aus!«

Sie brachte das Blatt und setzte sich mit an den Tisch. »Der hat sich als Schornsteinfeger getarnt. Die Bullen gehen davon aus …«

»Ich weiß!« Er scannte das Phantombild mit seinen Augen, als könnte er etwas entdecken, was allen anderen verborgen geblieben war.

»Schick's zum Amt und zum BKA«, sagte Kammann leise. »Jetzt!«

Die Wagerer ging zu ihrem PC und verschickte das Bild. Sie blieb auf dem Schreibtischstuhl sitzen.

»Diesen Krüger übernehmen wir dann ins Amt. Der ist gut.« Er flüsterte es vor sich hin. Es war Unsinn, denn Krüger mochte dies oder jenes passieren, Kammann würde es kaum miterleben. Abgetaucht oder tot. Wann war der richtige Zeitpunkt, die Kurve zu kratzen? Einen Augenblick stellte er sich Comenius im Bikini an einem Karibikstrand vor. Das Bild verschwand. Sie würden warten müssen, wenn überhaupt einer der Computer etwas fand. Der Schornsteinfeger, vielleicht war er der Schlüssel. Aber er hatte keine Zeit. Durfte nicht warten. Nicht nur auf den Jackpot setzen. Alle Möglichkeiten ausnutzen. Er musste was tun.

»Wir holen uns den Volz und grillen ihn«, sagte Wizzy, als hätte sie seine Gedanken gelesen.

»Nur wie?«

»Krüger lässt ihn raus, und wir schnappen ihn uns vor der Tür. Wo ist das Problem?«

Kammann trommelte mit den Händen einen Tusch auf dem Tisch. »Warum denn in die Ferne schweifen, wenn das Gute liegt so nah«, murmelte er. Laut: »Und dieser Scheiß-Schröder, hat der sich gemeldet?«

Wizzy schüttelte den Kopf. »Ich hab immer gesagt …«

Kammanns Blick ließ sie schweigen.

»Besorg einen Kellerraum. Tisch, zwei Stühle.«

»Peitsche, Streckbank, glühende Eisen?« Sie blickte ihn mit zur Seite geneigtem Kopf an.

»Nichts, was stinkt.«

* * *

Sie hatte sich mit de Bodt verständigt. Ihn konnte sie nicht mitnehmen, sein Gesicht war zu oft in der Zeitung gewesen. Alle wussten, dass er abberufen war. Doch Yussuf war sofort einverstanden gewesen. Es gab keine zweite Chance. Die Aktion würde sie den Job kosten, das mochte sein. Auf dem Weg nach Moabit meldete sich Krüger auf Salingers Handy. Sie ließ es klingeln.

»Wenn der wüsste«, lachte Yussuf. Aber er lachte mehr aus Verzweiflung. Eine Verzweiflungstat, das war es.

An der Pforte des Untersuchungsgefängnisses Moabit zeigte Salinger ihren Dienstausweis und den Vorführbefehl, mit der Unterschrift des Oberstaatsanwalts. Allerdings hatte Yussuf sie nach einigem Üben gefälscht.

»Warten Sie«, sagte der Justizbeamte. Er griff zum Telefon. Sein Kollege hinter der schusssicheren Glasscheibe blätterte in einem Magazin.

Salinger mühte sich, ihre Nervosität zu beherrschen. Nichts anmerken lassen. Yussufs Finger zappelten in den Hosentaschen. Sie wechselten kein Wort. Salinger fielen alle Disziplinarstrafen ein, die es gab. Aber sie musste nicht grübeln. Der Präsident würde sie rausschmeißen. Urkundenfälschung. Gefangenenbefreiung. Das reichte für Knast, wenn sie Pech hatten.

Aber es gab keinen anderen Weg. Außer sich zu ducken. Außer bei dieser Riesensauerei mitmachen. Außer selbst zum Schwein zu werden.

Sie beobachtete Yussuf. Der inspizierte die Wand.

Zwei Polizisten in Uniform betraten das Foyer. Einer warf Salinger einen längeren Blick zu und nickte. Auch sie wollten einen Gefangenen ins Präsidium bringen. Rauschgiftdezernat, tippte Salinger. Salinger malte sich aus, wie der Kollege als Zeuge vor Gericht auftrat, um zu beweisen, was nicht bewiesen werden musste. War doch sonnenklar.

Das Rauschgiftdezernat wurde zuerst versorgt. Ein Justizbeamter brachte einen kümmerlichen Mann mit fransigen Haaren, der sichtlich zu viel von dem konsumiert hatte, das er angeblich verkaufte. Ein armer Teufel. Noch ein überflüssiges Verfahren, dachte Salinger. Wir haben ja auch sonst nichts zu tun.

Sie erinnerte sich an de Bodts Umarmung vor dem *Nest*. Sie hatte die Umgebungsgeräusche im Ohr. Das Gegacker und Geschnatter der Hosteltouristen. *Man on the Moon*. Wärme. Zugehörigkeit. Vielleicht. Wenn sie Yussuf und sie rauswarfen und vor Gericht stellten, was würden sie mit de Bodt anstellen? Dem Anstifter, als der er sich sofort bekennen würde. Das wusste sie. Sie wusste einiges über ihn. Vieles ahnte sie. Aber ganz verstanden hatte sie ihn nicht. Was trieb so einen Mann zur Polizei? Er hätte alles werden können. Wirklich nur ein Zwist mit seinem Vater? Das hatte sie sich aus Gerüchten zusammengereimt. Der Vater ein bedeutender Gelehrter in Hamburg, vermögend offenbar, einflussreich. Und der Sohn, begabt mit allen Talenten, warum ging er nicht den vorgezeichneten Weg? Warum wühlte er im Schmutz?

Die Gittertür klackte. Volz an der Handschelle eines Justizbeamten. Salinger las eine Frage in seinem Gesicht. Yussuf übernahm die Handschelle. Eilig verließen sie das Gebäude. Als sie in den Passat einstiegen, raste ein Mercedes heran und bremste mit stockerndem ABS.

»Das ist Kammann«, sagte Salinger. »Nichts wie weg.« Sie gab Gas. Im Rückspiegel sah sie Volz' Staunen. Und dass der Mercedes wendete und ihnen folgte.

»Wir haben ihn an der Backe«, sagte Salinger.

»Was wird das?«, fragte Volz.

»Wir haben Sie aus der Haft geholt. Wie der Hauptkommissar de Bodt es Ihnen versprochen hat.«

»Und wer ist der?« Er deutete eine Kopfdrehung an.

»Das ist der Verfassungsschutz«, sagte Yussuf. »Reichen Sie mal die Vorderflossen nach vorn.«

Volz schaute ihn verwirrt an, hielt ihm aber die Hände hin. Yussuf schloss die Handschellen auf.

»Wir machen folgenden Deal: Sie sagen uns die Wahrheit. Wir

sagen Ihnen die Wahrheit. Anschließend sind Sie frei, zu entscheiden, was Sie tun wollen. Sie können zurück in den Knast und behaupten, wir hätten Sie entführt. Was in gewisser Hinsicht stimmt. Sie können auch abtauchen.« Sie fuhr seelenruhig im Verkehr mit. Der Mercedes blieb an ihr dran.

»Ob er Verstärkung holt?«, fragte Yussuf.

»Du meinst, wir sollten uns verdünnisieren?«

»Sofort«, sagte er.

»Im Funk kam noch nichts.«

»Dann haben wir ja einen Vorsprung.«

»Wenn du meinst, du Superbulle der Zukunft.«

»Wie bitte?«

Sie lachte. Volz' Augen folgten dem Gespräch, aber er verstand nichts.

An einer gelben Ampel kurz vor Rot gab Salinger Gas. Die Reifen quietschten. Hinter ihnen heulten die Hupen. Der Mercedes folgte schlingernd. Fast wäre er mit einem Lastwagen kollidiert. Der Lkw-Fahrer bremste, hupte und schrie Kammann etwas nach. Der setzte sich hinter den Passat. »Festhalten!« Salinger machte eine Vollbremsung. Kammann trat die Bremse durch, fuhr aber trotzdem auf. Ein dumpfer Schlag. Yussuf stieg aus und schoss die Vorderreifen des Mercedes platt. Kammann sprang aus dem Auto, die Waffe in der Hand. Yussuf zielte auf Kammanns Fuß, verfehlte ihn aber. Kammann feuerte, als Yussuf in den Passat sprang.

»Köpfe runter!«, befahl Salinger und raste los. Ein Geschoss zerschlug die Heckscheibe. Ein zweites traf den Rückspiegel und zersplitterte die Frontscheibe. Sie fuhr wie der Teufel. Überholte, beschleunigte, bremste, zog den Wagen in letzter Sekunde an einem Stau vorbei, hoppelte über einen Bürgersteig, steuerte den Wagen zurück auf die Straße. Ihr folgte ein Hupkonzert.

Yussuf streckte den Kopf hoch und blickte nach hinten. »Den sind wir los«, sagte er.

Über ihnen ertönte das Flap-Flap eines Hubschraubers.

* * *

Als die Kinder schliefen, kehrte André zurück in die Küche. Er schwitzte unter seiner Maske.

»So, Helen. Die Mädchen schlafen.«

»Was haben Sie Ihnen getan?«

»Ein leichtes Beruhigungsmittel. In der Apotheke hab ich gesagt, ich wolle mit meinen Kindern verreisen. Du verstehst?« Eine Lüge.

Sie nickte.

André sah, dass ihr das Genick schmerzte. Sie lag immer noch auf dem Bauch und wendete ihm ihr Gesicht zu.

»Ich werde jetzt die Fesseln lösen. Dann setzt du dich hin, und wir reden. Du machst keinen Unsinn, ja?«

Sie nickte heftig.

Als sie auf dem Sofa saß, rieb sie sich die Handgelenke.

»Du hast ein Handy und ein Festnetztelefon«, sagte er.

Sie nickte.

»Dann gib sie mir.«

Er folgte ihr, und sie gab ihm die Geräte. Er schaltete beide aus.

»Erwartest du Besuch?«

Sie schüttelte den Kopf.

»Könnte jemand vorbeikommen? Unerwartet?«

»Manchmal bringt der Nachbar« – ihr Gesicht nach links – »Cassandra. Die besucht die gern. Aber in der Nacht wollen sie die Katze los sein.«

»Schöner Name.« Er lächelte. »Vorder- oder Hintertür?«

Ihre Augen blickten zur Hintertür.

»Was machst du dann?«

»Ich öffne die Tür und nehme Cassandra.«

»Und der Nachbar verschwindet?«

Sie nickte.

»Gut, dann machst du das heute Abend genauso. Wenn der Nachbar klopft, gehe ich ins Kinderzimmer. Machst du etwas falsch …«

Sie schüttelte den Kopf. »Ich mache, was Sie sagen.«

»Ich mach's kurz: Ich habe nichts zu verlieren. Wenn irgendetwas schiefgeht, sind wir alle tot. Wenn du dich an meinen Plan hältst, überlebt ihr. Der Plan ist einfach und für dich vollkommen ungefährlich. Wenn wir fertig sind, erklärst du der Polizei, ich hätte dich gezwungen. Verstehst du mich?«

Sie nickte.

»Ich hab die Maske auf, damit du mich nicht verraten kannst.«

Sie nickte wieder. Ihre Miene zeigte, dass sie ihn verstand. Dass der Schock wich und sie wieder klar zu denken begann. André konnte ihre Gedanken fast mitlesen: Er bringt mich nicht um, sonst bräuchte er keine Maske. Er wird die Kinder als Geiseln nehmen, aber ihnen wird nichts geschehen, wenn ich gehorche. Es wird was mit der Bank zu tun haben. Aber ich hab den Safeschlüssel nicht. Ich kenne auch die Kombination nicht.

Hoffentlich glaubt er es mir.

»Die Mädchen müssen morgen zur Schule?«

»Ja.«

»Dann meldest du sie ab. Geht das per Mail?«

»Ja.«

»Sie haben Durchfall. Ein Virus. Du schreibst die Mail nachher.«

»Ja.«

»Kennst du einen Charles Morgan?«

Sie blickte ihn an und schüttelte den Kopf.

»Der hat aber viel Geld überwiesen über deine Bank.«

Sie überlegte. Dann nickte sie. »Eine Kollegin hat was gesagt. Nebenbei.«

»Klar«, sagte er. »Dieser Charles Morgan kann so viel Geld nur überweisen, wenn er ein Konto bei deiner Bank hat.«

»Natürlich.«

»Du wirst morgen zur Arbeit gehen wie immer. Du wirst mir alle Daten von Mr. Morgan beschaffen. Alles, was ihr habt. Anschrift. Telefon. Mail. Und so weiter.«

Sie nickte.

»Ist das schwierig?«

»Nein.«

»Du gehst morgen pünktlich zur Arbeit. Wenn du die Daten hast, erklärst du, du seist krank. Die Kinder hätten dich wohl angesteckt. Verstanden?«

»Ja.«

»Sobald ich die Daten habe, verschwinde ich. Ich werde euch fesseln, damit ich in Ruhe nach Mexiko komme. Verstanden?«

Wieder Nicken.

* * *

Salinger schlug mit der Hand aufs Lenkrad. »Scheiße.«

Yussuf streckte seinen Kopf aus dem Seitenfenster. »Bundespolizei«, sagte er. »Handys ausschalten.«

»Na, toll. Also Alarmtauchen.«

»Warst du auch in dem Film?«, fragte Yussuf.

»Ich steh auf den Prochnow«, sagte sie und riss das Steuer herum. Der Wagen wendete fast auf der Stelle, sie trat das Gaspedal bis zum Boden durch und fuhr in der Gegenrichtung bis zur nächsten Querstraße, in die sie rechts einbog. Das Hinterrad knallte über den Fußweg. Eine alte Frau mit Einkaufstrolley sprang zur Seite und stürzte.

»Der Grönemeyer …«

Sie unterbrach ihn sofort: »Hör auf mit dem. Kann nicht singen. Kitschgejaule. Und Filmschauspieler. Na gut, als Nazi …«

»Du spinnst.«

Vor ihnen parkte ein Möbelwagen. Salinger hupte und steuerte den Wagen über den Bürgersteig. Ein Mann im blauen Anorak presste sich gegen das Schaufenster eines Klamottenladens.

Volz rülpste. »Ich muss gleich kotzen.«

»Bloß nicht«, sagte Yussuf.

Salinger fand endlich Zeit, die Tulpe aufs Dach zu klatschen. Sie schaltete auch die Sirene ein. Dann bog sie in eine Parkhauseinfahrt ein. Entgegen der Fahrtrichtung. Die war durch zwei wartende Autos versperrt. Sie durchbrach die Schranke. Das gab der Frontscheibe den Rest. Beide A-Säulen waren verdellt. Sie schaltete mit heulendem Motor runter und raste am Kühler eines Opels vorbei, dessen Fahrerin auf einen Schlag zwei Jahre älter wurde. Bleich blickte sie dem Polizeiwagen nach.

Salinger lenkte den Wagen in die erste freie Parklücke.

»Raus!«

Sie verließen das Auto und rannten zum Personenausgang.

Tatütata. Die Verfolger näherten sich rasch.

»Scheiße!«, fluchte Yussuf. Er rannte voraus, blieb dann aber stehen und breitete die Arme aus. Er blickte sich hektisch um. Dann sah er einen Lieferwagen. *Rohrmeister* auf rotem Grund. Yussuf griff in die Hosentasche, zog einen Leatherman hervor und knackte die Schiebetür. »Los, rein!«

Drinnen stank es nach Abflussrohr. Salinger und Volz setzten sich vorsichtig zwischen Schläuchen, Bürsten und Eimern. Yussuf schob die Tür behutsam zu und setzte sich auf den Boden davor.

»O Gott, es stinkt«, sagte Volz.

»Schnauze!«, flüsterte Salinger.

* * *

Kammann folgte dem Hubschrauber im Taxi. Er hatte Glück gehabt, gleich eines zu finden. Er musste Volz in die Hände bekommen. Dann würde er gewinnen. Der Helikopter stand über einem Parkhaus. Da war die Irre offenbar hineingefahren.

»Und nun, Chef?«, fragte der Taxifahrer. Er trug eine speckige Lederweste, auf deren Schultern Schuppen geschneit waren.

»Ich zahle, Sie fahren und schweigen.«

Der Fahrer zuckte mit den Achseln und tippte auf seinem PDA herum.

Kammann sah, wie die Polizeiwagen heranrasten. Warum war die blöde Kuh nur in diese Rattenfalle gerast? Wie kam er an Volz heran? Immer mehr Bullen. Verdammt. Er rief Höxtra an.

»Holt mir den Schröder her. Scheißegal, wo er steckt. Findet ihn.«

»Okay, Chef«, antwortete Höxtra mit vollem Mund.

Wie kann man nur so viel fressen und so schlank bleiben? Ungerecht.

»Jetzt gib mir Wizzy.«

»Ja«, flötete es. Im Hintergrund erklang Roland Kaiser.

»Was sagen die Polizeicomputer und der Funk?«

»Gefangenenbefreiung in Moabit. Die Salinger hat Volz rausgeholt und ist mit ihm abgehauen. Weißt du, warum?«

»Natürlich.« In seiner Antwort schwang Erstaunen mit. Wizzy wusste mal etwas nicht zuerst.

»Ja, und?«

»Keine Zeit. Sag mir lieber, wie ich diesen Volz aus einem Parkhaus raushole, in dem es vor Bullen wimmelt.« Das Gejaule der Polizeisirenen ging ihm auf den Geist.

»Sicher, dass er noch drin ist?«

»Nein. Aber die Bullen waren schnell. Hubschrauber und so weiter.«

»Diese Salinger ist nicht von gestern.«

»Ich bin von heute. Beame Höxtra her. Und sucht den Schröder«, knurrte Kammann und trennte das Gespräch.

Mit Smartphone und Street View suchte er die Umgebung ab. Das Parkhaus hatte einen Vordereingang, in dem Salinger mit Volz verschwunden war. Und einen Hinterausgang in der Parallelstraße. Und mit Sicherheit noch Ausgänge zu Wohnungen, Läden, Büros.

Wo steckte nur dieser Schröder? Wizzy hatte recht gehabt. Die konnte ihn von Anfang nicht verknusen.

Kammann starrte aufs Parkhaus. Irgendetwas sagte ihm, dass Volz noch drin war. Er würde auch nicht losrennen, wenn die Bullenhatz auf vollen Touren lief. Er würde abtauchen. Sich verbunkern. Warten, bis der Zauber vorbei war. Er hatte keine Wahl, als daran zu glauben.

* * *

Sie hatten die Nacht im Kinderzimmer verbracht. André konnte ein paar Stunden schlafen, nachdem er die Mädchen und Helen gefesselt hatte.

»Lass dir nichts anmerken, sonst hast du einen Grund zum Heulen.«

Sie nickte, trocknete sich die Augen und ging.

Die Mädchen schliefen. Sie hatten eine zweite Beruhigungstablette schlucken müssen, nachdem sie etwas gegessen und getrunken hatten. André hatte keine Nerven für Geplärr. Er musste nachdenken. Dabei durchsuchte er die Küche und fand Spaghetti, dazu diverse Soßen, wovon aber keine vegetarisch war. Dafür entdeckte er im Kühlschrank eine Riesenflasche Ketchup. Er kochte sich einen Tee und setzte sich an den Küchentisch.

Konnte er es sich leisten, die drei am Leben zu lassen? Reichte die falsche Spur nach Mexiko? Wie viel Vorsprung konnte er herausholen? Er hatte noch eineinhalb Tage bis zum Rückflug. Und wenn Morgan ganz woanders lebte und aus irgendeinem bescheuerten Grund ein Konto bei der Fremont Bank hatte? Dann würde sein Vorsprung nie reichen. Er hatte keine Lust auf die Giftspritze. Die Frau würde zu den Bullen rennen, sobald er weg war. Wenn er sie und ihre Töchter fesselte, würde über kurz oder lang ein Nachbar kommen … Es sei denn, die Nachbarn glaubten, dass Helen plus Töchter verreist seien. Er folgte diesem Gedanken und nickte. Das war eine Möglichkeit. Vielleicht.

* * *

Der Gestank wurde immer übler. Salinger kämpfte gegen den Brechreiz. Warum mussten sie sich ausgerechnet in einer Kloakenkarre verkriechen. Sie hörte den Atem der beiden Männer. Draußen war Betrieb. Die Kollegen durchkämmten das Parkhaus.

»Die sind längst weg«, sagte einer.

»Fünf Ausgänge. Einen werden sie schon gefunden haben«, ergänzte ein anderer.

»Die sind zu Fuß weiter.«

»Das ist die Salinger.«

»Und der Yussuf.«

»Die Leute von dem Neuen.«

»Kaum taucht der feine Herr auf, geht alles in die Grütze.«

Die Stimmen entfernten sich.

Salinger hätte gerne de Bodt angerufen. Aber die Funkzellenüberwachung lief längst. Wo war er jetzt? Sie erinnerte sich ihrer Abmachung. Sie musste Volz dorthinbringen.

»Können wir raus?«, flüsterte Yussuf.

»Bloß raus hier«, sagte Volz.

»Wir warten.«

»Scheiße«, flüsterte Volz.

»Genauer kann man unsere Lage nicht beschreiben«, erwiderte Yussuf.

»Und wenn ich nicht mitmache?«

»Dann werden die Sie umlegen«, antwortete Salinger trocken.

»Ich verstehe gar nichts mehr.«

»Pst!« Yussuf legte Salinger die Hand auf die Schulter. »Ich hab was gehört.«

Sie lauschten, aber da war nichts. Außer einem Auto, das die Auffahrt hochfuhr.

»Die Durchsuchung ist schon zu Ende«, sagte Yussuf. »Normalbetrieb.«

»Die haben es aber eilig«, sagte Salinger.

»Jetzt erklären Sie mir das.« Volz wurde sauer.

»Nicht so einfach«, erwiderte Salinger. »Die Polizei … also die anderen … und der Verfassungsschutz und offenbar irgendwer ganz oben decken die Täter des BBC-Anschlags. Und wir sind diejenigen, die die Mörder suchen.«

»Das heißt, wir haben die jetzt alle im Kielwasser.«

»Solange sie da bleiben …«

»Prost Mahlzeit!«

»Es wird noch besser. Da Sie die Täter ja vielleicht kennen, zumindest glauben die das, werden die lieben Kollegen Sie leider erschießen müssen. Auf der Flucht oder so. Es könnte sonst sein, dass Sie was ausplaudern. Und dass die Behörden ganz blöd aussehen. Sie verstehen?«

»Das macht ja richtig Spaß.«

»Sie sagen es.«

»Und wen haben wir auf unserer Seite?«

»Den de Bodt«, sagte Yussuf. »Der ersetzt locker zwei Divisionen.«

»Dann ist ja alles gut«, sagte Volz.

»Ich peil die Lage«, sagte Yussuf. Er schob die Tür einen Spalt auf. »Niemand.« Motorgeräusche, ein Reifen quietschte. Yussuf stieg aus und schloss die Tür.

»Die werden draußen auf uns warten«, sagte Volz.

»Natürlich.« Salinger überlegte, wie sie aus dem Schlamassel rauskommen könnten. Zu Fuß? Vergiss es. Sie brauchten ein Auto.

Sie hatten ein Auto.

Die Tür öffnete sich.

»Scheiße«, sagte Yussuf und stieg ein.

* * *

De Bodt saß in Holgers Wohnung und hörte den Polizeifunk ab. Es war einfach gewesen, Holger zu überzeugen, in Urlaub zu fahren. Dazu brauchte es zweitausend Euro in bar und den Hinweis auf Last-Minute-Reiseangebote in Schönefeld. Dafür gab Holger ihm gern den Wohnungsschlüssel. »Ich bin doch flexibel«, tönte Holger. »Du weißt, auf mich kannst du dich verlassen. Vergiss nicht, die Blumen zu gießen«, sagte er. Er grinste dreckig. De Bodt hatte ihm von einer Affäre mit einer Kollegin erzählt. Die wolle er ausleben. Hotel sei ihm zu gefährlich. Und Holger, der Macho, hatte ihm die Schulter geknufft. Die Wohnung bestand aus einem Schlafzimmer und einem ziemlich großen Wohnzimmer. An der Wand hing ostasiatischer Kitsch. Holzfigürchen im Regal. Dazu Bücher über Astrologie, Yoga, buddhistische Weisheiten und koreanische Geheimnisse.

Ein einziger Roman stand einsam eingeklemmt zwischen einem Bilderrahmen mit Holgers Freundin im Bikini an irgendeinem leeren Strand und einem aus Holz geschnitzten Samuraikrieger. »Das Moskau-Spiel« von einem Schriftsteller, dessen Namen de Bodt schneller vergessen hatte, als er ihn las. Offenbar einer dieser Spionageschmöcker. Wenn man sonst keine Probleme hatte.

»Parkhaus negativ. Abzug«, nuschelte es aus dem Lautsprecher des Transistorradios. »Ringfahndung eingeleitet.« Schön, dass der Polizei-Digitalfunk noch nicht funktionierte.

De Bodt überlegte, wie er Salinger und Yussuf helfen könnte. Anrufen konnte er sie nicht. Natürlich hatten sie ihre Handys ausgeschaltet. Wenn sie klug waren, hatten sie ein Versteck gesucht, in dem sie sich verkriechen konnten. Salinger und Yussuf wussten, dass Volz der wichtigste Zeuge seit Christi Geburt war. Und der bedrohteste. Dagegen konnten alle Mafiafilme einpacken. Wie könnte er sie raushauen? Die Polizisten kannten sein Gesicht. Und nicht nur die. Er überlegte, ob er Ruoff auftreiben konnte. Aber selbst wenn, kostete es zu viel Zeit.

Die Unruhe trieb ihn hinaus. Salinger und Yussuf würden sich auf seinem Handy melden, wenn sie ein Telefon fanden. Er lief durch Kreuzberg, kam auf den Kottbusser Damm und marschierte zum Hermannplatz. Klein-Istanbul. Hochzeitskleider, Handy-Läden, Imbissstuben. Autoverkehr auf vier Spuren. Auf den Bürgersteigen Leute aus aller Herren Länder. Touristen mit Kameras vor dem Bauch. Am Hermannplatz bog er in die Hasenheide ein, als zöge ihn ein Magnet. Am Eingang vom Park blieb er stehen und sondierte die Lage. Der Volkspark war fast leer. Auf einer Bank unter einem Baum saß weit hinten ein Pärchen mit Kind. Der Kinderwagen verdeckte zum Teil den Blick. Nahe dem Eingang lungerten zwei abgewrackte Gestalten herum. Sie rauchten. De Bodt verließ den Platz und ging zu Aldi. Dort kaufte er ein Sechserpack Bier, zwei Flaschen Wodka, Wurst, Käse und Brötchen. Zurück am Parkeingang, steuerte er mit seinen Tüten auf die beiden Männer zu.

Die beachteten ihn erst spät.

»Wollen wir was trinken?«, rief er. Die beiden Männer waren im Begriff, sich wegzuschleichen. Auf das Stichwort hin blieben sie stehen. Sie wechselten Blicke, dann nickte der eine. Lang aufgeschossen, klapperdünn, verfranste, schmutzig-blonde Haare, alter Bundeswehr-Parka. Er wartete, bis de Bodt vor ihm stand.

»Was hast du mitgebracht?« Eine klare Stimme eigentlich, zigarettenheiser erst im Nachgang.

De Bodt reichte ihm die Tüten.

»Ich heiße Martin.«

»Eugen. Und du?«

Der zweite Penner trug einen Anzug, der schon Besseres erlebt hatte. Er hatte ein breites Gesicht mit roten Bartstoppeln. Die Brille war verbogen. Auf den kurz rasierten Haaren saß eine karierte Schieberkappe. Die Füße steckten in Springerstiefeln.

»Wolle.«

Martin schraubte eine Wodkaflasche auf und nahm einen Schluck.

»Vielleicht nicht auf leeren Magen«, sagte de Bodt. »Hat hier jemand ein Messer?«

Martin zog ein Taschenmesser hervor. De Bodt warf ihm die

Tüte mit dem Essen zu und setzte sich auf den Boden. Die beiden Männer blickten sich wieder an, dann setzten sie sich dazu.

Martin gab Wolle das in Plastik verpackte Essen und das Messer. »Wir sind Geschäftsleute. Und was machst du?«

»Zurzeit nichts. Wenn ich arbeite, bin ich Bulle.«

Wolle sprang auf.

»Bleib sitzen«, sagte de Bodt. »Wir frühstücken, dann quatschen wir. Es geht nicht um euch.« Er zeigte auf die Tüten.

Wolle setzte sich und warf de Bodt einen Blick zu. Dann widmete er sich den Verpackungen.

Martin hielt de Bodt die Flasche hin. Der winkte ab.

»Also doch im Dienst.«

»Nein, Alki.«

Die beiden staunten sich an.

»Du?«

»Ich.«

»Trocken?«

De Bodt nickte.

»Seit wann?«

»Seit gut zehn Jahren.«

»AA?«

De Bodt schüttelte den Kopf.

»Ganz allein?«

Er nickte.

»Alle Achtung.« Er setzte die Flasche an, nahm sie wieder vom Mund und sagte: »Darauf trink ich einen!«

Wolle beobachtete de Bodt immer noch misstrauisch. »Was willste von uns?«

»Nichts. Ihr habt vom Taximord gehört?«

Die beiden nickten. Wolle nestelte am Plastik herum.

»Ich such den Mörder.«

»Ja, und?«, fragte Martin.

»Der Taxifahrer wurde mit einem Messer ermordet. Scharf, ziemlich groß, zweischneidig.«

»Dolch«, sagte Wolle.

»Genau. Meine Kollegen glauben, dass es eine Eifersuchtstat

war. Die denken, wenn es einen Türken erwischt, war's ein Ehrenmord, Blutrache oder Eifersucht.«

Martin lachte, Wolle beäugte de Bodt.

»Ich glaub das nicht. Hab mir die Leute angesehen. Das ist Quatsch.«

»Und was glaubst du?« Wolle schob sich ein Stück Brötchen mit einer Käsescheibe in den Mund.

»Der Taxifahrer wurde ausgeraubt. Was liegt also nah?« Er blickte beide an wie Kommissaranwärter.

»Gut«, sagte Martin. »Und der wurde hier umgebracht.« Er deutete zur Straße.

»Hab verstanden«, sagte Wolle. Er lächelte. »Du willst, dass wir den Fall lösen.«

»Genau«, sagte de Bodt.

»Hm.« Martin griff nach der Salami und schob sich eine Scheibe rein. »Wie kommst du auf uns? Hast du vom Eingang da aus gesehen, dass wir kriminologische Genies sind?«

»Überhaupt nicht. Wenn zwei Menschen zusammenhocken, dann besitzt wenigstens einer einen halbwegs normal tickenden Verstand.«

»Jetzt biste aber überrascht, auf zwei so tolle Burschen wie uns zu treffen. Er tickt bei uns beiden.« Wolle grinste und tippte sich an die Stirn. Ein Stück Wursthaut hing ihm im Mundwinkel.

Martin öffnete eine Flasche Bier. »Und was willst du?«

»Ich such den Typ mit dem Messer. War wohl ein Junkie oder so.«

Martin kratzte sich am Kinn. »Kenne keine Junkies. Jedenfalls keine mit Messer.«

Wolle schüttelte kauend den Kopf.

»Wenn ihr rumfragt ...«, sagte de Bodt.

»Wir sind doch keine Bullen.« Martin spuckte was aus.

»Schon klar. Aber ihr wollt doch nicht, dass ein Irrer mit einem Riesendolch hier rumläuft. Oder dass ein Falscher verurteilt wird.«

»Wenn wir dir sagen, der und der ..., dann verpfeifen wir vielleicht den Falschen«, sagte Martin.

»Wir haben DNS-Spuren. Also, das ist kein Problem«, sagte de Bodt. »Das kennt ihr doch, oder?«

»Klar, klar«, sagte Martin.

»Wenn die DNS-Spuren im Taxi und an der Kleidung der Leiche übereinstimmen mit der DNS vom Junkie …«

Martin winkte ab. »Brauchste nicht erzählen. Wir gucken auch Fernsehen.«

De Bodt zog zwei Zehner aus dem Portemonnaie. »Wenn ihr mir den Typ zeigt, gibt's für jeden hundert obendrauf. Klar?«

Martin nahm die beiden Scheine und reichte einen an Wolle weiter. »Wie erreichen wir dich?«

De Bodt gab ihm seine Karte. Er legte den Fingernagel auf die Handynummer. »Ruf da an, jederzeit.«

Martin betrachtete die Karte. »Hauptkommissar, so, so.« Er steckte sie ein.

»Fragt ein bisschen rum, ja?«

»Warum schickst du keine Grünen?«

»Dann laufen doch alle weg. Ist wie Razzia im Görli.«

* * *

Höxtra stieg ein. Er stank nach Speiseöl. »Und, Chef?«

»Immer noch nichts von Schröder?«

»Nee.«

»Wir beobachten das Parkhaus. Geh du zum Hinterausgang. Da haben sich auch Bullen versteckt. Wenn die Salinger und die beiden Typen die Bullen abhängen, dann bleibst du dran. Wenn die Bullen sie kriegen, rufst du mich an. Du rufst mich auf jeden Fall an. Klar?«

»Klar.« Höxtra stieg aus und marschierte los. Kammann hätte ihm fast nachgerufen: »Beeil dich, du Schlaffsack.«

* * *

»Hoffentlich kommt der Typ endlich«, fluchte Yussuf leise.

Salinger lachte bitter.

»Wir sitzen in der Falle. Und die stinkt auch noch«, sagte Volz.

»Je später der Rohrreiniger auftaucht, desto sicherer sind wir«, sagte Salinger.

»Wenn wir es hier drin überleben«, murrte Yussuf.

»Erstunken ist noch keiner«, sagte sie.

»Es gibt immer ein erstes Mal.«

»Wo bringt ihr mich hin?«

»Das erfahren wir noch«, sagte Salinger. »Wenn Yussuf sein Handy einschaltet, erfährt er es.«

»Dann erfahren es auch die Bullen.«

»Für wie blöd halten Sie mich«, sagte Yussuf.

»Mal sehen«, sagte Volz.

»Pst!« Salinger boxte Yussuf an die Schulter. Sie hörten Schritte. Die näherten sich. Zwei Leute.

»Mein Gott, hat das gestunken«, sagte eine helle Männerstimme.

Ein Husten.

Das Schiebetürschloss klackte. Salinger, Yussuf und Volz krochen nach hinten. Als die Tür aufgeschoben wurde, knallte ein Werkzeugkasten auf den Boden, und die Tür krachte zu.

»Erst 'ne Wurst?«, fragte eine zweite Stimme.

»Unterwegs.«

»Ich habe einen Scheißhunger«, widersprach Nummer eins.

»Unterwegs.«

»Ist ja gut.«

Die Fahrer- und die Beifahrertür wurden geöffnet und wieder zugeschlagen. Durch das winzige Fenster sah Salinger die Schulter des Fahrers.

»Ein Haufen Bullen. Überall«, sagte der Beifahrer mit seiner jugendlichen Stimme.

»Was da wieder los ist.« Der Fahrer startete den Diesel, löste die Handbremse und fuhr los.

Yussuf schaltete das Handy ein, eine SMS meldete sich blinkend. *Wie besprochen.* Yussuf schaltete das Handy aus. Er tippte Salinger an. »Geht klar«, flüsterte er.

Der Transporter rumpelte über eine Schwelle. Dann bezahlte der Fahrer an der Schranke, und sie verließen das Parkhaus. Der Wagen rollte auf die Straße.

XVIII.

Er hatte den Mädchen was zu essen gegeben. »Wenn ihr einen Mucks macht, bring ich eure Mutter um.« Das wirkte. Er wiederholte es hin und wieder. Die Kinder spurten. Er ließ sie spielen, aber sie taten es missmutig. André überprüfte mehrfach seine Ausrüstung. Er hätte alles dafür gegeben, eine Pistole zu bekommen. Aber woher? Er hatte einfach keine Zeit. Nicht mal dafür. Gegen Mittag klopfte es an der Tür. Er zeigte den Kindern den Finger auf dem Mund. Aber die waren so verschüchtert, dass sie keine Ermahnung brauchten.

Helen hatte ihm versprochen, dass sie früher als sonst nach Hause komme. Sie hatte die Kinder per Mail als krank von der Schule abgemeldet. Und sie würde die Krankheit der Kinder als Grund angeben, die Bank früher zu verlassen.

André nutzte die Zeit, um alles noch einmal zu durchdenken. Aber er fand keinen Fehler in Bobs Plan. Außer den Überweisungsquittungen. Warum hatte Bob überhaupt die Kopien verteilt? Nach einigem Überlegen fiel André nur ein Grund ein: Seine Kumpane wollten Beweise, dass er sie nicht auch umbrachte, sondern bezahlte wie vereinbart. Er musste ihnen beweisen, dass er überwiesen hatte. Die anderen hofften, dass man nicht einen Haufen Geld an Leute überwies, die man loswerden wollte. Und verstanden die Quittungen als Faustpfand für ihr Überleben.

Die ganze Sache hatte von vornherein gestunken. Aber er hatte sich die Nase zugehalten.

Und wenn es Charles Morgan nicht gab?

Ein Konto konnte ein US-Bürger nur einrichten, wenn er einen Sozialversicherungsausweis vorlegte und eine gültige Adresse angab. Er musste damit rechnen, dass dies überprüft wurde. Die Frage war, ob dieser Charles Morgan wusste, dass Bob die Überweisungsquittungen weggeben würde. Vermutlich hatte sich Bob nach einem Streit dazu breitschlagen lassen, seine Ehrlichkeit zu beweisen. Da waren die Leute, die am BBC-Coup teilgenommen hatten, und dann gab es welche, die diese Leute ausschalten sollten. *Wenn du die umbringen lässt, dann doch auch uns.* So hätte André es gesehen. Er wäre aufgestanden und gegangen. So war es, kein Zweifel. Als alles in die Grütze zu gehen drohte, hatte Bob die Quittungen präsentiert. Josua und Volz hatten nicht zur Mördergang Nummer zwei gehört, aber sie hatten die Leute vermittelt. Und auch sie sorgten sich um ihr Leben. Auch sie musste Bob ruhigstellen. Mit der Auflage: Wenn eine dieser Quittungen einem Falschen gezeigt wird, seid ihr tot.

Die Jungs hatten sich daran gehalten. Aber sie und Bob hatten nicht mit André gerechnet. Jetzt wusste Bob nicht einmal, dass André Charles Morgan auf die Pelle rückte. Das fühlte sich gut an.

Es klopfte an der Tür. Zweimal, dann einmal, schließlich dreimal. Wie vereinbart. Dann schloss Helen die Haustür auf. André erwartete sie hinter der geöffneten Tür, schloss ab und fesselte ihre Hände auf dem Rücken. Er zog sie in die Küche.

»Die Kinder?«

André brachte sie zum Kinderzimmer und öffnete die Tür. Die Kinder spielten und lächelten ängstlich ihre Mutter an.

»Danke«, sagte Helen.

Zurück in der Küche, durchsuchte André Helens Kleidung. Dann leerte er die Handtasche und die Aktentasche auf dem Tisch.

Ihre Augen zeigten auf einen schmalen Ordner. André öffnete ihn und fand Ausdrucke. Die Kontoauszüge, die Adresse seines Büros *36 Market St, San Francisco,* Telefonnummern, ein Aktiendepot und die Bestätigung, dass Morgan vor gut drei Monaten Goldbarren gekauft hatte. Als Beruf stand da nur *Consultant.*

André las und dachte über seinen nächsten Schritt nach, während Helen ihn ängstlich beobachtete. Er dachte logisch. Das Beste wäre es, er würde die drei töten, nachdem Helen allen Leuten geschrieben hatte, sie würde mit den Kindern verreisen. Wo die Luft besser wäre, da das Virus nun auch die Lunge angegriffen habe. Oder so ähnlich. Er musste sie töten. Das war logisch. Alles andere wäre zu riskant.

* * *

Kammann rief erst Wizzy an, aber sie hatte nichts Neues. Die Bullen waren großteils abgezogen, nur ein paar Beamte beobachteten noch das Parkhaus. Das wusste er auch ohne Polizeicomputer. Dann war Höxtra dran.

»Irgendwas gesehen?«

»Nee, Chef. Die sind weg. Glauben Sie's mir!«

»Keine Bewegung, nichts?«

»Ein paar Muttis und so ein Rohrreiniger. Der ist der Letzte, der das Parkhaus verlassen hat.«

»Und da rufen Sie nicht an, Sie Rindvieh? Haben Sie das Kennzeichen?«

»Woher …?«

»Idiot!«, schrie Kammann, startete den Wagen und raste los. »Bleiben Sie dort. Ich bin gleich da.«

Höxtra stand am Bürgersteig, in der Hand den Rest einer Pizzaecke.

»Weg damit!«

Höxtra verzog das Gesicht, schmiss die Pizza auf den Bürgersteig und stieg ein.

»Welche Richtung?«

»Da!« Die Straße hinunter zur Kreuzung.

Kammann trat aufs Gaspedal.

»Wann?«

»Na, vor …«

»Farbe?«

»Rot.«

»Wagentyp?«

»Ford Transit.«

Aufschrift?«

»Irgendwas mit *Rohr* …«

»Du bist ein Genie, Höxtra!«, schimpfte Kammann. »Hast wieder was zu fressen besorgt!«

Kammann rief Wizzy an. Gab Höxtras Angaben durch.

Wizzy prustete. Als Kammann nichts erwiderte: »Ist ja gut, Chef. Wir finden den.«

Kammann fuhr durch die Gegend, der Rohrreiniger war nicht zu sehen.

Endlich rief Wizzy an. »Es ist die Firma Lohmeyer. Die hatten einen Auftrag in der Nähe des Parkhauses. Die haben ihren Fahrer angerufen. Ist auf dem Weg nach Treptow.«

»Scheiße«, sagte Kammann.

»Nie war das Lob süßer.«

»Wo da?«

»Heidelberger Straße 14, bei Randolf.«

Kammann fuhr wie ein Bekloppter. Höxtra wurde durchgeschüttelt, es hupte.

»Wenn die drin saßen, sind sie längst weg«, sagte Höxtra, als Kammann hinter einem Laster hing.

»Vielen Dank für die Erläuterung. Wo ist dieser Scheiß-Schröder? Ruf die Wagerer an.«

»Keine Ahnung«, sagte die Wagerer. »Seit der tollen Aktion …«

»Die Wagerer weiß es nicht.«

»Und Wizzy, du solltest doch …«

»Die weiß es aus Prinzip nicht.«

»Es ist zum Kotzen!«, brüllte Kammann.

»Wer nicht essen darf, kann nicht kotzen.«

Der Transporter stand am Bürgersteig. Kammann parkte davor. »Du bleibst hier. Vielleicht sind die noch drin.«

Als Kammann im Haus Nummer 14 verschwunden war, tippte sich Höxtra an die Stirn, kramte in einer Hosentasche und fand ein Karamellbonbon.

Kammann hatte alle Klingeln gleichzeitig gedrückt, die Haustür aufgestoßen und war die Treppe hochgerannt. *Randolf* stand auf dem Klingelschild. An der Tür ein Herz und auf der Fußmatte ein *Willkommen.* Als sollte er verspottet werden. Er donnerte mit der Faust gegen die Tür und drückte gleichzeitig die Klingel.

Eine Frau öffnete, jung, dick, verschwitzt, kurze Locken.

»Sind die Leute von Lohmeyer bei Ihnen?«

»Wer sind Sie?«, fragte die Frau.

»Kriminalpolizei!«

»Ausweis!«

Kammann zeigte ihr den falschen Dienstausweis.

»Kommen Sie rein«, sagte die Frau.

Im Flur empfing ihn der Geruch von Kot, Urin und weiteren Parfümstoffen. Die Frau führte ihn zum Bad. Ein Mann kniete vor dem Klo. Der andere führte eine Spirale ein, die aus einem Gehäuse mit Elektromotor gezogen wurde und sich schleifend und quietschend ihren Weg in die Tiefen der Kanalisation fraß. Es blubberte, als ein brauner Klumpen zum Vorschein kam.

»Guten Tag«, sagte Kammann.

Der Typ am Klo drehte ihm das Gesicht zu.

»Tag!«

»Ich bin von der Polizei. Es ist dringend. Schalten Sie das Gerät aus!«

Der Typ am Spiralenmotor befasste sich ungerührt weiter mit dem Stahldocht, der sich langsam von einer Spule wickelte.

Kammanns Augen suchten den Stecker, fanden ihn, und er zog ihn raus.

Der Typ an der Winde starrte ihn an.

Kammann hielt ihm den Polizeiausweis vor die Augen. »Sie haben Leute in Ihrem Transporter mitgenommen.«

Der Klempner tippte sich an die Stirn. »Und Sie haben was geraucht.«

»Sind Sie sicher? Es geht um Schwerverbrecher.«

Der Typ, der neben dem Klo kniete, schüttelte den Kopf. Er trug einen Pferdeschwanz und eine Brille, die mit einem Band am Nacken gesichert war. »Wir haben niemanden mitgenommen.«

»Sind Sie sicher?«

Die beiden Klempner blickten sich an. Der Mann an der Winde trug eine Wollmütze auf der Glatze und hatte entzündete Augen.

»Im Laderaum?«, fragte Kammann. »Hätten Sie das gemerkt?«

»Weiß nicht«, sagte der am Klo. »Ich hab den Kasten reingestellt …«

»Geht da kein Licht an, wenn die Tür geöffnet wird?«

»Ist kaputt.«

Kammann fluchte innerlich. Was hatten die für ein Glück! Bestimmt hätte Salinger die Klempner gezwungen, sie irgendwohin zu fahren. Aber nicht mal das hatte sie tun müssen. Hat sich einfach rauskutschieren lassen. Mitsamt Volz.

»Haben Sie unterwegs gehalten?«

Die beiden blickten sich wieder an. »Nur kurz«, sagte der Typ an der Winde.

»Curry 36«, sagte der andere.

»Am Mehringdamm«, sagte Kammann.

Die Männer nickten.

»Sind Sie beide ausgestiegen?«

Der Mann am Klo schüttelte den Kopf.

»Sie hätten es doch gemerkt, wenn die Laderaumtür geöffnet worden wäre?«

Der Mann an der Winde nickte.

»Wer blieb im Wagen sitzen?«

»Ich«, sagte der Mann am Klo.

»Sie haben nichts gehört?«

»Nein.«

* * *

Salinger, Volz und Yussuf im Görlitzer Park. Sie beeilten sich, ohne zu rennen. Bloß nicht auffallen. Vorbei an Artisten, die mit Kugel und Keulen übten. An Drogendealern, die sie anquatschten. »Alles klar?« – »Can I help you?« Hilfe hätten sie brauchen können. Es war nicht mehr weit. De Bodt wartete. Ihm würde etwas einfallen. Er war nicht erschöpft. Nichts ersehnte sie mehr, als ihn endlich zu sehen. Den langen Kerl, der manchmal unsicher schien, es aber nicht zeigen konnte. Der die Ruhe selbst war. Nach außen jedenfalls. Dessen Verstand so schnell arbeitete. Der in einer merkwürdigen Beziehung lebte. Der sie umarmt hatte.

Lausitzer Platz, Waldemar-, Manteuffelstraße.

Manteuffelstr. 109. Yussuf hatte ihr die SMS gezeigt. Kein Name, nur die Adresse. Also wartete er auf sie.

Wo war die 109? Richtung Wrangelstraße. Als sie davorstand,

sah sie ihn zuerst. Er saß in einem koreanischen Restaurant. Vor sich ein Glas Wasser. Perfekte Tarnung. Sie rannte zu ihm und umarmte ihn. Sie hielten sich kurz, dann sagte er mit belegter Stimme: »Wir müssen von der Straße weg.« De Bodt öffnete die Haustür. Die Wohnung lag im dritten Stock. Als er die Tür hinter ihnen schloss, sagte er: »Ich koch einen Kaffee.« Er schickte die anderen per Fingerzeig ins Wohnzimmer.

Salinger gehorchte nicht. Sie setzte sich auf einen Hocker.

»Glück gehabt«, sagte sie schnaufend.

»Gut gemacht«, erwiderte er. »Glück ist, wenn einem kein Dachziegel auf den Kopf fällt.«

»Und jetzt noch was Philosophisches«, sagte sie grinsend.

»Vor dem Tod darf sich niemand glücklich preisen.« Er hatte endlich einen Papierfilter gefunden und eingesetzt. »Gern geschehen.« De Bodt füllte Kaffeepulver in den Filter.

Sie lachte.

»Stammt von Solon. So ein alter Grieche.« Er drückte den Einschaltknopf.

»Jetzt werden sie uns jagen. Die eigenen Kollegen, der Verfassungsschutz, vielleicht sogar die Killertruppe«, sagte Salinger. »Wir sind nirgendwo sicher. Nicht einmal hier.«

»Ja«, sagte er. »Sie werden mein gesamtes Umfeld abklappern. Die wissen bestimmt schon, mit wem ich im Sandkasten gespielt habe. Vielleicht kommen sie bald auf diese Wohnung, weil sie alle Adressen aufsuchen, an denen ich sein könnte.«

»Sie werden auch Ihre Familie belästigen.«

»Das ist mein geringstes Problem. Mein Vater kommt mit solchen Leuten klar. Und meine Frau speit Feuer, wenn es sein muss.« Er lachte.

Der Kaffee lief durch. Salinger war ein bisschen missmutig, nachdem de Bodt seine Frau erwähnt hatte. Dabei wollte sie doch gar nichts von ihm. Wahrscheinlich war sie vor allem missmutig.

Als der Kaffee, Tassen, Zucker und Milch auf dem Wohnzimmertisch standen, atmete Volz einmal durch. »Wie viel Zeit haben wir, bis sie uns kriegen?«

De Bodt blickte auf das riesige Bett an der Wand, auf dem eine blau-rote Decke lag. Darüber die Gegenlichtaufnahme einer nackten Frau am Fenster. Er überlegte, ob er sie kannte.

»Ich weiß es nicht«, sagte er.

Yussufs Füße spielten einen Takt auf der Double Base Drum.

»Gut, dann beeilen wir uns«, sagte Volz. »Ich sage Ihnen, was ich weiß, dann verschwinde ich. Einverstanden?«

»Das ist der Deal«, erwiderte de Bodt.

»Sie wollen wissen, wer der Chef der Killertruppe ist?«

»Dumme Frage«, sagte Salinger.

Volz genoss den Augenblick. Vielleicht hatte er bald keinen mehr.

»Der Mann nennt sich Bob.«

* * *

Kammanns Finger trommelten auch einen Takt, nur schneller als Yussuf. Er rief Weber an. »Wir müssen jetzt Vollgas geben. Ich erwarte volle Kooperation. Und wenn Ihnen meine Ansage nicht genügt, rufen Sie im Kanzleramt an. Haben Sie das verstanden?«

Als Weber nicht antwortete: »Wir richten einen Stab ein. Kommen Sie in unser Büro am Potsdamer Platz. Wir koordinieren die Arbeit des VS, der Berliner Polizei, des BKA und der Bundespolizei. Ich hab meinen Leuten schon Bescheid gesagt. Das Kanzleramt sorgt für die Kooperation der anderen Behörden. Es geht ums Ganze. Wenn wir zögern, verlieren wir.«

»Gut«, sagte Weber heiser.

* * *

Andrés Faust schlug leise gegen die Tischkante. Helen sah es und wurde bleich. Natürlich wusste sie, was er dachte. Sie war klug, und sie musste nur eins und eins zusammenzählen.

»Ich werde schweigen. Für immer«, sagte Helen.

André nickte. »Natürlich, das sagt man dann. Und du glaubst es auch.«

Sie nickte.

»Hast du eine Mutter? Einen Vater?«

Sie blickte ihn erstaunt an. »Beide. Sie leben aber getrennt.«

»Wo?«

»Mama in L. A., Papa in Florida.«

»Okay.« Er überlegte. »Wir machen es so: Ich werde euch fesseln. Vorher wirst du allen möglichen Leuten mitteilen, dass du deine Mutter in L. A. besuchst. Hast du ein Auto?«

Sie nickte.

»Du fährst den Wagen jetzt ins Zentrum. Kennst du den Vietnamesen-Stand nahe der Bushaltestelle?«

Sie nickte.

»Hinter dem ist ein Parkplatz. Stell den Wagen dort ab und komm zu Fuß zurück.«

Ihre Miene hellte sich auf. Sie erhob sich, winkte den Kindern durch die offene Zimmertür zu und verschwand. André hörte, wie sie den Wagen anließ und losfuhr. Dann wurde das Motorgeräusch leise.

Während er wartete, wuchsen die Zweifel an seinem Plan. Er wusste zu wenig. Nicht, wie lange er brauchte, um Morgan zu stellen. Nicht, wie lange die Frau benötigte, um die Fesseln zu lösen. Nicht, ob doch ein Nachbar kam, um die Blumen zu gießen oder weil er die Katze brachte. Nicht, ob jemand anders Hausschlüssel hatte und auftauchte, wenn André unterwegs war. Nicht, ob die Frau nicht trotz seiner Gesichtsmaske genug herausgefunden hatte über ihn. Nicht, ob die Bullen ihn mit Fingerabdruck- und DNS-Proben am Flughafen erwarteten.

Aber er konnte keine Kinder umbringen und auch nicht deren Mutter. Er war ein Kämpfer, kein Schwein.

In Helens Honda Accord fuhr er zur Caltrain Station. In deren Nähe fand er einen Supermarkt, auf dessen Parkplatz er den Wagen abstellte. Dann bestieg er den Zug nach San Francisco.

* * *

Kammann rief die Nummer an, die Volz ihm gegeben hatte. Wieder wurde schweigend abgenommen. »Wir suchen de Bodt, Salinger, Yussuf und vor allem Volz. Salinger hat Volz aus der U-Haft befreit. Sie sind auf der Flucht. Alle Behörden suchen sie. Sie werden irgendwo in Treptow, Neukölln oder Kreuzberg vermutet. Wir gehen gerade mögliche Wohnungen durch. Ich werde Sie wieder anrufen, wenn wir etwas wissen. Das wird Sie interessieren.« Er überlegte, dann fügte er fast trotzig hinzu: »Sonst würden Sie diese Nummer nicht mehr benutzen. Stimmt's, Bob?«

Ein Hauchen, vielleicht ein unterdrücktes heiseres Lachen. Dann klickte es.

Weber saß am Tisch, er hatte Krüger mitgebracht. Der guckte aus dem Fenster. »Jetzt gehen wir zu weit«, sagte er und drehte sich um.

»Das bestimme ich«, erklärte Weber. »Sie können sich nach dem Erfolg des Unternehmens bei der Bundeskanzlerin beschweren.«

»Wir suchen mögliche Wohnungen in Berlin«, sagte Wizzy, als müsste sie sich davon überzeugen. »Was heißt, dass wir alle Leute abgrasen, die de Bodt kennen könnten. So eine Abfrage ist kompliziert und dauert. Außerdem hängt sie davon ab, dass intelligent abgefragt wird.«

»Dann klappt es ja«, sagte Kammann gereizt. Warum schwätzte sie Zeug, das alle kannten? Doch dann erinnerte er sich, dass Wizzy immer irgendwas sagte, wenn sie nicht Roland Kaiser auf den Ohren hatte. Man hatte nur die Wahl: Schlagergesülze oder Wizzy-Gewäsch. Kammann fiel ein, dass man Wizzy am besten nach Guantanamo ins Ami-KZ schicken sollte, wo den Gefangenen mit Metallica-Gedröhn der letzte Nerv geraubt wurde.

»So!« Gestreckter Zeigefinger. »Ist gar nicht so schlimm.«

»Ja, was?«

Weber erhob sich und trat hinter Wizzy.

Die wedelte mit der Hand, als wäre der Kriminalrat eine lästige Fliege. Weber trat zurück. »Es sind drei Wohnungen in der engeren Wahl. Sonst gibt es noch welche in Zehlendorf und Köpenick.«

»Sag die Adressen!«, schnauzte Kammann.

»Lipowski, Boddinstraße 39a; Mahrenholz, Kiefholzstraße 12; Kluge, Manteuffelstraße 109.«

»Irgendwelche besonderen Berührungspunkte mit diesen Personen?«

»Die sind bestimmt in Treptow ausgestiegen. Aber doch nur, weil die Rohrreiniger da hingefahren sind. Vielleicht sind de Bodt und Leute längst im Zug nach Nirgendwo.« Höxtra blickte sich um. Er hatte auf einem Stuhl in der Ecke gesessen, irgendwas gemümmelt, aber nicht vergessen, dass es so etwas wie Logik gab.

»Das tut nichts zur Sache. Wir grasen jetzt ab, was nahe liegt.«

»Holger Kluge«, sagte Wizzy. »Der war ein Genosse unseres Terrorfreunds …« Ihre Nase berührte fast den Bildschirm. »Die anderen haben in Seminaren mit dem Bottich gesessen. Ich bin sicher, den Genossen Holger kennt er noch. Wenn ich einen Unterschlupf suchen würde, na, der Holger, das wär doch einer …«

»Schicken Sie Polizisten hin«, befahl Kammann.

Weber guckte sich um, aber hinter ihm stand niemand. Er war gemeint.

»Was glauben Sie …«

»Tun Sie's!«

Weber winkte Krüger zu. Der schickte per Telefon ein paar Wagen zur Manteuffelstraße. »Beeilen Sie sich. Personenfeststellung. Wenn jemand anwesend ist, festhalten und sofortige Meldung an mich. Verstanden?«

* * *

Market Street. Breite Bürgersteige. Hohe Glasfassaden. Einkaufspassagen. Straßenmusiker mit Elektroverstärker: Schlagzeug und ein durch einen Tablet-Computer gesteuerter Synthesizer. Die Nummer 36 war ein Bürohaus. Hinter der Glastür der Empfang, ein Uniformierter. Er wählte die Telefonnummer.

»Ja?«

»Mr. Morgan?«

»Wer sind Sie?«

»Sie haben Geld an Killer in Deutschland überwiesen.«

Schweigen, dann: »Sind Sie wahnsinnig?«

»Nein, aber im Besitz der Belege. Ich könnte Sie bis zum Ende Ihres Lebens in den Knast schicken. Schade, dass Alcatraz außer Betrieb ist.«

»Was wollen Sie?«

»Nur ein Gespräch.«

»Wann?«

»Gleich. Sie kennen das Starbucks-Café an der Ecke zur 4th?«

»Ich komme. Warten Sie zehn Minuten.«

»Ich warte nur zwei Minuten. Haben Sie eine Zeitung im Büro?«

»Den *Chronicle.*«

»Tragen Sie ihn in der linken Hand. Ich werde Sie fragen, ob das eine gute Zeitung ist. Vergessen Sie Ihr Handy nicht. Ich wiederhole: zwei Minuten, keine Sekunde länger. Und Sie kommen allein.«

Er stellte sich vor ein Schaufenster auf der gegenüberliegenden Seite. San Francisco war eine Stadt der Spiegelungen. Hier spiegelte sich der Eingang der Nummer 36 im Fenster eines Schuhgeschäfts.

André blickte auf die Uhr. Er musste Druck machen. Wenn Morgan Helfer einschaltete, wurde es gefährlich.

Der Mann mit der Zeitung öffnete die Tür. Er trug einen grauen Anzug, hellblaues Hemd, Sportschuhe. Eher klein, gedrungen, kurzes rotes Haar. Er blickte sich um, zündete eine Zigarette an und ging los. Dabei telefonierte er.

André fluchte. Er folgte Morgan bis zum Café und wartete wieder gegenüber. Durchs Fenster verfolgte er, wie Morgan sich im Café umsah und dann zum Tresen ging. Im Café saßen wenige Leute, die meisten befassten sich mit ihren Handys oder Tablets.

Morgan hielt das Handy am Ohr, während er bestellte. Also befahl er die Kavallerie her. Noch hab ich die Sache in der Hand, noch bestimme ich die Regeln. Warten wir mal ab. André ärgerte sich, dass Morgan professionell reagierte. Aber damit hatte er rechnen müssen. Jetzt wollen wir mal schauen, wer alles auftaucht.

André bewegte sich weg vom Schaufenster. Er betrat den Laden und tat so, als interessierten ihn Damenschuhe. Eine überaus freundliche Verkäuferin wimmelte er ab. »Ich möchte erst mal schauen. Vielleicht finde ich was für meine Frau.« Er bemerkte den Zweifel im Blick der Verkäuferin. Dann zog sie lächelnd ab. Vielleicht verbringe ich meinen Lebensabend in den USA, genug Geld vorausgesetzt. Die Leute sind viel höflicher und hilfsbereiter als zu Hause. Erstaunlich, dass du dir noch eine Zukunft gibst.

Er stellte sich an den Schaufensterrand. Morgan telefonierte nicht mehr. Er hatte eine Tasse und den *San Francisco Chronicle* vor sich. Er blickte auf die Uhr. Aber er zeigte kein Zeichen von Nervosität. Morgan war der Richtige, doch war er ein harter Gegner. Und er war nicht allein.

André sah den GMC-Transporter, als der von der Market Street abbog. Getönte Scheiben an den Seiten. Vorne saßen zwei Männer, einer hatte einen Kinnbart, beide trugen Sonnenbrillen. Kurz geschnittene Haare. Die Kavallerie.

Der Transporter fuhr langsam am Café vorbei, bremste kurz und rollte weiter. André sah ihm nach, bis er aus dem Blick verschwand. Wenn er gewusst hätte, wie lange die Typen brauchten, um den Wagen abzustellen und sich fertig zu machen, hätte er sich vielleicht Morgan schnappen können. Ab durch die Hintertür. Doch vielleicht warteten dort auch schon Leute.

Noch gab er den Ton an. Er verließ den Schuhladen und kehrte zurück zur Market Street. Betrat eine Einkaufspassage. Riesig, mehrere Stockwerke, Menschengewimmel. Er setzte sich auf eine Bank in einer Sitzecke. Kinder spielten, zwei Mütter unterhielten sich laut.

Er rief Morgan an. »Ich habe die Gorillas gesehen. Ich überlege, ob ich die Quittungen im nächsten Internet-Café versende.«

»Okay«, sagte Morgan. »Ich schick die Leute weg.«

»Auch die am Hintereingang.«

Morgan holte Luft. »Natürlich.«

»Ich gebe Ihnen zwei Minuten …«

»Sie sind der Zwei-Minuten-Mann …«

»Ich bin der Mann, der keine zwei Minuten braucht, um Ihnen den Arsch aufzureißen. Ich möchte sehen, wie der GMC mitsamt Besatzung wegfährt.« Er trennte das Gespräch.

Natürlich würde er sich nicht wieder vor dem Café aufbauen. Der Transporter würde auch ohne ihn wegfahren. Aber sie würden sich eine Schweinerei einfallen lassen. Daran gab es keinen Zweifel.

* * *

Volz erzählte, während Yussuf zum Fenster hinausstarrte. De Bodt rechnete damit, dass Kammann nach ihm suchen würde. Er hatte sich überlegt, wie er es machen würde, wenn er über die Mittel des VS und der Polizei verfügte. Sie hatten keine Zeit, Volz schon gar nicht. Aber er machte klaren Tisch, und das ging nicht in drei Minuten.

»Bob nennt sich der Typ, wie gesagt. Das ist ein Söldner. Ich habe ihn einmal bei einer Einsatzbesprechung erlebt. In Hamburg. Da ging es um Piraten in Somalia. Ein Reeder hatte Bob beauftragt. Genauer gesagt, eine Firma, die Bob engagiert hatte.«

»Erstens, wie heißt die Firma? Zweitens, hat Bob ständig für die gearbeitet?«, fragte Salinger.

Volz' Blick antwortete: Lass mich einfach reden, dann erfährst du's. Und beantwortete die Frage doch. »Das ist die Security & Partners in Hamburg.«

»Wo?«

Wieder der Blick. »Jungfernstieg. Was mir auffiel: Die hatten keinen Firmennamen am Klingelschild. Sitzen im vierten oder fünften Stock, ziemlich oben. Blick über die Alster. Einmalig. Chefbüro mit Vorzimmer, zwei, drei kleinere Büros, Sitzungsraum. Klein, aber ziemlich edel. Tun auf seriöse Geschäftsleute. Beraten nicht nur Reeder, sondern auch Konzerne mit Problemen.«

»Hängen die mit drin in der BBC-Geschichte?« Salinger ließ sich nicht beirren.

»Weiß nicht. Eher nicht.«

»Wollen Sie das recherchieren?«, fragte de Bodt.

Salinger blickte ihn erstaunt an, dann nickte sie.

»Wenn Sie in die Skalitzer Straße gehen, finden Sie gleich nach der Görlitzer einen Späti, in dem Sie ins Internet gehen und telefonieren können«, sagte de Bodt. »Kommen Sie nicht zurück.«

Sie nickte und ging zur Wohnungstür. »Wo treffen wir uns?«

»Richte ein GMX-Mailkonto ein«, sagte Yussuf. Er kritzelte etwas auf ein Blatt Papier. *Passwort »Atatürk«, Benutzername »Spinner«.* Er zeigte den Zettel de Bodt und Salinger. »Kann man sich merken, und die kommen nicht gleich drauf. Wenn wir alle Zugang zu dem Postfach haben, genügt es, die Nachrichten als Entwürfe zu speichern.«

Volz' Augen wanderten zwischen den Polizisten hin und her.

Kaum war Salinger gegangen, fragte de Bodt: »Bob, was ist das für einer?«

Volz überlegte eine Sekunde: »Intelligent, bestimmend, schnell. Das ist ein Typ, der mitten im Chaos den Überblick behält. Brandgefährlich. Keine Moral.«

»Noch was?«

»Nicht aus eigenem Wissen. Ich hab mal mit einem gesprochen, der mit Bob in Afrika war. Der Kamerad war voller Bewunderung. Der beste Kämpfer und so weiter. Einer, der für seine Leute ins Feuer geht. Geborener Führer und so weiter.«

»Wann bekamen Sie es mit Bob zu tun?«

Volz ließ sich jetzt ohne Murren auf das Frage-und-Antwort-Spiel ein.

»Vor etwa eineinhalb Jahren. Da rief mich jemand an ...«

»Wer?«

»Keine Ahnung. Er hat sich nicht vorgestellt.«

»Gut, was wollte er?«

»Eine Empfehlung. Kameraden ...«

»Warum gerade Sie?«

Volz senkte den Kopf und schielte nach oben zu de Bodt.

»Wir sind unter uns. Das ist keine Vernehmung.«

»Ich war eine Weile bei der Fremdenlegion, Ende der Neunzigerjahre.«

»Wo?«

»Dschibuti, später in Kourou.«

»Einsätze?«

»Guyana, Kosovo, verdeckte Aktionen in Afrika ...«

»Und dort haben Sie Bob kennengelernt?«

»Bob war nicht bei der Legion. Er hat wohl für Sicherheitsfirmen gearbeitet. Wie Blackstone. Davon gibt es eine Menge. Wenn ich so überlege, war er wahrscheinlich im Irak und in Afghanistan. Die Amis schicken ja immer mehr Söldner ...«

»Wie kommen Sie darauf?«

»Bei dieser Besprechung in Hamburg hat er Kameraden erwähnt und dass er die von dort kennt.«

»Okay. Sie gelten in solchen Kreisen als Gewährsmann. Ihr Urteil wiegt etwas.«

Volz nickte.

»Das heißt, jemand hat sich bei Ihnen erkundigt, ob Sie einen Kameraden kennen, der …«

»Einen äußerst schwierigen Auftrag übernehmen könnte.«

De Bodt hatte längst gemerkt, dass Volz keineswegs alles auspacken würde. Volz kannte Bob besser, als er zugab. Vermutlich verschwieg er einen gemeinsamen Einsatz. De Bodt fiel es nicht schwer, sich vorzustellen, warum. »Das heißt, Sie geben einfach so Auskünfte an Leute, die Sie anrufen?«

»Nein«, sagte Volz. »Der mich anrief, bezog sich auf einen Kameraden, mit dem ich in Guyana war.«

»Sie sind ja richtig rumgekommen. Das heißt, der Anrufer kannte Ihren Kameraden. Und der hat gesagt: Wenn du mal jemanden brauchst für eine kitzlige Aktion, frag den Ingo Volz.«

»So etwa.«

»Was können Sie uns über Bob noch verraten? Ist das sein richtiger Name?«

»Natürlich nicht.«

»Wo wohnt er?«

Volz lachte.

»Wer kennt ihn noch außer Ihnen und der Security?«

Volz überlegte.

»Wer war noch dabei, als Sie ihn getroffen haben?«

»Kenn den Namen nicht.«

»Wie viele?«

»Lassen wir das«, sagte Volz. »Nehmen Sie sich die Security vor.«

»Sonstige Infos?«

»Scheiße!«, brüllte Yussuf. Er zog seine Pistole aus dem Gürtelhalfter und raste zur Tür.

* * *

»Sie laufen zur Embarcadero, vorbei am AT & T-Stadion zur Caltrain Station. Sie steigen in den nächsten Zug nach San José. Sie steigen dort aus und gehen bis zum Kunstmuseum im Zentrum.«

André wartete längst in der Caltrain Station. Morgan sollte das Gefühl haben, fortwährend beobachtet zu werden. Wenn André das

Gefühl hätte, dann würde er seine Helfer zum Bahnhof lotsen, damit sie nicht auffielen und mitfahren konnten. André beobachtete das Umfeld. Bald sah er den GMC-Transporter. Er kam die King Street hinunter. Die beiden Männer stiegen aus. Offenbar hatte Morgan in der kurzen Zeit doch nur diese beiden Gestalten auftreiben können.

André rief Morgan an. »Damit wir uns verstehen. Schick die beiden Typen in dem GMC-Transporter weg. Wenn ich die noch einmal sehe, lass ich dich hochgehen. Oder ich bring dich um. Nur damit du es kapierst, ich bin nicht allein. Nicht so wie du jetzt.«

André grinste, als er sah, wie die beiden Männer in den Transporter stiegen und wegfuhren. Entweder sie rasten nach San José. Oder sie folgten dem Zug von Bahnhof zu Bahnhof, um zu prüfen, ob André und Morgan früher ausstiegen.

Er sah, wie Morgan sich näherte. Der hielt sich gut. Rannte nicht, zeigte keine Nervosität. Er rauchte eine Zigarette. Als Morgan den Bahnhof betrat, versteckte sich André hinter einer Säule. Morgan kaufte eine Fahrkarte am Automaten und stellte sich zu den Leuten, die warteten, zum Bahnsteig vorgelassen zu werden.

André rief Morgan an. »Geh denselben Weg zurück, den du gekommen bist. Vorher wirfst du dein Handy unauffällig in den Abfallkorb neben dem Fahrkartenautomaten. Wenn du telefonierst oder eine Nachricht verschickst, wünsche ich dir viel Spaß. Du marschierst an deinem Büro vorbei bis zum Golden Gate Park. Kennst du den Elk Glen Lake?«

»Ja.«

»Hinter dem See, im Westen, stehen Baracken. Geh dort hin und warte. Verstanden?«

»Ja. Ich werde mehr als eine Stunde laufen müssen.«

»Laufen ist gesund. Du wirst auf jedem Meter überwacht. Hast du eine Waffe dabei?«

»Nein.«

»Wirf sie in den Abfalleimer.«

»Okay.«

André sah, wie Morgan eine Pistole in den Mülleimer warf.

»Jetzt schmeiß das Handy weg.«

Er beobachtete, wie Morgan das Handy nahm, las, zögerte und sich umblickte. Dann bückte er sich zum Abfallkorb und legte das Handy hinein. Er streckte den Rücken und blickte sich erneut um.

Eins zu null für mich, dachte André.

Morgan verließ den Bahnhof in Richtung King Street. André tat so, als wollte er etwas in den Abfalleimer werfen, holte Handy und Pistole heraus, schaltete das Handy aus und warf beides in den Rucksack. Dann folgte er Morgan in großem Abstand auf der gegenüberliegenden Straßenseite.

Zwei zu null.

* * *

Als Salinger die Wohnung verlassen hatte, sicherte sie nach allen Seiten und machte sich auf den Weg. In fünf Minuten würde sie im Späti sein. Sie bildete sich ein, ihn schon einmal gesehen zu haben. Neben dem Laden hatte vor Kurzem eine Eisdiele eröffnet, und Salinger hatte nicht widerstehen können. Sonst achtete sie sehr auf ihre Ernährung, fand sich fast immer zu dick, obwohl sie wusste, dass sie gertenschlank war. Und dass sie gut aussah, was ihr Verstand begriff, was aber irgendetwas in ihrem Inneren fortlaufend bestritt.

Kurz vor der Kreuzung mit der Skalitzer Straße sah sie den Mercedes Sprinter von Robben & Wientjes. An der Seite war ein Banner angebracht mit der Aufschrift *Junggesellenabschied.* Die Seitentür öffnete sich, als sie auf der Höhe des Wagens war. Es sprangen drei Männer heraus. Sie trugen Pappnasen, Clownshüte und bunte T-Shirts. Der eine umarmte sie mit aller Kraft und tat so, als würde er sich über ein Wiedersehen freuen. Der zweite nahm ihre Beine und lachte, als wäre es ein Scherz. Zu dritt wuchteten sie Salinger in den Transporter, zwei kamen mit, der dritte knallte von außen die Tür zu, setzte sich hinters Steuer und fuhr los.

* * *

Yussuf sah nur noch, wie der Wagen rechts abbog. Als er die Kreuzung erreichte, sah er den Transporter im Verkehr. Er hatte keine Chance. Yussuf hetzte zurück und traf de Bodt auf der Treppe.

»Entführt!«, rief ihm Yussuf zu. »Sie haben Salinger!«

»Wer?« De Bodt blieb auf der Stufe stehen.

»Keine Ahnung. Kerle.«

De Bodt schlug sich die Hand an die Stirn. »Verfluchte Scheiße!« Er überlegte. »Volz muss weg. Wohin?«

»Ich weiß, wohin.« Yussuf tippte sich an die Schläfe. Er schaltete sein Handy ein und sagte: »Das ist jetzt scheißegal. Die wissen, wo wir sind.«

Seine Faust klopfte gegen das Treppengeländer. Dann sagte er: »Ihr seid mir einen Gefallen schuldig. Ja, seid ihr. Und jetzt ist es soweit.«

Er hörte zu, dann sagte er: »Ich möchte, dass ihr uns in der Manteuffelstraße abholt. Mindestens drei Autos und acht Männer … ja, bloß nicht weniger … um was es geht? … das sag ich dir, wenn du hier bist … nur so viel: Es geht gegen die Bullen. Das verstehst du nicht? Laber nicht, kommt her. Und bringt … Werkzeuge mit. Und Funk.« Er nannte die Adresse und trennte das Gespräch.

»Was war das?«

»Er schuldet mir einen Gefallen.«

»So einen großen Gefallen?«

»Mindestens.« Yussuf lachte trocken. »Mindestens.«

Sie gingen zurück in die Wohnung. Volz hatte Schweiß auf der Stirn. »Wie haben die uns gefunden?«

»Biografie, Datenspeicher plus Rechenpower ohne Ende.«

Yussuf zog den Vorhang zu und blickte durch einen Schlitz hinaus. »Das waren keine Kollegen«, sagte er.

»VS?«, fragte de Bodt.

Volz saß auf dem Sofa und schwitzte.

»Haben die Leute für so was? Eher nicht.«

»Das waren die BBC-Leute«, sagte de Bodt. »Sie wollen ihn gegen Salinger eintauschen.«

Volz' Augen weiteten sich. »Scheiße«, murmelte er.

»Unsere Leute hätten sie festgenommen wegen Gefangenenbefreiung. Die brauchen sie nicht entführen. Der VS war es nicht, weil er mit Weber und Konsorten unter einer Decke steckt. Bleiben die BBC-Killer.«

»Die Sherlock-Holmes-Ausschluss-Methode«, sagte Yussuf trocken.

»Woher kennen Sie die?«

»Sie meinen, der Türke als solcher bewegt sich in einem fremden Kulturkreis?«

»Idiot«, sagte de Bodt. »Sie sind zu jung für Holmes.«

Yussuf lachte. »Danke. Aber es ist Ihnen anscheinend entgangen, dass Holmes gerade wieder Karriere gemacht hat. Jedenfalls im Kino. Wenn ich Ihre Allgemeinbildung auffrischen darf.«

De Bodt schüttelte grinsend den Kopf. Aber das Grinsen war bitter. Dem Druck geschuldet. Und der Angst. Verzweiflungsgrinsen.

»Was sind das für Freunde?«, fragte er.

»›Freunde‹ ist das falsche Wort. Das erzähle ich Ihnen später mal. Wenn es ein Später gibt.« Yussuf hob die Hand. »So, sie sind da.«

Draußen quietschte es.

Yussuf öffnete das Fenster und rief etwas auf Türkisch. Dann, ins Zimmer: »Wir verschwinden.« Selbstverständlich übernahm jetzt er das Kommando. Sie stiegen die Treppe hinunter, die Pistole in der Hand, Volz in der Mitte, Yussuf vorn. An der Haustür winkte er de Bodt und Volz, zu warten. Er trat hinaus und schloss die Tür. De Bodt hörte gedämpft türkische Männerstimmen. Sie redeten hektisch. Es dauerte nur ein paar Sekunden, bis Yussuf die Tür wieder öffnete. »Volz und Sie in das mittlere Auto. Handys ausschalten.« Er deutete auf einen tiefer gelegten Golf mit silbernen Schwellern und Walzen statt Reifen. Aus dem Doppelauspuff wummerte es. Daneben standen drei junge Männer, modisch gekleidet. Während Volz und de Bodt sich auf die Rückbank quetschten, stieg Yussuf vorn ein. Im Radio zischelte der Polizeifunk. Die Kolonne startete. Vorne ein alter Daimler 190E, aufgemotzt mit allem, was der Tuningmarkt an Geschmacklosigkeiten hergab. Am Ende ein Opel Omega in Graumetallic, der vergleichsweise normal aussah. Die Kolonne fuhr Richtung Kottbusser Damm. De Bodt erwartete jeden Augenblick eine Straßensperre. Aber dann dachte er, dass Kammann und Weber nicht versuchen würden, Streifenpolizisten in die Sache zu verwickeln. Und die BBC-Killer oder das, was von ihnen übrig geblieben war, hatten Salinger. Woher wussten die, dass sich Salinger, Volz und er in dieser Wohnung aufgehalten hatten? Von Kammann. Die Verfassungsschützer hatten Holger in ihrer Datenbank. Und sie hatten gespeichert, dass er Holger kannte. Sie hatten alle Adressen von Bekannten in Berlin im Visier.

Der Wagen war knüppelhart gefedert und nahm jede Bodenwelle mit. Der Motor blubberte unruhig, als drängte er darauf, dass seine PS endlich losgelassen würden. Hier war die Manteuffelstraße eng, ein idealer Ort, die Kolonne zu blockieren. Aber mit dieser Hilfe hatten die Verfolger nicht gerechnet. De Bodt ja auch nicht.

Der Fahrer war eher kleinwüchsig und hatte extrem markant geschnittene Haare, gegelt und schwarz. Er trug eine Lederjacke. Haare quollen aus dem Ärmel. An den Fingern der rechten Hand trug er drei, an denen der linken zwei Ringe. Sie waren groß und sahen echt aus. Genauso die Rolex am Handgelenk. Über dem Kragen glänzte eine Goldkette aus massiven Gliedern. So sahen Zuhälter aus. Oder Rauschgiftdealer. Am Spiegel hing ein Wimpel von Galatasaray. De Bodt lagen Fragen auf der Zunge, aber er hielt den Mund. Was hatte Yussuf mit diesen Leuten zu tun?

Die Wagen rollten eher gemächlich durch Neukölln. De Bodt sah durch die Fenster, dass der Beifahrer im ersten Wagen telefonierte. Über den Hermannplatz in die Hermannstraße. De Bodt sah von den Seiten her immer wieder Autos hinter ihnen einbiegen, die ähnlich aufgemotzt waren wie die Wagen in der Kolonne. Die Autos folgten ihnen. Und dann begriff de Bodt, dass diese Wunderwerke des Tunings sie nach hinten abschirmten. An dieser Schlange käme niemand vorbei.

Was hatte Yussuf mit diesen Leuten zu tun? Mussten sie fürchten, dass Yussuf selbst in Schweinereien verwickelt war? Mit Drogendealern, Zuhältern oder was im Sumpf noch aufsteigen mochte?

Sie fuhren am S-Bahnhof Hermannstraße vorbei in Richtung Britz. Als sie die Autobahn unter- und den Teltowkanal überquert hatten, bog die Kolonne links ein. Mietshäuser, die nach Sechzigerjahren aussahen. An beiden Seiten der Holzmindener Straße parkten Autos. Die führenden drei Wagen bogen auf einen Parkplatz vor einem mehrstöckigen Haus mit sandsteinfarbener Fassade ein. Die anderen Wagen waren zurückgeblieben.

Der Fahrer stieg aus, auch die Männer in den anderen Autos. Der Fahrer sagte: »Kommt mit!«, und ging los. Yussuf schloss sich ihnen an. Ins Haus, mit dem Aufzug in den vierten Stock. Dort schloss der Mann eine Wohnungstür auf. »Fatma und Hakan sind in der Türkei. Kommen in vier Wochen zurück. Dann müsst ihr raus sein. Bitte sauber machen. Danke.« Er legte den Schlüssel auf eine Kommode unter einem Spiegel, boxte Yussuf freundlich gegen die Schulter und ging.

»Das ist ja ein Ding«, sagte Volz.

Und de Bodt dachte: Sie haben Salinger. Sie haben die Polizei und den VS. Und wir haben nur uns und ein paar zweifelhafte Typen, die komische Autos fahren. Das ist das Ende.

XIX.

Scheißlauferei. André bereute es fast, den Mann zum Golden Gate Park geschickt zu haben. Jetzt begann es auch noch zu regnen. Morgan blickte sich kein einziges Mal um. Er starrte nach vorn und lief ziemlich schnell, als könnte er es nicht erwarten. André beobachtete die Gegend genau. Morgan hatte keine Helfer mehr. André hatte ihn überrumpelt. Morgan musste improvisieren, und das war gescheitert. Jetzt war er allein. Vermutlich überlegte er die ganze Zeit, wie er aus der Sache rauskommen könnte.

André dachte an Helen, die immer noch gefesselt in ihrem Haus lag. Hoffentlich. Er hatte einen Augenblick das Bild im Kopf, dass er im Flughafen abgefangen wurde. FBI. »Kommen Sie bitte mit.« Aber André hatte viele Menschen getötet. Doch nie Frauen und Kinder. Er hatte die Vergewaltigungen, Morde und Misshandlungen nach den Kämpfen gehasst. Wenn Männer ihre Überlegenheit bewiesen, wenn sie ihre Angst, den Frust und das Adrenalin abbauten.

Am Wegesrand warnte ein Schild vor Kojoten. Der Verkehr auf den Straßen am Park rauschte. André sah einen Teich mit Enten. Ein Wasserfall ergoss sich in ihn. Raben hüpften von Ast zu Ast. Schilfrohrwiesen.

Morgan erreichte einen schmalen Weg, der sich um einen Hügel nach oben wand. André holte auf. Ein Pfad zweigte ab in den Wald. Kurz entschlossen rannte André den Pfad hoch. Es war steil. Zweige kratzten im Gesicht. Der Boden federte. André lief auf den Gipfel. Als er oben war, blickte er über die Bucht und hechelte. Ein riesiger Frachter dampfte davon. Touristenschiffe kreuzten. Als der Puls wieder normal pochte, ging er den Weg hinunter. Er sah Morgan schon von Weitem. Der marschierte ihm entgegen und schien André nicht wahrzunehmen. Der lehnte sich an einen Baum und tat so, als suchte er etwas in seinen Taschen. Zerstreuter Tourist mit Rucksack.

Morgan war jetzt keine fünf Meter entfernt. »Bleib stehen«, sagte André. »Ich habe deine Waffe, und ich schieße, wenn du eine falsche Bewegung machst. Wenn du Glück hast, überlebst du das.«

Morgan blickte ihn müde an. Natürlich hatte er alle Möglichkeiten berechnet.

»Wer überweist das Geld?«

Eine Frau mit weißen Haaren führte einen Terrier den Weg hoch. Sie schwiegen, bis sie vorbeigegangen war.

»Ich.«

»In wessen Auftrag?«

Morgan schwieg.

»An wen?«

»Du hast die Belege. Du weißt es.«

»An wen noch?«

»Niemanden.«

»Wer ist Bob?«

»Wer?«

»Da hoch.«

Morgan blickte ihn verwirrt an.

André blickte sich um und sah niemanden. »Durch die Büsche. Los.«

Morgan zuckte mit den Achseln, drückte Zweige beiseite und bahnte sich einen Weg. André folgte Morgan. Der kroch den Hang hinauf. Hier war er steiler als am Pfad. André trug den Revolver offen in der Hand. Mit der anderen zog er sich an Zweigen und Ästen hoch. Er rutschte aus, und schon stürzte sich Morgan auf ihn.

* * *

Kammann und Höxtra saßen in ihrem Wagen in der Manteuffelstraße und hatten freie Sicht auf Salingers Entführung. Volz' Telefonnummer war ein Volltreffer. Er schickte dem Leihlaster mit der Geisel Zivilfahnder in zwei Wagen nach. Dummerweise hatten sie keine Chance gehabt, den Typen einen GPS-Sender unterzujubeln.

Bob wusste, dass er verfolgt wurde. Auch, dass Kammann ihn und seine Leute umbringen würde. Und Salinger mit. Ein bedauerliches Opfer bei einer Geiselbefreiung. Aber noch war die Geisel nützlich. Salinger gegen Volz, das war der Deal. Und Bob bekam als Belohnung wenigstens die Illusion, in Ruhe gelassen zu werden.

Er rief Wizzy an. Das Erste, was er hörte, war Kaiser-Gesülze. »Ja?«

»Haben die Fahnder sich gemeldet?«

»Die rufen Weber an …«

»Der sitzt doch bei dir im Büro!«

»Wie war das mit den Würmern und der Nase?«

»Gib mir Weber!«

»Ja, Herr Kammann.«

»Jetzt hören Sie ganz genau zu. Die Ansage dauert nur wenige Sekunden. Wenn Sie nicht sofort meinen Weisungen folgen, waren Sie Kriminalrat. Die Pensionsansprüche können Sie sich dann auch in den Arsch stecken. Sollten Sie mir nicht glauben, rufen Sie das Kanzleramt an. Wir haben einen Notstand. Da gelten andere Regeln. Und die bestimme ich, solange das Kanzleramt nicht das Gegenteil befiehlt. Haben Sie das verstanden?«

Pause. Dann: »Was soll ich tun?« Dünne Stimme.

»Einen Mucks, Herr Weber, einen einzigen Mucks, und Sie wünschen sich in ein Arbeitslager in Sibirien. So, haben die Fahnder sich gemeldet?«

»Sie folgen dem Wagen in Zehlendorf.«

»Haben sie versucht, einen GPS-Sender am Laster anzubringen?«

»War bisher nicht möglich. Sie fahren auf Abstand.«

»Schicken Sie weitere Wagen hinterher. Die wissen, dass sie verfolgt werden. Die fahren krumme Wege, bis sie eine Chance erkennen, die Verfolger abzuschütteln.«

»Ja, Herr Kammann.«

»Sie folgen nicht nur meinen Weisungen, sondern auch denen von Frau Wieczorek. Haben wir uns verstanden?«

»Aber …«

»Nichts aber!«, schnauzte Kammann. »Noch ein Widerwort!«

»Ich habe verstanden. Der Polizeipräsident hat mich angerufen. Er will wissen, wo ich bin.«

»Der Präsident hat seine Anweisungen. Die entsprechen Ihren Befehlen. Er wird Sie nicht mehr stören.« Kammann wusste, warum er Bullen verachtete. Vor allem die Büropupser. Je höher in der Befehlskette, desto pissiger. Beim Aufstieg trainierte man ihnen die letzten Ecken und Kanten ab. Die Selektion der Anpassungsfähigen, Erbärmlichen. Typen, die es jedem Innenminister recht machten. Angst hatten vor einem falschen Wort. Davor, zu stürzen, wenn sie erst oben waren.

»Geben Sie mir die Kollegin!«

»Was willste?«

»Wo ist Schröder? Hat er sich gemeldet?«

»Keine Ahnung. Nein.«

»Bist du in den Netzen der Fluggesellschaften und Banken?«

»Selbstverständlich. Mit Ausnahmegenehmigung des Herrn Staatssekretärs. Das hast du doch vermittelt.«

»Ist ja gut. Haben wir die Nummern seiner Kreditkarten?«

»Klar.«

»Und er hat sich nirgendwo eingeloggt?«

»Das ist zwar ein Arschloch. Aber er ist ein intelligentes Arschloch, falls dir das noch nicht aufgefallen ist. Das sind die Schlimmsten.«

»Halt die Augen offen.«

»Die Hühneraugen?«

Kammann trennte das Gespräch.

Wir nähern uns dem Ende des Dramas. Jetzt muss ich mir langsam überlegen, wie ich rauskomme, dachte er. Er wusste viel. Vielleicht sollte er das verkaufen. Moskau, Peking … Er würde alle Akten und Daten anbieten, die er im Büro hatte. Er würde ihnen alles über das *Unternehmen Held* verraten. Damit konnten die anderen Berlin erpressen. Er hatte eine Atombombe im Koffer, und die würde ihn retten. Da hätte ich gleich drauf kommen sollen. Konnte ich aber nicht, denn ich bin kein Verräter. Ich bin treu und verschwiegen. Aber jetzt, wo sie mich zwingen. Wo sie mich erledigen wollen. Da gab es keine Regeln mehr außer denen, die er selbst aufstellte. Heute diese, morgen jene. Regel Nummer eins: überleben um jeden Preis. Regel Nummer zwei: so viel rausholen aus der Sache, wie es ging.

Er überlegte, wie es wäre in Moskau mit Comenius. Er lachte leise vor sich hin.

Höxtra musterte ihn und steckte sich einen Keks in den Mund.

Kammanns Handy klingelte.

»Die haben uns abgehängt.«

»Was?!«

»Plötzlich tauchten vier weitere Leih-LKW von Robben & Wientjes auf.«

»Seid ihr zu blöd, eine ordentliche Meldung zu machen? Wo?«

»Auf der Autobahn. Die haben sich pausenlos gegenseitig überholt. Dann sind sie an verschiedenen Abfahrten runter. Die ersten beiden haben wir verfolgt. Also je ein Wagen …«

»Die haben doch Nummernschilder …«

»Ja, aber die gleichen.«

»Ihr seid doch bescheuert. Warum ruft ihr erst jetzt an? Wir hätten Hubschrauber …« Er drückte den Trennknopf und warf den Schädel gegen die Kopfstütze und brüllte laut: »Scheiße!«

Kammann wählte die Nummer, die ihm Volz gegeben hatte.

»Kein Anschluss unter dieser Nummer.«

* * *

Sie fühlte sich wie ein Stück Vieh in einem Tiertransporter. Im Gegensatz zu Kühen oder Schweinen aber wusste sie, was ihr drohte. Einer von beiden Typen, zwischen denen sie saß, hatte sich lange nicht gewaschen. Der andere benutzte ein Rasierwasser, das eher nicht ihre Richtung war. Sie sah nichts. Die hatten sie gefesselt und ihr eine Augenbinde verpasst. Der Transporter rumpelte über einen Feldweg. Die Typen sagten kein Wort. Das war ein schlechtes Zeichen. Sie hatten einen Plan, mussten nicht improvisieren.

Die ganze Aktion war gescheitert. Salinger war einiges klar. Sie würde nun als Geisel angeboten. Mochte sein, dass sie das Abenteuer überlebte, sonst hätten die Typen ihr nicht die Augen verbunden. Sie würden sie einsperren. Am Arsch der Welt. Dann würden sie verlangen, Volz zu bekommen. Wenn sie den hatten, würden sie Salinger freilassen. Oder sie umbringen. Salinger verspürte weniger Angst als Wut und Verzweiflung. Sie war wehrlos. Niemand konnte ihr helfen außer de Bodt und Yussuf. Die Polizei nicht und sonst auch niemand. Das war das Schlimmste.

Die Holperei kam ihr endlos vor. Dann hielt der Wagen doch. Ein Quietschen draußen. Der Wagen fuhr noch ein paar Meter, dann bremste er. Wieder das Quietschen. Sie roch den Staub schon, bevor die Tür aufging. Als die Tür aufgeschoben wurde, merkte sie, dass sie sich geirrt hatte. Kein Staub. Stroh und Heu. Das kannte sie von früher. Wenn sie bei den Großeltern auf dem Land war. In ihrer Erinnerung waren es sorgenfreie Wochen. Abenteuer, Grenzenlosigkeit. Und dieser Geruch nach Tieren, Mist, Stroh und Heu.

Ein Typ nahm sie am Oberarm und drückte sie aus dem Wagen. Draußen fing sie einer auf. Er umklammerte brutal ihren Arm und zog sie mit. Sie stolperte, der Typ zog sie hoch. Kein Wort. Sie hörte eine Tür knarren. Metall auf Metall. Der Typ ließ ihren Oberarm los und stieß sie weg. Sie fiel auf einen Steinboden und schlug mit dem Kopf auf. Es schmerzte höllisch. Die Tür knarrte. Stille.

* * *

Sie saßen in der Küche. Yussuf hantierte an der Kaffeemaschine. Filter und Pulver hatte er schon gefunden. Volz war leichenblass, Schweißtropfen klebten an der Stirn.

De Bodt lag die Frage auf der Zunge, auf wen und was sich Yussuf eingelassen habe. Aber das war jetzt unwichtig. Seine Karriere war sowieso im Eimer. Wenn er lebend aus der Sache herauskam, sollte es genügen. Er spürte sogar einen Hauch der Erleichterung. Er hatte diesen Scheißberuf nicht geliebt. Geblieben war er nur, weil er zu feige war, sich seinen Irrtum einzugestehen. Und weil er die Miene seines Vaters nicht sehen wollte. Dieses *Ich habe doch recht gehabt wie immer.* Frei, neu zu entscheiden, wäre er nur gewesen, wenn der Vater tot wäre. Nun hatten ihm andere die Entscheidung abgenommen. Immerhin etwas. Nur zweifelte er daran, dass er überleben würde. Wenn ja, würde er es sich nie verzeihen, wenn Salinger sterben würde. Er war mitschuldig daran. Er hatte sie in diese Scheiße geritten. Seinetwegen hatte sie ihre Dienstpflichten verletzt. Seinetwegen war sie nun in der Hand von Killern.

***

Morgan riss André zu Boden. Er umklammerte seinen Hals und drückte. André stieß ihm den Mittelfinger ins Auge. Morgan schrie auf und lockerte einen Moment den Griff. André zog Morgans Arm von seinem Hals und drückte ihn hinter dessen Rücken. Morgan schnaubte und drehte sich zur Seite, wo ihn Andrés Knie im Unterleib traf. Der Mann krümmte sich vor Schmerz. André stand auf und zog die Waffe. Er stieß sie Morgan in den Mund. Die Schneidezähne brachen.

»Hände auf den Rücken!«

Morgan legte die Arme unter seinen Rücken.

Sein Auge blutete.

André durchsuchte die Kleidung. Er fand eine Brieftasche und ein kleines Gerät. Klar, so was musste passieren. »Verfluchte Scheiße«, murmelte er vor sich hin.

Er öffnete die Brieftasche auf Morgans Brust und zog die Karten aus den Fächern.

Visa, Mastercard, Fremont-Bankcard, Sozialversicherungsausweis. Eine blaue Karte war auf den Boden gerutscht und wäre fast unter welken Blättern verschwunden. Schwarzer Untergrund am oberen Rand, darauf in Weiß: *Central Intelligence Agency*. Unten hinter *Name* auf einer weißen Linie *Charles Morgan*. Dazu eine Personalnummer. Über dem Namen ein Passbild.

André blickte auf den Ausweis und das Gerät. Er betrachtete es genauer. Es sah aus wie ein halbiertes Ei, nur kleiner. Auf der abgeflachten Unterseite war eine mit einer Schraube verschlossene Klappe für eine Knopfzelle. Fast unlesbar klein eingeprägt: *GPS Tracker*. Das Drecksding funkte seine Position.

Er hatte keine Zeit mehr. Jeden Augenblick konnten sie kommen. Er schlug Morgan den Revolver gegen die Schläfe, drehte seinen Kopf, bis es knackte, und rannte los. Den Berg hinauf. Den Gipfel umrundete er halb und hetzte auf der Rückseite hinunter. Ein Hund kläffte, und es durchfuhr ihn wie ein Stromschlag. Sie hatten die ganze Zeit gewusst, wo er war. In Morgans Nähe. Einen Vorteil hatte er. Sie wussten nicht, wie er aussah.

Während er versuchte, nicht zu stürzen, kam ihm der Gedanke: Warum ließen sie es zu, dass er Morgan überwältigte?

Weil sie sich nicht verraten wollten.

Er übersprang ein Erdloch und gleich danach ein Wurzelende.

Weil sie Morgan sowieso erledigt hätten.

Stimmen, oben am Hang. Kläffen. Mehrere Hunde.

Und jetzt müssen sie dich erledigen. Unbedingt.

Mit gesenktem Kopf durch dichte Zweige.

Bob hat für die CIA gearbeitet.

André sah unten einen Bach. Sein Hirn prüfte alle Möglichkeiten. Den Hunden entkommen, das war das Wichtigste. Warteten am Fuß des Hügels CIA-Agenten auf ihn?

CIA. Das erklärte, warum die Sache so gelaufen war. So viel Geld. Die besten Profis. Perfekte Planung. Und die Beseitigung der Mittäter.

Jetzt war er dran.

Es kläffte. Sie waren nah.

* * *

Sie saßen am Küchentisch und tranken Kaffee. De Bodt fixierte Volz. Der sah aus, als wäre er beim Berlin-Marathon mitgelaufen.

»Und die verpfeifen uns nicht?« Volz zeigte nach draußen.

Yussuf schüttelte den Kopf.

»Türkenmafia«, sagte Volz.

Yussuf schüttelte den Kopf.

»Wir sind hier sicher«, sagte de Bodt. »Aber überleben werden wir die Sache nur, wenn wir die Täter finden. Den Weg zu denen müssen Sie uns verraten.«

Volz betrachtete seine Knie.

»Sie verstehen doch, was ich meine?«

Volz nickte.

»Also noch mal. Wer ist Bob?«

»Ich weiß es nicht.«

»Haben Sie ihn mal gesehen?«

Volz nickte.

»Wo?«

»In Frankfurt. Auf dem Flughafen.«

»Wie sieht er aus?«

»Weiß ich nicht. Habe sein Gesicht nicht gesehen.«

»Sie haben ihn getroffen, aber sein Gesicht nicht gesehen?«

Volz nickte. »Er stand plötzlich in meinem Rücken. *Dreh dich nicht um.*«

»Und dann?«

»Dann hat er nach Leuten gefragt.«

»Worauf kam es ihm an?«

»Erfahrung, Nerven, Gehorsam, Waffenkenntnisse. Er wollte die Besten.«

»Woher kennen Sie die Besten?«

»Ich bin lange im Geschäft.«

»Sie sind eine Art Personalvermittler?«

»So kann man das nennen.«

»Sie erhalten Geld dafür?«

»Natürlich. Sie verdienen auch Geld mit Ihrem Wissen.«

»Und Sie haben ihn nicht gesehen?«

»Doch, von hinten. Ich habe ihm nachgeschaut.«

»Beschreiben Sie ihn.«

»Nicht sehr groß. Stämmig, aber nicht fett. Kräftig. Geht wie ein Panther.«

»Stimme?«

»Nicht sehr tief. Aber klar. Bestimmt. Selbstsicher. Kalt.«

»Sie sind ein guter Beobachter. Leider können wir Sie nicht mehr einstellen, obwohl Sie besondere Qualifikationen für den Polizeiberuf besitzen.«

Volz lachte bitter.

»Kennen Sie jemanden, der Bob kennt?«

Volz überlegte lang und nickte.

»Woher?«

»Vom Flughafen. Ich habe ihn zweimal gesehen.«

»Wie das?«, fragte Yussuf.

»Im Parkhaus noch mal. Zufällig, als ich zu meinem Auto ging.«

»Er ist also nicht weggeflogen …«, sagte Yussuf.

»Nein, solche Leute bevorzugen Bahnhöfe, Flughäfen, große Plätze mit vielen Leuten. Da fällt man nicht auf.«

Yussuf winkte ab. So blöd war er nun auch nicht.

»Was haben Sie im Parkhaus gesehen?« De Bodt hatte begriffen, dass man Volz jede Antwort entlocken musste.

»Er ist in einem Auto weggefahren.«

»Was für ein Auto?«

»Ein Audi A6, schwarz, ziemlich neu.«

»War er allein?«

»Nein.«

»Wer war noch dabei?«

»Gefahren hat ihn eine Frau. Sie hatte rote Haare. Hab ich durch die Rückscheibe gesehen.«

»Haben Sie das Kennzeichen aufgeschrieben?«

»Natürlich«, sagte Volz.

* * *

Bleib ruhig. Ganz ruhig. Sie lauschte. Aber von draußen drang kein Geräusch in den Raum. Sie lief vorsichtig in eine Richtung, bis sie an eine Steinwand stieß. Dann zählte sie die Schritte zur gegenüberliegenden Wand. Drei Meter vielleicht. Das Gleiche mit den anderen Wänden. Dreieinhalb Meter vielleicht. Sie überlegte, ob sie die Augenbinde an einer Wand abreiben könnte. Doch wenn einer hereinkam und sie ihn sah, war sie tot. Sie fand die Tür. Sie war aus Stahl. Mit auf den Rücken gebundenen Händen tastete sie nach dem Schloss. Sie fand keines. Offenbar war die Tür von außen verriegelt.

Hier würde sie ohne Hilfe nie herauskommen.

Sie setzte sich und lehnte sich an die Wand.

Bloß nicht verzweifeln.

Sie dachte an de Bodt und Yussuf. Sie würden sie rausholen.

Nicht die Nerven verlieren.

Sie mussten die Tür öffnen, wenn die Typen sie nicht verdursten lassen wollten. Dann hätten sie Salinger gar nicht erst einsperren müssen. Sondern ihre Leiche irgendwo verscharrt. Welche Chance hatte sie zu entkommen?

Mit dem Rücken zur Wand durchsuchte sie mit den nach hinten gebundenen Händen den Raum. Sie kniete, um die Wand unten abtasten zu können. Oben drückte sie Rücken und Hinterkopf gegen den Stein. Die Wand war uneben. Sie war schlampig gemauert worden. Der Mörtel ragte heraus oder bot einen Spalt zwischen den Steinen. Aber sonst entdeckte sie nichts. Als sie wieder an der Tür angekommen war, legte sie sich mit dem Bauch auf den Boden. Mit den Knien schob sie sich rückwärts zur Wand, bis die Füße sie berührten. Dann rollte sie langsam über den Beton. Sie benutzte ihren Körper als Tastfläche, drückte ihn möglichst plan gegen den Untergrund. Als sie an der Rückwand angekommen war, verschnaufte sie einen Augenblick. Dann kroch sie ein Stück zur Mitte und rollte sich zurück Richtung Tür. Sie hielt an. Es schüttelte sie. Sie versuchte sich zu beruhigen, erinnerte sich an de Bodt und Yussuf. Sie hatten längst gemerkt, dass etwas geschehen war. Vielleicht hatten sie es sogar gesehen. Die beiden würden alles tun, um sie zu retten. Salinger wartete, bis der Verzweiflungsanfall abflaute. Tränen nässten ihre Augenbinde.

Sie rollte weiter und hielt sofort an. Da war etwas Hartes unter dem Oberschenkel. Sie drehte sich zurück, schob sich ein Stück zurück Richtung Seitenwand und begann, die Stelle mit den Händen abzutasten. Endlich fand sie den Gegenstand.

Es war ein Nagel.

* * *

André hetzte ins Tal. Der See glitzerte in der Sonne. Am Ufer blickte er sich um, sah niemanden und stieg ins Wasser. Es war kalt. In der Deckung des Ufers entfernte er sich von der Einstiegstelle. Mal wühlte er sich durch Schlamm, der ihn zäh festhalten wollte, mal musste er schwimmen. Der Rucksack drückte ihn nach unten. Das Kläffen näherte sich. Sie hatten das Ufer erreicht. André brach ein Schilfrohr ab. Immer weiter. Er wurde müde. Weiter, weiter. Die Hunde kläfften lauter. Und leiser. Sie hatten sich geteilt und suchten das Ufer in beiden Richtungen ab. Hätte ich auch gemacht. André fand einen Ufervorsprung, drückte sich hinein und wartete.

Das Gekläffe war jetzt ganz nah. Jetzt hörte er auch die Suchbefehle der Hundeführer auf seiner Uferseite. André nahm das eine Ende des Schilfrohrs in den Mund und tauchte ab. Seine Hand ertastete eine Wurzel, an der er sich festhalten konnte. Die Schatten von drei Männern weiteten sich riesenhaft auf der Wasseroberfläche. Das Kläffen klang dumpf und wie weit entfernt. André zwang sich, ruhig zu atmen. Die Panik des Verfolgten war die Hauptwaffe des Verfolgers. Er hatte es im Griff. Noch bestimmte er, was geschah. Er hatte immer schnell gehandelt. Dem Feind keine Zeit lassen. Überrumpeln. Und wenn er sich sicher fühlte, zum Gegenschlag ausholen. Zeit war der wichtigste Faktor im Kampf. Hätten sie gewusst, dass er kommt, sie hätten ihn längst gestellt.

Als er das Kläffen nicht mehr hörte, tauchte er vorsichtig auf. Weitab, am gegenüberliegenden Ufer, sah er Männer und Hunde. Klein, im Wasserdunst verschwommen. André lächelte. Wieder davongekommen. Er blickte auf die Uhr. Noch würde er seine Maschine nach Frankfurt bekommen. Von dort nach Berlin. Aber er musste sich beeilen. Er sah niemanden mehr außer einem Pärchen in der Ferne. Er ging am Ufer entlang, bis er eine Stelle fand, wo er aus dem Wasser steigen konnte. Ihm war kalt.

* * *

»Wir müssen nach Frankfurt«, sagte de Bodt. »Und das sofort.« An Volz gewandt. »Bei aller Hektik. Denken Sie noch einmal genau nach, ob Ihnen noch was einfällt.« Zu Yussuf: »Wir brauchen ein Auto. Das schnellste, das Ihre … Freunde haben.«

Yussuf blies die Backen auf. »Das wird schwierig. Die lieben ihre Karren mehr als ihre Mütter.« Er ging ins Schlafzimmer, wo er ein Telefon gesehen hatte.

Volz grübelte, fand aber nichts mehr in seiner Erinnerung. »Ich fahr mit nach Frankfurt. Geht das?«

»Natürlich. Aber auf eigenes Risiko.«

»Sie haben Nerven. Wenn ich hierbleibe, können Sie schon mal meine Beerdigung planen.«

»Nicht in dieser Wohnung.«

»Ich will weg aus Berlin.«

De Bodt nickte. Yussuf kam nach ein paar Minuten zurück. Er schnaufte. »Okay. Wir kriegen einen Wagen. Kommt in einer halben Stunde.«

Pünktlich hörten sie es auf dem Parkplatz wummern. De Bodt blickte hinunter und konnte sich ein Lachen nicht verkneifen. Ein weißer Dreier-BMW mit einem dicken blauen Rallyestreifen über Motorhaube, Dach und Kofferraum. Die Kotflügel waren ausladend wie bei einem alten Lastwagen. Der Fahrer stieg aus, ein Handy am Ohr. Es klingelte im Schlafzimmer.

»Wir haben dich schon gehört«, sagte Yussuf und legte auf. »Los geht's.«

Unten setzte sich Yussuf ans Steuer, sein Kumpel auf den Beifahrersitz, de Bodt und Volz auf die Rückbank.

»Wehe, du machst einen Kratzer in den Lack«, sagte der Kumpel.

»Ist schon gut«, sagte Yussuf.

»Und überdreh die Karre nicht.«

»Nein, bestimmt nicht.«

»Und geraucht und gefressen wird auch nicht.«

»Niemals.«

»Und gereinigt zurückgeben.«

»Versprochen.«

»Und das Radio lässt du in Ruhe. Ist Hightech, du verstehst.«

»Was für ein Radio?«

»Und nur Superplus, klar?«

»Logo.«

»Und Ultra-Synthetiköl, klar? Bei jedem Tankstopp Wasser und Ölstand kontrollieren.«

»Nichts lieber als das.«

Sie nahmen ihn mit bis zum Hermannplatz. Dort stieg der Kumpel mit feuchten Augen aus. »Du passt auf, Yussuf. Ehrenwort?«

De Bodt stieg auf den Beifahrersitz um.

»Ehrenwort«, sagte Yussuf durch die geöffnete Scheibe. Und gab Gas.

Im Schminkspiegel sah de Bodt die schreckgeweiteten Augen des Kumpels.

* * *

Kammann, Weber und Krüger durchsuchten die Wohnung in der Manteuffelstraße. Sie fanden nichts außer Koks, Schnaps, Porno-DVDs, Bücher mit fernöstlichen Weisheiten und vergammeltes Brot. Dazu Staub und noch mal Staub.

»Woher haben die Entführer gewusst, dass Frau Salinger hier war?«, fragte Weber.

»Keine Ahnung«, log Kammann.

Weber und Krüger blickten sich an.

»Ich kann nicht dulden, dass einer Polizeibeamtin etwas geschieht. Es gibt Grenzen, selbst im Notstand.«

»Sie haben die Grenzen längst überschritten«, sagte Kammann wie nebenbei. In seinem Hirn arbeitete es. Er brauchte Volz. Aber der war verschwunden wie de Bodt und Yussuf. Und Ruoff? Vielleicht wusste der doch mehr. Vielleicht kannte er doch noch jemanden. Wenn man ihn richtig fragte.

Und wo, verdammt, war Schröder?

Er holte das Handy aus der Tasche. »Wizzy, wir suchen Ruoff. Finde ihn. Scheißegal, wie und wo.«

»Witzbold. Der ist abgetaucht.«

»Check die Telefongesellschaften. Frag NSA, CIA, BND, MI5, MI6, scheißegal. Ich durchsuche die Kneipe und seine Wohnung.«

Im *Anker* stank es nach abgestandenem Bier und kaltem Rauch. Der Verfassungsschützer und die beiden Polizisten nahmen den Laden auseinander. Sie rissen die Schubladen aus dem Tresen, prüften deren Inhalt und Unterseiten. Sie leuchteten in die Aussparungen, in denen die Schubladen gesteckt hatten. Krüger drehte den Zugang zum Zapfhahn ab. Dann warfen sie den Tresen um. Eine Staubwolke stieg hoch und verbreitete sich im Gastraum. Krüger hustete und hielt sich ein Taschentuch vor den Mund. Unter dem Tresen fanden sich die Skelette und Fellreste einiger Mäuse. Zigarettenkippen, Bierdeckel, Seiten eines Rechnungsblocks, Glassplitter und eine Söldnerzeitschrift. Kammann nahm alles in die Hand, was beschriftet sein konnte. In der Zeitschrift hatten Kakerlaken Kot und Panzerteile hinterlassen. Sonst fand Kammann das übliche martialische Gewäsch.

Krüger brach die Tür zum Nebenraum auf. Der war tapeziert mit großformatigen Bildern halb nackter Frauen und bis an die Zähne bewaffneter Krieger. Tätowierungen auf den zur Schau gestellten Muskeln. Raspelkurze Haare. Unrasiert. Kopftücher nach Rambo-Vorlage. In der Mitte des Raums stand ein Tisch mit Stühlen. An der Wand eine lange, fleckige Kommode, darauf Pokale.

Sie öffneten die Kommode und warfen alles auf den Boden. Stapelweise Bierdeckel, Servietten, Bestellblocks: Ruoffs Lager. Dazu ein paar Kartenspiele. Ein kleiner Tresor, offen, ohne Inhalt. Eine Plastikdose mit Reißzwecken. Drei zusammengerollte Poster. Zwei Frauen, ein Mann, nach bekanntem Muster. Nichts Verwertbares, gar nichts.

»Der wohnt im Haus«, sagte Krüger und ging zurück in den Gastraum.

»Warten Sie!« Kammann stieg auf den Tisch und durchsuchte die Lampe. Nichts. Dann kletterte er hinunter und betrachtete alles noch einmal.

»Vorher in den Keller«, sagte Weber. »Oder?«

»Ja, gehen Sie.« Kammann winkte sie weg. Diese Figuren taugten nichts. Feiglinge. Sosehr er es liebte, Menschen zu beherrschen, sosehr verachtete er Menschen, die sich beherrschen ließen.

Er riss ein Plakat von der Wand. Typ Superblondine mit silikongestützter Oberweite, die allen physikalischen Gesetzen trotzte. Er betrachtete die Rückseite, fand nichts und warf das Plakat weg. Das nächste Bild zeigte einen Muskelmann mit einem M-16-Sturmgewehr und einem Patronengürtel. Lächerlich, dachte Kammann. Er riss auch die anderen Poster ab und entdeckte nichts.

Aber irgendwas war da.

Er starrte die Poster auf dem Fußboden an. Hob sie nacheinander auf, legte sie auf den Tisch und betrachtete sie eingehend.

Und dann fand er es. In die Ritzen zwischen den Patronen im Gürtel des Söldners mit dem M-16-Gewehr waren kleine Zeichen eingetragen.

Kammann eilte zur Kellertür. »Kommen Sie hoch! Schnell!«

Als er Weber mit Krüger im Schlepptau auf der Treppe sah: »Hat jemand von Ihnen eine Lupe dabei?«

»Ich«, sagte Krüger. Er zog ein Schweizer Taschenmesser hervor.

Kammann riss es ihm aus der Hand und eilte zurück in den Nebenraum. Er legte das Plakat auf den Tisch und einen Notizblock neben den Patronengurt. »Er hat es gar nicht versteckt«, murmelte er. »Der weiß, dass Leute wie wir nach Verstecken suchen. Er hat es ganz offen aufgehängt. Nur ein bisschen kleiner. Weil er sich darauf verlässt, dass niemand etwas im Offensichtlichen sucht. Sehr schlau. Die Bullen hätten das nie entdeckt. Dafür braucht es schon ein bisschen Grips.«

Weber und Krüger standen am Tisch und schwiegen.

Sie hätten es nie gefunden.

* * *

André hatte lange warten müssen, bis er seine Kleidungsgröße entdeckte. Es wurde eng mit dem Flug. Doch dann erschien ein Mann. Am Hals eine schwere Spiegelreflexkamera. Er trug einen Anorak, Wanderstiefel und eine Cordhose. André prüfte die Umgebung. Niemand sonst. Er sprang auf den Weg und zwang den Mann in den Wald. Als er sicher war, dass niemand sie sah, brach er ihm das Genick und zog seine Kleidung an. Die Sachen passten einigermaßen. Die Stiefel klemmten. Er packte seine nassen Klamotten in seinen Rucksack, fand einen Stein und lief zum See. Dort versenkte er den Rucksack und eilte in Richtung Stadt.

Am Parkeingang winkte er ein Yellow Cab heran und bat den Taxifahrer, ihn zu einem Outdoorladen zu bringen. Ein langer Hispanic mit einem Oberlippenbart wie ein Strich. Er habe es eilig und würde ihn gut bezahlen. Der Taxifahrer raste los. Er bremste wie ein Rennfahrer vor einem Laden. André drückte ihm eine Anzahlung von fünfzig Dollar in die Hand. »Komme gleich wieder.« Im Laden fand er die Marken, die er bevorzugte und deren Größen er kannte. Schnell hatte er passende Kleidung angezogen und Reservesachen in einem neuen Rucksack verstaut. Raus ins Taxi und ab zum Flughafen. Er erreichte den Schalter beim letzten Aufruf.

Auf dem Flug trank er Tomatensaft, aß wenig und überlegte, was Bob mit der CIA zu tun haben konnte. Und ob Volz ihm darüber etwas verraten konnte.

* * *

Salinger steckte den Nagel in ihre Hosentasche. *Hoffentlich bohrt er sich nicht durch den Stoff.* Sie lehnte sich an die Wand, der Boden unterm Hintern war kalt. Fernab hörte sie ein Brummen. Ein Flugzeug wohl. Sie waren nicht lang gefahren. Also am Rand von Berlin. Sie hatte aber keine Ahnung, in welche Himmelsrichtung sie gefahren waren. Sie fühlte sich vollkommen hilflos. Der Nagel war ein schwacher Trost. Sie überlegte, ob sie versuchen sollte, die Fesseln zu lösen. Aber sie würden bald kommen. Und sie töten, sobald sie merkten, dass sie nicht mehr gefesselt war. *Du hast es mit Profis zu tun.* Also warten, bis sie da waren. Dann musste sie weitersehen.

De Bodt und Yussuf hatten keine Ahnung, wo sie war. Wenn sie die Entführer nicht fassten, konnte sie hier vermodern. Vielleicht waren die Typen schon abgehauen.

* * *

Auf der Autobahn fuhr Yussuf wie ein Irrer. De Bodt hielt sich am Griff über der Tür fest. Volz war schweißnass und bleich wie eine Leiche. Wenn das Ende einer Schlange auftauchte, waren alle erleichtert außer Yussuf. Als der BMW hinter einer offenbar endlosen Reihe überholsüchtiger Lastwagenfahrer dahinrollte und Yussuf vor Wut auf das Lenkrad einprügelte, fragte de Bodt: »Was sind das für Leute?« Er deutete auf das Armaturenbrett.

»Kumpels halt.«

»Und woher?«

Yussuf beschimpfte den vor ihm trödelnden LKW.

»Und dieser Gefallen?«

Yussuf schimpfte wieder.

»Und dieser Gefallen?«, fragte de Bodt laut.

»Was für ein …«

»Sie haben davon gesprochen, dass Ihre *Kumpels* Ihnen einen dicken Gefallen schulden!«

»Dicker Gefallen? So was würde ich nie sagen.« Er drückte auf die Hupe, nachdem das pausenlos aufleuchtende Fernlicht aus gefühlten dreißig Scheinwerfern nichts gebracht hatte.

»Und was würden Sie sagen?«

»Dass dieses Arschloch da vorn seinen Führerschein beim Preisausschreiben gewonnen hat. Hätte er doch die Reise nach Malle genommen.«

»Herr Oberkommissar Yussuf, vielleicht beantworten Sie meine Frage!«

»Hochverehrter Herr Hauptkommissar de Bodt, ich glaube nicht, dass Sie sich beim Kriminalrat beschweren würden, wenn ich diese Frage nicht beantworte.«

De Bodt starrte ihn von der Seite an. Dann begann er zu lachen.

Yussuf blickte verdutzt zurück, verzog die Miene und lachte mit.

Volz tippte sich an die Stirn.

Sie lachten weiter. Die Schlange zog sich. Sie hatten vorhin Kassel hinter sich gelassen. Da war die Autobahn dreispurig gewesen. Bei dem Schneckentempo, wie sollten sie Salinger retten? De Bodt überlegte, wen er anrufen konnte, ohne gleich verpfiffen zu werden.

Doris. Natürlich.

»Halten Sie an der nächsten Raststätte«, sagte de Bodt.

»Warum?«

»Halten Sie einfach. Sie können ja tanken, während ich telefoniere.«

In der Raststätte fand de Bodt den Fernsprecher zwischen den Eingängen für die Damen- und die Herrentoilette. Uringestank, verdünnt mit Küchengerüchen. Er rief in Hamburg an.

»Warte!«, sagte Doris. Es klapperte. Dann: »Ruf mich in drei Minuten auf dem Handy an. Hast du die Nummer noch?«

»Klar.« Er wartete, dann rief er die Handynummer vom Kartentelefon an.

»Die suchen nach dir«, sagte Doris. »Was ist denn los? Hast du den Gefangenen wirklich befreit? Bist du auf der Flucht?«

»Doris, hör genau zu. Du weißt, dass ich kein Krimineller bin. Ja?«

»Ich weiß, aber …«

»Lass mich ausreden. Uns jagen die Kollegen und der Verfassungsschutz. Irgendwelche von denen haben die Kollegin Salinger entführt …«

»Was?«

»Ja. Sie haben mich abgelöst, weil sie verhindern wollten, dass ich den Killern und ihren Hintermännern auf die Spur komme. Da läuft eine Riesenscheiße. Wir kriegen nur die Ausläufer mit. Bisher.«

»Wenn ich dich nicht … kennen würde, ich würde dich für einen Wahnsinnigen halten.«

»Ich bin so klar wie immer.«

»Na ja«, sagte sie.

»Du weißt, was ich meine.«

»Ist ja gut. Was machst du jetzt?«

»Ich versuche, den Chef der Killer zu fassen. Dann sehen wir weiter.«

»Wo bist du?«

»Belaste dich nicht mit solchen Dingen. Ich habe nur drei Fragen …«

»Nur drei?«, fragte sie spöttisch.

»Du hast ja recht. Es ist eine Zumutung. Erstens, können wir im Fall des Falles bei dir unterkommen?«

»Ja. Wenn es nicht mehr als fünfzehn Typen sind und ihr die Schuhe auszieht.«

De Bodt lachte kurz. »Dann müssen ein paar im Stadtpark nächtigen.«

Sie lachte mit. »Schön, dass du noch was zu lachen hast.«

»Zweitens hab ich ein Frankfurter Kennzeichen und brauch eine Halteranfrage.«

»Ich wollte schon immer mal Gangstern auf der Flucht helfen. Her damit!«

De Bodt nannte das Kennzeichen.

»Warte!«

Ein Pärchen betrat den Flur. Sie hatte einen im Kahn. Kicherte und tätschelte an ihm herum. Sie fand den Hosenschlitz ihres Begleiters. »Soll ich helfen?«, lallte sie. Er schob sie zur Damentoilette und verschwand auf der für die Männer.

»Marianne Wetzel. Die Dame fährt« – ein Pfiff – »einen schwer aufgemotzten 5er-BMW. Manta für Reiche.«

»Wenn du so freundlich wärst …«

»Otto-Grüneberg-Straße 16d.«

»Ist das da, wo die feinen Leute wohnen?«

»Glaub schon. Pöseldorf für Banker.«

»Drittens muss ich wissen, wo unsere Kollegen nach uns fahnden.«

»Puh.«

»Geh in ein Internet-Café, richte ein Mailkonto ein. Ich ruf dich wieder an, dann kannst du mir die Zugangsdaten geben. Wenn wir beide Zugriff …«

»Ich weiß, Herr Kollege. Und du bist sicher, dass die mich nicht auch im Visier haben?«

»Nein, bin ich nicht. Aber so schnell kriegen die das nicht hin. Benutz keinen Dienst-PC und keine Klarnamen. Ich glaube, das hält ein paar Tage dicht. Noch besser: Wenn du jemanden hast, auf den du dich hundertprozentig verlassen kannst … das wäre ein Umweg, der sie Zeit kostet.«

»Ich verlass mich nur auf mich.«

»Sie werden dich nicht gleich beschatten. Die können ja nicht beliebig Kollegen einsetzen, ohne dass es auffällt.«

»Dein Wort in Gottes Ohr.«

»Ich bin Agnostiker. Auf mich hört er nicht.«

Sie lachte und legte auf.

* * *

In Tegel bestieg André ein Taxi und ließ sich ins *Hilton* in der Mohrenstraße fahren. Er packte seinen Rucksack, holte ein Bier aus der Zimmerbar, legte sich aufs Bett, stopfte sich beide Kissen unter den Kopf, trank einen Schluck und überlegte.

CIA. Er betrachtete den Dienstausweis. Vermutlich war der echt. Wenn Morgan CIA-Mitarbeiter war, dann steckte die *Agency* fett drin in den BBC-Morden. Im Flugzeug hatte er sich erst geärgert, umsonst in die USA geflogen zu sein. Doch allmählich war ihm aufgegangen, dass er etwas erfahren hatte. Er konnte Morgans Verstrickung in die BBC-Morde nachweisen. Es würde genug Journalisten geben, die scharf auf diese Geschichte wären. Dass Morgan CIA-Mitarbeiter war, bewies der Ausweis. Gewiss, das war nicht gerichtsfest, aber gut genug für einen Riesenskandal war es allemal. Es passte in die Zeit. Die NSA spitzelte jeden und alles aus. Und nun organisierte die CIA Morde in Deutschland. An unbescholtenen Spitzenmanagern. Journalisten würden fragen: Wollen die Amis jetzt nicht nur Wirtschaftsspionage treiben, sondern die Konkurrenz gleich abknallen? André leerte die Flasche. Er lächelte. Nein, die Reise nach San Francisco war ein Erfolg. Der entscheidende Schritt. Er wusste nicht, wo sich Bob versteckte. Aber er wusste jetzt, wie er Bob vor den Lauf seiner Pistole bekommen würde. Und sein Geld. André musste nicht mehr suchen. Bob würde von selbst kommen. Und André würde sich einen schönen Ort einfallen lassen, wo Bob sein Leben beendete. Schließlich muss man auch vor Feinden Respekt haben. Nein, die US-Reise war ein Erfolg. Der Durchbruch.

* * *

Die Tür wurde geöffnet. Schritte auf dem Beton. Sie waren zu zweit. Jemand stellte Metallgegenstände ab. »Leg dich auf den Bauch!«

Salinger legte sich auf den Bauch. Ihre Handfesseln wurden gelöst.

»Setz dich, Hände nach vorn.«

Sie tat wie befohlen.

Sie spürte den kalten Stahl der Handschellen, als ihre Hände wieder gefesselt wurden. »Wenn die Tür abgeschlossen ist, darfst du die Augenbinde ablegen. Wenn du es vorher tust, bist du tot. Im Eimer findest du eine schwarze Kapuze. Wenn jemand dreimal gegen die Tür klopft, setzt du die Kapuze auf. Wenn du es nicht tust oder sonst wie versuchst, uns zu erkennen, bist du tot. Wenn du dich einer anderen Weisung widersetzt, bist du tot. Verstanden?« Eine ruhige Stimme. Vollkommene Klarheit.

»Ja.« Sie nickte.

»Vergiss es nicht.«

Schritte entfernten sich. Die Tür knallte zu, endlich das Schließgeräusch. Dann Stille.

Sie zog die Augenbinde hinunter. Das Licht brannte in den Augen. Es stammte von zwei Neonröhren an der Decke. Unerreichbar hoch. Sie ertastete den Nagel. Sie war allein. Aber sie war nicht wehrlos. Ihre Augen gewöhnten sich an das Licht.

In dem einen Eimer fand sie eine Wasserflasche, Knäckebrot, Margarine, abgepackten Käse, Klopapier und ein Plastikmesser. Der zweite Eimer diente der Notdurft.

Sie aß Brot und Käse und trank. Sie zwang sich, systematisch zu denken. Der Kreislauf der Angst konnte einen zerstören. Irgendwann stirbst du sowieso. Sie dachte an de Bodt. Er fehlte ihr. Obwohl er unnahbar schien. Außer in dem Augenblick, als er sie umarmt hatte. Das war nicht routiniert, wie man irgendjemanden umarmte.

Aber jetzt durfte sie nicht an Unmöglichkeiten denken, sondern nur daran, wie sie aus dem Loch rauskam. Sie hatte einen Nagel und sonst nichts. Sie stand auf und untersuchte die Tür. Glatter Stahl ohne Schloss. Außen verriegelt und mit einem Vorhängeschloss gesichert. Was sonst? Sie hatte keine Chance, an den Riegel heranzukommen. Die Mauer bestand aus unverputztem Beton. Sie klopfte an einigen Stellen dagegen. Massiv, dick, keine Hohlräume. Die Decke war etwa zweieinhalb Meter hoch. Unerreichbar. Es gab kein Fenster. Luft kam nur durch einen Schlitz unter der Tür durch. Sie legte sich vor den Schlitz. Doch er war zu schmal, um mehr zu sehen als Sand und ein paar Steine. Wenn die Typen es wollten, könnten sie Salinger in dem Loch verrecken lassen. Sie versuchte gar nicht erst um Hilfe zu schreien. So blöd waren die Entführer nicht. In der Stimme des Anführers hatte ungetrübte Selbstgewissheit gelegen.

Immer wieder bedrängte sie die Verzweiflung. Druck auf den Augen und ein Krampf im Bauch. Würde de Bodt sie überhaupt finden? Er wurde gesucht und konnte den Polizeiapparat nicht einsetzen. Natürlich würde er alles versuchen, sie rauszuholen. Aber er konnte sie nicht finden. Niemand würde sie finden. Salinger hatte sich nie so hilflos gefühlt.

Sollte sie auf die Typen losgehen, wenn die das nächste Mal kamen? Mit gefesselten Händen? Sie war eine gute Kämpferin. Beste Bewertungen in Kampfsportarten. Sie hatte einen Kurs in Kickboxen belegt. Aber dabei eher an die Straffheit ihres Gesäßes gedacht als daran, zwei Verbrecher auszuschalten. Einen traute sie sich zu.

* * *

»Machen Sie sich mal nützlich, meine Herren.« Kammann reichte Krüger seinen Zettel, nachdem er ihn mit dem Handy fotografiert hatte. »Es sind sieben Telefonnummern. Festnetz. Wir brauchen die Leute, denen die Anschlüsse gehören. Und das sofort.«

Als Weber ihn mit großen Augen anblickte, winkte Kammann ab. Er rief Wizzy an und gab ihr die Nummern durch. »Guck mal, ob wir dazu was haben. Aber zackig!«

»Wenn du nicht den großen Führer geben und dir deine markigen Sprüche schenken würdest, wär ich schon an der Arbeit.«

Kammann drückte die Wähltaste. Weber und Krüger beugten sich über die Nummern, während der Hauptkommissar sie ablas.

Kammann wählte eine Nummer.

»Ja, ich weiß. Nur im Notfall. Wir haben einen.«

»Einverstanden«, sagte Lehmann. »Wie ist der Stand?«

»Wir sind dicht dran. Aber unter Zeitdruck.«

»Der Polizeipräsident hat sich bei mir erkundigt, ob alles mit rechten Dingen zugeht. Ich hab es ihm bestätigt. Von der Seite gibt es keinen Ärger. Aber dass dieser de Bodt abgetaucht ist, das ist übel. Haben Sie eine Spur?«

»Nein«, sagte Kammann.

»Und seine Mitarbeiter sind auch verschwunden.«

»Ja, ich weiß. Keine Ahnung, wo die sind.« Dir stecke ich die Sache mit der Salinger nicht. Nicht mal dir.

»Kommen wir zum Grund Ihres Anrufs.«

»Wir brauchen einen Beschluss des Generalbundesanwalts, dass sämtliche Telefongesellschaften in Deutschland unsere Anfragen sofort beantworten. Ich wollte Sie bitten, das in die Wege zu leiten.«

»Kein Problem«, sagte Lehmann. »Noch was?«

»Nein.«

»Wenn die Sache erledigt ist, melden Sie sich bei mir. Verstanden?«

»Natürlich«, sagte Kammann. Und dachte: Leck mich am Arsch!

Die Telefongesellschaften waren willig wie Schoßhündchen. Von den sieben Nummern waren zwei abgemeldet. Eine hatte vor zwei Wochen den Besitzer gewechselt. Kammann unterstellte, dass die Einträge auf dem Plakat älter waren. Blieben vier Nummern. Eine in Karlsruhe: Manfred Abt, zwei in Berlin: Johann-Walter Beyer in Biesdorf, Wolfram Küpper in Steglitz. Kammann befahl Weber, Einsatzkommandos zu den Adressen ausrücken zu lassen. Sie sollten auf die Sekunde gleichzeitig zuschlagen. Den Mann in Karlsruhe sollten sie mit einem Privatjet nach Berlin bringen. Der Jet wartete, aber Abt wartete nicht. Er war nicht zu Hause. Und er würde auch nicht zu Hause auftauchen. Vielleicht hatte er den Aufmarsch aus der Ferne bewundert. Oder ein Nachbar hatte ihm was gesteckt. Klar, das Haus wurde jetzt überwacht. Aber Kammann war froh, dass sie wenigstens die beiden Söldner in Berlin erwischt hatten. Beyer mussten sie die Schulter ausrenken, bis er begriffen hatte. Küpper ließ Überfall und Verhaftung schweigend über sich ergehen.

Beyer saß blass im Vernehmungsraum, den Arm in einer Schlinge. Beide Hände gefesselt. Er war untersetzt, hatte rote Haare und kleine, nervöse Augen in einem feisten Gesicht. Pickel und Pickelnarben auf den Wangen. Küpper war mittelgroß und schlank. Ein drahtiger Typ mit kurz geschnittenen schwarzen Haaren, einer Brille mit runden Gläsern und einem Kinnbart.

Kammann hatte darauf bestanden, sie zusammen zu vernehmen. Eine innere Stimme sagte ihm, dass es so schneller ginge. Wenn es überhaupt ging. Aber es musste doch etwas bedeuten, dass Ruoff sich ihre Nummern so trickreich aufgeschrieben hatte.

»Sie kennen Alexander Ruoff?«, fragte Kammann. Er saß ihnen gegenüber. Links von ihm Weber, rechts Krüger.

Beyer wechselte einen Blick mit Küpper.

»Aber Sie kennen sich?«

Beyer nickte bedächtig, Küpper zeigte keine Regung.

»Schön, zwei echte Freunde zu erleben. Freundschaft gibt es kaum noch in dieser Welt des Jammers.«

Wieder ein Blickwechsel.

»Wir lassen gerade prüfen, was wir Ihnen noch anhängen können. Ein paar Kleinigkeiten haben wir schon. Bei Ihnen« – ein Blick zu Beyer – »haben wir eine MP7 von Heckler & Koch gefunden.«

»Unmöglich!«, schnauzte Beyer.

»Nichts ist unmöglich! Gucken Sie kein Fernsehen? Diese Autowerbung? Bei uns ist noch viel weniger unmöglich.«

Beyer starrte Kammann an. »Sie sind ein dreckiges Arschloch. Die Waffe haben Sie mir untergeschoben.«

»Ich verstehe ja Ihre Aufregung. Aber jetzt kommt noch Beamtenbeleidigung dazu. Um die Sache rund zu machen: Wir haben auch ein fettes Paket mit Kokain bei Ihnen gefunden.«

Beyer schnaubte.

»Kommt ganz schön was zusammen: illegaler Waffenbesitz, Drogenhandel, Widerstand gegen die Staatsgewalt, Beamtenbeleidigung.«

Beyer schüttelte den Kopf. »Ihr wollt mir was anhängen!«

Kammann lachte. »Das sagen Sie mal dem Richter. Ich fürchte, wir werden Sie beide auch des Mordes anklagen. Sie waren bei dem BBC-Überfall dabei. Wir haben Ihre Fingerabdrücke« – ein Blick zu Beyer, dessen Mund offen stand – »an der Tür des Konferenzraums gefunden. Und Ihre« – ein Blick zu Küpper – »an der Gürtelschnalle des Vorstandsvorsitzenden. Sie hätten wirklich vorsichtiger sein sollen.«

Küpper wollte widersprechen.

»Halten Sie den Mund«, sagte Kammann. »Sie werden außerdem beschuldigt, illegal mit Waffen gehandelt zu haben. Verstoß gegen das Kriegswaffenkontrollgesetz. Dazu eröffnen wir ein Ermittlungsverfahren wegen Frauenhandels und wegen unerlaubten Drogenbesitzes. Sie nehmen ja ganz gern ein Näschen zusammen mit dem Herrn Beyer. Um es kurz zu machen: Sie kriegen beide Lebenslänglich, und wir werden uns ins Zeug legen, dass auch eine Sicherungsverwahrung dabei herausspringt.«

»Sie sind wahnsinnig. Ich will meinen Anwalt sprechen!« Beyer erhob sich, doch der Polizist hinter ihm drückte ihn auf der verletzten Schulter zurück auf den Stuhl. Beyer schrie vor Schmerz.

»Stellen Sie sich nicht so an. Wir einigen uns jetzt auf folgende Regel: Je mehr Sie uns erzählen, desto mehr Straftaten … vergessen wir. Vielleicht können Sie nachher einfach so aus dem Präsidium herausspazieren.«

»Ich will mit meinem Anwalt sprechen!«, forderte Beyer.

Kammann winkte lächelnd ab.

Küpper legte ein Bein übers andere und musterte Kammann. »Ihnen geht der Arsch auf Grundeis, stimmt's?«

»Besser auf Grundeis, als keinen mehr in der Freiheit herumtragen zu dürfen.«

»Okay«, sagte Küpper. »Was wollen Sie wissen?«

* * *

André hatte eine Telefonzelle gefunden. Dort hatte er einen guten Überblick. Aber so schnell würden die nicht reagieren.

»Botschaft der Vereinigten Staaten von Amerika«, meldete sich eine Frauenstimme ohne jeden amerikanischen Akzent.

»Hier Rudolf Herbert. Ich möchte gern den CIA-Residenten sprechen.«

Schweigen, dann: »Wie bitte?«

»Sie haben mich richtig verstanden.«

»Diese Position gibt es bei uns nicht.«

»Ist mir klar«, sagte André. »Ich habe eine Nachricht, die für die Sicherheit Ihres Landes von größter Bedeutung ist. Verbinden Sie mich bitte mit dem Mitarbeiter, der sich für Sicherheit zuständig fühlt. Sie können mir natürlich auch gleich den Botschafter geben.«

»Bitte warten Sie«, sagte die Frau. Sie ließ sich nichts anmerken. Wahrscheinlich riefen alle zwei Stunden Figuren an, die tolle Geschichten erzählten.

»Nicholas Foster«, sagte eine Stimme. Kühl, routiniert.

»Ich habe den Dienstausweis von Charles Morgan bei mir. Ich habe Morgan getötet. Er war Mitarbeiter der CIA in San Francisco. Er hat im Auftrag der CIA den Überfall auf die BBC in Berlin finanziert. Ich bin auch im Besitz von Überweisungsbelegen, die das zweifelsfrei beweisen. Recherchieren Sie diese Information. Ich melde mich in einer Stunde wieder. Geben Sie mir Ihre Durchwahl.«

Zögern. Dann gab Foster ihm eine Telefonnummer.

* * *

Die Otto-Grüneberg-Straße sah nicht ganz so fein aus, wie de Bodt sie sich vorgestellt hatte. Einfamilienhäuser, kantige Beton-Glas-Bauten mit Eigentums- oder Mietwohnungen. Ein paar Bonzenautos verstreut zwischen unauffälliger Mittelklasse. Die Straße war schmal und durch eingezeichnete Parkbuchten und Poller verkehrsberuhigt. Bäume, großzügige Gärten. Mauern und hohe Zäune. Kameras. Je länger er sich umschaute, desto eher war er bereit, sein frühes Urteil zu relativieren. Die Leute waren stinkreich, aber sie versteckten sich. Yussuf fuhr den Wagen ans Straßenende und fand einen Parkplatz. Sie stiegen aus. Volz winkte einmal hektisch und lief weg. De Bodt ahnte, dass er ihn nie wiedersehen würde.

Das Haus Nummer 16d hatte eine weiße Fassade und zwei Stockwerke. Blumenkästen in den Fenstern. Eine Mauer mit nach außen gekehrten Stahlspitzen trennte das Grundstück von der Straße. Vier Parteien. *Wetzel* stand auf dem Klingelschild rechts unten.

De Bodt klingelte, und auf das »Ja bitte?« erwiderte er: »Steuerfahndung Frankfurt, öffnen Sie!«

Ein paar Sekunden Pause, dann tönte der Summer.

Noch hat sie nicht angerufen, dachte de Bodt. Schnell, sie mussten schnell sein. Er eilte zur Tür, wo noch vor der Berührung der Öffner schnarrte. Sie wartete in der Wohnungstür. Rotblond, sehr schlank, eine feine Brille, ein paar Sommersprossen, elegantes Kleid mit Jäckchen, bildschön.

In ihrer Stimme fand de Bodt keine Unsicherheit, als sie sagte: »Dann kommen Sie mal rein. So werde ich Augenzeugin staatlicher Geldverschwendung.«

Sie führte sie in ein hypermodern eingerichtetes Wohnzimmer. An der Wand Malerei mit schreienden Farben. Elektronik aus Dänemark. Ledersofa und -sessel im Bauhausstil, mit Chrombeinen. Der

Teppich erstickte Trittgeräusche. An der Decke schwebte ein filigranes System von Leuchten.

Sie wies auf das Sofa.

De Bodt setzte sich und legte seine Pistole auf den Tisch.

Sie starrte die Waffe an, während Yussuf zur Wohnungstür ging und abschloss. Den Schlüssel brachte er mit.

»Geben Sie mir Ihr Handy«, sagte Yussuf.

Sie gab es ihm.

»Ich glaube, hier hört uns keiner«, sagte de Bodt.

Sie wurde bleich. De Bodt erwartete, dass sie protestierte, aber sie sagte nichts. Wetzel drehte einen Ring an ihrem Finger.

De Bodt stand auf, begleitet von erstaunten Blicken. Wir lassen sie schmoren, dachte er. Und Yussuf schwieg auch. De Bodt stellte sich an ein schmales Bücherregal. Ratgeber für Frauen und gesundes Essen. Ein paar Bildbände: Spaniens Küsten, Grand Canyon, Segeln. Romane von Autoren, die er nicht kannte. Erotikstorys. Ganz unten ein roter Einband. Rainer Maria Rilke: *Die Gedichte.* Er nahm den Band heraus und betrachtete den Buchblock. Er öffnete das Buch an der Stelle, wo das Lesebändchen lag. Er stand mit dem Rücken zum Regal und zitierte:

Der Tod ist groß.
Wir sind die Seinen
lachenden Munds.
Wenn wir uns mitten im Leben meinen,
wagt er zu weinen
mitten in uns.

Sie war in schlimmster Erwartung in sich versunken, bis er die erste Zeile las. Wetzel riss den Kopf herum, starrte ihn an und schlug die Hand vor den Mund. Entsetzen, Angst, Verzweiflung las de Bodt in ihrer Miene. Er schlug die Titelei auf.

In Liebe,
Rainer

»Wer ist Rainer?« Seine Stimme war leise.

Sie blickte ihn an, dann irgendwohin.

»Wer ist Rainer?« Er betrachtete das Buch und murmelte: »Rainer verschenkt Rainer.«

Sie blickte ihn wieder an, Tränen in den Augen.

Yussuf nahm de Bodts Waffe vom Tisch und betrachtete sie.

»Woher wissen Sie …?«

»Wir wissen es.«

»Und jetzt wollen Sie wissen, wo er wohnt.«

De Bodt nickte.

»Und wenn ich es nicht sage …«

De Bodt nickte.

»Und wenn ich es sage …«

De Bodt schüttelte den Kopf. »Dann werden wir Sie in der Wohnung fesseln und einschließen, Ihr Telefon zerstören und das Handy in den Main werfen. Sobald wir Rainer gefunden haben, geben wir der Polizei einen Tipp. Versprochen.«

»Wer sind Sie?«

»Die Guten«, sagte de Bodt.

XX.

»Wo ist Schröder? Verfluchte Scheiße!«

Wizzy hörte gar nicht zu.

Kammann, Weber, Krüger und Höxtra (kauend) saßen im Büro am Potsdamer Platz. Küpper hatte ausgepackt. Hatte sich seine Gedanken gemacht, welche Kameraden das Ding gedreht hatten in Friedrichshain. Hatte auch den Kampf in Lübeck schon mit Freunden besprochen. Leuten, die von solchen Dingen etwas verstanden. Und er hatte eine Handschrift wiedererkannt. In Liberia hatte Küpper mit einem belgischen Kameraden, der sich Jean nannte, an einem Verkehrsknoten am Ende der Welt in Stellung gelegen. Sie sollten Bewegungen der Regierungstruppen beobachten und melden. Diese Soldaten waren korrupt, sie plünderten und vergewaltigten, wo sie konnten. Viele von denen waren Kinder. Das galt genauso für die Rebellentruppen, die gegen Bezahlung für Hasardeure kämpften, die auf Diamanten und Gold scharf waren. Küpper hatte es gelernt, Kinder zu töten. Als ein Trupp Regierungssoldaten auf Lastwagen in einer riesigen Staubwolke auf die Kreuzung zurollte, schlug der Blitz ein. Feuer aus allen Rohren. Die Vernichtung des Feindes ohne eigene Opfer. Mitten im Blutbad stand ein stämmiger, mittelgroßer Mann in Kakihosen mit schwarzem T-Shirt und kurzen Haaren. Jean hatte während des Gefechts kein Wort herausbekommen. Dann sagte er: »Leo.«

Jean verließ die Deckung, Küpper folgte ihm, wenn auch zögernd. Leo erkannte Jean sofort. Rief ihm einen Gruß entgegen. Sie umarmten sich, dann stellte Jean den deutschen Kameraden vor.

Leo führte einen Söldnerhaufen, der perfekt gedrillt war. Eine Kampfmaschine. Verschworen. Ihrem Chef hörig. Der sie schützte. Der nur kämpfte, wenn er gewann. Der keine Heldentaten, also keine Dummheiten, beging.

»Hier nennt er sich Bob«, sagte Küpper. »Das ist sein Kriegsname. Nach einem Freund, der gefallen ist. Der sein Vorbild war. Der ihm beibrachte, wie man richtig kämpft. Dann hat er das Gefühl, das etwas vom Freund weiterlebt. Wir haben alle unsere sentimentale Seite. Gut versteckt, aber wir haben sie. Du auch.«

»Keine Ahnung«, sagte Höxtra.

»Was von der Salinger gehört?« Er fragte es, obwohl er doch die besagte Nummer angerufen hatte. Leo alias Bob. Den Schein wahren. Wenigstens ein bisschen.

Keine Antwort.

Sie würden sie töten. Eine gerechte Strafe.

»Das SEK können wir nicht einsetzen«, sagte Weber. »Eigentlich überhaupt keine Kollegen. Sonst überlebt Bob.«

»Ja, wir greifen ihn und holen die Informationen aus ihm heraus, die wir brauchen. Vor allem die anderen Killer. Keiner von denen darf überleben«, sagte Kammann.

»Wenn die Regierung das will, warum unterstützt sie das nicht?«, fragte Krüger.

Kammann schüttelte den Kopf. Was so viel hieß wie: du Dummkopf. »Die Regierung wäre wahnsinnig, wenn sie sich direkt in die Sache verstricken würde. Wenn wir scheitern, wird der Regierungssprecher uns als einen Haufen durchgeknallter Verbrecher bezeichnen.«

Krüger knetete seine Hände.

»Wizzy kommt mit«, sagte Kammann.

Sein Handy klingelte. Comenius. Er nahm ab und ging mit dem Telefon am Ohr in den Nebenraum.

»Du willst mich nicht sehen«, sagte Comenius. Sie war leise.

Wir haben eine Nacht gevögelt. Das war gut gewesen. Aber, mein Gott, mehr war es auch nicht. Seitdem hing sie an ihm wie eine Klette. Andere Zeiten, andere Umstände, und er hätte sich auf sie eingelassen. Aber so?

»Du kannst mitmachen bei einer Aktion«, sagte sein Mund, bevor das Hirn den Gedanken gebildet hatte.

Sie schwieg. »Was für eine Aktion?«, fragte sie.

»Wenn du versprichst, niemandem etwas darüber zu sagen. Nicht einmal anzudeuten.«

Wieder wartete sie ein paar Atemzüge. »Gut.«

»Es ist gefährlich.«

»Gut.« Ihre Stimme klang seltsam. Resignativ. Als hätte sie Furchtbares erwartet und nun eine Bestätigung bekommen.

»Es ist für die Regierung.«

»Ich hab so was geahnt.«

»Mehr sag ich am Telefon nicht.«

»Du hast recht. Ich werde gleich losfahren.«

»Mit Dienstwaffe«, sagte Kammann.

»Das musst du mir nicht sagen.«

Sie würde vielleicht drei Stunden brauchen. Solange würden sie warten. Eine Kämpferin mehr. So wenige wie sie waren, konnte Comenius die entscheidende Verstärkung sein. Er teilte es den anderen mit.

»Wo ist Johnny?«, fragte er in die Runde. Die Wagerer hob die Hände. Für diesen Kampf hatte er ihn engagiert.

Die Tür öffnete sich. Johnny lehnte sich an den Rahmen, kratzte sich an der Backe und grinste. »Ich langweile mich.«

Kammann winkte ihn unwirsch herein.

Er blickte in die Runde. Wer von denen außer ihm und Johnny hatte wirklich den Mumm, sich mit Bob und seinen Leuten anzulegen? Mit Kriegern. Krüger war früher gewiss schlank und sportlich gewesen. Jetzt wölbte der Bauchansatz das Hemd, die Wangen begannen zu erschlaffen. Weber war ein Bürohengst. Hatte vor hundert Jahren das letzte Mal eine Waffe in der Hand gehabt. Höxtra konnte Kammann nicht einschätzen. Er schien uninteressiert, aber Kammann hatte ihn nie im Ernstfall erlebt. Mit Höxtra würde er eine Überraschung erleben. Im Guten oder im Schlechten.

Comenius konnte er gut gebrauchen. Vielleicht überlebten sie beide. Vielleicht konnten sie zusammen verschwinden. Vielleicht, vielleicht. Manche Hoffnung hängt nur an einem Faden. Obwohl dieser hier so dünn war, dass er unsichtbar schien.

Wizzy hatte mit dem Plotter Karten und Bilder ausgedruckt. Eine Villa nahe eines Bootsanlegers. In der Satellitenansicht erkannte Kammann Segelboote und eine Motorjacht. Um die Villa ein Park. Eine Mauer sicherte das Grundstück. Dann Bilder von der Straßenseite. Eine Einfahrt. Stahltor. Kameras an beiden Seiten. Auf der Mauer Stahlspitzen, durch deren Ösen Stacheldraht gezogen war. Elektrisch geladen. Keine Frage.

Wizzy stand neben Kammann am Tisch. »Hubschrauber«, sagte sie. »Ich besorg einen.«

»Und wir brauchen Handgranaten, Blendgranaten, Tränengasgranaten, Granatwerfer, MP, Pumpguns, Schutzwesten, Sprechfunkgeräte, Sprengstoff«, sagte Kammann.

»Okay.« Wizzy setzte sich an ihren Platz.

In einer halben Stunde würde ein Transporter in der Tiefgarage stehen.

»Wenn Sie was brauchen, sagen Sie Bescheid«, hatte ihm Lehmann ins Ohr geflüstert.

Kammann hätte jetzt die GSG 9, die KSK, sämtliche SEK brauchen können. Aber das hatte Lehmann nicht gemeint. Man ist ja bescheiden. Er durfte nicht einmal seine engsten Mitstreiter in die ganze Geschichte einweihen.

* * *

André beobachtete die Wannseevilla, in der Bob wohnte. Jedenfalls hatte der Typ von der US-Botschaft das behauptet. Doch André war überzeugt, dass die Drohung gewirkt hatte. Die amerikanischen Geheimdienste waren gerade weltweit in Verschiss. Da würde ein CIA-Mordanschlag auf eine Berliner Firma wunderbar passen. Solange André lebte, drohte die Enthüllung. Also würden sie versuchen, ihn umzubringen. Natürlich hatte er einen Notar in der Zimmerstraße aufgesucht und ihm ein Paket mit seinen Kenntnissen und Beweisen zur Verwahrung gegeben. Natürlich hatte er dem Botschaftstypen erklärt, dass alles herauskäme, wenn er getötet würde, weil dies der Auftrag des Notars sei. Aber natürlich würde die CIA ihn jagen und alles Wissen aus ihm herausfoltern. Solange André lebte und solange es sein Material gab, drohte die Enthüllung, welche die westliche Welt in ihre gefährlichste Krise stürzen würde.

Er hatte einen guten Blick auf das Tor. Klingeln, reinmarschieren, Bob eine Million abnehmen und ihn dann töten, das würde nicht klappen. Die Sicherheitstechnik war geschickt installiert.

Dieser Bau war eine Festung. Keine Ahnung, was einen erwartete, wenn man die Mauer überwunden hatte. Das Mindeste waren Hunde. André hasste Hunde. Überhaupt hasste er alle Tiere.

Die CIA konnte sich leicht ausrechnen, was er vorhatte. Wenn sie Bob warnte und der sich absetzte, flöge die BBC-Aktion womöglich auf. Also mussten sie auch ihn liquidieren. Würde sich Bob aus seiner Burg locken lassen? Er wusste doch, dass André ihn suchte. Spätestens seit der Schießerei am Steinbruch. Vielleicht hatte ihm jemand gesteckt, dass Charles Morgans Leiche im Golden Gate Park gefunden worden war. Falls nicht – so jemand wie Bob witterte es, wann die Kacke am Dampfen war.

André blieb nichts anderes übrig, als zu warten. Er hatte keine Ahnung, was nun geschehen würde. Außer dass es einen Tanz geben würde. Mit dem Teufel.

***

Yussuf war zurückgerast nach Berlin. Hatte das größte Hupkonzert der Republik ausgelöst, sich tausend Feinde gemacht, ein Riesenballett der Zeige- und Mittelfinger inszeniert, die an Schläfen getippt oder gestreckt wurden. De Bodt brummte der Schädel vom Dröhnen des Motors. Sie hatten nur einmal kurz gehalten, um im Rekordtempo zu tanken. Auf der Fahrt hatte sich de Bodt bemüht, alles über Bobs Anwesen herauszufinden, was Yussufs Smartphone hergab.

Sie hatten die Karre am S-Bahnhof Wannsee abgestellt und waren zu Fuß gegangen. Spaziergänger. Die Nachmittagssonne schien aus einem Bilderbuchhimmel. Ein Eichhörnchen hüpfte über den Weg. Eine Frau mit Doppelkinderwagen begegnete ihnen, sie hatte nur Augen für ihre Zwillinge. Auf der Wiese warfen sich zwei Männer und eine Frau eine Frisbeescheibe zu. Ein kleiner Hund jagte kläffend hinter der Scheibe her.

Kaum vorstellbar, dass bald das große Sterben beginnen würde.

Sie liefen am Anwesen vorbei. Rechts der Anleger mit Jachten und Booten. Links das Eingangstor.

»Kennen Sie jemanden, der Ahnung von Booten hat?«, fragte de Bodt.

Yussuf überlegte. »Was genau?«

»Motoren, Getriebe, so was. Ich verstehe nichts davon.«

Yussuf nickte. »Ich, wenn es recht ist. Ich kenne mich mit Motoren aus.«

»Und deine Freunde?«

Er wiegte seinen Kopf. »Zwei, drei sind richtig gut. Die basteln in jeder freien Sekunde an ihren Karren rum. Haben Sie einen Plan?«

»Stell doch mal fest, wem die Jacht gehört. Obwohl ich es eigentlich weiß.« Nur einen Seitenblick zu dem Schiff, das vor Sauberkeit glänzte. Auf dem Kommandostand wiegte eine lange Antenne im Wellengang. Vorne ein Hubbel, der GPS-Empfänger.

»So was kostet locker eine Viertelmillion«, sagte Yussuf, während er sein Smartphone suchen ließ. »Es gehört einem Robert Wedenstein«, sagte Yussuf.

»Unserem Freund Bob«, sagte de Bodt mehr vor sich hin.

»Über den gibt's im Internet wenig. Verkauft sich als Anlageberater. Wedenstein Consulting.«

»Haben deine Freunde ein Megafon und Lust, Krach zu machen?«

Yussuf blickte ihn fragend an und nickte.

»Haben deine Freunde auch Lust auf ein bisschen Feuerwerk?«

»Unbedingt«, sagte Yussuf. Das Fragezeichen in seinem Gesicht verblasste, und er begann zu grinsen.

»Und die machen so ein richtig schön illegales Feuerwerk …?«

»So mit Polenböllern?« Das Grinsen verwandelte sich in ein breites Lachen.

»Mindestens«, sagte de Bodt. »Und können deine Freunde Blaulichter besorgen?«

»Eine Kleinigkeit.«

»Und wie kriegen wir sie dazu, herzukommen und ein bisschen Spektakel zu machen?«

Yussuf lachte auf. »Das überlassen Sie ganz mir, Chef.«

»Gut. Der Spaß beginnt heute Nacht.«

Inzwischen lag das Grundstück hinter ihnen. Auf dem See tüpfelten Segel. Ein Holzmotorboot aus Kaisers Zeiten dümpelte im

Wasser. Aus dem Auspuff spotzten weiße Wölkchen, die gleich in der Luft zerflossen.

»Was würden Sie tun, wenn Sie in dem Bau säßen und abhauen müssten?«

Yussuf überlegte. »Einen Panzer …«

»Genau«, sagte de Bodt. »Wie weit kämen Sie damit?«

»Nicht mal bis zum S-Bahnhof.«

»Darauf beruht mein Plan.«

* * *

Salinger hatte sich entschlossen. Mit dem Nagel in der Faust wartete sie hinter der Tür. Er war gerade lang genug, dass seine Spitze zwischen ihren Fingern herausragte. Die Tür öffnete sich, ein Bewacher trat ein, blickte hinter die Tür und hatte die Faust mit dem Nagel im Gesicht. Salingers Hand schmerzte brutal. Sie trat dem Mann in die Eier. Stöhnend sackte er zusammen. Schüsse bellten. An der Rückwand staubten die Treffer.

»Du hast die Wahl«, sagte der Mann. »Entweder du gibst auf. Oder ich werf eine Handgranate und schließe die Tür.«

»Du bringst deinen Freund um?«

»Kein Problem.«

Der stöhnte laut auf.

»Dann zieh ihn raus.«

»Braves Mädchen«, sagte der Typ. »Du stellst dich an die Rückwand. Ein Mucks, und es war dein letzter.« Provozierend ruhig.

Salinger stellte sich an die Rückwand und sah, wie der Typ mit der Pistole auf sie zielte, während er seinen Kumpan am Kragen aus der Zelle zog. Dann schloss er die Tür.

* * *

Krüger hatte noch zwei Typen aufgetrieben, die aber Geld verlangten. Einer war jung, kräftig, groß und hatte auch eine solche Klappe. Otto. Auf dem Lockenkopf eine Basecap. Er sprach Bayerisch, einen Dialekt, den Kammann nicht ausstehen konnte. Der andere war kleiner, hatte aber lange, stark behaarte Arme und stammte offenbar aus Osteuropa. Für Kammann waren sie eine

Hilfstruppe von zweifelhaftem Wert. Der Osteuropäer, der sich Larnak nannte, schien bessere Nerven zu haben. Und er quatschte sich die Angst nicht weg. Beide behaupteten, sich mit Waffen auszukennen. Krüger hatte versichert, die Männer seien zuverlässig. Hätten als Spitzel für ihn gearbeitet. Erstklassige Informationen geliefert. Und kämen aus dem Keller der Gesellschaft, wo man ein Kämpfer sein muss, um zu überleben. Beide waren vorbestraft wegen Körperverletzung, Larnak auch wegen Totschlags.

Dann klingelte Comenius. Sie stand mit einer Tasche vor der Tür. Kammann nahm sie in den Arm, sie fühlte sich steif an. Comenius setzte sich an den Tisch.

Sie hatten noch Zeit bis zur Nacht. Zeit, am Plan zu arbeiten.

Wo, verdammt, war Schröder?

»Wir müssen Bob aus der Festung treiben«, sagte Kammann.

Larnak und Otto sollten das Gebäude von der Rückseite mit dem Granatwerfer angreifen. Und auch sonst einen Höllenlärm machen. Kammann rechnete damit, dass Bob ausbrechen würde. Dass er sich einem Kampf stellte, bevor er in seiner Hütte festsaß. »Mal richtig auf den Tisch klopfen, dann kommt die Laus ins Laufen.« Und er würde mit Johnny und den Bürohengsten vorne warten.

* * *

Yussuf hatte Prepaidhandys besorgt, auch für seine Freunde mit den komischen Karren. Sie seien begeistert von der Sache, zumal sie im Bullenauftrag Stress machen sollten. Auf die Dauer fanden sie es langweilig, die Sonnenallee zuzuparken, bis es Zoff gab. Um 22 Uhr 30 würden sie loslegen. De Bodt und Yussuf wollten Bob abpassen.

Sie blickten aus dem Kajütfenster. Aus der Villa schien wenig Licht. Der Mond war eine schmale Sichel. Dennoch erkannte Yussuf einen schwarz gekleideten Mann, der sich schräg gegenüber der Einfahrt hinter einen Busch legte. Und dann erschienen weitere Leute, darunter eine kleingewachsene Person, die de Bodt für eine Frau hielt. Sie schleppten große Taschen und Rucksäcke mit sich. Nicht weit von dem anderen Typen brachten sie sich in Stellung.

Der Mann, der zuerst gekommen war, schlich zur Seite. Die anderen hatten ihn nicht wahrgenommen.

»Wir sind nicht allein«, sagte de Bodt. »Wer sind die?«

»Haben vielleicht auch eine Rechnung mit Bob offen?«

»Warum heute?«

»Keine Ahnung.«

»Alle Wege führen nach Rom«, sagte de Bodt.

»Den Spruch kennt doch jeder. Haben Sie nicht einen schönen abgefahrenen Begriff?«

»Synchronizität hätte ich im Angebot.«

»Schon besser. Dachte schon, Sie bauen ab.«

»Sie sollten mich duzen«, sagte de Bodt. »So stirbt es sich leichter.«

»Auf Eugen lass ich mich aber nicht ein.«

»Es kann ja nicht jeder so einen klangvollen Namen haben wie du.«

»Wie es Silvia gehen mag?«

»Beschissen«, erwiderte de Bodt. »Wenn wir Bob haben, kriegen wir Silvia. Hast du Kontakt zu deiner Gang?«

»Das ist keine Gang«, sagte Yussuf. »Ja, ich habe Kontakt zu meinen Kumpels.«

De Bodt starrte in die Dunkelheit. Er sah niemanden, aber das sagte nicht viel. Er konnte nur hoffen, dass nicht irgendein Anwohner auf die blöde Idee kam, Waldi jetzt noch auszuführen. Er blickte auf die Uhr. »Was spricht dagegen, jetzt anzufangen? Dunkler wird es nicht.«

Yussuf nahm das Handy ans Ohr, aber bevor er eine Nummer wählen konnte, brach die Hölle los.

Explosionen, Schüsse. Das Dach wurde in schneller Folge von Granaten getroffen. Nach wenigen Einschlägen war es zerstört. Flammen züngelten, während der infernalische Krach sich noch verstärkte. Stichflammen von Explosionen auf dem Grundstück.

»Schick deine Leute weg, sofort!«

Yussuf war schon dabei.

»Haben die was gesehen?«

»Ein paar Typen mit einem Haufen Waffen.«

Jetzt sah er ein Licht blitzen. Direkt neben dem Eingang zum Grundstück. Im Schein der kurz aufblitzenden Taschenlampe entdeckte er einen Transporter. Daneben standen Männer mit Waffen. Wie viele Männer? Welche Waffen?

Dann ein dumpfer Schlag auf dem Bootsdeck. »Wir kriegen Besuch«, flüsterte Yussuf.

* * *

André riss die Augen auf, als das Feuerwerk losknallte. Ein Angriff auf die Rückseite. Gleichzeitig rollte ein schwarzer Transporter vor den Eingang. Klar. Die treiben ihn raus und packen sich ihn vorn. Warteten mit der Panzerfaust oder sonst was, um die Beute zu erlegen. Im Haus rührte sich nichts. Obwohl dahinter ein Granatwerfer ein Geschoss nach dem anderen abfeuerte. Sie zerstörten das Dach und damit das Haus von oben. Sie trieben die Leute ins Erdgeschoss und dann hinaus. Wer traute sich so was mitten in Berlin? Außer Bob? Die CIA? Waren die so schnell? Würden die Bob auf diese Weise beseitigen? Er war zum Sicherheitsrisiko geworden. Aber wenn sie alle töteten, die zum Sicherheitsrisiko wurden, wer würde dann noch für sie arbeiten? Hatte die CIA nicht schon mit der BBC-Aktion jedes Risiko ausgereizt? Aber wer setzte sonst einen Granatwerfer mitten in Berlin ein?

Er musste hier weg. André erinnerte sich an die Jacht, die er gesehen hatte, als er gekommen war. Die gehörte vielleicht Bob. Mit dem Auto kam der nicht weit. Er musste damit rechnen, dass es überall wimmelte vor Feinden. Mit der Motorjacht hatte er eine Chance. Die Jacht war Bobs einzige Chance. Und Andrés. Er kroch zum Steg, glitt ins Wasser und schwamm in der Deckung des Anlegers zum Schiff. Auf der dem Ufer abgewandten Seite zog er sich über die Reling und sprang aufs Deck.

* * *

Kammann hatte seine Truppe dicht zum Eingang vorgeschoben. Er trug eine Pumpgun in der Hand, Weber und Krüger M-16-Sturmgewehre. Jeder hatte Handgranaten vor sich liegen. Gewehre auch. Und die Panzerfaust. Der Kriminalrat sah lächerlich aus in seinem martialischen Aufzug. Seine Augen blinzelten im Schein der Explosionen. Sobald das Tor sich öffnete, würde Kammann Larnak und Otto herbeirufen. In ihrem Mercedes-Kombi würden sie dreißig Sekunden brauchen.

Als das Tor sich zur Seite aufschob und ein Geländewagen zu erkennen war, feuerten sie aus allen Rohren. Kammann hob die Panzerfaust auf und schoss. Der Wagen explodierte. Ein Schrei übertönte den Waffenlärm. Das zerstörte Chassis des SUV rollte auf Kammann und seine Leute zu. In seiner Deckung ein schwarzer GMC-Transporter. Auf dem Dach war hinter einer Stahlverkleidung ein MG montiert. Kammann sah das Mündungsfeuer und warf sich auf den Boden. Weber jaulte und sackte zusammen. Krüger hatte sich weggerollt und nahm den unsichtbaren MG-Schützen unter Feuer. Comenius verzog sich hinter einen Baum. Das glühende Fahrgestell des SUV rollte auf Kammann zu. Der kroch zur Seite weg, dann in Richtung Tor. Er musste in den Rücken des MG-Schützen kommen. Der feuerte pausenlos Garben in die Landschaft. Im Augenwinkel sah Kammann, wie der Mercedes-Kombi mit Larnak und Otto heranraste und gleich unter Feuer geriet. Otto wurde auf dem Beifahrersitz getroffen. Larnak ließ sich aus der Tür fallen und schaffte es, hinter einem Baum in Deckung zu gehen. Kammann sah, wie Larnak mit den Zähnen den Sicherungssplint einer Eierhandgranate abzog. Kammann hatte die Pumpgun nachgeladen und gab Larnak Feuerschutz. Der erhob sich, wartete, bis der MG-Schütze Kammanns Feuer erwiderte, ließ den Sicherungsbügel schnalzen, verharrte und warf endlich die Handgranate. Kammann lag und sah, wie sie im Bogen auf den Transporter zuflog und genau über dem MG explodierte. Das Feuer verstummte.

Ein paar Sekunden war es vollkommen ruhig.

Dann schossen Kammann und seine Leute den Transporter zu Schrott. Niemand der Insassen konnte überleben.

Der Dachstuhl brannte nun hell und beleuchtete die Szene.

Kammann hörte Krüger stöhnen. Larnak humpelte heran. Die Hose war blutverschmiert. Aber er ließ sich sonst nichts anmerken.

»Wir haben sie«, sagte Larnak. »Alle tot oder verletzt. Kampfunfähig.«

»Oder eine Falle.« Kammanns Augen suchten die Umgebung ab. Irgendwo erklang ein Jammern. Er musste sich beeilen. Jeden Augenblick würden die Bullen anrücken.

Und dann musste er abtauchen. In der Wohnung alle Papiere und das Geld holen, dann verschwinden. Die Tickets hatte er schon.

Ein Gefühl des Triumphs erfasste ihn, vermischte sich mit dem Nachlassen der Anspannung, und er begann zu lachen. Laut zu lachen. Larnak blickte ihn erschrocken an. Krüger schleppte sich heran, das Entsetzen in den Augen. »Ich brauch einen Arzt. Weber auch … vielleicht ist der schon tot … einen Arzt.«

Dann sah er Comenius. Sie lag verrenkt auf der Wiese, hatte Einschüsse in Brust und Bauch. Und starrte leer in den Himmel.

Mit einem Knall krachte der Dachstuhl zusammen und warf Feuer nach allen Seiten.

Aber er übertönte nicht das Dröhnen schwerer Maschinen. Kammann riss den Kopf herum und sah, wie die Jacht beschleunigte. Sechshundert PS in zwei Achtzylinder-Dieseln drehten auf. Im Schein des Riesenfeuers wölbte sich die Gischt aus dem Wasser, das Schiff bäumte sich auf und raste davon.

Kammann stand erstarrt und blickte ihm nach.

Und wusste, was geschehen war.

Polizeisirenen erklangen. Noch waren sie leise. Blaulicht zuckte sich näher.

* * *

Als de Bodt und Yussuf die Schritte hörten, versteckten sie sich unter zwei Pritschen. Die Diesel machten einen Höllenlärm. De Bodt signalisierte mit den Fingern, dass zwei weitere Personen aufs Schiff gekommen waren. Vielleicht drei, dachte de Bodt. Macht im schlimmsten Fall vier Gegner. Aber warum ist der eine Typ früher eingestiegen?

Das Boot schlug immer wieder auf Wellen auf. Die Geschwindigkeit verwandelte die kleinste Kräuselung des Wassers in Betonrillen. Nie hatte de Bodt eine solche Kraft gespürt. Als Kind war er mit reichen Freunden seines Vaters in Jachten auf Nord- und Ostsee gesegelt. Diese Schiffe glitten majestätisch dahin. Das Boot aber, auf dem sie eingesperrt waren, war nur die Verkleidung ungeheurer Maschinenkraft.

Während sie durchgeschüttelt wurden, überlegte er, was Bob planen mochte. Gewiss hatte der sich auf den Notfall vorbereitet. Mit dem Rennboot weg, aber nicht lang auf dem Wasser bleiben. Viel zu auffällig. Auf dem anderen Ufer in ein Auto steigen. Oder in einen Hubschrauber. Wie lange würde es dauern, bis die Kollegen das Boot mit der Schießerei in einen Zusammenhang brachten? Bob hatte doch mehr Zeit.

Auf einen Schlag erstarben die Motoren. Geschrei drang nach unten. De Bodt kroch unter der Pritsche hervor und legte das Ohr an die Tür. Zwei Männerstimmen. Die eine laut, fordernd. Die andere leise.

De Bodt öffnete die Tür einen Spalt weit.

»Du schuldest mir Geld, Bob. Eine Million. Und die will ich haben. Sofort.«

»Du wiederholst dich, André. Leg die Knarre weg, und wir reden.« Betont ruhig.

»Wir haben nichts zu reden. Geld, oder ich bring dich um.«

»Okay, okay.«

De Bodt winkte Yussuf, der ihn aus seinem Versteck anstarrte. Yussuf schlich zur Tür.

»Sag dem Typen da, er soll sich nicht bewegen«, schnauzte André.

»Beruhige dich. Du hast das Sagen. Wir gehorchen.«

»Ein letztes Mal: Wenn dein Typ noch eine Bewegung macht, ist er tot.«

»Er bewegt sich doch nicht.«

Ein Schuss.

»Bist du wahnsinnig?«

»Jetzt sind wir unter uns, Bob«, sagte André.

De Bodt schlich nach oben, die Pistole im Anschlag, und schrie: »Keineswegs, meine Herren!« Yussuf stellte sich neben ihn.

André fuhr zusammen, Bobs Hand schleuderte nach vorn. Ein Messer schoss aus seinem Ärmel in Andrés Brust. Der glotzte Bob mit riesigen Augen an, ließ die Pistole fallen, griff nach dem Messer, stolperte gegen die Reling und stürzte über Bord.

De Bodt trat einen Schritt vor Bob und richtete die Glock auf dessen Stirn. Yussuf näherte sich ihm von hinten und tastete ihn ab. Über der Socke steckte in einem Wadenholster eine kleine Pistole vom Typ Derringer Guardian.

»Hol ein Tau«, sagte de Bodt.

Neben dem Steuerruder hing eines. Yussuf fesselte Bob an Händen und Füßen. Der grinste die ganze Zeit. »Vielleicht stellen Sie sich vor«, sagte Bob.

»Sie glauben, wir verhaften Sie?«, fragte de Bodt.

Einen Schatten in Bobs Miene. Nur einen winzigen Augenblick. Er nickte.

»Sie irren sich.«

»Ich erkenne doch Ihr Gesicht. Sie sind der Hauptkommissar de Bodt. Das Foto in dieser Zeitung war gut.«

»Der bin ich«, sagte de Bodt. »Aber derzeit bin ich nicht im Dienst. Und das nehme ich richtig ernst. Kein Hahn kräht nach dir, wenn ich dich jetzt mit dieser Pistole« – ein Blick zu Andrés Waffe auf dem Boden – »erschieße. Und zwar schön langsam. Erst die Knöchel, dann die Knie, die Handgelenke, die Schultern, die Ellbogen, die Eier …«

»Okay«, sagte Bob.

De Bodt bewunderte dessen Ruhe.

»Und was ist der Deal?«

Bob robbte in Richtung Kajütenwand und lehnte sich an. Yussuf fand ein weiteres Tau. Das verknotete er mit der Handfessel und mit einer Öse unter der Reling.

»Sie haben unsere Kollegin Salinger.«

Bob nickte.

»Und die fehlt uns.«

»Das kann ich verstehen«, sagte Bob.

»Außerdem erzählen Sie mir, was diese ganze Scheiße soll. Der Überfall auf die BBC, die Schießerei in Lübeck und so weiter.«

Bob nickte. »Werde ich auch, wenn du meine Bedingung erfüllst. Wenn du mich einbuchtest, werden meine Auftraggeber mich umbringen.«

»Das wäre natürlich arg bedauerlich«, sagte de Bodt. Und fuhr fast flüsternd fort: »Bei unserer Geburt treten wir auf den Kampfplatz und verlassen ihn bei unserem Tode.«

»Wer ist das?«

»Rousseau. Sie stehen aber mehr auf Lyrik, Rilke.«

Bob lächelte in seinem harten Gesicht. Leise sagte er:

Der Tod ist groß.
Wir sind die Seinen
lachenden Munds.
Wenn wir uns mitten im Leben meinen,
wagt er zu weinen
mitten in uns.

»Es war eine Warnung«, sagte de Bodt.

»Natürlich. Das war denen gesagt worden: Wenn ihr das Gedicht erhaltet, müsst ihr handeln. Das haben sie getan. Nur leider falsch.«

»Was war daran falsch?«

»Nicht so eilig, Herr de Bodt. Nicht so eilig. Sie erfahren, was ich weiß. Sie bekommen Ihre schöne Freundin zurück. Sie ist ganz unversehrt. Außer dass sie wütend ist. Wir mussten mit ihr schimpfen, weil sie das Gesicht eines Kameraden zerkratzt hat. Alle Achtung!«

Yussuf lachte trocken.

Am Ufer Blaulicht, Scheinwerfer, Hubschrauber.

»Allerdings möchte ich, dass Sie mich freilassen. Ich setze Sie am anderen Ufer ab und verschwinde mit dem Boot. Wenn Sie das nicht akzeptieren, dürfen Sie mich in Stücke schießen. Ich habe den Tod nie gefürchtet. Auch nicht den Schmerz. Mit der richtigen Einstellung genießt man ihn als ultimative Erfahrung. Ich habe die richtige Einstellung.«

»Einverstanden«, sagte de Bodt. »Aber ich will auch wissen, was hinter der ganzen Scheiße steckt.«

Yussuf staunte ihn an.

»Gut«, sagte Bob. »Einfach so?«

»Einfach so. Holen Sie zuerst Salinger raus. Ich möchte mit ihr telefonieren.«

Bob zögerte, dann sagte er: »Geben Sie mir das Handy in meiner Hosentasche. Lösen Sie die Handfesseln.«

»Nein«, sagte de Bodt.

Yussuf fand Bobs Handy in dessen Hosentasche.

»Welche Nummer?«

Bob nannte eine Nummer. Yussuf schaltete den Freisprechlautsprecher ein und hielt ihm das Handy ans Ohr.

»Lass die Bullenstute frei«, sagte Bob. »Ihr bringt sie zur nächsten S-Bahn und haut ab. Das ist ein Befehl.«

»Okay.«

»Gebt der Dame ein Handy mit. Sie soll mich anrufen. Du weißt, welche Nummer gerade gilt.«

»Okay.«

»Wer steckt hinter der Aktion?«, fragte de Bodt. »Wenn du das nicht verrätst, lass ich dich nicht laufen.«

»Das erzähl ich Ihnen gern«, erwiderte Bob lächelnd. »Meine Auftraggeber glauben jetzt ohnehin, dass ich sie verpfiffen habe. Dann will ich die nicht enttäuschen. Sie, Herr Hauptkommissar, können allerdings nichts davon beweisen. Wenn Sie das jemandem erzählen, landen Sie in der Klapsmühle.« Er deutete aufs Wasser. »Der da, der hat es herausgefunden. Und der wäre der einzige Zeuge gewesen. Irgendwo hat er sogar Beweismaterial vergraben.«

»Deswegen das Messer in seinem Bauch«, sagte de Bodt. »Dann erzählen Sie.«

»Eine einfache Geschichte. Da gibt es diese ChemLombardia in Mailand …«

»Diesen Chemiekonzern, den die BBC übernehmen wollte«, warf Yussuf ein.

»Genau. Vielleicht könnten Sie das Boot ans Ufer steuern. Da gibt es eine kleine Bucht.«

De Bodt nickte.

Yussuf startete den Motor mit wenig Gas. Er stotterte und verfiel in ein tiefes Dröhnen. Das Boot nahm Fahrt auf.

Als sie in der Bucht zwischen anderen Jachten lagen, hörten sie den Hubschrauber, der den See absuchte. Sein Suchscheinwerfer ließ das Wasser funkeln.

»Was spricht dagegen, dass der eine Konzern den anderen aufkauft?«

»Nichts«, sagte Bob. »Sieht man von einer Erfindung ab.«

Bobs Handy klingelte. De Bodt riss es Yussuf aus der Hand. »Salinger?«

»Ja«, sagte sie.

»Wie geht es Ihnen? Wo sind Sie?«

»Die Kavaliere bringen mich zur S-Bahn, behaupten sie.«

»Sie fahren dann sofort ins Polizeipräsidium und rufen mich an.«

»Okay.«

»Geht es Ihnen einigermaßen? Sind Sie verletzt?«

»Paar blaue Flecken.«

»Gut, Sie melden sich.«

Yussuf fragte: »Was für eine Erfindung?«

Bob lächelte, als genösse er seine Lage. »Sie kennen diese Sache mit der posttraumatischen Belastungsstörung?«

Die beiden Polizisten nickten.

»Das ist so ein neumodischer Begriff für Feiglinge. Leute, die den Krieg nicht aushalten. Die kommen aus Afghanistan und fangen an zu spinnen. Wie es eben ist, wenn man Amateure in den Krieg schickt.«

»Ja, und? Wir wissen jetzt, dass Sie sich für einen Helden halten. Toll.« Yussuf lachte verächtlich.

»Hört doch mal zu, ihr Ignoranten. Diese feine Firma in Italien hat Pillen entwickelt gegen diese Störung. Damit die Soldaten nicht mehr spinnen.«

»Das ist alles bekannt. Nicht nur dieses Unternehmen hat …«, sagte de Bodt.

»Lassen Sie mich doch reden. Ich bin kein Chemiker. Aber mir wurde erklärt, dass die Italiener einen Kniff gefunden hätten, um aus dieser Pille so was wie einen Wunderstoff zu entwickeln. Einen Stoff, der Kriege entscheidet.«

»Genauer!«, forderte de Bodt.

»Im Krieg schießen die meisten Soldaten daneben, und zwar absichtlich. Man nennt diese Feigheit Tötungshemmung. Die gab's in allen Kriegen. Seit Ewigkeiten überlegen die Generäle, wie sie den

Soldaten das Danebenschießen abgewöhnen können. Die Nazis benutzten dazu Pervitin. Panzerschokolade, vielleicht sagt Ihnen der Begriff was. Das Zeug hält einen wach. Man kann sich super konzentrieren. Man verliert die Angst. Aber es macht die Leute auch fertig. Du kannst das nicht jeden Tag nehmen, ohne über kurz oder lang auszurasten. Und süchtig zu werden. Am Anfang bist du ein Held, am Ende stürzt du ab. Das Zeug taugt also nichts für einen ordentlichen Krieg. Nun haben die schlauen Leute in Mailand entdeckt, dass eine kleine Veränderung der chemischen Zusammensetzung einer Pille gegen PTBS nicht nur Feiglingen hilft, die aus dem Krieg kommen. Diese neue Pille macht aus Feiglingen sogar Helden. Sie gehen ohne Angst in den Krieg. Sie verlieren die Tötungshemmung. Sie schießen auf den Feind. Sie werden aber nicht aufgeputscht. Sie stürzen nicht ab. Sie können schlafen. Und kämpfen. Immer wieder kämpfen. So wird aus einer Hunderttausend-Mann-Armee eine Zweihunderttausend-Mann-Armee, ohne dass man einen einzigen Mann mehr rekrutieren muss. Und das wegen einer Pille.«

De Bodt nickte.

»Dieser Laden in Italien ist also eine Art Heldenfabrik«, sagte Yussuf. Das Staunen klang mit in seiner Stimme.

Bob lachte. »Ein guter Name.«

»Aber was hat die BBC damit zu tun?«, fragte Yussuf.

»Sie wollte die Heldenfabrik kaufen. Und jemand hatte was dagegen«, sagte de Bodt nachdenklich.

»Das wäre alles kein Problem gewesen, wären nicht die Nordkoreaner gekommen«, sagte Bob.

»Die Nordkoreaner?« Yussuf schüttelte den Kopf.

»Die haben der BBC einen Haufen Geld geboten für das Patent der Heldenpille, sobald die die ChemLombardia geschluckt hätte. Und offenbar, das hab ich aber nur gehört, nicht allein der Firma, sondern auch jedem Vorstandsmitglied.«

»Damit könnten die ihre Armee stark genug machen, um den Süden in die Mangel zu nehmen«, erklärte Yussuf.

»Keiner weiß, was die Kims sich einfallen lassen, wenn sie sich doppelt so stark fühlen. Mein Auftraggeber jedenfalls …«

»Die CIA«, sagte Yussuf.

Bob nickte. »Mein Auftraggeber erfuhr, dass es im Vorstand der BBC eine Mehrheit dafür gab, diesen Deal mit den Nordkoreanern nicht gleich abzulehnen. Man wollte verhandeln. Wohl irgendeinen geheimen Weg finden, um denen das Patent zu verkaufen.«

»Und erfahren hat die CIA das von Herrn Wels«, sagte de Bodt.

»Davon weiß ich nichts.«

»Wels hat bei der CIA einen Haufen Geld dafür verlangt, denen das Geheimnis zu verraten. Dafür haben sie ihn überleben lassen. Sie haben den Zeitpunkt der Aktion doch nicht selbst bestimmt?«

»Nein, der wurde mir genannt.«

»Das passt«, sagte de Bodt. »Wels hat seine Kollegen an die CIA verraten. Hat sich gesagt, die wollen reich werden durch ein schmutziges Geschäft. Und ich werde reich, indem ich den Leuten einen Tipp gebe, die mir dafür unendlich dankbar sind. Und Köhler mussten Sie extra umbringen. Mit dem Schornsteinfegertrick.«

»Leider lebt der Kamerad nicht mehr, der diese Rolle so überzeugend spielen konnte«, sagte Bob.

»Und die CIA hat ihre deutschen Freunde veranlasst, die Polizei lahmzulegen.«

»So kann man es nennen. Allerdings sollten alle Leute ausgeschaltet werden, die etwas von der Sache wussten. Also zuerst meine Leute. Daher die Schießerei in Lübeck. Der da« – wieder ein Fingerzeig ins Wasser – »hat es zu früh mitbekommen und ist seitdem Amok gelaufen.«

»Das ist doch völlig wahnsinnig«, sagte Yussuf.

»Nein«, erwiderte Bob, »wir wollten den Dritten Weltkrieg verhindern. Gemessen daran, gab es wenig Opfer.«

De Bodt hob die Augenbrauen. »Und diesen Quatsch glauben Sie?«

»Ein bisschen«, sagte Bob. »An irgendwas muss man ja glauben.«

* * *

Larnak warf alles weg und humpelte davon. »So eine Scheiße!«, hörte Kammann noch. Plötzlich war Ruhe. Die Villa brannte lichterloh. Kammann drückte sich am Ufer entlang, bis er sich weit genug vom Tatort wähnte. Er rannte los. Am S-Bahnhof wartete tatsächlich ein Taxi. Er nahm es, übersah die verwunderten Blicke des Fahrers. »Fahren Sie Richtung Mitte.« Überall Polizeisirenen. Kammann hatte die Pistole in der Hand. Hinter dem Fahrersitz, falls der Mann eins und eins zusammenzählte. Doch den schien der Polizeiaufmarsch nicht zu interessieren. Er sagte kein Wort. Auf der Fahrt nach Mitte wuchs in Kammann die Überzeugung, dass der Fahrer superschlau war. Zu klug jedenfalls, sich mit einem vermutlich bewaffneten Mann auf der Rückbank anzulegen. Zumal wenn die Polizei ihn suchte. »Jetzt möchte ich nach Köpenick.« Er verfluchte den Umweg. Der Fahrer blickte nur kurz in den Rückspiegel. »Okay.«

Sie fuhren nach Köpenick. Über die Brücke, dann ließ er ihn in eine schmale Seitenstraße einbiegen. »Hier halten Sie.«

Kammann hielt dem Fahrer die Pistole an den Kopf. »Aussteigen.«

Der Fahrer stieg gleichzeitig mit Kammann aus.

Der blickte sich um, sicherte die Pistole und schlug dem Mann die Waffe auf den Schädel. Mit einem Stöhnen sackte er zusammen.

Kammann setzte sich hinters Steuer und fuhr nach Mitte. Er bog in die Singerstraße ein, wo er in einem anonymen Mietshaus eine Zwei-Zimmer-Wohnung im dritten Stock gefunden hatte. Er parkte das Taxi um die Ecke und ging zurück. Jetzt hatte er es geschafft. Er bedauerte, dass Comenius ihn nicht begleiten würde. Aber wahrscheinlich wäre es ohnehin nicht gut gegangen.

Als er den Haustürschlüssel in der Hand hatte, hörte er eine Stimme hinter sich. »Tag, Kammann«, sagte Schröder.

Er hatte eine Glock 17 mit Schalldämpfer in der Hand.

»Wo warst du?«, fragte Kammann. Er hatte ein Scheißgefühl in der Magengegend.

»Dienstlich unterwegs«, sagte Schröder. »Ich soll dich von Dr. Lehmann grüßen.« Er drückte ab.

Epilog

Und dieser Bob?«, fragte Frau Behrens. »Der ist geflohen? Obwohl Sie zu zweit waren?«

De Bodt musterte die stellvertretende Polizeipräsidentin mit müden Augen und nickte. Sie saßen in Wachtels Büro, aber der war suspendiert. Er würde nie wieder zurückkommen. Unter seiner Regie hatte die Polizei alle Regeln und Gesetze gebrochen. Der Kriminalrat Weber und der Hauptkommissar Krüger hatten auf eigene Faust eine Schießerei angezettelt. Sie hatten verhindert, dass die Morde in Berlin und Lübeck aufgeklärt wurden. Krüger lag halb tot im Krankenhaus. Er hatte viel Blut verloren. Wenn er überlebte, würden sie ihn fertigmachen. Webers Frau hatte das unverdiente Glück, dass ihr Mann seine Pensionsansprüche nicht mehr verlieren konnte. De Bodt war vom Fall abgezogen worden, hatte aber eigenmächtig weiterermittelt und eher zufällig diesen Bob ausfindig gemacht. Dessen Name stand in keiner Datenbank. Bob, so erklärte de Bodt, sei der Chef der Mörderbande gewesen. Doch beweisen konnte er es nicht.

»Wir müssen ein Disziplinarverfahren gegen Sie eröffnen«, sagte Behrens.

De Bodt nickt knapp. »Tun Sie das.«

»Mehr als einen Verweis wird es aber kaum geben.«

»Sie können mich gern entlassen«, sagte de Bodt.

Behrens blickte ihn eine Weile an. »Ich hab schon einiges über Sie gehört. Das meiste war ganz ordentlich. Aber irgendwie scheint es mir, dass Sie ungern Polizist sind.« Sie blickte ihn fortwährend an. Dann atmete sie einmal tief durch und blickte auf einen Aktenordner, der vor ihr lag.

»Was ist mit dem Taximord?«

»Das kläre ich morgen«, sagte er. »Es ist ein Junkie, der auf Drogen war und Geld brauchte. Den schnappen wir uns morgen. Gönnen wir ihm noch eine Nacht in Freiheit.«

Behrens blickte auf die Akte, dann zu de Bodt.

»Woher wissen Sie das?«

»Klassische polizeiliche Ermittlungsarbeit.«

* * *

Sie saßen im *Nest.* De Bodt hatte schon die dritte Tasse grünen Tee getrunken.

»Du bist ein Säufer«, sagte Salinger und prostete ihm mit ihrem Rotwein zu.

De Bodt grinste und stieß mit ihr an. »Du hast recht. Ich bin ein Säufer.«

Sie legte ihren Kopf schräg und lächelte unsicher. Dann verstand sie. »Entschuldigung …«

Er winkte ab. »Alles in Ordnung.«

Yussuf spielte währenddessen mit seinem Smartphone. Er hatte einen doppelten Raki vor sich stehen.

»Und jetzt sag doch mal, woher du die Typen kennst, die mit den fetten Autos«, sagte Salinger.

Yussuf tat so, als hätte er es nicht gehört.

»Ali, nun komm!«

Yussuf blickte zuerst de Bodt an, dann Salinger. »So was wie eine Intimsphäre kennt ihr gar nicht.«

»Nun sag es doch. Es bleibt unter uns.«

Yussuf schnaufte tief durch. »Ihr seid so was von lästig.«

»Du kriegst auch die Beförderung früher. Wie klingt das: Kriminalkommissar Yussuf?«, fragte de Bodt.

»Korrupt seid ihr auch noch.«

Salinger streichelte de Bodt über die Hand. Flüchtig. »Ali, los. Sonst red ich kein Wort mehr mit dir.«

Yussuf sah aus, als hätte er in eine Zitrone gebissen. »Aber ihr ladet mich zu allem ein, was ich heute bestelle.«

De Bodt und Salinger wechselten einen Blick und lachten.

»Gut«, sagte de Bodt. »Alles.«

Yussuf formte mit den Händen einen Trichter vor dem Mund

und brüllte in Richtung Tresen: »Champagner! Den teuersten!« Dann lachte er laut.

Er lehnte sich zurück, schaute geschmeichelt in eine imaginäre Zuhörermenge und begann: »Also, gut, ihr habt es so gewollt.«

De Bodt und Salinger applaudierten.

»Es war der 27. Februar 2011. Vorsichtig meldete sich der Frühling. Erste Blüten und Blätter sprossen im Görlitzer Park ...«

»Muss das sein?« Salinger kicherte und hielt sich die Hand vor den Mund.

»Ihr wolltet es hören. Jetzt hört zu.«

Salinger legte ihre Hand auf de Bodts.

»Die fleißigen Mitglieder meiner ... Community begannen ihre Autos und ihre Grills zu putzen. Mochte doch sein, dass plötzlich der Frühling ausbrach. Ich ging in den Park und setzte mich auf eine Bank. Da kam ein Freund, nennen wir ihn Mehmet. Er setzte sich zu mir und bot mir eine Zigarette an. Dann erzählte er von seiner armen Tante in Bursa. Sie war an Magenkrebs erkrankt und konnte nichts mehr essen. Dann klagte er über seine Freundin, die es sich in den Kopf gesetzt hatte zu studieren. Im Ausland, ohne ihn zu fragen. Medizin. Er war erschüttert. Doch ist Mehmet einer, der, wie sagt man, von Spiel zu Spiel denkt. Und das nächste war eine Woche später. Der Ligapokal. Ich will euch nicht mit Einzelheiten langweilen.«

Ein junger Mann erschien mit einer Champagnerflasche. Er schien unsicher zu sein, ob er nicht Opfer eines dummen Scherzes wurde. Doch Yussuf winkte ihn näher heran, nahm die Flasche, bewunderte das Etikett und fragte: »Was Teureres habt ihr nicht?«

Der Mann schüttelte den Kopf.

»Okay. Davon erst mal zwei. Dazu zwei Gläser und ein paar Scheiben Zitrone.«

»Zitrone?«

»Zitrone. Und für den Herrn« – ein generöser Winker zu de Bodt – »bitte eine Brause.«

»Brause?«

»Brause. Und vergiss den Flaschenkühler nicht.«

Der Mann zog ab und hielt den Hals starr, um ein Kopfschütteln zu verhindern.

Yussuf schaltete zurück zu seiner Geschichte. »Mein Narrativ, würde der Herr Hauptkommissar sagen.«

Der grinste von Ohr zu Ohr. Er nahm Salingers Hand in seine.

»Mehmet also …« Er überlegte, als müsste er eine ungeheure Geschichte aus den tiefsten Tiefen seiner Erinnerung hochschaufeln. »›Mehmet sagte: Du weißt, nächsten Sonntag.‹ Ich sagte: ›Ich weiß.‹«

Yussuf zuckte mit den Achseln und sah auf einmal sehr traurig aus. »Mehmet sagte: ›Es ist wichtig. Du weißt, was ich meine.‹ Ich antwortete: ›Klar, ist wichtig.‹ Mehmet sagte: ›Es liegt in deiner Hand … oder Mund …‹ Ich antwortete: ›In deinen Beinen. Da liegt es. Du musst den Ball ins Tor schießen und sehen, dass die anderen das nicht machen.‹«

Der Mann kam mit den Gläsern und dem Flaschenkühler. »Die Limonade bring ich auch gleich«, sagte er. Der Korken verabschiedete sich standesgemäß mit einem Plopp. Er goss ein. Dann eilte er zum Tresen und brachte eine Flasche Zitronenlimonade mit Glas. Als er ging, rief ihm Yussuf nach: »Vergiss die Zitronenscheiben nicht. Ich sauf das Zeug nur mit Zitronengeschmack!« Der Mann blieb abrupt stehen, reckte beide Arme zur Decke, als wollte er Gott beschwören, ihm die Qual reich zu entgelten.

»Weiter jetzt«, sagte Salinger.

Yussuf hob die Augenbrauen. »Was soll ich sagen? Mehmet ließ nicht locker. Ich habe ihm erklärt, dass er feige sei. Kein Mann, denn ein Mann würde andere mit offenem Visier besiegen oder klaglos untergehen.«

Salinger prustete und erntete einen Rüffelblick.

»Ich will es kurz machen …«

»Bitte nicht«, sagte Salinger. Ihre Augen tränten.

De Bodt fühlte sich unendlich wohl. Die Zeit müsste still stehen.

»Ich konnte Mehmet gerade noch davor zurückhalten, vor mir auf die Knie zu fallen. Mehmet, hab ich gesagt, du kannst doch im Görli nicht vor einem anderen auf die Knie fallen. Heb dir das für deine Freundin auf. Da ist Mehmet rot angelaufen. Aber er hat nicht lockergelassen. Immer wieder, immer wieder hat er auf mich eingeredet. Hat sich plötzlich daran erinnert, dass wir schon im

Sandkasten miteinander gespielt hätten. Dass er mir geholfen habe, als Tonio, dieser Itakerbastard, mir das Schäufelchen klauen wollte. Dass er meiner Mutter gesagt hätte, ich sei bei ihm gewesen und auf gar keinen Fall bei Akgün. Dass er mich in der Scheißschule habe abschreiben lassen. Dabei war es natürlich umgekehrt. Was soll ich also sagen?«

»Die Wahrheit… vielleicht?« Salinger gluckste vor sich hin. »Wir sind hier unter uns. Wir verraten nichts. Stimmt's, Eugen?«

»Bescheuerter Name«, sagte Yussuf. »Echt. Dann schon lieber Ali.«

De Bodt hob den Zeigefinger.

»Stimmt doch, Chef«, sagte Yussuf.

»Lenk nicht ab«, meckerte Salinger.

»Nervensäge. Der hat mich fix und fertig gemacht. Und wenn jemand einen fix und fertig machen kann, dann Mehmet. Am Ende wäre ich schuld am Untergang des Reichs gewesen. Wenn ich nicht…«

»Was denn nun?« Salinger hob ihr Glas. Sie stießen an.

»Da war dieses Pokalspiel. Endspiel. Die spielten gegen Türkiyemspor, okay, nur die zweite Mannschaft, aber die sind auch ziemlich gut. Was man von Mehmets Truppe nicht gerade sagen kann.«

»Aber sie waren im Endspiel. So schlecht…«

»Nun quatsch nicht dazwischen«, schimpfte Salinger und klatschte de Bodt auf die Hand. Der tat erschreckt.

»Warum die ins Endspiel kamen, das ist eine andere Geschichte. Sie waren es auf jeden Fall.«

»Warum haben die dich bekniet? Also, Mehmet?«, drängelte Salinger.

»Wenn ihr nicht dauernd dazwischenquatschen würdet… Also, Mehmet hatte mich soweit. Strafrechtlich gesehen erfüllt es den Tatbestand der Nötigung, was der mit mir gemacht hat.«

Salinger schluchzte und rieb sich Lachtränen aus den Augen.

Yussuf zeigte ihr den Mittelfinger. »Er hat mich bei meiner Ehre gepackt. Und hat gesagt: ›Wenn du's machst, hast du was gut bei mir. Alles, was du willst.‹ – ›Alles?‹ – ›Alles!‹ Und dann hab ich's gemacht. Zufrieden?«

»Was denn?«

Yussuf trank sein Glas leer, schenkte nach, warf eine Zitronenscheibe ins Glas und nahm noch einen Schluck. Er atmete tief ein und wieder aus und sagte leise: »Ich bin Schiedsrichter …«

Einen Augenblick Schweigen. Salinger verdrehte die Augen. »Du hast das Endspiel verpfiffen …«

»Da war Mehmet mal im Strafraum von Türkiyemspor, und dann kam dieser Verteidiger … na ja.«

»Aber hat ihn gar nicht berührt«, sagte Salinger trocken.

»Das sieht man jedes Wochenende im Fernsehen. Warum soll ich besser sein als der Schiri bei Schalke–Bayern?«

Salinger versuchte nicht zu platzen vor Lachen. »Und warum haben die anderen nicht trotzdem gewonnen, wenn die so gut sind?«

»Du weißt doch, die Abseitsregel wird immer komplizierter. Da blickt doch keiner mehr durch. Passiv, aktiv, erst passiv, dann aktiv …«

Salinger und de Bodt blickten sich wie verzweifelt an.

»Hast du gewusst, dass wir einen finsteren Betrüger in der Mordkommission haben?«, fragte Salinger.

De Bodt schüttelte den Kopf. »Darauf wär ich nie gekommen. Die Welt ist schlecht.«

Danksagung

Mein Dank gilt

Dr. Alexander Ruoff (Berlin) fürs Gegenlesen und für Korrekturvorschläge. Ich verlinke gern auf seine Homepage (www.historyhouse.de), auf der er seine unschätzbaren Dienste als Detektiv der Geschichte anbietet. Die mögliche Ähnlichkeit seines Namens mit dem einer Romanfigur beruht selbstverständlich auf Zufall;

Christian Rohr (München), der mir als Lektor eine große Hilfe ist und mit guten Ideen zum Gelingen meiner Bücher wesentlich beiträgt;

Klaus Viehmann (Berlin), der versucht hat, das Manuskript durch unzählige Hinweise zu verbessern;

Dr. Jens Hüttmann (Berlin), der sich heldenhafterweise bereitfand, künftige WG-interne Konflikte im Vorgriff zu klären, und es sogar noch schaffte, das Manuskript kritisch gegenzulesen.

Nadine Weck und *Björn Krug* von der Kuchenkiste (Görlitzer Str. 53, 10997 Berlin), ohne deren fast tägliche Versorgung mit Koffein und sonstigen Kraftstoffen ich keine Zeile schreiben könnte. Die besagten Stoffe wirken wie Miraculix' Zaubertrank, schlagen dessen Brühe geschmacklich aber um Längen. Einige Dopingmittel sind weltweit erhältlich: www.kuchenkiste.de

Sämtliche Fehler verantworte ich allein.

Bitte lesen Sie weiter >>

LESEPROBE

»Christian v. Ditfurth zeigt, dass deutsche Autoren bestens gegen internationale Konkurrenz bestehen können.«

FOCUS

»Zwei Sekunden« – ein Terroranschlag auf die deutsche Bundeskanzlerin und den russischen Präsidenten.
Ein Thriller über Terror und Staatsräson, dicht an unserer Wirklichkeit.

Prolog

Zwei Sekunden. Dann war alles anders. Später würden die Leute die Zeit teilen. *Vor dem Ereignis* und *nach dem Ereignis*. Vor dem Ereignis war es ein sonniger Vormittag gewesen. Die Berliner hatten lang gefroren in der Kälte eines Schmuddelwinters. Der war über Nacht einem Hoch gewichen, dem die Meteorologen den Namen *Helmut* verpasst hatten. Helmut verdrängte Ines. Die verschwand, als hätte sie nie jemanden frieren lassen. Wenige Wochen später schon stöhnte Berlin über eine Hitzewelle. Selbstverständlich war sie einzigartig. Gewissermaßen einzigartiger als die Hitzewochen des vorigen Sommers.

Mittags brannte die Sonne aus wolkenlosem Himmel aufs Tegeler Flugfeld. Die Iljuschin Il-96 spiegelte sich im Lack der Luxuslimousine. Vier Triebwerke. Wenige Passagiere stiegen aus. Sie erschienen im Lackspiegel wie Punkte in den Gläsern einer Sonnenbrille.

Simon Weinert spürte das Gewicht der SIG P226 im Schulterhalfter unter dem Jackett. Fünfzehn Neun-Millimeter-Patronen im Magazin, eine im Lauf. Die beste Beruhigungspille. Er stand neben der Beifahrertür des Mercedes-Benz S 600 Guard. Eine Hochsicherheitszelle auf Rädern. Stahl, Armidmatten, Panzerglas. Hart genug, um MG-Salven abzufangen. Die Scheiben so schwer, dass spezielle Fensterheber eingebaut werden mussten. Die Karosserie geschützt gegen Handgranaten und Sprengsätze. Notlaufreifen.

Weinert gehörte seit viereinhalb Jahren zur Sicherungsgruppe des Bundeskriminalamts. Vorher hatte er sich bei der GSG 9 ausgezeichnet. Er war früh am Morgen von seiner Dienststelle in Treptow nach Tegel gefahren, nicht wie sonst von der Wohnung in Lichtenberg. Der Chef hatte sie vergattert. Es seien Gerüchte in Sicherheitskreisen im Umlauf. Nur Gerüchte. Doch könnten sie es sich nicht leisten, sie zu überhören. Der Moskauer Präsident habe Feinde. Sein Besuch dürfe nicht gestört werden. Um keinen Preis. Sie läsen ja alle Zeitung. Die Ukrainekrise sei nur gedämpft, nicht gelöst. Ein neuer Kalter Krieg habe begonnen. Und islamistische Terrorgruppen würden den Präsidenten mit größter Freude in die Luft sprengen. Tschetschenen. Und wenn dabei noch die Kanzlerin draufginge, umso besser. Eine Katastrophe wäre es, wenn in Berlin etwas passierte. So wie 9/11. Madrid, London, Paris. Es sei eine Frage der Professionalität und der Ehre, nichts zuzulassen. Gar nichts. Nicht das Pfeifen einer Maus. Der Chef neigte zum Pathos. Aber bei Georg Hoffmann nervte es nicht. Pathos, in dem die Erfahrung eines Haudegens steckte. Er war dabei gewesen, als sie die *Landshut* gestürmt hatten. Und in der Dienststelle rumorte es von seiner Beteiligung an Einsätzen, die es nie gegeben hatte. Zwei Schussverletzungen hatten sich herumgesprochen. Die stammten nicht von der Landshut-Aktion. Hoffmann hatte eine imaginäre Locke von seiner Dreiviertelglatze gewischt und gesagt: »Ihr macht es richtig, Männer. Wie immer.«

Sie mochten ihn. Er war der gute Geist der Truppe. Väterlich. Hatte ein Ohr für seine Leute. Verständnis. Er stellte sich vor sie, wenn es Anfeindungen gab. Hundertprozentig.

Weinert erkannte die Kollegen sofort. Einheitslook der Personenschützer. Dunkler Anzug, helles Hemd, Schlips. Neutral. Profis, keine Papageien. Drei Männer, die dem Staatspräsidenten und seiner Frau folgten. Zwei kräftig und groß, ihre Haltung zeigte jahrelanges Training. Sie trugen Sonnenbrillen. Der in der Mitte war dicht beim Präsidenten. Kleiner, drahtig. Keine Sonnenbrille, sondern ein rahmenloses Gestell. Der Chef der Leibwächter. Dem Präsidenten nah. Wie zur Bestätigung sah Weinert, dass der Präsident den Kopf halb nach hinten drehte und dem Drahtigen etwas zuflüsterte, den Mund hinter der Hand verborgen. Der Drahtige nickte. Sie waren vertraut miteinander. Man sah es. Der Personenschützer überholte den Präsidenten und kam auf Weinert zu. Alles an ihm strahlte Selbstsicherheit aus. Der Gang, die Armbewegungen, die Miene.

»Konstantin Merkow, guten Tag«, sagte er in perfektem Deutsch. Das reichte als Vorstellung. Maßanzug. Strahlend blaue Augen.

Weinert nickte. »Guten Tag.«

»Wo finde ich Ihren Chef?«

»In der Halle. Fragen Sie nach Herrn Hoffmann.« Weinerts Daumen zeigte über die Schulter nach hinten, zur Glasfront des Terminals.

Merkow nickte und ging los.

Weinert ließ den Blick schweifen. Der Präsident interessierte ihn nicht. Im Augenwinkel sah er, wie die Kanzlerin ihn begrüßte. Gefahr nähert sich von der Peripherie. Sie hatten den Flughafen abgesichert, keine Ratte kam durch. Aber sogar, wenn sie in einem türlosen Bunker säßen, seine Augen würden die Umgebung scannen. Er konnte nicht anders.

Wir haben an alles gedacht.

Die Kanzlerin und der Präsident sollten im zweiten Wagen auf der Rückbank sitzen. Zwischen ihnen der Dolmetscher. Auf dem Beifahrersitz Volker Rettig, Hoffmanns Vertreter und rechte Hand. Im Führungsauto der Fahrer plus drei Personenschützer. Dem Wagen mit den Politikern folgte ein Audi A8, darin der Chauffeur, zwei Personenschützer und ein Assistent der Kanzlerin. Weinert und Scholz, der Glatzkopf, humor- und fehlerlos. Am Kolonnenende ein Benz mit BKA-Beamten. Die russischen Leibwächter würden der Motorradstaffel folgen, die das Kolonnenende sicherte. Eine weitere Staffel würde die Kolonne anführen.

Spezialkräfte hatten die Kanalisation unter der Route zum Kanzleramt durchsucht. Die Kanaldeckel verschweißt. An den Straßenrändern Tausende von Polizisten. Alle nördlichen Bundesländer mussten Bereitschaftspolizei abstellen. Sondereinsatzkommandos, Scharfschützen. Hubschrauber. Radarschirme drehten sich auf der Suche nach Drohnen.

Der russische Präsident war kleiner, als Weinert ihn sich vorgestellt hatte. Und älter. Falten am kurzen Hals. Seine neue Frau jung, zierlich, sportlich. Anmutig, aber leere Augen. Die Kanzlerin fast unscheinbar. Ihre Masche. Die Prominenz stieg ein. Weinert und Rettig schlossen die hinteren Türen. Dann setzte sich Rettig auf den Beifahrersitz. Weinert eilte zum Terminal. Dort warteten der Audi und die anderen Wagen mit offenen Türen. Überall Polizei. Uniformiert und zivil.

Der Assistent war ein Milchgesicht. Dünne rote Haare, Flaum über der Oberlippe. Polster an der Taille. Das Hemd spannte am Bauch. Anzug von der Stange. Der Typ setzte sich auf die Rückbank, den Aktenkoffer auf dem Schoß, darauf ein Krypto-Smartphone. Weinert nahm den Beifahrersitz.

Niemand im Auto sagte etwas. Der Assistent tippte auf seinem Smartphone. Weinert war schon so oft in Regierungskolonnen mitgefahren. Nie war etwas passiert. Auch diesmal sah alles gut aus. Doch störte ihn etwas. Irgendetwas stimmte nicht. Er beobachtete das Umfeld noch genauer. Blickte immer wieder in die Spiegel. Irgendetwas stimmte nicht. Es gab kein Zeichen. Nur ein Gefühl. Und diese Sache. Sein Fehler.

Tempo achtzig.

Wir haben an alles gedacht.

Den Saatwinkler Damm hinunter. Die Unterführung! Sie unterquerten die Stadtautobahn. Nichts geschah. Dort wäre ein guter Platz für einen Anschlag gewesen. Oder um Granaten zu werfen. So, wie sie früher Kieselsteine von Brücken auf Flussdampfer geworfen hatten. Aber dann fiel ihm ein, dass auch die Fahrbahn auf der Brücke bewacht wurde. Nein, sie hatten Vorkehrungen getroffen. Niemand konnte von der Brücke aus etwas werfen. Sie hatten sich für diese Route entschieden, weil sie am besten zu sichern war. Und sie hatten sie geheim gehalten. Als würden sie auf einem Schleichweg zum Kanzleramt fahren. Er hatte die Strecke zusammen mit Kollegen mehrfach kontrolliert. Sie hatten auf der Karte jeden Ort markiert, von dem Gefahr ausgehen konnte.

Wir haben an alles gedacht.

Doch irgendetwas beunruhigte ihn. Rechts Gewerbebauten. Ein Silo glänzte im Licht. Links der Kanal. Er sah das Wegschild zur Gedenkstätte Plötzensee. Und dann erkannte er es.

Ein Schlag hob den Wagen von der Straße. Die Straße explodierte. Die Detonation zerriss die Panzerung des Wagenbodens. Schoss Trümmer und Splitter wie ein Schrapnell in den Audi. Der Wagen stand einen Augenblick in der Luft, drehte sich zur Beifahrerseite und knallte dumpf auf die Straße.

Da waren die Insassen längst zerfetzt.

1.

Das hasste er am meisten an diesem Scheißjob. Er hatte den Rücken an die Wand gepresst. Die P6 in der Hand. Er beobachtete das Treppenhaus. Hörte das Schleifen des Aufzugs. Legte den Finger auf die Lippen. Zeigte zur Wand neben dem Liftausgang. Salinger blickte mürrisch zurück, gehorchte aber. De Bodt winkte Yussuf zu sich. Stellte sich vor den Eingang und schob Yussuf an die Wand. Links und rechts die Kollegen, de Bodt vor der Aufzugtür, die Pistole im Anschlag. Den Abzug unter Spannung. Noch drei Millimeter, und der Schlagbolzen war entsichert. Der Aufzug bremste. Es dauerte ewig. De Bodt spürte die Angst. Kalter Schweiß. Sein Darm kniff. Der Aufzug ruckte, stand still. Wie mit einem Seufzer.

Piss off! stand auf der Tür. Ein Männerschwanz. Naturalistisch, dachte de Bodt. Verschwendetes Talent.

Die Türflügel schoben sich auf. De Bodt starrte auf eine alte Frau. Zwei Plastiktüten in der Hand. Sie starrte zurück. Öffnete den Mund, schloss ihn. Stille.

De Bodt senkte die Waffe. Kramte seinen Dienstausweis hervor. Ließ ihn auf den Boden fallen. Sagte: »Polizei, tut mir leid!« Bückte sich, hob den Ausweis auf und reichte ihn ihr. Sie hob die Hände mit den Tüten. Nur ein paar Millimeter. De Bodt hielt ihr den Ausweis vor die Augen. Sie schüttelte den Kopf und drängte ihn zur Seite. Kein Wort, bis die Haustür ins Schloss fiel.

»Scheiße!«, sagte Yussuf. »SEK.«

»Bis die hier sind, ist der weg«, sagte Salinger.

»Wenn er überhaupt hier ist. Egal. Wir müssen ihn in Bewegung halten. Damit er sich nicht verkriechen kann. Ihr klappert jedes Stockwerk ab. Von oben nach unten. Mit Lärm. Ich warte hier. Ihr bleibt zusammen. Gebt euch Deckung. Verstanden?«

Salinger schüttelte den Kopf, tippte Yussuf auf die Schulter. Sie stiegen die Treppe hoch.

Sie jagten ein Phantom. Aber wenn es sich als Mensch entpuppen würde, ging es um Leben oder Tod. Der Mann hatte zwei Angestellte der Sparkassenfiliale am Clara-Zetkin-Park erschossen. Für ein paar Euro. Weil er seine Nerven nicht im Griff hatte. Oder weil er keine hatte. Dann war er abgehauen. Hatte einen Golf angehalten, die Fahrerin mit dem Revolver verjagt. Und allen eine Geiselnahme erspart. War wie ein Blöder durch die Gegend gerast. Ohne Ziel. Oder mit Absicht. Bald hatte es vor Kollegen gewimmelt. Blaulicht, Blaulicht, Blaulicht. Ein Hubschrauber flappte im Himmel. Die Sonne ließ ihn glänzen. Und plötzlich war der Bankräuber verschwunden. Dann meldeten die Kollegen im Heli einen Verdächtigen, waren sich aber nicht sicher. Der Typ habe sich auffällig verhalten. Sei in dem Haus verschwunden, in dessen Nähe de Bodt mit seinen Kollegen gerade stand. Blöder Zufall.

Es würde schiefgehen. Der Typ hatte Zeit gehabt nachzudenken. De Bodt hatte nur gesehen, wie die Haustür zufiel und ein Junge mit einem Fußball unter dem Arm sich vom Haus entfernte. Nur ein Schemen im Hausflur durchs schmutzige Glas der Tür. Wer immer das war. Vielleicht hatte der Typ sich im Keller verschanzt. Vielleicht war er in einem anderen Betonsilo.

Marzahn.

Salinger und Yussuf stiegen in den Aufzug. Die Türen schlossen sich. Über dem Eingang zeigten Ziffern die Etage an. Der Lift trödelte. Oder de Bodt war ungeduldig. Zeit ist relativ. Wenn man sich elend fühlte, brauchte alles doppelt so lang. Im Treppenhaus hallte ein Fernsehgerät. Gekreische. Ein Kind. Ein Mann brüllte. Ein Handy rappte. Schritte auf der Treppe. De Bodt stellte sich hinter die Treppe, zog die Waffe und wartete. Zwei junge Männer, der Schädel an den Seiten fast kahl.

»Wat fürn Arsch«, sagte der eine, stoppte, zündete sich eine Zigarette an und ging weiter.

»Gib mir auch mal eine …« Die Haustür schlug zu.

»Wir gehen los.« Salinger im Ohr.

Ich hätte die beiden nicht schicken sollen. Wenn was passierte? Sein inneres Auge sah die Kugel. Sie bohrte sich in Salingers Bauch. Er schüttelte den Kopf. Übelkeit, kalter Schweiß. Salinger, er dachte zu oft an sie. Obwohl sie in letzter Zeit schlecht gelaunt war. Kaum antwortete. Abweisend blickte. Das war schon anders gewesen. Als sie zusammen im *Nest* in der Görlitzer Straße gesessen hatten. Vor dem Eingang standen und lange den Abschied nicht fanden. Ein Augenblick des Glücks. Verloren. Sie verkroch sich in einem Panzer.

De Bodt stellte sich vor, wie Salinger und Yussuf den Flur absuchten, dann die Treppe hinunter. Nächster Flur.

Die Haustür sprang auf. Das SEK. Männer mit Helmen, Schilden, Maschinenpistolen, schusssicheren Westen. Graue Uniformen.

Die beiden Jedi-Ritter vorne richteten ihre Heckler & Koch-MPs auf ihn. De Bodt hob die Hände. Halbherzig. War erleichtert, dass er Salinger und Yussuf abziehen konnte. Zückte vorsichtig seinen Dienstausweis. Die MPs senkten sich.

Einer drängte sich vor und nahm den Ausweis. »Herr Hauptkommissar«, sagte er.

»Sind noch zwei oben. Ich ziehe sie ab. Warten Sie.« Nicht, dass die Kollegen von den eigenen Leuten erschossen wurden. »Wir sind hier fertig«, sagte de Bodt ins Mikro. »Kommt runter. Das SEK übernimmt.«

»Verstanden.« Salinger.

»Warum haben Sie uns nicht gerufen?«

Weil ich mir einbilde, dass man solche Situationen ohne Geballer lösen kann, dachte de Bodt. Er schwieg. Mich kotzen Aufmärsche von Uniformierten an, hätte er am liebsten hinzugefügt.

Der andere musterte ihn neugierig.

Klar, was der dachte. Das war der Hauptkommissar, der den Laden aufgemischt hatte. Was dem Polizeipräsidenten, einem Kriminalrat und ein paar anderen Kollegen Job und Pension gekostet hatte. Ein Kollegenschwein. Hielt sich für was Besseres.

»Jetzt sind Sie ja da.«

Kaum saßen sie im Auto, ging die Schießerei los. Kurz und heftig.

Im Funkgerät ertönte eine aufgeregte Stimme: »Alle Einsatzkräfte zum Saatwinkler Damm, Abzweig Emmy-Zehden-Weg.«

»Weißt du, wo das ist?«, fragte de Bodt.

Salinger nickte und raste los.

2.

Sie sahen das Chaos schon von Weitem. Salinger steuerte langsam zur Absperrung. Noch nie hatte de Bodt so viel Polizei an einem Tatort gesehen. Und es jagten immer noch Autos mit Sirene und Blaulicht heran. Die Krankenwagen hätten für einen Flugzeugabsturz gereicht. Im Gedränge der Menschen und Autos war kaum etwas zu erkennen. Eine Qualmwolke stand über dem Ort. Es stank nach Benzin.

»Und was sollen wir hier?«

Im Radio hatten sie gehört, dass es einen Anschlag auf eine Regierungskolonne gegeben hatte. Schon spekulierten Leute, ob Al-Qaida, sonst eine Terrorgruppe oder Tschetschenen dahinterstecken könnten. Oder ukrainische Terroristen. Kein Provinzblatt, das nicht mit einem Terrorexperten aufwartete.

»Man sollte sie alle knebeln«, hatte de Bodt mehr vor sich hingesagt.

Yussuf lachte. Aber es klang ängstlich. Die Welt, die sie kannten, begann sich vor ihren Augen aufzulösen. Was sollte werden, wenn Leute, deren Ziele niemand verstand, einfach andere Leute umbrachten? Wenn es überall knallen konnte?

Sie blieben im Auto und starrten nach vorn. Yussuf hatte sich in die Mitte der Rückbank gesetzt.

Niemand beachtete sie.

»Sollen wir nicht hin?«, fragte Yussuf.

»Niemand braucht uns. Das übernehmen der Generalbundesanwalt und das BKA. Aber wenn du dich ans Absperrband stellen willst.«

Schweigen.

Salinger schwieg sowieso.

»Wir fahren ins LKA«, sagte de Bodt. Endlich waren ihre Diensträume in der Keithstraße renoviert, und sie hatten das Präsidium am Tempelhofer Damm verlassen können.

Salinger blickte ihn zweifelnd an. Aber sie sagte nichts. Sie fürchtete den Anschiss, dass sie sich nicht einmal am Tatort gemeldet hatten. Geschweige denn abgemeldet. Aber sie wusste, dass de Bodt das Gemecker der Vorgesetzten egal war. Er nahm die neuen Führungskräfte genauso wenig ernst wie deren Vorgänger. Als legte er es darauf an, dass sie ihn rausschmissen. Oder zum Chef der Asservatenkammer beförderten. Der Mann war ihr ein Rätsel. Aber das war längst nicht alles.

Im LKA war außer dem Pförtner, Grünschnäbeln und ein paar Sekretärinnen niemand zugange.

Yussuf warf die Kaffeemaschine an. De Bodt hatte sie vor Kurzem spendiert, nachdem sein Neid auf den Espressoautomaten der Rechtsmedizinerin Dr. Pönisch zu schmerzhaft geworden war. Und Yussuf hatte sich sofort berufen gefühlt, alle Raffinessen des Apparats zu erkunden. Salinger hatte es sich angewöhnt, nur noch mit den Fingern zu schnippen, wenn sie einen doppelten Espresso brauchte. Das war in letzter Zeit oft der Fall. Sie kam müde zur Arbeit.

De Bodt hatte sie ein paarmal sorgenvoll angeblickt, aber sie hatte nicht reagiert. Eine eigentümliche Spannung. Aber de Bodt sprach es nicht an. Er respektierte ihre Distanz. Schließlich war er nicht ihr Freund, sondern ihr Vorgesetzter. Solange sie ihre Pflicht erfüllte, gab es keinen Grund, etwas zu sagen. Doch hatte er in Marzahn Angst gehabt, dass sie falsch reagieren könnte. Wer erschöpft ist, macht Fehler.

De Bodt hatte einen Cappuccino bestellt, obwohl ihm mehr nach dem soundsovielten Aufguss eines grünen Tees war.

»Das gibt einen Anschiss«, sagte Yussuf und schaltete das Radio ein.

Wenn einer einen Anschiss bekam, dann de Bodt. Der saß am Schreibtisch und blätterte gelangweilt in der Decker-Akte. Manchmal verbarg sich die Wahrheit in Akten, oft zwischen Zeilen. Manchmal führten einen Akten in die Irre.

Die Radiohysterie bedrängte ihn. Es war etwas im Gange. Eine Riesengeschichte. Wenn man den Nachrichten glaubte, hatte jemand versucht, die Kanzlerin und Russlands Präsidenten in die Luft zu jagen. Es hatte die armen Schweine im nachfolgenden Wagen der Kolonne erwischt. Ihm stand die Rauchwolke vor Augen. Fahrer, Leibwächter, Assistent. Die waren unschuldig. Keine noch so perverse Fantasie konnte ihnen eine Verantwortung für was auch immer andichten. Der Präsident hatte sich viele Feinde gemacht. Russische Soldaten und Sicherheitskräfte hatten Grausamkeiten begangen. Sie hatten mitgemischt im Ukrainekrieg, den keiner Krieg nennen wollte. In Tschetschenien herrschte in des Präsidenten Namen ein Despot. Die Kanzlerin machten viele für die Not in Europas Süden mitverantwortlich. Auch de Bodt. Und sie hatte zu lange zugesehen, als Tausende Flüchtlinge im Mittelmeer ersoffen. Dann hatte sie die Grenze aufgemacht, aber schließlich einen schmutzigen Deal mit den Türken abgeschlossen. Außerdem gab es Islamisten, denen es egal war, wen sie umbrachten. Hauptsache viele. Und wenn es Spitzenpolitiker waren, umso besser. Mit ein bisschen Nachdenken fand man weitere Motive. Polizisten mussten sich in die Hirne der Täter versetzen. Aber man musste eine Ahnung haben, um welche Täter es sich handelte.

»Islamisten«, sagte Yussuf, als hätte er die Gedanken seines Chefs belauscht.

De Bodt lächelte. Eigentlich war ihm nicht danach zumute. Nicht nur wegen des Anschlags. Auch in seinem Privatleben ging es drunter und drüber. Er hatte lang gewusst, dass er so nicht weitermachen konnte. Und doch überraschte ihn die Heftigkeit. Und die Trauer, die er empfand. Meist nachts, wenn ihn wenig ablenkte.

»Liegt nah. Oft ist die naheliegende Erklärung …«

Yussuf winkte ab. »Der olle Mönch Ockham und sein Rasiermesser …«

De Bodt musste grinsen. *Occam's razor,* wie die Engländer sagten. Das Rasiermesser, das alle abseitigen Erklärungen wegschnitt. Wenn ein Betrunkener im Teich schwamm, dann nicht, weil er sich zum Amphibium wandelte, sondern weil er ins Wasser gefallen war.

Aber vielleicht war alles anders. Und das Messer schnitt die richtige Erklärung weg. Es gab auch abseitige Gründe. Da half das Messer nicht.

3.

Das Mobiliar war funkelnagelneu. Der Teppich auch. Die Wände frisch tapeziert. Raufaser. An den Wänden Stiche von Frankfurt am Main. Paulskirche, Mainschifferei, Römer.

Stahl und Leder. Dieser Stil, den alle für modern hielten. Das Bauhausklischee.

De Bodt hasste es. De Bodt hasste Stiche. De Bodt hasste Spießer.

Der Kriminalrat hieß Dr. Werner Tilly. *Ja, wie der aus dem Dreißigjährigen Krieg.* Klang so, als hätte der neue Chef dessen Siege erkämpft.

Am Besprechungstisch saßen fünf Männer. Einheitslook der Bürokraten.

»So, was hat Sie denn abgehalten, den Tatort aufzusuchen, Herr Kollege?«

»Zu viele Kollegen. Die werden schon genug Spuren zertrampelt haben. Man wird der Bedeutung eines Verbrechens nicht durch die Zahl der Polizisten gerecht.«

Die anderen wechselten Blicke.

»Sie sind hin- und wieder weggefahren.«

De Bodt spielte mit seinem Bleistift. Er betrachtete die Herren am Tisch.

Der Kriminalrat blickte ihn an in Erwartung einer Antwort. De Bodt hatte die Frage schon beantwortet.

Die anderen schienen verärgert.

Einer lächelte.

»Ich wollte Sie bitten, dass Sie sich unserer Taskforce anschließen, Herr Hauptkommissar«, sagt er.

De Bodt fixierte ihn. Und zuckte mit den Achseln.

Der Kriminalrat atmete durch, die Hemdknöpfe am Bauch drohten abzuplatzen. »Wir stellen Sie ab.«

De Bodt blickte sich um.

»Wer sind die?«, fragte de Bodt den Kriminalrat.

»Hoffmann«, sagte der, der gelächelt hatte. »Sicherungsgruppe

Berlin. Ich bin stellvertretender Leiter besagter Taskforce. Die trägt übrigens den originellen Namen *Anschlag*.«

De Bodt musste nicht einmal grinsen. Seit der *Sonderkommission Bosporus* waren sie vorsichtig geworden. Die Beamten dieser Sonderkommission hatten die Mörder der NSU-Opfer unter Türken gesucht. Namensgeber war das Vorurteil gewesen. Man konnte auch sagen, der Rassismus.

Ein Anschlag war es zweifellos gewesen.

Aber was hatte er damit zu tun? Sie nahmen ihm seinen einsamen Feldzug gegen die Mörder übel, die fast den kompletten Vorstand des Berliner Chemiekonzerns BBC umgebracht hatten. Weil er sie alle vorgeführt hatte. Was niemand zugab. Stattdessen hielten sie ihm einen Mangel an Kollegialität vor. Einzelgängertum. Da hatten sie recht. Er hielt seine Kollegen menschlich und fachlich für mittelmäßig. Bestenfalls. Außer Salinger und Yussuf, die der Gott des Glücks ihm geschenkt hatte. Obwohl es den nicht gab.

Aber jetzt, wo es unter ihren Ärschen brannte, jetzt kamen sie.

»Wir brauchen die Besten«, sagte Hoffmann.

Da nickte der Kriminalrat Tilly. Es musste ihm schwerfallen.

»Wir möchten wirklich alle, dass Sie mitmachen«, sagte Hoffmann.

Tilly erbleichte.

Das lohnte die ganze Sitzung. Der Kriminalrat biss sich in den Hintern, öffentlich.

De Bodt lächelte. Wenn man sich freute, sollte man das zeigen.

»Ah, ich sehe … klar, man muss so was erst mal überdenken.«

»Muss ich nicht«, sagte de Bodt.

»Noch besser.«

»Ich sitze am Fall Decker.«

»Eine Leiche in Zehlendorf und keine Spur.«

»Gar nichts«, sagte de Bodt.

»Danke, dass Sie die Ermittlungen abgeben«, sagte Hoffmann.

»Wie kommen Sie darauf?«

De Bodt nickte knapp und verließ den Raum.